Der Preis dieses Bandes versteht sich einschließlich
der gesetzlichen Mehrwertsteuer.

Umwelthinweis:
Dieses Buch wurde auf chlor- und säurefreiem Papier gedruckt.

Am Anfang war die Liebe

MIRA® TASCHENBUCH
Band 20057
1. Auflage: September 2015

MIRA® TASCHENBÜCHER
erscheinen in der HarperCollins Germany GmbH,
Valentinskamp 24, 20354 Hamburg
Geschäftsführer: Thomas Beckmann

Konzeption/Reihengestaltung: fredebold&partner GmbH, Köln
Umschlaggestaltung: pecher und soiron, Köln
Redaktion: Maya Gause
Titelabbildung: Thinkstock/Getty Images, München
Satz: GGP Media GmbH, Pößneck
Druck und Bindearbeiten: CPI books GmbH, Leck – Germany
Printed in Germany
Dieses Buch wurde auf FSC®-zertifiziertem Papier gedruckt.
ISBN 978-3-95649-217-4

www.mira-taschenbuch.de

Werden Sie Fan von MIRA Taschenbuch auf Facebook!

Nora Roberts

Gegen jede Vernunft

Roman

Aus dem Amerikanischen von
Annegret Hilje

PROLOG

Wie konnte er nur so dumm sein!

Es war das erste Mal, dass er ein Gesetz übertrat.

Na ja. Das entspricht nicht ganz der Wahrheit, korrigierte er sich, als er durch das zerbrochene Fenster in das Elektronikgeschäft einstieg. Mit den Bagatelldelikten, auf die er sich bisher eingelassen hatte, war diese Sache hier allerdings nicht zu vergleichen. Nicht mit den Hütchentricks drüben am Madison für Touristen und andere Trottel und nicht mit den heißen Uhren, die er auf der Fifth Avenue verhökerte. Eine Weile hatte er in einer Werkstatt gearbeitet, die gestohlene Autos ausschlachtete. Er hatte sich auch ein paar Messerstiche bei Kämpfen mit den Hombres eingefangen, aber das war eine Sache der Ehre.

Nein, das hier war anders. Ein weiter Sprung nach vorn. Er brach in ein Geschäft ein, um Rechner und Stereoanlagen mitgehen zu lassen. Bei ein paar Bieren hatte sich das Ganze noch wie ein großer Ulk ausgenommen. Jetzt allerdings hatte er sich in eine Situation hineinmanövriert, aus der er sich nur schwer befreien konnte.

„Mann, das ist echt besser, als einen Schokoriegel zu klauen, was?" Reece ließ seine gierigen Blicke über die gefüllten Regale schweifen. Der Zwanzigjährige, der bereits einige Jahre in Jugendverwahrung zugebracht hatte, war nicht sonderlich groß. „Wir werden riesig absahnen."

T. J. kicherte. Cash, der gewöhnlich seine Meinung für sich behielt, verstaute bereits die ersten Videospiele in einer großen Tasche.

„Los, komm schon, Nick." Reece drückte ihm einen Seesack in die Hand. „Stopf ihn voll."

Nick spürte, wie ihm der Schweiß den Nacken hinunterrann, als er die Radios und Kassettenrecorder in dem unförmigen Sack verschwinden ließ. Was, zum Teufel, tust du hier überhaupt? fragte er sich. Er raubte irgendeinen armen Schlucker aus, der sich mit diesem Laden seinen Lebensunterhalt zu verdienen versuchte. Das war kein Kavaliersdelikt mehr, sondern handfester Einbruch.

„Hör zu, Reece, ich …" Er schwieg, als Reece das Licht der Taschenlampe in seine Augen hielt.

„Hast du Probleme, Bruder?"

Selbst wenn er jetzt ausstieg – die anderen würden den Laden trotzdem ausräumen. Und er würde sich nur erniedrigen. „Nein, Mann, null Probleme", erwiderte er hastig und packte einige kleinere Lautsprecherboxen ein. „Wir sollten jetzt abhauen. Wir haben mehr eingesackt, als wir verhökern können."

Reece klopfte ihm auf die Schulter und grinste boshaft. „Du denkst immer so zweckmäßig. Das mag ich an dir. Aber mach dir keine Gedanken, wie wir das Zeug loswerden. Ich hab da so meine Beziehungen."

„Alles klar." Nick leckte sich über die trockenen Lippen und erinnerte sich daran, dass er ein Cobra war. Er gehörte zur Bande. Er war ein Cobra und würde es auch immer bleiben.

„Cash, T.J., bringt die erste Ladung schon mal ins Auto." Reece klapperte mit den Schlüsseln. „Und schließt ab. Wir wollen doch nicht, dass uns einer beklaut, oder?"

T.J.s Kichern hallte von der Decke wider, als er durch das Fenster nach draußen stieg. „Klar, Sir." Er schob die Sonnenbrille zurecht. „Heutzutage wird ja überall geklaut. Oder, Cash?"

Cash brummte nur missmutig und quetschte sich durch das Fenster.

„Dieser T.J. ist ein richtiger Vollidiot." Reece hob einen Videorecorder hoch. „Pack mal mit an, Nick."

„Wir wollten doch nur Kleinzeug mitnehmen."

„Ich hab's mir anders überlegt." Er stemmte den Karton in Nicks Arme. „Meine Alte liegt mir schon lange wegen so einem Ding in den Ohren." Reece strich sich die Haare zurück, bevor er ebenfalls aus dem Fenster kletterte. „Weißt du, was dein Problem ist, Nick? Dein Gewissen. Und was hat dir das je eingebracht? Nur gegenüber uns Cobras, deiner Familie, solltest du ein Gewissen haben." Er nahm Nick den Recorder ab und verschwand in der Dunkelheit.

Familie. Reece hat recht, überlegte Nick und begann aus dem Fenster zu klettern. Die Cobras waren seine Familie. Er konnte, ja, er musste sich auf sie verlassen. Er schob alle Zweifel beiseite und schulterte den Seesack. Und er musste an sich selbst denken. Sein Anteil an der Beute garantierte ihm für weitere zwei Monate ein Dach über dem Kopf. Er hätte die Miete ja auch längst bezahlt, wenn er bei der Spedition nicht entlassen worden wäre.

Lausige Wirtschaftslage! Wenn er stehlen musste, um über die Runden zu kommen, konnte er immer noch die Regierung dafür verantwortlich machen. Bei dem Gedanken schwang er grinsend ein Bein durch die zerbrochene Glasscheibe. Reece hatte recht. Man musste selbst zusehen, wie man am besten zurechtkam.

„Darf ich dir beim Aussteigen behilflich sein?"

Nick erstarrte. Im Halbdunkel erkannte er den Lauf einer Pistole und das metallene Glitzern einer Dienstmarke. Einen Moment überlegte er, ob er den Seesack auf die Silhouette werfen und sein Heil in der Flucht suchen sollte. Aber da trat der Cop auch schon mit einem

Kopfschütteln näher. Er war jung, ein dunkler Typ. In seinen Augen lag ein Ausdruck, der Nick erkennen ließ, dass er mit Kerlen wie ihm Erfahrung hatte.

„Tu dir einen Gefallen, Junge, und versuch es erst gar nicht. Du hast eben Pech gehabt", bemerkte der Polizist trocken.

„Gibt es denn überhaupt eine Alternative zu Pech?" Nick stieg resigniert aus dem Fenster, stellte den Seesack ab und drehte sich mit dem Gesicht an die Wand, während ihm seine Rechte vorgelesen wurden.

1. KAPITEL

*D*ie Aktenmappe in der einen, einen Bagel in der anderen Hand, eilte Rachel die Stufen zum Gerichtssaal hinauf. Sie hasste Unpünktlichkeit, und bei der morgendlichen Anhörung sollte sie ausgerechnet auf den überkorrekten Richter Snyder treffen.

Zwei Jahre arbeitest du nun schon als Strafverteidigerin, überlegte sie, während sie die Treppen hinaufeilte. Sie nahm den letzten Bissen ihres Bagels und wünschte sich sehnlichst eine Tasse Kaffee.

Vor der Tür des Gerichtssaals rückte sie ihre blaue Jacke zurecht und glättete ihr halblanges, schwarzes Haar. Noch ein letzter Blick auf die Uhr und einmal tief durchgeatmet. Pünktlich auf die Minute, Stanislaski, lobte sie sich und betrat gefasst den Gerichtssaal. Während sie ihren Platz einnahm, wurde ihr dreiundzwanzig Jahre alter Mandant in Begleitung eines Wachmannes in den Saal geführt.

Rachel hatte ihrem Mandanten bereits erklärt, dass er nicht auf Verständnis hoffen könne, wenn er seine Mitmenschen um zweihundert Dollar und eine Scheckkarte erleichterte.

„Erheben Sie sich von Ihren Plätzen!"

Der große, massige Richter trat in seiner schwarzen Robe ein. Sein rundes, unfreundliches Gesicht entsprach farblich einem guten Cappuccino.

Rachel tauschte einen freundlichen Blick mit dem stellvertretenden Bezirksstaatsanwalt, der die Anklage vertrat, und ging ans Werk.

Mit einer Verurteilung zu neunzig Tagen Haft kam ihr Mandant vergleichsweise schlecht davon. So war es nicht verwunderlich, dass er sich nicht gerade überschwänglich bei ihr bedankte, als er von einem Gerichtsdiener aus dem Saal geführt wurde.

Etwas mehr Glück bescherte ihr der nächste Fall, bei dem es um tätliche Beleidigung ging …

„Euer Ehren, mein Mandant bezahlte die Bestellung in dem guten Glauben, ein warmes Essen zu erhalten. Als die Pizza eiskalt serviert wurde, wies er auf das Problem hin, indem er der Bedienung ein Stück derselben zukommen ließ. Unglücklicherweise führte seine Offenherzigkeit dazu, dass er dem Kläger die Pizza zu heftig empfahl und das Objekt im darauffolgenden Handgemenge fahrlässigerweise auf dem Kopf desselben landete …"

„Ein ausgesprochen amüsanter Vortrag der Verteidigung. Fünfzig Dollar erscheinen mir eine angemessene Strafe."

Rachel hangelte sich durch die morgendlichen Sitzungen. Taschendiebstahl, Trunkenheit in Verbindung mit Ruhestörung, zwei weitere Beleidigungen und ein Bagatelldelikt. Gegen Mittag schlossen sie mit einem Fall von Ladendiebstahl ab. Rachel musste all ihre juristischen Fähigkeiten aufbieten, um den Richter davon zu überzeugen, dass zunächst ein psychiatrisches Gutachten eingeholt werden sollte.

„Nicht übel." Der Staatsanwalt war nur wenige Jahre älter als die sechsundzwanzigjährige Rachel, zählte sich aber im Geschäft bereits zu den alten Hasen. „Schätze, der Vormittag ist unentschieden ausgegangen."

Rachel lächelte und schloss die Aktenmappe. „Keineswegs, Spelding. Bei der Sache mit dem Ladendiebstahl habe ich dich ganz schön alt aussehen lassen."

„Möglich." Spelding begleitete sie zum Gerichtsgebäude hinaus. „Dein Mandant wird bald wieder zurechnungsfähig sein."

„Aber sicher. Der Typ ist zweiundsiebzig, stiehlt bevorzugt Einwegrasierer und lässt Glückwunschkarten mitgehen, auf denen Blümchen abgebildet sind. Zweifellos handelt er bei klarem Verstand."

„Ihr Strafverteidiger seid einfach zu mitleidig", erwiderte er freundlich. Rachels Fähigkeit, juristisch zu argumentieren, fand seine ungeteilte Bewunderung. Diese Einschätzung traf übrigens auch auf ihre Beine zu. „Weißt du was? Ich werde uns etwas zu essen besorgen, und du kannst dabei versuchen, meine Einstellung zur Gesellschaft zu ändern."

„Tut mir leid." Sie lächelte ihm zu und stieg die Treppen hinunter. „Ich muss noch zu einem Mandanten."

„Ins Gefängnis?"

Sie zuckte mit den Schultern. „Üblicherweise treffe ich sie dort. Also, viel Glück bei unserem nächsten Zusammentreffen, Spelding."

Das Untersuchungsgefängnis war ein Gebäude mit hohem Lärmpegel, in dem es ständig nach abgestandenem Kaffee roch. Rachel trat leicht fröstelnd ein. Eine dichte Wolkenschicht hing über Manhattan, und sie ärgerte sich, dass sie weder Mantel noch Regenschirm mitgenommen hatte.

Sie legte ihren Besucherausweis vor. „Nicholas LeBeck", erklärte sie dem wachhabenden Sergeanten. „Einbruch und Diebstahl."

„Ja, ja …" Der Sergeant blätterte die Papiere durch. „Dein Bruder hat ihn eingelocht. LeBeck ist gerade erst zu uns gekommen."

Rachel seufzte. Die Tatsache, dass ihr Bruder Polizist war, machte ihr das Leben nicht gerade leichter. „Ich habe davon gehört. Hat LeBeck von seinem Recht zu telefonieren Gebrauch gemacht?"

„Nein."

„Hat ihn jemand besucht?"

„Nein."

„Na großartig." Rachel hob die Aktenmappe hoch. „Dann lass ihn bitte holen."

„Sieht so aus, als bekämst du wieder einen waschechten Verlierertypen, Rachel. Raum A, wenn's beliebt."

„Danke." Sie holte sich einen Kaffee und ging zu dem kleinen Raum, der nur mit einem langen Tisch und vier Stühlen ausgestattet war. Sie setzte sich, öffnete die Mappe und nahm die Akte von Nicholas LeBeck heraus.

Ihr Mandant war neunzehn, arbeitslos und wohnte in einem Zimmer in der Lower East Side. Sie seufzte beim Anblick seines Vorstrafenregisters. Keine weltbewegenden Delikte, stellte sie fest, aber es reichte, um diesmal erheblich in Schwierigkeiten zu kommen. Mit dem versuchten Einbruch war er eine Stufe höher geklettert, und auch die Möglichkeit, ihn als Minderjährigen einzustufen, war nur ein schwacher Lichtblick. Immerhin hatte er elektronische Geräte im Wert von mehreren Tausend Dollar in einem Seesack bei sich, als Detective Alexej Stanislaski ihn schnappte.

Alex würde ihr den Sachverhalt ausgiebig schildern. Ihr Bruder tat nichts lieber, als sie mit der Nase auf alle Einzelheiten einer Straftat zu stoßen.

Sie nahm noch einen Schluck aus dem Pappbecher, als ihr Mandant von einem griesgrämigen Polizisten hereingeführt wurde.

Nicht übergroß, dafür etwas untergewichtig, dunkelblonde, struppige Haare, eigentlich ganz attraktiv, schätzte sie ihn auf den ersten Blick ein. Wenn er nicht so verbittert aussehen würde.

„Danke, Officer." Auf ihr Nicken hin verließ der Polizist den Raum und ließ sie allein. „Mr LeBeck, ich bin Rachel Stanislaski, Ihre Pflichtverteidigerin."

„Ach ja?" Er ließ sich auf einen Stuhl fallen und lehnte sich zurück. „Mein letzter Verteidiger war klein, dürr und glatzköpfig. Scheint, dass ich diesmal mehr Glück habe."

„Ganz im Gegenteil. Sie wurden dabei ertappt, wie Sie aus dem zerbrochenen Fenster eines verschlossenen Lagerraumes kletterten. In Ihrem Besitz befand sich Ware im Wert von sechstausend Dollar."

„Unglaublich, was das Zeug wert ist." Nick lächelte hämisch. Er hatte keine sehr angenehme Nacht in der Zelle verbracht, aber sein Stolz war ungebrochen. „Haben Sie eine Zigarette für mich?"

„Nein. Mr LeBeck, ich möchte Ihre Anhörung vor dem Untersuchungsrichter möglichst bald ansetzen, damit wir die Kaution aushandeln können. Es sei denn, Sie möchten Ihre Nächte lieber hier in der Zelle verbringen."

Er versuchte, gleichgültig zu wirken. „Ich überlasse das alles Ihnen, Süße."

„Fein. Und nennen Sie mich ruhig Stanislaski", erwiderte sie freundlich. „Miss Stanislaski. Angesichts der Vorstrafen und des Straftatbestands, dessen Sie hier beschuldigt werden, hat die Staatsanwaltschaft beschlossen, Sie nach dem Erwachsenenstrafrecht anzuklagen. Die Verhaftung war rechtens, Sie werden also keine Nachsicht erwarten können." Sie schloss die Akte. „Also, Mr LeBeck, so wie es aussieht, werden Sie sich mit dem Gedanken einer Haftstrafe anfreunden müssen."

Nick grinste herablassend.

„Die Sache stinkt. Sie haben sich schuldig gemacht. Die Höhe der Strafe hängt allerdings von Ihnen ab."

Er schaukelte weiter mit dem Stuhl. Diesmal werden sie dich richtig einsperren, in eine Zelle … nicht für ein paar Stunden, sondern für Monate oder Jahre, dachte er. „Die Gefängnisse sind überfüllt, soweit ich weiß. Das kostet die Steuerzahler eine Menge Geld. Der Staatsanwalt könnte sich doch auf einen kleinen Handel einlassen."

„Waren im Wert von fünfzehntausend Dollar sind verschwunden. Sie waren also nicht allein, LeBeck. Ich weiß das, Sie wissen das, die Polizei weiß es und der Staatsanwalt ebenfalls. Geben Sie ihnen die Namen der Mittäter, einen Hinweis, wo sich die gestohlene Ware befinden könnte, und ich wäre in der Lage, einen Handel mit der Staatsanwaltschaft zu Ihren Gunsten abzuschließen."

„Den Teufel werde ich tun. Ich habe nie gesagt, dass jemand dabei war. Niemand kann das Gegenteil beweisen."

Rachel beugte sich vor und sah ihn herausfordernd an. „Ich bin Ihre Verteidigerin, LeBeck, und Sie sollten mich unter gar keinen Umständen anlügen, sonst lege ich den Fall nieder. Wenn Sie mitarbeiten, springen sechs Monate auf Bewährung heraus. Aber erzählen Sie mir nicht, Sie hätten das Ding allein gedreht."

Nick schüttelte den Kopf. „Ich werde meine Freunde nicht verraten. Also, kein Handel."

Rachel holte tief Luft. „Sie trugen bei der Verhaftung eine Jacke mit der Aufschrift Cobra."

„Und weiter?"

„Man wird nach Ihren Freunden fahnden, denselben Freunden, die sich aus dem Staub gemacht haben und Sie die Suppe jetzt allein auslöffeln lassen. Die Staatsanwaltschaft wird aus der Sache einen vorsätzlich vollendeten Einbruch zimmern und Ihnen eine Zwanzigtausenddollarschuld aufladen."

„Keine Namen", erwiderte er stur. „Kein Handel."

„Ihre Loyalität ist bewundernswert, aber leider völlig fehl am Platz. Ich werde alles tun, die Strafe so gering wie möglich ausfallen zu lassen und eine Kaution zu erwirken. Aber ich glaube, es werden nicht weniger als fünfzigtausend werden. Könnten Sie zehn Prozent selbst zusammenkratzen?"

Keine Chance, dachte er. „Ich könnte ein paar Schulden eintreiben."

„Also gut. Ich komme wieder." Sie stand auf und zog eine Visitenkarte aus ihrer Tasche. „Falls Sie mich vor der Anhörung sprechen wollen oder falls Sie Ihre Meinung geändert haben, rufen Sie mich an."

Sie klopfte gegen die Tür. Kaum hatte sich die Tür geöffnet, spürte sie, wie sich ein Arm um ihre Hüfte legte.

„Hallo, Rachel, lange nicht gesehen", begrüßte ihr Bruder sie freudig.

„Ja, das muss schon etwas mehr als vierundzwanzig Stunden her sein."

„Du bist gereizt." Er warf einen Blick auf LeBeck. „Ach so, haben sie dir den Burschen angedreht?"

Sie stupste ihn mit dem Ellbogen in die Seite. „Lass deine Gehässigkeiten. Besorg mir lieber einen Kaffee."

Sie verließen das Gebäude und gingen zum Präsidium, das nur wenige Blocks entfernt war. Rachel setzte sich hinter Alex' Schreibtisch und wartete darauf, dass ihr Bruder mit den Pappbechern kam.

Am nächsten Schreibtisch saß ein kleiner, rundlicher Mann, der sich mit einem Taschentuch immer wieder über die verschwitzte Stirn wischte, während er kurzatmig eine Aussage zu Protokoll gab. Irgendwo ließ jemand eine laute Schimpftirade in Spanisch auf sein Gegenüber niederprasseln. Eine Frau mit einem Bluterguss im Gesicht saß auf einer Bank und wiegte ein Kleinkind in den Armen, während ihr unaufhörlich Tränen über die Wangen strömten.

Der Geruch von Verzweiflung, Wut, Hoffnungslosigkeit erfüllte das Revier. Rachel hatte schon immer gedacht, dass nur jemand mit einem ausgesprochen feinen Geruchssinn unter dieser erdrückenden Atmosphäre den kaum wahrnehmbaren Hauch von Gerechtigkeit erkennen konnte. Nicht anders war es in den Räumen, in denen die Verteidiger arbeiteten.

Sie musste an ihre Schwester Natasha denken, wie sie ihrer Familie in dem großen hübschen Haus in West Virginia das Frühstück in der gemütlichen Küche zubereitete. Oder die Tür zu dem wunderbaren Spielzeugladen aufschloss, um die ersten Kunden des Tages zu empfangen.

Das Bild ließ sie leise lächeln, ebenso auch das, wie ihr Bruder Mikhail in seinem hellen Atelier saß und leidenschaftlich an einem Holzblock schnitzte, um etwas unvergleichlich Schönes mit seinen Händen entstehen zu lassen.

Und sie saß hier, in einem muffigen Raum, angefüllt mit den Bildern und den Gerüchen und den Geräuschen, die so typisch für das großstädtische Elend waren.

„Danke." Rachel seufzte, als ihr Bruder zurückkam und ihr den Kaffee in die Hand drückte. „Was ist bloß los mit uns, Alex?"

„Was soll schon los sein? Wir schlagen uns durchs Leben, schlecht bezahlt und ohne Dank."

Sie lachte leise und nahm einen Schluck von dem Kaffee, der nach Motorenöl schmeckte. „Du bist immerhin gerade befördert worden, Detective Stanislaski."

„Ich bin eben gut. Ich riskiere mein Leben, um die Ganoven hinter Schloss und Riegel zu bringen, während du dafür sorgst, dass sie wieder frei herumlaufen können."

Rachel schnaubte abfällig. „Die meisten Leute, die ich vertrete, versuchen nur zu überleben."

„Ja, indem sie stehlen und betrügen."

Sie merkte, wie es in ihr zu brodeln begann. „Heute Morgen bei Gericht habe ich einen alten Mann verteidigt, der ein paar Einwegrasierer hat mitgehen lassen. Richtig gefährlich! Wahrscheinlich hätte man ihn wohl lebenslang in Einzelhaft stecken sollen, was?"

„Aha, es ist also in Ordnung, dass man stiehlt, solange es sich dabei um nichts Wertvolles handelt?"

„Der Mann braucht Hilfe, keine Gefängnisstrafe." Sie schüttelte den Kopf. „Ich habe nicht die Zeit, mit dir über Recht und Ordnung zu diskutieren. Ich wollte von dir etwas über Nicholas LeBeck erfahren."

„Und was? Du hast doch den Bericht gelesen."

„Du hast ihn verhaftet."

„Ja, und? Ich wollte gerade nach Hause, als ich ihn mit einem prall gefüllten Sack aus dem Fenster klettern sah. Ich habe ihm seine Rechte vorgelesen und ihn eingelocht."

„Was ist mit seinen Komplizen?"

Alex zuckte mit den Schultern. „Er hatte vermutlich Komplizen, aber außer LeBeck habe ich niemanden am Tatort gesehen. Dein Mandant hat von seinem Schweigerecht Gebrauch gemacht. Und er hat ein ansehnliches Vorstrafenregister."

„Er ist ein Cobra."

„Nach seiner Jacke zu schließen, ja", stimmte Alex zu. „Und er verhält sich auch so."

„Er ist ein verängstigtes Kind."

Alex warf den leeren Becher in den Papierkorb. „Er ist kein Kind mehr, Rachel."

„Es ist mir egal, wie alt er ist, Alex. Jetzt sitzt er wie ein ängstliches Kind in seiner Zelle und spielt den starken Mann. Das könntest auch du sein, oder Mikhail, ja sogar Tash oder ich … wenn wir andere Eltern gehabt hätten."

„Verdammt, Rachel."

„Wenn unsere Eltern nicht so hart für uns gearbeitet hätten, wären wir auch auf der Straße gelandet. Das weißt du."

Alex widersprach seiner Schwester nicht. Aber was glaubte sie, warum er Polizist geworden war? „Fakt ist, wir wussten immer zu unterscheiden, was richtig und was falsch ist. Und das ist der springende Punkt."

„Manchmal entscheiden sich die Menschen für den falschen Weg, weil sie niemanden haben, der ihnen den richtigen zeigt."

Sie hätten noch stundenlang weiterreden können, aber Alex musste zum Dienst. „Du bist zu weichherzig, Rachel. Pass auf, dass dein Verstand nicht ebenfalls aufweicht. Die Cobras sind eine der härtesten Gangs in Manhattan, und dein Mandant ist einer von ihnen."

Rachel sah ihren Bruder an. „Hatte er eine Waffe bei sich?"

„Nein."

„Hat er Widerstand geleistet?"

„Nein, aber das ändert nichts an dem, was er getan hat und was er ist."

„Das mag nichts an dem ändern, was er getan hat, aber es sagt doch möglicherweise eine Menge darüber aus, wer er ist. Die erste Anhörung ist um zwei."

„Ich weiß."

Sie küsste ihn und lächelte. „Wir sehen uns dort." Sie drehte sich um und verließ den Raum.

„Miss Stanislaski!"

Rachel blieb im Gang stehen und warf einen Blick über ihre Schulter. Hinter ihr stand ein großer, breitschultriger Mann in einem ausgebeulten Sweatshirt und abgetragenen Jeans. Er sah ziemlich verärgert aus. Seine dunkelblauen Augen verrieten, wie aufgebracht er war.

„Rachel Stanislaski?"

„Ja."

Er schüttelte ihre Hand und begleitete sie die Treppe hinunter. „Ich bin Zackary Muldoon", stellte er sich in einem Tonfall vor, als besage das bereits alles.

„Kann ich Ihnen helfen, Mr Muldoon?"

„Das will ich schwer hoffen." Er strich sich mit der Hand durch das pechschwarze Haar, fasste sie am Ellbogen und nötigte sie die restlichen Stufen hinunter. „Wie kriegen wir ihn da raus? Und warum, zum Teufel, hat er Sie und nicht mich angerufen? Wozu muss er die ganze Nacht in der Zelle verbringen? Was für eine Anwältin sind Sie eigentlich?"

Rachel befreite sich aus seinem Griff und hob die Aktenmappe, bereit, sich gegen ihn zu schützen. „Mr Muldoon, ich weiß nicht, wer Sie sind und wovon Sie sprechen. Und zufälligerweise bin ich ziemlich beschäftigt ..."

„Das interessiert mich nicht die Bohne. Antworten Sie mir. Wenn Sie keine Zeit haben, Nick zu helfen, werden wir einen anderen Anwalt nehmen. Ich möchte nur wissen, warum er sich eine so durchgestylte Tussi wie Sie aussuchen musste."

Rachel hielt die Luft an und stieß ihm einen Finger auf die Brust. „Tussi? Sie sollten erst einmal richtig hinsehen, bevor Sie derartige Ausdrücke benutzen, oder ..."

„Oder Sie lassen mich durch Ihren Freund in eine Zelle sperren, stimmt's? Welche Art Verteidigung sollte Nick wohl von einer Frau erwarten, die ihre Zeit damit verbringt, Bullen zu küssen und sich mit ihnen zu verabreden?"

„Das geht Sie überhaupt nichts an." Sie holte tief Luft. Nick. „Sprechen Sie von Nicholas LeBeck?"

„Von wem denn sonst? Und jetzt erwarte ich klare Antworten, sonst sind Sie den Fall los."

„Hallo, Rachel." Ein Polizist in Zivil stellte sich hinter Rachel und sah Zackary argwöhnisch an. „Bist du in Schwierigkeiten?"

„Nein." Sie lächelte ihn gezwungen an. „Nein, alles klar, Matt. Vielen Dank." Sie wandte sich an Zackary und dämpfte ihre Stimme. „Ich bin Ihnen keine Erklärung schuldig, Mr Muldoon. Und Beleidigungen sind kein Erfolg versprechender Weg, mich zur Mitarbeit zu bewegen."

„Dafür werden Sie bezahlt", erwiderte er. „Also, wie viel?"

„Wie bitte?"

„Was ist dein Preis, Süße?"

Rachel biss die Zähne zusammen. Süße war in ihren Augen nicht minder beleidigend als Tussi. „Ich bin Pflichtverteidigerin, Mr Muldoon. Die Stadt New York hat mir den Fall LeBeck übertragen. Ich bin nicht sein Privatbesitz."

„Sie sind Pflichtverteidigerin? Wozu braucht Nick einen Pflichtverteidiger?"

„Weil er völlig mittellos ist. Und jetzt entschuldigen Sie mich bitte."

„Er hat seinen Job verloren? Aber …" Diesmal wirkte Zackary eher resigniert. „Er hätte doch zu mir kommen können."

„Und wer, zum Teufel, sind Sie?"

Zackary strich mit der Hand über sein Gesicht. „Ich bin sein Bruder."

Rachel schob die Lippen vor und hob eine Augenbraue. Sollte er etwa auch zu den Cobras gehören? „Gibt es bei den Cobras keine Altersbegrenzung?"

„Bitte? Sehe ich so aus, als wäre ich Mitglied einer Straßengang?"

Rachel betrachtete ihn von oben bis unten. Er sah so aus, als könne er sich mit seinen großen Fäusten den Weg frei machen. Das scharfkantige Gesicht und der hitzige Blick bestärkten sie in der Annahme, dass er es möglicherweise genoss, anderen den Schädel einzuschlagen. „Ihr Benehmen passt wie die Faust aufs Auge zu meiner Annahme. Sie sind unverschämt und primitiv."

Es wurde Zeit, mit dieser Frau Klartext zu reden. „Ich bin Nicks Bruder – genauer gesagt Stiefbruder. Seine Mutter heiratete meinen Vater. Kapiert?"

„Aber er sagte, er habe keine Verwandten."

„Er hat mich, ob er will oder nicht. Und ich kann mir einen richtigen Anwalt leisten."

„Zufällig bin ich eine richtige Anwältin, Mr Muldoon. Und wenn LeBeck einen anderen Rechtsbeistand wünscht, so kann er das selbst bestimmen."

„Das hat noch Zeit." Er war sichtlich um Geduld bemüht. „Im Augenblick möchte ich nur wissen, worum es eigentlich geht."

„Na schön." Rachel warf einen Blick auf die Uhr. „Ich gebe Ihnen fünfzehn Minuten meiner Zeit, und zwar, während ich etwas esse. Ich muss in einer Stunde wieder im Gericht sein."

*S*o, wie sie aussah – elegant und sexy in einem Dreiteiler –, hätte Zackary darauf gewettet, dass Rachel ihn in ein kleines Restaurant führen würde, in dem raffinierte Nudelgerichte und Weißwein serviert wurden. Stattdessen eilte sie mit großen Schritten den Gehweg entlang, blieb vor einem Imbissstand stehen und bestellte sich einen Hotdog.

Bei dem Gedanken, zu dieser Tageszeit etwas zu essen, das auch nur annähernd Ähnlichkeit mit einem Hotdog haben könnte, drehte sich ihm der Magen um. Er entschied sich für eine Cola und zündete sich eine Zigarette an.

Rachel nahm einen Bissen und leckte sich den Senf vom Daumen. Trotz des intensiven Zwiebel- und Fettgeruchs nahm Zackary einen Hauch ihres verführerischen Parfums wahr.

„Die Anklage lautet auf Einbruchsdiebstahl", erklärte Rachel mit vollem Mund. „Daran gibt es kaum etwas zu rütteln. Er wurde dabei ertappt, wie er aus einem Fenster kletterte, im Besitz von Waren, die mehrere Tausend Dollar wert sind."

„Reine Dummheit." Zackary trank das Glas halb leer. „Er hat es nicht nötig zu stehlen."

„Sie können es drehen und wenden, wie Sie wollen. Er wurde erwischt, steht unter Anklage, und er leugnet die Tat auch nicht. Die Staatsanwaltschaft schlägt einen Handel vor. Wenn Nick mitmacht, könnte er mit einer Strafe auf Bewährung rechnen."

Zackary stieß eine Rauchwolke aus. „Dann wird er also mitmachen."

Rachel zog eine Augenbraue hoch. „Ich habe so meine Zweifel. Er fürchtet sich zwar vor den Folgen, aber er ist auch sehr dickköpfig. Und er deckt die Cobras. Da es seine erste Straftat dieser Art ist, glaube ich, dass er mit drei Jahren davonkommen wird. Bei guter Führung könnte er nach einem Jahr entlassen werden."

Zackary zerdrückte den Pappbecher in seiner Hand. „Ich möchte, dass er überhaupt nicht ins Gefängnis muss."

„Mr Muldoon, ich bin Anwältin, keine Magierin. Was erwarten Sie?"

„Sie haben die Waren doch zurückerhalten, oder?"

„Ja, aber das macht die Tat nicht ungeschehen. Außerdem fehlen noch Waren im Wert von mehreren Tausend Dollar."

„Ich bringe das wieder in Ordnung." Irgendwie, dachte Zackary und warf den Becher in einen Mülleimer. „Hören Sie, ich werde den Gegenwert des gestohlenen Guts ersetzen. Nick ist erst neunzehn. Wenn

Sie den Staatsanwalt dazu bringen, ihn als Minderjährigen einzustufen, wäre alles viel einfacher."

„Der Staat behandelt Bandenmitglieder besonders streng, und Nicks Vorstrafenregister wird ihn auch nicht gerade besänftigen."

„Dann muss ich mir einen anderen Anwalt suchen." Zackary hob die Hand, bevor sie etwas erwidern konnte. „Ich weiß, ich habe Sie schon einmal angegriffen. Es tut mir leid. Ich arbeite nachts und bin deshalb morgens nicht besonders gut drauf. Als ich mit Nick sprach, hat er mir die üblichen Antworten gegeben: ,Ich brauche dich nicht. Ich brauche niemanden. Ich werde das schon schaukeln.'" Er warf die Zigarette auf den Boden und trat sie aus. „Ich weiß, dass er schreckliche Angst vor dem Knast hat." Er seufzte und steckte die Hände in die Hosentaschen. „Er hat niemanden außer mir, Miss Stanislaski, und ich möchte um jeden Preis verhindern, dass er ins Gefängnis muss."

Rachel wischte sich die Finger an einer Serviette ab. „Haben Sie denn genug Geld, um den Schaden zu begleichen? Fünfzehntausend Dollar?"

Zackary erschrak einen Moment, dann nickte er. „Kann ich besorgen."

„Das bringt uns schon einen Schritt weiter. Wie viel Einfluss üben Sie auf Nick aus?"

„So gut wie keinen." Er lächelte. „Aber das kann sich ja ändern. Ich habe ein gut gehendes Geschäft und ein großes Apartment. Ich kann jede Menge Referenzen vorweisen, und mein polizeiliches Führungszeugnis ist makellos. Ich saß zwar während meiner Dienstzeit bei der Marine dreißig Tage im Bau, aber das wird mir wohl kaum jemand ankreiden, da es zwölf Jahre her ist."

Rachel überlegte einen Moment. „Wenn ich Sie recht verstanden habe, wollen Sie dem Gericht vorschlagen, Nick in Ihre Obhut zu nehmen."

„Ja. Eine Bewährungsstrafe ist okay, und Nick erhielte die Chance, endlich erwachsen zu werden und Verantwortung zu übernehmen."

„Sie sollten nicht allzu gefällig sein, Mr Muldoon."

„Er ist immerhin mein Bruder."

Für dieses Argument hatte sie vollstes Verständnis. Rachel warf einen Blick in die Wolken. Die ersten Regentropfen fielen. „Ich muss zurück ins Büro. Ich werde ein paar Anrufe tätigen und sehen, was ich erreichen kann."

Eine Bar! Warum musste er ausgerechnet Besitzer einer Bar sein, überlegte Rachel, als sie sich Argumente für die Anhörung am Nachmittag überlegte. Irgendwie passte es zu ihm. Die breiten Schultern, die großen Hände, die gekrümmte Nase, die offensichtlich einmal gebrochen war, und natürlich sein raues, irisches Temperament.

Nicks zweiunddreißig Jahre alter Stiefbruder, Besitzer einer Bar – mit dem Namen „Lower the Boom!" an der East Side –, wollte die Verantwortung für einen Neunzehnjährigen übernehmen! Das würde den Richter nicht gerade überzeugen.

Der Ladenbesitzer war hocherfreut darüber, seinen Schaden ersetzt zu bekommen. Dass er dabei die Preise erhöhte, war Muldoons Problem. Immerhin bestand damit eine kleine Chance, das Gericht auf ihre Seite zu bringen.

Rachel blieb nicht viel Zeit, den Staatsanwalt dazu zu bringen, Nick als Jugendlichen einzustufen. Mit den Informationen, die Zackary ihr gegeben hatte, machte sie sich auf den Weg in einen der kleinen Konferenzräume des Gerichtsgebäudes.

„Kommen Sie, Haridan, verschwenden wir nicht unnötig unsere Zeit und das Geld der Steuerzahler. Den Jungen hinter Gitter zu bringen ist keine Lösung."

Haridan ließ seinen fülligen Körper in einem Sessel nieder. „Es ist meine Lösung, Stanislaski. Er ist ein Punk. Ein Bandenmitglied mit einer langen Vorgeschichte asozialen Verhaltens."

„Das waren harmlose Delikte."

„Tätlichkeiten."

„Er ist ein verängstigter Junge, der in einer Bande nach Sicherheit suchte. Wir wollen ihn da rausholen, keine Frage. Aber nicht, indem wir ihn ins Gefängnis stecken. Sein Stiefbruder bezahlt nicht nur den Schaden, sondern möchte in Zukunft die Verantwortung für ihn übernehmen. LeBeck wird eine Arbeit erhalten, ein Zuhause, jemanden, der auf ihn achtgibt. Sie müssen nur zustimmen, dass er als Minderjähriger behandelt wird."

„Ich möchte die Namen der Mittäter."

„Die wird er nicht preisgeben, ganz gleich, was geschieht. Er ist kein Krimineller, noch nicht. Also sollten wir auch keinen aus ihm machen."

Nachdem sie eine Zeit lang das Für und Wider verhandelt hatten, gab Haridan schließlich nach. „Aber die Anklage lautet auf Einbruch, darauf bestehe ich", erklärte er stur. „Doch selbst wenn wir ihn nach dem Jugendstrafrecht behandeln, so wird das Gericht einer Bewährung nicht zustimmen."

„Den Richter überlassen Sie ruhig mir. Mit wem haben wir es denn zu tun?"

Haridan grinste schelmisch. „Beckett."

Marlene C. Beckett war eine Exzentrikerin. Wie eine Magierin schüttelte sie überraschende Satzkonstruktionen aus den Ärmeln ihrer Robe, als seien es weiße Kaninchen. Sie war Mitte vierzig, ausgesprochen attraktiv, mit einzelnen weißen Haarsträhnen, die unter ihrer feuerroten Kappe hervorragten.

Als Privatperson mochte Rachel sie sehr gerne. Richterin Beckett war eine unerschütterliche Feministin, die bewiesen hatte, dass eine unverheiratete Frau, die sich auf ihre Karriere konzentrierte, durchaus erfolgreich sein konnte. Mitten in einer von Männern dominierten Arbeitswelt hatte sie nichts von ihrer Fraulichkeit eingebüßt. Rachel respektierte und bewunderte sie. Vielleicht, so hoffte sie, trat sie eines Tages in ihre Fußstapfen.

Während Rachel ihr Gesuch vortrug, stülpte Richterin Beckett die Lippen vor. Ein schlechtes Zeichen. Mit einem ihrer perfekt manikürten Nägel klopfte sie auf den Tisch und ließ den Blick zwischen dem Angeklagten und Zackary hin- und herwandern.

„Die Verteidigung erklärt also, dass der Angeklagte den Verlust der Sachwerte ersetzen wird, und beantragt, ihn nach dem Jugendstrafrecht zu behandeln sowie eine Verbringung in eine Strafanstalt auszusetzen."

„Euer Ehren, ich bitte aufgrund der familiären Vorgeschichte von einer Haftstrafe abzusehen. Mr Muldoon erklärt sich bereit, die Verantwortung für seinen Stiefbruder zu übernehmen. Die Verteidigung geht davon aus, dass die Situation des Angeklagten stabilisiert wird und die Verbringung meines Mandanten in eine Strafanstalt nicht geeignet ist, ihn für einen Fehler büßen zu lassen, den er von ganzem Herzen bereut."

Richterin Beckett warf einen Blick auf Nick. „Trifft es zu, junger Mann, dass Sie die Straftat tief bereuen?"

Nick zuckte mit den Schultern und sah Rachel mürrisch an. „Sicher, ich …" Ihr mahnender Blick machte ihm deutlich, sich die Chance nicht zu verderben. „Es war dumm von mir."

„Zweifellos", stimmte ihm Richterin Beckett zu. „Mr Haridan, wie steht der Vertreter der Anklage dazu?"

„Die Staatsanwaltschaft ist nicht gewillt, die Anklage fallen zu lassen, Euer Ehren. Wir stimmen allerdings zu, den Angeklagten als Jugendlichen zu behandeln. Sollte er die Namen der Mittäter preisgeben, so bestünde die Möglichkeit, ganz auf die Anklage zu verzichten."

„Er soll also die Namen derer preisgeben, die er fälschlicherweise als seine Freunde betrachtet?" Richterin Beckett sah Nick herausfordernd an. „Würden Sie das in Erwägung ziehen?"

„Nein, Ma'am."

Sie flüsterte etwas Unverständliches und deutete auf Zackary. „Erheben Sie sich bitte, Mr Muldoon."

Zackary folgte ihrer Aufforderung. „Ma'am. Euer Ehren."

„Mr Muldoon, sind Sie davon überzeugt, Ihren Bruder aus allen Schwierigkeiten heraushalten zu können und ihn zu einem verantwortungsbewussten Staatsbürger zu machen?"

„Ich … ich weiß nicht. Aber ich wünsche mir, es wenigstens versuchen zu dürfen."

Beckett klopfte mit den Fingern auf den Tisch. „Nehmen Sie wieder Platz. Miss Stanislaski, das Gericht schließt die Möglichkeit einer Haftstrafe nicht grundsätzlich aus …"

„Euer Ehren …"

Beckett unterbrach Rachel mit einer Handbewegung. „Ich bin noch nicht fertig. Das Gericht setzt eine Kaution in Höhe von fünftausend Dollar fest. Außerdem wird dem Angeklagten eine vorläufige Bewährungsfrist von zwei Monaten gewährt. Sollte er in diesem Zeitraum jeglichen Kontakt mit Mitgliedern der Cobras meiden und sich keine Straftat zuschulden kommen lassen, ist das Gericht bereit, die Bewährungsstrafe zu verlängern."

„Euer Ehren", platzte Haridan heraus, „auf welche Weise können wir sichergehen, dass der Angeklagte in diesen zwei Monaten die Auflagen erfüllt?"

„Indem wir Mr Muldoon eine Person zur Seite stellen, die ihn bei seiner Aufgabe unterstützt und dem Gericht laufend einen Bericht über Mr LeBeck zukommen lässt. Maßnahmen zur Resozialisierung, Mr Haridan, müssen nicht unbedingt auf Strafanstalten beschränkt bleiben."

Rachel lächelte Haridan siegessicher zu. „Danke, Euer Ehren."

„An die Adresse der Verteidigung gerichtet – es wird mir ein Vergnügen sein, jeden Freitagnachmittag gegen drei Uhr Ihren Bericht in Empfang zu nehmen."

Rachel wurde kreidebleich und rang nach Luft. „Meinen Bericht? Euer Ehren, soll das etwa heißen, dass ich diese Aufsichtsperson sein soll?"

„Exakt das meine ich, Miss Stanislaski. Ich glaube, ein Mann und eine Frau als Autoritätspersonen werden auf Mr LeBeck einen positiven Einfluss haben."

„Ich stimme Ihnen zu, Euer Ehren. Aber ich bin keine Sozialarbeiterin. Diese Aufgabe …"

„Sie dienen der Rechtspflege, Miss Stanislaski, also erfüllen Sie Ihre Aufgabe." Sie klopfte mit dem Hammer auf den Tisch. „Der nächste Fall."

Rachel verließ sprachlos den Gerichtssaal.

„Da hast du den Salat", murrte ihr Bruder, als sie einen der Nebenräume betraten. „Ich werde nicht zulassen, dass du für diesen Burschen den Babysitter spielst. Beckett kann dich nicht zwingen." Wütend packte er sie am Ellbogen.

„Hör auf, an mir herumzuzerren, Alex. Ich muss nachdenken."

„Was gibt es da nachzudenken? Es ist schlimm genug für mich, mit ansehen zu müssen, wie du diese Kerle verteidigst. Jetzt spielst du auch noch die große Schwester für sie. Lass die Finger davon."

„Ich entscheide selbst, was ich tun werde. Und jetzt raus hier."

„Rachel, ich hätte gute Lust …"

„Sie sollen verschwinden, haben Sie nicht verstanden?" Zackarys Stimme klang bedrohlich.

Alex drehte sich abrupt um. Er hatte alle Mühe, sich zu beherrschen. „Die Sache geht Sie nichts an."

„Das sehe ich anders."

Rachel stellte sich zwischen die beiden Streithähne. „Hört sofort auf damit. Muldoon, ist das Ihre Art, Verantwortung zu übernehmen, indem Sie Schlägereien provozieren?"

Zackary behielt Alex im Auge. „Ich sehe es eben nicht gern, wenn Frauen so grob behandelt werden."

„Ich kann auf mich selbst achtgeben." Sie wandte sich ihrem Bruder zu. „Und du willst Polizist sein? Du führst dich auf wie ein Raufbold. Ich werde versuchen, den Vorschlag des Gerichts erfolgreich umzusetzen."

„Verdammt, Rachel …" Alex wandte sich Zackary zu. „Wenn Sie mir oder meiner Schwester Schwierigkeiten machen sollten, werden Sie in Zukunft Ihre Zähne in einem Glas auf dem Nachttisch aufbewahren."

„Schwester?" Zackary wechselte den Blick von Alex zu Rachel. Ja, die Familienähnlichkeit war eigentlich nicht zu übersehen. Beide sahen sehr gut und irgendwie auch verwegen aus.

Das änderte natürlich eine ganze Menge. Seine Wut verrauchte. „Es tut mir leid. Ich wusste nicht, dass es um einen Familienstreit ging."

Rachel seufzte und küsste ihren Bruder auf die Wange. „Geh jetzt, Alexej, und mach Jagd auf die wirklich schweren Jungs."

Alex gab auf. Es war unmöglich, mit seiner Schwester zu diskutieren. Er änderte die Taktik und fixierte Zackary. „Seien Sie auf der Hut, Muldoon, denn ich werde Sie während der ganzen Zeit nicht aus den Augen lassen."

„Sie sind jederzeit in meiner Bar willkommen, Officer. Der erste Drink geht auf Kosten des Hauses."

Alex brummte etwas Unverständliches und ging zur Tür. Er drehte sich noch einmal um und rief Rachel auf Ukrainisch etwas zu. Er lächelte, schüttelte den Kopf und verließ schließlich den Raum.

„Übersetzung?", fragte Zackary.

„Er sagte nur, dass wir uns am Sonntag sehen. Haben Sie die Kaution bezahlt?"

„Ja, sie werden ihn gleich freilassen. Es sieht so aus, als sei es Ihrem Bruder nicht ganz geheuer, dass Sie mit mir und Nick zu tun haben."

„Es ist der Wille des Gerichts. Fangen wir also an."

„Womit?"

„Wir holen jetzt unser Mündel hier raus, und Sie bringen ihn in Ihrem Apartment unter."

Nick war alles andere als begeistert von seiner Situation. „Wenn Sie kein besseres Urteil herausschinden konnten, dann sollten Sie wieder auf die Universität gehen. Ich habe Rechte, und das erste ist, dass ich Sie feuern kann", ließ er seine schlechte Laune an Rachel aus.

„Das steht Ihnen frei, LeBeck." Rachel warf einen Blick auf die Uhr. „Sie können jederzeit einen anderen Anwalt nehmen. Aber in meiner Funktion als gerichtlich bestellte Aufpasserin können Sie mich nicht feuern. In den nächsten beiden Monaten sind wir aneinander gebunden."

„Quatsch, wenn Sie und diese blöde Richterin glauben, ihr könntet mir in die Suppe spucken ..."

Zackary hob drohend den Arm, aber Rachel hielt ihn zurück. „Jetzt hör mir mal zu, du bemitleidenswerter, launischer kleiner Idiot! Du hast die Wahl: Du kannst in den nächsten acht Wochen wie jeder andere Mensch leben oder für drei Jahre in den Knast gehen. Mir ist es herzlich egal, für welchen Weg du dich entscheidest. Du bildest dir also ein, ein ganz harter Kerl zu sein, ja? Und natürlich weißt du genau, was abgeht, ja? Dann lass dir eines von mir gesagt sein: Du sitzt noch nicht eine Woche ein, und die Kunde von deinem hübschen Gesicht wird im ganzen Bau die Runde gemacht haben. Deine Mithäftlinge werden sich auf dich stürzen wie der Hund auf den Knochen. Und dann wirst du ganz schnell bereit sein, mit uns zu kooperieren."

Rachel stellte zufrieden fest, dass ihre Worte genau ins Schwarze getroffen hatten. Der wütende Blick aus Nicks Augen wich – genauso wie alle Farbe aus seinem Gesicht. Er schwieg verbissen.

„So, und jetzt muss ich mich noch um andere Dinge kümmern." Sie wandte sich an Zackary. „Gegen sieben werde ich vorbeikommen."

„Ich halte das Essen warm." Er lächelte und hielt Rachels Hand fest, bevor sie gehen konnte. „Danke. Und das meine ich ernst."

Sie hätte es mit einem Schulterzucken abgetan. Aber sein Händedruck war fest wie eine Eisenklammer, und sie konnte die Schwielen an seiner Hand spüren.

„Sie sind schwer in Ordnung, Frau Anwältin." Er grinste. „Für eine Tussi." Damit schob er Nick in das Taxi, kletterte hinter ihm hinein und winkte Rachel noch einmal zu, bevor der Wagen anfuhr.

„Mit dem Idioten hat sie recht, Nick", sagte er zu seinem Bruder. „Aber auf jeden Fall hast du dir eine Anwältin mit umwerfenden Beinen ausgesucht."

Als sie zehn Minuten später bei Nicks Bude ankamen, fragte sich Zack, warum Nick sich ausgerechnet ein Zimmer in dieser Gegend genommen hatte. An jeder Straßenecke lungerten zwielichtige Gestalten herum, Drogendeals gingen ganz offen am helllichten Tag über die Bühne, Prostituierte posierten provozierend, um den nächsten Kunden anzulocken. Der Gestank von Müll, gemischt mit menschlichen Ausdünstungen, stieg Zack beißend in die Nase. Glasscherben knirschten unter ihren Füßen, als sie zusammen über den aufgerissenen Bürgersteig gingen und das alte, heruntergekommene Backsteingebäude, über und über beschmiert mit Graffiti, betraten.

Zack schwieg beharrlich, während sie die knarrenden Treppen in die dritte Etage hochstiegen. Er ignorierte die Geräusche, die durch die geschlossenen Türen drangen – Geschrei, Weinen, lautes Scheppern – und den Gestank im Treppenhaus.

Nicks Mobiliar bestand aus einem Bett, dessen Matratze in dem verrosteten Eisenrahmen durchhing, einer zerkratzten Kommode und einem einzelnen wackeligen Stuhl. Poster von Heavy-Metal-Bands waren an die schmutzigen Wände gepinnt – ein mitleiderregender Versuch, dem schäbigen Raum eine persönlichere Note zu verleihen.

Zacks Wut entlud sich in einer Reihe saftiger Flüche, bevor er Nick mit Vorwürfen überschüttete. „Was, zum Teufel, hast du mit dem Geld gemacht, das ich dir jeden Monat geschickt habe, solange ich auf See war? Mit dem Gehalt, das du angeblich als Stadtkurier verdient hast? Du lebst mitten auf einer Müllhalde, und was noch schlimmer ist – du selbst hast es dir ausgesucht, hier zu leben!"

Niemals hätte Nick zugegeben, dass sein ganzes Geld in die Kasse der Cobras gewandert war. Genauso wenig, wie er zugegeben hätte, wie beschämt er war, dass Zack sah, wie und wo er lebte. „Das geht dich einen Dreck an", knurrte er. „Das ist mein Zimmer, genauso wie das mein Leben ist. Du hast dich doch die ganze Zeit woanders rumgetrieben, oder? Nur weil du keine Lust mehr hast, auf irgendeinem Zerstörer durch die Weltgeschichte zu gondeln, brauchst du dir nicht einzubilden, dass du einfach zurückkommen und hier den Ton angeben kannst."

„Ich bin seit zwei Jahren wieder zurück. Ein Jahr davon habe ich damit zugebracht, mich um unseren alten Herrn zu kümmern, bis er gestorben ist. Du hast dir nicht mal die Mühe gemacht vorbeizukommen."

Eine neuerliche Welle der Scham überkam Nick. Und die enttäuschende Gewissheit, dass Zack nicht verstehen würde. „Er war nicht mein alter Herr."

Nur mit äußerster Anstrengung zwang Zack sich, nicht auszurasten. „Ich werde meine Zeit nicht damit verschwenden, dir klarzumachen, dass er getan hat, was er konnte."

„Woher willst ausgerechnet du das wissen können?", fragte Nick voller Verachtung. „Du warst doch nicht hier. Du hast deinen Weg gewählt, Bruder", sagte er sarkastisch. „Und ich meinen."

„Was uns wieder an den Ausgangspunkt bringt. Pack deine Sachen zusammen und lass uns gehen."

„Ich lebe hier, und das ist …" Weiter kam er nicht. Er fühlte sich von Zacks großen Händen so fest gegen die Wand gepresst, dass er sich nicht mehr rühren konnte. Zacks Gesicht war direkt vor seinem, und Nick sah in seine harten, unerbittlichen Augen.

„Für die nächsten zwei Monate lebst du bei mir, ob es dir passt oder nicht. Und jetzt hör mit dem Mist auf und such deine Klamotten zusammen." Er gab Nick wieder frei. „Du hast zehn Minuten. Und heute Abend deine erste Schicht."

Gegen sieben Uhr erging Rachel sich in der Fantasie, wie sie in ein duftendes, warmes Schaumbad stieg, mit einem Glas gekühlten Weißweins und einem guten Buch. Es half ihr dabei, die Unbequemlichkeiten in der überfüllten U-Bahn zu ignorieren.

An der Haltestelle kämpfte sie sich zum Ausgang durch und legte die kurze Strecke bis zu Zackarys Bar durch Regen und Wind zu Fuß zurück.

Sie öffnete die schwere Glastür und betrat den großen, holzgetäfelten Raum. Ihr Blick fiel auf die spiegelblanke Mahagonitheke und die lederbezogenen, burgunderroten Barhocker. Zierliche Tische, die im ganzen Raum verteilt waren, boten zahlreichen Gästen Platz. Es roch nach Whiskey, Bier, Zigaretten und gebratenen Zwiebeln. Aus einer Musikbox ertönte ein Blues, der die Gespräche der Gäste überdeckte.

Zwei Kellnerinnen in weißen Hosen und Matrosenhemden bahnten sich ihren Weg durch die Reihen der Kundschaft. Rachel war einigermaßen beruhigt. Also immerhin keine Netzstrümpfe und großzügigen Dekolletés.

Zackary stand hinter der Theke und zapfte gerade ein Bier. Auch er ähnelte in seinem blauen Rollkragenpulli einem Matrosen. Die Schiffsglocken und Anker, mit denen die Bar dekoriert war, passten sehr gut zu diesem Image.

Zackary in Uniform an Bord eines Schiffes, das Gesicht in den Wind gedreht … Dieses Bild fand sie so faszinierend, dass sie es schnellstens verdrängte.

Schließlich war sie keine Träumerin, und schon gar nicht eine Romantikerin. Sie gehörte nicht zu den Frauen, die in eine Bar gingen und sich zu irgendeinem an Land gegangenen Seemann mit breiten Schultern und rauen Händen hingezogen fühlten.

Sie war als Vertreterin des Gerichts hier, das war der einzige Grund. Und wie unangenehm es auch sein mochte, sich für die nächsten zwei Monate mit Zackary Muldoon abgeben zu müssen – sie würde ihre Pflicht erfüllen.

Aber wo war Nick?

„Möchten Sie einen Tisch, Miss?"

Rachel betrachtete die Blondine, die ein großes Tablett mit Sandwiches und Bier balancierte. „Nein, danke. Ich gehe an die Bar. Ist es hier immer so voll?"

Die Bedienung sah sich erstaunt im Raum um. „Voll? Das ist mir noch gar nicht aufgefallen." Sie lachte auf und ging weiter, während Rachel sich der Bar näherte. Sie stellte sich zwischen zwei besetzte Stühle und wartete darauf, dass Zackary sie bemerkte.

„Na, mein Schatz …" Der Mann zu ihrer Linken hatte ein molliges, freundliches Gesicht. Er verschob den Hocker, um seine Nachbarin besser sehen zu können. „Kann mich nicht erinnern, Sie hier schon einmal gesehen zu haben."

„Ganz richtig beobachtet." Sie lächelte den Mann, der alt genug war, ihr Vater zu sein, an.

„So hübsche junge Damen wie Sie sollten hier nicht allein herkommen." Er klopfte dem Mann, der rechts von Rachel saß, auf die Schulter. „He, Harry, wir sollten der Dame einen Drink spendieren."

Harry, der an seinem Bier nippte und in ein Kreuzworträtsel vertieft war, nickte kaum merklich. „Klar, Pete. Bestell schon. Ich brauche ein Wort mit sechs Buchstaben für Gefahr oder Wagnis."

Rachel sah auf. Zackary betrachtete sie regungslos. Sie spürte, wie es ihr eiskalt den Rücken hinunterlief. „Risiko", flüsterte sie.

„Klar! Besten Dank!" Harry sah Rachel erfreut an. „Der erste Drink geht auf meine Rechnung. Was möchten Sie haben, Süße?"

„Pouilly-Fumé." Zackary stellte ein Glas Weißwein auf die Theke. „Und der erste geht auf Kosten des Hauses." Er hob eine Augenbraue. „Ist es Ihnen genehm, Frau Anwältin?"

„Ja, danke."

„Zackary bekommt immer die hübschesten Frauen ab", erklärte Pete seufzend. „Gib mir noch einen aus, Junge. Das ist das Mindeste, was du für mich tun kannst, nachdem du mir meine Freundin ausgespannt hast." Er blinzelte Rachel zu.

Rachel lächelte ihm zu. „Und wie oft hat er Ihnen Ihre Freundinnen ausgespannt, Pete?"

„Ein- bis zweimal die Woche. Es ist geradezu demütigend. Erinnerst du dich an Rosemary, Zackary? Sie ist jetzt verheiratet und erwartet ihr zweites Kind."

Zackary wischte mit einem Tuch über die Theke. „Sie hat mir das Herz gebrochen."

„Ich kenne keine Frau, die dein Herz auch nur angekratzt, geschweige denn gebrochen hätte." Die blonde Bedienung kam mit einem leeren Tablett zurück. „Zwei Weißwein, Hausmarke, und einen Scotch."

„Du hast mir das Herz gebrochen, Lola." Zackary stellte Gläser auf das Tablett. „Oder weshalb, glaubst du, bin ich wohl zur Marine gegangen?"

„Weil du genau wusstest, wie gut dir die weiße Uniform steht." Sie lachte, nahm das Tablett und sah Rachel an. „Nehmen Sie sich vor diesem Burschen in Acht, er ist gefährlich."

Rachel nippte an ihrem Weinglas und versuchte, die verführerischen Düfte, die aus der Küche kamen, zu ignorieren. Ihr Magen knurrte erbarmungslos. „Haben Sie eine Minute Zeit?", fragte sie Zackary. „Ich müsste mir einmal ansehen, wie Sie wohnen."

Pete verdrehte die Augen. „Wie macht er das bloß?"

„Die Frauen scheinen auf mich zu fliegen. Ich kann mich kaum noch wehren." Er gab einem Kellner das Zeichen, ihn zu vertreten.

Rachel trank ihr Glas leer. „Ich bin die Strafverteidigerin seines Bruders", klärte sie Pete auf.

„Im Ernst?" Pete schien sehr beeindruckt. „Sie sind es also, die ihm den Knast erspart hat?"

„Vorerst. Muldoon?"

„Bin schon unterwegs." Zackary verließ die Bar und führte Rachel durch eine Schwingtür in die Küche.

Ihr Blick fiel sofort auf einen in Weiß gekleideten Zweimetermann, der gerade ein delikates Sandwich zusammenstellte.

„Rio, das ist Rachel Stanislaski, Nicks Anwältin."

„Freut mich. Der Junge wird es noch zum Weltmeister im Geschirrspülen bringen. Die paar Teile, die er Abend für Abend zerbricht, sind kaum der Rede wert."

Nick, der vor einer riesigen Spüle stand, die Arme in das Abwaschwasser getaucht, drehte sich um und murrte. „Wenn du meinst, anderer Leute Dreck waschen wäre ein akzeptabler Job, dann kannst du meinetwegen …"

„Keine unflätigen Bemerkungen in Gegenwart einer Dame." Rio hob ein großes Messer und teilte das Sandwich in vier Teile. „Meine Mutter sagte immer, nur beim Abwaschen findet der Körper genug Zeit, um die Seele zu entdecken. Also wasch weiter, mein Junge."

Rio lächelte, als er bemerkte, wie sehnsüchtig Rachel das Sandwich anstarrte. „Vielleicht sollte ich Ihnen ein warmes Essen zubereiten. Wenn Sie das Geschäftliche erledigt haben, könnten Sie es zu sich nehmen."

„Mach ihr ein Chili con carne, Rio." Zackary gab Rachel ein Zeichen, ihm zur Treppe zu folgen. „Das hier wird nicht lange dauern, dann kann sie essen, und danach bringe ich sie nach Hause."

Noch ehe sie etwas entgegnen konnte, fand sie sich auf Tuchfühlung mit Zackary in dem engen Treppenhaus. „Das ist wirklich sehr nett, Mr Muldoon, aber ich brauche weder ein Essen noch eine Eskorte."

„Sie werden beides bekommen, ob Sie es brauchen oder nicht." Er drehte sich zur Seite und drängte sie dabei leicht gegen die Wand. Dann nahm er eine Strähne von Rachels Haar zwischen die Finger. „Ihre Haare sind ja ganz feucht."

Sie wehrte seine Hand ab. „Es regnet."

„Ja, ich kann den Regen förmlich an Ihnen riechen, Rachel."

Sie konnte nicht vor und nicht zurück. „Sie stehen mir im Weg, Muldoon. Sparen Sie sich Ihren irischen Charme für jemanden, bei dem er wirkt, und machen Sie endlich Platz", fauchte sie.

„Nur einen Moment noch. War das Russisch, was Sie heute Ihrem Bruder nachgerufen haben?"

„Ukrainisch", presste sie zwischen den Zähnen hervor.

„Aha, Ukrainisch also." Er schien darüber nachzudenken. „Bis in die Sowjetunion bin ich nie gekommen."

„Ich auch nicht", erwiderte sie trocken. „Könnten wir diese Unterhaltung vielleicht verschieben, bis ich mir Ihren Wohnbereich angesehen habe?"

„Ja, natürlich." Mit einer Hand an ihrem Rücken führte er sie weiter die Stufen hinauf. „Es ist nichts Besonderes, aber für Nick ist es ein gewaltiger Fortschritt im Vergleich zu dem, was er vorher gewöhnt war. Ich weiß wirklich nicht, warum er …" Zackary brach ab und blieb auf der oberen Stufe stehen. „Nun, das ist jetzt vorbei."

Rachel allerdings hatte das unbestimmte Gefühl, dass jetzt alles erst richtig losging.

*R*achel nahm ihre neue Aufgabe sehr ernst. Obwohl Nick weiterhin ziemlich missmutig reagierte, kam sie mit den Schwierigkeiten gut zurecht. Am meisten aber beschäftigte sie, dass Zackary Muldoon ständig in ihrer Nähe war. Sie konnte ihn nicht fortschicken, aber auch nicht in seiner Gegenwart arbeiten.

Wenn ich ihn nur irgendwie aus meinem Kopf ausblenden könnte, überlegte sie, als sie nach dem sonntäglichen Essen mit ihrer Familie von der U-Bahn-Station zu ihrem Apartment ging. Das hätte vieles erleichtert. Aber selbst nach einer Woche war sie diesem Ziel nicht einen Schritt näher gekommen.

Er war barsch, ungeduldig und – so nahm sie zumindest an – potenziell gewalttätig. Trotzdem war er bereit, sich für seinen Stiefbruder einzusetzen, Geld, Zeit und Energie zu investieren, um den Jungen wieder auf die richtige Bahn zu lenken. In seiner Freizeit kleidete er sich so lässig, dass man es schon fast als schlampig bezeichnen konnte, doch wann immer Rachel in die Wohnung über der Bar kam, war alles blitzblank aufgeräumt und sauber. Oft berührte er sie, legte die Hand auf ihren Arm, ihre Schulter, in die Mulde an ihrem Rücken, doch immer in durchaus akzeptablen Grenzen, sodass sie bisher noch keinen Grund gehabt hatte, ihn zurückzuweisen.

Er flirtete offen mit den weiblichen Barbesuchern, doch dabei blieb es auch. Er war nie verheiratet gewesen, und auch wenn er jahrelang nicht bei seiner Familie gewesen war, so hatte er doch die Seefahrt aufgegeben, um seinen kranken Vater zu pflegen. Er irritierte und verwirrte sie maßlos. Und irgendwo tief in ihrem Innern verwandelte sich diese Irritation in eine seltsame Hitze, die Rachel, wenn sie ehrlich war, nur als pure Lust bezeichnen konnte.

Sie versuchte, diese Hitze zu ersticken, indem sie sich klarmachte, dass sie nicht der Typ war, der auf Lust reagierte. Natürlich war sie leidenschaftlich. Wenn es um ihre Familie und ihren Ehrgeiz ging. Aber Männer, auch wenn sie deren Gesellschaft durchaus genoss, standen ganz sicher nicht oben auf ihrer Prioritätenliste.

Und Sex noch viel weniger. Genau deshalb war es ja so lästig, dass sie dieses seltsame Prickeln verspürte.

Was für ein Mensch war dieser Zackary Muldoon? War es vielleicht besser, die Antwort darauf nie herauszufinden?

„Wo, zum Teufel, sind Sie gewesen?" Zackary stand plötzlich vor ihr und versperrte ihr den Weg.

„Ich … Verdammt, Sie haben mich fast zu Tode erschreckt. Müssen Sie unbedingt vor meiner Wohnung herumlungern?"

„Ich habe Sie überall gesucht. Sind Sie denn nie zu Hause?"

„Muldoon, ist es Ihnen noch nicht aufgefallen? Bei mir folgt eine Party auf die andere." Sie stieg die Treppen hinauf und öffnete die Haustür. „Was wollen Sie von mir?"

„Nick hat den Abflug gemacht."

Rachel blieb abrupt stehen. „Was soll das heißen?"

„Er ist heute Nachmittag aus der Küche verschwunden. Ich suche ihn bereits seit fünf Stunden."

„Nur keine Panik." Rachel ging den Flur entlang zum Fahrstuhl. „Es ist doch erst zehn Uhr. Er wird schon wissen, was er tut."

„Das ist ja das Problem." Sie betraten den Fahrstuhl. „Wir hatten vereinbart, dass er mir sagt, was er vorhat. Ich nehme an, dass er sich mit den Cobras trifft."

„Ich glaube nicht, dass Nick sein Versprechen so schnell bricht." Während sie in den vierten Stock fuhren, überlegte Rachel, wie sie weiter vorgehen konnten. „Wir könnten versuchen, ihn selbst zu finden, oder auch schwerere Geschütze auffahren."

„Schwerere Geschütze?"

„Alex."

„Keine Polizei." Zackary fasste ihren Arm. „Ich werde ihm nicht die Polizei auf den Hals schicken."

„Alex ist mein Bruder." Sie schüttelte seine Hand ab. „Außerdem bin ich dem Gericht verpflichtet, Zackary. Wenn Nick die Auflagen nicht einhält, kann ich das nicht ignorieren."

„Ich möchte aber nicht, dass er wieder ins Gefängnis muss, nachdem ich ihn vor einer Woche rausgeholt habe."

„Wir haben ihn herausgeholt", verbesserte sie ihn und schloss die Wohnungstür auf. „Wenn Sie meinen Rat und meine Hilfe nicht wünschen, so hätten Sie erst gar nicht zu kommen brauchen."

Zackary zuckte mit den Schultern und trat ein. „Wir sollten ihn gemeinsam suchen."

Er betrachtete den Raum, der kaum größer war als der, den Nick gemietet hatte. Sein Blick fiel auf das Sofa, das mit bunten Kissen dekoriert war. An einer Wand hing ein riesiger ovaler Spiegel, dessen Glas dringend einer Erneuerung bedurft hätte. Bücherregale und Dutzende von Fotografien und Skulpturen rundeten das Bild ab.

Zackary fühlte sich völlig fehl am Platz. Er steckte die Hände verlegen in die Taschen und betrachtete die zahlreichen Kerzen. Seine

Mutter hatte Kerzen geliebt, erinnerte er sich. Kerzen und Blumen und chinesische Vasen.

„Ich mache uns Kaffee." Rachel legte die Handtasche ab und ging in die Kochecke.

Zackary besah sich die Familienfotos an der Wand und setzte sich schließlich auf das Sofa. „Wie konnte ich nur auf die Idee kommen, für Nick den Vater spielen zu wollen? Sein halbes Leben lang hat er mit mir nichts zu tun gehabt. Er hasst mich."

„Sie haben richtig gehandelt", entgegnete Rachel und stellte die Tassen auf den Tisch. „Sie spielen nicht den Vater für ihn. Sie sind sein Bruder. Und er hasst Sie nicht, sondern ist zornig und voller Groll. Das hat mit Hass nichts zu tun. Jetzt hören Sie schon auf mit Ihren Selbstvorwürfen!" Rachel seufzte. „Haben Sie sich mit Nick gestritten?"

„Nein, das heißt nicht mehr als sonst. Er beschimpft mich, ich gebe ihm Kontra. Er flucht, ich fluche noch lauter. Wir haben uns gestern nach Barschluss unterhalten und noch einen alten Film im Fernsehen angesehen."

„Das ist doch schon mal ein Fortschritt ..."

„Mittags war er in der Küche. Sonntags kommen immer viele Familien zum Essen. Ich dachte, er hätte sich etwas früher zurückgezogen, um ein wenig allein zu sein. Als ich gegen vier Uhr nach ihm sah, war er nicht mehr da. Rio wollte ihn nicht bei mir anschwärzen, also hat er gut eine Stunde lang den Mund gehalten. Ich hatte gehofft, Nick würde einfach nur eine kurze Pause brauchen ... Dann habe ich ihn gesucht ..." Zackary trank seinen Kaffee aus und füllte seine Tasse selbst nach. „In den vergangenen Tagen war ich wohl etwas zu streng mit ihm."

„Hören Sie auf, sich Vorwürfe zu machen. Schließlich haben Sie ihn nicht am Hauptmast aufgehängt, oder?" Sie konnte sich nicht zurückhalten und legte eine Hand auf seinen Arm. „Lassen Sie mich mit Alex reden."

Zackary setzte sich widerwillig und stellte die Tasse auf den Tisch. Da er keinen Aschenbecher entdeckte, verkniff er es sich, eine Zigarette anzuzünden.

Er hörte nur mit einem Ohr dem Telefongespräch zu, das Rachel mit ihrem Bruder führte. Diese Frau war ein Energiebündel, das sicherlich voller Leidenschaften steckte. Wie oft hatte er sich in den vergangenen Tagen beherrschen müssen, sie nicht anzurufen?

Irgendetwas an Rachel faszinierte ihn. Er fühlte sich zu ihr hingezogen, und Zack hatte nicht die geringste Ahnung, ob er diesen Drang schnellstens ersticken oder ihm nachgeben sollte. Allerdings war seine

Libido jetzt wirklich das Letzte, mit dem er sich beschäftigen sollte. Schließlich ging es hier um Nick.

Offenbar war Rachels Bruder nicht begeistert, sich einzuschalten. Sie redete hitzig auf Ukrainisch auf ihn ein. Zack griff nach einer kleinen Statuette, die auf dem Kaffeetisch stand, und betrachtete sie mit zusammengezogenen Brauen. Es machte ihn wahnsinnig, wenn sie Ukrainisch sprach.

Aber offenbar hatte sie damit mehr Erfolg. „*Tak*", erwiderte sie zufrieden. Alex hatte nachgegeben. „Ich schulde dir was, Alexej." Sie lachte, ein herzliches, sattes Lachen, ein Klang, der Zack direkt in die Lenden fuhr. „Na schön, ich schulde dir viel." Sie legte den Hörer auf. „Alex sieht sich mit seinem Partner ein wenig um. Er benachrichtigt uns, falls er etwas herausfindet."

„Dann warten wir einfach?"

„Ja." Rachel nahm einen Notizblock vom Schreibtisch. „Um uns die Zeit zu vertreiben, sollten Sie mir etwas über Nicks Werdegang erzählen. Sie sagten, seine Mutter starb, als er ungefähr fünfzehn war. Was ist mit seinem Vater? Hat er danach für Nick gesorgt?"

„Seine Mutter war nicht verheiratet." Zackary griff automatisch nach einer Zigarette, dann ließ er den Arm wieder sinken. Rachel hatte die Geste bemerkt und holte aus einer Schublade den einzigen Aschenbecher hervor, den sie besaß.

„Danke." Erleichtert zündete er sich eine Zigarette an. „Nadine muss ungefähr achtzehn gewesen sein, als sie schwanger wurde. Der Typ wollte von dem Baby nichts wissen und ließ sie sitzen. So bekam sie Nick und tat ihr Bestes. Eines Tages kam sie in unsere Bar, auf der Suche nach einem Job. Dad hat sie eingestellt."

„Wie alt war Nick damals?"

„Vier, fünf. Manchmal konnte sie niemanden finden, der während ihrer Arbeitszeit auf den Kleinen aufpasste, also schlug Dad ihr vor, ihn mitzubringen. Ich habe mich dann um ihn gekümmert. Er war ganz in Ordnung." Zack lächelte schwach. „Er war still, beobachtete aufmerksam und war ziemlich clever. Er konnte schon lesen, bevor er in die Schule kam. Ein paar Monate danach heirateten Nadine und mein Vater. Dad war gute zwanzig Jahre älter als sie, aber ich vermute, sie beide waren einfach einsam. Meine Mutter war damals schon fast zehn Jahre tot. Also zogen Nadine und der Kleine zu uns."

„Wie war es für Sie? Für Nick?"

„Es schien ganz gut zu gehen. Himmel, ich war doch selbst noch ein halbes Kind." Rastlos geworden, stand er auf und begann, im Zimmer auf und ab zu gehen. „Nadine hat sich überfordert, um es jedem recht zu machen. Das lag in ihrer Natur. Und mein Vater … nun, er war kein einfacher Mensch. Er hat viel Zeit in seiner Bar verbracht. Wir waren nicht gerade eine Bilderbuchfamilie, aber es war okay." Er warf einen Blick auf Rachels Familienfotos und war erstaunt über die Eifersucht, die ihn durchzuckte. „Ich hatte nichts dagegen, dass der Kleine ständig um mich herum war. Dann bin ich zur Marine gegangen, gleich nach der Schule. Das ist so eine Art Familientradition. Es war hart für meinen Vater, als Nadine starb. Noch härter für Nick. Man könnte sagen, sie haben es aneinander ausgelassen."

„Und zu dieser Zeit fingen Nicks Schwierigkeiten an?"

„Er hatte vorher schon mal kleinere Probleme gehabt, aber nach Nadines Tod wurde es schlimmer. Bei jedem Landurlaub beschwerte sich mein Vater mehr und mehr über ihn. Der Junge geriete ständig in Schwierigkeiten, hinge mit Gesindel herum … und so weiter. Und wenn ich mich einmischte und mit Nick darüber reden wollte, fluchte er und beschimpfte mich, und dann haute er meist einfach ab."

Rachel begann zu verstehen: Ein kleiner Junge, von seinem leiblichen Vater nicht gewollt, fängt an, in seinem großen Bruder ein Vorbild zu sehen, fühlt sich dann von ihm allein gelassen, als dieser zur See geht. Die Mutter stirbt, und mit dem Stiefvater, der alt genug ist, sein Großvater zu sein, gibt es keinen richtigen Kontakt. Nichts in seinem Leben ist von Bestand – nur die Ablehnung.

„Ich bin kein Psychologe, Zack, aber mir scheint, der Junge braucht Zeit, um wieder Vertrauen zu fassen. Und ich halte es auch nicht für falsch, wenn Sie streng mit ihm sind. Im Gegenteil, gerade dafür wird er Sie mit der Zeit respektieren lernen. Man muss nur den richtigen Gegenpol finden." Sie seufzte und legte den Block beiseite. „Und das ist der Punkt, wo ich ins Spiel komme. Wahrscheinlich war ich bisher zu harsch mit ihm. Wir sollten es vielleicht anders versuchen. Ich werde die mitfühlende Schulter sein, an die er sich anlehnen kann. Glauben Sie mir, ich verstehe Flegel und Hitzköpfe. Ich bin mit ihnen aufgewachsen. Wir sollten damit anfangen …"

Das Klingeln des Telefons unterbrach sie. Rachel nahm den Hörer ab. „Hallo. Ah, ja. Gut. Danke, Alex." Sie legte auf. „Sie haben ihn entdeckt. Er ist auf dem Weg zur Bar."

Die Erleichterung in Zacks Blick wandelte sich innerhalb von Sekundenbruchteilen in Ärger. „Wenn ich den Burschen in die Finger kriege …"

„Sie werden ihn ganz sachlich fragen, wo er gewesen ist", schnitt sie ihm das Wort ab. „Und damit das auch wirklich klappt, begleite ich Sie."

Nick schlich sich in Zackarys Apartment. Er war überzeugt, dass er es besonders schlau angestellt hatte, indem er Rio überlistet und sich unbemerkt entfernt hatte.

Er holte sich ein Bier aus der Küche. Irgendwie ging alles schief. Dabei hatte er nur kurz nachsehen wollen, was die Jungs so auf der Straße trieben. Und jetzt behandelten sie ihn wie einen Außenseiter. Sie trauten ihm nicht. Reece nahm an, dass er nur deshalb so schnell aus dem Gefängnis entlassen worden war, weil er irgendetwas verraten hatte. Als Nick ihnen erzählte, wie es wirklich war, dass er für Zackary in der Bar das Geschirr spülte, hatten sie ihn ausgelacht. Und nicht einer der Cobras hatte es für nötig befunden, ihm zu erklären, warum sie ihn bei dem Einbruch im Stich gelassen hatten.

Danach war er bei Marla vorbeigegangen. In den letzten Monaten hatten sie sich regelmäßig getroffen. Er war sicher gewesen, wenigstens bei ihr auf Verständnis zu stoßen. Aber sie war nicht da gewesen – ausgegangen, mit irgendeinem anderen Kerl.

Jeder hatte ihn fallen gelassen. Wieder mal. Das war nichts Neues. Aber das machte es nicht einfacher, es zu ertragen. Verdammt, sie sollten doch seine Familie sein. Sich für ihn einsetzen, zu ihm halten. Ihn nicht beim ersten kleinen Problem abwimmeln. Er hätte das keinem von ihnen angetan. Er trank den letzten Schluck und knallte die leere Flasche in den Abfalleimer. Das Klirren des brechenden Glases befriedigte ihn nur wenig. Nein, er hätte so was nie getan.

Als er die Wohnungstür hörte, verließ er missmutig die Küche. Zackary hatte er erwartet, nicht aber Rachel.

Zackary zog die Jacke aus. Er konnte nur hoffen, dass es ihm gelang, sein Temperament zu zügeln. „Ich nehme an, du hattest einen guten Grund, dich heute Nachmittag aus dem Staub zu machen."

„Ich wollte frische Luft schnappen." Nick zündete sich eine Zigarette an. „Ist das etwa verboten?"

„Wir haben eine Vereinbarung", erwiderte Zackary ruhig. „Du solltest dich vorher mit mir absprechen und mir sagen, wohin du gehst."

„Nein, das ist deine Vereinbarung. Wir leben in einem freien Land, und ich kann gehen, wohin ich will." Er zeigte auf Rachel. „Wie ich sehe, hast du dir gleich einen Rechtsbeistand mitgebracht, nicht wahr?"

„Hör zu, Kleiner ..."

„Ich bin kein Kind mehr", platzte Nick heraus. „Als du in meinem Alter warst, hast du auch niemandem gesagt, wohin du gehst."

„Ich war in deinem Alter kein Einbrecher." Er ging einen Schritt auf Nick zu, aber Rachel hielt ihn zurück.

„Warum gehen Sie nicht in die Bar und holen mir ein Glas Wein, Muldoon? Ich wäre gern einen Moment mit meinem Mandanten allein."

„Also schön." Zackary ging zur Tür. „Aber was auch immer sie dir sagen wird, Bürschchen, ab nächster Woche weht hier ein anderer Wind. Notfalls werde ich Rio anweisen, dich an die Spüle zu ketten." Er schlug die Tür heftig hinter sich zu.

Nick zog an der Zigarette und ließ sich aufs Sofa fallen. „Große Sprüche", murrte er. „Er glaubt, er kann mich herumkommandieren. Seit Jahren stehe ich auf eigenen Füßen. Das sollte er endlich kapieren."

Rachel setzte sich neben ihn. Sie verkniff es sich, eine Bemerkung über das Bier zu machen, das sie in Nicks Atem riechen konnte, auch wenn der Junge noch minderjährig war. „Muss schwer sein für dich, hier zu leben, nachdem du doch eine eigene Bude hattest."

„Ja, aber ich glaube, die zwei Monate werde ich das schon durchstehen."

„Ich war nur wenig älter als du, als ich von zu Hause fortging. Und ich habe zwei Brüder, die ständig auf mich aufgepasst haben. Einerseits hat es mich wütend gemacht, auf der anderen Seite gab es mir ein Gefühl der Sicherheit."

Nick starrte auf die Zigarette. „Er ist nicht mein richtiger Bruder."

Gott, er sieht so jung aus, dachte sie. Und so verletzt. „Das hängt davon ab, was du mit richtig meinst." Sie legte eine Hand auf sein Knie, darauf gefasst, dass er sie abweisen würde, aber er sah nur erstaunt auf ihre Finger. „Zackary macht sich Sorgen um dich, Nick."

Er räusperte sich verlegen. „Warum? Ich bedeute ihm gar nichts."

„Warum sollte er dich sonst so anschreien? In meiner Familie galten solche Ausbrüche immer als ein Zeichen dafür, dass wir uns mochten. Zackary möchte auf dich aufpassen."

„Ich kann auf mich selbst achtgeben."

„Aber manchmal ist es ganz gut, eine helfende Hand anzunehmen. Er wird zwar nicht begeistert sein, wenn ich es dir erzähle, aber ich glaube, du solltest es wissen." Sie wartete, bis Nick sie ansah. „Zackary musste einen Kredit aufnehmen, um den Gesamtschaden, der bei dem Einbruch entstanden ist, bezahlen zu können."

„Quatsch. Hat er Ihnen diesen Bären aufgebunden?"

„Ich habe mich selbst davon überzeugen können. Die Bar steht zwar auf einer soliden finanziellen Basis, wirft aber nicht so viel ab, dass er damit alles hätte bezahlen können. Und kein Mann brächte sich in eine solche Situation, wenn es nicht um jemanden ginge, der ihm etwas bedeutet."

Nick drückte hastig die Zigarette aus. „Er fühlt sich nur irgendwie verpflichtet, das ist alles."

„Möglich, aber mir scheint, du bist ihm etwas schuldig, Nick. Zumindest solltest du dich in den nächsten Wochen ein bisschen kooperativer zeigen. Er macht sich wirklich große Sorgen um dich."

„Zackary macht sich um nichts und niemanden Sorgen."

„Er zeigt es nur nicht offen. Zackary glaubte, dass du dich aus dem Staub gemacht hast."

„Wo, zum Teufel, hätte ich denn hingehen sollen? Es gibt niemanden … Wir haben einen Deal", flüsterte er. „Ich werde nicht abhauen."

„Ich freue mich, das zu hören. Und ich werde dich auch nicht fragen, wo du warst", fügte sie lächelnd hinzu. „In meinem Bericht für das Gericht wird nur stehen, dass du spazieren warst und dich in der Zeit vertan hast. Wenn du wieder einmal den Drang verspürst, frische Luft zu schnappen, kannst du mich anrufen."

„Wozu?"

„Weil ich das Gefühl kenne, sich von allem frei zu machen und auszubrechen." Sie fuhr mit der Hand durch sein Haar. „Es ist kein Verbrechen, mit seinem Verteidiger befreundet zu sein. Also, was ist? Gib dir einen Ruck und versuch besser mit Zackary zurechtzukommen, während ich dir ein wenig den Rücken frei halte. Ich kenne alle Tricks und Kniffe, wie man mit neugierigen älteren Brüdern umgeht."

Sie duftet wundervoll, überlegte Nick, und warum war ihm nicht schon viel früher aufgefallen, was für schöne Augen sie hatte? „Vielleicht könnten wir ja mal zusammen irgendwohin gehen?"

„Sicher." Sie hielt seinen Vorschlag für ein Zeichen seines Vertrauens.

„Ich kann Sie also jederzeit anrufen? Sie haben nichts dagegen?"

„Aber klar." Sie drückte ihm die Hand.

Als die Tür aufging und Zackary hereinkam, stand Nick wie von der Tarantel gestochen auf.

Zackary reichte Rachel das Weinglas und Nick eine Flasche Ginger Ale, dann nahm er einen Schluck aus seinem Bierglas. „So, habt ihr zwei eure Besprechung beendet?"

„Vorerst ja." Rachel nippte an dem Wein und blinzelte Nick zu.

„Es tut mir leid, dass ich einfach so weggelaufen bin", erklärte Nick und hielt Zackarys Blick stand.

Zackary schluckte. Nicks Reaktion kam völlig überraschend. „Okay. Wir könnten einen Plan erstellen, der dir mehr Freizeit gewährt."

„Klar, kein Problem." Nick ging zur Tür. „Also, bis dann, Rachel."

Als er gegangen war, setzte sich Zackary neben Rachel und schüttelte verwundert den Kopf. „Was haben Sie mit ihm gemacht? Ihn hypnotisiert?"

„Nicht ganz."

„Was, in aller Welt, haben Sie ihm gesagt?"

Rachel seufzte zufrieden. „Das ist nur für Eingeweihte bestimmt. Er braucht nur jemanden, der ein bisschen sein Ego streichelt. Ihr seid euch sehr ähnlich."

Zackary legte den Arm über die Sofalehne, sodass er ihr Haar berühren konnte. „Wie soll ich das verstehen?"

„Ihr seid zwei leidenschaftliche Dickschädel. Ich erkenne diesen Typ sofort, denn ich bin in einer Familie aus Dickschädeln aufgewachsen." Sie schloss kurz die Augen. „Fehler werden nur ungern zugegeben, und ein Problem wird vorzugsweise mit den Fäusten geregelt, bevor man sich auf eine vernünftige Aussprache einlässt."

„Wollen Sie damit andeuten, das seien Charakterschwächen?"

Sie öffnete die Augen wieder und lachte. „Eher Charaktereigenschaften. In meiner Familie wimmelt es von temperamentvollen Charakteren. Solche Menschen brauchen ein Ventil, um ihr hitziges Temperament ablassen zu können. Für meine Schwester Natasha war es erst das Ballett, dann ihr Laden und ihre Familie. Mein Bruder Mikhail hat seine Kunst, Alexej ist ein Streiter für die Gerechtigkeit, und ich setze mich für das Gesetz ein. So wie ich das sehe, war es für Sie die Marine, und jetzt ist es die Bar. Nick muss sein Ventil noch finden."

Er fuhr mit einem Finger leicht über ihren Hals, spürte den Schauer, der sie durchzuckte. „Sind Paragraphen wirklich das richtige Ventil für Leidenschaft?"

„Für mich schon." Als sie merkte, wie nahe sein Gesicht dem ihren war, hatte er bereits seine Hand um ihre Schulter gelegt. Die Alarmsirenen in ihrem Kopf waren eindeutig zu spät losgegangen. „Ich muss jetzt nach Hause", erklärte sie schnell. „Um neun Uhr muss ich wieder im Gericht sein."

„Ich begleite Sie."

„Ich kenne den Weg, Muldoon."

„Es muss sein." Er nahm ihr das Weinglas ab und stellte es beiseite. „Wir sprachen gerade über Leidenschaften." Seine Finger griffen in ihr Haar. „Und Ventile."

Sie presste die Hand gegen seine Brust, aber er zog sie noch näher zu sich. „Ich bin gekommen, um Ihnen zu helfen, Muldoon." Sein Mund war bereits gefährlich nah. „Nicht, um mich auf irgendwelche Spielereien einzulassen."

„Ich teste nur Ihre Theorie, Frau Anwältin." Er berührte ihre Unterlippe. Einmal, zweimal. Dann bedeckte er ihren Mund mit leidenschaftlichen Küssen und presste sie gegen das Sofa.

Natürlich hätte sie ihn aufhalten können. Sie wusste, wie man sich gegen unerwünschte Avancen zur Wehr setzte. Das Problem war nur, wie setzte man sich gegen Avancen zur Wehr, die man sich nicht wünschen wollte?

Sein Mund war so … so hungrig. So ungeduldig. So leidenschaftlich. Er küsste meisterlich. Wenn es eine Sekunde gegeben hatte, in der sie Widerstand hätte leisten können, dann war diese längst vorbei. Sie wurde von ihrer eigenen Leidenschaft davongetragen, und sie riss ihn mit sich.

Er war auf Widerstand vorbereitet gewesen, auf Kratzen und Fauchen und sogar eine Ohrfeige. Er hätte es akzeptiert und sich zurückgezogen. Sicher, er war ein leidenschaftlicher Mann, aber er hatte Prinzipien. Er nahm sich nicht mit Gewalt, was ihm nicht freiwillig geboten wurde.

Und sie bot ihm nicht nur, sie explodierte geradezu. In dem Moment, als er seine Lippen auf ihre gepresst hatte, hatte er auch das Feuer in ihre Augen schießen sehen. Das gleiche Feuer, das in ihm tobte. Sie hatte den Kuss nicht nur mit der gleichen Glut erwidert, sie hatte ihn weiter angeheizt. Viel weiter, als er gehen wollte.

Und dann der leise Seufzer. Dieser Laut, ein ungemein weiblicher Ausdruck von Triumph und Kapitulation, schickte unzählige Schauer über seinen Rücken. Sie schmiegte sich an ihn, mit diesem unbeschreiblich weichen, schlanken Körper, dass er meinte, in Flammen zu stehen.

Sie vernahm sein raues Stöhnen, fühlte, wie sie in die Kissen der Couch gedrückt wurde, und für einen wunderbar freien, überwältigenden Moment konnte sie nur ein Wort denken: Ja! Das war es, wonach sie sich immer gesehnt hatte, diese wilde Sturmflut von Gefühlen, dieses ungebändigte, zügellose Verlangen, den Körper des anderen zu spüren. Sie bog sich ihm entgegen, als sein Mund verlangend über ihren Hals wanderte.

Und dann murmelte er ihren Namen. Stöhnend, heiser, rau. Es war wie ein Schwall eiskalten Wassers. Ein Schock, der sie in die Wirklichkeit zurückholte.

Sie lag auf einer Couch in einer fremden Wohnung und fummelte mit einem Mann herum, den sie kaum kannte!

„Nein." Rachel versuchte sich zu befreien. „Aufhören! Ich sagte Nein."

Zackary hob den Kopf und atmete heftig. „Warum?"

„Weil das verrückt ist. Und jetzt lass mich endlich los!"

Er hätte sie erwürgen können. Weil sie ihn fast dazu gebracht hätte zu betteln. „Wie du willst, Lady." Er ballte die Fäuste, um das Zittern zu verbergen. „Sagtest du nicht, du hältst nichts von Spielchen?"

Sie fühlte sich erniedrigt, war wütend auf sich selbst und unendlich frustriert. Und in so einem Fall war Angriff immer die beste Verteidigung. „Tue ich auch nicht. Du hast dich mir aufgedrängt. Um es ein für alle Mal klarzumachen: Ich bin nicht interessiert."

„Sicher. Deshalb hast du mich auch so hart geküsst, dass mir fast die Zähne ausgefallen sind."

„Du hast mich geküsst!" Sie stieß ihm mit dem Finger in die Brust. „Du bist so verflucht groß und stark, dass ich dich nicht aufhalten konnte."

„Ein einfaches Nein hätte gereicht." Er zündete sich eine Zigarette an. „Lass uns doch bei der Wahrheit bleiben, Frau Anwältin. Ich wollte dich küssen, seit ich dich zum ersten Mal gesehen habe, als du wie eine Königin in dieser schäbigen kleinen Wache gesessen hast. Kann ja sein, dass das bei dir nicht so gewesen ist, aber als ich dich gerade geküsst habe, hast du mich zweifelsfrei zurückgeküsst."

Ein Rückzug zum richtigen Zeitpunkt war auch eine gute Verteidigung. Rachel stand auf und nahm Jacke und Handtasche. „Vergessen wir es."

„Nein." Er stellte sich Rachel in den Weg. „Wir besprechen das auf dem Nachhauseweg."

„Ich möchte nicht, dass du mich nach Hause bringst." Sie legte sich die Jacke über die Schultern. „Und komm nicht auf die Idee, mir zu folgen, sonst lasse ich dich wegen Belästigung einsperren."

„Versuch es. Und jetzt gehen wir zur U-Bahn." Er griff nach ihrem Arm, aber Rachel schüttelte ihn wütend ab. „Was ist los mit dir?", fauchte sie. „Kannst du kein Nein akzeptieren?"

Statt einer Antwort drückte Zackary sie gegen die Tür und küsste sie auf den Mund. „Wenn ich ein Nein nicht akzeptieren könnte, würde ich dich jetzt nicht nach Hause bringen, nachdem du mich so angeheizt hast, dass ich die nächste Woche wahrscheinlich die meiste Zeit unter der kalten Dusche verbringen muss." Er riss die Wohnungstür auf. „Also. Gehst du jetzt freiwillig mit, oder muss ich dich mir über die Schulter werfen?"

Sie reckte herausfordernd das Kinn und segelte hocherhobenen Hauptes an ihm vorbei und zur offenen Tür hinaus.

Also schön, dachte sie. Gehen wir.

Aber sie würde kein Wort mit ihm reden.

4. KAPITEL

*R*achel verließ das Gerichtsgebäude. Ein quälend langer Zehnstundentag lag hinter ihr.

Eigentlich hatte sie allen Grund, glücklich zu sein, denn ihr Mandant war freigesprochen worden, aber es gelang ihr nicht, sich über diesen Sieg zu freuen. Als sie Zackary auf der untersten Treppe entdeckte, wäre sie um ein Haar über ihre eigenen Füße gestolpert.

„Frau Anwältin." Er reichte ihr die Hand.

„Was gibt es denn?", fragte sie. „Auch wenn uns das Gericht als Aufpasser für Nick bestimmt hat, wäre ich nicht abgeneigt, ein Stündchen ohne deine Gegenwart verbringen zu dürfen."

„Vielleicht kann ich dich damit umstimmen." Er streckte ihr die rechte Hand, die er hinter dem Rücken versteckt hatte, entgegen und überreichte ihr einen bunten Blumenstrauß.

Rachel besah sich argwöhnisch das Geschenk. „Und wofür sind die?"

„Sie sollen die traurigen Pflanzen ersetzen, die in deiner Wohnung vor sich hin welken." Als sie keine Anstalten machte, den Strauß entgegenzunehmen, wurde er ungeduldig. „Okay, ich wollte mich für mein Verhalten entschuldigen." Er drückte ihr wütend die Blumen in die Hand.

„Dein Verhalten? Du hast dich wie ein Irrsinniger auf mich geworfen. Warum nimmst du nicht einfach deine Blumen und deine charmante Entschuldigung und …"

„Jetzt mach mal halblang! Ich sagte, dass es mir leidtut, obwohl ich dich nur geküsst habe."

Als kluge Anwältin wusste Rachel, wann sie einen Kompromiss eingehen und die Taktik ändern musste. Sie schmunzelte und betrachtete den Blumenstrauß. „Wollen Sie mich damit bestechen, Mr Muldoon?"

Die Art, wie sie seinen Namen aussprach, gab ihm zu verstehen, dass er die erste Hürde genommen hatte. „Ja."

„Schön, dann nehme ich sie."

„Danke." Er hakte die Daumen in seine Hosentaschen. „Übrigens war ich vor etwa einer Stunde im Gerichtssaal und habe dich beobachtet … Nicht schlecht, wie du die Anklage gegen den Kläger gedreht hast!"

Sie lächelte durchtrieben. „Ich liebe Gerechtigkeit."

Er streckte die Hand aus und streichelte flüchtig über ihren Hals. „Vielleicht hast du Lust, deinen Sieg für die Unterprivilegierten dieser Welt zu feiern. Wollen wir spazieren gehen?"

Fehler. Das Wort blinkte in Neonfarben in ihrem Kopf auf. Aber der Abend war wunderbar lau. „Keine schlechte Idee, solange wir in Richtung zu meinem Apartment laufen. Ich muss die Blumen ins Wasser stellen."

Er nahm ihr die Aktentasche ab. „Schleppst du etwa Ziegelsteine mit dir herum?"

„Die Juristerei ist ein schweres Geschäft, Muldoon. Übrigens, wie kommst du mit Nick zurecht?"

„Besser. Glaube ich zumindest. Er sträubt sich noch gegen die Idee, von Rio das Kochen zu lernen, ansonsten macht er sich sehr nützlich. Er möchte sich immer noch nicht richtig mit mir aussprechen. Aber was kann ich nach einer Woche schon erwarten?"

„Und sieben bleiben noch übrig."

„Ja." Er griff in die Jackentasche, nahm etwas Kleingeld heraus und warf es in den Hut eines Bettlers. „Ich nehme an, wenn sie es bei der Marine geschafft haben, im gleichen Zeitraum aus mir einen richtigen Seemann zu machen, so habe ich vielleicht ganz gute Karten."

„Vermisst du die Seefahrt manchmal?"

„Nicht sehr. Aber manchmal wache ich nachts auf und denke, ich bin an Bord eines Schiffes." Und dann waren da noch diese Albträume, aber die musste ein Mann einer Frau nicht unbedingt mitteilen. „Sobald sich die Situation gebessert hat, werde ich mir ein Boot kaufen und damit für ein paar Monate herumsegeln." Zackary konnte sich Rachel gut an Bord eines Segelschiffes vorstellen. „Warst du schon einmal auf See?"

„Nur, wenn du die Überfahrt mit der Fähre nach Liberty Island dazurechnest."

„Es würde dir gefallen." Er strich leicht mit den Fingern über ihren Arm. „Man könnte es auch als Ventil ansehen."

Rachel hielt es für besser, keinen Kommentar dazu abzugeben.

Sie hatten das Gebäude, in dem sie wohnte, erreicht. Sie blieb stehen und nahm die Aktentasche an sich. „Vielen Dank für die Blumen und deine Begleitung. Ich werde wahrscheinlich morgen nach der Arbeit in der Bar vorbeikommen, um nach Nick zu sehen."

Zackary fasste ihre Hand. „Rachel, ich habe heute Abend frei. Und ich würde diesen Abend gerne mit dir verbringen."

„Wie bitte?" Sie sah ihn völlig verdutzt an.

„Ich würde gern einen Abend mit dir verbringen." Er spielte gedankenverloren mit einer Strähne ihres Haars. „Ein gutes Essen, Musik. Ich kenne einen Ort, an dem wir beides haben könnten. Wenn dich der Gedanke an ein Rendezvous nicht zu nervös macht ..."

„Ich bin nicht nervös." Ein bisschen doch, dachte sie bei sich.

„Lass es uns betrachten wie zwei Menschen, die gemeinsame Interessen haben und ein paar Stunden miteinander verbringen wollen. Es kann überhaupt nicht schaden, wenn wir uns etwas besser kennenlernen." Zackary zog seine Trumpfkarte. „Alles zu Nicks Wohl."

„Du willst mit mir zu Nicks Wohl den Abend verbringen?"

Zackary grinste schelmisch. „Verdammt, nein. Um ehrlich zu sein, entspringt mein Wunsch ganz eigennützigen Zielen."

„Das dachte ich mir. Aber vielleicht könnten wir eine Abmachung treffen. Ich mache mich jetzt ein wenig zurecht, und du versprichst, dass du nicht anmaßend wirst."

„Du bist eine ganz schön harte Nuss."

„Endlich hast du mich verstanden."

„Also abgemacht."

„Schön. Komm in zwanzig Minuten zurück."

Eigentlich wirkte der Ort, an den Zackary sie geführt hatte, eher wie ein Klub und nicht wie eine Bar. Eine Dreimannband spielte auf einer kleinen Bühne einen Blues, während sich eine Handvoll Gäste auf der winzigen Tanzfläche, die von Tischen umgeben war, tummelte. Die Art, wie Zackary von dem Ober begrüßt wurde, ließ darauf schließen, dass er hier kein Fremder war.

Augenblicklich hatten sie einen Tisch in einer dunklen Ecke, und kurz darauf bekamen sie ein Glas Wein und ein Bier serviert.

„Ich komme wegen der Musik hierher", erklärte Zackary. „Aber das Essen ist auch sehr gut."

„Was schlägst du vor?"

„Versuch mal die gegrillten Hühnerschenkel. Da kannst du mir vertrauen."

Sie stellte fest, dass sie ihm zumindest in dieser Beziehung tatsächlich trauen konnte. Sie genoss jeden Bissen und begann sich langsam zu entspannen. „Du sagtest mir, dass es in eurer Familie Tradition war, zur Marine zu gehen. Bist du deshalb zur See gefahren?"

„Ich wollte einfach weg und etwas von der Welt sehen. Eigentlich sollten es nur vier Jahre werden, aber dann habe ich verlängert."

„Warum?"

„Ich war Teil einer Mannschaft, und ich liebte das Leben an Bord. Du stehst an der Reling und siehst um dich herum nur Wasser. Du lernst alle Gegenden dieser Welt kennen."

„In zehn Jahren hast du vermutlich ziemlich viel von der Welt gesehen und kennengelernt."

„Das Mittelmeer, den Südpazifik, den Indischen Ozean, den Persischen Golf. Ich habe mir im Nordatlantik die Finger abgefroren und Haie in der Karibik gefüttert."

Rachel stützte die Ellbogen auf den Tisch. „Sieht das Meer vom Deck eines Schiffes nicht überall gleich aus?"

„Nein." Er glaubte nicht, dass es ihm gelingen könnte, Rachel in Worten zu beschreiben, wie unterschiedlich die Weltmeere waren, das Gefühl, die Delfine und Wale bei ihren Streifzügen zu beobachten. „Die Meere haben ihre eigenen Charakteristika, genau wie Landmassen."

„Dir fehlt das Meer, nicht wahr?"

„Es ist ein Teil von mir geworden. Was ist mit dir? Ist die Juristerei eine Familientradition der Stanislaskis?"

„Nein. Mein Vater ist Zimmermann, genau wie mein Großvater."

„Wie bist du dann zur Rechtswissenschaft gekommen?"

„Weil ich in einer Familie aufgewachsen bin, die Unterdrückung kennengelernt hat. Sie sind aus der Ukraine geflohen, mit der wenigen Habe, die sie auf ein Fuhrwerk laden konnten. Im Winter durchquerten sie das Gebirge, um nach Österreich zu kommen. Ich bin die Erste in unserer Familie, die hier zur Welt kam."

„Das klingt fast so, als würdest du es bereuen."

„Ich fühle mich beiden Seiten verbunden. Meine Familie hat nie vergessen, wie es war, endlich in Freiheit leben zu können. Freiheit und Gerechtigkeit gehören zusammen."

„Manche Leute könnten sagen, du hättest die Chance, der Gerechtigkeit in einer bequemen Kanzlei zu dienen."

„Manche Leute könnten das sagen, ja."

„Ich habe mich über dich erkundigt. Du hast das New Yorker College als Jahrgangsbeste abgeschlossen, mehrere Angebote von Topfirmen abgelehnt, um für ein Taschengeld als Pflichtverteidigerin zu arbeiten. Ich könnte auf die Idee kommen, dich entweder für verrückt zu halten oder für eine Frau, die sich berufen fühlt."

Rachel nickte. „Und du hast die Marine verlassen, dekoriert mit Orden, darunter die Tapferkeitsmedaille. Deine Akte enthält aber auch Einträge wegen Ungehorsams sowie eine Belobigung eines Admirals für deinen mutigen Einsatz während einer Rettungsaktion bei stürmischer See." Rachel genoss es, dass er sie verblüfft ansah. Sie hob das Glas und prostete ihm zu. „Ich habe ebenfalls Erkundigungen eingeholt."

„Wir sprachen gerade von dir", entgegnete Zackary.

„Nein, du hast von mir gesprochen." Rachel lächelte. „Also, Muldoon, warum hast du eine Ausbildung zum Offizier ausgeschlagen?"

„Ich hatte keine Lust, Offizier zu werden." Er fasste ihre Hand. „Komm, lass uns tanzen."

„Du bist viel zu bescheiden." Sie lachte leise, als er ein wenig rot wurde, und ließ sich auf die Tanzfläche führen.

„Kein Wort mehr darüber."

„Es muss verdammt schwer sein, ein Held zu sein", fuhr Rachel unbeirrt fort.

„Hör zu. Du vergisst jetzt die Sache mit den Medaillen und der Admiralität, und ich werde mit keinem Wort erwähnen, dass du als Jahrgangsbeste die Abschlussrede halten durftest. Und jetzt hör auf, darüber nachzudenken."

Es hätte gar nicht seiner Aufforderung bedurft, denn in dem Augenblick, als Zackary sie fest in seine Arme schloss, schien sich ihr Verstand von selbst abzuschalten. Rachel überließ sich ganz den verführerischen Tönen des Saxofons, den gleichförmigen Rhythmen der Bassgitarre und der Melodie des Pianospiels.

Sie wiegten sich eng umschlungen zu den Klängen der Musik, und niemand auf der winzigen Tanzfläche wäre auf die Idee gekommen, dies Tanzen zu nennen.

„Du passt sehr gut zu mir", raunte Zackary ihr ins Ohr.

„Das liegt daran, dass ich auf den Zehenspitzen stehe."

„Ich meinte nicht wegen deiner Größe." Er rieb seine Wange an ihrem Haar. „Es ist schön, dich zu spüren. Du riechst verführerisch, du fühlst dich gut an, du schmeckst genau richtig …"

Rachel drehte den Kopf zur Seite, bevor Zackary sie küssen konnte. „Mich in aller Öffentlichkeit zu verführen, könnte strafrechtliche Folgen für dich haben."

„Nein, ich kenne eine gute Anwältin." Er strich sanft mit den Händen über ihren Rücken.

„Sie werden uns beide einsperren."

„Ich werde die Kaution stellen." Er bemerkte, dass Rachel unter ihrem Sweater nichts anhatte. „Ich möchte mit dir allein sein." Er unterdrückte ein Stöhnen und küsste ihren Hals. „Weißt du, was ich jetzt täte, wenn ich mit dir allein wäre?"

Rachel schüttelte den Kopf. „Wir sollten uns lieber wieder setzen."

„Ich möchte dich streicheln, dich spüren."

„Zwei Schritte zurück", ermahnte sie ihn und holte tief Luft. Sie wusste, dass sie etwas tun musste, um sie beide zu bremsen, bevor sie die Kontrolle über die Situation verlor. „Du willst zu viel auf einmal und zu schnell, Muldoon." Sie sah ihm in die Augen. „Ich bin kein so spontaner Mensch."

„Du brauchst also Zeit? Gut, ich gebe dir eine Stunde, auch zwei, falls du mein Leiden verlängern möchtest."

Sie schüttelte den Kopf und ging zurück zum Tisch. „Ich möchte es so ausdrücken: Wenn ich so weit bin, werde ich es dir mitteilen. Falls ich diese Möglichkeit weiter in Erwägung ziehen sollte."

Seufzend nahm Zackary seine Brieftasche und legte ein paar Dollarnoten auf den Tisch. „Lass uns zu Fuß zurückgehen. Ein wenig Bewegung hilft uns vielleicht, dass wir beide heute Nacht schlafen können."

Ein wenig Bewegung? Rachel dachte daran, was für einen gewaltigen Fußmarsch sie vor sich hatten.

„Kalt?", fragte Zackary kurz darauf.

„Nein, es ist ganz angenehm." Dennoch legte er den Arm um ihre Schultern. „Ich komme selten dazu, einfach nur spazieren zu gehen. Meistens hetze ich zwischen zu Hause, Büro und Gericht hin und her."

„Und was machst du, wenn du nicht umherhetzt?"

„Ich gehe ins Kino, mache Schaufensterbummel oder besuche meine Familie. Ich habe schon daran gedacht, Nick mal an einem Sonntag mitzunehmen. Er kann Mamas gute Hausmannskost genießen, sich Papas Geschichten anhören und zusehen, wie meine Brüder mich ärgern."

„Nur Nick?"

Sie warf ihm einen Seitenblick zu. „Wahrscheinlich ließe sich diese Einladung auch auf Nicks Bruder ausdehnen."

„Es ist ewig her, dass einer von uns an einem Familienessen teilgenommen hat. Was ist mit dem Cop? Ich kann mir nicht vorstellen, dass er vor Begeisterung überschäumen würde."

„Überlass Alex ruhig mir." Jetzt, da sie es vorgeschlagen hatte, überschlug sich alles in ihrem Kopf. „Natasha und ihre Familie wollen in zwei Wochen kommen. Es wird fürchterlich voll und genauso laut werden. Ja, das wäre die perfekte Gelegenheit, um Nick mit einer ungewöhnlichen Familiensituation bekannt zu machen. Ich werde sehen, was ich tun kann."

„Ich kann dir gar nicht sagen, wie dankbar ich dir dafür bin, was du für ihn tust."

„Das Gericht ..."

„… hat damit überhaupt nichts zu tun." Sie waren bei ihrem Apartmenthaus angekommen, und Zack blieb stehen und drehte sich zu ihr hin. „Es geht dir längst nicht mehr darum, wöchentliche Berichte über Nick bei Gericht abzuliefern. Du hast dich von Anfang an persönlich für ihn eingesetzt."

„Okay, ich geb's zu, ich habe eben eine Schwäche für harte Jungs. Sag's aber nicht weiter."

„Was du hast, ist Klasse und ein gutes Herz." Ihm gefiel es, wie sie in dem schwachen Licht, das dunkle Schatten warf, aussah. Sie strahlte Energie und Lebensfreude aus, und er konnte auch die Verlegenheit in ihrem Blick sehen. „Eine solche Kombination ist selten."

„Bring mich nicht dazu, dass ich rot werde, Muldoon. Wenn alles so läuft, wie wir uns das vorstellen, kannst du mir am Ende der zwei Monate noch einen Blumenstrauß schenken, und dann sind wir quitt." Sie wich einen Schritt zurück, aber Zackary hielt sie fest.

„Ich nehme an, dass du mich nicht in die Wohnung bitten wirst?"

„Richtig", sagte sie bestimmt. Sie erinnerte sich nur zu genau, wie heftig ihr Körper auf der engen Tanzfläche reagiert hatte.

„Aber ich werde dich nicht gehen lassen, ohne dich geküsst zu haben, Rachel." Er berührte mit den Lippen flüchtig ihr Kinn. „Unsere Lippen werden sich ganz einfach berühren, und dann lassen wir uns überraschen, was geschieht."

„Darauf lasse ich mich nicht ein", flüsterte sie und berührte sanft seine Lippen. „Nicht so. Nicht mit dir. Mit niemandem."

„Na fein." Er stöhnte leise, als sie ungeduldig an seiner Unterlippe knabberte. Bilder schossen ihm durch den Kopf. In seiner Fantasie trug er sie hinauf in die Wohnung, legte sie auf das Bett und liebte sie.

„He, Kumpel."

Zackary nahm die Stimme hinter ihm zunächst kaum wahr. Er hätte sie auch ignorieren können, aber er spürte ganz deutlich die Spitze eines Messers in seinem Rücken. Er blieb schützend vor Rachel stehen, drehte sich langsam um und sah in das blasse Gesicht des Angreifers.

„Wie wär's, wenn ich dir die Kleine überlasse und du mir dafür deine Brieftasche rausrückst? Und ihre auch." Er hielt das Messer hoch. „Und zwar schnell!"

Zackary fasste in seine Hosentasche und hörte, wie Rachel ihre Handtasche öffnete. In dem Augenblick, als der Gangster einen Blick auf Rachel warf, stürmte Zackary vor.

Rachel unterdrückte einen Schrei. Sie sah das Messer aufblitzen, hörte einen Faustschlag und das metallene Geräusch, als die Waffe auf dem Gehweg aufschlug. Dann war der Gangster so schnell in der Dunkelheit verschwunden, wie er aufgetaucht war, und sie war wieder mit Zackary allein.

Er drehte sich keuchend zu ihr um. „Wo waren wir stehen geblieben?"

„Du bist verrückt!" Rachel hatte Mühe zu sprechen. „Er hätte dich töten können."

„Ich hatte keine Lust, meine Brieftasche loszuwerden." Er warf einen Blick auf die Spraydose in ihrer Hand. „Was ist das denn?"

„Tränengas. Ich hätte ihm eine Ladung ins Gesicht gesprüht, wenn du dich nicht eingemischt hättest."

„Beim nächsten Mal werde ich dir die Sache überlassen." Dann sah er auf sein Handgelenk und fluchte. „Ich glaube, der Bursche hat mich verletzt."

Rachel wurde kreidebleich. „Du blutest." Mit zitternden Händen schob sie seinen Ärmel hoch, um sich den Schnitt anzusehen. Dann kramte sie nervös in ihrer Handtasche nach dem Hausschlüssel. „Du solltest mit nach oben kommen, damit ich die Wunde verbinden kann." Sie fasste seinen unverletzten Arm und zog ihn ins Haus. „Du musstest ja unbedingt den starken Mann markieren!"

„Es tut mir leid." Zackary bemühte sich, einen niedergeschlagenen Eindruck zu machen. „Ich weiß überhaupt nicht, was in mich gefahren ist."

„Ein Überschuss an männlichen Hormonen." Sie führte ihn in ihr Apartment. „Setz dich", erklärte sie energisch und ging ins Badezimmer.

Er nahm gehorsam Platz und legte die Füße auf den kleinen Tisch vor dem Sofa. „Ich könnte jetzt glatt einen Brandy vertragen", rief er hinter Rachel her. „Als vorbeugendes Mittel gegen den Schock."

Sie kam eilig mit Verbandszeug und einer Schüssel Wasser zurück. „Fühlst du dich nicht wohl?" Sie legte die Hand auf seine Stirn. „Ist dir schwindlig?"

„Mal sehen." Er nutzte die willkommene Gelegenheit, nahm Rachels Kopf zwischen beide Hände, zog sie an sich und küsste sie auf den Mund. „Ja", bestätigte er seufzend und ließ sie widerstrebend wieder los. „Man könnte sagen, ich fühle mich tatsächlich ein wenig … beschwingt."

Sie stieß seine Hand beiseite und setzte sich neben ihn, um die Wunde zu verbinden. „Das hätte übel ausgehen können."

„Das war schon übel genug. Ich mag es nicht sonderlich, wenn mir jemand ein Messer an den Rücken hält, während ich eine Frau küsse."

Sie strich sich die Haare aus der Stirn und sah Zackary an. „Mach so etwas nie wieder."

„Aye, aye, Sir."

Rachel trug ein Desinfektionsmittel auf die Wunde auf. Als er zusammenzuckte und leise fluchte, lächelte sie befriedigt. „Sei nicht so zimperlich. Und jetzt halt still, damit ich dich verbinden kann."

Es war angenehm, ihre Finger auf der Haut zu spüren. Zackary schien es ganz natürlich, sich vorzubeugen und an ihrem Ohrläppchen zu knabbern.

„Lass das. Nicht hier und nicht jetzt." Sie zog den Ärmel über den fertigen Verband.

„Aber ich sehne mich nach dir, Rachel." Er fasste ihre Hand. „Ich möchte jetzt mit dir schlafen."

„Ich weiß. Aber ich weiß auch sehr genau, was ich will und was nicht."

„Aber vorhin auf der Treppe war doch alles ganz klar."

„Für dich vielleicht." Rachel holte tief Luft und stand auf. „Ich sagte doch bereits, dass ich kein spontaner Mensch bin. Und vor allem schlafe ich nicht mit einem Mann, nur weil mir im Moment danach ist. Wenn ich mich auf dich einlasse, weil ich etwas für dich empfinde, so mache ich das bei klarem Verstand."

„Ich bezweifle, dass ich in deiner Gegenwart noch einen klaren Verstand bewahren kann." Er stand auf. „Ich weiß, welchen Ruf wir Seeleute genießen. Aber das hat mit der Wirklichkeit nichts zu tun, zumindest nicht mit meiner. Und das, was ich mit Frauen erlebt habe, hatte für mich bisher keine Bedeutung." Zackary war erstaunt über seine eigenen Worte. Es war wie ein innerer Zwang. „Verdammt, bisher hat mir niemand so viel bedeutet wie du."

„Ich muss Prioritäten setzen …", begann sie. „Und ich weiß nicht, ob ich derartige Komplikationen zurzeit gebrauchen kann. Wir müssen vor allem an Nick denken. Und was uns betrifft, sollten wir langsam und behutsam vorgehen."

„Langsam und behutsam? Das kann ich dir nicht versprechen. Bei der erstbesten Gelegenheit werde ich versuchen, deine Prioritäten zu erschüttern."

„Die Warnung ist bei mir angekommen, Muldoon. Aber ich bin nicht so leicht zu erschüttern."

„Gut." Er lächelte und ging zur Tür. „Ein leichter Sieg wäre auch sehr unbefriedigend. Vielen Dank für die Erste Hilfe, Frau Anwältin."

Wenn das so weiterging, hatte er noch so manche schlaflose Nacht vor sich.

5. KAPITEL

*W*enn sie ihren Anrufbeantworter eingeschaltet ließ, um die Anrufer vorher zu überprüfen, dann nur, weil sie nicht unnötig gestört werden wollte.

Außerdem hatte er sowieso nicht angerufen.

Immerhin machte sie mit Nick Fortschritte. Er hatte sie angerufen. Einmal im Büro und ein andermal zu Hause. Seinen Vorschlag, sich gemeinsam einen Film anzusehen, hielt sie für ein ermutigendes Zeichen. Nach neunzig Minuten Verfolgungsjagden und Schießereien eines Krimis, den er sich ausgesucht hatte, saßen sie jetzt in einer hell erleuchteten Pizzeria.

„Also, Nick, jetzt sind zwei Wochen vergangen. Wie fühlst du dich?" Auf sein gleichgültiges Schulterzucken hin drückte sie seinen Arm. „Komm schon, erzähl's mir ruhig."

„Es könnte schlimmer sein." Er zündete sich eine Zigarette an. „Ich habe immer ein bisschen Kleingeld in der Tasche, und Rio ist kein übler Bursche. Er spioniert nicht ständig hinter mir her."

„Und Zackary?"

Nick blies den Rauch in die Luft und betrachtete Rachel durch den Qualm. Im blauen Dunst wirkte sie noch geheimnisvoller und exotischer. „Ich habe heute meinen freien Abend, und was macht er? Er will wissen, wo ich hingehe, mit wem ich ausgehe, wann ich zurückkomme und so einen Mist. Ich werde bald zwanzig. Ich brauche keinen Aufpasser."

„Er macht sich Sorgen um dich. Das ist mehr, als nur aufgrund eines Gerichtsbeschlusses die Verantwortung für dich zu übernehmen. Er ist ein etwas rauer Bursche, aber seine Absichten sind wirklich gut. Was hast du ihm wegen heute Abend gesagt?"

„Ich habe gesagt, ich hätte ein Rendezvous und er solle sich da raushalten." Nick grinste gewitzt, als er sah, wie Rachel ihn anlächelte. „Ich führe mein Leben und er seins. Verstehen Sie, was ich damit sagen will?"

„Ja." Rachel atmete erleichtert auf, als die Pizza serviert wurde. „Und was willst du mit deinem Leben anfangen?"

„Ich nehme alles so, wie es kommt."

„Keine Ziele? Keine Träume?" Sie nahm einen Bissen, ohne den Blick von Nick zu lassen.

Etwas flackerte in seinen Augen auf, bevor er den Blick wieder senkte. „Ich habe jedenfalls keine Lust, meinen Lebensunterhalt damit zu verdienen, andere Leute zu bedienen. Das überlasse ich gerne

Zackary." Er drückte die Zigarette aus und begann seine Pizza zu essen. „Und zur Marine gehe ich auch nicht. Neulich hat er mir das vorgeschlagen, aber ich habe ihn abgeschmettert."

„Nun, du scheinst dir zumindest darüber im Klaren zu sein, was du nicht willst. Damit bist du schon einen Schritt weiter."

Nick fasste Rachels Hand und spielte mit dem kleinen Silberring an ihrem Ringfinger. „Wollten Sie immer schon Anwältin werden?"

„Eigentlich ja. Mit fünf wollte ich Ballerina werden, wie meine Schwester. Nach drei Übungsstunden habe ich festgestellt, dass es wesentlich mehr gibt als Tutus und Spitzenschuhe. Dann wollte ich Schreiner werden und habe mir zu meinem achten Geburtstag einen Werkzeugkasten gewünscht. Ich habe sogar ein ziemlich stabiles Bücherregal gebaut, bevor ich mich zur Ruhe setzte." Sie lächelte, und sein Herzschlag beschleunigte sich rasant. „Es hat einige Zeit gedauert, um herauszufinden, dass ich meinen eigenen Weg gehen muss", sagte sie leichthin und hoffte sehr, dass er dieses Konzept verstehen würde.

„Und dann haben Sie Jura studiert."

„Ja." Sie sah ihn eindringlich an. „Kannst du ein Geheimnis für dich bewahren?"

„Klar."

„Perry Mason." Sie nahm sich noch ein Stück Pizza. „Diese alten Filme haben mich fasziniert. Du weißt doch, da gibt es immer einen Mörder, und Perry übernimmt den Fall immer in dem Augenblick, in dem die Lage seines Mandanten aussichtslos erscheint. Für die Polizei ist die Sache sonnenklar, aber Perry Mason schafft es mithilfe seiner beiden Mitarbeiter doch noch, die Unschuld seiner Mandanten zu beweisen."

„Ja, und dann bringt er den wahren Mörder in den Zeugenstand und bearbeitet ihn so lange, bis er ein Geständnis ablegt. Und Sie wollten also wie Perry Mason werden."

„Auf jeden Fall!" Sie biss herzhaft in ihre Pizza. „Bis mir klar geworden war, dass alles längst nicht nur schwarz und weiß und erst recht nicht so einfach ist, war ich dem Ganzen schon so verfallen, dass ich nicht mehr loskam."

„Ray Charles", murmelte Nick, mehr zu sich selbst.

„Wie bitte?"

„Ich musste nur eben daran denken, dass ich immer Ray Charles gehört habe. Seine Musik hat mich zum Klavierspiel geführt."

Rachel stützte das Kinn auf die Hand und sah Nick interessiert an. Vielleicht war das ja eine Tür, die sich womöglich weiter öffnen ließ. „Du spielst Klavier?"

„Nicht richtig. Aber das wäre eine tolle Sache gewesen. Manchmal habe ich in Musikgeschäften herumgeklimpert, bis sie mich rausgeworfen haben." Vor Verlegenheit wollte er das Thema verächtlich abtun.

Doch Rachel ließ nicht locker. „Ich hätte es auch gerne gelernt. Tash hat meiner Mutter vor ein paar Monaten ein Klavier geschenkt – nachdem wir herausgefunden hatten, dass sie eigentlich schon immer Klavier spielen lernen wollte. All die Jahre, als wir noch alle zu Hause waren, hat sie nie ein Sterbenswörtchen davon erwähnt …" Ihre Stimme wurde leiser. „Meine Schwester hat einen Musiker geheiratet. Spence Kimball."

„Kimball?" Nick sah sie aus großen Augen an. „Den Komponisten?"

„Du kennst seine Musik?"

„Ja, ein bisschen."

Rachel war glücklich über Nicks Begeisterung für Musik. „Bei einem Besuch bei Tash und ihrer Familie haben wir Mama am Klavier erwischt. Sie war fürchterlich verlegen und meinte immer wieder, sie wäre dafür schon zu alt und es sei doch albern. Aber dann setzte sich Spence zu ihr ans Klavier und brachte ihr ein paar Akkorde bei. Man konnte ihr ansehen, wie gerne sie es lernen wollte. Also haben wir sie am Muttertag für ein paar Stunden aus dem Haus gelotst, und als sie zurückkkam, stand das Klavier im Wohnzimmer. Seither ist sie nicht mehr zu bremsen. Sie nimmt zweimal die Woche Unterricht und übt jeden Tag."

„Cool", murmelte Nick.

„Du siehst, für einen Versuch ist es nie zu spät." Freundschaftlich streckte sie ihm die Hand hin. „Und jetzt lass uns gehen, ja?"

„Ja." Er hielt ihre Hand fest umschlossen.

Nicholas LeBeck schwebte auf Wolke sieben. Er war glücklich, Rachel zuhören zu dürfen, sich von ihrem Lachen anstecken zu lassen. Alle Erinnerungen an die Mädchen, die er bisher kennengelernt hatte, verblassten neben der Frau, die jetzt an seiner Seite ging. Sie hörte ihm zu, sie war aufrichtig interessiert an dem, was er sagte. Und wenn sie ihn anschaute und anlächelte, fühlte er Schmetterlinge im Bauch. Er hätte noch stundenlang mit ihr spazieren gehen können.

„Da wären wir."

Nick fragte sich aufgeregt, ob sie ihn in ihre Wohnung bitten würde.

„Ich freue mich, dass wir etwas zusammen unternommen haben. Wenn du wieder jemanden brauchst, dann ruf mich ruhig an. Richterin Beckett wird über meinen morgigen Bericht sicher sehr erfreut sein."

„Und Sie?" Er hob die Hand, um über ihr Haar zu streichen. „Sind Sie auch froh darüber, wie die Dinge sich entwickeln?"

„Sicher." Sie stutzte alarmiert, aber dann schalt sie sich albern. „Ich denke, du hast einen Schritt in die richtige Richtung getan."

„So sehe ich das auch."

Die kleine Alarmglocke hörte nicht auf zu schrillen, und Rachel machte einen Schritt zurück. „So, Nick, und jetzt muss ich gehen. Ich habe morgen früh einen Termin."

„Gut, ich rufe Sie an."

Sie blinzelte verwundert, als er ihr die Hand um den Nacken legte. „Äh, Nick …"

Er schloss mit den Lippen ihren Mund, warm und fest.

Sie wich zurück. „Nein, Nick."

„Ist schon okay." Er lächelte und steckte ihr eine Haarsträhne hinters Ohr. Eine Geste, die sie sehr an seinen Bruder erinnerte. „Also, bis dann. Wir sehen uns bald, Rachel."

„Ach, du lieber Himmel!" Rachel sah ihm fassungslos nach. Dann schloss sie die Haustür auf und lief eilig zum Fahrstuhl, während ihre Gedanken sich überschlugen. Was sollte sie jetzt tun? Wie hatte sie nur so dumm sein können? Sie hatte versucht, seine Freundschaft zu gewinnen, während er ganz anders über ihre Beziehung dachte.

Ohne die Jacke auszuziehen, ging sie in ihrem Apartment unruhig hin und her.

Es muss einfach einen vernünftigen, diplomatischen Weg geben, um mit dieser Situation fertigzuwerden, sagte sie sich. Schließlich war er erst neunzehn; er hatte sich in sie verknallt, mehr nicht, und sie machte zu viel aus der ganzen Sache.

Dann fielen ihr wieder diese schlanken, starken Finger an ihrem Nacken ein, der feste Druck dieser warmen Lippen auf ihrem Mund, die Art, wie er sie zu sich herangezogen hatte. Nein, hier ging es nicht um das erste Aufflammen einer Teenagerliebe, das waren das Verlangen und die Leidenschaft eines erwachsenen Mannes gewesen.

Sie ließ sich auf die Couch sinken und fuhr sich nervös durchs Haar. Du hättest es ahnen können, warf sie sich vor. Du hättest ihn aufhalten müssen, bevor es zu spät war.

Nach zwanzig Minuten gab sie sich einen Ruck und nahm den Telefonhörer ab.

„Lower the Boom."

„Ich möchte gerne Muldoon sprechen. Hier ist Rachel Stanislaski."

„Alles klar. He, Zackary, Telefon für dich."

„Dir ist also endlich klar geworden, dass du es ohne mich nicht aushältst, was? Warum hat das so lange gedauert?", wollte Zackary wissen.

„Spar dir deine Bemerkungen, Muldoon. Wir müssen miteinander reden. Heute Abend noch."

Er griff den Hörer fester. „Ist etwas passiert?"

„Allerdings."

„Nick ist vor wenigen Minuten eingetroffen und in seinem Zimmer verschwunden."

„Er ist zu Hause?" Rachel überlegte einen Augenblick. „Dann sorge dafür, dass er dort auch bleibt. Ich komme sofort."

Bevor Zackary etwas erwidern konnte, hatte sie bereits den Hörer aufgelegt und machte sich auf den Weg.

Rachels Stimme hatte sich angehört, als sei sie so wütend wie eine aufgescheuchte Hornisse. Offenbar hatte es etwas mit Nick zu tun. Verdammt, wo war der Junge den ganzen Abend gewesen? Welches Problem hatte er sich jetzt schon wieder eingehandelt? Er war doch entspannt und gut gelaunt nach Hause gekommen. Seine Verabredung war also ein voller Erfolg gewesen. Eine feste Freundin, ein fester Job, ein solides Zuhause. So langsam kam alles ins Lot. Was, zum Teufel, war also los?

Zackarys Gedankenflüge wurden unterbrochen, als Rachel auf die Theke zukam. Sie zog die Jacke aus und gab damit den Blick frei auf einen dieser eleganten Sweater, die sie so oft trug. Diesmal war es ein burgunderroter, mit einem tiefen Ausschnitt, der die Rundungen ihrer Brüste betonte. Die schwarzen Leggings betonten ihre wundervoll geformten, schlanken Beine.

„In deinem Büro", erklärte sie kurz angebunden und ging weiter.

Zackary holte tief Luft und folgte ihr.

Sie hatte Jacke und Tasche abgelegt und marschierte energisch im Raum auf und ab. „Redest du eigentlich auch mal mit dem Jungen?", setzte sie sofort empört an. „Interessiert es dich überhaupt nicht, was in seinem Kopf vorgeht?"

„Was soll das?" Er warf die Arme in die Luft. „Wir sehen uns ein paar Tage nicht, dann platzt du hier herein und giftest mich an. Jetzt beruhigen Sie sich erst mal, Frau Anwältin."

„Wozu sollte ich mich beruhigen?", erwiderte sie barsch. „Was für ein Bruder bist du eigentlich? Du hättest mich warnen müssen."

„Jetzt setz dich erst einmal und erzähl mir alles von Anfang an. Ich vermute, dass es um Nick geht."

„Natürlich geht es um Nick!"

„Also, wovor hätte ich dich warnen müssen?"

„Dass er …" Sie suchte nach den richtigen Worten. „Dass er mich als Frau betrachtet."

„Als was denn sonst?" Zackary zog die Brauen hoch und steckte sich eine Zigarette an. „Rachel, er ist neunzehn. Sicher schätzt er dein Aussehen, aber er hat eine Freundin. Er war heute Abend mit ihr verabredet."

„Idiot!" Sie sprang auf und versetzte ihm einen Knuff vor die Brust. „Er war heute Abend mit mir zusammen."

„Mit dir?" Zackary sah sie erstaunt an. „Und weiter?"

„Wir waren im Kino, haben Pizza gegessen und ein wenig geplaudert. Ich hielt das alles für ein Zeichen dafür, dass wir uns ganz gut verstehen … Auf einer freundschaftlichen Ebene."

„Wo liegt da das Problem?"

Rachel lief nervös im Zimmer auf und ab. „Er hat mich geküsst."

„Was heißt das, geküsst?" Zackary versuchte Ruhe zu bewahren. „Hör zu, ich glaube, du machst aus einer Mücke einen Elefanten. Er hat dir einen Gutenachtkuss gegeben. Er ist noch ein Kind."

„Ist er nicht. Mir geht es darum, wie er mich geküsst hat. Ich kann sehr wohl zwischen einem Gutenachtkuss und … und einer Zärtlichkeit unterscheiden. Und ich kann dir versichern, dass Nick sehr zärtlich ist." Rachel lehnte sich an seinen Schreibtisch. „Wie soll es jetzt weitergehen?"

Er drückte die Zigarette aus. „Verdammt, das fehlte mir noch, mit meinem kleinen Bruder in Konkurrenz zu treten."

Rachel sah ihn vernichtend an. „Ich bin keine Trophäe, Muldoon."

„Das wollte ich damit auch nicht gesagt haben." Er lehnte sich ebenfalls gegen den Schreibtisch. „Ich dachte, Nick wäre mit einem hübschen Mädchen unterwegs, das um zwölf Uhr zu Hause sein muss. Und jetzt muss ich hören, dass er sich an dich heranmacht. Wäre er nicht mein Bruder, würde ich ihm einen anständigen Denkzettel verpassen."

„Typisch", murmelte sie verächtlich.

Er ignorierte ihre Bemerkung und dachte nach. „Ist es nicht ganz normal, dass er für dich … nun, irgendwelche Gefühle entwickelt?"

„Möglich." Sie sah Zackary an. „Aber ich möchte ihm wirklich nicht wehtun."

„Ich auch nicht. Du könntest dich ja zurückziehen, so wie du es bei mir gemacht hast."

„Ich hatte viel zu tun." Würdevoll hob sie das Kinn. „Und wir reden hier nicht über uns. Ich kann mich nicht um Nick kümmern und gleichzeitig auf Distanz zu ihm gehen. Er hat sich heute Abend zum ersten Mal geöffnet. Wenn ich ihm jetzt einen Dämpfer versetze, könnte ich sein Vertrauen zerstören." Sie betrachtete nachdenklich ihre Hände. „Irgendwie muss ich einen Weg finden, der ihn erkennen lässt, dass ich eine Freundin bin, mehr nicht, und ohne dabei sein Selbstvertrauen zu verletzen."

Zackary nahm ihre Hand und drückte sie zärtlich. „Ich werde mit ihm reden. In aller Ruhe", fügte er hinzu, als Rachel ihn argwöhnisch ansah.

„Aber ich habe kein gutes Gefühl bei der Sache", entgegnete sie.

„Es ist nicht richtig, hinter Nicks Rücken über seine Gefühle zu reden. Ich glaube, es wäre besser, wenn ich die Geschichte mit ihm selbst ins Reine bringe." Zackary hob sie hoch und setzte sie auf den Schreibtisch. „Ich habe dich vermisst", flüsterte er und rieb die Nase an ihrem Hals.

Rachel genoss es. „Du möchtest mit mir schlafen, nicht wahr?"

„Oh ja." Er küsste ihren Mund und stöhnte leise, als sie ihm entgegenkam.

„Du machst es mir nicht gerade leicht."

„Gut, sehr gut."

„Und wir würden miteinander schlafen, wenn ich heute Abend bliebe, das weiß ich." Sie schüttelte den Kopf, als wollte sie auf diese Weise ihren Verstand zur Ordnung rufen. „Deshalb ist es das Beste, wenn ich jetzt nach Hause gehe."

„Und wann sehen wir uns wieder? Wir könnten ein Museum besuchen oder eine Ausstellung, in den Park gehen, irgendwo etwas essen. Wie wäre es mit Sonntag?"

„Ich …" Rachel fiel keine Ausrede ein. „Also gut. Komm um elf bei mir vorbei."

Auf dem Heimweg dachte Rachel besorgt darüber nach, wie sie in Zukunft mit Nick umgehen sollte.

Und mit seinem großen Bruder.

6. KAPITEL

*R*achel fluchte leise, als Muldoon Punkt elf Uhr am Sonntag vor ihrer Tür stand.

Heute war eigentlich ihr freier Tag. Und sie ärgerte sich, dass sie jetzt doch noch arbeiten musste.

„Und? Freust du dich?", fragte Zackary, als er hereinkam. Dann blieb er stehen und betrachtete Rachel eine Zeit lang. Sie stand vor ihm in ihrer bronzefarbenen Wildlederjacke, dem kurzen Rock und der blauen Seidenbluse. Sie war barfuß, und Zackary spürte, wie heftig sein Körper reagierte. „Du siehst fabelhaft aus."

„Danke, du auch." Nein, du siehst richtig sexy aus, dachte sie. Verdammt sexy in der schwarzen Jeans, dem dunkelblauen Sweater und der schwarzen ledernen Pilotenjacke. „Hör zu, Zackary, ich habe vorhin versucht, dich zu erreichen, leider umsonst. Mein Chef hat vor einer halben Stunde angerufen. Ich muss mich um einen Mandanten kümmern, der wegen Mordversuchs festgenommen wurde."

Die erotischen Fantasien, denen er sich eben noch hingegeben hatte, verpufften mit einem Schlag. „Sag das noch mal."

„Ein Mordversuch. Alex hat ihn festgenommen. Ich muss heute noch mit dem Mann reden, damit ich morgen früh mit dem Staatsanwalt verhandeln kann. Es tut mir wirklich leid, dass ich dich nicht mehr erreichen konnte."

„Kein Problem. Ich komme mit."

„Du willst doch nicht etwa den Rest des Tages auf einer Polizeiwache verbringen?"

„Wir wollten den Tag zusammen verbringen", erinnerte er sie. „Außerdem wird die Sache doch nicht den ganzen Tag dauern, oder?"

„Nein, wahrscheinlich nur eine Stunde, aber …"

„Also, dann los." Er ging auf sie zu und reichte ihr den Arm. Dann beugte er sich vor und sog den Duft ihres Parfums ein. „Hast du das für den Übeltäter aufgetragen oder für mich?"

Rachel wich zurück. „Für mich." Sie nahm ihre Aktentasche und hielt sie wie einen Schutzschild zwischen sich und Zackary. „Ich muss zuerst ins Büro. Von dem Burschen existiert bereits eine Akte."

„Okay, Frau Anwältin." Er nahm Rachel die Aktentasche ab und fasste ihre Hand. „Gehen wir."

Alex bemerkte seine Schwester genau in dem Augenblick, als sie die Wache betrat. Da auch er nur äußerst ungern den Sonntagmorgen mit

Arbeit verbrachte, war ihre Anwesenheit ein Lichtblick für ihn. Doch als er den Mann an ihrer Seite erblickte, befiel ihn schlagartig Misstrauen.

„Hallo, Alex. Haben sie dich heute auch eingespannt?"

„Sieht ganz so aus. Muldoon, nicht wahr?"

„Stimmt." Zackary nickte ihm zu. „Freut mich, Sie zu sehen."

„Ich habe nichts davon gehört, dass LeBeck wieder eingesperrt wurde", sagte Alex erstaunt.

„Ich bin nicht wegen Nick hier." Rachel bemerkte sofort die aggressive Haltung ihres Bruders. Schon als sie fünfzehn war, hatte er so auf alle Jungen reagiert, mit denen sie sich verabredete. „Mir ist der Fall Victor Lomez übertragen worden."

„Ein widerlicher Typ, dieser Lomez." Aber Alex interessierte sich weniger für Rachels Mandanten als vielmehr für den großen Iren, der die Aktentasche seiner Schwester trug. „Seid ihr euch zufällig über den Weg gelaufen?"

„Nein, Alexej." Rachel nahm ihm die Kaffeetasse aus der Hand und sah ihn warnend an. „Zackary und ich haben uns heute etwas vorgenommen, das ist alles."

„Und das wäre?"

„Nichts, das dich etwas anginge." Sie küsste ihn auf die Wange, zischte ihm ins Ohr: „Halt dich zurück", und wandte sich dann an Zackary. „Setz dich, Muldoon, und nimm dir etwas von dem scheußlichen Kaffee. Es wird nicht lange dauern."

Rachel hatte Lomez schon einmal wegen einer anderen Straftat verteidigt und sich kurz seine Akte angesehen. „Nun, Lomez, so sieht man sich wieder."

„Sie haben sich verdammt viel Zeit gelassen!" Seit vierzehn Stunden hatte er jetzt schon keinen Schuss mehr gehabt, und kalter Schweiß stand ihm auf der Stirn.

Rachel wartete, bis sie mit ihrem Mandanten allein war. „Diesmal haben Sie das große Los gezogen." Sie zeigte auf die Unterlagen. „Die Frau, die Sie angegriffen haben, ist dreiundsechzig. Ich habe mich im Krankenhaus erkundigt. Es dürfte Sie beruhigen, dass sich der Zustand Ihres Opfers gebessert hat. Sie schwebt nicht mehr in Lebensgefahr."

Lomez zuckte gleichgültig mit den Schultern und starrte Rachel unentwegt aus kleinen dunklen Augen an. Er konnte seine Finger nicht ruhig halten und trommelte ununterbrochen auf dem Tisch herum.

„Hätte sie mir die Handtasche gleich gegeben, hätte ich nicht grob werden müssen, oder?"

Gott, dieser Typ macht mich krank! dachte sie. Dann erinnerte sie sich wieder daran, dass sie eine Staatsbeamtin war. „Wenn Sie ältere Bürgerinnen dieser Stadt mit Messerstichen schwer verletzen, wird Ihnen diese Stadt wohl kaum zu Füßen liegen. Das ist vielmehr eine Freikarte für einen langen Gefängnisaufenthalt. Verdammt, Lomez, sie hatte nur zwölf Dollar bei sich."

„Dann hätte es ihr umso leichter fallen müssen, mir den Kies auszuhändigen. Aber Sie pauken mich da raus. Das ist Ihr Job." Und sobald er draußen war, würde er einen der Hombres um einen Fix anhauen.

„Sie sind wegen versuchten Mordes angeklagt", erwiderte Rachel barsch.

Lomez rieb sich die feuchten Handflächen an den Oberschenkeln. „Ich hab die alte Hure nicht umgelegt."

Rachel wünschte sich einen Schluck Kaffee, um den faden Beigeschmack in ihrem Mund hinunterspülen zu können. „Sie haben dreimal zugestochen. Der Polizist, der Sie festnahm, hat Sie auf der Flucht mit Ihrem Messer und der Brieftasche des Opfers angetroffen. Diesmal sind Sie kaltgestellt, Lomez. Ihr Vorstrafenregister beinhaltet Tätlichkeiten, Schlägereien, Einbrüche und Eigentumsdelikte."

„Ich brauche diese Auflistung nicht. Ich brauche eine Kaution."

„Selbst wenn der Staatsanwalt dem zustimmen sollte, wird die Summe Ihre Möglichkeiten weit übersteigen. Ich werde tun, was in meiner Macht liegt. Wir werden auf schuldig plädieren wegen …"

„Schuldig?"

„Diesmal werden Sie nicht davonkommen, Lomez. Ganz gleich, was ich aus meinem Hut zaubere, werden Sie eine Strafe absitzen müssen. Sie müssen sich schuldig bekennen wegen Raub und schwerer Körperverletzung. Eine andere Chance werden Sie vor Gericht nicht haben."

„Zum Teufel mit dem ganzen Mist!"

Rachel war am Ende ihrer Geduld. „Wenn Sie mitarbeiten, müssen Sie möglicherweise nicht die nächsten zwanzig Jahre hinter Gittern verbringen."

Lomez schrie auf, hechtete über den Tisch und stieß Rachel zurück. Noch ehe sie etwas unternehmen konnte, lag sie auf dem Boden und Lomez auf ihr.

„Sie werden mich da rausholen!" Mit wutverzerrtem Gesicht drückte er die Hände um ihren Hals. „Du holst mich sofort hier raus, oder ich bringe dich um!"

Rachel versuchte sich zu befreien, indem sie ihm einen Fausthieb gegen den Nasenrücken versetzte. Blut tropfte auf sie, und unter wilden Flüchen würgte er sie noch fester, bis sie das Bewusstsein verlor.

Wie aus weiter Ferne hörte sie laute Schreie, die Lomez' Fluchen übertönten. Dann konnte sie endlich wieder atmen. Irgendjemand rief ihren Namen und hob sie in die Arme. Dann fiel sie wieder in die Dunkelheit zurück.

Kühle Hände auf ihrem Gesicht. Starke Arme, die sich schützend um sie legten.

Rachel öffnete die Augen. Benommen hob sie die Hand und strich Zackary und ihrem Bruder Alex über die Wange. „Es geht mir gut." Ihre Stimme klang heiser, und ihr Kehlkopf schmerzte. Blutergüsse zeichneten sich bereits an ihrem Hals und Kinn ab.

„Bleib ganz ruhig liegen", flüsterte Alex und streichelte ihr Haar. Seine Hand schmerzte immer noch von dem Faustschlag, den er Lomez versetzt hatte.

Sie lag auf dem Sofa im Büro ihres Bruders. „Lomez?"

„Hinter Gittern." Alex setzte sich neben sie. „Entspann dich. Ein Krankenwagen ist unterwegs."

„Ich brauche keinen Krankenwagen." Sie betrachtete ihre zerrissene, blutbespritzte Bluse. Die Wildlederjacke ist auch hin, dachte sie angewidert. „Das ist sein Blut, nicht meines", betonte sie.

„Du hast dem Mistkerl die Nase gebrochen", bemerkte Alex. „Der Kerl hätte dich fast umgebracht! Wir mussten ihn zu dritt überwältigen, so durchgedreht war er."

Darüber wollte sie nicht nachdenken. „Ich bin falsch an die Sache herangegangen, Alex. Aber so bin ich nun mal ... Jetzt bestell bitte den Krankenwagen ab." Sie setzte sich auf. „Ich muss mein Büro anrufen. Unter diesen Umständen bin ich nicht in der Lage, Lomez zu vertreten."

Alex strich ihr vorsichtig über den geschwollenen Hals. „Diesmal ist er zu weit gegangen, Rachel. Das wird er teuer bezahlen müssen."

„Das muss das Gericht entscheiden." Sie stand vorsichtig auf. „Und du wirst den Eltern nichts davon sagen. Ist das klar?"

Er versprach es. „Jetzt ruh dich erst mal aus." Alex drehte sich zu Zackary um. Er hatte seine Meinung über ihn geändert, da er sich wie ein Tiger auf Lomez gestürzt und Rachel befreit hatte. „Du bringst sie nach Hause", bestimmte Alex und verließ das Büro.

„Du kannst dich auf mich verlassen." Zackary wandte sich an Rachel. „Kannst du laufen?"

„Natürlich." Sie ging etwas benommen durch den Raum. „Es tut mir leid, dass sich die Dinge so entwickelt haben. Du musst mich wirklich nicht ..."

„Tu mir einen Gefallen", unterbrach er sie und führte sie zur Tür. „Halt einfach den Mund."

Rachel folgte ihm kommentarlos. In wenigen Minuten bist du allein zu Hause, überlegte sie. Dann konnte sie sich gehen lassen und den Schock verarbeiten. In Zackarys Gegenwart wollte sie sich nicht ausweinen.

Mit zitternden Knien verließ sie das Taxi und wankte auf die Treppe zu. „Danke", begann sie. „Es tut mir leid ..."

„Ich bringe dich nach oben."

„Hör mal, du musst wirklich nicht ..."

„Hatte ich dir nicht gesagt, du sollst den Mund halten?" Zackary ließ sich nicht abschütteln und führte sie mit einem stützenden Arm zur Haustür.

Seine Finger zitterten immer noch vor Wut, während er Rachel nach oben brachte.

Kaum war sie in der Wohnung, rann die erste Träne über ihre Wange. „Danke, dass du mich nach Hause gebracht hast. Aber jetzt geh bitte."

Er stellte ihre Aktentasche ab und zog ihr die Jacke von den Schultern. „Setz dich, Rachel."

„Ich will mich aber nicht setzen." Noch eine Träne. Ihre Stimme überschlug sich. „Bitte, lass mich allein."

Zackary hob sie auf die Arme, setzte sich mit ihr auf das Sofa, streichelte ihr über den Rücken und flüsterte beruhigende Worte.

Die Schleusen öffneten sich. Sie weinte heftig. „Verdammt." Rachel presste den Kopf an seine Schulter. „Du solltest mich doch allein lassen."

„Wir wollten den Tag zusammen verbringen. Erinnerst du dich?" Er merkte, wie seine Hände sich verspannten, und versuchte, die Finger zu lockern. „Du hast mir einen Riesenschreck eingejagt. Und wenn ich jetzt ginge, könnte ich mich nicht mehr beherrschen. Ich täte nichts lieber, als den Kerl in Stücke zu reißen."

„Dann bleib lieber hier, bis du dich beruhigt hast. Es geht mir wieder gut." Sie kuschelte sich enger an ihn. „Das ist nur die Schockreaktion."

Er strich vorsichtig mit den Lippen über ihren Bluterguss am Kinn. „Da du nicht ins Krankenhaus willst, wirst du mit Muldoons Erster

Hilfe vorliebnehmen müssen." Er stand auf und legte Rachel bequem aufs Sofa.

Der Tränenausbruch hatte sie erschöpft, sie widersprach ihm nicht. Als Zackary fünf Minuten später aus der Kochnische mit einer Tasse Tee zurückkam, schlief sie bereits tief und fest.

Rachel fühlte sich wie erschlagen, als sie erwachte; ihre Kehle brannte. Der Raum war abgedunkelt und merkwürdig still. Sie stützte sich auf den Ellbogen und sah, dass die Vorhänge zugezogen waren. Die Wolldecke, die ihre Mutter vor Jahren für sie gehäkelt hatte, lag auf ihr.

Leise stöhnend stand sie auf und tappte auf bloßen Füßen zur Kochnische. „Was, zum Teufel, machst du denn hier? Ich dachte, du wärst längst fort."

„Nein." Zackary stand am Herd und musterte Rachel. Sie hatte wieder Farbe im Gesicht, der glasige Ausdruck war aus ihren Augen verschwunden. „Ich habe Rio gebeten, eine Suppe vorbeizubringen. Hast du denn Appetit?"

„Ich glaube schon." Rachel presste die Hand auf den Magen. „Wie spät ist es?"

„Etwa drei Uhr."

Also hatte sie fast zwei Stunden geschlafen. Die Vorstellung, dass Zack die ganze Zeit hier gewesen war, war sowohl peinlich wie auch anrührend. „Du musst wirklich nicht hierbleiben."

„Dein Hals wird sich schneller erholen, wenn du nicht so viel redest. Geh wieder ins Wohnzimmer und setz dich."

Rachel fügte sich, zog die Vorhänge auf und setzte sich an den kleinen Klapptisch am Fenster. Sie sehnte sich nach einer Dusche und frischer Kleidung.

Als Zackary das Tablett mit der Suppe hereintrug, erhaschte sie kurz seinen dunklen Blick, der über ihre befleckte Bluse glitt.

Nachdem er sich ihr gegenübergesetzt hatte, begann sie hungrig, die Suppe zu löffeln und den heißen Tee zu trinken.

Er langte über den Tisch und fasste ihre Hand. „Geht es dir jetzt besser?"

„Viel besser! Langsam glaube ich, dass du gar kein so übler Bursche bist, Muldoon."

„Vielleicht hätte ich dir schon früher eine Suppe anbieten sollen."

„Die Suppe hilft tatsächlich. Aber es liegt mehr an der Tatsache, dass du mich nicht wie eine Idiotin behandelt hast, als ich mich vorhin so gehen ließ."

„Du hattest guten Grund, zu weinen. Warum musst du immer beweisen, wie stark du bist?"

Sie nahm noch einen Schluck Tee. „Ich wollte mich in Alex' Gegenwart zusammenreißen. Er macht sich schon genug Sorgen um mich." Ihre Lippen verzogen sich zu einem Lächeln. „Ob Alex es nun wahrhaben will oder nicht, ich kann mit meinem Leben selbst umgehen. Und Nick wird es auch können, wenn die Zeit reif dafür ist."

„Er ist nicht wie dieser Mistkerl heute", sagte Zack leise. „So etwas könnte Nick gar nicht tun."

„Nein, ganz sicher nicht." Sie schob den Suppenteller beiseite und griff Zacks Hand. „So etwas darfst du noch nicht einmal denken. Nick ist sehr verletzt worden, und sein Selbstwertgefühl ist auf dem Nullpunkt. Er hat sich einer Gang angeschlossen, weil er einen Rückhalt brauchte, er wollte irgendwo dazugehören. Aber jetzt hat er dich. Was er sich auch ausdenken mag, um dich loszuwerden und auf Distanz zu halten, er braucht dich. Er sehnt sich danach, dich als Bruder zu haben."

„Mag sein. Und sollte er je wieder lernen, mir zu vertrauen, wird er vielleicht die Kurve kriegen." Er hatte nicht geahnt, wie schwer diese Last auf seinen Schultern wog. „Er weigert sich, mit mir über meinen Vater zu reden."

„Er wird mit dir reden. Gib ihm Zeit."

Er fuhr sich aufgewühlt durchs Haar. „Mein Vater war ein sturer irischer Dickschädel, der gern tief in die Flasche guckte. Er hätte die Seefahrt nie aufgeben dürfen. Zu Hause kommandierte er uns herum, als wären wir Matrosen auf einem sinkenden Schiff. Es gab nichts, über das wir uns einig gewesen wären."

„Das kommt in Familien sowieso selten vor."

„Er ist nie über den Tod meiner Mutter hinweggekommen. Er war im Südpazifik, als sie starb."

Was bedeutete, dass Zack allein gewesen war. Ein Kind noch, und allein, dachte Rachel.

„Als er zurückkam, wollte er unbedingt einen ganzen Kerl aus mir machen. Dann kamen Nadine und Nick, und ich habe das sinkende Schiff verlassen. Also hat er versucht, Nick zu dem zu machen, was er unter einem ganzen Kerl verstand."

„Du gibst dir die Schuld für etwas, das du nicht mehr ändern kannst. Du hättest es auch damals nicht ändern können."

„Ich muss ständig an das erste Jahr denken, nachdem ich zurückgekommen war. Mein Vater war tattrig geworden, konnte nichts mehr behalten, ging spazieren und fand den Weg nicht mehr zurück. Verflucht, ich wusste, dass Nick ohne Aufsicht aufwuchs, aber ich war damals selbst nicht so weit, dass ich mich um ihn hätte kümmern können. Es war schwierig genug für mich, meinen Vater in einem Heim unterzubringen, mich um ihn zu kümmern, die Bar am Laufen zu halten. Nick ist bei dem ganzen Durcheinander irgendwie untergegangen."

„Aber du hast ihn wiedergefunden."

Er seufzte. „Nicht gerade der richtige Zeitpunkt, um dich damit zu belasten, was?"

„Ist schon in Ordnung. Ich möchte helfen."

„Du hast schon genug geholfen."

Er hätte gern noch viel mehr gesagt, überlegte es sich dann aber anders. „Ich werde jetzt erst einmal abwaschen und dich dann allein lassen."

„He, warte." Sie stand auf und folgte ihm. „Wir könnten doch noch etwas aus dem Tag machen."

„Du brauchst Ruhe."

„Die hatte ich bereits zur Genüge." Sie spülte die Teller unter dem Wasserhahn ab. „Wir könnten doch noch ins Museum gehen, nachdem du dich den ganzen Tag so um mich gekümmert hast."

„Mach dir um meine Freizeit keine Gedanken." Zackary stellte die restliche Suppe in den Kühlschrank. „Ich kann mir jederzeit einen weiteren freien Tag genehmigen."

„Na gut." Sie schlug auf den Wasserhahn und stellte das Wasser ab. „Also, bis dann."

„Geduld ist nicht gerade deine Stärke, was?" Grinsend legte Zackary die Hände auf ihre Schultern. „Reg dich nicht unnötig auf, Süße. Alles in allem war der Tag für mich sehr ereignisreich."

Sie schloss die Augen und genoss das leichte Kneten seiner Finger. „Gern geschehen, Muldoon. Jederzeit wieder."

Er sog den Duft ihres Haares ein und widerstand dem Verlangen, ihr näher zu kommen. „Meinst du, du kommst allein zurecht?"

„Klar." Sie hielt sich an der Spüle fest und starrte verlegen die Wand an. „Danke für deine Erste Hilfe."

„Gern geschehen." Warum verzögerte er alles? Er sollte längst zur Tür hinaus sein. „Vielleicht könnten wir irgendwann in dieser Woche gemeinsam essen gehen."

Rachel presste die Lippen zusammen. „Ja, doch. Ich werde in meinem Terminkalender nachsehen."

Zackary drehte sie zu sich. Er war sich nicht sicher, ob sie ihm ausweichen oder ihm entgegenkommen würde. Dennoch hielt er sie fest in den Armen, und Rachel öffnete erwartungsvoll den Mund. „Ich werde dich anrufen."

„Okay." Sie schloss die Augen und küsste ihn leidenschaftlich.

„Also, bis bald." Erneut schloss er ihren Mund mit seinen Küssen.

„Ja", hauchte sie und schmiegte sich an ihn.

„Ich komme einfach nicht weg." Er küsste zärtlich ihr Kinn. „Nur eines noch."

„Ja?"

„Ich werde nicht gehen."

„Ich weiß. So ist das eben. Reine Chemie." Sie knabberte sanft an seinem Hals.

„Stimmt." Er setzte Dutzende kleiner Küsse auf ihr Gesicht, vorsichtig darauf achtend, dass er den Bluterguss nicht berührte.

„Ich will mich nicht auf etwas Ernsthaftes einlassen. Ich habe andere Pläne."

„Einverstanden, nichts Ernsthaftes." Das Blut rauschte ihm in den Ohren, Hitze schoss in seine Lenden. Mit einer Hand riss er eine Tür auf und erkannte, dass er den Schrank geöffnet hatte. „Wo ist das verdammte Schlafzimmer?"

„Bitte?" Erst jetzt wurde ihr bewusst, dass er sie hochgehoben und aus der Kochecke getragen hatte. „Na, hier. Das Sofa …" Sie knabberte an seinem Ohr. „Es ist ausziehbar. Ich kann …"

„Lass nur", erklärte er und legte sie vorsichtig auf den Teppich.

7. KAPITEL

*E*r riss ihr die Bluse vom Körper. Nicht nur aus Leidenschaft, sondern auch, weil er es nicht länger ertragen konnte, die Blutflecken zu sehen, die ihn so schmerzlich an die Ereignisse des Tages erinnerten.

Das Geräusch der reißenden Seide und ihr erstaunter Ausruf ließen die Flammen in ihm noch höher lodern. „Schon als ich dich das erste Mal sah, habe ich mich nach dir gesehnt."

„Ich weiß. Mir ging es genauso. Es ist verrückt." Sie zitterte, als er die Träger ihres Tops von den Schultern streifte. „Unglaublich."

Rachel drängte sich ihm sehnsüchtig entgegen. Sie genoss die Zärtlichkeit seiner Hände auf ihren Brüsten, das Prickeln auf ihrer Haut, als er sie mit Küssen überhäufte. Beeil dich, war alles, was sie in dem Moment denken konnte, bitte, beeil dich. Ungeduldig streifte sie ihm den Pullover über den Kopf und warf ihn achtlos beiseite.

Sie war begierig, seine nackte Haut zu spüren. Während er mit den Lippen ihre Brüste liebkoste, vergrub sie die Hände in seinen Haaren und presste seinen Kopf an sich. Sie verlangte nach mehr. Außer sich vor Leidenschaft, umfasste sie seine breiten Schultern. Die sanften Berührungen seiner Lippen auf ihrem ganzen Körper erregten sie unablässig.

Zackary konnte sich kaum mehr zurückhalten. Er hatte sich in seiner Fantasie zwar vorgestellt, sie behutsam und unendlich langsam in einem riesigen Bett zu lieben, aber die Wirklichkeit überstieg seine Traumbilder bei Weitem.

Sie gehörte ihm. Er war wie besessen von ihr.

Mit zitternden Händen befreite er Rachel von den letzten Kleidungsstücken. Er hörte ihr leises Stöhnen, während er langsam über ihre Schenkel strich. Immer noch bemüht, sich zurückzuhalten, legte er sich zwischen ihre Beine.

Rachel bäumte sich auf. Sie wollte nicht einen Moment länger warten. Während sie seinen Mund mit den Lippen bedeckte, öffnete sie den Verschluss seiner Jeans.

Als sich ihre nackten Körper berührten, brach ein Sturm der Leidenschaft los, den sie beide nicht mehr aufhalten konnten. Rachel legte den Kopf zurück. Ihr Körper bebte vor Erregung und Verlangen, sich Zackary ganz hinzugeben.

Rachel hätte es nie für möglich gehalten, dass sie, die sonst immer so vernünftig vorging, jetzt ihren Verstand nicht gebrauchte und sich der Leidenschaft ergab. Sie wollte ihn ganz spüren, jetzt. Sie schlang die Beine um seine Hüften und nahm ihn in sich auf.

Sie hörte ihn stöhnen, sah in seine glänzenden Augen, die unablässig auf sie gerichtet waren, während er sie mit seiner Männlichkeit erfüllte. Sie steigerten sich zu einem gemeinsamen Rhythmus, der sie wie ein Sturm in eine andere Welt trug.

„Muldoon, weißt du eigentlich, dass du aussiehst, als hättest du mindestens zehn Runden mit einem Champion gerungen?", flüsterte Rachel einige Zeit später.

Er grinste. „Willst du es mit mir aufnehmen, Champion?"

„Jederzeit und an jedem Ort."

Zackary lachte und spielte mit ihrem Ohrring. „Ich bin völlig verrückt nach dir."

Sie spürte, wie ihr Herz plötzlich schneller schlug. Seine Worte klangen wie eine romantische Liebeserklärung. „He, keine Sentimentalitäten, bitte."

„Verrückt", wiederholte er und stellte befriedigt fest, dass Rachels Wangen sich rot gefärbt hatten. „Ach, und habe ich dir eigentlich schon gesagt, dass mich dein Körper ganz wild macht?"

„Nein." Sie hob neugierig den Kopf.

„Vom Vorder- bis zum Achtersteven." Er unterstrich seine Worte mit weit ausholenden Gesten. „Vorn und achtern. Backbord und steuerbord."

„Ach, du meine Güte." Rachel seufzte laut. „Seemannsgarn." Sie küsste ihn auf den Mund. „Sag mal, Seemann …", begann sie.

„Ja?"

„Wo ist eigentlich der Achtersteven?"

„Ich zeige es dir." Ganz sacht küsste er sie auf den Hals. „Liebling, ich glaube, wir sollten jetzt besser das Sofa ausziehen, bevor sich die Dinge so weiterentwickeln."

Rachel seufzte, legte die Arme um seinen Nacken und flüsterte ein paar Worte auf Ukrainisch.

„Und was heißt das?"

„Frei übersetzt heißt das, dass du ein großer Dummkopf bist."

„Hm, bist du sicher, dass du nicht gesagt hast, wie sehr du mich begehrst?"

„Nein, das wäre deine Art, den Sachverhalt auszudrücken."

Bevor sie ihm sagen konnte, wie sehr sie ihn wirklich begehrte, hatte er sie bereits fest in die Arme geschlossen.

Zackary kuschelte sich eng an Rachel. Es war dunkel. Sie hatten es in der Zwischenzeit doch noch geschafft, aus dem Sofa ein Bett zu machen. Aus dem Nachmittag war Abend, aus dem Abend Nacht geworden.

„Ich möchte gerne bleiben", erklärte er leise.

„Ich weiß. Aber du kannst nicht bleiben. Es ist noch zu früh, um Nick über Nacht sich selbst zu überlassen."

„Wenn die Situation es zuließe", begann er frustriert, „würde ich dich mitnehmen, um morgen früh an deiner Seite aufzuwachen."

„Ich weiß nicht, ob wir Nick bereits trauen können. Solange seine Situation nicht gefestigt ist, sollte er besser nicht wissen, dass wir beide …"

Ja, was war überhaupt mit ihnen? Die Frage ging beiden durch den Kopf. Aber keiner sprach es aus.

„Du hast recht." Zackary setzte sich auf. „Rachel, ich möchte wieder mit dir zusammen sein. Es muss ja nicht gerade im Bett sein." Er streichelte sanft ihre Wange. „Oder auf dem Teppich", fügte er hinzu.

„Auch ich möchte mit dir zusammen sein." Sie legte ihre Hand zärtlich auf seine. „Es ist einfach gut. Das muss reichen."

„Ja." Er war fast überzeugt, dass es genug war. „Ich könnte mir am Mittwoch freinehmen. Wir könnten zusammen essen."

„Gern."

Sie schwiegen eine Zeit lang.

Rachel seufzte. „Du solltest jetzt besser gehen."

„Ja."

„Vielleicht könnten wir am Sonntag zusammen mit Nick zu meinen Eltern fahren."

„Das ist eine gute Idee." Er küsste sie immer und immer wieder. „Einmal noch, ja?"

„Ja." Sie umarmte ihn zärtlich. „Noch einmal."

„Ja, Mrs Macetti, ich kann Sie gut verstehen. Aber wir benötigen einige Zeugen, die den guten Charakter Ihres Sohnes bestätigen. Ihr Priester vielleicht, oder ein Lehrer."

Während sie den Wortschwall der Anruferin über sich ergehen ließ, hoffte Rachel, dass einer ihrer Mitarbeiter so aufmerksam wäre, ihr eine Tasse Kaffee zu besorgen. „Das kann ich Ihnen so nicht sagen, Mrs Macetti. Die Chancen stehen gut, dass es nur auf eine Bewährungsstrafe hinausläuft, da er nicht selbst am Steuer saß. Aber es führt nichts an der Tatsache vorbei, dass er in einem gestohlenen Auto fuhr, und …"

Sie faltete den Zettel, auf dem sie sich Notizen gemacht hatte, zu einem Papierflieger. „Ja, nun, wie ich Ihnen schon sagte, es wird schwer sein, irgendjemanden davon zu überzeugen, dass er von dem Diebstahl nichts wusste." Sie ließ den Gleiter zur Tür hinaussegeln.

„Wir sehen uns dann nächste Woche vor Gericht. Ich rufe Sie an. Ja, das verspreche ich. Auf Wiederhören, Mrs Macetti."

Rachel legte den Hörer auf und schloss einen Moment die Augen. Zehn Minuten mit einer tobenden Mutter zu telefonieren, war anstrengender, als den ganzen Tag im Gericht zu arbeiten.

„Harter Tag heute?"

Rachel öffnete die Augen und sah Nick in der Tür stehen. In der einen Hand hielt er ihr Papierflugzeug, in der anderen einen Pappbecher.

„Ein harter Monat." Ihr Blick blieb nah dem Becher kleben. „Ist das etwa Kaffee?"

Er nickte, kam näher und gab ihr das heiße Getränk. „Das Ding hat mich mitten ins Herz getroffen."

Rachel nahm einen Schluck Kaffee und fühlte die Wirkung des Koffeins sofort. „Was kann ich für dich tun?"

„Ich dachte, wir könnten vielleicht essen gehen."

„Tut mir leid, Nick." Sie zeigte auf die Akten auf ihrem Schreibtisch. „Ich stecke bis über beide Ohren in Arbeit." Sie überlegte, wie viel Zeit sie für die Vorbereitung benötigte, bevor sie sich mit dem Staatsanwalt traf. „Eigentlich würde ich gern mit dir reden, falls du ein paar Minuten Zeit hast."

„Meine Schicht geht heute von sechs bis zwei Uhr nachts. Ich habe also jede Menge Zeit."

„Fein." Sie stand auf und schloss die Tür. Als sie sich umdrehte, stand er vor ihr und legte die Hände um ihre Hüften. „Setz dich, Nick." Sie ging an ihm vorbei und nahm hinter dem Schreibtisch Platz, während Nick sich ihr gegenüber auf den Stuhl hockte.

„Drei Wochen sind jetzt vorüber. Ich wollte wissen, wie es dir geht."

„Geht so."

„Wenn wir wieder vor Richterin Beckett stehen, gibt sie dir vermutlich eine Bewährung, falls du vorher keinen gravierenden Fehler machst."

„Das habe ich nicht vor." Der Stuhl knarzte, als er sich zurücklehnte. „Der Knast steht zurzeit nicht auf meiner Wunschliste."

„Das höre ich gern. Aber das Gericht wird auch etwas über deine Zukunftspläne erfahren wollen. Vielleicht möchtest du die Wohnsituation bei Zackary aufrechterhalten."

„Für immer?" Nick lachte laut auf. „He, ich möchte eine Bude für mich allein. Ich komme zwar mit Zackary schon besser klar, aber der Gedanke, dass er hereinplatzen könnte, wenn ich gerade Damenbesuch habe, ist nicht berauschend." Er warf Rachel einen herausfordernden Blick aus seinen grünen Augen zu. „Du verstehst doch sicher, was ich dir damit sagen will?"

Damit wären wir beim Thema, dachte Rachel und ergriff die Gelegenheit beim Schopf. „Hast du denn ein Mädchen?"

Nick lächelte vielsagend. „Ich stehe mehr auf Frauen. Frauen mit großen braunen Augen."

„Nick …"

„Weißt du, gerade auf dem Weg hierher dachte ich darüber nach, dass es verdammtes Glück war, dass sie mich geschnappt haben." Er beugte sich vor und strich verspielt über ihre Finger. „Sonst wäre mir nie eine so gut aussehende Anwältin über den Weg gelaufen."

„Nick, ich bin sechsundzwanzig." Es war nicht gerade das, was Rachel eigentlich sagen wollte, aber Nick hob nur stolz den Kopf.

„Ja, und?"

„Und ich bin vom Gericht als deine Betreuerin bestellt."

„Eine faszinierende Situation." Er lächelte. „In fünf Wochen hat sich das erledigt."

„Dann bin ich immer noch sieben Jahre älter als du."

„Eher sechs", erwiderte er lässig. „Na und? Wen kümmert das?"

„Mich." Rachel lehnte sich in ihrem Stuhl zurück. „Nick, ich mag dich. Sehr sogar. Und ich habe es ernst gemeint, als ich sagte, ich wolle dein Freund sein."

„Das Alter spielt zwischen uns keine Rolle." Er stand auf, ging um den Schreibtisch herum und setzte sich auf die Tischkante.

„Ich war bereits im College, als du in die Pubertät kamst."

„Die habe ich hinter mir." Er grinste schelmisch und streichelte ihr Kinn. Dann kniff er die Augen zusammen. „Ist das etwa ein blauer Fleck?"

„Ich habe mich gestoßen", wich sie aus und versuchte es noch einmal. „Um es deutlich auszudrücken, ich bin zu alt für dich, Nick."

Er starrte noch einen Moment auf den Bluterguss, dann hob er den Blick und sah ihr in die Augen. „Da bin ich anderer Ansicht. Überleg doch mal … Wenn ein Typ sechs Jahre älter ist als die Frau, hättest du doch auch nichts dagegen, oder?"

„Das ist etwas ganz anderes."

„Ah, das ist aber sehr sexistisch, nicht wahr?", sagte er gespielt tadelnd. „Ich dachte, du seist für Gleichberechtigung?"

„Natürlich, aber ..." Sie brach schnaubend ab.

„Touché!"

„Aber ganz unabhängig vom Altersunterschied bin ich als Betreuerin für dich verantwortlich. Es wäre falsch und nicht zuletzt gegen die Berufsethik, mich auf etwas einzulassen, das darüber hinausgeht. Ich mache mir Gedanken um dich, und wenn ich bei dir den Eindruck erweckt haben sollte, dass ich an mehr als Freundschaft interessiert sei, dann möchte ich mich dafür entschuldigen."

Er dachte über ihre Worte nach. „Du nimmst deine Arbeit wirklich sehr ernst, stimmt's?"

„Ja."

„Ich hab's begriffen. Also ohne Druck, ja?"

Rachel seufzte erleichtert. „Genau." Sie stand auf und gab ihm die Hand. „Du bist in Ordnung, Nick."

„Du auch." Als das Telefon klingelte, küsste er schnell ihre Hand. „Ich überlasse dich jetzt deinen anwaltlichen Pflichten. Die fünf Wochen kann ich locker warten."

„Aber ..."

„Bis dann." Er verließ das Büro und ließ eine völlig verwirrte Rachel zurück.

Nick fühlte sich großartig. Was würde Zack dazu sagen, wenn er ihn Arm in Arm mit Rachel in die Bar kommen sah? Mit einer Frau wie Rachel Stanislaski an seiner Seite würde er ihn nicht mehr für ein Kind halten.

Auf dem Weg zum Times Square träumte er davon, was er alles mit ihr unternehmen könnte. Sie konnten essen gehen, Spaziergänge machen, miteinander reden, tanzen oder einen gemütlichen Abend vor dem Fernseher verbringen. Er hielt es für einen Beweis seiner ernsten Absichten, dass Sex auf seiner Wunschliste keineswegs ganz oben stand.

Er schlenderte vergnügt die Avenue entlang und ging schließlich in eine der zahlreichen Spielhallen, um sich ein wenig beim Flippern zu entspannen.

Laute Rockmusik schallte ihm entgegen, vermischt mit dem metallenen Biepen der elektrischen Geräte, als er die Spielhalle betrat. Es war ein gutes Gefühl, Geld in der Tasche zu haben, das er selbst verdient hatte. Kein Verstecken mehr, kein schlechtes Gewissen. Sicher, er hatte keinen Kontakt zu der Gang mehr, aber er fühlte sich lange nicht so einsam, wie er anfangs befürchtet hatte.

Was er natürlich niemals laut zugeben würde. Genauso wenig wie die Tatsache, dass es ihm Spaß machte, in der Küche mit Rio zu arbeiten. Dieser Hüne von einem Koch kannte viele Anekdoten und Geschichten, die meisten erzählte er von Zack.

Nick erinnerte sich noch gut an die erste Begegnung mit seinem Stiefbruder. Zack hatte auf einem Hocker in der Küche gesessen und sich mit Chips vollgestopft. Groß und dunkel war er gewesen, immer ein Lachen auf den Lippen und unglaublich großzügig. Als Nick erst einmal den Mut aufgebracht hatte, ihm auf Schritt und Tritt zu folgen, hatte Zack den kleinen Stiefbruder nicht weggestoßen, sondern gutmütig gewähren lassen.

Es war Zack gewesen, der ihn zum ersten Mal in eine Spielhalle mitgenommen, ihn auf einen Barhocker gestellt und ihm gezeigt hatte, wie man die silbernen Kugeln tanzen ließ. Mit Zack war er zum ersten Mal zur Festtagsparade gegangen. Zack hatte ihm geduldig beigebracht, wie man seine Schnürsenkel band. Zack hatte ihn zusammengestaucht, wenn er, ohne auf den Verkehr zu achten, seinem Ball hinterhergerannt war. Und es war Zack gewesen, der ihn knapp ein Jahr später mit einer kranken Mutter und einem autoritären Stiefvater allein zurückgelassen.

Vielleicht will Zack das ja wiedergutmachen, dachte Nick und fluchte laut am Flipper, als der erste Ball verloren ging. Und vielleicht, ganz tief drinnen, wollte Nick Zack auch die Chance geben, es wiedergutzumachen.

„He, LeBeck." Der Schlag auf die Schulter hätte Nick fast den nächsten Ball gekostet.

Nick warf einen kurzen Blick auf Cash und konzentrierte sich wieder auf das Spiel.

„Hängst du immer noch bei deinem Stiefbruder rum?"

„Ja, in ein paar Wochen habe ich noch einen Termin bei Gericht."

Cash stellte sich an den Flipper und übernahm den nächsten Ball. „Hat dich übel erwischt, was? Irgendwie ist die Sache ziemlich schiefgegangen. Das verursacht mir Magenschmerzen."

„So?"

„Ja, Mann, ehrlich. Wir haben uns abgeseilt, und du musst den Mist ausbaden."

Nick zuckte mit den Schultern. „Ich komme ganz gut klar damit. Was macht die Bande?"

„Das Übliche. Hör mal, ich hätte da eine Bombensache, in die du einsteigen könntest."

„Vergiss es."

„Kommst wohl nachts nicht aus der Bar raus, was?"

„Jederzeit."

„Zum Hinterausgang?"

„Zackary hat meistens bis drei in der Bar zu tun, sonntags bis zwei. Ich gehe einfach über die Feuertreppe."

„Hast du dein Zimmer im Obergeschoss?"

„Mm … Dein Ball."

Cash ließ nicht locker, Nick weiter auszufragen. So erfuhr er, dass Zackarys Geld in einem Tresor im Büro aufbewahrt wurde. Es gab drei Wege dorthin: die Vordertür, den Hintereingang und das Apartment im oberen Stockwerk.

Nachdem Nick ihm drei Spiele in Folge abgenommen hatte, wusste Cash alles, was er benötigte. Er verabschiedete sich schnell und ging, um sich mit Reece zu treffen.

Er fühlte sich zwar nicht wohl bei dem Gedanken, Nick hereinzulegen, aber schließlich war er ein Cobra.

8. KAPITEL

Zackary stieg aus der Dusche und trocknete sich ab. Er war froh, dass der Nachmittag endlich zu Ende ging.

Er hatte alle Bestellungen aufgegeben, seine Rechnungen bezahlt und die monatliche Buchführung erledigt. Er war zufrieden mit sich. Und mit dem Geschäft. Sah so aus, als sei das Loch, das die Krankheit seines Vaters und die daraus resultierenden Kosten in seine Brieftasche gerissen hatte, endlich gestopft. Schön, die Kaution für Nick machte die Sache noch ein bisschen eng, aber in einem Jahr konnte er sich vielleicht ein Boot leisten.

Was würde Rachel wohl von dem Vorschlag halten, sich einen Monat freizunehmen und mit einem Boot durch die Karibik zu segeln? Er konnte sie sich gut vorstellen, wie sie auf den schimmernden Holzplanken lag, in einem knappen Bikini. Ihm gefiel der Gedanke, wie der Wind ihr die Haare ins Gesicht blasen würde und sie den Kopf in die Sonne hielt.

Natürlich müsste er das Boot zunächst testen, und vor allem die Takelage. Vielleicht konnte er Nick überreden, ein Wochenende mitzusegeln. Er wollte, dass sie beide einmal die Gelegenheit hatten, aus ihrem Alltag auszubrechen, weg von der Stadt, weg von der Bar – und weg von den Erinnerungen, die sie beide gefangen hielten.

Zackary wickelte sich das Handtuch um die Hüften und ging ins Schlafzimmer, um sich anzuziehen. Er hoffte so sehr, dass der Besuch bei den Stanislaskis am Sonntag seinen Bruder etwas aus der Reserve lockte. Immer wenn Rachel von ihrer Familie sprach, hatte er das Gefühl, dort etwas zu finden, das er und Nick vermisst hatten.

Nick sollte erfahren, dass das Leben auch anders sein konnte. Etwa die Hälfte der Bewährungszeit war um, und bis jetzt war alles reibungslos verlaufen.

Das habe ich Rachel zu verdanken, überlegte Zackary und zog sich die Jeans an. Überhaupt verdankte er ihr eine ganze Menge. Sie hatte nicht nur Nick eine Chance gegeben, sondern auch sein eigenes Leben entscheidend verändert. Etwas hinzugefügt, von dem er nie geglaubt hatte, es je besitzen zu können. Etwas, das er …

Er atmete tief aus und starrte in den Spiegel. Sei kein Idiot, ermahnte er sich. Immer mit der Ruhe. Die Lady will es langsam angehen lassen, und du auch.

„Gehst du aus?" Nick stand lässig im Türrahmen.

„Bitte? Ach so, ja." Er fuhr sich mit der Hand durch das nasse Haar.

Nick verstand selbst nicht, warum er ausgerechnet jetzt an die Zeit zurückdenken musste, als er früher Zack beim Rasieren zugeschaut hatte. Wie fasziniert er gewesen war, wenn Zack Rasierschaum auf dem Gesicht verteilt hatte. „Rio hat heute Abend einen besonderen Rindseintopf gekocht. Schade, den wirst du verpassen."

Zackary zog ein Hemd über. „Du kannst für mich mitessen, oder Rio wird ihn mir morgen zum Frühstück servieren." Während er das Hemd zuknöpfte, sah er Nick im Spiegel an. „Hat Rio dir eigentlich schon erzählt, wie er zu der Narbe in seinem Gesicht gekommen ist?"

„Er hat etwas von einer zerbrochenen Flasche und einem betrunkenen Matrosen gesagt."

„Der betrunkene Matrose wollte mir mit der zerbrochenen Flasche an die Kehle. Rio stellte sich ihm in den Weg. Ich schulde ihm eine Menge."

„Er ist okay." Nick hätte gerne noch mehr über die Geschichte mit dem betrunkenen Matrosen erfahren, aber er fürchtete, dass Zackary es mit einem Schulterzucken abwehren würde. „Also, wenn du heute Abend dein Glück findest, brauchst du nicht nach Hause zu kommen."

„Danke, dass du so entgegenkommend bist, aber ich werde nicht über Nacht wegbleiben."

„Damit du mich ins Bett bringen kannst, was?", murmelte Nick trotzig.

„Nenn es, wie du willst." Zack schluckte den Fluch hinunter. Ein Mal, ein einziges Mal, würden sie ein Gespräch zu Ende bringen, ohne laut zu werden. „Hör zu, ich gehe davon aus, dass du nicht durchs Fenster abhauen wirst. Das könntest du auch, wenn ich hier bin. Es ist einfach nur so, dass die Lady vielleicht über Nacht keine Gesellschaft haben will. Das muss ich respektieren."

Nick war einigermaßen versöhnt. Er hakte die Daumen in die Gürtelschlaufen und grinste frech. „Also haben sie dir bei der Marine wohl doch nicht so viel beigebracht, was, Bruderherz?"

Mit einer Geste, die sie beide schon fast vergessen hatten, nahm Zack Nick in den Schwitzkasten und rieb recht unsanft mit den Fingerknöcheln über Nicks Scheitel. „Großmaul!" Dann warf er sich die Jacke über die Schulter und ging zur Tür. „Und du musst auch nicht aufbleiben. Irgendwie habe ich das Gefühl, dass das Glück mir heute vielleicht doch hold ist."

Lange nachdem Zackary die Tür hinter sich zugezogen hatte, grinste Nick immer noch.

Rachel schloss gerade die Außentür auf, als Zackary plötzlich hinter ihr stand. „Da komme ich gerade im richtigen Augenblick", erklärte er und küsste ihren Nacken.

„Aus deiner Sicht vielleicht. Bei mir ging heute alles drunter und drüber. Eigentlich wollte ich erst noch ein Bad nehmen."

„Wunderbar, ich werde dir den Rücken schrubben." Sie gingen zusammen zum Fahrstuhl. Kaum hatte sich die Kabine in Bewegung gesetzt, presste er Rachel sanft gegen die Wand und küsste sie auf den Mund.

Sobald seine Lippen ihre berührten, spürte sie tief in sich dieses schmerzhafte Sehnen nach ihm. „Du duftest so gut, Zackary."

„Das müssen wohl die hier sein." Er holte hinter seinem Rücken einen Strauß Rosen hervor und hielt ihn ihr entgegen.

„Noch ein Bestechungsversuch, Muldoon?" Sie barg ihr Gesicht in den Blüten und sog den Duft ein.

„Ich habe sie einem Straßenhändler abgekauft. Er sah so aus, als könnte er etwas Geld gebrauchen."

„Du hast ja so ein weiches Herz." Sie gab ihm den Schlüssel, damit er die Wohnungstür aufschließen konnte.

„Sag's bloß nicht weiter."

Nachdem sie die Tür mit dem Fuß zugekickt hatte, stellte sie die Aktentasche ab, legte den Strauß vorsichtig auf einen Tisch und schlang die Arme um Zackarys Hals.

„Ich habe dich vermisst." Er hob sie ein paar Zentimeter vom Boden hoch.

„Ach ja?", erwiderte sie lächelnd. „Vielleicht ich dich auch. Ein wenig. Wie lange möchtest du mich eigentlich noch in der Luft verhungern lassen?"

„So kann ich dich besser betrachten. Du siehst wundervoll aus, Rachel."

„Du brauchst keine Schmeicheleien, um mich weich zu kriegen."

„Wenn ich dich betrachte, denke ich immer an die wundervollen Sonnenaufgänge auf See. Die Farben kommen aus dem Himmel, breiten sich über dem Horizont aus und ergießen sich über das Wasser. Für ein paar Minuten ist es so, als erwache alles zu neuem Leben. Und wenn ich dich ansehe, verspüre ich das Gleiche."

Ihre Augen wurden dunkler. Ein Gefühl ergriff von ihr Besitz, über das sie lieber nicht nachdenken wollte. „Oh, Zackary", hauchte sie. „Rosen und Poesie, und das alles an einem einzigen Tag. Ich weiß gar nicht, was ich sagen soll."

„Und das ist nur der Anfang." Er setzte sich aufs Sofa und zog sie auf den Schoß.

„Soll das heißen, dass…?"

„Ich will nur was überprüfen." Er strich mit den Fingern über die Spitzen ihrer Brüste, bis sie sich erregt aufrichteten. „Du reagierst ziemlich schnell, Rachel."

Aber nur auf dich, dachte sie fiebrig.

Er zog langsam den Pullover höher, Stück für Stück, genoss jede Sekunde. Er lockerte nur kurz den Griff, um ihr den Pulli über den Kopf zu ziehen, warf ihn dann beiseite und hielt ihre Hände wieder fest, während er ihr in die Augen sah.

„Zack."

Sie versuchte sich freizuwinden, doch er ignorierte ihre Bemühungen. „Ich habe dir schon einmal gesagt, dass ich dich zum Wahnsinn treiben will. Weißt du es noch?"

Das tat er bereits. „Zackary, lass meine Hände los, ich möchte dich berühren."

Er hob langsam ihren Kopf und küsste vorsichtig die verletzten Stellen an ihrem Hals. „Ich möchte nie wieder erleben, dass dir jemand etwas zufügt. Nie wieder."

„Es tut nicht weh." Ihr Puls klopfte heftig unter seinen leidenschaftlichen Küssen. „Zack, du musst mich nicht verführen."

„Oh doch, das muss ich. Aber du hast Angst davor, es zuzulassen." Er rutschte ein wenig zur Seite, damit er den Reißverschluss ihres Rocks aufziehen konnte. „Es gibt Orte, an die ich dich bringen will." Sein Mund kam ihrem immer näher. „Einzigartige, wunderbare, unvergleichliche Orte."

Es gibt kein Zurück mehr, dachte sie, als er sie näher an seinen Körper zog. Es war, als habe sie sich in einem Labyrinth von Gefühlen verloren, so sehnsüchtig drängte sie sich seinen Liebkosungen entgegen.

Zackary ließ die Finger über die Seidenstrümpfe hinauf zu den weißen Strumpfbändern gleiten. Er öffnete erst den einen Verschluss, dann den anderen. Rachel stöhnte leise. Schließlich zog er die Strümpfe Zentimeter für Zentimeter die Beine hinunter.

Rachel hielt den Atem an, als er mit der Zunge über die warme Haut ihrer Oberschenkel glitt. Ungeduldig zog sie ihr Höschen aus, um ihm den Weg zu öffnen, mehr von ihr zu spüren.

Sie spannte sich wie ein Bogen unter ihm, als sie die ersten Wellen der Leidenschaft spürte. Sie flüsterte etwas auf Ukrainisch und half

Zackary, sich auszuziehen. Begierig drängte sie sich ihm entgegen und schloss seinen Mund mit zärtlichen Küssen.

„Eigentlich wollte ich ja nur mit dir ausgehen", erklärte Zackary, als sie eng umschlungen auf dem Sofa lagen. „Wir können uns wieder anziehen und einen neuen Versuch starten."

Sie küsste ihn auf die Brust. Sein Herz schlug immer noch heftig. „Du wirst nirgendwohin gehen, Muldoon."

„Wenn du darauf bestehst."

„Wozu gibt es denn einen Lieferservice? Wie wäre es mit chinesischem Essen?"

„Bitte. Wer steht auf und ruft an?"

Sie setzte sich auf und rieb die Wange an seiner Haut. „Wir knobeln."

Zackary verlor. Rachel nutzte die Gelegenheit, um schnell zu duschen. Als sie mit triefend nassen Haaren in ihrem weißen Bademantel zurückkam, füllte Zackary, in Jeans und mit nacktem Oberkörper, gerade zwei Weingläser.

Rachel holte Teller aus der Küche und stellte sie auf den Klapptisch. „Ich muss jetzt unbedingt Energie tanken. Ich habe heute nur einen Schokoriegel im Büro gegessen." Sie zündete Kerzen an und löschte das Licht. „Nick war übrigens bei mir im Büro."

„Oh."

„Wenn ich doch nur mehr Zeit gehabt hätte ..." Sie starrte auf die Flamme. „Er hat mich zwischen zwei Telefonaten und einer Verhandlung erwischt."

„Du schuldest mir keine Erklärung, Rachel."

„Er wollte mit mir ausgehen. Ich habe mit ihm gesprochen ... über die Situation und so ..."

„Du meinst, weil er hinter dir her ist?"

„So würde ich das nicht ausdrücken."

Als es an der Tür läutete, zückte Zack sein Portemonnaie und öffnete dem Servicemann. Dann kam er mit drei großen Tüten zurück und packte die Kartons aus. Sofort war der Raum mit exotischen Düften erfüllt.

„Erzähl weiter. Was hast du ihm gesagt?"

„Nun ..." Rachel klemmte ein paar Nudeln zwischen die Essstäbchen. „Ich habe ihn auf den Altersunterschied hingewiesen." Sie kaute genüsslich. „Er hat es mir nicht abgekauft." Sie sprach mit vollem Mund weiter. „Er hatte ein bestechendes Gegenargument, also musste ich die Taktik ändern. Ich habe ihm erklärt, welche Verpflichtungen ich als seine Betreuerin eingegangen bin. Er schien auch für alles Verständnis zu haben."

„Gut."

„Das dachte ich zuerst auch. Aber als er ging, sagte er, es sei für ihn nicht so schwer, noch fünf Wochen zu warten."

Zackary schwieg einen Moment. Dann lachte er halbherzig. „Der Junge ist wirklich gut."

„Zack, die Sache ist ernst."

„Ich weiß. Für uns beide ist das nicht einfach. Aber es ist schon bewundernswert, wie energisch er sich an dich herangepirscht hat."

„Er war sehr charmant." Rachel öffnete einen weiteren Karton und häufte sich einige gebratene Hühnchenstücke und Sojabohnen auf den Teller. „Kennst du kein Mädchen in seinem Alter, das du ihm vor die Nase setzen könntest?"

„Lola hat eine Tochter", erwiderte er nachdenklich. „Ich glaube, sie ist sechzehn."

„Lola hat ein Kind in diesem Alter?"

„Drei sogar. Sie wollte früh anfangen, bevor sie mit vierzig ihre Meinung über das Kinderkriegen änderte."

„Nun, ich werde es vielleicht noch mal selbst versuchen. Es könnte ja sein, dass sich seine Gefühle in den nächsten ein oder zwei Wochen ändern."

„Darauf würde ich mich nicht verlassen." Er fasste ihre Hand. „Es ist nämlich schwer, nicht ständig an dich zu denken."

Rachel hob warnend den Finger. „Gib acht, Muldoon, dass du dich nicht in zu tiefes Fahrwasser begibst."

„Kein Problem", entgegnete er. „Ich bin ein ausgezeichneter Schwimmer."

Stunden später, als Zack in sein kaltes, leeres Bett kroch, dachte er an diesen Abend zurück, um sich zu wärmen. Es war schön gewesen, richtig schön. Sie hatten zusammen gelacht, sich gegenseitig mit chinesischem Essen aus Pappschachteln gefüttert und über Gott und die Welt geredet.

Dann hatten sie sich noch einmal geliebt. Langsam, voller Zärtlichkeit und Gefühl, während um sie herum der Abend in die Nacht übergegangen war.

Während er sich auf die Seite drehte und den Schlaf nahen fühlte, stellte er sich vor, wie es sein würde. Morgens mit ihr aufzuwachen. Zu fühlen, wie sie sich an seiner Seite regte, wenn der Wecker losging. Sie zu beobachten, wie sie durch die Wohnung huschte, um sich für die Arbeit fertig zu machen. Sie würde eines dieser schicken Kostüme tragen, und gemeinsam würden sie in der Küche eine schnelle Tasse Kaffee trinken und den Tag planen.

Manchmal würden sie die kurze Mittagspause gemeinsam verbringen, weil sie beide es nicht lange aushielten, wenn sie einander nicht berühren konnten. Wenn es ihm möglich war, aus der Bar zu verschwinden, würde er sie abends vom Büro abholen. Und falls nicht, würde er hinter der Theke stehen und immer wieder zur Tür schauen, bis sie endlich hereinkam. Dann würde er ihr zulächeln, während sie auf einen der Barhocker glitt und Rio einen Teller mit Chili con Carne vor sie hinstellte. Und während sie aß, würde sie ihn anlachen und mit ihm flirten.

An einem Wochenende würden sie dann endlich mit dem Boot hinausfahren. Er würde ihr zeigen, wie man segelte. Sie würden über das blaue Wasser dahingleiten, mit geblähten Segeln …

Wellen, hoch wie Berge, schlugen über dem Schiff zusammen. Der Wind heulte unerträglich laut, wie tausend Klageweiber. Die Angst, die er verspürte, konnte tödlich werden wie der Sturm, wenn er sie nicht beherrschte. Er strauchelte über das rutschige Deck, während er unablässig Befehle gegen den Wind schrie.

Der Regen peitschte ihm ins Gesicht, nahm ihm die Sicht. Seine Augen waren gerötet vom Salzwasser und brannten höllisch. Der Radar zeigte an, dass das Boot da draußen war, aber sehen konnte er nur eine Wand aus Wasser.

Die nächste Welle rollte über das Deck und zerrte an ihm. Ein Blitz zuckte über den Himmel, tauchte alles in gespenstisches Licht. Das Schiff neigte sich gefährlich auf eine Seite. Er sah den Mann stolpern, fallen. Hörte den Schrei, während der Mann verzweifelt auf dem nassen Deck Halt zu finden suchte. Zack hechtete vor, bekam einen Ärmel zu fassen, dann ein Handgelenk.

Ein Seil! Um Himmels willen, bringt mir ein Seil!

Er zog einen bewusstlosen Körper an Deck.

Sturm und Wassermassen. Entfesselte Elemente.

Da, im Licht des Blitzes hatte er das Boot gesehen. Drei Gestalten an Deck. Sie hatten sich festgebunden. Der Mann am Steuer, eine Frau hinter ihm, ein junges Mädchen am Mast.

Sie kämpften mit aller Macht um ihr Leben, aber die Zwölfmeteryacht hatte einem Hurrikan auf See nichts entgegenzusetzen. Eine Nussschale auf meterhohen Wellen. Es war unmöglich, ein Beiboot auszusetzen, sie mussten versuchen, die Yacht in Schlepptau zu nehmen. Anweisungen wurden per Signallicht durch den Sturm gegeben.

Und dann passierte alles unglaublich schnell. Wieder ein Blitz, er fuhr in den Mast, knickte ihn wie einen Strohhalm. Entsetzt musste Zack mit anschauen, wie das junge Mädchen in den tosenden Fluten unterging.

Keine Zeit zum Nachdenken. Es war ein Reflex. Zack griff nach einem Rettungsring und sprang.

Er fiel und fiel. Endlos. Dann der Aufschlag auf der Oberfläche, hart, wie auf Stein. Das Eintauchen in das eiskalte Nass. Alles schwarz. Wie der Tod …

Zackary wachte auf und schnappte nach Luft. Es war nur Wasser in einem Albtraum gewesen, aber er musste dennoch husten. Das Laken war nass geschwitzt. Kalter Schweiß, der ihn frösteln machte. Stöhnend lehnte er sich in das Kissen zurück und wartete darauf, dass die Übelkeit verschwinden würde.

Der Raum drehte sich, als er aufstand. Aus Erfahrung wusste er, dass er die Augen schließen und stillhalten musste, bis der Schwindelanfall vorbei war. Dann ging er durch das dunkle Zimmer ins Bad und goss sich kaltes Wasser ins Gesicht und über den Nacken.

„He, alles okay?" Nick stand in der Tür zu Zackarys Schlafzimmer. „Bist du krank, oder was?"

„Nein." Zackary trank Wasser aus der hohlen Hand, um den Würgereflex in seiner Kehle zu beruhigen. „Geh wieder ins Bett."

Nick zögerte. „Du siehst aber krank aus."

„Verdammt, ich sagte, es geht mir gut. Zieh ab." Als Nick sich verärgert und verletzt abwandte, stieß Zack laut den Atem aus. „Warte, es tut mir leid. Ich hatte einen Albtraum, deshalb bin ich so schlecht gelaunt." Aus Verlegenheit riss Zack das Handtuch viel zu heftig vom Haken.

Nick konnte sich kaum vorstellen, dass der große, starke Zack Albträume haben könnte, die ihm den Schweiß auf die Stirn trieben und die Farbe aus seinem Gesicht stahlen. „Äh … willst du vielleicht einen Drink?"

„Ja." Er fühlte sich schon besser und nahm das Handtuch vom Gesicht. „In der Küche steht noch eine Flasche Whisky vom alten Herrn. Du hast recht, ein Drink wird mich beruhigen."

Kurz darauf folgte Zackary Nick ins Wohnzimmer. Er setzte sich auf eine Sessellehne, während Nick den Whiskey eingoss. Zack trank und hustete, als der Whiskey in seiner Kehle brannte. „Ich weiß wirklich nicht, wie der Alte das tagtäglich wegpacken konnte. Seine Leber muss ausgesehen haben wie ein Schwamm."

Nick wünschte, er hätte sich eine Hose übergezogen. So, nur in Unterwäsche, hatte er keine Möglichkeit, die Hände in die Taschen zu stecken, und wusste nicht, wohin mit ihnen. „Wahrscheinlich hat er getrunken, damit er die Schuld auf den Alkohol schieben konnte, als das mit der Vergesslichkeit immer schlimmer wurde, anstatt zugeben zu müssen, dass er … du weißt schon."

„Alzheimer hat, ja", beendete Zack den Satz und nahm noch einen Schluck.

„Ich habe dich vorhin gehört. Es klang ziemlich schlimm."

„Es war auch schlimm." Zackary hob das Glas und betrachtete den Inhalt von allen Seiten. „Die Sache ist jetzt drei Jahre her. Wir waren vor den Bermudas, gerade einem Hurrikan entkommen, als uns der Notruf erreichte. Unser Schiff war am nächsten dran, und der Kapitän musste sich entscheiden. Also fuhren wir wieder in den Hurrikan hinein. Es ging um drei Zivilpersonen in einem Segelboot. Sie waren vom Kurs abgekommen und konnten die Küste nicht erreichen."

Nick setzte sich schweigend auf das Sofa und sah seinen Bruder an. Gespannt wartete er auf die Fortsetzung der Geschichte.

„Windstärke zwölf und vierzehn Meter hohe Wellen. Du solltest einmal einen Hurrikan auf See erleben. Dabei kannst du das Fürchten lernen. Manchmal war es so dunkel um uns herum, dass wir die Hand vor Augen nicht sehen konnten."

„Wie habt ihr die Schiffbrüchigen denn überhaupt finden können?"

„Wir sahen sie auf dem Radarschirm. Dann machten wir sie dreißig Grad steuerbord aus. Der Mann und die Frau versuchten, das Wasser aus dem Boot zu pumpen. Ihr Kind, ein kleines Mädchen, hatten sie am Hauptmast festgebunden. Als der Mast brach, fiel das Mädchen über Bord. Also sprang ich hinterher."

Nick sah ihn aus großen Augen an. „Du bist tatsächlich ins Wasser gesprungen?"

„Ja. Es war, als würde ich von einem Hochhaus springen. Ich dachte, der freie Fall würde niemals mehr aufhören. Hätte der Wind gedreht, so wäre ich gegen die Außenbordwand geschleudert worden. Aber ich hatte Glück und landete direkt neben dem Boot." Erst später hatte er bemerkt, dass er sich die linke Schulter ausgekugelt hatte. „Ich weiß gar nicht mehr so genau, wie alles ablief. Es gelang mir, mich über Wasser zu halten. Schließlich fand ich den Mast. Das Mädchen hing immer noch am Tau. Ich befreite sie von dem Seil und legte ihr den Rettungsring um. Dann erinnere ich mich nur noch daran, dass ich in der Krankenstube aufwachte. Das Mädchen saß da, in eine Decke gehüllt, und hielt meine Hand." Zackary lächelte. „Es stellte sich heraus, dass sie die Enkelin eines Admirals war."

„Du hast ihr das Leben gerettet."

„Ja, war wohl so. In den folgenden Monaten sprang ich in Gedanken immer wieder von diesem verdammten Schiff, sobald ich die Augen schloss. Jetzt erlebe ich das nur noch ein- oder zweimal im Jahr. Der Schrecken sitzt immer noch sehr tief und verfolgt mich bis in den Schlaf."

„Ich wusste gar nicht, dass dich irgendetwas erschrecken könnte."

„Da gibt es einiges", erwiderte Zackary ruhig. „Eine Zeit lang schreckte mich der Gedanke, an Deck zu stehen und auf das Wasser zu sehen. Und mich schreckte die Vorstellung, nach Hause zu kommen und ein völlig neues Leben anzufangen. Schließlich schreckte mich die Aussicht, wie unser Vater zu enden, krank, kraftlos und verbraucht."

„Nun, du kamst damals zurück, weil du keine andere Wahl hattest. Und ich blieb, da es kein anderes Zuhause für mich gab."

„Es fiel mir schwer, mit dem alten Mann umzugehen."

„Aber du warst der Einzige, der ihm etwas bedeutete", platzte Nick heraus. „Jeden Tag musste ich mir anhören, was für ein Held du bist. Ich dagegen war ein Nichts."

„Das ist nicht wahr, Nick. Ich konnte ihm nie etwas recht machen. Als es ihm immer schlechter ging, hat er oft nach dir gefragt. Manchmal hat er uns beide sogar in seinen Gedanken nicht trennen können. Dann rief er nach mir und meinte dich damit. Aber es war für ihn zu spät, Nick, um neu anzufangen. Für dich dagegen ist es noch nicht zu spät."

„Wieso beschäftigt dich das so?"

„Weil du alles bist, was von meiner Familie übrig ist." Er stand auf und legte die Hand auf Nicks Schulter. „Und ich möchte dich nicht verlieren."

„Ich weiß überhaupt nicht, was es heißt, eine Familie zu haben", murmelte Nick.

„Ich auch nicht. Vielleicht können wir es gemeinsam herausfinden."

Nick wich dem Blick seines Bruders aus. „Möglich. Wir stecken die nächsten Wochen ohnehin noch zusammen."

Zackary gab ihm einen kurzen Klaps auf die Schulter. „Danke für den Drink. Und erzähl bitte niemandem etwas von meinem Albtraum, ja?"

„Geht klar." Nick sah seinem Bruder nach. „Zackary?"

„Ja?"

Er wusste nicht, wie er sich ausdrücken sollte. Er hatte nur das Gefühl, dass es ihm besser ging. Viel besser. „Ach, nichts. Gute Nacht."

„Gute Nacht." Zackary ging ins Schlafzimmer und legte sich zu Bett. Er war sicher, dass er jetzt ruhig schlafen können würde.

9. KAPITEL

*R*achel wusste zwar nicht, was es war, aber als sie zwischen Zackary und Nick in der U-Bahn nach Brooklyn saß, spürte sie, dass irgendetwas anders war.

Es machte sie nervös. Sie fragte sich, ob sie nicht einen Riesenfehler machte, wenn sie die Probleme dieser beiden Männer in das Haus ihrer Eltern brachte.

Und mein Problem, fügte sie in Gedanken hinzu. Immerhin konnte sie nicht leugnen, dass sie für beide, für Zack und Nick, Gefühle entwickelt hatte, die weit über das hinausgingen, was man normalerweise als „rein professionell" bezeichnen würde. Sie konnte nachempfinden, wie Nick sich fühlte – das musste wohl daran liegen, dass sie beide die Jüngsten in der Familie waren. Und hinzu kam, dass sie die Wahrheit gesagt hatte, als sie vor Zack behauptet hatte, sie hätte eine Schwäche für harte Jungs.

Sie wollte mehr für Nick LeBeck tun als nur versuchen, ihm das Gefängnis zu ersparen.

Und was Nicks großen Bruder anbelangte, hatte sie längst alle beruflichen Schranken hinter sich gelassen. Das, was sie mit Zackary Muldoon verband, war eine Vollblutaffäre, hitzig, leidenschaftlich, wild. Selbst jetzt, wo sie nur in der rumpelnden Bahn neben ihm saß, musste sie an das letzte Mal denken, als sie allein gewesen waren. Und sie konnte sich auch vorstellen, wie es das nächste Mal sein würde, wenn sie ein paar Stunden für sich abzweigen konnten.

Ihre Mutter würde es sofort erahnen, dessen war Rachel sich bewusst. Wenn es um ihre Kinder ging, hatte Nadia Stanislaski einen untrüglichen Spürsinn. Sie fragte sich, was ihre Mutter wohl von ihm halten würde. Wie würde Nadia es auffassen, dass ihr kleines Mädchen, das Nesthäkchen, eine Affäre mit einem Mann hatte?

Für zwei Leute, die es so darauf anlegten, Komplikationen zu vermeiden, hatten sie und Zack wirklich lausige Arbeit geleistet. Rachel war sich so sicher gewesen, dass sie ihre Prioritäten nicht durcheinanderbringen würde, dass sie Arbeit und Privatleben streng auseinanderhalten könnte und sich keine Gedanken darüber machen würde, wie es weitergehen sollte.

Aber sie dachte viel zu oft an Zack. Sie empfand sich bereits als Teil eines Paars, obwohl sie immer stolz darauf gewesen war, ganz allein mit dem Leben fertigzuwerden. Doch jetzt schien das Leben ihr fad und düster, wenn sie daran dachte, es ohne ihn leben zu müssen.

Nun, das war allein ihr Problem. Sie hatten eine Vereinbarung getroffen, und hatte sie einmal ihr Wort gegeben, hielt sie es auch. Sie würde sich um dieses Problem kümmern, wenn es so weit war. Im Moment war es viel aufreibender, dass die Beziehung zwischen den beiden Männern eine so entscheidende Wendung genommen hatte, ohne dass sie etwas davon mitbekommen hatte.

„Es ist gleich um die Ecke", erklärte Rachel, als sie die U-Bahn-Station verließen und der Herbstwind an ihren Haaren zog. „Ich hoffe, ein kleiner Spaziergang macht euch nichts aus."

„Damit kommen wir klar." Zackary hob eine Augenbraue. „Du wirkst irgendwie nervös, Rachel. Stimmt's, Nick?"

„Ja, ziemlich aufgeregt."

„Vielleicht, weil ein Straftäter am sonntäglichen Tisch sitzt. Da muss das Silberbesteck genau abgezählt werden."

Rachel war über Zackarys Bemerkung wie vor den Kopf geschlagen. Bevor sie etwas entgegnen konnte, ergriff Nick das Wort.

„Es ist immer ein Risiko, einen irischen Seemann einzuladen. Sie hat Angst, du könntest dich betrinken und einen Streit vom Zaun brechen."

„Ich weiß, wie viel ich vertragen kann. Und ich habe nicht vor, mich zu prügeln. Es sei denn, es ginge um den Cop."

„Den übernehme ich", prahlte Nick, als sie den Gehweg entlanggingen.

Rachel war erstaunt, wie die beiden miteinander scherzten. Sie benahmen sich zum ersten Mal wie richtige Brüder. Erleichtert hakte sie sich bei Zackary und Nick unter. „Unterschätzt Alex nicht. Ihr könntet euer blaues Wunder erleben. Und das Einzige, was mir Sorgen bereitet, ist, ob für mich genügend Essen übrig bleibt. Ich kenne euren Heißhunger."

„Und das von einer Frau, die Portionen für eine ganze Kompanie vertilgt!"

Rachel warf Zack einen vorwurfsvollen Blick zu. „Ich habe eben einen gesunden Appetit, das ist alles."

Er grinste sie vielsagend an. „Ich auch, Süße, ich auch."

Sie war noch damit beschäftigt, die plötzliche Hitzewelle, die sie bei seinen zweideutigen Worten überkommen hatte, zu unterdrücken, als ein kleiner Sportwagen neben ihnen hielt.

„Hallo!" Der Fahrer hatte das Fenster heruntergekurbelt.

„Hallo." Rachel ging hinüber, beugte sich durch das Fenster und küsste ihren Bruder Mikhail. „Na, Sydney", begrüßte sie seine Frau, „kommst du mit ihm zurecht?"

Sydney lächelte. „Schwierige Aufgaben sind meine Spezialität."

Mikhail kniff seiner Frau in den Oberschenkel und nickte Rachels Begleitung zu. „Und was gibt es über euch so zu berichten?"

„Das sind meine Gäste. Zackary Muldoon und Nicholas LeBeck. Kommt her, ihr beiden, das ist mein Bruder Mikhail und seine bedauernswerte Frau Sydney."

Mikhail betrachtete die beiden Männer ausgiebig. Als typischer großer Bruder hatte er nicht das geringste Vertrauen in die Menschenkenntnis seiner kleinen Schwester. „Und welcher von beiden ist dein Mandant?"

„Heute sind sie beide meine Gäste", betonte Rachel.

Sydney stieß Mikhail mit dem Ellbogen in die Rippen. „Freut mich, Sie kennenzulernen. Sie werden bald das Vergnügen haben, Nadias Kochkünste zu genießen."

„Davon habe ich schon gehört", erwiderte Zackary und legte den Arm um Rachel.

Mikhail trommelte nervös auf das Lenkrad. „Sie besitzen eine Bar?"

„Nein, eigentlich betreiben wir einen internationalen Mädchenhandel", scherzte Nick.

Kurz darauf standen sie vor dem Haus der Stanislaskis. Mikhail und Sydney waren bereits an der Tür und wurden herzlich begrüßt.

Als Rachel ihre Schwester Natasha entdeckte, schrie sie erfreut auf und rannte die Treppen hinauf.

Zackary betrachtete die beiden Frauen. Kaum zu glauben, dass die zarte Natasha Mutter dreier Kinder war. Ein etwa sechsjähriger Junge stellte sich zwischen die beiden und forderte lautstark ihre Aufmerksamkeit.

„Es wird kalt hier drinnen!" Die Männerstimme kam donnernd aus dem Inneren des Hauses.

„Ja, Papa." Rachel hob ihren Neffen hoch und gab ihm einen Kuss. „Meine Schwester Natasha und mein kleiner Freund Brandon", stellte sie ihre Verwandtschaft vor. „Und das hier", sie zeigte auf ein kleines Mädchen, das um ihre Beine schlich, „ist Katie."

„Nimmst du mich auch hoch?", fragte Katie und streckte Nick die Arme entgegen.

Nick räusperte sich und sah Rachel Hilfe suchend an. Als er nur ein Schulterzucken zur Antwort erhielt, bückte er sich und hob Katie hoch.

„Sie mag Männer", erklärte Natasha schmunzelnd, bevor ihr Vater lautstark forderte, dass alle hereinkommen sollten.

Zack nahm sofort alle Geräusche und Gerüche in sich auf. Das hier war ein Zuhause, ein richtiges Heim. Etwas, das er nie gekannt hatte.

Der köstliche Duft eines Bratens lag in der Luft, vermischte sich mit dem Aroma von Gewürznelken und Möbelpolitur. Der Teppich auf der Treppe in der Diele war abgenutzt, ein Beweis der vielen Füße, die hier auf und ab gelaufen waren. Die Möbel im Wohnzimmer waren alt, aber liebevoll gepflegt. An einer Wand stand ein schimmerndes neues Klavier, darauf eine Bronzestatue, in deren Zügen er die Gesichter von Rachels Familie wiedererkannte.

Er verstand nicht viel von Kunst, aber er begriff, dass hier eine Einheit dargestellt wurde, die durch nichts und niemand zerstört werden konnte.

„Warum lässt du die Gäste so lange in der Kälte stehen?" Yuri saß in einem Sessel und hielt ein junges blondes Mädchen mit neugierigen Augen in den mächtigen Armen.

„So kalt ist es nicht." Rachel küsste ihren Vater, dann das Mädchen. „Freddie, du wirst immer hübscher."

Freddie lächelte und warf einen scheuen Blick auf den blonden jungen Mann, der ihre kleine Schwester auf dem Arm hielt. Sie war gerade dreizehn geworden, und eine völlig neue Welt begann sich ihr zu öffnen.

Während Rachel den anderen Familienmitgliedern ihre Gäste vorstellte, erteilte ihr Vater Befehle. „Alex, bring den heißen Most. Rachel, du bringst die Mäntel nach oben. Und sag Mama, dass wir Besuch haben."

Einen Moment später saß Zackary auf dem Sofa, liebevoll bedrängt von einem riesigen Hund namens Iwan, und besprach mit Yuri die Vor- und Nachteile der beruflichen Selbstständigkeit.

Nick dagegen fühlte sich schrecklich unsicher mit einem Kleinkind auf dem Schoß. Die Kleine schien auch keine Eile zu haben, wieder auf den Boden gesetzt werden zu wollen. Und dieses blonde Mädchen, Freddie, starrte ihn unablässig mit ihren großen grauen Augen an.

Katie begann mit seinem Ohrring zu spielen. „Toll. Guck, ich hab auch Ohrringe." Sie drehte den Kopf, damit er ihre Ohrringe bewundern konnte. „Weil ich Daddys kleine Zigeunerin bin."

„Da wette ich drauf." Unbewusst hatte er die Hand gehoben und strich ihr über das feine Haar. „Du siehst ein bisschen aus wie deine Tante Rachel."

„Ich nehme sie dir ab." Freddie hatte all ihren Mut zusammengenommen, war zum Sofa gegangen und stand jetzt vor Nick. „Wenn sie dir lästig ist."

Nick zuckte die Schultern. „Nein, ist schon okay." Er überlegte krampfhaft, was er noch sagen könnte. Das Mädchen war hübsch wie eine Porzellanpuppe. „Äh ... du ... ihr seht euch aber nicht ähnlich, so wie Schwestern."

Freddies Herz schlug schneller. Er hatte sie also genauer angesehen! „Eigentlich ist Mama meine Stiefmutter. Ich war sechs, als sie und Dad geheiratet haben."

„Oh." Ein Stiefkind also. Das kannte er selbst, und sofort empfand er Mitgefühl. „Muss schwer für dich sein."

„Wieso?"

„Na ja ..." Dieser durchdringende Blick aus den grauen Augen machte ihn nervös und verlegen. „Wenn man eine Stiefmutter hat ... eine Stieffamilie ..."

„Ach das. Das ist nur ein Wort, eine Bezeichnung." Mit dem ganzen Wagemut einer Dreizehnjährigen ließ sie sich neben ihm auf dem Sofa nieder. „Wir leben in einem Haus in West Virginia. Da hat Dad Mama auch getroffen. Er unterrichtet an der Universität, und sie hat einen Spielzeugladen. Warst du schon mal in West Virginia?"

Nick hatte ihre Antwort immer noch nicht verdaut. Nur ein Wort. Und ihr Ton, als sie das gesagt hatte, bewies, dass es für sie wirklich nicht mehr war. „Wie bitte? Äh, nein ... ich war noch nie dort."

Währenddessen stand Rachel zusammen mit ihrer Mutter und ihrer Schwester in der Küche.

„Katie weiß schon ganz genau, wie sie sich ihre Männer aussucht."

„Es war ja so süß, wie er rot geworden ist."

„Hier, kümmere dich um den Teig." Nadia drückte ihrer ältesten Tochter eine Schüssel in die Hand. „Der Junge hat gute Augen. Warum ist er in Schwierigkeiten?"

Rachel hob den Deckel von einem Topf und schnupperte. „Weil er keine Mama und keinen Papa gehabt hat, die ihn ausgeschimpft haben."

„Und der Ältere?" Nadia öffnete den Backofen und überprüfte den Braten. „Er hat auch gute Augen. Und die sind auf dich gerichtet."

„Möglich."

Natasha schnitt Kräuter und grinste ihre Mutter verschmitzt an. „Es liegt wohl eher daran, dass Rachel ebenso intensiv ein Auge auf Zackary geworfen hat."

„Oh, vielen Dank", erwiderte Rachel.

„Eine Frau, die einen solchen Mann übersieht, benötigt eine starke Brille", fügte Nadia hinzu und brachte ihre Töchter zum Lachen.

Irgendwann konnte Rachel ihre Neugier nicht mehr zügeln. Sie öffnete die Küchentür einen Spaltbreit und lugte ins Wohnzimmer.

Sydney spielte auf dem Boden mit Brandon und seinen Autos. Die Männer debattierten hitzig über die letzten Footballergebnisse. Freddie saß auf dem Sofa und himmelte Nick ganz offensichtlich an. Der wiederum schien endlich über seine Verlegenheit hinweg zu sein und schaukelte Katie auf dem Schoß. Und Zack, so stellte sie mit einem kleinen Lächeln fest, ging völlig darin auf, seine Prognose für das nächste Footballspiel zu verteidigen.

Als der Tisch gedeckt war und unter dem Gewicht der zahlreichen Platten und Schüsseln ächzte, war Zackary bereits von den Stanislaskis fasziniert. Obwohl sie lautstark miteinander umgingen, war nie ein bitterer Ton zu vernehmen, so wie er es von zu Hause her kannte.

Er fand heraus, dass Mikhail der Künstler war, der die Bronzestatue auf dem Klavier gegossen hatte und auch die anderen Stücke, die in Rachels Wohnung standen.

Natasha führte ein strenges Regiment mit ihren Kindern. Niemand schien sich daran zu stören, dass Brandon lautstark die Motorengeräusche seiner Rennautos nachahmte oder Katie über die Möbel kletterte, aber ein einziges Wort von Mutter oder Vater reichte, damit sie aufhörten.

Selbst Alex schien im Kreis der Familie nicht der raue Polizist zu sein, vor allem nicht, wenn seine Geschwister ihn mit seiner neuesten Eroberung aufzogen, die, laut Mikhails vernichtendem Urteil, den gleichen IQ hatte wie das Sauerkraut, das er sich großzügig auf den Teller häufte. „Das ist mir doch völlig egal", verteidigte Alex sich. „Dann übernehme ich eben das Denken für sie."

Eine Bemerkung, für die er ein verächtliches Schnauben von Rachel erntete. „Alex würde doch gar nicht wissen, was er mit einer intelligenten Frau anfangen sollte."

„Eines Tages wird eine kommen und ihn haben wollen", mischte Nadia sich ein. „So wie Sydney meinen Mikhail gefunden hat."

„Sie hat nicht mich gefunden, ich habe sie gefunden." Er reichte die Schüssel mit dampfenden Kartoffeln an seine Frau weiter und grinste. „Sie brauchte dringend etwas mehr Pep in ihrem Leben."

„So wie ich das sehe, brauchtest du dringend jemanden, der dir zeigt, wo's langgeht."

„Das war schon immer so mit ihm." Yuri wedelte mit der Gabel in der Luft.

„Solange er eine Frau hat, die klüger ist als er", setzte Nadia hinzu. „Nicholas", wandte sich dann an Nick, „Sie gehen noch zur Schule, oder?"

„Äh … nein, Ma'am."

Sie reichte ihm den Korb mit den Brötchen. „Und was arbeiten Sie?"

„Ich arbeite für Zackary."

„Es muss interessant sein, in einer Bar zu arbeiten. All die Menschen, die einem dort begegnen." Natasha schaffte es gerade noch mit einer blitzschnellen Handbewegung, Katies Glas davor zu bewahren, auf dem Fußboden zu zerschellen.

„In der Küche trifft man nicht so viele Leute", erwiderte Nick leise.

Rachel, der Nicks mürrischer Tonfall sofort auffiel, wandte sich an ihre Mutter. „Mama, du solltest Zackarys Koch sehen. Er ist ein richtiger Hüne und stammt aus Jamaika. Er kocht unglaublich gut. Ich habe schon versucht, ihm ein paar Rezepte zu entlocken."

„Vielleicht könnte ich mit ihm Rezepte tauschen."

„Zum Beispiel das für diesen vorzüglichen Braten. Der würde ihn begeistern." Zackary nahm einen weiteren Bissen. „Wirklich großartig."

„Sie können etwas davon mit nach Hause nehmen", erklärte Nadia. „Für Sandwiches."

„Ja, Ma'am. Danke." Nick lächelte.

Rachel wartete ab, bis auch die drei der vier Apfelkuchen, die ihre Mutter gebacken hatte, verspeist waren. Dann überredete sie Nadia, etwas auf dem Klavier zu spielen. Spence schloss sich ihr kurz darauf an, und sie spielten ein Duett.

Rachel sah, wie gespannt Nick die Szene beobachtete und der Musik lauschte. Ihre Taktik schien aufzugehen. Als die beiden ihren Vortrag unterbrachen, setzte sie sich sofort ans Klavier und winkte Nick zu sich heran.

„Ich hätte das dritte Stück Kuchen nicht essen sollen", sagte sie mit einem Seufzer.

„Ja, ich hab mich auch zu voll gestopft." Er wusste nicht recht, ob er ihr sagen sollte, wie toll er ihre Familie fand. „Deine Mutter ist einfach großartig."

„Ich weiß." Sie spielte wie abwesend eine einfache Melodie. „Sie und Papa lieben diese Sonntage, wenn wir alle zusammenkommen."

„Ihr trefft euch wohl oft, was?"

„Wann immer wir können."

„Sie scheinen nichts dagegen zu haben, dass du Zack und mich mitgebracht hast."

„Sie haben gern viele Menschen um sich." Sie versuchte, einen Akkord zu spielen, und zog eine Grimasse bei dem unharmonischen Klang. „Bei Spence und Mama sieht es immer so einfach aus."

„Hier, versuch das mal." Er nahm ihre Hand und führte ihre Finger.

„Ah, schon besser. Ich werde nie verstehen, wie jemand gleichzeitig mit jeder Hand etwas völlig anderes spielen kann."

„Du darfst nicht daran denken, sondern lässt es einfach geschehen."

„Na ja …" Sie erhob sich langsam und ging zum Tisch zurück.

Nick konnte nicht widerstehen, er begann einen Blues zu improvisieren. Als die Musik durch ihn hindurchströmte, vergaß er darüber völlig, dass der Raum mit Gästen gefüllt war, die sich angeregt unterhielten. Auch als die Gespräche verstummten, spielte er unbeirrt weiter. Wenn er spielte, war er nicht Nick LeBeck, der halbstarke Außenseiter. Dann war er jemand, den er selbst nicht so recht verstand, jemand, den er nicht kannte, aber nach dem er sich verzweifelt sehnte.

Als er eine Pause einlegte und gedankenverloren vor sich hin lächelte, stellte sich Zackary hinter ihn und klopfte ihm auf die Schulter, als wolle er ihn in die Wirklichkeit zurückholen.

„Wo hast du das gelernt?", fragte Zackary verblüfft. „Ich wusste gar nicht, dass du so etwas kannst."

Nick legte die Hände in den Schoß. Erst jetzt merkte er, wie aufgeregt er eigentlich war. „Das war doch nichts Besonderes."

Zackary schüttelte den Kopf. „Oh Mann, nun untertreib mal nicht. Das war wirklich großartig." Er war stolz auf seinen Bruder.

Nick nahm erst jetzt wahr, dass die Unterhaltungen aufgehört hatten und ihn alle ansahen. Er spürte, wie sein Gesicht rot anlief. „Ich habe doch nur ein bisschen auf den Tasten herumgehackt."

„Aber das war ein ausgesprochen talentiertes Herumhacken." Mit Katie auf dem Arm näherte sich Spence dem Klavier. „Hast du schon einmal darüber nachgedacht, das Klavierspielen ernsthaft zu betreiben?"

Nick betrachtete völlig verblüfft seine Hände. Mit Spence Kimball an einem Tisch zu sitzen, war eine Sache, aber mit dem berühmten Komponisten über Musik zu sprechen machte ihn entsetzlich nervös. „Nein … nun, nicht so richtig. Ich probiere so herum, das ist alles."

„Du hast das richtige Gefühl dafür und ein gutes Ohr." Spence übergab Katie Rachel und setzte sich neben Nick ans Klavier. „Kennst du etwas von Muddy Waters?"

„Schon. Mögen Sie ihn?"

„Aber sicher." Er begann den Bass zu spielen. „Kannst du das Thema aufnehmen?"

„Klar." Nick legte die Finger auf die Tasten und grinste. „Klar doch."

„Nicht übel", flüsterte Rachel Zackary zu und sah ihn gespannt an.

Zackary war immer noch verblüfft über seinen Bruder. „Er hat mir nie ein Wort davon gesagt." Als ihm Rachel die Hand reichte, umfasste er sie mit einem festen Griff. „Dir aber, oder?"

„Nun, er hat es mal angedeutet. Deshalb dachte ich mir, es wäre einen Versuch wert. Aber ich wusste nicht, dass er so gut ist."

„Ja, er spielt wirklich sehr gut." Immer noch überwältigt, drückte Zackary einen Kuss auf Rachels Haar. Nick war zu sehr in seiner eigenen Welt, als dass es ihm aufgefallen wäre, aber den anderen entging diese kleine Geste nicht. „Sieht so aus, als müsste ich ein Klavier besorgen."

Rachel lehnte den Kopf gegen seine Schulter. „Du bist wirklich in Ordnung, Muldoon."

Es dauerte fast eine Woche und riss erneut ein klaffendes Loch in seine Ersparnisse, aber am Ende der Woche hatte Zack ein Klavier gekauft. Zusammen mit Rachel räumte er die Möbel beiseite, um Platz für das Instrument zu schaffen.

„Vielleicht sollten wir es doch lieber an die Wand stellen?" Rachel stemmte die Hände in die Hüften und sah sich im Raum um.

„Du hast deine Meinung jetzt schon drei Mal geändert. Das ist der richtige Platz." Er nahm einen Schluck kühles Bier.

Rachel küsste ihn auf den Mund. „Wann sollte es denn geliefert werden?"

„Vor zwanzig Minuten." Zackary wurde langsam nervös. „Wenn sie nicht liefern, nachdem ich mir so viel Mühe gemacht habe, um Nick ein paar Stunden loszuwerden …"

Rachel unterbrach ihn. „Es wird schon klappen. Und deine Idee mit den nicht gelieferten Bierfässern war genial."

„Nick war außer sich." Zackary setzte sich auf das Sofa. „Er hat zehn Minuten mit mir darüber diskutiert, warum er sich um diese verdammte Bierlieferung kümmern soll, wo er doch für das Geschirrspülen bezahlt werde."

„Er wird es dir verzeihen, sobald er zurück ist."

„He, ihr da oben." Rios Stimme hallte durch den Flur. „Da kommt gerade ein Klavier an."

Rachel versuchte, nicht im Weg zu stehen, als das Klavier die Treppen hinaufgeschleppt, an seinen Platz gestellt und gestimmt wurde. Zackary behandelte das Instrument wie ein rohes Ei und wischte immer wieder über vermeintliche Flecken auf dem glänzenden Holz.

„Sieht großartig aus." Rio kreuzte die muskulösen Arme vor der Brust. „Damit machst du dem Jungen eine Riesenfreude, Zackary. Das wird ihn völlig umkrempeln." Er lächelte Rachel an. „Und wann wird Ihre Mutter vorbeikommen und mit mir Rezepte austauschen?"

„Bald", versprach Rachel. „Sie wird ein altes ukrainisches Rezept mitbringen."

„Gut, dann erhält sie von mir mein Geheimrezept für die Barbecue-soße." Er ging hinaus, als Nick gerade die Treppen hinaufkam. „Warum so eilig, mein Junge. Wo brennt's?"

„Diese blöden Bierfässer." Er eilte an Rio vorbei und betrat das Apartment. „Hör zu, Bruderherz, falls du wieder jemanden suchst, der dir diese blöden …" Er blieb wie angewurzelt stehen und starrte das Klavier an, das nigelnagelneu vor dem Fenster stand.

„Tut mir leid." Zackary steckte nervös die Hände in die Taschen. „Ich musste dich doch loswerden, um das Ding hier aufzustellen." Er wippte stumm auf den Hacken. „Nun, was sagst du dazu?"

Nick schluckte heftig. „Hast du das gemietet, oder was?"

„Gekauft."

Auch Nick ließ jetzt seine Hände in den Taschen verschwinden. Es juckte ihn in den Fingern, das Klavier zu testen. „Das wäre nicht nötig gewesen", erklärte er barsch.

Rachel seufzte innerlich. Die beiden standen sich gegenüber wie zwei Hunde, die nicht wussten, ob sie einander anfallen oder Freunde werden sollten.

„Warum nicht, verdammt noch mal?", erwiderte Zackary mürrisch. „Es ist mein Geld. Ich dachte, es wäre schön, ein Klavier um sich herum zu haben. Also, willst du es nun ausprobieren oder nicht?"

Nick verspürte nur noch den Drang, hinauszugehen. „Ich habe noch etwas vergessen", murmelte er und verließ das Zimmer.

„Was, zum Teufel, soll das?" Zackary hätte am liebsten die Bierfla-sche gegen die Wand geworfen. „Wenn dieser kleine …"

„Hör auf!", unterbrach ihn Rachel laut und schlug Zack mit der geballten Faust auf die Brust. „Ihr beide seid einfach unerträgliche Dickschädel. Der eine weiß nicht, wie er Danke sagen soll, und der andere ist zu einfältig, um zu sehen, dass sein Bruder vor Freude fast geweint hätte."

„Das ist doch Unsinn. Er hat mir das Geschenk praktisch ins Gesicht geworfen ..."

„Idiot! Du hast ihm einen Traum erfüllt. Vielleicht ist es das erste Mal, dass jemand überhaupt verstanden hat, was er in seinem tiefsten Inneren wirklich will. Er kann einfach nur nicht damit umgehen. Genauso wenig wie du, Zackary."

„Hör zu, ich ..." Er brach ab und fluchte leise, weil es stimmte, was sie sagte. „Und was soll ich jetzt tun?"

„Nichts." Rachel nahm sein Gesicht zwischen die Hände und küsste ihn auf den Mund. „Überhaupt nichts. Ich werde mit ihm reden, ja?" Rachel ging zur Tür.

„Rachel." Er holte tief Luft. „Ich brauche dich. Und damit weiß ich nicht umzugehen."

Etwas in ihrem Herzen begann aufgeregt zu flattern. „Du machst es schon richtig, Muldoon."

„Ich glaube, du verstehst mich nicht." Er verstand es ja selbst nicht. „Ich brauche dich wirklich."

„Ich bin doch hier, bei dir."

„Und wirst du auch hier sein, wenn deine Verpflichtung für Nick beendet ist?"

Das Flattern wurde stärker. „Bis dahin haben wir noch ein paar Wochen Zeit, um darüber nachzudenken. Es ist ..." Langsam, Rachel, ermahnte sie sich. Nur nichts übereilen. „Ich ... ich werde jetzt Nick suchen. Lass uns später weiter darüber reden."

„Schön, aber es muss bald sein."

Rachel nickte kurz und lief die Treppen hinunter. Rio zeigte mit dem Finger in Richtung Vorderausgang und wies ihr damit den richtigen Weg.

Sie fand Nick auf dem Bürgersteig, die Hände in den Taschen, wie er den spätnachmittäglichen Straßenverkehr beobachtete. Sie wusste genau, wie er sich fühlte. Wie Zackary Muldoon sich in ein Herz einschleichen und Gefühle erwecken konnte, bevor man auch nur wusste, wie einem geschah.

Sie stellte sich neben ihn und legte die Hand auf seine Schulter. „Alles okay?"

Nick sah sie nicht an. „Warum hat er das gemacht?"

„Weshalb wohl? Was glaubst du?"

„Ich habe ihn um nichts gebeten."

„Die schönsten Geschenke sind die, die man nicht erwartet."

„Hast du ihn dazu überredet?"

„Nein." Sie wollte geduldig mit ihm sein. Sie griff seinen Arm und drehte ihn zu sich herum, um ihm in die Augen sehen zu können. „Nick, hast du bemerkt, wie Zackary reagierte, als du gespielt hast? Er war so stolz auf dich. Er wollte dir etwas schenken, das dir sehr viel bedeutet. Er hat das nicht getan, damit du dich verpflichtet fühlst, sondern weil er dich liebt. So geschieht das in vielen Familien."

„In deiner vielleicht, aber …"

Sie rüttelte ihn leicht. „In deiner auch. Erzähl mir nicht wieder diesen Unsinn, dass ihr keine richtigen Brüder seid. Dir liegt so viel an Zack wie ihm an dir. Ich weiß, wie sehr du dich über das Klavier freust. Mama hatte den gleichen Ausdruck auf dem Gesicht gehabt, aber für sie war es viel leichter, ihre Gefühle zu zeigen. In dieser Hinsicht brauchst du eben noch ein bisschen Übung."

Nick schloss die Augen. „Was soll ich zu ihm sagen? Wie soll ich mich verhalten? Noch nie hat jemand … Ich meine, ich hatte niemanden. Als Kind bin ich ihm immer nachgelaufen, aber dann ging er weg."

„Ich weiß. Aber denk immer daran, dass er selbst fast noch ein Kind war, als er wegging." Rachel küsste ihn auf beide Wangen. „Geh doch einfach rein, Nick, und mach das, was du am besten kannst."

„Und das wäre?"

Sie lächelte. „Spiel. Los. Er wartet darauf, dass du das Klavier ausprobierst."

„Okay." Er trat einen Schritt zurück. „Kommst du mit?"

„Nein, ich habe noch ein paar Dinge zu erledigen. Sag Zackary, dass ich ihn später treffe."

Rachel blieb auf dem Gehweg stehen, nachdem Nick gegangen war, und sah zum Fenster hinauf. Kurz darauf hörte sie ganz leise den Klang der Musik.

*S*chön, dich zu sehen, Rachel." Pete drehte sich auf dem Barhocker um, als Rachel die Bar betrat. „Darf ich dir einen Drink spendieren?"

„Ich habe nichts dagegen", erwiderte sie freundlich und hängte ihren Mantel an die Garderobe, ohne die Blondine aus den Augen zu lassen, die sich verführerisch auf dem Hocker rekelte und Zackary um einen neuen Drink bat, während sie mit den Fingern über seinen Arm strich. „Viel los heute Abend?"

Lola jonglierte mit einem Tablett an Rachel vorbei. „Die Blonde da drüben trinkt bereits ihren dritten Whiskey-Soda", raunte sie ihr zu. „Und dabei lässt sie seit geschlagenen zwei Stunden ihre großen blauen Augen nicht von unserem Boss."

„Das macht sie nur so lange, bis sich ihre Augen grün und blau verfärbt haben."

Lola lachte leise. „Siehst du die Brünette da an der Musikbox?"

Rachel betrachtete vergnügt die schlanken Hüften und die langen braunen Haare des Mädchens. „Erzähl mir nicht, dass ich mir ihretwegen auch Sorgen machen muss."

„Nein, aber ich. Das ist meine älteste Tochter."

„Deine Tochter? Sie ist großartig."

„Finde ich auch. Deshalb bin ich so beunruhigt. Zackary machte sich Gedanken, wie er Nick dazu bringen könnte, sich für Mädchen in seinem Alter zu interessieren. Also habe ich sie überredet mitzukommen, um einen von Rios Hamburgern zu kosten."

„Und?"

„Nick ist auch aufmerksam geworden, aber er hat keinen Versuch gemacht, ihr näherzukommen."

„Würde es dich stören, wenn er mit ihr ausginge?"

„Nick ist in Ordnung. Und außerdem kann meine Terri auf sich selbst achtgeben." Lola blinzelte Rachel zu. „Sie kommt eben ganz nach ihrer Mutter. Bis gleich", fügte sie hinzu und ging an einen Tisch, um die Bestellung aufzunehmen.

„Na, wie sieht's aus?" Rachel setzte sich auf den Hocker zwischen Harry und Pete, wo bereits ein Glas Weißwein auf sie wartete. „Welches Wort sucht ihr?"

„Ein Wort mit sieben Buchstaben für Verzückung", erklärte Harry. „Hinten mit ‚e'."

„Ekstase", schlug Rachel vor und sah dabei Zackary vielsagend an.

„Gut!" Harry beugte sich zufrieden über das Kreuzworträtsel. „Hier ist noch eines mit sieben. Für Mangel an Substanz."

„So ein Zufall", flüsterte sie und warf einen Blick auf die Blondine. „Versuch es mal mit hirnlos."

Dann ging sie in die Küche. „Hallo, Nick." Rachel lehnte sich gegen den Rand der Spüle, an der Nick gerade die Teller stapelte. „Wie geht's denn so?"

„Beim nächsten Gongschlag habe ich sechstausenddreiundachtzig Teller gespült", bemerkte er lächelnd. „Zackary sagte etwas davon, dass du heute kämst. Ich habe bereits auf dich gewartet."

Rio reichte ihr einen Teller mit Hähnchen, Kartoffeln und Krautsalat. „Wenn ich öfter hierherkäme, müsstet ihr mich irgendwann zur Tür hinausrollen."

„Iss jetzt." Rio gestikulierte mit dem Kochlöffel und wandte sich wieder den Hamburgern zu. „Ich mag Frauen mit runden Hüften."

„Auf die Art kommst du deinem Ziel immer näher." Sie begann von dem Hähnchen zu kosten. „Ganz hervorragend", erklärte sie mit vollem Mund. Rio grinste zufrieden. „Wolltest du mich aus einem bestimmten Grund sehen, Nick?"

„Nein." Er strich eine Haarsträhne aus ihrem Gesicht. „Ich wollte dich einfach nur sehen."

Oh, oh. „Nick, ich denke ..."

„Es sind ja nur noch zwei Wochen."

„Sicher." Sie hob den Teller höher, um etwas Abstand zu schaffen. „Ich habe übrigens mit dem Staatsanwalt über deine positive Entwicklung gesprochen. Er plant keine Einwände gegen das zu erwartende Urteil auf Bewährung von Richterin Beckett."

„Ich wusste, dass du das schaffen wirst. Aber daran dachte ich eigentlich nicht."

Rachel wusste genau, worum es ihm wirklich ging. Sie hatte sich lange genug darum gedrückt, die Situation ein für alle Mal zu klären. „Rio ..." Sie stellte den Teller beiseite. „Ich muss mit Nick unter vier Augen reden. Kommst du allein klar, wenn ich mit ihm für ein paar Minuten nach oben gehe?"

„Kein Problem. Er wird eben zweimal so schnell abwaschen, sobald er zurück ist."

Du wirst ganz ruhig bleiben, ermahnte sich Rachel, als sie mit Nick die Treppe hinaufging.

„Also schön, Nick", begann sie, als sie das Apartment erreicht hatten. Mehr konnte sie nicht sagen, da Nick sie völlig überraschend in die Arme nahm und küsste. „Hör auf damit." Sie stemmte die Hände gegen seine Schultern und trat einen Schritt zurück.

„Ich habe dich vermisst. Wir hatten schon lange nicht mehr die Gelegenheit, allein zu sein."

Rachel presste die Finger an die Schläfen. „Nick, ich dachte, die Sache würde sich von allein erledigen. Ich … ich wollte dich nicht verletzen." Sie ließ hilflos die Hände fallen.

Sein Magen verkrampfte sich. „Wovon sprichst du eigentlich?"

„Von dir und mir." Sie wandte sich ab und hoffte, die richtigen Worte zu finden. „Ich habe schon einmal versucht, es dir zu erklären. Aber das ging wohl daneben."

Er sah sie skeptisch an. „Du interessierst dich also nicht für mich. Ist es das?"

„Ich interessiere mich für dich, nur nicht auf die Art, wie du es dir vorstellst."

„Jetzt verstehe ich." Er versuchte sich hart und gelassen zu geben, auch wenn die Zurückweisung ihn unendlich schmerzte. „Du denkst, ich sei zu jung. Oder bin ich nicht dein Typ?"

„Nick, ich empfinde für dich wie für einen Bruder." Sie wusste, dass sie nicht darum herumkam, ihm mit der Wahrheit wehzutun. „Mehr kann ich dir nicht geben. Es tut mir leid, dass ich es dir nicht früher gesagt habe, aber ich wusste nicht, wie ich es dir beibringen sollte."

„Ich komme mir vor wie ein Idiot."

„Nein, das musst du nicht." Sie konnte nicht anders, sie griff seine Hand und drückte sie. „Es gibt nichts, weshalb du dir wie ein Idiot vorkommen müsstest. Du fühltest dich zu mir hingezogen, und du warst ehrlich genug, es zu sagen. Und irgendwie habe ich mich trotz all meiner Verwirrtheit und Bestürzung", sie lächelte zerknirscht, „doch auch geschmeichelt gefühlt."

„Na schön, immerhin hast du es mir jetzt freiheraus gesagt." Er würde es wohl einfach akzeptieren müssen. Er versuchte sich damit zu beruhigen, dass andere Mütter auch schöne Töchter hatten. Aber jemanden wie Rachel gab es nicht noch einmal. „Also, Schwamm drüber."

„Gut." Sie nahm auch noch seine andere Hand. „Weißt du, ich wollte eigentlich immer einen jüngeren Bruder haben."

„Wieso?"

„Damit ich auch endlich mal jemanden herumkommandieren kann." Als er zu grinsen begann, fühlte sie sich zum ersten Mal erleichtert. „Komm, lass uns wieder nach unten gehen."

Während Nick sich wieder in der Küche an seine Arbeit machte, hielt Rachel in der Bar nach Zackary Ausschau.

„Er ist im Büro", erklärte Pete grinsend. „Geh ruhig rein."

„Danke." Sie war etwas irritiert von dem Kichern hinter ihrem Rücken, aber als sie sich umdrehte, taten alle ganz unschuldig.

Im nächsten Augenblick erkannte sie den Grund für die allgemeine Heiterkeit. Zackary stand vor dem Schreibtisch mit der Blondine, die ihn heftig bedrängte, während er versuchte, sich aus ihren Armen zu befreien. Sein Gesichtsausdruck – eine Mischung aus Verlegenheit und völliger Hilflosigkeit – wäre ein Foto wert gewesen.

„Ich übernehme sie." Lola war hereingekommen und zerrte die Blondine aus dem Büro.

„Bestell ihr ein Taxi", rief ihr Zackary hinterher. Er betrachtete kurz die gaffende Menge und schlug wütend die Tür zu. „Hör zu, Rachel …" Er holte tief Luft. „Es war nicht so, wie es aussah."

„Ach?" Rachel setzte sich auf den Schreibtisch und kreuzte die Beine.

„Sie hat zu viel getrunken. Ich wollte ein Taxi für sie bestellen, und sie folgte mir einfach. Dann ist sie über mich hergefallen, und ich versuchte mich zu befreien."

„Es sah auch sehr nach Befreiungskampf aus. Zum Glück bist du noch einmal mit dem Leben davongekommen."

„Was sollte ich tun?" Er ging nervös von einer Ecke des Raumes in die andere. „Ich sagte ihr, dass ich nicht an ihr interessiert sei, aber sie ließ einfach nicht locker."

„Du bist eben so süß", spöttelte sie mit einem Augenaufschlag.

„Sehr witzig. Du willst die Situation bis zur Neige auskosten, nicht wahr?"

Sie sah Zackary herausfordernd an. „Herr Zeuge, als Vertreterin meiner Mandantin frage ich Sie – und ich erinnere Sie eindrücklich, Mr Muldoon, dass Sie unter Eid stehen –, können Sie dem Gericht glaubhaft versichern, dass Ihr Verhalten zu keiner Zeit dazu beitrug, die Angeklagte zu ermutigen, sich Ihnen auf diese Weise zu nähern?"

„Ich habe niemals … Hätte ich Sie, Frau Anwältin, nicht kennengelernt, dann …" Zackary kreuzte die Arme vor der Brust. „Ich verweigere die Aussage wegen Befangenheit."

„Schuft."

„Und jetzt bitte ich, das Urteil zu vollstrecken."

„Das hatte ich auch vor", erwiderte Rachel und schloss seinen Mund mit ihren Lippen.

Der Kuss schien eine Ewigkeit zu dauern. Als ihn ihre Zärtlichkeit zu sehr erregte, löste er sich und vergrub sein Gesicht in ihren Haaren. „Rachel, du weißt überhaupt nicht, wie schön es ist, dich zu spüren."

„Ich habe das gleiche Gefühl bei dir." Sie schloss die Augen und presste sich an ihn.

„Wirklich?"

„Ja, ich glaube ..." Sie stockte, als sie die vergangenen Tage in ihrem Kopf Revue passieren ließ. „Ich glaube, manchmal begegnen sich Menschen, die wirklich gut zusammenpassen."

Zackary umfasste zärtlich ihr Gesicht. Sein Blick ruhte durchdringend und forschend auf ihr. Sie hätte nicht sagen können, was sie in diesen Augen sah, aber es beschleunigte ihren Herzschlag so rasant, dass sie ihn in der Kehle spürte. „Wir passen zusammen", flüsterte er und küsste behutsam ihren Mund. „Ich weiß, du hast gesagt, du willst dich auf nichts einlassen. Dass du deine Prioritäten hast."

Sie umfasste seine Handgelenke. „Ich habe eine Menge gesagt."

„Rachel, ich möchte, dass wir zusammenziehen." Er sah das erstaunte Aufleuchten in ihren Augen und fuhr fort, bevor sie ihn unterbrechen konnte. „Ich weiß, du willst es einfach und unkompliziert halten. Das wollte ich auch. Aber das muss ja nicht als Komplikation angesehen werden. Du kannst dir Zeit nehmen, um darüber nachzudenken. Wir werden sowieso warten müssen, bis die Sache mit Nick endgültig geklärt ist. Aber ich will, dass du weißt, wie sehr ich dich brauche, wie sehr ich mit dir zusammen sein will. Ich will mich nicht mehr nur mit den wenigen gestohlenen Stunden hier und da zufriedengeben."

Sie stieß heftig den Atem aus. „Das ist eine große Entscheidung, Zack."

„Und du bist kein impulsiver Typ, ja, das weiß ich." Er küsste sie. „Denk darüber nach ..." Damit vertiefte er den Kuss, bis sie keinen klaren Gedanken mehr fassen konnte.

„Zackary, ich bräuchte unbedingt ..." Nick platzte in das Büro und blieb wie angewurzelt stehen. Er sah, wie Rachel sich leidenschaftlich an seinen Bruder schmiegte, die Hände in seinem Haar, ihre Augen verhangen vor Sehnsucht und Verlangen.

Nick starrte die beiden entgeistert an, brüllte: „Verrat", und stürmte auf Zackary los.

Zackary hatte den Schlag kommen sehen, aber er wich nicht aus. Er verlor das Gleichgewicht und spürte, wie ihm Blut aus dem Mund lief.

Instinktiv wehrte er den nächsten Schlag ab und hielt Nicks Hand fest, doch Nick setzte erneut an.

„Hört auf!" Ungeachtet der Gefahr, dass der nächste Schlag sie treffen könnte, stellte Rachel sich entschlossen zwischen die beiden Brüder und hielt sie auf Distanz. „Das ist keine Lösung."

„Halt dich da raus", knurrte Zack. Dann, zu Nick: „Willst du das hier drinnen klären, oder sollen wir nach draußen gehen?"

„Jetzt hört doch endlich …"

„Was immer dir lieber ist." Nick ignorierte Rachel völlig. „Du Mistkerl!" Er stieß Zackary gegen die Wand. „Du musst immer der Bessere sein, was? Dieses ganze Geschwafel von Familie und so. Ich zeig dir, was ich von diesem Geschwätz halte, liebster Bruder."

„Nick, bitte." Rachel hob beschwichtigend die Hand, ließ sie wieder fallen, als Nick sich wütend zu ihr umdrehte.

„Sei du bloß still! Dieser ganze Unsinn, den du mir da oben erzählt hast! Du hast wirklich Talent, Lady. Ich bin tatsächlich drauf reingefallen. Während ich dir meine Gefühle anvertraute, hast du es die ganze Zeit hinter meinem Rücken mit ihm getrieben."

„Nick, das ist nicht wahr …"

„Verlogene Schlampe!"

Sein Kopf fiel zurück, als ihn ein Schlag von Zackary traf. „Wenn du dich mit mir prügeln willst, bitte. Aber du wirst nicht so mit Rachel reden!"

Nick wischte sich das Blut von den Lippen. „Zum Teufel mit euch beiden!", schrie er und stürzte Hals über Kopf aus dem Büro.

„Oh nein!" Rachel schlug entsetzt die Hände vors Gesicht. „Das ist alles meine Schuld. Ich muss zu ihm."

„Nein, lass ihn jetzt allein."

„Verdammt, Zackary, ich muss mit ihm reden …"

„Ich sagte, lass ihn in Ruhe!"

„Entschuldigen Sie bitte." Es klopfte an der Tür, die Nick offen gelassen hatte. Rachel drehte sich um und schluckte heftig.

Richterin Beckett!

„Guten Abend, Miss Stanislaski. Mr Muldoon. Ich kam eigentlich vorbei, um mir einen Ihrer berühmten Manhattans mixen zu lassen, während ich mich mit der Anwältin Ihres Bruders unterhalten wollte."

„Euer Ehren", begann Rachel, „mein Mandant …"

„Ich sah Ihren Mandanten bereits, als er hier herausstürmte. Auch Ihr Mund blutet, Mr Muldoon." Sie warf Rachel einen vielsagenden Blick zu, bevor sie hinausging.

„Das fehlte uns gerade noch." Rachel atmete schwer. „Ich werde das zurechtbiegen", versuchte sie Zackary zu beruhigen. „Mach dir keine Sorgen. Sobald Nick ein wenig Dampf abgelassen hat …"

„… kommt er freudestrahlend zurück?", beendete Zack den Satz sarkastisch. „Das halte ich für äußerst unwahrscheinlich. Und es ist nicht deine Schuld." Er wünschte, er könnte ihr mehr bieten als sein eigenes Gefühl von Unzulänglichkeit und Versagen. „Er ist mein Bruder. Ich bin verantwortlich." Er schüttelte den Kopf, bevor sie etwas erwidern konnte. „Jetzt werde ich erst einmal der Richterin einen Drink mixen."

Er schob sich an ihr vorbei. Rachel wollte ihn zurückhalten, doch dann ließ sie ihn gehen. Es gab nichts, was sie sagen könnte, um seinen Schmerz zu lindern. Aber sie musste versuchen, den Schaden mit Richterin Beckett zu begrenzen.

Rachel fand die Richterin ganz entspannt an einem Tisch im hinteren Teil der Bar sitzen. Doch auch die elegant-lässige Kleidung statt der schwarzen Robe konnte der Aura von Macht und Autorität, die Marlene C. Beckett ausstrahlte, keinen Abbruch tun.

„Setzen Sie sich, Frau Anwältin."

„Danke."

Beckett lächelte und trommelte mit den roten Fingernägeln auf die Tischplatte. „Ich sehe förmlich, wie Ihr Gehirn arbeitet. ‚Was kann ich ihr erzählen, was sollte ich besser verschweigen?' Ich genieße Ihre Anwesenheit im Gerichtssaal, Miss Stanislaski. Sie haben Stil."

„Danke", sagte Rachel. Die Drinks wurden serviert, und sie nutzte die kurze Unterbrechung, um ihre Gedanken zu sammeln. „Ich habe Sorge, dass Sie die Vorgänge heute Abend missverstehen könnten."

Beckett nahm einen Schluck, dann warf sie Zackary einen anerkennenden Blick zu. „Und wie, glauben Sie, könnte ich die Vorgänge interpretieren?"

„Nick hatte Streit mit seinem Bruder …"

„Eine Prügelei", korrigierte Beckett sie und nahm die Kirsche aus ihrem Glas. „Ein verbaler Streit mag psychische Narben hinterlassen, aber kein Blut."

„Sie haben keine Brüder, nicht wahr?"

„Nein."

„Ich aber."

Richterin Beckett hob eine Augenbraue und nippte an dem Drink. „Also schön, ich lasse das Argument zunächst einmal gelten. Und worüber stritten die beiden?"

„Es war ein Missverständnis." Rachel fühlte sich nicht wohl in ihrer Rolle. „Es ist nicht zu leugnen, dass beide ziemliche Hitzköpfe sind, und bei dem Temperament, das beiden eigen ist, kann ein Missverständnis leicht zu ..."

„... einer hitzigen Debatte führen?"

„Ja." Rachel beugte sich vor. „Richterin Beckett, Nick hat so unglaublich große Fortschritte gemacht. Er hatte sich fast aufgegeben, da er in seinem ganzen Leben niemanden hatte, der wirklich für ihn da war, dem er vertrauen konnte. Mit Zackary wollte er es versuchen. Je länger die beiden zusammen waren, desto mehr war zu spüren, wie sehr sich die beiden Brüder im Grunde brauchten."

„Inwieweit stehen Sie eigentlich mit Mr Muldoon in einem, sagen wir, persönlichen Verhältnis?"

Rachel lehnte sich zurück und sah Richterin Beckett völlig ausdruckslos an. „Ich glaube, das ist für diese Angelegenheit nicht relevant."

„Glauben Sie? Nun gut." Sie hob die Hand. „Bitte, weiter."

„Fast zwei Monate lang hat Nick sich bewährt. Er erledigt ganz hervorragend alle Arbeiten, die ihm Zackary anvertraut hat. Er interessiert sich auch für das, was um ihn herum geschieht. Und er spielt Klavier."

„Ach, wirklich?"

„Zackary hat ihm ein Klavier gekauft."

„Das klingt nicht so, als müssten deshalb die Fäuste fliegen." Sie lächelte und hob das Glas. „Also, Frau Anwältin, kommen Sie bitte zum Kern des Problems."

„Es war mein Fehler." Rachel stellte ihr Weinglas beiseite. „Ich habe Nicks Gefühle für mich falsch eingeschätzt. Ich konnte nicht glauben, dass er für mich ... nun, so viel empfindet."

Beckett stülpte die Lippen vor. „Ah, ich beginne allmählich zu verstehen. Erzählen Sie von Anfang an."

Rachel begann die Vorgänge der vergangenen Woche zu schildern. Beckett schwieg zu ihren Ausführungen und nickte hin und wieder. „Und als er ins Büro kam und mich und Zackary so eng beisammen sah", schloss sie ihre Erzählung, „fühlte er sich betrogen. Ich hätte mich nicht darauf einlassen dürfen."

„Rachel, Sie sind eine ausgezeichnete Anwältin. Das schließt nicht aus, dass Sie einen Anspruch auf ein Privatleben haben."

„Wenn es aber die Beziehung zu meinen Mandanten gefährdet ..."

„Unterbrechen Sie mich bitte nicht. Ich räume ein, dass Sie in dieser Sache einer falschen Einschätzung erlegen sind. Ich räume ebenfalls ein, dass sich niemand den Ort, den Zeitpunkt oder die Umstände aussuchen kann, unter denen man sich verliebt."

„Ich sagte nicht, dass ich mich verliebt habe."

Beckett lächelte. „Es ist leichter zu ertragen, wenn man sich einredet, das alles habe nichts mit Liebe zu tun." Sie hielt inne. „Kein Einspruch, Miss Stanislaski? Nun gut, ich bin auch noch nicht am Ende meiner Ausführungen. Sie sind nicht objektiv geblieben, aber das haben Sie ja bereits selbst angemerkt. Ich bin mir allerdings nicht sicher, ob eine objektive Betrachtungsweise immer zu den richtigen Resultaten führt. Zwischen Falsch und Richtig existieren viele Zwischentöne. Wir kämpfen jeden Tag darum, der Wahrheit möglichst nahezukommen. Sie werden das noch herausfinden, sobald Sie auf dem Richterstuhl Platz genommen haben."

Rachel griff verwirrt nach ihrem Weinglas. Der vielsagende Blick der Richterin irritierte sie. „Ich wusste gar nicht, dass ich so leicht zu durchschauen bin."

„Oh, ich kann Ihre Ambitionen, die Zukunft betreffend, sehr gut nachvollziehen. Ich bin selbst einmal diesen Weg gegangen." Sie stieß freundlich lächelnd mit Rachel an. „Noch ein paar Jahre, dann werden Sie eine kompetente Richterin abgeben. Das ist es doch, was Sie erreichen wollen, nicht wahr?"

„Ja."

„Gut. Und jetzt, da ich einen Drink genossen habe, der mich sehr entspannt hat, sage ich Ihnen etwas. Unter vier Augen. Vor dreißig Jahren war ich genau wie Sie. Damals war es für eine Frau noch etwas schwerer, in diese Position zu kommen. Und ich habe mir die Frage stellen müssen, ob ich eine Familie haben oder lieber Karriere machen will. Ich habe es nie bereut, die Karriere gewählt zu haben. Aber die Zeiten haben sich geändert. Heute muss sich eine Frau nicht mehr für das eine oder andere entscheiden. Heute kann sie beides haben. Wenn sie klug ist", fügte sie hinzu und warf einen kurzen Blick auf Zackary. „Und Sie machen auf mich den Eindruck einer sehr klugen Frau, Miss Stanislaski."

„Zumindest würde ich mich gerne dafür halten", murmelte Rachel. „Aber das macht es nicht weniger problematisch."

„Diese Art von Problematik ist doch genau das, was das Leben lebenswert macht, meinen Sie nicht auch? Ich kann mir nicht vorstellen, dass es irgendetwas gibt, das Sie von Ihrem Weg abbringen könnte. In der Zwischenzeit sehen Sie zu, dass Sie sich und Ihren Mandanten gut auf die Anhörung vorbereiten."

Als Beckett schließlich aufstand, erhob sich Rachel augenblicklich. „Richterin Beckett, wegen heute Abend…"

„Ich kam nur, um einen Drink einzunehmen. Die Bar gefällt mir. Sauber, freundliche Atmosphäre. Und was meine Entscheidung betrifft, so wird sie nur davon abhängen, was ich im Gerichtssaal sehe und höre. Haben wir uns verstanden?"

„Ja. Danke."

„Und sagen Sie Mr Muldoon, dass er einen exzellenten Manhattan mixt."

Völlig verdutzt sah Rachel zu, wie Richterin Beckett die Bar verließ.

„Wie schlimm ist es?", fragte Zackary hinter ihr.

Rachel schüttelte schwach den Kopf und griff nach seiner Hand. „Sie mag deine Drinks." Sie wandte sich zu ihm um und umarmte ihn. „Ich glaube, ich habe gerade eine weitere intelligente Frau mit einer Schwäche für harte Jungs kennengelernt."

„Wenn Nick nicht zurückkommt …"

„Er wird zurückkommen. Er ist wütend und verletzt. Aber er ist nicht dumm." Sie drückte seine Hand noch einmal fest und lächelte. „Er ist dir sehr ähnlich."

„Ich hätte ihn nicht schlagen dürfen."

„Verstandesmäßig kann ich dir nur zustimmen, aber was das Gefühlsmäßige betrifft …" Leidenschaft und Temperament gehörten nun mal zum Leben. „Ich habe meine Brüder so oft erlebt, wie sie sich gegenseitig verprügelt haben. Ich glaube nicht daran, dass deshalb die Welt untergeht." Sie küsste ihn sanft auf die geschwollene Lippe. „Wenn Nick zurückkommt, sollte ich besser nicht mehr hier sein. Aber ruf mich bitte sofort an, wenn er da ist, ganz gleich, zu welcher Zeit."

„Du solltest nicht allein nach Hause gehen", bemerkte er besorgt.

„Ich nehme mir ein Taxi." Die Tatsache, dass er nichts mehr dazu sagte, zeigte ihr, wie zerstreut er war. „Wir kriegen das wieder hin, Zack. Ganz sicher. Vertrau mir."

„Okay, ich werde dich anrufen."

Sie trat zur Bar hinaus und winkte nach einem Taxi. Vertrau mir, hatte sie zu ihm gesagt. Sie hoffte von ganzem Herzen, dass sie sich dieses Vertrauens würdig erweisen konnte.

11. KAPITEL

*R*achel hätte gerne ihren Bruder Alex eingeschaltet, als sie nach Hause kam, aber sie hatte Angst, Nick noch wütender zu machen, wenn ein Polizist seine Antennen, wenn auch inoffiziell, nach ihm ausstreckte.

Also konnte sie nur abwarten. Allein.

Sie gaben schon ein seltsames Trio ab, überlegte sie, während sie unruhig von einer Ecke des Zimmers in die andere ging und der frisch aufgebrühte Tee immer kälter wurde. Nick, jung und voller Trotz, der überall Zurückweisung und Betrug witterte und so verzweifelt nach seinem Platz auf dieser Welt suchte. Zackary, unermesslich großzügig und gutherzig, genauso aufbrausend und temperamentvoll und verletzlich wie sein Bruder. Und sie selbst, die ehrgeizige Anwältin, die für sich in Anspruch nahm, so logisch und sachlich an die Dinge heranzugehen, und sich dabei in beide Männer verliebt hatte.

Wie konnte das alles geschehen? Sie rieb sich die müden Augen. Sie war doch diejenige, die immer so sehr darauf pochte, dass alles klar organisiert zu sein hätte. Die so stolz darauf war, immer genau zu wissen, was sie wollte und wie sie es erreichen konnte. Jeden Schritt hatte sie immer genau überlegt und geprüft, jede Option wurde genauestens erwogen und beurteilt.

Sie hatte alles genau geplant und kalkuliert.

Alles, bis auf Zackary Muldoon.

Weil sie sich mit ihm eingelassen hatte, weil sie ihr Herz über ihren Verstand gestellt hatte, hatte sie ein fürchterliches Chaos angerichtet. Es war gut möglich, dass Nick in seiner Wut und seiner Enttäuschung diese Nacht dazu nutzen würde, um sich bewusst in Schwierigkeiten zu bringen. Und dann konnte Richterin Beckett so viel Verständnis zeigen, wie sie wollte. Wenn Nick die Bewährungsauflagen brach, würde ihr nichts anderes übrig bleiben, als ihn zu verurteilen.

Das würde Rachel sich nie vergeben. Und wäre Zackary dazu in der Lage, ihr zu vergeben? Viel schlimmer noch – wie sollte Nick an die Wiedereingliederung in eine Gesellschaft glauben, die ihn hinter Gitter steckte?

Jetzt konnte sie nur hoffen, dass Nick zu Zackary zurückging. Wütend, ja ... trotzig, sicherlich ... vielleicht sogar auf eine Auseinandersetzung aus – damit konnten alle umgehen. Die Hauptsache war, dass er wiederkam.

Aber wenn nicht ...

Die Türklingel unterbrach sie in ihren Gedanken. Es war nach Mitternacht. Hoffentlich war es Zackary, der ihr mitteilen wollte, dass es Nick gut ging.

„Ja?"

„Ich möchte raufkommen." Es war Nicks Stimme, barsch und fordernd.

Rachel atmete erleichtert auf. „Klar, komm rauf."

Als sie die Tür öffnete und Nick hereinkam, überschüttete sie ihn sofort mit einem Wortschwall. „Ich habe mir solche Sorgen gemacht! Nick, es tut mir ja so leid."

Nick schloss die Tür hinter sich. Eigentlich hatte er nicht herkommen wollen. Er war ziellos herumgelaufen. Schließlich erschien ihm dieser Ort als der einzige, zu dem er gehen konnte. „Tut es dir leid, dass ich dich mit Zackary erwischt habe?"

Es war also noch lange nicht vorbei. Rachel sah die gleiche gefährliche Wut in seinen Augen wie zu dem Zeitpunkt, als er sich auf Zackary gestürzt hatte. „Es tut mir leid, dass ich dir wehgetan habe."

„Dir tut nur leid, dass ich herausgefunden habe, was du wirklich bist. Eine Lügnerin!"

„Ich habe dich nie angelogen."

„Jedes Mal, sobald du auch nur den Mund aufmachtest." Er stand immer noch an der Tür, die Hände zu Fäusten geballt, die Fingerknöchel weiß vor Anspannung. „Du und Zack, ihr beide. Dieses ganze Geschwafel von Sorge und Verständnis. Du hast nur so getan, als läge dir etwas an mir, dabei hast du es die ganze Zeit mit ihm getrieben."

„Aber mir liegt an dir, Nick. Ich mag dich wirklich …"

„Ich wette, ihr habt zusammen im Bett gelegen und euch köstlich amüsiert. Der arme kleine Traumtänzer Nick, der versucht, etwas aus seinem Leben zu machen. Der Trottel, der sich in die sexy Anwältin verliebt hat."

„Nein, so etwas darfst du nicht denken. Das ist nicht die Wahrheit, Nick."

„Willst du mir etwa weismachen, dass du nicht mit ihm geschlafen hast?"

Er sah die Wahrheit in ihren Augen, bevor ihr eigenes Temperament mit ihr durchging. „Das geht dich überhaupt nichts an. Ich werde nicht mit dir darüber reden …"

Wutentbrannt fasste Nick sie beim Kragen und rammte sie gegen die Tür. Der erschrockene Ausruf blieb ihr in der Kehle stecken, als sie seine funkelnden grünen Augen so nah vor sich sah. „Warum hast du das getan? Warum musstest du einen Narren aus mir machen? Warum musste es unbedingt mein Bruder sein?"

„Nick." Rachel versuchte sich aus seinem Griff zu befreien, doch erfolglos.

„Weißt du eigentlich, wie ich mir vorkomme? Die ganze Zeit hoffe ich darauf, dass aus uns etwas werden kann, und du bist mit ihm zusammen! Und er wusste es. Er wusste es!"

Sie atmete stoßweise, aber sie versuchte es zu kontrollieren. „Nick, du tust mir weh." Sie hatte es ruhig und auch streng sagen wollen, doch die Worte klangen ängstlich und verschreckt.

Sein Blick wurde leer, dann sah er auf seine Hände, die sich in ihre Schultern gegraben hatten. Erschrocken ließ er sie los. „Ich gehe."

Instinktiv hielt Rachel ihn fest. „Geh nicht, bitte. Nicht so."

Die Selbstverachtung hinterließ einen bitteren Geschmack in seinem Mund. „Ich habe noch nie einer Frau Gewalt angetan. Tiefer kann man nicht sinken."

„Du hast mir keine Gewalt angetan. Ich bin in Ordnung."

Aber sie war leichenblass. „Du zitterst."

„Na schön, ich zittere. Können wir uns jetzt einen Moment setzen?"

„Ich hätte nicht herkommen dürfen, Rachel. Ich hätte dich nicht so anfallen dürfen."

„Ich bin froh, dass du gekommen bist. Bitte, komm, setzen wir uns."

Er gab nach. „Ich nehme an, du hast mir einiges zu sagen. Das ist dein gutes Recht." Er setzte sich aufs Sofa und sank in sich zusammen. „Sicher wirst du meinen Fall jetzt abgeben."

„Nein, hier geht es um eine ganz private Angelegenheit, Nick. Das mit Zackary und mir war nicht geplant, und es war nicht richtig von mir, mich zu diesem Zeitpunkt darauf einzulassen. Dafür gibt es keine Entschuldigung."

Er schnaubte verächtlich. „Als Nächstes wirst du mir erzählen, dass du einfach nicht dagegen ankonntest, was?"

„Nein", sagte sie leise. „Man hat immer eine Wahl. Ich wollte nicht dagegen ankämpfen."

Ihre Antwort und ihr Ton verwirrten ihn. Er war sicher gewesen, dass sie sich in diese Ausrede flüchten würde, um leichter davonzukommen. „Also hast du dich für ihn entschieden."

„Es ist passiert. Es war ungeplant und irgendwie … überwältigend …" Sie fand nur schwer die richtigen Worte, um zu beschreiben, was zwischen ihr und Zack geschehen war. „Aber ich hätte es verhindern können – oder wenigstens aufschieben. Tatsache ist, dass ich es nicht getan habe, und deshalb liegt die Schuld bei mir. Du wurdest unserer Obhut unterstellt, und wir haben versagt." Sie sah ihn eindringlich an, als wolle sie ihn um Verzeihung bitten. „Aber wir haben dich nie belächelt. Was auch immer du über mich denken magst, Nick, lass nicht zu, dass es deine Beziehung zu Zackary zerstört."

„Er hat angefangen."

„Nick." In ihrer Stimme schwangen Geduld und Mitgefühl mit. „Das hat er nicht. Und du weißt es auch."

Ja, er wusste es. Wahrscheinlich hatte er auch die ganze Zeit gewusst, dass seine Hoffnungen auf eine Beziehung mit Rachel nichts als reines Wunschdenken gewesen waren. Aber dieses Wissen linderte den Schmerz nicht. „Ich habe dich sehr gerngehabt."

„Ich weiß." Ihre Augen füllten sich mit Tränen und liefen ihr über die Wangen, bevor sie es verhindern konnte. „Es tut mir leid."

„Gott, Rachel, nicht!" Er ertrug es nicht. Erst erschreckte er sie zu Tode, und dann brachte er sie zum Weinen! „Bitte, weine nicht."

„Ich hör ja schon auf." Unwirsch wischte sie die Tränen fort, aber sofort kamen neue nach. „Ich fühle mich einfach elend wegen der ganzen Sache. Jetzt sehe ich ein Dutzend Wege, wie ich die Sache hätte anders machen können." Sie rang nach Fassung und atmete tief durch. „Normalerweise habe ich immer alles unter Kontrolle. Ich könnte mich dafür ohrfeigen, dass ich mich zwischen euch beide gedrängt habe."

„He, komm schon." Nick wusste nicht, was er tun sollte. Er kam sich vor wie der letzte Abschaum. „Nimm's nicht so schwer, okay?" Er klopfte ihr ungelenk auf die Schulter. „Ich habe schon vorher mal den Kürzeren gezogen und einen Korb bekommen."

Sie kramte in der Tasche ihres Bademantels nach einem Taschentuch. „Aber lass es nicht an Zack aus, bitte."

„Verlange keine Wunder."

„Oh, Nick, wenn du nur bei all den Fehlern sehen könntest, was du ihm bedeutest …"

„Fang jetzt nicht mit einer Gardinenpredigt an." Da ihr Tränenfluss aufgehört hatte, traute er sich ein bisschen mehr. „Du hörst dich wirklich so an, als würdest du ihn lieben." Der kurze Blick, den sie ihm zuwarf, machte ihn völlig baff. „Oh Mann", stieß er entgeistert aus, als er zu verstehen begann. „Du meinst, es ist nicht nur Sex?"

„So war es anfangs eigentlich gedacht …" Als die Tränen wieder zu fließen begannen, legte er unbeholfen und scheu den Arm um ihre Schultern, und sie lehnte sich an ihn. „Oh Gott, wie bin ich nur in den Schlamassel hineingeraten? Ich wollte mich in niemanden verlieben."

„Das ist allerdings dann wirklich ein harter Schlag." Er zog sie näher zu sich heran. Ihm fiel auf, dass da kein Prickeln war, keine Schmetterlinge im Bauch. Im Gegenteil, was er fühlte, kam viel eher brüderlichem Mitleid gleich. Noch nie hatte jemand sich an seiner Schulter ausgeweint. „Und Zackary? Empfindet er genauso wie du?"

„Ich weiß es nicht." Sie schnäuzte sich geräuschvoll. „Wir haben noch nicht darüber geredet. Und wir werden auch nicht darüber reden. Das Ganze ist einfach lächerlich. Und ich benehme mich albern." Verlegen machte sie sich aus seinem Arm frei und lehnte sich zurück. „Am besten vergessen wir das Ganze. Es war heute sowieso ein emotionaler Abend. Bitte, sag ihm nichts davon, ja?"

„Nein, das überlasse ich dir."

„Danke." Sie wischte eine einzelne Träne mit dem Handrücken fort. „Und bitte, verachte mich nicht."

„Mit Verachtung hat das nichts zu tun." Er fühlte sich plötzlich ausgelaugt und ließ sich ebenfalls gegen die Rückenpolster fallen. „Ich weiß selbst nicht, was ich fühle. Vielleicht bin ich nur hergekommen, weil ich dir heute Nacht beweisen wollte, dass ich der bessere Mann bin. Ziemlich blöde von mir."

„Ihr seid beide zwei ganz besondere Männer. Ihr habt es mir beide irgendwie angetan."

Er lächelte zerknirscht. „Da hast du dir auf jeden Fall die Richtigen ausgesucht."

„Ja, ich weiß." Sie streichelte seine Wange. „Und jetzt sag mir, dass du zurückgehst."

Er presste die Lippen zusammen. „Wohin sollte ich denn sonst gehen?"

„Nein, sag mir, dass du zu Zackary gehst und alles mit ihm bereden wirst."

„Kann ich nicht versprechen."

Als er aufstand, nahm sie seine Hand. „Dann lass uns gemeinsam gehen. Ich will helfen."

„Du hast nur eines falsch gemacht – du hast dich in den falschen Mann verliebt."

Sein hämisches Grinsen erleichterte sie ungemein. „Vielleicht hast du recht. Lass mich trotzdem mitkommen."

„Okay, aber du solltest dich vorher noch ein wenig zurechtmachen. Deine Augen sind ganz rot."

„Gut. Ich brauche fünf Minuten."

Rachel spürte, wie Nick immer angespannter wurde, je näher sie Zackarys Bar kamen.

„Da wären wir." Sie blieben vor der Tür stehen. „Es ist schon nach eins. Ihr zwei sprecht euch jetzt aus, und ich werde vermitteln."

Nick fragte sich, ob Rachel überhaupt eine Vorstellung davon haben konnte, wie schwer es ihm fiel, diesen Weg zu gehen. „Von mir aus."

„Und wenn einer die Fäuste benutzt, dann werde ich das sein", fügte sie schnell hinzu und öffnete die Tür.

Die meisten Gäste hatten die Bar bereits verlassen und waren nach Hause gegangen. Ein paar Hartgesottene saßen noch am Tresen, an dem Zackary arbeitete. Lola wischte die Tische sauber. Sie warf Rachel einen wissenden Blick zu, dann machte sie mit ihrer Arbeit weiter.

Zackary nahm einen Schluck aus einer Mineralwasserflasche. Rachel sah, wie kurz Erleichterung in seinen Augen aufflackerte, dann wurde sein Blick wieder ausdruckslos.

„He, Barkeeper …" Rachel setzte sich auf einen Hocker. „Gibt's noch Kaffee?"

„Klar."

„Dann bitte zwei." Sie warf Nick einen bedeutungsvollen Blick zu. Er setzte sich schweigend neben sie.

„Es gibt eine alte ukrainische Tradition, die nennt man Familientreffen. Seid ihr bereit dazu?"

„Ja." Zackary sah seinen Bruder an. „Und wie steht's mit dir?"

„Ich bin dabei", brummte Nick.

Plötzlich hörten sie Lärm aus der Küche.

„Himmel, Rio muss wohl den Kühlschrank umgestoßen haben, so wie sich das anhört", sagte Rachel noch, dann verstummte sie schockiert, als die Tür aufgestoßen wurde und Rio hereintaumelte.

Blut lief ihm aus einer Wunde am Kopf über das Gesicht. Hinter ihm stand ein Mann, der sich eine Strumpfmaske übergezogen hatte. Er hielt ein langes Gewehr an Rios Hals.

„Zeit für eine nette Party", brüllte er und stieß Rio mit dem Gewehrlauf nach vorne.

Zwei weitere Männer in Masken folgten kichernd. „Keiner rührt sich", sagte der eine und schlug die Schiffsglocke an. Der Klang hallte durch den Raum.

„Schließ die Vordertür ab." Der erste Mann fuchtelte wild mit den Armen. „Und geschossen wird nur auf meinen Befehl. Los, Leute, leert eure Taschen hier am Tresen aus. Aber dalli." Er gab dem dritten Mann ein Zeichen, ebenfalls die Bar zu umstellen. „Alles Wertvolle hierher." Er richtete den Gewehrlauf auf Lola. „He, Schätzchen, schieb dein Trinkgeld hier rüber. Du hast heute Abend bestimmt anständig was eingenommen."

Nick war wie gelähmt. Er kannte diese Stimme. Trotz der Masken konnte er alle drei Männer auf Anhieb identifizieren. T.J.s Kichern und sein watschelnder Gang. Cashs verwaschene Uniformjacke. Die Narbe auf Reeces Handgelenk.

Es waren seine Freunde. Seine Familie.

„Was, zum Teufel, machst du da?", fragte er, als T.J. begann, die Beute in einen Seesack zu laden.

„Nimm ihnen das Zeug ab", befahl Reece.

„Du bist verrückt geworden."

„Mach schon!" Er drehte den Gewehrlauf auf Rachel. „Und halt's Maul."

Nick ließ sich nicht beirren. „Schluss jetzt. Du gehst entschieden zu weit."

„Auf den Boden!", schrie Reece. „Gesicht nach unten, Hände hinter den Kopf. Du nicht." Er wandte sich Zackary zu. „Du machst die Kasse leer. Und du …", er packte Rachels Arm, „… wirst eine prima Lebensversicherung für uns abgeben. Du kommst mit."

„Lass sie los …"

„Nick!" Zackary rief seinen Bruder zurück. Er leerte die Kasse und sah Reece an. „Du brauchst sie nicht."

„Aber sie gefällt mir."

Rachel schluckte, als der Griff immer fester wurde.

„Frischfleisch." Reece schmatzte mit den Lippen. „Vielleicht sollten wir dich wirklich mitnehmen, Süße. Wir könnten viel Spaß miteinander haben."

Als Nick einen Schritt vorwärts machte, legte Reece seinen Arm um Rachels Hals. „Versuch's doch, Tellerwäscher. Los, komm schon, Mann. Mach mich alle."

„Bleib cool, eh." Cash wurde nervös. Dass Reece sich die Frau krallte, war nicht geplant gewesen. „Wir wollten doch nur das Geld."

„Ich nehme mit, was ich will." Er beobachtete, wie T.J. den Kasseninhalt in einen Sack leerte. „Und wo ist der Rest?"

„War ein schlechter Abend", bemerkte Zackary trocken.

„Versuch nicht, mich aufs Kreuz zu legen, Mann. Da steht ein wunderschöner Tresor in deinem Büro, und den machst du jetzt auf."

„Schön." Zackary kam hinter dem Tresen hervor. Er verspürte große Lust, sein Gegenüber in Grund und Boden zu schlagen. „Ich werde ihn öffnen, sobald du sie losgelassen hast."

„Ich hab die Knarre", erinnerte ihn Reece, „deshalb gebe ich hier die Kommandos."

„Du hast die Knarre", stimmte ihm Zackary zu, „aber ich habe die Kombination. Wenn du den Tresorinhalt haben willst, dann lässt du sie jetzt los."

„Los doch", meldete sich Cash, dessen Hände langsam feucht wurden. „Wir brauchen die Kleine nicht. Lass sie in Ruhe."

Reece spürte, wie er allmählich die Oberhand verlor. Zackary sah ihn aus eiskalten blauen Augen an. Nein, sie sollten vor ihm zittern. Alle. Sie sollten schreien und winseln. Er war der Kopf der Cobras. Er war am Drücker. Niemand hatte ihm etwas zu sagen.

„Mach ihn auf", zischte er. „Oder ich blase dich um."

„Auf diese Art wirst du das Geld nie bekommen", erklärte Zackary. Aus den Augenwinkeln nahm er wahr, dass Rio sich unauffällig in Position gebracht hatte. Der Hüne war zum Sprung bereit. „Das ist meine Bar, und ich möchte nicht, dass jemand in meiner Bar verletzt wird. Du lässt die Frau los. Dann bekommst du, was du von mir verlangst."

„Lasst uns den Laden zu Klump hauen", schrie T. J. und stieß mit dem Gewehr an die Gläser, die über dem Tresen aufgehängt waren. Das Klirren der Glasscherben bereitete ihm zunehmend mehr Freude. Er griff sich eine Wodkaflasche und nahm einen großen Schluck daraus. Dann warf er sie mit einem irren Freudenschrei auf den Boden.

Das Klirren der Gläser und Flaschen, das erstickte Geschrei der Geiseln auf dem Boden versetzten Reece in einen Rausch. „Ja, wir hauen den Laden zusammen." Er zielte auf den Fernseher und drückte ab. „So mach ich's auch mit dem Tresor. Na klar, ich brauche keine Frau." Er stieß Rachel beiseite. Sie landete auf Händen und Knien. „Und dich schon gar nicht."

Er zielte mit dem Lauf auf Zackary. Er verspürte den Drang zu töten, und das war neu. Ein prickelndes Gefühl. „So gebe ich meine Befehle."

Nick sprang blitzschnell auf und warf Zackary zur Seite, gerade als das Gewehr losging.

Schreie ringsumher. Rachel griff nach einem Stuhl und schlug damit zu. Sie spürte den Aufschlag, dann hörte sie ein Stöhnen und einen dumpfen Laut, als ein bewusstloser Körper zu Boden fiel. Sie sah gerade noch, wie Rio wie der Blitz an ihr vorbeiraste. Doch da war sie schon bei Nick und Zackary, die auf dem Boden lagen. Ihre Hände waren voll Blut. Der Raum glich einem Tollhaus. Schreie, Lärm, Schritte, die sich hastig entfernten.

„Oh nein, bitte nicht." Sie presste die Hand gegen Nicks Brust. Zackary setzte sich auf und schüttelte den Kopf, als wolle er wieder zu Verstand kommen.

„Rachel, du bist …" Dann sah er seinen Bruder, der reglos auf dem Boden lag. Sein Gesicht war kreidebleich. Und das Blut sickerte langsam durch das Hemd. „Nein! Nick, nein!"

„Hör zu, Zackary, leg deine Hand auf die Wunde. Nicht mit dem Druck nachlassen. Ich hole ein Tuch." Rachel stand auf und eilte hinter den Tresen. „Ruft einen Krankenwagen!", rief sie. „Sie sollen sich beeilen." Sie lief mit dem gefalteten Tuch zu Nick zurück und legte es auf die Wunde. „Er ist jung und stark." Mit Tränen in den Augen fühlte sie Nicks Puls. „Wir lassen ihn nicht sterben. Er wird es schaffen, das weiß ich genau."

„Zackary." Rio beugte sich zu ihnen hinunter. „Es tut mir leid, ich habe sie nicht aufhalten können. Ich hatte keine Chance."

„Darum kümmern wir uns später. Hol eine Decke und noch mehr Tücher."

„Da sind welche." Lola reichte Rachel die Tücher und strich Zackary über die Haare. „Er hat verdammt mutig gehandelt."

Zackary schluckte. „Dieser verdammte Bengel musste sich schon immer in den Weg stellen." Er legte die Hand auf die Brust seines Bruders. „Ich darf ihn nicht verlieren."

„Das wirst du nicht." Rachel hörte das Heulen der Sirenen und atmete erleichtert auf. „Wir werden ihn nicht verlieren", erwiderte sie zuversichtlich.

Endlose Stunden im Wartezimmer. Umherlaufen, rauchen, Kaffee trinken. Zackary sah immer noch Nicks blasses Gesicht auf der Trage vor sich, als sie ihn in den OP geschoben hatten. Er kam sich so hilflos vor.

Krankenhäuser machten ihn immer hilflos. Wie vor einem Jahr, als er mit ansehen musste, wie sein Vater starb. Langsam und unausweichlich. Aber nicht Nick. Daran klammerte er sich. Nick war jung, und deshalb war der Tod nicht unausweichlich.

Aber das Blut. Er hatte so viel Blut verloren.

„Zackary." Er erschrak, als Rachel sich von hinten näherte und seine Schultern massierte. „Wollen wir spazieren gehen? Etwas frische Luft könnte ganz guttun."

Er schüttelte den Kopf. Rachel versuchte nicht, ihn zu drängen. Es war sinnlos, ihn zu überreden, sich ein wenig auszuruhen. Ihre Augen brannten. Doch sie wusste, dass die Bilder dieses schrecklichen Augenblicks wiederauftauchten, sobald sie sie schloss. Der Gewehrlauf auf Zackary gerichtet. Nicks Sprung. Der Schuss. Das Blut.

„Ich besorge uns etwas zu essen." Rio stand vom Sofa auf. „Ihr müsst beide etwas zu euch nehmen." Er presste die Lippen zusammen. „Ihr braucht Kraft, wenn ihr euch später um Nick kümmern müsst." Er ging hinaus auf den Gang, der weiße Verband um seinen Kopf leuchtete im Licht auf.

„Er macht sich Vorwürfe wegen Nick", sagte Zackary halb zu sich selbst. „Der Gedanke lässt ihn nicht los, dass er es nicht schaffte, die drei Kerle aufzuhalten."

„Wir werden sie kriegen, Zackary."

„Ich habe gespürt, dass er dir etwas antun wollte. Ich habe es in seinen Augen gesehen. Er wollte jemanden verletzen. Und er hatte dich in seiner Gewalt. Dass es Nick treffen könnte, habe ich nicht gedacht."

„Es war nicht deine Schuld. Du hast alles getan, um deine Gäste zu schützen. Das mit Nick geschah nur, weil er versuchte, dich zu schützen." Sie legte die Arme um seinen Körper, und diesmal ließ er es zu.

„Rachel, ich muss unbedingt mit ihm reden."

„Du wirst bald Zeit dazu haben."

„Mr Muldoon?" Eine etwa fünfzigjährige Frau in einem grünen Kittel erschien im Raum. Als Zackary losging, gab sie ihm ein Zeichen, stehen zu bleiben. „Ich bin Dr. Markowitz. Ich habe Ihren Bruder operiert."

„Wie geht es ihm?"

„Er ist ziemlich robust." Sie setzte sich auf die Stuhllehne. „Wollen Sie die technischen Details hören, oder soll ich zur Sache kommen?"

„Geradeheraus."

„Es steht kritisch. Die Kugel hat sein Herz nur knapp verfehlt. Aber mit etwas Glück und dank seiner guten Kondition könnte er in etwa vierundzwanzig Stunden über den Berg sein. Wir behalten ihn vorläufig auf der Intensivstation."

„Darf ich ihn sehen?"

„Ich werde Sie verständigen lassen, wenn er aus der Narkose aufwacht." Sie gähnte und wurde sich dabei klar, dass sie bereits den zweiten Sonnenaufgang in einem Operationssaal verbracht hatte. „Wollen Sie nicht lieber nach Hause gehen und sich ein paar Stunden ausruhen?"

„Nein, danke."

Sie rieb sich die Augen und lächelte. „Er ist ein gut aussehender junger Mann, Mr Muldoon. Ich freue mich, bald mit ihm ein Schwätzchen halten zu können."

12. KAPITEL

*D*er Schmerz wurde nur noch von dem Schwindelgefühl übertroffen. Jedes Mal, wenn er aus der Bewusstlosigkeit auftauchen wollte, fühlte er es, bevor er wieder in diesen dämmrigen Kokon zurückgezogen wurde. Er wollte etwas sagen, aber die Worte ließen sich nicht in seinem Kopf formen, schienen so sinnlos und unzusammenhängend zu sein.

Ein unablässiges Biepen drang an sein Ohr, ein penetrantes Geräusch, das er nicht als seinen eigenen Herzschlag erkennen konnte. Aber da waren auch Stimmen, leise, ein Murmeln nur, und manchmal fühlte er den Druck einer Hand, so als hielte jemand seine. Aber er hatte nicht die Energie, um sich ein klares Bild zu verschaffen. Die Müdigkeit überwältigte ihn immer wieder.

Er hatte geträumt. Geträumt, er wäre auf See, in einem Hurrikan. Er sprang von Deck und fiel, aber er schlug nie auf. Er schwebte einfach nur im luftleeren Raum.

Da waren auch noch andere Träume gewesen. Gesichter, schemenhaft. Zack hinter ihm an einem Flipper. Cash mit einer Zigarette an einem Bartresen lehnend. Rachel, wunderschön, wie sie ihn in einem hell erleuchteten Raum anlächelte. Rio, der am Herd stand und Bratkartoffeln briet.

Der alte Herr, der ihn anschrie. „Aus dir wird nie etwas werden. Das wusste ich schon, als ich dich das erste Mal sah."

Wo ist Zack? Warum kommt er nicht zurück?

Aber Zack war nicht da, er war Hunderte von Meilen weit entfernt. Niemand konnte ihm helfen ... Niemand war für ihn da.

Das Klavier. Zack, der danebenstand und grinste. Ein Gewehrlauf. Und Zack ...

Stöhnend kämpfte er gegen den Schlaf, versuchte sich aufzurichten.

„He, ganz ruhig, mein Junge." Zackary sprang von dem Stuhl neben Nicks Bett auf und legte seinem Bruder die Hand auf die Schulter. „Es ist alles in Ordnung."

Nick versuchte, etwas um sich herum zu erkennen. Aber alles verschwamm wie in einem Nebel. Es schien ihm, als habe er schreckliche Dinge geträumt. „Was?" Sein Hals war trocken und schmerzte. „Bin ich krank?"

„Es ging dir schon mal besser." Mir auch, fügte Zackary still hinzu und versuchte, das Zittern seiner Hand zu unterdrücken, als er den

Trinkbecher nahm und den Strohhalm an Nicks Mund führte. „Sie haben gesagt, du sollst das trinken, wenn du wieder zu dir kommst."

Nick trank einen Schluck Wasser, noch einen, aber um noch einmal an dem Strohhalm zu saugen, fehlte ihm einfach die Kraft. Er betrachtete die dunklen Ränder unter Zackarys Augen und die Bartstoppeln. „Du siehst verdammt schlecht aus."

Zackary strich sich grinsend über das Kinn. „Du sahst auch schon verführerischer aus. Ich hole jetzt die Krankenschwester."

„Krankenschwester?" Nick schüttelte den Kopf und starrte verdutzt auf die Kanülen, die in seinem Arm steckten. „Bin ich in einem Krankenhaus? Was ist denn passiert?"

„Nun, das Ritz ist das hier nicht. Hast du Schmerzen?"

Nick überlegte einen Moment, dann schüttelte er erneut den Kopf. „Eigentlich nicht. Ich fühle mich irgendwie ... high."

„Das kann ich mir vorstellen." Als die Erleichterung ihn wie eine Welle überkam, legte er eine Hand auf Nicks Brust, zog sie aber sofort wieder verlegen fort. „Du bist ein solcher Trottel, Nick."

Nick war noch zu benommen, um all die Gefühle in Zacks Stimme herauszuhören. „Hatte ich einen Unfall? Ich ..." Und dann kamen plötzlich die Erinnerungen an die Ereignisse. „Es war in der Bar. Rachel. Was ist mit ihr?"

„Ihr geht es gut. Sie war auch hier. Ich habe Rio gebeten, dafür zu sorgen, dass sie einen Happen isst."

„Und du? Hat er dich getroffen?"

„Nein, du Idiot." Zackary setzte sich und stützte den Kopf auf die zitternden Hände. „Er hat dich angeschossen."

Nick konnte es nicht glauben. Da saß der Mann, den er immer für Superman gehalten hatte, von dem er immer geglaubt hatte, dass ihn nichts umhauen könnte, zitternd mit Tränen in den Augen vor ihm auf einem wackeligen Stuhl und rang um Fassung.

„Ich würde dir am liebsten den Hals dafür umdrehen, dass du mir einen solchen Schreck eingejagt hast. Wenn du nicht schon in einem Krankenbett liegen würdest, würde ich dich so verprügeln, dass du eines bräuchtest."

Aber Drohungen, die mit zitternder Stimme vorgebracht wurden, machten nur wenig Eindruck. „He." Nick hob eine Hand. „Alles in Ordnung mit dir?"

„Nein, nichts ist in Ordnung." Zack stand abrupt auf und ging zum Fenster. Er starrte mit leerem Blick hinaus, ohne etwas zu erkennen. Bis er etwas von seiner Beherrschung wiedergefunden hatte. „Doch, sicher, alles in Ordnung. Und es sieht auch so aus, als würdest du wieder in Ordnung kommen. Sie haben gesagt, dass sie dich bald auf die normale Station verlegen können."

„Wo bin ich denn jetzt hier?" Neugierig sah Nick sich im Zimmer um. „He, sieh dir das an, die ganze Elektronik hier drinnen. Wie lange war ich denn weggetreten?"

„Du bist zwischendurch ein paarmal wach geworden. Sie sagten, dass du dich nicht daran erinnern würdest. Du hast wirres Zeug geredet."

„Tatsächlich? Was denn?"

„Über Flipper." Zack hatte sich wieder einigermaßen gefasst und kam zum Bett zurück. „Und von einem Mädchen, Martha oder Marla … Darüber will ich übrigens noch mehr erfahren, kleiner Bruder." Das leichte Lächeln auf Nicks Gesicht tat ihm unglaublich gut. „Ach ja, und du wolltest unbedingt Pommes haben."

„Ist nun mal 'ne Schwäche von mir. Hab ich denn welche bekommen?"

„Nein, aber vielleicht kann ich später welche hier hereinschmuggeln. Hast du Hunger?"

„Im Moment nicht. Du hast mir immer noch nicht gesagt, wie lange ich hier drinnen bin."

Zack zog eine Zigarette hervor, dann erinnerte er sich, wo er war, und steckte sie wieder weg. „Vor zwölf Stunden haben sie dich zusammengeflickt. Du bist ein verdammt harter Bursche, weißt du das? Hätte er dich in den Kopf und nicht in die Brust getroffen, so wärst du vermutlich pfeifend aus der Bar gegangen." Er strich mit der Hand über Nicks Stirn. „Ich bin dir etwas schuldig."

„Bist du nicht."

„Du hast mir das Leben gerettet."

Nick schloss die Augen. „Das ist so, als wäre jemand bei einem Sturm ins Meer gesprungen. Du hast auch nicht nachgedacht, ob du es tun sollst. Du weißt, was ich meine?"

„Ja."

„Zackary, ich möchte mit einem Polizisten reden."

„Ruh dich erst einmal aus. Später kannst du mit der Polizei sprechen."

„Ich muss aber", betonte Nick, aber er driftete schon wieder in den Schlaf. „Ich kenne die drei Typen."

Zackary wartete, bis Nick eingeschlafen war, dann, als er sicher sein konnte, dass niemand es bemerken würde, streichelte er seinem Bruder sanft über das Haar.

„Ich sagte Ihnen doch, dass sein Zustand zufriedenstellend ist", wiederholte Dr. Markowitz.

„Gehen Sie nach Hause, Mr Muldoon."

„Auf keinen Fall." Zackary lehnte an der Wand neben der Tür zu Nicks Zimmer. Er fühlte sich schon wesentlich besser, nachdem sie seinen Bruder aus der Intensivstation entlassen und in ein normales Krankenzimmer gebracht hatten.

„Irischer Dickschädel!" Sie sah Rachel eindringlich an. „Mrs Muldoon, haben Sie irgendeinen Einfluss auf ihn?"

„Ich bin nicht Mrs Muldoon. Und nein, ich habe keinerlei Einfluss. Er wird wohl noch einmal nach Nick sehen wollen, sobald mein Bruder herauskommt."

„Der Polizist ist Ihr Bruder?" Dr. Markowitz schüttelte den Kopf und seufzte. „Also schön, ich gebe Ihnen fünf Minuten, dann müssen Sie gehen. Sonst setze ich den Sicherheitsdienst auf Sie an, und der wird Sie, falls nötig, hinauswerfen."

„Ja, Ma'am."

„Das gilt auch für diesen Riesen, der die ganze Zeit über den Korridor schleicht."

„Ich werde sie beide nach Hause bringen", versprach Rachel. Sie drehte sich um, als die Tür geöffnet wurde und Alex herauskam. „Alexej?"

„Wir sind fertig." Er sah sehr zufrieden aus. „Ich habe jetzt eine Menge zu tun."

„Hat er sie identifiziert?", fragte Zackary.

„Ganz genau. Und er wird als Zeuge auftreten."

„Ich werde diese Kerle …"

„Auf gar keinen Fall", erwiderte Alex schnell, als er Zackarys geballte Fäuste sah. „Der Junge hat genau die richtigen Schritte vorgegeben, die notwendig sind, um die Burschen dingfest zu machen. Halte ihn zurück, Rachel."

„Ich werde es versuchen", murmelte sie, als Alex davoneilte. „Reiß dich zusammen, wenn du mit Nick sprichst."

„Diese Dreckskerle haben meinen Bruder zusammengeschossen."

„Und sie werden dafür bezahlen."

Zackary nickte kurz, dann betrat er das Zimmer und stellte sich ans Bettende. „Wie geht's?"

„Gut." Nick war erschöpft von dem Verhör mit Alex, aber er hatte noch eine ganze Menge loszuwerden. „Ich muss mit dir reden, dir etwas erklären."

„Das kann warten."

„Nein. Es war meine Schuld. Die ganze Geschichte. Es waren die Cobras, Zackary. Sie wussten genau, wie sie unauffällig in die Bar kommen konnten, da ich es ihnen erzählt habe. Ich wusste ja nicht … Ich schwöre dir, dass ich nicht wusste, was sie vorhatten." Nick schloss die Augen. „Ich habe versagt. Wie immer." Er berichtete Zackary, was sich in dem Lokal mit Cash abgespielt hatte. „Ich dachte, wir würden einfach nur so darüber reden."

„Du hast ihm vertraut." Zackary ging um das Bett herum und nahm Nicks Hand. „Du dachtest, er wäre dein Freund. Das hat mit Versagen nichts zu tun. Du hast einem Menschen dein Vertrauen geschenkt, der es nicht verdient. Du bist anders als diese Burschen." Als Nick die Augen öffnete, drückte er ihm fest die Hand. „Dein Fehler war es, so sein zu wollen wie sie. Aber das ist jetzt vorbei."

„Ich will, dass sie dafür bezahlen."

„Das wollen wir alle. Diesmal betrifft es uns gemeinsam."

„Ja." Nick atmete erleichtert aus. „Okay."

„So, und jetzt muss ich los, sonst schmeißen sie mich raus. Ich komme morgen wieder, ja?"

„Zackary. Vergiss nicht, mir Pommes frites mitzubringen", rief er seinem Bruder nach, als er bereits an der Tür war.

„Bring ich dir."

„Okay?", fragte Rachel, als Zackary die Tür hinter sich schloss.

„Okay." Er nahm sie fest in seine Arme und genoss ihre Nähe. „Komm jetzt nach Hause, bitte", flüsterte er in ihr Ohr. „Bleib heute Nacht bei mir, Rachel, die ganze Nacht."

„Dann komm." Sie küsste ihn auf die Wange. „Unterwegs kaufe ich mir noch eine Zahnbürste."

Einige Zeit später, als Zackary völlig erschöpft eingeschlafen war, lag Rachel wach neben ihm. Seit mehr als achtundvierzig Stunden war dies der erste Schlaf für ihn. Seltsam, dachte sie und betrachtete sein Gesicht im Dämmerlicht, das durch die Vorhänge fiel, sie hätte sich nie für den fürsorglichen Beschützertyp gehalten. Aber es war ein wundervolles Gefühl, einfach für ihn da zu sein und ihn zu halten, bis die Anstrengungen der vergangenen Tage ihn übermannt und ihn in einen erschöpften Schlaf hatten fallen lassen.

Obwohl sie selbst sehr müde war, fand sie doch keinen Schlaf. Sie war in ihrem Leben an einem Punkt angelangt, an dem sie spürte, dass sie eine Entscheidung treffen musste. Und doch wusste sie nicht, welchen Schritt sie als nächstes tun sollte.

Die Liebe folgt nicht immer logischen Grundsätzen, dachte sie. Es war nicht immer möglich, eine gerade Linie zu verfolgen und Prioritäten zu setzen. In wenigen Tagen ging der Auftrag, der sie zusammengeführt hatte, zu Ende. Sie würden in den Gerichtssaal gehen und die Sache endgültig lösen.

Es war an der Zeit, sich Gedanken über den nächsten Schritt zu machen.

Er hatte sie gebeten, zu ihm zu ziehen. Rachel betrachtete die Schatten an der Wand. Es könnte genug sein. Oder zu viel. Ihr Problem war die Entscheidung, die sie zu fällen hatte: Was brauchte sie zum Leben, auf was konnte sie verzichten?

Sie befürchtete, dass der Mensch, der neben ihr lag, das Einzige in ihrem Leben war, ohne das sie nicht auskommen konnte.

Zackary warf sich unruhig herum, stöhnte laut und erwachte.

„Schsch …" Sie streichelte sanft seine Wange. „Es ist ja gut. Es ist alles gut."

„Der Hurrikan", flüsterte er verwirrt.

Sie legte die Hand auf sein Herz, als wolle sie den schnellen Rhythmus besänftigen. „Schlaf jetzt weiter, Muldoon."

„Es ist schön, dass du da bist. Wundervoll."

„Für mich ist es auch wunderschön." Sie zog skeptisch die Augenbrauen hoch, als sie seine Hand auf ihrem Oberschenkel spürte. „Fang nichts an, was du nicht zu Ende bringen kannst."

„Ich will nur mein T-Shirt zurückhaben." Er glitt mit der Hand unter ihr provisorisches Nachthemd und strich zärtlich über ihre Brüste. „Du bist wundervoll."

„Du forderst dein Glück heraus, Zackary."

„Ich hatte wieder diesen Traum auf dem Schiff." Ganz langsam, fast im Zeitlupentempo, zog er ihr das Shirt aus. „Ich musste gerade daran denken, wie es war, als ich fünf Monate auf See war, ohne eine Frau zu sehen." Er beugte sich vor und küsste ihren Mund. „Geschweige denn, eine zu berühren."

Rachel seufzte zufrieden. „Erzähl mir mehr." Seine Lippen berührten die ihren, sanft und erregend.

„Als ich gerade aufwachte, konnte ich dein Haar riechen, deine Haut. Seit Wochen stelle ich mir vor, dich neben mir zu haben, wenn ich aufwache. Und jetzt ist es so weit."

„So einfach ist das?"

„Ja." Er hob den Kopf und lächelte sie an. „So einfach ist das."

Sie glitt mit der Hand über seine Schultern. „Da gibt es nur noch eines, was ich sagen möchte."

„Und das wäre?"

„Alle Mann an Deck." Rachel lachte laut auf und legte sich auf ihn.

„Es wäre das Einfachste von der Welt, unter diesen Umständen einen Aufschub zu bewirken", erklärte Rachel, während sie mit Nick die Stufen zum Gerichtsgebäude hinaufging.

„Ich will es hinter mich bringen", wiederholte er und warf einen Blick auf Zackary.

„Ganz meine Meinung."

„Ich bin offensichtlich in der Minderheit", schnaubte Rachel beleidigt. „Aber wenn du im Gerichtssaal umkippst ..."

„Ich bin schließlich nicht sterbenskrank."

„Du bist aber erst seit zwei Tagen aus dem Krankenhaus heraus", betonte Rachel.

„Dr. Markowitz hat ihm grünes Licht gegeben", warf Zackary ein.

„Was geht mich die Ansicht von Dr. Markowitz an?"

„Rachel." Nick war etwas außer Atem vom Treppensteigen, aber er schüttelte ihre Hand ab. „Hör auf damit, meine Mutter zu spielen."

„Na schön." Sie warf ergeben die Hände in die Luft, aber dann fingerte sie wieder an Nicks Krawatte und wischte eine unsichtbare Fluse von seinem Jackett. Als sie sah, wie Zackary sie von der Seite angrinste, machte sie ein böses Gesicht. „Kein Wort, Muldoon."

„Aye, aye, Sir."

„Er bildet sich doch tatsächlich ein, dieses ganze Matrosengerede sei charmant." Sie betrachtete ihren Mandanten. Er sah etwas mitgenommen und bleich aus, aber er war in ganz guter Verfassung. „Also, bist du ganz sicher, dass du alles im Kopf hast, was ich dir eingetrichtert habe?"

„Rachel, das haben wir doch bereits viele Dutzende Male durchexerziert." Er atmete tief durch und wandte sich Zackary zu. „Kann ich einen Moment allein mit ihr reden?"

„Sicher." Zackary warf einen Blick über die Schulter. „Aber Finger weg."

„Ja ja." Nick sah Rachel eindringlich an. „Zuerst möchte ich dir sagen, wie ... nun, wie schön es für mich war, dass mich deine ganze Familie im Krankenhaus besucht hat, die Kekse, die Blumen und das alles ..."

„Sie sind gekommen, weil sie dich sehr gernhaben."

„Ja, aber ... also, es war wirklich sehr schön. Ich habe sogar von Freddie eine Karte erhalten. Und der Polizist ... er ist auch in Ordnung."

„Alex hat auch seine guten Tage."

„Was ich sagen will, ist … Was immer heute auch geschehen mag, du hast so viel für mich getan. Vielleicht weiß ich immer noch nicht, was für ein Ziel ich habe, aber ich bin mir im Klaren darüber, was ich nicht will. Und das verdanke ich dir. Ich schulde dir was."

„Nein, tust du nicht." Da sie befürchtete, sie könnte jeden Moment vor Rührung in Tränen ausbrechen, gab Rachel sich barsch. „Ein bisschen verdankst du mir vielleicht, aber das meiste war schon hier drin." Sie tippte mit dem Finger gegen sein Herz. „Du bist in Ordnung, LeBeck."

„Danke. Und noch etwas …" Er sah zu Zackary hinüber, um sicher zu sein, dass er nichts mitbekam. „Ich weiß, ich hab mich anfangs ziemlich dumm benommen, aber ich möchte, dass du weißt … Zackary hat so was verlauten lassen, dass du vielleicht bei ihm einziehst. Ich werde euch nicht im Wege stehen."

„Ich habe mich noch nicht entschieden. Aber ganz gleichgültig, ob ich nun einziehe oder nicht, du würdest nie im Weg sein. Du gehörst zur Familie, kapiert?"

Seine Lippen verzogen sich zu einem Lächeln. „Kapiert. Ach, und solltest du dich doch noch gegen Zackary entscheiden, so bin ich für dich da."

„Ich werde daran denken." Sie rückte ein letztes Mal seine Jacke zurecht. „Jetzt lass uns gehen."

Es gibt keinen Grund, nervös zu werden, dachte sie, als sie sich mit Nick an den Platz des Verteidigers setzte. Ihr Plädoyer war gut vorbereitet, und vorne saß eine sympathische Richterin.

Rachel geriet mehr und mehr in Panik.

Sie erhob sich mit allen anderen Anwesenden, als Richterin Beckett den Saal betrat.

„Nun, Mr LeBeck", begann sie und lächelte ihn an. „Wie schnell die Zeit vergeht, nicht wahr? Wie ich hörte, gab es für Sie in der Zwischenzeit einige Probleme. Geht es Ihnen wieder besser?"

„Euer Ehren …" Verdutzt über die ungewohnte Verfahrensweise der Richterin, stand Rachel auf.

„Setzen Sie sich." Beckett gab ihr ein Zeichen mit der Hand, wieder Platz zu nehmen. „Mr LeBeck, ich fragte Sie nach Ihrem Gesundheitszustand."

„Es geht mir ganz gut."

„Fein. Ich wurde ebenfalls darüber informiert, dass Sie die drei Männer identifizieren konnten, die in Mr Muldoons Bar eindrangen. Drei Mitglieder der Cobras, einer Organisation, der Sie angehörten."

Rachel versuchte es erneut. „Euer Ehren, in meinem Abschlussbericht ...“

„Ich habe ihn gelesen. Ich danke der Verteidigung. Ein ausgezeichneter Bericht. Aber ich möchte die Antwort von Mr LeBeck persönlich. Ich frage Sie also, warum haben Sie gegen diese Männer ausgesagt, obwohl Sie vor Kurzem die gleichen Täter gedeckt haben?“

„Steh auf“, flüsterte Rachel.

Nick folgte ihr verwirrt. „Ma'am?“

„Soll ich die Frage wiederholen?“

„Nein, ich habe verstanden.“

„Ausgezeichnet. Und Ihre Antwort?“

„Sie hatten es auf meinen Bruder abgesehen.“

„Ah.“ Beckett lächelte. „Und das hat Ihren Sinneswandel bewirkt?“

Nick vergaß alle Vorsätze, die er mit Rachel durchexerziert hatte, und sprach einfach drauflos. „Also, die sind eingebrochen, haben Rio am Kopf verletzt. Dann haben sie Rachel herumgeschubst und mit den Gewehren herumgefuchtelt. Und Reece wollte meinen Bruder erschießen. Das war unrecht. Das konnte ich nicht zulassen.“

„Mir scheint, Mr LeBeck, dass Sie ein sehr klar denkender, verständiger und verantwortlich handelnder junger Mann sind. Sie werden in Ihrem Leben wohl noch so manchen Fehler begehen, aber ich bezweifle, dass es jemals noch einen Anlass geben könnte, der Sie hier in diesen Gerichtssaal führt. Und jetzt hat der Vertreter der Anklage das Wort.“

„Euer Ehren, die Staatsanwaltschaft verzichtet in allen Punkten auf eine weitere Anklage gegen Nicholas LeBeck.“

„Einverstanden!“ Rachel sprang erfreut auf.

„War es das?“, warf Nick ein.

„Nicht ganz.“ Beckett bat für einen Augenblick um Ruhe, dann schlug sie mit dem Hammer auf die Tischplatte. „Hiermit erkläre ich die Sitzung für beendet.“

Rachel fiel Nick lachend in die Arme. „Du hast es geschafft, Nick! Du hast es wirklich geschafft!“

„Ich werde nicht ins Gefängnis gehen.“ Er drückte Rachel noch einmal und wandte sich Zackary zu. „Ich gehe nach Hause.“

„Richtig.“ Zackary streckte ihm die Hand hin und griff fest zu. Dann, mit einem Stoßseufzer, riss er seinen Bruder an sich und umarmte ihn. „Wenn du anständig arbeitest, gebe ich dir sogar eine Gehaltserhöhung.“

„Von wegen Gehaltserhöhung. Ich werde mich ganz schnell zum Juniorpartner hocharbeiten.“

„Wenn die Herren mich entschuldigen möchten, ich habe noch andere Mandanten." Rachel gab beiden rasch und ganz unprofessionell einen Kuss und strahlte sie an.

„Das müssen wir feiern." Zackary fasste ihre Hände. Er wusste nicht, was er sagen sollte. Dabei gab es so viel, was er mit Rachel bereden wollte. „Um sieben in der Bar."

„Ich komme."

„Rachel", rief Nick hinter ihr her. „Du bist die Beste."

„Nein." Sie lachte und warf einen Blick über die Schulter. „Aber ich werde es eines Tages sein."

Rachel kam einige Zeit zu spät. Aber das war jetzt nicht zu ändern. Wie hatte sie auch vergessen können, dass um sechs Uhr noch ein Termin in einer Strafsache vorgesehen war?

Als sie die Bar betrat, blieb sie verblüfft stehen. Überall im Raum waren Papierschlangen und Luftballons aufgehängt. Einige Leute trugen entsetzlich schrille Partyhüte. An der Rückwand hing ein riesiges Banner: „Verglichen mit Rachel ist Perry Mason ein Jammerlappen".

Rio kam auf sie zu, trug sie zum Tresen und setzte sie auf einen der Barhocker. Irgendjemand drückte ihr ein Glas Champagner in die Hand.

Zackary zog sanft an ihrem Haar, bis sie sich zu ihm umdrehte und ihn küsste. „Ich habe versucht, die anderen im Zaum zu halten, bis du kommst, aber sie waren nicht mehr zu bremsen. Deshalb habe ich es irgendwann aufgegeben."

„Oh, ich hole euch schon ein ... Mama!" Rachel blieb vor Erstaunen der Mund offen stehen.

„Wir haben bereits die Gelegenheit gehabt, Rios köstliche Rippchen zu probieren", informierte Nadia sie. „Jetzt möchte dein Vater unbedingt mit mir tanzen."

„Vielleicht tanze ich später auch mit dir", erklärte Yuri und führte seine Frau zur Tanzfläche.

„Du hast meine Eltern eingeladen. Und ...", sie schüttelte erstaunt den Kopf, „... da ist ja auch Alex!"

Zackary stieß mit ihr an. „Nick hat die Liste erstellt. Sieh mal da drüben."

Rachel sah zur Seite und entdeckte Nick an einem der Tische. „Ist das nicht Lolas Tochter, die dort neben Nick sitzt?"

„Sie ist sichtlich beeindruckt von Nicks Heldentat."

„Eine von zehn Möglichkeiten, eine Frau zu beeindrucken."

„Ich werde es mir merken. Willst du mit mir tanzen?"

„Ich wette, dass du keine Polka tanzen kannst."

„Die Wette verlierst du", erwiderte er und fasste ihre Hand.

Die Stunden vergingen. Rachel tanzte, bis ihre Füße fast gefühllos waren und sie dazu überging, zusammen mit ihrem leicht angetrunkenen Vater ukrainische Lieder zu singen.

„Eine schöne Feier", erklärte Yuri, während ihm seine Frau in den Mantel half.

„Ja, Papa."

Er grinste schelmisch und flüsterte Rachel zu: „Jetzt gehe ich nach Hause und verwandle deine Mutter in ein ganz junges Mädchen."

„Große Sprüche", erwiderte Nadia. „Unterwegs schläfst du doch schon ein."

„Dann weck mich eben auf", gab Yuri lallend zurück.

„Mal sehen." Sie küsste ihre Tochter zum Abschied auf beide Wangen. „Ich bin sehr stolz auf dich, mein Kind."

„Danke, Mama."

„Und denk daran, wenn du den richtigen Mann gefunden hast, wirst du nichts verlieren, wenn du ihn hältst, aber alles, wenn du ihn gehen lässt. Verstehst du?"

„Ja, Mama." Rachel warf einen Blick auf Zackary. „Ich glaube schon."

„Dann ist es gut."

Rachel begleitete ihre Eltern noch bis zur Tür.

„Sie sind einfach großartig", meldete sich Nick hinter ihrem Rücken.

„Ja, das sind sie."

„Und für einen Polizisten ist dein Bruder gar nicht so übel."

„Ich bin auch sehr stolz auf ihn." Sie seufzte. „Sieht so aus, als sei die Party zu Ende."

„Diese hier, ja." Er wandte sich lächelnd ab, um Rio beim Aufräumen zu helfen. Wenn er seinen Bruder richtig kannte – und langsam fing er an, das zu denken –, dann stand Rachel heute noch eine Überraschung bevor.

Zack sah den Aufräumarbeiten volle zwanzig Minuten zu, dann hielt er es nicht mehr aus. Er schickte Nick und Rio zu Bett. „Den Rest machen wir morgen." Wenn er mit Rachel nicht sofort allein sein konnte, würde er noch explodieren.

„Du bist der Boss. Noch." Rio blinzelte Rachel zu, nahm seinen Mantel und ging.

„Möchtest du noch einen Champagner?" Zackary hielt ihr die fast leere Flasche hin.

„Ich kann noch einen vertragen." Sie setzte sich an die Bar und sah ihn herausfordernd an. „Spendierst du mir einen Drink, Seemann?"

„Mit Vergnügen." Er füllte die Gläser und stellte die leere Flasche beiseite. „Ich wollte dir noch einmal für alles danken."

„Ich habe nur meine Arbeit getan."

„Verdammt, Rachel, ich möchte dir meine Gefühle beschreiben."

Nick war mit einem Satz aus der Küche. „Wenn das alles ist, was du draufhast, Brüderchen, dann kannst du jede erdenkliche Hilfe gebrauchen."

Der Blick, den Zack ihm zuwarf, hätte ihn eigentlich umhauen müssen. „Geh schlafen, Nick."

„Bin schon unterwegs." Doch erst ging er zur Musikbox, drückte ein paar Songs und drehte sich dann wieder zu den beiden um. „Ihr zwei seid mir schon welche. Lasst es euch von jemandem gesagt sein, der weiß, dass ihr beide Schwächen und Fehler habt. Also hört endlich auf mit dem Gejammer und stellt euch der Herausforderung." Damit drehte er das Licht zurück und ging nach oben.

„Was sollte denn dieser Auftritt?", fragte Zack mürrisch.

„Woher soll ich das wissen? Schwächen und Fehler? Also, ich habe so etwas nicht."

Zack grinste Rachel an. „Ich auch nicht." Er kam hinter der Bar hervor. „Aber die Musik ist gut."

„Ja, wirklich gut." Nur zu gern schmiegte sie sich in seine Arme.

„Das war alles ein bisschen hektisch heute", unterbrach Zackary das Schweigen.

„Hm, ziemlich."

„Ich habe darüber nachgedacht, wie es weitergehen soll. Ich möchte mit dir darüber reden, was ich damals gesagt habe. Das mit dem Zusammenziehen."

Rachel schloss die Augen. Sie hatte ihre Antwort bereits gefunden. Ein Nein. So schwer es auch war, nicht nach dem kleinen Finger zu greifen – sie wollte direkt die ganze Hand. „Lass uns ein andermal darüber reden."

„Nein, jetzt. Die Sache ist die, Rachel, ich … ich will nicht, dass du bei mir einziehst."

Sie versteifte sich unwillkürlich. „Wie war das bitte?" Sie öffnete die Augen und schob ihn so heftig von sich, dass er stolperte. „Fein, dann eben nicht."

„Was ich möchte, ist …"

„Das kannst du getrost für dich behalten! Das ist mal wieder typisch! Ich erledige die ganze Drecksarbeit, und dann kannst du mich nicht schnell genug loswerden!"

„Ich will dich doch gar nicht …"

„Halt den Mund, Muldoon! Ich bin noch nicht fertig!"

„Wer könnte dich schon jemals aufhalten?", murmelte er ergeben.

Ihre Absätze klapperten laut auf den Fliesen, während sie aufgeregt hin und her ging. „Du bist hier derjenige, der völlig danebenliegt, Mister. Du warst derjenige, der sich aufgedrängt hat." Sie unterstrich ihre Worte mit verärgerten Gesten. „Du wolltest ja kein Nein akzeptieren!"

„Du hast nie Nein gesagt."

„Das ist jetzt völlig unwichtig." Sie schwang zu ihm herum und stützte die Hände in die Hüften. „Du willst also nicht, dass ich bei dir einziehe? Fein! Ich hätte sowieso abgelehnt!"

„Gut!" Er lehnte sich vor, damit er ihr direkt ins Gesicht schreien konnte. „Weil ich mich nämlich nicht damit zufriedengebe, dass du einen Koffer anschleppst und wir beide dann auf Zeit so tun, als würden wir ein Leben teilen. Ich will, dass du mich heiratest."

„Und wenn du dir einbildest … Oh Gott! Was hast du gesagt?" Sie wankte und griff sich an die Schläfen. „Ich glaube, ich muss mich setzen."

„Dann setz dich." Er griff sie um die Taille und hob sie auf einen Barhocker. „Und jetzt hör mir zu. Ich habe lange darüber nachgedacht, Rachel. Ich weiß, wir beide wollten eigentlich keine feste Bindung. Du hast Prioritäten gesetzt, stimmt's?" Er fasste ihre Hand und setzte sich neben sie. „Alles, was ich möchte, ist, dass du noch eine Priorität mehr auf deine Liste setzt – mich. Ich hatte nicht vor, mich in dich zu verlieben. Aber so ist es nun einmal. Also möchte ich etwas daraus machen."

„Bei mir ist es ebenso."

„Vielleicht brauchst du viel Raum für dich selbst …" Er sah sie erstaunt an. „Was hast du da gesagt? Habe ich richtig gehört?"

„Mir geht es ebenso."

„Was heißt ebenso?"

„Ich hatte auch nicht vor, mich in dich zu verlieben. Aber nun ist es geschehen. Also, machen wir etwas daraus."

„Wirklich?"

„Ja." Sie schlang die Arme um seinen Hals. Erstaunlich, dachte sie, er hat genauso viel Angst wie ich. „Du warst nur schneller als ich, Muldoon. Ich wollte ablehnen, weil ich dich liebe, und deshalb wollte ich mich nicht mit halben Sachen zufriedengeben. Schon seit Tagen drehe ich mich in demselben Kreis."

„Ich seit Wochen." Er brachte seine Lippen nahe an ihren Mund heran. „Ich wollte dir eigentlich mehr Zeit einräumen. Aber ich konnte nicht mehr länger warten. Ich habe sogar mit deinem Vater heute Abend darüber geredet."

Sie wusste nicht, ob sie entsetzt aufstöhnen oder lachen sollte. „Wie bitte?"

„Vorher habe ich ihm aber reichlich Wodka eingeschenkt, nur für den Fall. Er hat mir erzählt, dass er noch viele Enkelkinder haben will."

Sie fühlte ihr Herz überfließen. „Da füge ich mich gerne."

Ein seltsamer Druck lag plötzlich auf seiner Brust, der sich in wundervolle Farben auflöste und davonstob. „Ohne Scherz?"

„Ohne Scherz. Ich möchte mit dir eine Familie haben. Ich möchte alles mit dir teilen. Das ist meine Entscheidung."

Er umfasste mit den Händen ihr Gesicht. „Du bist alles, wonach ich mich immer gesehnt habe."

„Und du bist alles, wonach ich mich jemals gesehnt habe", wiederholte sie lächelnd. Als sie die Lippen erwartungsvoll öffnete, fühlte sie, dass Tränen in ihren Augen brannten. „Wir wollen doch wohl jetzt nicht sentimental werden, Muldoon, oder?"

„Wer? Wir?" Er grinste, als er sie in seine Arme zog. „Wir zwei doch nicht."

– ENDE –

Nancy Warren

Sinnliche Spiele im Büro

Roman

Aus dem Amerikanischen von
Jana Jaeger

1. KAPITEL

Jane Stanford heiratete am Freitag. Die Feier bestand darin, dass sie ihre beste Freundin Alicia Margolin zum Essen ausführte. Amüsiert sah Jane zu, wie Alicia die Tagesmenüs auf der Tafel studierte. Sie hatte ein schickes neues Fischrestaurant in Vancouvers angesagtem Stadtteil Yaletown ausgesucht.

„Ich habe einen Riesenhunger. Das Lokal soll sagenhaft sein, leider ist Chuck zu geizig, um mich hierher einzuladen", beklagte sich Alicia. Sie musterte die schwarz getünchte Decke mit den Fabriklampen aus Edelstahl, die Ledertapeten an den Wänden, die Bodenfliesen und die blank polierten Tische aus Zedernholz, als wollte sie sich jede Kleinigkeit für immer einprägen. „Was er wohl sagt, wenn ich ihm das hier alles beschreibe? Feiern wir eigentlich die Tatsache, dass du nicht mehr mit mir zusammenarbeiten musst?"

Jane lächelte zweideutig. „Wir haben etwas zu feiern, aber nicht das."

Alicia machte große Augen. „Hast du einen neuen Job?"

„Noch nicht." Janes Magen krampfte sich zusammen. Ich darf jetzt nicht der Vergangenheit nachtrauern, ermahnte sie sich. Dies sollte der erste Schritt in eine bessere Zukunft sein. Theatralisch wedelte Jane mit der linken Hand vor Alicias Gesicht herum. Am Ringfinger funkelte ein breiter goldener Ring, der mit Brillanten besetzt war.

Alicia verschlug es die Sprache.

„Ich habe geheiratet."

„Was?" Mehrere Gäste drehten sich neugierig nach der schrillen Stimme um. Alicia verlegte sich aufs Flüstern und fragte aufgeregt: „Wann? Und wieso weiß ich nichts davon? Warum hast du mich nicht eingeladen? Bin ich nicht deine beste Freundin? Und …", Alicia hielt inne, um Luft zu holen, „… wer zum Teufel ist der Mann?"

Jane beschloss, die letzte und wichtigste Frage zuerst zu beantworten. „Er ist der beste Ehemann der Welt." Sie lehnte sich zurück und dachte an ihren perfekten Gatten. „Er klappt jedes Mal den Toilettendeckel herunter, er lässt keine getragene Kleidung im Haus herumliegen, er trinkt nicht, er raucht nicht und spielt nicht." Dann setzte sie noch hinzu: „Und ich darf alles kaufen, was mir gefällt."

„Was du nicht sagst! So einen Kerl gibt es nicht."

Jane strahlte. „Genau."

„Was meinst du mit ‚genau'?"

„Ich kam auf die Idee, nachdem ich meine Kündigung bekommen hatte", begann Jane.

„Hör mal, Honey, das hat dich sicherlich schwer getroffen. Aber wenn du diesen Owen geheiratet hast, der die ganze Zeit mit den Innereien von Fischen hantiert ..."

„Er ist Meeresbiologe. Aber nein, Owen habe ich nicht geheiratet. In Wirklichkeit bin ich überhaupt nicht verheiratet. Ich tue nur so."

In diesem Moment kam der Kellner. Ungeduldig wartete sie, bis er die Speisen abgestellt hatte. Dann fragte sie: „Hast du den Verstand verloren?"

„Keineswegs", entgegnete Jane. „Ich habe es satt, von Nervtötern wie Phil Johnson belagert zu werden, nur weil ich Single bin und beruflich viel reisen muss. Männer wie Phil betrachten es als persönliche Herausforderung, mich ins Bett zu bekommen. Ich habe Kurse in Selbstverteidigung belegt – daher hat Phil übrigens sein blaues Auge –, ich kleide mich züchtig wie eine Nonne ..."

„Es liegt an deinem Aussehen", unterbrach Alicia. „Selbst wenn du eine Nonne wärst, würden die Männer dir nachlaufen." Sie biss in eine Garnele. „Wenn ich nicht deine beste Freundin wäre, würde ich dich hassen."

„Verheiratete Frauen werden nicht ständig angemacht. Nimm dich, zum Beispiel."

„Wenn ich es mir überlege, hasse ich dich wirklich."

„Mit einem Ehemann daheim muss ich nicht dauernd Ausreden erfinden, wenn ich an einem Mann nicht interessiert bin. Auf diese Weise würde ich die Vorteile der Ehe genießen, ohne einen Mann am Hals zu haben. Wie findest du das?"

„Ich finde, das ist das Dümmste, was ich je gehört habe", erwiderte Alicia. „Was ist mit der Hochzeitsnacht?"

Jane hob das Kinn. „Die verbringen wir beide gerade zusammen."

Alicia verzog den Mund. „Einen Vorteil der Ehe scheinst du offensichtlich zu übersehen."

„Wenn du Sex meinst, habe ich genauso viel Spaß an einem alten Film im Fernsehen und muss mir hinterher kein Schnarchen anhören."

„Und was ist, wenn du einem Mann begegnest, bei dem du plötzlich Schmetterlinge im Bauch hast?"

„Dann gehe ich zum Tierarzt."

„Du warst offensichtlich noch nie verliebt." Liebevoll strich Alicia über Janes Wange. „Red nicht so. Es gibt so viele nette Männer."

Warum taten Verheiratete immer so, als litte sie an einem Mangel? Natürlich gab es nette Männer. Es gab auch treue Dackel und sprechende Papageien. Aber weder an dem einen noch an dem anderen hatte Jane Bedarf.

„Ich will keine Liebe, sondern möchte Karriere machen. Ich möchte ernst genommen werden und etwas erreichen. Bei den ständigen Versuchen meiner Mutter, mir den ‚Richtigen‘ zu besorgen, und meinen zahllosen Verabredungen hätte ich mich doch längst schon verlieben müssen.“

„Versteh doch, die Kündigung hat dich mitgenommen. Ich finde, du solltest auf sexuelle Belästigung klagen.“

Jane seufzte. „Ich habe bereits mit meinem Anwalt gesprochen. Johnson eine runterzuhauen war unklug. Wenn ich ihn jetzt anzeige, verklagt er mich wegen Gewalttätigkeit. Du weißt, wie hinterhältig er ist. Außerdem war niemand dabei, als er im Lift meinen Busen begrabscht hat, aber viele haben gesehen, wie ich ihm eine verpasst habe.“

Alicia lachte. „Er flog wie angeschossen aus dem Lift, mit blutender Nase. Das Bild werde ich nie vergessen.“ Sie wurde wieder ernst. „Deine Entlassung war unfair.“

„Allerdings.“ Es war ungerecht, wie schnell der elende Kerl ihre Karriere hatte beenden können, weil ihr Boss Johnson geglaubt hatte! Jane hatte so hart gearbeitet und sich an alle Regeln gehalten – die Regeln einer Männerwelt. Aber jetzt hatte sie einen Mann an ihrer Seite – ihren fiktiven Ehemann. „Ich sehe das Ganze als ausgleichende Gerechtigkeit.“

„Es könnte funktionieren, wenn du nicht so eine schlechte Lügnerin wärst“, meinte Alicia nachdenklich.

„Ich lüge nie.“

„Eben. Für eine Verkaufsmanagerin bist du viel zu ehrlich.“ Alicia lachte. „Weißt du noch, als du meine Überraschungsparty geheim halten solltest?“

„Ich habe keiner Menschenseele etwas verraten.“

Alicia schnaubte. „Honey, immer, wenn du mir einen Bären aufbinden wolltest, habe ich es dir an der Nasenspitze angesehen. Glaub mir, du bist nicht geschaffen für ein Doppelleben.“

„Das mit dem Ehemann ist kein Doppelleben, sondern nur eine kleine Notlüge. Ich schade niemandem damit. Und die Vorteile überwiegen bei Weitem.“ Jane war fest entschlossen, ihren Plan auszuführen. Um ihrer Karriere willen. Sie hob ihr Glas. „Trinken wir auf Mr Stanford.“

Alicia ließ ihr Glas stehen. Ihre sonst so heitere Miene war düster. „Johnson erzählt überall herum, der Vertrag, den wir demnächst mit Marsden Holt abschließen werden, ginge auf sein Konto.“

Jane setzte ihr Glas ab. „Ich weiß. Dabei habe ich wie verrückt dafür geschuftet. Die Firma hatte gerade erklärt, dass sie das neue Lagerhaltungssystem höchstwahrscheinlich kaufen würde, als Johnson mich im Lift betatscht hat – ‚zur Feier des Tages‘.“

„Ich könnte schreien vor Wut. Nicht zu fassen, dass er damit durchkommt!“ Alicia spießte eine Garnele mit der Gabel auf.

„Kommt er vielleicht ja gar nicht.“

Erstaunt sah Alicia auf.

„Ich habe am Montag ein Bewerbungsgespräch bei ‚Datatracker‘.“

„‚Datatracker‘? Ich habe einen Artikel über den Geschäftsführer gelesen. Spencer Tate gehört zu den ganz Großen in der Computerbranche. Und er ist süß. Er hat das Gehirn von Bill Gates und das Aussehen von Harrison Ford. Des jungen Harrison Ford, meine ich.“

„Echt? So jung wie in Star Wars?“

„Etwas älter schon. Trotzdem, lass deinen Ring zu Haus.“

„Vermutlich ist er verheiratet. Noch schlimmer, als mit einem verheirateten Mann zu schlafen, ist es, mit seinem Boss zu schlafen. Mir ist es ernst mit meinem Job. Ein Verhältnis mit dem Chef ist der Tod jeder Karriere.“

„Könntest du nicht …“

„Er soll sich bloß meine Bewerbung ansehen. Seit ein paar Jahren ist ‚Datatracker‘ unser – ich meine, euer – schärfster Konkurrent.“ Jane trommelte mit ihren gepflegten Fingernägeln auf die Tischplatte. „Ich halte mich zwar nicht für rachsüchtig, aber Johnson würde ich gern eins auswischen.“

„Hoffentlich wirbst du alle unsere Kunden ab“, bemerkte Alicia. „Und dann holst du mich nach.“

„Lass uns das Vorstellungsgespräch abwarten. Allerdings habe ich mich bei ‚Datatracker‘ schon mit einigen Leuten aus der Verkaufsabteilung unterhalten“, gestand Jane. „Ich möchte ein Gefühl für die Firma entwickeln und sehen, ob ich da hineinpasse. Noch eine Fehlentscheidung kann ich mir nicht leisten.“

Alicia nickte. „Prüf nach, wie sie es mit sexueller Belästigung halten.“

Als sie gingen, langte ein Mann im Anzug an Jane vorbei und hielt ihnen die Tür auf. Mit einem dankbaren Lächeln drehte sie sich um. Der Mann hatte einen Freund dabei, sie wirkten wie Touristen.

Der Mann an der Tür zwinkerte ihr zu. Der andere trat näher. „Hey, wie wär’s, wenn wir …“

Jane hob die linke Hand, sodass man ihren Ring sah. „Wir sind verheiratet“, gab sie knapp zurück.

„Schade." Der Mann wich prompt zurück. „War ja nur eine Frage."

Beim Hinausgehen flüsterte Jane ihrer Freundin zu: „Findest du meine Idee noch immer so dumm?" Sie selbst fand ihre Idee jedenfalls exzellent. Der imaginäre Mr Stanford war ihr Garant für eine strahlende Zukunft.

Jane drehte an ihrem Ring und wünschte, er würde ihr sowohl Glück bringen als auch lästige Annäherungsversuche abwehren. Als ihr Name aufgerufen wurde, erhob sie sich.

„Wenn Sie mir bitte folgen wollen?"

Die junge Frau führte sie durch ein Labyrinth von kleinen Büros, in denen Computerspezialisten auf ihren Tastaturen herumhackten. Schließlich gelangten sie ins Chefzimmer.

Verwirrt musterte Jane das Chaos in Spencer Tates Büro. Ebenso überrascht war sie von dem großen, dunkelhaarigen Mann, der hinter dem überladenen Schreibtisch hervorkam. Er war jünger als erwartet – etwa Mitte dreißig. Sein Händedruck war warm und fest.

„Spencer", stellte er sich locker vor. Er hatte eine erstaunlich weiche Stimme, obwohl er den Ruf eines Workoholics hatte. Dann lächelte er, und das war eine weitere Überraschung. Einem Mann mit so viel jungenhaftem Charme würde man jede Schandtat verzeihen.

Jane erwiderte das Lächeln. „Jane Stanford."

Spencer Tate wies auf einen grauen Ledersessel, nahm einen Ordner und setzte sich, anstatt sich hinter dem Schreibtisch zu verschanzen, in den Sessel neben Jane.

Während er in dem Ordner blätterte, betrachtete Jane ihn näher. Als Erstes fiel ihr auf, dass er dringend zum Friseur musste, denn seine Haare waren viel zu lang. Sein Hemd war zerknittert und ein wenig aus dem Hosenbund gerutscht.

Sein Körper dagegen war tadellos in Form, was man wiederum von seinem Schreibtisch nicht sagen konnte: stapelweise Papier und drei Computer, die um die Wette summten. An der Wand dahinter eine Tafel, übersät mit unverständlichen Zeichen, die Einstein zur Ehre gereicht hätten. Das Ganze sah mehr nach einer Entwicklungsabteilung aus – wo, wie Jane wusste, Spencers Karriere begonnen hatte – als wie die Kommandozentrale eines schnell wachsenden Unternehmens.

Er räusperte sich und sah sie prüfend mit seinen braunen Augen an. Es waren nicht die Augen eines Jungen oder eines exzentrischen Forschers, sondern die eines Mannes, der genau wusste, was er wollte. „Ich bin erstaunt, dass Sie ‚Graham' verlassen. Es ist eine gute Firma."

Jane hatte diese Frage erwartet. Sie war mit ihrem Anwalt übereingekommen, dass sie vor allem ihren guten Ruf wahren musste. Charles Graham hatte ihr ein hervorragendes Zeugnis ausgestellt, und sie hatte im Gegenzug zugesagt, nichts Negatives über ihren ehemaligen Arbeitgeber zu äußern. „Es ist eine sehr gute Firma", bestätigte Jane. „Aber ich möchte mich verändern."

Spencer nickte und schaute wieder in ihre Papiere. „Ihre Verkaufserfolge sind beeindruckend."

„Danke. Ich setze mich immer voll ein."

Er lächelte, und Jane konnte sich seinem Charme kaum entziehen. „Dann werden Sie gut zu uns passen. Ich bin ein Arbeitstier. Meine Assistentin Yumi beklagt sich ständig darüber, dabei arbeitet sie noch mehr als ich. Trotzdem geht es bei uns locker zu, wir vertrauen einander. Dennoch gibt es eine Menge Stress, knappe Termine, Überstunden … Können Sie so ein Arbeitsklima akzeptieren?"

Jane wunderte sich über die Frage, bis sie merkte, dass er ihren Ehering betrachtete. „Ich liebe meinen Beruf, Mr Tate, und nehme ihn sehr ernst."

„Spencer, bitte", entgegnete er. „Nun, Ihr Privatleben geht mich nichts an. Ich möchte das nur von Anfang an klarstellen. Offen gestanden, dieser Job hat meine eigene Ehe zerstört, und ich möchte nicht, dass Ihnen dasselbe passiert."

Jane beugte sich vor. „Glauben Sie mir, der Job wird meine Ehe nicht zerstören."

„Sie wissen sicherlich, dass Sie viel reisen müssen." Spencer sah auf.

Seine braunen Augen erinnerten sie an Espresso. Sie hatte bereits einiges über Spencer Tate gehört. Er wurde als gerissen, brillant, hartnäckig und kreativ bezeichnet. Dass er ein attraktiver Mann war, hatte sie allerdings nicht gewusst.

Mit hochgezogenen Augenbrauen wartete er auf ihre Antwort.

Sie rief sich zur Ordnung und erwiderte: „Ja. Ich bin Reisen gewohnt."

„Sie sprechen Fremdsprachen?"

„Französisch und Deutsch und ein wenig Italienisch. Ich war auf einer Schule in der Schweiz."

„Eine Wirtschaftsakademie?"

Leicht verlegen gab Jane zurück: „Ein Internat für höhere Töchter."

„Und das hat Ihnen nicht gefallen?"

Nein, ganz bestimmt nicht. Jane hatte studieren wollen, aber ihre Eltern fanden, sie sollte die „richtigen" Männer kennenlernen und in den „richtigen" Clubs verkehren. Doch dies hier war keine Therapie-sitzung, sondern ein Bewerbungsgespräch, und so sagte sie nur: „Es war irgendwie altmodisch, aber ich liebe Europa und interessiere mich für Sprachen."

Spencer lehnte sich zurück. „Sie würden also gern hier arbeiten?"

„Ich habe zwei Jahre für Ihre Konkurrenz gearbeitet und weiß viel über Ihr Unternehmen. Sie sind angriffslustig, geachtet und erfolgreich. Darf ich ganz offen sein?" Sie wartete sein Nicken ab und fuhr fort: „Ihre Schwachstelle liegt im Verkauf. Da sehe ich eine große Chance für Verbesserungen."

Sein Blick ruhte unverwandt auf ihrem Gesicht, während sie sprach, und er antwortete nicht sofort. „Wir haben Aufträge verloren, die wir eigentlich hätten bekommen müssen. Meistens an ‚Graham'." Nun streckte er seine langen Beine aus. „Ich frage mich, wie Sie das System von ‚Graham' so gut verkaufen konnten, wenn Sie wussten, dass unser Produkt zuverlässiger und billiger ist."

„‚Graham' ist größer und länger am Markt als Sie."

„Ich sehe, Sie verstehen Ihr Geschäft. Können Sie unser System ebenso überzeugend vertreten?"

„Davon bin ich überzeugt", versicherte sie.

Spencer schien noch zu zweifeln. Wieder wanderte sein Blick zu ih-rem Ehering. Was hatte das zu bedeuten? Wusste dieser Mann nicht, dass es höchst unkorrekt war, die Entscheidung über eine Anstellung vom Familienstand des Bewerbers abhängig zu machen? Jane hätte heulen können. Single oder verheiratet – sie schien immer auf der Ver-liererseite zu sein.

„Ich glaube, Ihr Grundgehalt wäre niedriger als bei ‚Graham', da-für sind unsere Zusatzleistungen höher. Wenn Sie so gut sind, wie ich glaube, können Sie letztlich bei uns mehr verdienen."

Sie zögerte und drehte an ihrem Ring. „Geld ist nicht mein Hauptin-teresse." Sie holte tief Luft. „Ich bin ehrgeizig und möchte aufsteigen. Wie stehen Sie dazu?"

Sie beobachtete ihn scharf auf Anzeichen von Feindseligkeit, doch er gab sich verständnisvoll. „Wir wachsen schnell, und Sie können mitwachsen. Wer weiß, vielleicht kommen Sie hier sehr schnell nach ganz oben."

Ihr Puls beschleunigte sich. „Ist das Ihr Ernst?"

„Absolut."

Plötzlich war sie froh, ihren alten Job verloren zu haben. Hier würde sie sich viel wohler fühlen.

„Yumi wird Sie im Betrieb herumführen. Reden Sie mit den Mitarbeitern, stellen Sie Fragen."

Dann sprach er über das Unternehmen. Er war sichtlich stolz auf die Erfolge und auf seine Mitarbeiter. Er fragte auch Jane noch Verschiedenes, und sie gab ausführlich Auskunft. Es war ein ungewöhnliches Einstellungsgespräch – mehr wie ein Plaudern mit einem alten Bekannten. Sie war entspannt, denn sie hatte das Gefühl, Spencer vertrauen zu können. Und nach dem letzten Fiasko legte sie Wert auf Vertrauen. Sie unterhielten sich fast eine Stunde lang, doch ihr kam es wie Minuten vor.

„Es hat mich sehr gefreut, ich melde mich bei Ihnen", sagte er schließlich.

„Mich hat es ebenfalls gefreut." Jane stand auf. Er schüttelte ihr die Hand, und zu ihrem Entsetzen nahm Jane eine erotische Spannung zwischen ihnen wahr. Hastig zog sie die Hand zurück.

Er hatte ihr indirekt gesagt, dass er Single war. Und ihr weiblicher Instinkt reagiert spontan auf ihn. Glücklicherweise aber hatte sie ihren „Ehemann", der sie beide vor erotischen Fantasien bewahrte.

2. KAPITEL

*W*ie gut, dass Jane Stanfort verheiratet ist, dachte Spencer, als sie das Büro verließ. Sonst hätte sie seinen Hormonhaushalt ziemlich durcheinanderbringen können. Erneut stellte er fest, dass Janes marineblaues Kostüm ihre weiblichen Kurven nur zum Teil verbarg.

Ihr goldblondes Haar war im Nacken zu einer Rolle frisiert, doch ein paar lose Strähnen kräuselten sich keck daraus hervor. Und sie brauchte kein Make-up, um ihre tiefblauen Augen und den sinnlichen Mund zu betonen.

Sie erinnerte ihn an jemanden – dann fiel es ihm ein: Miss September, die in seiner Autowerkstatt von der Wand herunterlächelte. Der gleiche Kussmund, die gleichen strahlend blauen Augen. Und die strenge Kostümjacke verhüllte kaum die vollen Brüste, die jedem Herrenmagazin Ehre gemacht hätten. Er schüttelte den Kopf und verscheuchte die Vision von Jane mit nichts weiter bekleidet als ihrer Kostümjacke – aufgeknöpft …

Dieser sexy Mund hatte mit vielen Kunden gesprochen und sie dazu gebracht, kostspielige Computersysteme zu kaufen. An nichts anderes sollte er jetzt denken. Selbst wenn sie in ihrem Kostüm so begehrenswert aussah wie Miss September in Reizwäsche – sie war für ihn tabu.

Er ordnete ihre Bewerbungsunterlagen und fasste seine Eindrücke noch einmal zusammen. Jane war intelligent, sie hatte Stil. Sie war sympathisch und zurückhaltend – sicherlich eine angenehme Mitarbeiterin. Doch ein Punkt beschäftigte ihn. Sie schien nicht der Typ zu sein, der aus einer Laune heraus eine gute Position aufgab.

Er griff zum Telefon und wählte die Nummer eines alten Freundes, der zufällig bei „Graham" arbeitete.

Die gewünschte Information kostete ihn ein paar Drinks in einer Bar. Als er die ganze Story kannte, hätte er dem gewissen Herrn am liebsten auch das andere Auge blau geschlagen. Spencer hatte entschieden etwas gegen Männer, die Frauen belästigten. Und gegen Kerle, die sich an verheiratete Frauen heranmachten, erst recht.

Dass Jane einen Rüpel niedergestreckt hatte, störte ihn nicht im Geringsten. Er bewunderte sie sogar dafür. Um einiges mehr als ihren ehemaligen Chef, denn der hatte Spencers Überzeugung nach die falsche Person entlassen.

Beim zweiten Martini bekam er eine weitere interessante Information. Offenbar war der Vertrag mit einem wichtigen Kunden, den Jane gewonnen hatte, noch nicht unterzeichnet.

Darüber dachte er nach, während er zu Hause eine kalte Pizza verspeiste und sich ein Hockeyspiel ansah. Um einen Kunden wie Marsden Holt zu bekommen, wäre er sogar bereit, ein oder zwei weniger wichtige Körperteile zu opfern.

Er fragte sich, ob Mrs Stanford Lust auf ein wenig Rache hatte.

Als er am nächsten Morgen im Büro ihre Nummer wählte, beschäftigte ihn das Thema noch immer.

„Ja?" Jane hatte eine angenehme Telefonstimme, stellte er fest. Ein großer Vorteil für eine Verkaufsmanagerin.

„Guten Morgen, Jane. Hier ist Spencer Tate."

„Hallo! So bald habe ich nicht mit einer Reaktion gerechnet."

„Also, was halten Sie von unserem Unternehmen?"

„Ich bin beeindruckt. Ich halte Ihr System für besser als das von ‚Graham' und somit erheblich wertvoller für den Kunden. Das Arbeitsklima bei ‚Datatracker' ist entspannt, aber leistungsorientiert. Ihre Mitarbeiter scheinen sich wohlzufühlen."

Vielleicht wollte sie ihm schmeicheln, um den Job zu bekommen, aber eigentlich glaubte Spencer das nicht. Es klang ehrlich, und er genoss das Lob. „Ich wollte Ihnen mitteilen, dass Sie den Job haben."

„Wunderbar. Einverstanden."

Erst jetzt merkte er, dass er insgeheim befürchtet hatte, sie würde ablehnen. „Schön. Wann können Sie anfangen?"

„Vielleicht am Montag?"

„Wie wäre es mit morgen? Ich arbeite gerade an einem wichtigen Projekt."

Ihr Lachen war leise und melodisch. „Sie haben mich gewarnt, dass Sie ein Sklaventreiber sind, nicht?"

„Nein." Er lächelte den Hörer an. „Sie haben behauptet, dass Sie ein Arbeitstier sind."

„Dann haben wir beide wohl recht. Bis morgen."

Spencer lächelte noch immer, als er Yumi telefonisch bat: „Würden Sie mir die Akte Marsden Holt bringen?"

„Haben Sie gute Nachrichten?", fragte Yumi, als sie die abgegriffene Akte auf seinen Tisch legte.

„Wir kriegen Marsden Holt, Yumi. Jane hat in ihrem vorigen Job den Abschluss fast perfekt gemacht, aber der Vertrag ist noch nicht unterschrieben." Er lehnte sich zurück und verschränkte die Hände hinter dem Kopf. „Sie hat den Kunden bereits einmal gewonnen. Vielleicht kann sie ihn ein weiteres Mal überzeugen, und zwar von unserem erheblich besseren Produkt." Er nahm die Hände herunter und trommelte vergnügt auf die Schreibtischplatte. „Das wird ein Kinderspiel."

Jane trank zufrieden einen Schluck gekühlten Weißwein. Ihre Füße waren während des Flugs angeschwollen, und ihre Pumps drückten. Ihr Haar saß nicht, ihre Haut fühlte sich ausgetrocknet an. Sie sehnte sich nach einem heißen Bad mit pflegenden Ölen und vielleicht einer Duftkerze auf dem Wannenrand. Doch sie mussten noch einmal umsteigen, und so überbrückten Spencer und sie den Aufenthalt am Flughafen in Chicago mit einem Drink.

Die letzten drei Wochen waren hektisch gewesen. Sie hatte sich in das Computersystem von „Datatracker" eingearbeitet, Kunden besucht und Marsden Holt zum zweiten Mal umworben.

Auf ihren Anruf hin hatte sich Marsden Holt bereit erklärt, das Angebot von „Datatracker" noch einmal zu prüfen. Vermutlich taten sie ihr damit nur einen Gefallen und meinten es nicht ernst, aber Jane mochte schwierige Verhandlungen. Sie wünschte sich diesen Auftrag ebenso sehr wie ihr neuer Boss, und das aus rein privaten Gründen. Dieses Mal wäre ihre Rache an Johnson unblutig, aber weitaus wirkungsvoller.

Von ihren Kollegen wusste sie, wie selten Spencer an Verkaufsverhandlungen teilnahm. Sie hatte angenommen, dass er sie zu Marsden Holts Firmensitz in Detroit nur begleitete, weil sie noch neu war. Inzwischen hatte sie erkannt, dass mehr dahintersteckte. Aus irgendeinem Grund lag ihm an diesem Geschäft besonders viel. Zwar hatte er es ihr überlassen, den Vortrag zu halten, und nur geredet, wenn er direkt angesprochen wurde. Doch schon die Anwesenheit des Geschäftsführers sprach mehr als Worte.

Er nahm einen großen Schluck von seinem eisgekühlten Bier. „Ich finde, die Präsentation lief gut, oder was meinen Sie? Sie kennen die Leute besser als ich."

Jane wackelte mit den Zehen und fragte sich, ob ihr Kreislauf sich je wieder normalisieren würde. „Ich fand es gut." Sie fand es sogar aufregend, aber das sagte sie nicht.

Spencer nickte und rollte die Schultern, um seine Muskeln zu lockern.

Es war das erste Anzeichen von Anspannung, das Jane bei ihm entdeckte. Sie hatte ihn kaum wiedererkannt, als er zu dem Termin im perfekt sitzenden grauen Anzug auftauchte, mit burgunderroter Krawatte, weißem Hemd und frisch geputzten schwarzen Schuhen. Er hatte sich sogar das Haar schneiden lassen.

Nun ließ er sich ein wenig gehen. Sein Jackett hing über der Sessellehne, sein Haar war leicht zerzaust. Er lockerte die Krawatte und öffnete den obersten Hemdknopf.

Sie sah das Spiel seiner Muskeln unter dem Hemd und stellte sich einen Moment lang seinen nackten Oberkörper vor. Bestimmt war er durchtrainiert und kräftig. In seinem Büro hatte sie einen Tennisschläger gesehen. Ihre Fantasien verursachten ihr ein Kribbeln im Bauch, doch sofort griff ihre Vernunft ein. Was ging bloß in ihr vor?

Jane sah auf und stellte fest, dass er sie mit einem merkwürdigen Blick betrachtete. Rasch schaute sie weg und trank noch einen Schluck Wein.

„Nun", begann Spencer unvermittelt, „erzählen Sie mir von Ihrem Mann."

Jane verschluckte sich und hustete heftig. „Wie bitte?"

„Der Mann, mit dem Sie verheiratet sind."

„Ach, der." Sie betupfte sich mit der Serviette die Augen. „Ja, also …" Verflixt, sie hätte sich eine bunte Mischung von Antworten auf solche Fragen zurechtlegen müssen. Jetzt war ihr Gehirn wie leer gefegt.

Sekunden vergingen. Sie war ein nüchterner Mensch, Fantasie war nicht ihre Stärke, vor allem, wenn ihr die Füße wehtaten und sie fix und fertig war. Ihr Ehemann war eine abstrakte Idee, ein Schutzschild und mehr nicht. Sie hatte sich nie eine konkrete Vorstellung von ihm gemacht.

Sie geriet in Panik. Verzweifelt suchte sie mit Blicken die Bar ab nach einem Mann, den sie als Modell nehmen konnte. „Tja, er ist …" Die Männer an der Bar waren müde Geschäftsleute und mehr an der Golfpartie interessiert, die im Fernseher an der Wand lief, als daran, eine Vorlage für ihren fiktiven Ehemann abzugeben.

„Er ist …" Jane räusperte sich und starrte auf den Bildschirm. Die ersten Schweißperlen rannen ihr bereits zwischen den Brüsten herunter. Wider alle Vernunft hoffte sie, dass sie vielleicht ein Golfprofi inspirieren könnte. Sie wollte sich die Typen gerade eingehender betrachten, um gegebenenfalls einen in die nähere Wahl zu ziehen, als die Übertragung abrupt von einem Werbespot unterbrochen wurde.

Jane war kurz davor, irgendein sinnloses Zeug zu plappern, da kam die Rettung. Vom Bildschirm herab lächelte er wie die Fleisch gewordene Antwort auf ihre Träume: Tom Cruise, der Werbung für seinen neuen Film machte. Tom Cruise, der mustergültige Fantasie-Ehemann und zudem ihr erster Schwarm. Jane seufzte und dankte Hollywood insgeheim für diesen perfekten Ehekandidaten.

„Er sieht hinreißend aus", erzählte sie. „Dunkles Haar, blaue Augen und ein charmantes Lächeln." Sie wandte sich wieder Spencer zu und erkannte mit Entsetzen, dass sein Anblick sie ebenso faszinierte, wie Tom Cruise es in ihrer Teenagerzeit getan hatte.

„Kennen Sie sich schon lange?"

„Ich habe schon in der High School für ihn geschwärmt." Jane sah Tom Cruise in einem seiner Filme vor sich, singend in Boxershorts. „Und wie." Sie seufzte verträumt.

Spencer nickte, offenbar sehr interessiert. „Ihre erste Liebe also."

„Der erste Mann, den ich geküsst habe." Das Hochglanzfoto an ihrer Zimmerwand war ganz lappig geworden vom vielen Küssen.

„Wie ist er denn so?" Spencers Stimme klang ein wenig scharf und riss Jane aus ihren Erinnerungen.

„Wie er ist?" Sie zuckte die Achseln. „Er sieht toll aus." Als würde das alles erklären.

„Was für Interessen hat er?"

Spencer schien sich zu amüsieren. Sie wirkte vermutlich total vernarrt. Aber das war gut so. Sollte doch alle Welt glauben, sie sei über beide Ohren in ihren Mann verliebt.

„Er liebt Kampfflugzeuge." Sie dachte an „Top Gun". „Und Rennwagen. Und Vampire!" Hinreißend, Tom Cruise in „Interview mit einem Vampir".

„Vampire?" Spencer zog die Brauen hoch. „Dann haben Sie ja nicht viel gemeinsam."

„Doch, natürlich. Zum Beispiel reisen wir beide gern."

„So? Wohin denn?"

„Ach, weit weg … Nach Irland. Daher stammt nämlich seine Familie. Und überhaupt nach Europa." Klar, er hatte in „Mission Impossible" den Kanaltunnel ganz allein gerettet.

„Wie haben Sie sich kennengelernt?"

Das war leicht zu beantworten. „Im Kino."

„Arbeitet er auch im Verkauf?"

Jane schluckte. Mit dem Ring allein war sie nicht auf der sicheren Seite, sie brauchte eine komplette Personenbeschreibung.

Zum ersten Mal begriff sie, was Alicia mit der Aussage gemeint hatte, das Ganze sei eine Schnapsidee. Jane verabscheute Unaufrichtigkeit, und nun tischte sie lauter Lügen auf. Noch dazu Spencer, ihrem Boss. Hätte sie ihn doch bloß früher kennengelernt …

Nein, so durfte sie nicht denken. Beruf und Vergnügen mussten getrennt bleiben – davon war sie schon vor der unseligen Szene mit Phil Johnson im Lift überzeugt.

Ihr Boss war der attraktivste, faszinierendste Mann, den sie je getroffen hatte. Doch er war nun mal ihr Boss. Und sie hatte es nicht so weit gebracht, um als eine Frau zu enden, die mit ihrem Vorgesetzten ins Bett ging. Obwohl er sexy war, mit seinen Augen, die dunkel waren wie Espresso, dem ungebändigten Haar und dem fantastischen Körper. Dennoch galt die Parole „Hände weg!".

Mit Mühe konzentrierte sie sich wieder auf Tom Cruise. „Nein, er ist in der Unterhaltungsbranche."

Ihr wurde immer wärmer. Lange würde sie das nicht durchhalten. Die Rettung kam in Form einer verzerrten Stimme aus dem Lautsprecher. „Ich glaube, unser Flug wird aufgerufen." Jane sprang auf und packte ihre Aktenmappe.

„Ein paar Minuten haben wir noch." Zögernd stand Spencer auf, den Blick auf sein halb volles Bierglas gerichtet.

„Ich möchte endlich nach Hause", erklärte Jane.

Ihr Boss prostete ihr mit einem schiefen Grinsen zu. „Auf die glücklichen jungen Eheleute." Doch etwas in seinem Blick irritierte sie.

Bis sie im Flugzeug saßen, wurden keine persönlichen Worte mehr gewechselt, und Jane war entschlossen, das auch weiter so zu halten. Sie verschanzte sich hinter einer Computerzeitschrift und studierte beharrlich die neuesten Entwicklungen in der Chipherstellung.

Spencer las ein Börsenblatt. Es war heiß und stickig in der Kabine, und bald zog Jane ihre Jacke aus. Ohne aufzusehen, hielt Spencer ihr den Kragen, während sie sich aus den Ärmeln schälte.

Minuten später zog er ebenfalls sein Jackett aus.

Ihre Arme berührten sich leicht auf der schmalen Lehne, und sie spürte seine Wärme durch ihre Seidenbluse hindurch.

Keiner von beiden rührte sich, scheinbar waren sie in ihre Lektüre vertieft. Doch es dauerte lange, bis einer von ihnen umblätterte.

Spencer versuchte, sich auf die Wirtschaftsnachrichten zu konzentrieren, aber die Frau an seiner Seite lenkte ihn enorm ab. Unter ihrer Seidenbluse schimmerte der Spitzenbesatz eines knappen Hemdchens durch – ein völliger Gegensatz zu ihrem strengen Kostüm. Diese feminine Seite an ihr kam für ihn so überraschend wie ein Blitzschlag aus heiterem Himmel.

In einem Zeitalter, in dem die Medien mit Nacktheit völlig ungezwungen umgingen, kam er sich vor wie ein Gentleman aus einem früheren Jahrhundert, der einen Blick auf eine hübsche Wade erhascht hatte.

Raschelnd blätterte er um. Er nahm nichts von dem auf, was er las. Sie ist verheiratet, betete er sich vor, während er die verführerische Wärme ihrer Haut wahrnahm. Sie benutzte kein Parfum, doch ein Hauch ihres weiblichen Dufts weckte seine Sinne. Er gelangte zu den Börsenkursen. „Hm, Technologiewerte steigen, und die Holzindustrie fällt. Warum nur?"

Janes Arm streifte seinen, als sie sich ihm zuwandte. „Haben Sie die Schlagzeile nicht gelesen?" Sie beugte sich herüber, klappte die Zeitung zu und wies auf die Schlagzeile „Marktforschung sagt Computerboom voraus. Wohnungsmarkt gesättigt."

Er hatte den ganzen Artikel gelesen, ohne ein Wort zu behalten. Verlegen sah er Jane an. Sie lächelte.

Er schaute in die blauen Tiefen ihrer Augen, eine lose Strähne ihres weizenblonden Haars fächelte ihre Wange. Ihre Haut war makellos, und er fragte sich, ob sie sich so weich anfühlen würde, wie sie aussah.

Er merkte, dass sein Blick verbotene Dinge sagte – wie sehr er sich danach sehnte, ihre leicht geöffneten Lippen zu küssen, ihr die Seidenbluse abzustreifen und die Haut mit der Zunge zu liebkosen. Er wollte Dinge, die er sich versagen musste, da sie verheiratet war. Ruckartig wandte er den Kopf und verschanzte sich wieder hinter seiner Zeitung.

„Danke", murmelte er.

„Keine Ursache." Bildete er es sich ein, oder klang ihre Stimme plötzlich heiser?

3. KAPITEL

*S*pencer zerknüllte den Pappbecher seines ersten Morgenkaffees im Büro. Er hatte die halbe Nacht wach gelegen und höchst unprofessionelle Gedanken über Jane gewälzt.

Er musste sich eingestehen, dass ihn seit seiner Collegezeit keine Frau mehr dermaßen gefesselt hatte. „Aber sie ist verheiratet, verflixt", murmelte er und warf den zerknautschten Becher in den Papierkorb.

Er trat ans Fenster und sah die Sonne über dem Grouse Mountain aufgehen. Da er ohnehin nicht schlafen konnte, war er früh ins Büro gefahren, um Liegengebliebenes aufzuarbeiten. Doch bis jetzt hatte er es nur geschafft, den Computer anzuschalten.

„Ehebruch" war ein hässliches Wort. Spencer dachte daran, wie es war, als er Karen dabei ertappt hatte. Was für ein Narr er doch gewesen war, sich abzuschuften, um seiner Frau und der geplanten Familie ein behagliches Heim zu bereiten. Karen hatte es ihm mit einer Affäre gedankt, und dann hatte sie ihn verlassen.

Voll Abscheu darüber wandte er sich vom Fenster ab. Er jedenfalls hatte Prinzipien und Jane vermutlich auch. Selbst wenn die Anziehung gegenseitig wäre – und angesichts ihrer Schwärmerei für ihren Mann war das unwahrscheinlich –, würden sie Janes Ehemann nicht das antun wollen, was Karen ihm selbst zugemutet hatte.

Janes Mann … Merkwürdig, wie teenagerhaft sie ihn beschrieben hatte. Spencer sah den Mann irgendwie nicht vor sich, er hatte nur ein verschwommenes Bild von einem gut aussehenden, dunkelhaarigen Menschen mit seltsamen Hobbys. Und das genügte ihm nicht. Zur Abschreckung brauchte er einen Menschen aus Fleisch und Blut, er wollte den Typ kennenlernen.

Dem Freund seiner Ex war er letztlich auch begegnet, nachdem die beiden geheiratet hatten. Er hatte sich vorgenommen, Jim zu hassen, aber wie sich herausstellte, war er ganz in Ordnung. Bestimmt würde er, Spencer, keine Lust mehr verspüren, Janes Mann die Frau wegzunehmen, wenn er ihn erst mal kannte. Die Idee war hervorragend. Und Spencer wusste auch schon, wie er das anstellen würde.

Er war in seine Arbeit vertieft und um einiges ruhiger, als Jane an seiner offenen Tür vorüberging.

„Jane!", rief er. „Kann ich Sie einen Moment sprechen?"

Sie trat ein, und seine nächtlichen Fantasien überfielen ihn erneut mit Macht. Er wollte ihr die Haarnadeln aus der Frisur herausziehen. Er wollte ihre Kostümjacke aufknöpfen, er wollte …

„Habe ich einen Fleck auf der Jacke?", fragte Jane und schaute an sich herunter.

„Nein, nein. Ich dachte nur gerade, dass ich einen ähnlichen Anzug habe."

Sie zog die Brauen hoch. „Nadelstreifen sind momentan in", sagte sie. „Wollten Sie darüber mit mir sprechen?"

„Nein. Entschuldigung. Ich habe schlecht geschlafen." Sie errötete leicht. Konnte sie Gedanken lesen? Oder hatte sie auch wenig Schlaf bekommen – mit ihrem dunkelhaarigen, vielseitig begabten Ehemann? Spencer räusperte sich und wühlte in den Papieren auf seinem Tisch nach seinem Terminkalender. „Ich wollte mit Ihnen über unsere jährliche Hauptversammlung sprechen."

„Gern."

„Wie Sie wissen, besitzen alle unsere Mitarbeiter Aktien des Unternehmens. Daher verbinden wir die Versammlung mit einer Party. Der jeweils neueste Mitarbeiter bestimmt das Datum. Es ist ein gesellschaftliches Ereignis, bei dem wir auch die Ehepartner der Kollegen kennenlernen."

„Ehepartner?" Ihre Röte schwand, Jane wurde so weiß wie ihre Bluse.

„Ja, oder sonst einen Begleiter. Sie kommen natürlich mit Ihrem Mann."

„Aha … Aber ich weiß nicht, er ist viel unterwegs." Sie fummelte an ihrer Aktenmappe herum.

„Deshalb sage ich es Ihnen schon jetzt, damit Sie den Termin mit ihm besprechen können. Wir sind alle sehr neugierig auf ihn."

Jane sank in den Sessel vor dem Schreibtisch, als hätte sie plötzlich weiche Knie. „Das ist leider nicht so einfach, Spencer."

Hoffnung mischte sich mit Besorgnis, als er in ihr blasses Gesicht sah. „Sie haben doch keine Eheprobleme? Es geht mich ja nichts an, ich bin schließlich selbst geschieden." Er gestikulierte wie ein Prediger. „Wenn Sie sich einmal aussprechen möchten – meine Tür steht immer offen."

„Oh nein, nichts dergleichen." Sie lachte ein wenig verkrampft. „Natürlich kommt er mit. Sicher möchte er Sie auch kennenlernen." Sie nickte heftig. „Morgen sage ich Ihnen Bescheid." Jetzt stieg ihr eine hektische Röte in die Wangen. Jane sprang auf und rannte wie gehetzt aus dem Raum.

Beklommen schaute Spencer ihr nach. Ob sie überarbeitet war?

„Was soll ich nur tun, Alicia?", jammerte Jane zum vierten oder fünften Mal. Am Boden vor der Couch stand eine leere Weinflasche.

„Ich hatte einfach nicht die Geistesgegenwart, zu antworten, dass ich gern mein Privatleben vom Beruf trenne, und bekam Panik. Ich sagte tatsächlich, dass sich mein Tom-Cruise-Ebenbild auf die Party freut."

„Konntest du nicht schwindeln, Tom hätte plötzlich eine Blinddarmentzündung?"

„Und wenn Spencer dann Blumen in die Klinik geschickt hätte?"

„Oder dass er einen Todesfall in der Familie hat? Natürlich auswärts", schlug Alicia vor.

Jane verdrehte die Augen. „Ich bitte dich!"

„Vielleicht kannst du an Tom Cruise schreiben und ihm die Situation schildern. Ich wette, er spielt mit Freuden für einen Abend deinen Ehemann. Immerhin ist Schauspielern sein Beruf."

„Alicia, du bist brillant!" Begeistert nippte Jane an ihrem Weinglas, das allerdings leer war. Schon wieder.

Erschrocken gab ihre Freundin zurück: „Honey, das sollte ein Scherz sein."

Jane widersprach entschieden. „Ich meine nicht Tom Cruise, sondern einen anderen Tom."

Alicia warf einen vielsagenden Blick auf die leere Flasche.

„Ich meine, ich heuere für den Abend einen Schauspieler an."

„Einen, der aussieht wie Tom Cruise?" Alicia zog eine Grimasse. „Warum musstest du auch ausgerechnet Tom Cruise heiraten? Hätte es ein Durchschnittstyp nicht auch getan?"

„Spencer sollte denken, dass ich einen guten Geschmack habe, Alicia", erwiderte Jane leicht beleidigt. „Außerdem habe ich ihn nicht sehr genau beschrieben. Ich sagte nur, mein Mann hätte dunkles Haar, blaue Augen und ein gewinnendes Lächeln."

Die Haustür klappte. „Hi, Honey, ich bin wieder da!", rief Alicias Mann Chuck vom Flur her.

„Hier sind wir."

Chuck riss die Augen hinter den dicken Brillengläsern auf, als er die zwei Frauen auf der Couch erblickte.

Alicia zog seinen Kopf für einen liebevollen Kuss herunter und zauste ihm das spärliche schwarze Haar. „Ich würde dir gern einen Drink anbieten, aber die Flasche ist leer. Machst du uns eine neue auf?"

Fürsorglich trug Chuck die leere Flasche in die Küche und kam mit einer neuen zurück. Er füllte die beiden Gläser und goss sich ebenfalls eins ein.

Dann setzte er sich und lockerte seine Krawatte. „Und, wie geht's, Jane?", erkundigte er sich. „Wie ist dein neuer Job?"

„Lass uns gleich zur Sache kommen, Chuck", antwortete Alicia an Janes Stelle. „Jane ist in Schwierigkeiten. Sie muss in vier Wochen einen Ehemann vorweisen, der wie Tom Cruise aussieht."

„Ich werde die Augen offen halten", bot Chuck gutmütig an.

„Er muss nicht genau wie Tom Cruise aussehen", verbesserte Jane. „Er muss nur dunkles Haar und blaue Augen haben."

„Verstehe", gab Chuck ungerührt zurück. Er war von Alicia und ihren Freundinnen einiges gewohnt.

Nach einer Weile fragte er seine Frau: „Hat Jane zu viel getrunken?"

„Wieso?"

„Weil sie mich so seltsam anstarrt. Ihr wird doch hoffentlich nicht schlecht?" Betreten sah er Jane an. „Ich kann nicht schon wieder eine von deinen bewusstlosen Bekannten aus dem Lift schleppen und in ein Taxi setzen. Es erregt zu viel Aufsehen. Ich muss auf meinen Ruf achten. Beim nächsten Mal …"

„Nimm die Brille ab, Chuck", befahl Jane.

„Alicia, ich rufe die Anonymen Alkoholiker an. Bitte, es ist noch nicht einmal Abend."

Alicia ignorierte ihn und sagte zu Jane: „Du meinst doch nicht etwa …?"

Jane nickte. Ihre Freundin war schnell von Begriff. Begeistert rief sie: „Schwarzes Haar! Blaue Augen!"

„Und er muss nicht wie Tom Cruise aussehen!", jubelten die Frauen, während Chuck sie verwirrt anstarrte.

„Nimm die Brille ab, Darling", bat Alicia nun ebenfalls.

„Habt ihr beide den Verstand verloren?", wollte Chuck wissen.

„Hast du wirklich nichts dagegen?", fragte Jane ihre Freundin.

„Solange du nichts dagegen hast." Eine Lachsalve folgte.

„Nein, nein. Absolut nicht", war Chucks Antwort, als Alicia und Jane ihm glucksend und kichernd erklärt hatten, was sie von ihm wollten. „Ich werde keinen Ehemann spielen, und einen wie Tom Cruise schon gar nicht. Wenn ich nun jemandem aus meiner Kanzlei begegne?"

„Das wirst du nicht, Chuck. Die Party findet in einem französischen Restaurant statt", beruhigte ihn Jane. „Bitte, überleg es dir. Du würdest mir den Job retten."

„Aber ich bin schon verheiratet!"

„Bitte, Honey", schmeichelte Alicia.

„Ich werde nicht den Bigamisten geben, auch nicht für dich, Liebes." Er wurde rot, als Alicia ihm die Brille abnahm und Jane ihm das Haar aufplusterte, damit es üppiger aussah. „Das ist unehrenhaft."

„Aber Chuck, Liebling."

„Das ist mein letztes Wort, Alicia."

Alicia zwinkerte Jane zu und zog sie mit sich zur Haustür. „Überlass das mir", flüsterte sie. „Wenn du bis zu der Party keine bessere Idee hast, ist Chuck dein Begleiter."

„Alicia, hör auf zu flüstern. Ich weiß, dass es um mich geht, und ich will mit diesem Unsinn nichts zu tun haben."

„Danke, Honey." Jane umarmte ihre Freundin.

„Alicia?", rief Chuck erneut aus dem Wohnzimmer. „Hörst du nicht?"

„Aber wenn Chuck dein einziger Ausweg ist, denkst du vielleicht noch einmal über Blinddarmentzündung nach", flüsterte Alicia.

Jane schüttelte den Kopf. „Er ist perfekt."

Alicia verdrehte die Augen. „Ich liebe den Mann, Jane. Aber Tom Cruise ist er nicht."

„Deswegen ist er so perfekt. Ich habe Spencer von meinem Mann vorgeschwärmt ... und dann sieht er ihn ... Nimm's mir nicht übel, aber er wird denken, ich wäre irrsinnig verliebt in Chuck."

„Alicia?" Chucks Stimme klang inzwischen schrill. „Muss ich erst persönlich kommen?"

Alicia kniff die Augen zusammen. „Moment – ist mir da etwas entgangen? Warum soll dein Boss denken, dass du deinen Mann liebst?"

„Damit meine Lüge glaubwürdiger wirkt", entgegnete Jane rasch und wandte sich ab.

„Jane ..."

„Alicia, jetzt komme ich wirklich. Ich zähle bis zehn. Eins, zwei ..."

„Fang lieber an, ihn zu bearbeiten." Jane huschte aus der Tür, froh, Alicias aufmerksamem Blick zu entrinnen.

Sie ging zu Fuß nach Hause und stellte sich im Geist Chucks Veränderung in Richtung Tom Cruise vor. Auf jeden Fall musste die Brille weg. Ob er etwas gegen ein Toupet haben würde?

*M*it dem Schwips verflüchtigte sich auch Janes Optimismus. Ob Chuck wirklich der ideale Gatte war? Natürlich konnte sie plötzlich eine Grippe bekommen oder ihrem armen Ehemann eine schreckliche Katastrophe widerfahren lassen. Doch das würde das Unvermeidliche nur hinauszögern.

Außerdem ließ die Spannung zwischen ihr und Spencer nicht nach. Sie sah die Wärme in seinem Blick – die er für seine übrigen Mitarbeiter nicht hatte. Doch er war nicht so stillos, anzügliche Bemerkungen zu machen oder sie zu betatschen, wenn niemand hinschaute. Trotzdem war es unprofessionell und ungehörig, sie auf diese Weise anzusehen. Dies war ihr Arbeitsplatz, und er war ihr Boss.

Ebenso unprofessionell und ungehörig war es von ihr, dass ihr Puls zu flattern begann, sobald sich ihre Blicke trafen. Jane wollte aus eigener Kraft vorankommen, ohne Beeinträchtigung oder Bevorzugung durch einen Kollegen, der sie attraktiv fand. Hätte sie nicht ebenfalls eine angenehme Wärme in ihrem Inneren gespürt, sobald sie Spencer nahe kam, hätte sie wohl nach einer Ausrede für die Party gesucht.

Indessen war ihr bewusst, dass nur der fiktive Ehemann das Feuer der Leidenschaft vor dem Aufflammen bewahren konnte. Und sie würde nie Karriere machen, wenn ihr Weg nach oben durch das Bett ihres Chefs führte.

Chuck war die perfekte kalte Dusche, die das winzige Flämmchen der Lust, das zwischen ihr und ihrem allzu anziehenden Arbeitgeber flackerte, für immer löschen konnte.

Sie ahnte nicht, wie Alicia es geschafft hatte, aber Chuck war einverstanden, für einen Abend Janes Mann zu spielen – obwohl er von der Idee offensichtlich wenig begeistert war.

Auch Jane war nicht glücklich, und je näher die Hauptversammlung rückte, desto nervöser wurde sie. Sie mochte Chuck, aber so zu tun, als liebte sie ihn, war doch eine Nummer zu heftig. Zudem behandelte er sie jedes Mal, wenn sie sich sahen, wie eine Unglücksbotin.

Sie hoffte auf Überschwemmungen, ein kleines Erdbeben – irgendetwas, das die Party verhinderte. Doch der Spätsommer brachte herrliches warmes Wetter und viel Sonne. Naturkatastrophen ereigneten sich überall in der Welt, nur nicht in Vancouver, British Columbia.

Jane prüfte ihre Garderobe. Sie hasste Veranstaltungen, die halb privat und halb geschäftlich waren. Ein Kostüm wäre zu streng, Spaghettiträger wären unpassend. In BH und Slip ging sie vor ihrem

Schrank auf und ab und dachte angestrengt nach. Der Zweck der Maskerade bestand darin, allen – und besonders einem gewissen Mann – zu zeigen, dass sie ein Privatleben hatte. Ein aufregendes, glückliches Eheleben.

Sie griff nach einem schmalen dunkelroten Seidenkleid und nickte. Es war ärmellos und wirkte auf dem Bügel unauffällig, an ihr dagegen sensationell. Doch sie zog eine Jacke aus Rohseide darüber, die sie auf einem Flohmarkt entdeckt hatte. Das Haar ließ sie offen, die blonden Locken streichelten ihre Wangen, wenn sie sich bewegte. Dazu legte sie ein wenig mehr Make-up auf als sonst.

Mit flatternden Nerven saß sie vor dem Spiegel und spielte im Geist ihre Rolle durch. Visualisierung half bei Verkaufspräsentationen, auch beim Skifahren hatte es ihr geholfen, warum also nicht auch jetzt?

Jane stellte sich Chuck vor, und ihre Zuversicht schwand. Sie atmete bewusst ein und aus und versuchte es noch einmal. Sie sah sich Arm in Arm mit Chuck und zwang sich zu einem fröhlichen Lächeln. „Ist das nicht eine tolle Party?", sagte sie laut.

Chuck kam pünktlich, dank Alicias Ermahnungen und seiner eigenen Zuverlässigkeit. Er schaute so jämmerlich drein, dass Jane ihn am liebsten in den Arm genommen hätte. „Womit hat Alicia dich überredet?"

Chuck lächelte schief. „Wenn du verheiratet wärst – was ich mir glühend wünsche –, würdest du das nicht fragen."

„Stimmt." Sie klopfte ihm auf die Schulter. „Wir gehen sofort nach dem Dinner, Chuck. Ich kann gar nicht sagen, wie dankbar ich dir bin."

„Bringen wir's hinter uns."

Trotz seiner inneren Widerstände war er tadellos angezogen. Er trug einen grauen Anzug, blitzend schwarze Schuhe, ein weißes Hemd und eine gewagte Krawatte, die vermutlich Alicia ausgesucht hatte. Sein Haar war zwar nicht dichter, doch jemand – sicherlich seine richtige Frau – hatte es einigermaßen in Form gebracht.

„Vergiss nicht, falls dich jemand fragt, du arbeitest in der Unterhaltungsbranche", schärfte Jane ihm im Taxi ein.

„In der Unterhaltungsbranche?" Er starrte sie an, als wäre sie nicht recht bei Trost.

„Genau. Das wollte Alicia dir doch sagen."

Aber als sie Chucks gehetzten Blick sah, mit dem er sich nach einer Fluchtmöglichkeit umschaute, verstand sie, warum Alicia ihn mit gewissen Einzelheiten verschont hatte.

„Macht nichts", sagte sie zuversichtlich. „Dann improvisieren wir."

Als sie das Restaurant erreichten, hielt Jane ihn an der Tür fest. „Bitte, Chuck, die Brille …"

„Jane, ohne meine Brille bin ich praktisch blind."

„Ich halte dich an der Hand."

Unter gemurmeltem Protest nahm er die Brille ab und verstaute sie sorgfältig im Etui.

„Ich sehe fast nichts", flüsterte er, während Jane ihn in das hell erleuchtete Lokal führte. Sie hielt ihn auch deshalb an der Hand, damit er nicht flüchten konnte.

Als Erste trafen sie Yumi, hinreißend in Rot und Schwarz gekleidet.

„Dies ist mein Mann Taro. Er spricht noch nicht so gut Englisch, er ist erst seit einem Jahr hier."

„Guten Abend." Taro verbeugte sich.

„*Ohio go sai mus*", erwiderte Jane und verneigte sich ebenfalls.

„Du sprichst ja besser Japanisch als Spencer. Hey, Boss", rief Yumi nach hinten, „nächstes Mal sollten Sie Jane nach Tokio schicken."

Jane schaute an Yumi vorbei, und ihr stockte der Atem. Spencer sah in seinem makellosen Anzug schlicht umwerfend aus. Sein Haar war geschnitten, seine Schuhe auf Hochglanz poliert. Und als er auf sie zukam, sah er sie nicht an wie ein Chef seine Mitarbeiterin, sondern wie ein Mann eine begehrenswerte Frau anblickt. Die Luft zwischen ihnen schien plötzlich elektrisch aufgeladen zu sein.

„Wow!", sagte er. „Sie sehen toll aus, wenn Sie Ihr Kostüm ausziehen." Sofort wurde er rot. „Pardon, ich meine, in einem Kleid." Er lachte. „Sie wissen schon, wie ich das meine."

„Du zerquetschst meine Hand", flüsterte Chuck ihr gequält zu.

Jane ließ seine Hand los und stellte Chuck vor.

Spencer sah Chuck an, dann Jane, und wieder Chuck. „Das ist der Mann, von dem Sie mir am Flughafen erzählt haben?", fragte er konsterniert. Kein Wunder, sie hatte einen Filmstar beschrieben, und jetzt tauchte sie mit einem fast kahlköpfigen, kurzsichtigen Büromenschen auf.

„Wir waren schon auf der High School ineinander verliebt", säuselte sie und gab Chuck einen Kuss auf die Wange. *Siehst du, wie glücklich ich verheiratet bin?* sollte das heißen.

Chuck zuckte zurück, fing sich aber rasch. Verschwommen blickte er in die Runde und bestätigte: „Ja, seit der High School." Er wollte ihre Schulter streicheln, doch weil Jane größer war als Alicia, traf er ihre Brust. Erschrocken riss er die Hand zurück, und Jane hätte sich am liebsten in einem Mauseloch verkrochen. Sie war noch keine fünf Minuten hier, und sie wollte nur noch weg.

Spencer hatte sich inzwischen von seiner Verblüffung erholt, aber er bedachte Jane mit einem eigenartigen Blick. Sie hoffte, dass es nur Verwirrung und nicht Misstrauen war, was sie in seinen Augen las. Sie setzte ein strahlendes Lächeln auf und zerzauste liebevoll Chucks Haar, wie es Alicia immer tat. „Erste Liebe währt immerdar", hauchte sie dem errötenden Chuck zu.

Eine elegante Frau trat neben Spencer. Sie hatte langes, lockiges rotes Haar, und in ihrem schwarzen Cocktailkleid machte sie eine eindrucksvolle Figur. Spencer lächelte sie zärtlich an.

Jane war sprachlos. Sie hätte sich die Mühe sparen können, den armen Chuck auf diese Party zu schleppen. Spencer hatte eine Freundin. Wie dumm von ihr, in ein paar heiße Blicke so viel hineinzuinterpretieren.

„Jane und Chuck, darf ich euch Chelsea vorstellen?"

Spencers Reaktion auf ihren Ehemann hatte Jane so sehr beschäftigt, dass sie keinen Gedanken darauf verwendet hatte, wie sie sich fühlen würde, wenn er in weiblicher Begleitung käme. Jetzt wusste sie es – es war wie ein Schlag in die Magengrube.

Es gab also eine Frau in seinem Leben. Warum machte er dann ihr, Jane, schöne Augen? Während ihr das alles durch den Kopf schoss, merkte sie, dass Spencer sie ansah. Ihre Blicke trafen sich, und er wandte sich sofort ab, um etwas zu seiner Begleiterin zu sagen – aber sie hatte die Wärme in seinen Augen gesehen.

„Yumi, du hast die Party wunderbar organisiert", sagte Jane hastig und zwang sich, Spencer und den schönen Rotschopf an seiner Seite aus ihrem Bewusstsein zu verdrängen.

„Danke, so etwas macht mir Spaß. Leider habe ich keine hübscheren Tischkarten auftreiben können."

„Tischkarten?" Janes Plan, sich mit Chuck in eine Ecke zu verziehen, war damit gestorben.

„Ja. Letztendlich habe ich sie am Computer erstellt. Ich habe dich an Spencers Tisch platziert, weil du neu in der Firma bist."

„Das wäre wirklich nicht nötig gewesen. Eigentlich wäre es mir lieber …"

„Jetzt lässt es sich nicht mehr ändern."

Da Jane unbedingt vermeiden wollte, dass Spencer ihr Ausweichmanöver mitbekam, versicherte sie Yumi lächelnd, sie fände das Arrangement ganz wunderbar.

Sie wünschte, sie hätte Aspirin eingesteckt. Und natürlich saß sie dann genau Spencer gegenüber. Chuck hatte Chelsea vor sich. Jane bemühte sich um entspannte Konversation, während sie überlegte, wie lange sie die Qual noch ertragen musste, bevor sie sich verabschieden konnte.

Sie hatte ganz vergessen, dass Chuck ein mäkeliger Esser war.

„Was machst du denn da?", flüsterte sie, als er seine Antipasti fast mit der Nase berührte.

„Ich sehe gern, was ich esse", knurrte er.

„Das sind Antipasti."

„Was sind das für rote Dinger?"

„Gegrillte Chilischoten."

„Ich mag keine Chilischoten."

„Dann iss das Braune, das sind Oliven. Du magst doch Oliven." Jane kam sich vor, als redete sie auf ein Kleinkind ein. Sie wandte sich dem Computeringenieur zu ihrer Rechten zu. Sie merkte nicht, dass der nächste Gang aufgetragen wurde, bis sie von links einen Schmerzensschrei vernahm.

Chuck hob die tiefrote Nase aus der Hummercremesuppe.

Es gab keine Hoffnung, dass der Vorfall unbemerkt geblieben wäre. Jane sah zu Spencer hinüber, der tat, als hätte er nicht gesehen, wie Chuck sich mit der Serviette die Suppe von der Nase wischte. Einerseits hätte sie Chuck am liebsten erwürgt, andererseits hatte sie Mitleid mit ihm. Er wollte ihr ja nur helfen, und sie selbst hatte ihm schließlich die Brille verboten.

„Alles in Ordnung, Honey?", fragte sie vernehmlich und flüsterte dann: „Es tut mir so leid. Du bist ein wahrer Freund in der Not."

Nun spielte Chuck seinen größten Trumpf aus: sein Lächeln. „Was tut ein Mann nicht alles für die Frau, die er liebt." Obwohl sie wusste, dass er damit Alicia meinte, war sie gerührt, als er sie auf die Wange küsste. Zu ihrer Befriedigung stellte sie fest, dass Spencer den Austausch ehelicher Zärtlichkeiten aufmerksam verfolgte.

Beim Hauptgang war Jane gewappnet. Sie flüsterte Chuck zu: „Lamm auf sechs Uhr, Spargel und Sauce Hollandaise auf neun Uhr. Bratkartoffeln auf Mittag. Auf drei Uhr Spinat."

„Verstanden. Danke."

Chuck hielt sich wacker, bis Spencer ihn anredete. „Wie ich hörte, interessieren Sie sich für Vampire, Chuck."

Chuck schaute ungefähr in Spencers Richtung. „Nur, wenn sie ihre Steuererklärung gemacht haben wollen. Ich bin Steuerberater."

„In der Unterhaltungsbranche", warf Jane rasch ein.

„Jane, wie kommst du auf …" Er stieß einen Schmerzensschrei aus.

„Chuck ist sehr verschwiegen, was seine Klienten angeht", erklärte Jane fröhlich. Innerlich war ihr elend wie noch nie, weil sie dem armen Chuck diese Scharade zumutete.

Ihre Kopfschmerzen nahmen die Stärke eines Presslufthammers an.

Sie schaute hinüber zu Spencers Traumfrau, und statt dass der Anblick sie beruhigte, fühlte sie sich noch elender. Zudem musterte ihr Boss sie intensiv mit einem undeutbaren Blick.

Jane wollte etwas Lockeres, Harmloses sagen. Doch inmitten des allgemeinen Geplauders und der Klänge vom Streichquartett im Hintergrund schauten sie einander unverwandt an, als befänden sie sich in einem magischen Bann.

Der Bann wurde abrupt gebrochen, als Jane merkte, dass Chuck sich angeregt mit Chelsea unterhielt. Er berichtete von seiner Arbeit in der Kanzlei, die absolut nichts mit der Unterhaltungsbranche zu tun hatte.

Zwei Jahre lang hatte Jane in einem teuren Schweizer Internat Umgangsformen gelernt, aber in dieser Situation half ihr das gar nichts.

„Er berät Filmstars steuerlich", behauptete sie kühn.

Chuck mochte bereit sein, für die Freundin seiner Frau den Ehepartner zu spielen, doch auf seinen Ruf ließ er nichts kommen. Er warf Jane einen vorwurfsvollen Blick zu. „Die meisten meiner Klienten sind Geschäftsleute."

„Und was machen Sie so in Ihrer Freizeit?", erkundigte sich Chelsea.

Er würde vom Bowling erzählen. Jane musste ihn stoppen, bevor ihr ganzes Lügengebäude zusammenbrach. In ihrer Panik erinnerte sie sich nur an eins: „Rennen fahren", antwortete sie an seiner Stelle, als wäre er ein schüchterner Junge.

„Das ist bestimmt aufregend", bemerkte Chelsea.

Chuck seufzte. „Sie ahnen ja nicht, wie sehr. Mein Leben wird von Tag zu Tag aufregender." Offenbar hatte er Janes Nöte erkannt, denn er nahm ihre Hand. „Jane macht mein Leben sehr spannend."

Zum Glück wurde es jetzt Zeit für Spencers Rede, und die Tortur hatte ein Ende. Spencer dankte den Mitarbeitern und ihren Angehörigen für ihren Einsatz und motivierte sie zu neuen Höchstleistungen. Er sprach witzig und überzeugend, und Jane konnte sich endlich ein wenig entspannen. Nach der Rede wäre der offizielle Teil des Abends vorüber, und sie würde nach Hause gehen können.

Eine Aufregung stand ihr jedoch noch bevor. Als sie und Chuck sich verabschiedeten, kam Spencer mit ihrer Jacke, die sie auf der Stuhllehne vergessen hatte. Er half ihr hinein und strich ihr dabei mit den Fingerspitzen über die nackte Schulter – es ging ihr durch und durch.

„Bis Montag, Jane", sagte er.

Mit leisem Summen glitt Spencers silbergrauer Sportwagen über den Asphalt. Auf dem Nebensitz begutachtete Chelsea seine CDs.

„Danke für deine Begleitung", sagte er.

„Danke für die Einladung. Ich musste wieder einmal unter Leute kommen, in letzter Zeit sehe ich nur meine Studenten."

Spencer lockerte seine Krawatte. „Wenn du beleidigt zu Hause hockst, weil dein Ekel von Mann irgendwo am anderen Ende der Welt Dinosaurierknochen ausbuddelt, habe ich dich falsch eingeschätzt."

„Das Ekel ist dein Bruder, und ich bin nicht beleidigt. Er fehlt mir nur." Chelsea seufzte. „Er fehlt mir."

Spencer nickte. Er kannte die Sehnsucht nach dem Ehealltag. Nach jemandem, der abends da war. Chelsea hätte ihren Mann auf der sechsmonatigen Ausgrabung begleiten können, doch sie liebte ihren Beruf als Professorin für Psychologie an der Universität ebenso, wie Bill es liebte, Jagd auf alte Knochen zu machen.

„Ich hoffe, er weiß, was für ein Glück er hat." Spencer dachte an Karen. Bis auf die Geschäftsreisen, die er so kurz wie möglich gehalten hatte, war er stets in ihrer Nähe geblieben. Und doch hatte sie eine Affäre begonnen. Bill dagegen war monatelang unterwegs, während Chelsea treu auf ihn wartete.

„Das hoffe ich auch", gab Chelsea zurück. „Wir führen eine sonderbare Ehe, aber es funktioniert wohl." Ihre Stimme klang sehnsüchtig, doch ein bitterer Unterton war nicht zu überhören. „Apropos sonderbare Ehen", fuhr sie fort, „was war denn das mit Chuck und Jane?"

Das hatte er sich auch schon gefragt, und so war er dankbar für Chelseas Bemerkung. „Was meinst du damit?"

„Ich meine, sie sind ein seltsames Paar."

„Na ja, er wirkte ein wenig unbeholfen."

Chelsea lachte schallend. „Unbeholfen? Der Mann konnte überhaupt nichts sehen! Er sagte, seine Frau hätte ihn zum Kommen überredet, und er wirkte gar nicht glücklich darüber. Aus seiner Jackentasche schaute ein Brillenetui, und als ich ihn danach fragte, sagte er, Jane hätte ihm verboten, seine Brille zu tragen."

Spencer war ebenso befremdet wie Chelsea. Jane hatte Chuck wie ein Kleinkind behandelt. „Die Geschmäcker sind eben verschieden."

Sie fuhren durch die Alleen im Universitätsviertel. Die Scheinwerfer tauchten die welkenden Blätter in goldenes Licht.

Spencer hielt mit laufendem Motor vor Chelseas Haus.

„Ich habe es sehr genossen. Vielen Dank", sagte sie zum Abschied.

„Nein, ich danke dir." Spencer wartete, bis sie im Haus war und ihm vom Wohnzimmerfenster aus zuwinkte. Dann fuhr er nach Haus.

Wenn er ehrlich war, hatte er nicht nur einer Strohwitwe eine Freude machen wollen. Er hatte Jane gegenüber nicht im Nachteil sein wollen. Er schüttelte den Kopf. Es war ein Trost, dass Chelsea denselben Eindruck hatte wie er. Noch nie hatte er ein ungleicheres Paar als Jane und Chuck gesehen. Es lag nicht nur daran, dass sie eine Schönheit war und Chuck – nun ja, keine. Sie schienen auch kaum Gemeinsamkeiten zu haben und kaum etwas voneinander zu wissen.

Spencer erinnerte sich genau an das Gespräch mit Jane am Flughafen, denn er hatte aufmerksam zugehört. Er brauchte die konkrete Vorstellung von einem wirklichen Menschen, der leiden würde, wenn seine Frau eine Affäre im Büro hätte. Sie hatte Chuck beschrieben als eine Mischung aus Adonis und Superman – ein unvergleichliches Wesen.

Der wirkliche Chuck war ein langweiliger Büromensch. Wie passt das zusammen? dachte Spencer, als er in die Tiefgarage fuhr. Es war ein Rätsel, für das er keine Lösung fand.

Er wusste nur, dass die aufregendste Frau, die er seit Langem kennengelernt hatte, nicht mehr zu haben war.

Egal, was er sich erträumte – es war nicht zu ändern. Er sollte sich lieber daran gewöhnen, Jane Stanford schlicht und ergreifend als Mitarbeiterin zu betrachten. Ja, genau das würde er tun.

5. KAPITEL

Spencer erwachte am Sonntag bei strahlendem Sonnenschein. Er trat auf den Balkon hinaus und atmete tief durch. Ein Hauch von Herbst lag bereits in der Luft.

Er duschte und kochte sich einen Kaffee. Dann griff er zum Telefon und lud Chelsea zum Inlineskaten im Stanley Park ein. Sie sagte begeistert zu.

Eine Stunde später glitten sie über den Pfad am Deich, zwischen Radfahrern, Kinderbuggys und sogar an einer eigensinnigen Wildgans vorbei, die zischend mitten auf dem Weg stand.

Spencer schaute auf die Bucht hinaus, dachte an die Party vom Abend zuvor und schüttelte den behelmten Kopf. Er hatte sich von der Begegnung mit Janes Mann so viel versprochen – Heilung von seiner Sucht nach ihrer Nähe.

Doch von Liebe war zwischen den beiden wenig zu spüren. Chuck hatte Jane angesehen wie ein gejagter Fuchs die hetzende Meute.

Spencer versuchte, die Gedanken daran abzuschütteln. Jane war eine erwachsene Frau und wusste, was sie tat. Vielleicht war Chuck nur in Gesellschaft befangen.

Und wahrscheinlich verschwendete Jane keinen einzigen Gedanken an ihn, Spencer.

„Muss ich mir das wirklich antun?", jammerte Jane und versuchte mühsam, auf den gemieteten Inlineskates das Gleichgewicht zu bewahren.

„Das Wetter ist herrlich, wir brauchen Bewegung, und ich will alles über die Party gestern hören", entgegnete Alicia ungerührt.

Jane warf Chuck, der mit dem Kinnriemen seines Helms kämpfte, einen schuldbewussten Blick zu. „War es sehr schlimm?"

Alicia machte eine Pirouette, und Jane dachte düster daran, dass sie auf der High School Eislaufmeisterin gewesen war. „Nicht so schlimm wie damals, als ich bei einer Benefizveranstaltung für Aidskranke als Tunte gehen musste."

Jane lachte. „Wie schaffst du das, Alicia?"

„Er liebt mich eben."

Jane verspürte einen leisen Stich. Wer so eine Ehe haben könnte …

Aber sie hatte sich gegen die Ehe entschieden, zugunsten ihrer Karriere. Eine kleine Schwärmerei für einen bestimmten Mann war kein Grund, ihre Grundsätze über Bord zu werfen.

Sie beobachtete Chuck, der es zwischenzeitlich geschafft hatte, auf seinen Skates zu stehen, und sich nun unbeholfen von Ast zu Ast hangelte.

Alicia nahm Chuck bei der Hand, und sie fuhren zusammen los. Chuck würde manche Frau in den Wahnsinn treiben, bevor die Flitterwochen vorüber wären, aber er war der ruhende Pol für die temperamentvolle Alicia. Sie wiederum brachte mehr als genug Abwechslung in sein Leben.

„Nimm du den schnelleren Weg, Jane!", rief Alicia ihr zu, als sie ihrem Mann über den holperigen Asphalt half. „Wir treffen uns auf dem Hauptpfad."

Jane betrachtete den schmalen, gewundenen Streifen. Es sah nicht allzu schwierig aus. Sie hatte Knieschützer und einen Helm an, sie war einigermaßen fit. Was sollte also passieren?

Keine Minute später wusste sie es. Der harmlos aussehende Pfad wurde abschüssig.

Wie eine Katze auf frisch gewachstem Parkett streckte Jane alle viere steif von sich, als sie merkte, dass sie nicht anhalten konnte. Sie erblickte den Deich mit den vergnügten Spaziergängern, sie hörte Alicias Rufe, doch in ihrer Panik verstand sie nichts.

Den Schneepflug zu machen brachte nichts, sie fiel beinah hin. Sie wollte nach Ästen greifen, aber die waren außer Reichweite.

Angstvoll wimmernd schloss sie die Augen.

Sie schoss auf den Hauptpfad, der zumindest eben war, doch jetzt sah sie sich der Menschenmenge gegenüber. „Hilfe … Entschuldigung … Achtung!", rief sie, während sie abenteuerliche Haken schlug, um Zusammenstöße zu vermeiden.

Sie erblickte ein skatendes Paar vor sich. Die beiden bewegten sich so elegant, als wären sie mit Rollen an den Füßen geboren worden.

„Wie hält man auf diesen Dingern an?", rief sie, als sie an dem Paar vorbeiraste.

„Jane?"

„Spencer, ein Glück! Helfen Sie mir!"

Im nächsten Moment tauchte ein Buggy vor ihr auf. Es gab nur die Möglichkeit, direkt hineinzufahren oder sich zu Boden zu werfen.

Aber da flog Spencer an ihr vorbei, drehte sich um und breitete die Arme aus.

Begriff er denn nicht? „Ich kann nicht anhalten!" Wieder versuchte Jane, den Schneepflug zu machen, und wieder gelang es ihr nicht.

Mit voller Wucht prallte sie gegen ihren Boss. Spencer ächzte, aber er hielt sie in seinen starken Armen und rollte rückwärts.

Sie klammerte sich an ihn, das Gesicht an seine Brust gedrückt, die Arme um seine Taille geschlungen. Es war ein herrliches Gefühl, sie fühlte sich sicher und geborgen. Außerdem roch er gut.

„Sie haben mich aufgefangen", murmelte sie erstickt.

„Natürlich." Spencer drückte sie leicht an sich. „Mir können Sie vertrauen."

Jane sah zu ihm hoch. Er lächelte, und er fühlte sich so warm und gut an, dass sie ihn am liebsten nie wieder losgelassen hätte. Spencer trug schwarze Shorts, die kräftige Schenkel sehen ließen, und ein abgetragenes graues T-Shirt. Er wirkte entspannt, fit und eindeutig belustigt. „Danke", krächzte sie.

„Morgen muss ich gleich Ihre Unfallversicherung erhöhen."

Jane merkte, dass sie Aufsehen erregten. Sie löste sich von Spencer und erkannte die schöne Rothaarige. Wie peinlich.

Spencer ließ seinen Arm auf Janes Taille. „Sie erinnern sich an Chelsea?"

„Ja. Guten Tag."

„Jane, ist alles in Ordnung?" Alicia stoppte elegant vor Jane, den unglücklichen Chuck an der Hand.

„Das reicht, Alicia", verkündete er und begann, seine Inlineskates abzuschnallen. „Ich wollte bloß einen Spaziergang machen. Ist das zu viel verlangt nach diesem Samstagabend? Ich wurde herumgezerrt und gezwungen, den Leuten vorzuspielen, ich wäre … Au!"

„Entschuldige." Nach dem keineswegs zufälligen Schubs sagte Jane unschuldig: „Chuck, Honey, du erinnerst dich doch an Spencer Tate, meinen *Boss*? Und an seine Freundin Chelsea?"

Chuck musterte Spencer durch seine dicken Brillengläser, als sähe er ihn zum ersten Mal, was in gewisser Weise wohl auch stimmte.

Alicia schnappte entsetzt nach Luft, dann schüttelte sie Spencer und Chelsea die Hand. „Hallo, ich bin Alicia Margolin, eine Freundin von Jane und Chuck. Ich habe Chuck ein bisschen mit den Skates geholfen und …"

Um Alicias Redefluss zu stoppen, warf Jane rasch ein: „Es war nett, Sie hier zu treffen, Spencer. Danke nochmals für die Rettungsaktion. Und es hat mich ebenfalls gefreut, Sie zu sehen, Chelsea."

„Gleichfalls." Mit einem höflichen Lächeln glitt Chelsea an Spencers Seite.

Der jedoch rührte sich nicht. „Chelsea und ich wollten gerade einen Kaffee trinken. Möchten Sie nicht mitkommen?"

„Nein, danke, wir haben schon …"

„Kaffee ist prima", sagte Chuck entschieden. „Ich habe eiskalte Füße in den engen Dingern bekommen."

Jane warf Alicia einen Hilfe suchenden Blick zu. Doch die stand unbeweglich herum und schaute ziemlich dumm drein. „Dein *Mann* möchte einen Kaffee, Jane."

„Aber, Alicia, was …"

Chuck stieß einen tiefen Seufzer aus und sagte kopfschüttelnd: „Oh nein …"

In Alicia kam wieder Bewegung. Sie fuhr zu ihrem Mann und meinte, ihn absichtlich missverstehend: „Komm schon, es ist nicht weit zur Snackbar. Jane und ich helfen dir."

Und so packten ihn beide von rechts und links und schleppten ihn zur Bar wie zwei Cops, die einen Verbrecher abführten.

Spencer und seine Begleiterin fuhren einvernehmlich voran. Wenn die beiden zusammen die Party verlassen haben und nun hier gemeinsam skaten, haben sie bestimmt noch mehr miteinander getan, sagte sich Jane.

Natürlich ging sie das nichts an. Und das komische Gefühl in der Magengrube musste Hunger sein. Sie hatte wahrlich kein Recht, enttäuscht zu sein – oder gar eifersüchtig. Nicht nur Alicia hielt ihr ständig vor, dass sie so lag, wie sie sich gebettet hatte. Leider fühlte es sich zunehmend wie ein Nagelbrett an.

Als sie endlich in der Snackbar eintrudelten, saß Chelsea allein an einem Tisch, und Spencer näherte sich mit einem Tablett, auf dem mehrere Kaffeebecher standen.

Ungeachtet der Tatsache, dass er eine Freundin hatte, wurde Janes Mund bei seinem Anblick trocken. Er passte ebenso auf einen Sportplatz wie ins Büro. Sie seufzte.

Er schien ihren Blick zu spüren und sah sie durch den Kaffeedampf hindurch intensiv an. Sie schluckte.

Dann setzte Spencer das Tablett ab und holte noch einen Teller mit Hefegebäck. Alle machten sich darüber her. Jane wollte das Ganze so schnell wie möglich hinter sich bringen und verbrannte sich fast den Mund an dem heißen Kaffee.

„Ich habe noch gar nicht gefrühstückt", bemerkte Chelsea und biss genüsslich in ihr Hefestück. Wahrscheinlich hattest du Besseres zu tun, dachte Jane.

Chelsea und Alicia verstanden sich auf Anhieb und tauschten angeregt Skating-Erlebnisse aus. Chelsea war herzlich und witzig, und Jane musste sie einfach mögen.

„Haben Sie lange gebraucht, um so toll skaten zu können?", fragte Jane sie.

„Spencers Bruder hat es mir beigebracht. Es macht wirklich Spaß."

„Sie kennen Spencers Bruder?", hakte Jane nach.

Chelsea lächelte. „Ich bin mit ihm verheiratet."

Jane war wie vom Donner gerührt.

„Sie sind die Frau von Spencers *Bruder*?" Also nicht seine Freundin. Aber das hieße ja …

„Er ist bei Ausgrabungen in Afrika. Spencer führt mich manchmal aus Mitleid aus."

„Wie nett von ihm", gab Jane mechanisch zurück. Sie warf Spencer einen Blick zu. Er wirkte verärgert. Weshalb nur?

Vielleicht hatte er gewollt, dass sie dachte, er hätte eine Freundin. Und warum sollte sie das, wenn nicht …

Plötzlich schien die Sonne wärmer als üblich für September, und Jane fand Chelsea immer sympathischer. „Vermissen Sie Ihren Mann nicht?" Wenn der Bruder Spencer auch nur ein bisschen ähnelte, musste er ihr wirklich fehlen.

Ein Schatten glitt über Chelseas Gesicht. „Ja, sehr. Aber ich habe selbst einen Beruf und kann nicht alles stehen und liegen lassen."

Es schien also mit der Ehe nicht zum Besten zu stehen. Aber Jane war zu wohlerzogen, um weiter nachzubohren. Sie erkundigte sich nach Chelseas Beruf.

„Ich bin Professorin für Psychologie an der Universität", erklärte sie. „Spencers Bruder lehrt auch dort. Das heißt, wenn er im Land ist." Die Bitterkeit in ihrem Ton war unverkennbar.

Jane verstand das nur zu gut. So war es nun einmal, wenn ehrgeizige Frauen heirateten. Das hatte sie oft genug bei anderen erlebt. Immerhin gab Chelsea ihren Beruf nicht auf, um ihrem Mann überallhin zu folgen. Chelsea war eine Frau nach Janes Geschmack.

Ein letztes Hefestück lag auf dem Teller. „Möchte das noch jemand?", fragte die unersättliche Alicia.

Allgemeines Kopfschütteln. „Ich muss abnehmen", sagte Chelsea. „Ich sitze zu viel am Computer." Sie zog die Nase kraus. „Ich hasse Diäten."

„Ach", meinte Alicia, „ich halte nichts von Diäten. Als ich es einmal versuchte, habe ich zugenommen." Sie biss herzhaft in das Hefegebäck.

Jane war froh, dass ihre Qual bald vorüber war. Sie wollte gerade erleichtert aufatmen, als Chuck sich herüberbeugte und Alicia auf die Wange küsste.

„Ich finde es gut, dass du keine Diät hältst", sagte er laut und deutlich. „Ich finde deine Figur unheimlich sexy."

6. KAPITEL

Spencer grübelte noch immer über Jane und ihren ungewöhnlichen Mann nach, als er am Montagmorgen dem Zahlenwerk für das Angebot an Marsden Holt den letzten Schliff gab. Vor der Tür seines Büros besprachen seine Teammitglieder die Party vom Samstag. Offenbar waren sie bester Laune.

Nur er nicht.

Sein Plan war fehlgeschlagen. Anstatt zu erkennen, dass Jane mit einem sympathischen Mann verheiratet war, hatte er ein äußerst merkwürdiges Paar angetroffen. Die gestrige Begegnung im Park hatte seinen Eindruck nur bestärkt. Kopfschüttelnd dachte er daran, wie unverhohlen Chuck mit Janes Freundin geflirtet hatte. Als er verkündet hatte, wie sexy er Alicia fand, saßen alle am Tisch wie erstarrt. Dabei war Alicia zwar hübsch, aber Jane war eine Schönheit.

Spencer rief sich in Erinnerung, wie hinreißend sie in Jeans und Pullover ausgesehen hatte. Er durchlebte noch einmal die Szene am Deich, als sie ihm in die Augen gesehen hatte. Ihre Wangen waren gerötet gewesen, und sie hatte verlegen gelacht. Er hätte sie auf der Stelle küssen mögen.

Frustriert knirschte er mit den Zähnen. Wäre *er* mit ihr verheiratet, er würde keine andere Frau eines Blickes würdigen. Aber genau das war sein Problem. Nicht er war mit ihr verheiratet, sondern Chuck.

Die Superfrau, die Lichtgestalt, die seine Träume heimsuchte – im Wachen wie im Schlaf –, war unerreichbar. Es spielte dabei überhaupt keine Rolle, ob ihr Mann nur mittelmäßig war. Sie hatte ihn gewählt, und das musste Spencer akzeptieren.

Jane war seine Arbeitskollegin, mehr nicht.

In den nächsten Tagen begann Spencer sich allerdings zu fragen, ob sie überhaupt noch bei ihm arbeitete, denn er bekam seine neue Verkaufsmanagerin so gut wie nie zu Gesicht. Er hatte sich daran gewöhnt, sie täglich zu sehen, wenn sie an seiner offenen Tür vorbei zu ihrem Büro ging. Jetzt kam sie entweder früher als er, oder sie machte Umwege. Ob ihr das Verhalten ihres Mannes peinlich war?

Sie fehlte ihm. Aber Jane konnte ihm nicht ewig aus dem Weg gehen, häufige Meetings gehörten bei „Datatracker" zum Alltag. Bis zur nächsten Besprechung jedoch würde er ihre Zurückhaltung respektieren. Je weniger Zeit sie bis dahin miteinander verbrachten, desto besser für beide.

Unglücklicherweise sah er sie dennoch ständig vor sich. Sobald er auf seinen Bildschirm starrte, erschien Jane, wie sie sich beim Deich an ihn geklammert hatte. Ihr lachendes, leicht gerötetes Gesicht, ihre tiefblauen, glänzenden Augen.

Nachts wachte er auf, ein Lächeln auf den Lippen und total angespannt vor Verlangen nach dieser unerreichbaren Göttin. Stöhnend versuchte er sich dann einzuhämmern, dass sie einem anderen gehörte.

Es war wirklich beschämend. Er war nicht besser als dieser fürchterliche Kerl bei „Graham".

In den letzten Jahren hatte Spencer nur lockere Beziehungen zu Frauen gehabt, einerseits aus Verbitterung über seine verpfuschte Ehe, andererseits aus Arbeitsüberlastung. Wenn er abends daran dachte, eine Frau anzurufen, war es meistens zu spät zum Ausgehen. Doch sein Körper verlangte nach Entspannung. Schließlich war er ein normaler Mann in der Blüte seiner Jahre. Vielleicht sollte er einmal wieder mit einer netten Frau ausgehen.

Und so rief er eines Tages nach einem besonders erotischen Tagtraum sein elektronisches Adressbuch auf. Darin standen die Namen von Frauen, die er hin und wieder sah – Frauen, die auf Spaß aus waren und nicht nach dem Traualtar schielten.

Die Datei war durch ein Passwort geschützt. Als er sich nicht sofort daran erinnerte, wurde ihm bewusst, wie lange er das Adressbuch nicht benutzt hatte. Verdammt, wie lautete das Passwort nur? Schließlich erinnerte er sich, tippte es ein und traf ein paar Verabredungen.

Zufrieden mit sich, beendete er anschließend seine Arbeit an dem Angebotsentwurf für Marsden und schickte ihn per E-Mail an Jane. Er konnte ebenso förmlich sein wie sie.

Dann verließ er seinen Computer, um sich die Testversion eines neuen Geräts anzusehen. Er hatte sich ein wenig Spaß verdient.

Er ging den Flur entlang und eine Treppe hinunter, während er nach rechts und links grüßte und hin und wieder auf einen Plausch stehen blieb. Der persönliche Kontakt mit dem Team war ihm wichtig, denn so erfuhr er manches, was ihm sonst verborgen geblieben wäre.

Die Entwicklungsabteilung bestand aus einem Labyrinth von Arbeitsnischen, die womöglich mehr geniale Intelligenz bargen als eine Eliteuniversität. Dies war Spencers Welt, hier fühlte er sich heimisch.

Beim Näherkommen beschleunigte sich sein Puls, und das nicht nur, weil ihn hier „Datatrackers" neuestes Spitzenprodukt erwartete.

Am Eingang der Abteilung stand Jane. Sie trug einen grauen Hosenanzug und flache Schuhe. Das Haar hatte sie züchtig hochgesteckt.

Ihr Aufzug war so verführerisch wie ein Kartoffelsack. Spencer spürte dennoch einen Hitzestoß in der Lendengegend.

„Wollen Sie unser neuestes Baby begutachten?", sprach er sie von hinten an. Jane zuckte zusammen und fuhr herum, die Wangen verräterisch gerötet. Er roch ihr Mandelshampoo und genoss ihren Anblick eine volle Minute lang.

„Richtig. Ich wollte den Prototyp des neuen RDT-240 anschauen."

„Ich auch. Kommen Sie."

Jane schien ablehnen zu wollen, und er zog herausfordernd die Brauen hoch. Gewiss, er fand sie wahnsinnig erotisch, aber glaubte sie etwa, er würde über sie herfallen? Er konnte sich beherrschen. Jedenfalls wenn er sich ganz große Mühe gab.

Sie merkte, dass es albern aussehen würde, wenn sie wegliefe. Also straffte sie die Schultern und schaute ihm fest in die Augen. „Gehen Sie voran."

Der RDT-240 war eine Schöpfung, die nur ein Fachmann lieben konnte. Spencer liebte ihn und empfand väterlichen Stolz. Die Anordnung der Schaltkreise und Chips war so unverwechselbar wie ein genetischer Fingerabdruck. Und wie bei jeder Geburt gab es Wehen.

Jane liebte den RDT-240 nicht, sie musste ihn nur verkaufen. Spencer beobachtete, wie sie dem technischen Jargon zu folgen versuchte.

Nach einer halben Stunde winkte Eddie, der inoffizielle Abteilungsleiter, sie in seinen Arbeitsbereich am Ende des Korridors.

Spencer folgte Jane in den winzigen Raum, wo es nach Rasierwasser und feuchten Socken roch. Es war darin so eng, dass er sich Schulter an Schulter mit Jane zwischen einer Sporttasche, aus der der Geruch nach muffigen Klamotten emporstieg, und der mit Zetteln bedeckten Pinnwand wiederfand.

Eddie grinste jungenhaft. „Ich glaube, ich habe den Fehler in der Testversion beseitigt."

Spencer fühlte sich, als hätte sein Sohn sein erstes Tor geschossen. „Bist du sicher?"

„Ziemlich. Ich mache heute Nachmittag einen Probelauf." Eddie erläuterte eifrig seine Maßnahmen, glücklich, endlich einen verständigen Zuhörer zu haben. Spencer wusste Eddies Fachwissen zu schätzen, und es juckte ihm in den Fingern, selbst tätig zu werden. Unwillkürlich lockerte er seine Krawatte.

Fast vergaß er Janes Gegenwart, bis sie sich bewegte. Da fiel ihm auf, dass sie sich schrecklich langweilen musste. Er sah hoch, sie lächelte nachsichtig.

„Jetzt sind Sie richtig in Ihrem Element, oder?"

Er nickte mit einem schiefen Grinsen und wandte sich wieder Eddie zu. „Vielleicht habe ich heute Nachmittag ein wenig Zeit für den Probelauf." Im selben Moment verwarf er die Idee. Er hatte die dumme Krawatte nicht von ungefähr umgebunden. Am Nachmittag fand ein Meeting mit den Geldgebern von Datatracker" statt. Er musste mit den großen Jungs spielen, obwohl er viel lieber im Sandkasten gebuddelt hätte.

Der einzige Lichtblick war, dass er Jane gebeten hatte, ebenfalls teilzunehmen. Er wollte die Finanziers mit ihr bekannt machen. Sie würde die Projekte vorstellen, an denen sie momentan arbeiteten, zudem besaß sie jenen Sinn für Zahlen und Details, den solche Leute mochten.

Bei ihrer ersten Begegnung hatte sie ihm gesagt, sie sei ehrgeizig, und er glaubte es ihr. Zum Glück für sie beide war sie außerdem intelligent, talentiert und methodisch. Er ahnte, dass sie rasch aufsteigen würde, und da wäre es von Vorteil, die Finanziers auf ihrer Seite zu haben.

Er würde sich entsetzlich langweilen, aber wenigstens würde er Janes Gegenwart genießen können.

Wie erwartet, waren die Geldgeber mehr interessiert an Absatzmärkten, Gewinnmargen und Lieferterminen für den RDT-240 als an seinem Innenleben und Design.

Spencer überließ die Präsentation weitgehend Jane, sie sprach die Sprache dieser Männer und bezauberte sie im Handumdrehen.

Noch mehr aber bezauberte sie Spencer.

Als das Meeting beendet war, verließen die Finanziers das Unternehmen, wie sie gekommen waren – als geschlossene Gruppe. Es war fast sieben Uhr, und in den Büros arbeiteten nur noch ein paar Unentwegte. Ohne den üblichen Betrieb wirkte das Gebäude auf einmal still und intim.

Jane und Spencer gingen zusammen hinaus, das Klicken ihrer Absätze hallte im Korridor wider.

Sie lachte vor sich hin. „Ich habe ihnen genau das gegeben, was sie brauchten."

Oh, diese Doppeldeutigkeit! Spencer hätte am liebsten aufgeheult vor Frustration und Verlangen. Warum konnte sie *ihm* nicht geben, was er brauchte?

Es hatte geregnet, auf dem Parkplatz standen Pfützen, es war kühl. Spencer merkte, wie Jane fröstelte. Er sollte sich verabschieden und zu seinem eigenen Wagen gehen, aber seine Beine gehorchten ihm nicht. Kein Wunder, sein gesamter Körper schien nicht gehorchen zu wollen, wenn Jane in der Nähe war.

Immerhin brachte er es fertig, das Gespräch auf das Meeting zu beschränken. Aber er spürte, sie sprachen über Berufliches, während ihre Körper auf einer ganz anderen Frequenz schwangen. Sie kamen zu Janes dunkelblauem Volvo, und sie holte den Schlüssel aus ihrer Tasche.

„Wie machen Sie das?", fragte er verblüfft.

Sie drehte sich erstaunt um. „Was denn?"

„Das mit dem Schlüssel. Können Sie hellsehen? Sie langen in die Tasche und ziehen ihn heraus. Ich brauche immer Minuten, bis ich meine Schlüssel finde, und dabei habe ich nicht einmal eine Handtasche mit einer Menge Sachen darin."

Ihre schönen blauen Augen funkelten. „Ich stecke ihn immer in dieselbe Innentasche."

„Aha. Muss wohl typisch weiblich sein."

„Weiblich?"

Sofort verbesserte er sich. „Oder nein. Ich kenne viele Frauen, die nie ihren Schlüssel finden. Meine Exfrau wurde immer so ärgerlich, dass sie den gesamten Inhalt ihrer Tasche ausleerte, egal, wo sie war – in der Parkgarage oder auf der Straße." Er schüttelte den Kopf. „Ich fand das unmöglich, aber ich bin auch nicht besser."

„Es ist doch ganz einfach. Man muss den Schlüssel nur immer am selben Ort verstauen", erklärte Jane, als wäre er ein unzurechnungsfähiges Kleinkind.

„Klar."

Sie lehnte sich an ihr Auto. „Also, wo haben Sie Ihren Schlüssel?"

Hätte er doch bloß den Mund gehalten! Aber ihr Zaubertrick hatte ihn so fasziniert. Er steckte die Hände in die Taschen seines Jacketts und suchte. Da war kein Schlüssel. In den Hosentaschen auch nicht. Seine Bemerkung über ihren Sinn für Ordnung war scherzhaft gemeint, doch jetzt war es nicht mehr lustig. Er stand da und klopfte seinen ganzen Körper ab auf der Suche nach dem Schlüsselbund.

„Er muss doch irgendwo sein." Spencer tastete sogar seine Gesäßtaschen ab, obwohl ihn der Schlüssel dort beim Hinsetzen arg gedrückt und er ihn gespürt hätte.

Es war zu warm für einen Mantel, aber am Morgen hatte er einen getragen. Ob der Schlüssel dort steckte? Oder lag er auf seinem Schreibtisch?

Unwahrscheinlich.

Bestimmt war er in der Aktenmappe. Spencer wühlte darin herum, und da lag er endlich, ganz unten. Mit einem triumphierenden Grinsen holte er den Bund hervor, das Metall glitzerte fast so hell wie Janes Zähne, als sie ihn auslachte.

„Sehr witzig", knurrte er und trat auf sie zu. Sie war so hinreißend, dass er sich einen Moment lang vergaß.

Er kam noch näher, seine Schenkel berührten ihre, sein Gesicht war nur Zentimeter von ihrem entfernt. Verlangen flackerte in ihren Augen, sie öffnete leicht die Lippen und seufzte leise. Er legte ihr die Hand an die Wange, ihre Haut war so samtweich, wie er es sich vorgestellt hatte. Sie legte den Kopf ein wenig in den Nacken, bot ihm ihren Mund.

Es war eine Aufforderung, der er nachkommen musste. Er schloss die Augen. Gleich würde er die Lippen küssen, nach denen er sich seit Wochen so wahnsinnig sehnte.

Doch es sollte nicht sein. Eine schmale, feste Hand an seiner Brust hinderte ihn daran. „Bitte nicht, Spencer."

Ein Eimer kaltes Wasser über den Kopf hätte nicht schockierender sein können.

Ihre Stimme klang heiser, und er spürte ihr Begehren. Aber zumindest sie war standhaft. Sie hatte ihn gestoppt, bevor er das tat, was er sich am meisten wünschte – und was er letztlich unendlich bedauert hätte. Denn würde er sie leidenschaftlich küssen und sie reagierte ebenso, gäbe es für ihn kein Halten mehr.

Entsetzt über sich selbst, fuhr er zurück. „Jane, es tut mir leid. Ich wollte nicht … Ach, verdammt, natürlich wollte ich … aber Sie dürfen nicht denken, dass …"

Während er herumstotterte, schloss sie schweigend ihr Auto auf. Sie gab sich Mühe, gelassen zu wirken, aber er sah, dass ihre Hand zitterte.

„Sagen Sie bitte nichts mehr. Es war meine Schuld." Ohne ihn anzusehen, stieg sie ein.

Er packte die Tür, bevor Jane sie zuschlagen konnte. „Keiner von uns hat Schuld. Wir müssen reden über das, was zwischen uns passiert. Wir müssen …"

„Gar nichts ist passiert. Absolut nichts."

Das mochte sie sich einreden, aber in ihnen beiden war etwas Wildes, Ungezügeltes wach geworden. Es hatte nur eine Minute gedauert, doch das genügte Spencer: Jane begehrte ihn ebenso wie er sie.

Und was, zum Teufel, sollte nun daraus werden?

7. KAPITEL

Was soll ich bloß tun, Alicia?", jammerte Jane. Sie hatten es sich auf Alicias Couch bequem gemacht, eine leere Weinflasche vor sich auf dem Boden.

Der Wein hatte nichts zur Klärung der Situation beigetragen. Im Gegenteil.

„Alicia", wiederholte sie, „was soll ich tun? Um ein Haar hätte ich ihn geküsst, und ich habe die schreckliche Ahnung, es wäre nicht dabei geblieben."

Alicia zwinkerte ihr zu. „Ruf den Arzt an. Du bist verliebt."

„Okay, okay, du hast es mir prophezeit. Ich hätte auf dich hören und die verrückte Idee vergessen sollen. Ich war ziemlich überheblich, nicht? Ich dachte nur an unsympathische Kerle, die mir nachstellen wollten. Nie hätte ich damit gerechnet, auf einen Mann zu stoßen, den ich selbst begehren könnte."

Alicia nahm sich eine Handvoll Nüsse. „Vielleicht ist es an der Zeit, Tom Cruise um eine Scheidung zu bitten."

„Sehr witzig", gab Jane zurück. „Und wem wäre damit geholfen?"

„Dir. Du hättest alle Freiheiten, deinen außerordentlich verführerischen Boss zu ermutigen." Alicia kaute ihre Nüsse und leerte darauf ihr Glas.

Janes Blutdruck stieg, während sie Alicias Vorschlag überdachte. „Wirklich eine tolle Idee. Dann wäre ich also die Frau, die Karriere macht, weil sie mit ihrem Boss schläft. Auf keinen Fall. Berufliches und Privates gehören für mich nicht zusammen."

Alicia schnaubte. „Dann such dir einen Job im Nonnenkloster oder in einem Mädcheninternat. Sei doch realistisch, meine Liebe. Die Hälfte der Paare in meinem Bekanntenkreis hat sich im Beruf kennengelernt. Schließlich darf man am Arbeitsplatz Mensch bleiben."

„Wieso wurde mir dann bei ‚Graham' gekündigt?"

„Das ist nicht vergleichbar", belehrte sie Alicia. „Der Vorfall mit Johnson war eindeutig sexuelle Belästigung. Übrigens, ehe ich es vergesse – nach deinem Weggang haben sich die Mitarbeiterinnen von ‚Graham' getroffen. Wir setzen uns demnächst mit dem Personalchef zusammen und arbeiten Richtlinien für sexuelle Belästigung aus. Johnson muss sich vorsehen. Was dir passiert ist, soll nie wieder vorkommen."

Janes Gereiztheit schwand, sie lächelte ihrer Freundin zu. „Schön für euch."

„Aber mit dir und Spencer ist es etwas anderes. Zwischen euch funkt es. Das wisst ihr beide. Und das ist völlig normal."

„Ja, im Augenblick. Und wenn wir eine Affäre haben und es geht schief, wer verlässt dann wohl das Unternehmen? Der Geschäftsführer oder die Neue im Team von sechs Verkaufsmanagern?"

„Und? Er ist dein Traumtyp. Ist ein Job wichtiger?"

„Für mich ist das nicht nur ein Job. Es geht um meine Prinzipien und meine berufliche Zukunft."

Alicia schüttelte entschieden den Kopf. „Manchmal möchte ich deine Eltern verprügeln."

„Was soll das heißen? Sie wären vollkommen meiner Meinung."

Alicias Locken wippten erneut. „Sie möchten, dass du den Richtigen heiratest, aber aus den falschen Gründen. Ich sage dir, du sollst den falschen Mann nehmen, und das aus den richtigen Gründen."

„Das verstehe ich nicht."

„Dann denk nach. Dir fehlt etwas ganz Wichtiges."

„Sex hat nichts damit zu tun", gab Jane unwillig zurück. Sie mochte es gar nicht, wenn Ehefrauen sie wegen ihres Mangels an Sex bemitleideten. Ihrer Meinung nach wurde das Thema maßlos überschätzt.

„Sex ist genau der springende Punkt." Alicia seufzte. „Lass uns etwas essen, bevor Chuck heimkommt und wieder droht, die Anonymen Alkoholiker anzurufen."

Jane lachte. „Wahrscheinlich müssen wir den Notarzt holen, falls Chuck bei meinem Anblick einen Anfall bekommt."

„Red keinen Quatsch, er mag dich sehr." Alicia grinste. „Er möchte nur nicht mit dir verheiratet sein. Bleib bitte, wir müssen uns eine Strategie für dich überlegen."

Jane lächelte. „Es ist nicht zu übersehen, dass Chuck nur dich zur Frau haben will."

Alicia erwiderte das Lächeln. „Trotz all des Ärgers, den ich ihm bereite, feiern wir nächste Woche unseren fünften Hochzeitstag."

„Fünf Jahre? Wie die Zeit vergeht." Jane war auf der Hochzeit Brautjungfer gewesen, und es schien ihr erst Monate her zu sein. Es versetzte ihr einen Stich. Wurde sie allmählich alt? Sie hatte geplant, irgendwann zu heiraten, wenn ihre Karriere gesichert wäre. Aber wenn die Jahre so schnell dahinrauschten, wäre sie bei ihrer Pensionierung noch immer ledig.

Alicia nickte. „Ich habe den Pfennigfuchser sogar herumgekriegt, mich zum Dinner ins ‚Il Paradiso' zu führen."

„Weiß er, wie teuer es da ist?"

Alicia kicherte. „Ich habe ihm gesagt, wenn er den Tafelwein bestellt, lasse ich mich scheiden."

Sie verließen die Couch und gingen in die Küche, um das Essen vorzubereiten. Alicia besaß eine gut bestückte Speisekammer, und Jane aß oft bei ihr. Es wurde nicht viel Aufwand getrieben, aber das war gerade das Reizvolle daran.

Während sie in der Küche werkelten, fragte Alicia über das Zischen der Bratpfanne hinweg: „Wenn du also keine Vernunft annimmst und dich nicht scheiden lässt, was hast du dann vor?"

Jane hielt beim Zwiebelschneiden inne. Der Zwiebelsaft biss ihr in die Nase, ihr kamen fast die Tränen. „Ich weiß es nicht. Ich möchte den Marsden-Holt-Auftrag für Spencer an Land ziehen. Er ist ihm sehr wichtig, und ehrlich gesagt …" Sie schob die Zwiebelschnitze zusammen. „Rache ist zwar kleinlich, aber ich möchte den Auftrag auch zu meiner Genugtuung ergattern."

„Noch ein blaues Auge für Johnson?"

„So in der Richtung." Jane holte tief Luft. „Ich überlege, ob ich mich bei Marsden Holt bewerben soll."

Alicia drehte sich um. „Was? Sie haben doch keine Niederlassung hier."

„Eben. Ich müsste nach Detroit gehen."

„Aber du bist hier zu Hause, alle deine Freunde wohnen hier."

„Ich habe das Gefühl, ich brauche einen Neubeginn."

„Und Spencer?"

Jane fürchtete, einen Schreikrampf zu bekommen. „Ich sitze in der Falle, Alicia. Wenn ich bleibe, ist es unausweichlich, dass wir miteinander ins Bett gehen. Das wäre für uns beide eine schwierige Situation. Wenn ich gehe, passiert das nicht." Sie lächelte schief. „Langzeitplanung – eine meiner größten Stärken."

Ihre Freundin verdrehte die Augen. „Weglaufen vor Gefühlen – einer deiner größten Schwachpunkte."

Verbissen begann Jane, frischen Spargel zu schälen.

Alicia berührte ihre Hand, um sie zu stoppen. „Und wenn Spencer nun deine große Liebe ist? Die begegnet einem nicht alle Tage."

Jane seufzte schmerzlich. „Bis der Auftrag von Marsden Holt unter Dach und Fach ist, gehe ich ihm so weit wie möglich aus dem Weg."

„Du läufst vor dir selbst davon."

Jane antwortete nicht. Sie hatte das unangenehme Gefühl, dass Alicia recht hatte. Aber wenn sie bei „Datatracker" bliebe und ein Verhältnis mit Spencer anfinge, müsste sie ihm und ihren Kollegen erklären, weshalb sie einen Ehemann erfunden hatte. Spencer würde sie für verrückt erklären.

Und sie würde ihm recht geben müssen.

Spencer rief seinen elektronischen Tagesplaner auf und überprüfte seine Verabredung für diesen Abend. Doch es gab nur eine Frau, mit der er zusammen sein wollte. Er meinte, ihre zarte Haut noch unter den Fingerspitzen zu fühlen. Und er sah ihren Mund vor sich, der ihn magisch angezogen hatte. Seitdem fand er keine Ruhe mehr.

Jane sollte bei *ihm* sein, nicht bei einem Mann, der sie offensichtlich nicht zu schätzen wusste und vor ihren Augen mit ihrer Freundin schäkerte. Er wollte auf irgendetwas einschlagen, doch es war klüger, sich auf sein heutiges Date zu konzentrieren.

Simone war Stewardess und aus Montreal. Sie war brünett, wenn er sich richtig erinnerte, und hatte einen reizvollen französischen Akzent. Und bestimmt hatte sie an jedem größeren Flughafen einen Freund.

Keine Frau für eine ernsthafte Beziehung, weshalb er sie hin und wieder sah. Aus seinen kurzen Notizen entnahm er, dass sie einmal Ballettunterricht gehabt hatte. Genau. Deshalb hatte er Ballettkarten besorgt und einen Tisch in einem ruhigen französischen Restaurant bestellt.

Schon zu Beginn des Essens fragte sich Spencer, wie er bislang Simones albernes Kichern ertragen hatte. Und hatte sie früher schon französische Zigaretten geraucht?

Beim Dessert dachte er daran, wie sehr er Janes leises, kehliges Lachen mochte. Vielleicht hatte sie das in ihrem Internat gelernt. Aber da war dieser sinnliche Unterton, nur ein Hauch, der ihn jedes Mal aufs Neue faszinierte. Das lernte man in keiner Schule.

Simone kicherte wieder. Zum Glück sahen sie nach dem Essen „Schwanensee", etwas Lustiges hätte ihn in die Flucht geschlagen.

Als sie in der Pause draußen standen, damit Simone rauchen konnte, beschloss Spencer, sie von seiner Liste zu streichen.

Er fuhr sie zu ihrem Apartment, und sie wollte ihn hineinbitten. Spencer lehnte ab. Simone war zwar erstaunt – so endeten ihre Abende sonst nicht –, stellte sich dann aber auf die Zehenspitzen, um ihm einen Abschiedskuss zu geben. Da ihm ein Kuss von ihr ungefähr so reizvoll erschien, wie einen vollen Aschenbecher auszulecken, hüstelte er.

„Ich fürchte, ich bekomme eine Grippe", sagte er und reichte ihr die Hand.

Der erste Versuch, sich Jane aus dem Kopf zu schlagen, hatte sich als totaler Reinfall erwiesen.

Er hoffte nur, dass die nächsten Verabredungen besser verlaufen würden als diese.

8. KAPITEL

Wenn Jane Spencer bisher aus dem Weg gegangen war, so schien sie sich jetzt völlig unsichtbar gemacht zu haben. Er hielt jeden Morgen nach ihrem Wagen Ausschau, und stets war sie vor ihm im Büro.

Der Gedanke, dass ihr die Situation offenbar zu schaffen machte, bereitete ihm ein diebisches Vergnügen. Warum würde sie sich sonst so viel Mühe geben, ihm aus dem Weg zu gehen?

Gleichzeitig verwünschte er sich dafür, dass er ihr wie ein verliebter Kater nachschlich. Er suchte Vorwände, um die Verkaufsabteilung zu besuchen, um einen flüchtigen Blick auf ihren goldfarbenen Schopf zu erhaschen. Oder aber er lauerte im Korridor, bloß um ihre Stimme am Telefon zu hören.

Eines Tages musste er in die Buchhaltung und beschloss, er käme genauso schnell durch die Verkaufsabteilung dorthin – falls er rannte.

An der offenen Tür zu Janes Büro hielt er inne und vernahm einen wenig damenhaften Fluch.

Neugierig schaute er um die Ecke und sah, dasss sie auf ihre Tastatur einhämmerte und den Computer beschimpfte. Ihre marineblaue Kostümjacke hing über ihrer Stuhllehne.

Auf einen besonders saftigen Fluch hin lachte er leise. „Sagen Sie bloß, das hat man Ihnen im Internat beigebracht."

Schuldbewusst fuhr sie herum. „Oh, Spencer. Ich wusste nicht, dass mich jemand hören kann." Ob das leichte Erröten an seinem Auftauchen lag? „Ich bin völlig fertig. Mein neues Angebot für Marsden Holt ist weg."

Er vergaß ihr Fluchen. Von einer Veränderung hinsichtlich Marsden Holt hatte er nichts gewusst. „Welches neue Angebot?"

Sie wich seinem Blick aus und fingerte an ihrem Ring. „Ich wollte Ihnen bei dem Meeting morgen davon berichten. Der Kunde wünscht noch einige Informationen und Systemanpassungen. Ich wollte Ihnen einen Rohentwurf präsentieren."

Vor zwei Wochen wäre sie mit so etwas sofort zu ihm geeilt. Vor zwei Wochen hätte sie ihm das Angebot nicht in einem voll besetzten Konferenzraum vorgelegt. Aber vor zwei Wochen hatte es auch noch nicht den Beinahekuss gegeben.

Er könnte sie maßregeln, weil sie ihm wichtige Informationen vorenthalten hatte. Er könnte sie auf den Teppich werfen und … Nein, das war nicht jugendfrei. Er könnte aber auch nett sein und ihr helfen.

Von Frauen verstand er vielleicht nichts, aber mit Computern kannte er sich aus.

„Wo liegt das Problem?" Der Cursor blinkte unschuldig vor sich hin.

„Er ist mir abgestürzt. Als ich ihn wieder hochfuhr, waren meine Daten weg."

Spencer beugte sich über sie. „Darf ich?" Er griff nach der Maus.

„Natürlich." Jane zuckte zurück und wollte aufstehen.

Er legte ihr die Hand auf die Schulter. „Sehen Sie zu, da können Sie etwas lernen." Er spürte die Verspannung in ihren Schultern, und er nahm seine Hand gleich wieder weg – nicht ohne die Wärme ihrer Haut durch die Seidenbluse hindurch wahrgenommen zu haben.

Mit dem Computer konnte er blind umgehen, und während er die nötigen Tasten drückte, spürte er Janes Glut überdeutlich. Ihr Haar bewegte sich mit jedem seiner Atemzüge, und er roch ihren Mandelduft.

Ihre Köpfe waren so dicht beisammen, dass sich ihre Lippen berührt hätten, wenn Jane sich ihm zugewendet hätte. Ihr Brüste hoben und senkten sich rascher als sonst beim Atmen, und unwillkürlich glitt sein Blick zu den verführerischen Rundungen.

Jane rührte sich nicht. Sie starrte auf den Bildschirm, aber ihr Körper teilte Spencer mit, dass sie sich seiner Nähe durchaus bewusst war. Ihre Brustspitzen richteten sich auf, und sein Körper reagierte sofort in eindeutiger Weise darauf.

Spencer fragte sich, ob die Haut an ihrem Hals so weich war, wie sie aussah. Er stellte sich ihr prachtvolles Haar aufgelöst und ausgebreitet vor, während er sie liebte. Mit Mühe schob er die Fantasien beiseite und erklärte, was man tun musste, um die Daten zu retten.

„Ist das die letzte Version?", fragte er mit heiserer Stimme.

„Ja. Vielen Dank." Jane drehte ihm nicht einmal das Gesicht zu. Sie schien zu ahnen, dass er vor ihr in die Knie gehen würde, wenn ihre Blicke sich begegneten. Sie war zu klug, um das zu riskieren.

Weil sie verheiratet war.

Spencer vergaß sein Anliegen in der Buchhaltung. Er verließ Jane und kehrte in sein Vorzimmer zurück. „Ich gehe einen Moment nach draußen", teilte er Yumi mit.

Ohne auf ihre Proteste zu achten, ging er den Flur hinunter, in den Lift und auf die Straße hinaus.

Das Eingeständnis fiel ihm schwer. Er hatte sich in eine verheiratete Frau verliebt. Jane versuchte, ihm aus dem Weg zu gehen, und er stellte ihr nach.

Ein kleines Zeichen, eine winzige Ermutigung, und er hätte in ihrem Büro die Beherrschung verloren. Eine Berührung, ein Blick, und er hätte sie geküsst und sich nicht um die Folgen geschert. Er hätte von ihr verlangt, dass sie sich die immer stärker werdende Begierde zwischen ihnen eingestand.

Er begehrte Jane, wie er noch nie eine Frau begehrt hatte. Dass sie verheiratet war, tat weh. Wahnsinnig weh. Aber sein Verlangen dämpfte es nicht. Er strich sich übers Gesicht und stellte fest, dass seine Hand zitterte. Ihm war sterbenselend. Er war nicht besser als Karen.

Er hatte seine Exfrau die ganze Zeit gehasst, hatte ihrer Untreue die Schuld am Scheitern seiner Ehe gegeben. Er erinnerte sich an eine ihrer letzten Diskussionen. Eigentlich hatten sie nicht diskutiert, sondern er hatte Karen Vorwürfe gemacht, und sie hatte geweint. Schließlich hatte sie gesagt: „Du solltest eine Therapie machen. Vielleicht siehst du dann ein, dass alles zwei Seiten hat."

Karen wäre zufrieden mit ihm. Jetzt sah er die andere Seite nicht nur, er erlebte sie hautnah.

Während seiner Ehe mit Karen hatte er eine Geliebte gehabt. Sie hielt ihn unweigerlich gefangen und hinderte ihn daran, zu Hause bei seiner Frau zu sein – seine wahre Liebe hatte „Datatracker" geheißen.

Endlich sah er klar. Er war ein schlechter Ehemann gewesen. Sie hatten jung geheiratet. Im Rückblick wusste er nicht einmal so recht, weshalb überhaupt. Jedenfalls hatte er Karen nicht glücklich gemacht. Und zu seiner Bestürzung wurde ihm bewusst, dass sie ihn auch nicht glücklich gemacht hatte.

Doch ihr damaliger Geliebter und jetziger Mann Jim machte sie glücklich. So wie Jane ihn glücklich machen würde.

Wie blind lief er weiter. Es war regnerisch, die Touristen spazierten mit aufgespannten Schirmen herum. Sein Haar, sein Pullover wurden feucht, es war ihm egal. Er wollte sich strafen. Je schlimmer, desto besser.

Angenommen, Jane empfand für ihn ebenso wie er für sie – falls er sich das in seinem Wahn nicht einbildete –, konnte er sie um eine Scheidung bitten?

Abrupt blieb er stehen. Nein. Niemals.

Er betrat ein Café und bestellte einen Espresso, um sich aufzuwärmen. Er musste einen Ausweg finden und sich anderen Frauen zuwenden. Simone war ein Fehlschlag gewesen, aber vielleicht würde ihn Tara, ein Model, von seiner Besessenheit von Jane heilen ...

9. KAPITEL

*N*och am selben Abend traf Spencer sich mit Tara. Schon nach zehn Minuten wusste er, dass er einen weiteren Fehler gemacht hatte. Ich muss wirklich mein Adressbuch überarbeiten, sagte er sich. Sie begannen den Abend in einer Bar, wo Spencer einen Pepper Martini bestellte, neugierig gemacht durch den Namen des Getränks. Tara nahm ein Mineralwasser, an dem sie vorsichtig nippte.

„Trinkst du keinen Alkohol?", fragte Spencer. Er wünschte, er hätte sich daran erinnert, dann hätte er sie in eine Saftbar geführt. Er sollte sich mehr auf die Vorlieben seiner Begleiterinnen besinnen, wenn er auf eine feste Beziehung aus war.

Die Tatsache, dass er sich wieder ernsthaft auf eine Frau einlassen wollte, überraschte ihn, aber es stimmte. Er hatte sich damit abgefunden, dass die Ehe mit Karen zu früh geschlossen worden war. Zum Glück hatten sie keine Kinder, die unter der Trennung litten. Besser wäre es natürlich gewesen, sie hätten sich die Episode mit Jim gespart, doch Spencer war inzwischen älter und klüger.

Tara schüttelte ihre sorgfältig geföhnte, gefärbte Mähne. „Ich muss jede Kalorie zählen."

Sie trug ein knappes Kleidchen, das ihre überschlanke Figur betonte. Sie wirkte wie Haut und Knochen, fand er. So als würde sie bei der leisesten Berührung umkippen – bis auf die absurd großen Brüste.

Er war zwar kein Experte, aber eine so magere Frau konnte unmöglich von Natur aus einen solchen Busen haben. Jane hatte echte Brüste. Sie waren kleiner als Taras, aber sie waren weich und natürlich. Er hatte einen Blick darauf geworfen, als er sich am Computer über sie gebeugt hatte. Ja, sie hatten die perfekte Größe.

Bei Tara hatte man den Eindruck, sie würde jeden Moment das Gleichgewicht verlieren und vornüberkippen. Komisch, dass ihm das noch nie aufgefallen war.

Er stürzte seinen Drink hinunter, um so schnell wie möglich ins Restaurant und wieder nach Haus zu kommen. „Ich habe im ‚Il Paradiso' reserviert, ist das okay?"

„Klar." Sie nickte begeistert. „Das ist eine tolle Adresse. Meine Freundin hat da neulich Gwyneth Paltrow gesehen. Morgen lege ich einfach eine zusätzliche Stunde Gymnastik ein, um die Kalorien wieder abzuarbeiten."

Er dachte, der Abend könnte nicht schlimmer werden – bis sie im Restaurant saßen. Spencer trank seinen zweiten Martini, Tara hatte ein Edelwasser vor sich, während sie die Speisekarte analysierte. Sie kannte die Kalorienzahl jeder Speise auswendig.

Er wusste nicht, weshalb ihn das so sehr störte. Fettarmes Essen war zweifellos gesund. Das wird es sein, sagte er sich – ihre Gesundheit ist ihr vollkommen egal, ihr geht es nur um ihr Aussehen.

Sie bestellte Bio-Spinat und rohe Karottenstifte ohne Salatsoße, nur mit einem Hauch Essig. Die Bedienung verzog keine Miene, als Tara wissen wollte, ob es makrobiotische Nudelgerichte gäbe.

„Ich fürchte, nein."

„Macht nichts." Sie holte eine Plastiktüte mit krümeligen Scheiben aus ihrer Tasche. „Ich habe makrobiotische Naturreisfladen dabei. Liz Hurley macht das auch immer so."

Aus purem Trotz bestellte Spencer die kalorienreichsten Gerichte auf der Karte. „Ich nehme Jakobsmuscheln als Vorspeise", teilte er der Bedienung mit. „Und dann den Hummer." Auf Taras entsetztes Keuchen hin fügte er hinzu: „Mit einer Extraportion Butter." Er klappte die Karte zu und schaute sich im Lokal um, wobei er sich fragte, ob nur er sich so elend fühlte.

Ein paar Tische weiter erregte ein Paar, das sehr verliebt tat, seine Aufmerksamkeit. Der Mann gab seiner Begleiterin gerade einen sehr zärtlichen Kuss. Spencer fand das ein bisschen ungewöhnlich im Restaurant, aber es ging ihn ja nichts an. Zumindest fühlten die beiden sich wohler als er.

Er wollte schon wegsehen, als der Mann den Kopf wandte und Spencer Chuck erkannte.

Spencers Blutdruck stieg, er ballte die Hände. Es war nicht Jane, die Chuck da so begeistert küsste, dass er nicht einmal merkte, dass sein Schlips im Salat hing. Spencer sah die Frau nur von hinten, ihr Haar war schwarz und lockig.

Jetzt rückte Chuck seine Brille zurecht und holte ein Schmucketui aus der Tasche.

Im ersten Moment hätte Spencer aus Chuck am liebsten Hackfleisch gemacht. Jane mit ihrer besten Freundin zu betrügen! Doch dann schaute er gebannt zu, wie die Frau das Etui öffnete und einen Schrei ausstieß. Chuck nahm einen Ring aus dem Etui. Alicia reichte ihm die linke Hand, während sie sich mit der Rechten eine Träne aus dem Augenwinkel wischte, und Chuck steckte ihr den Ring an. Zu den zwei bereits vorhandenen Ringen. Sie wendete die Hand hin und her, und Spencer sah Diamanten blitzen.

Die Erkenntnis traf ihn wie ein Blitz. Warum hatte er das nicht eher gemerkt? Chuck war nicht mit Jane verheiratet, sondern mit Alicia. Und zwar glücklich.

Die beiden waren so sehr miteinander beschäftigt, dass Spencer sie gefahrlos beobachten konnte.

Noch nie hatte der Anblick eines glücklich verheirateten Paars Spencer so erfreut. Zumal Jane nicht die eine Hälfte des Paars darstellte.

Er lächelte. Folglich war sie überhaupt nicht verheiratet. Der Druck in seiner Brust ließ augenblicklich nach.

Jane war ledig. Seine Gefühle für sie waren demnach alles andere als unmoralisch.

Er wollte aufstehen und zu Chuck und Alicia hinübergehen, um die beiden ein bisschen aufzuziehen. Aber dann überlegte er es sich anders. Alicia würde sofort per Handy Jane anrufen. Vorerst würde er sein Wissen für sich behalten.

Allerdings würden Chuck und Alicia ihn irgendwann bemerken. Und das passte nicht in seine Pläne.

Er stürzte auch diesen Martini hinunter und bereitete seine Flucht vor. „Tut mir Leid, Tara, mir ist gerade eingefallen, dass ich etwas sehr Wichtiges erledigen muss."

Sie zog die gezupften Augenbrauen hoch. „Hat das nicht Zeit bis nach dem Essen?"

„Leider nicht. Ich komme mir vor wie ein Rüpel, aber es ist wirklich dringend." Er überlegte kurz. „Kannst du nicht eine Freundin anrufen? Ich hinterlasse an der Kasse die Nummer meiner Kreditkarte. Bestellt euch Champagner und Desserts, alles, was ihr wollt."

„Aber meine Freundin wird deine gewaltige Bestellung essen müssen", bemerkte Tara spitz. Spencer dachte schon, sie würde sich weigern, doch dann griff sie mit knallrot lackierten Fingern nach ihrem Handy.

„Larissa, Schatz, was hältst du von einer Einladung ins ‚Il Paradiso'?" Sekunden später nickte sie ihm zu.

Zum Glück hatten Alicia und Chuck noch immer keine Augen für ihre Umgebung, so dass Spencer still und heimlich verschwinden konnte.

Auf der Straße schwankte er ein bisschen. Die zwei Martinis auf nüchternen Magen zeigten Wirkung. Er sollte etwas essen und nach Haus fahren. Aber er wollte weder essen noch nach Hause.

Er rief ein Taxi. Für ihn gab es nur ein Ziel: Er musste zu Jane. Würden seine Gefühle sich ändern, wenn er sie sah, nachdem er wusste, dass sie ledig war?

Er war nie in ihrer Wohnung gewesen, aber er hatte ihren Personalbogen gesehen und kannte ihre Adresse. Er lehnte sich zurück und überlegte, wie er die neue Situation anpacken sollte.

Während das Taxi über die regennassen Straßen fuhr, durchströmte ihn ungeahnte Erleichterung. Sie war Single. Er war Single. Das Leben war schön.

Dennoch fand er ihr Verhalten ein wenig merkwürdig. Warum behauptete sie, verheiratet zu sein? Er würde seinen Freund bei ‚Graham‘ fragen, ob sie dort auch als Ehefrau aufgetreten war.

Was würde er sagen, wenn er vor ihrer Tür stand? Egal, er musste zu ihr. Er bezahlte den Taxifahrer und wartete, bis der Wagen verschwunden war. Dann ging er zur Tür, suchte ihre Apartmentnummer und klingelte.

Aber vielleicht war sie gar nicht zu Hause? Dann würde er dumm dastehen, im Regen und ohne Auto.

Sie war zu Hause. Ihre Stimme klang weich und etwas heiser aus dem Lautsprecher der Sprechanlage.

„Jane, hier ist Spencer. Ich muss Sie sprechen.“

Eine Pause entstand, und zur Sicherheit rief er: „Es ist geschäftlich.“

„Gut“, sagte sie. „Kommen Sie hoch.“ Sie war auf der Hut. Kluges Mädchen!

Sie öffnete, und ihre Schönheit faszinierte ihn von Neuem, zumal er seine Gefühle nicht länger leugnen musste.

„Spencer, das ist aber eine Überraschung.“ Ihre Stimme klang nervös.

Sein Hirn war wie leer gefegt. Stumm stand er da und kam sich reichlich dumm vor. Dann hatte er eine Eingebung. „Als Erstes möchte ich, dass wir das alberne ‚Sie‘ lassen. Du hast gemerkt, ich duze mich mit den meisten Führungskräften. Also – Jane?“

Das Angebot ihres Chefs konnte sie kaum ablehnen, ohne verklemmt zu wirken. Dennoch war sie sichtlich befangen. „Wenn du meinst, Spencer.“

„Schön.“ Er beschloss, sie noch ein wenig schmoren zu lassen. „Aber der eigentliche Grund meines Kommens ist, dass ich Chuck etwas fragen wollte.“

Entgeistert starrte sie ihn an. „Chuck? Weshalb? Du sagtest, es sei geschäftlich.“

„Jawohl. Es geht um Rennwagen.“

„Rennwagen?“

„Richtig. Du sagtest, das sei sein Hobby, erinnerst du dich?"

„Doch, ja."

„Ich möchte Karten für das Rennen in Molson kaufen. Als Geschenk für einen unserer Kunden. Darüber wollte ich mit Chuck reden." Einfach genial, beglückwünschte er sich im Geist.

Sie wurde rot. Aus Schuldgefühl oder weil sie sich freute, ihn zu sehen? „Oh, Chuck ist nicht da."

Natürlich nicht, und Spencer wusste auch, wo ihr lieber Mann war. Doch er setzte ein enttäuschtes Gesicht auf. „Bleibt er lange weg? Kann ich auf ihn warten?"

Sie strich sich übers Haar. Er bemerkte, dass es im Lichtschein wie gesponnenes Gold aussah. Er wollte die Spange, die sie trug, lösen und seine Hände in der weichen Fülle vergraben

„Leider ist er verreist", erwiderte sie.

„Ich mag deinen gepflegten Oberschichtton, wenn du so etwas sagst." Er lehnte sich gegen den Türrahmen und genoss ihren Anblick.

Auf ihrer Stirn bildete sich eine Falte. Er wollte sie wegküssen. „Hast du getrunken, Spencer?"

Er zuckte die Schultern. „Ein paar Martinis."

Ihre Augen weiteten sich. „Du bist doch nicht etwa Auto gefahren?"

Er mochte auch ihren besorgten Ton. „Ich habe ein Taxi genommen." Er lächelte und sah ihr tief in die Augen.

„Du hast ein paar Martinis getrunken und dann ein Taxi genommen, um mit Chuck über Rennwagen zu sprechen?"

„Nein, ich kam zufällig vorbei, und da fiel mir das Rennen ein. Ich beschloss spontan, dich … Chuck zu besuchen."

Zögernd trat sie zurück. „Ich mache dir einen Kaffee. Dann rufen wir dir ein Taxi."

Er folgte ihr in die Wohnung und erfreute sich an dem Anblick ihres niedlichen Pos, den ihre Jeans perfekt betonte.

„Setz dich." Sie wies auf ein geblümtes Sofa. Zufrieden nahm er Platz und beobachtete, wie sie sich an der Küchenzeile zu schaffen machte.

Sogar ihr Apartment roch angenehm. Auf einem antiken Schreibpult und auf dem Bücherregal erblickte er Schalen mit Potpourris. Die Einrichtung gefiel ihm, es war ein Mix aus Modern und Antik, stilvoll, aber gemütlich.

Und sehr feminin. Das gefiel ihm am meisten. Es gab keinerlei Anzeichen, dass hier ein Mann wohnte. Aber das mochte nur im Wohnzimmer so sein. Er wollte sich Gewissheit verschaffen.

„Darf ich dein Bad benutzen?", fragte er.

„Klar. Die erste Tür rechts."

Es war das Gästebad, stellte er sofort fest. Hübsch, doch unpersönlich. Im Schränkchen entdeckte er nur Shampooproben, Gästeseife und eine verpackte Zahnbürste.

Auf dem Rückweg ins Wohnzimmer kam er an einer angelehnten Tür vorbei. Das musste ihr Schlafzimmer sein. Er schämte sich für seine Schnüffelei, trotzdem stieß er sacht die Tür auf und spähte in den Raum.

Alles wirkte stilvoll und aufgeräumt. Die Einrichtung war in den Farbtönen Hellgrün und Beige gehalten. Ein schön großes Bett, stellte er fest. Kein Hinweis auf einen Mann, aber das musste nichts heißen. Das Problem mit ordentlichen Menschen war, dass sie nichts herumliegen ließen – im Gegensatz zu ihm.

Das Wohnzimmer war jedenfalls ausgesprochen feminin. Und die Kissen hatten Rüschen. Welcher ernst zu nehmende Mann – selbst einer wie Chuck – fühlte sich auf einem geblümten Sofa mit Rüschenkissen im Rücken wohl? Mit einem Seufzer setzte er sich auf besagtes Möbelstück. Er zumindest fühlte sich wohl darauf, besonders, wenn er Jane darauflegen und bis zur Besinnungslosigkeit küssen könnte. Dann würde er sie zum Bett tragen und sie lieben, bis ihr fast die Luft wegblieb und sie am Rand der Ekstase schwebte.

„Ich komme gleich!", rief Jane.

Im ersten Moment hielt er es für einen Bestandteil seines Wachtraums, aber dann kehrte er in die Realität zurück. Er musste sich schleunigst zusammenreißen. Auf dem Sims des Gaskamins standen einige gerahmte Fotos. Er stand auf, um sie zu betrachten. Die zwei steif blickenden Herrschaften waren offenbar ihre Eltern. Eine Gruppe Skifahrer vor einem steilen Hang lachte in die Kamera. Sofort erkannte er Jane in ihrem himmelblauen Anzug.

Das dritte Foto zeigte Chuck zwischen Jane und Alicia. Er hatte um beide einen Arm gelegt und lächelte breit. Es war ein Hochzeitsbild, und Jane war nicht die Braut. Jane in ihrem wunderschönen blassgrünen Seidenkleid war eindeutig Brautjungfer.

Der Duft von frisch aufgebrühtem Kaffee zog ihn an. Jane hatte eine Frühstücksbar mit Barhockern davor. Spencer zog sein Jackett aus, legte es auf die Couch und setzte sich auf einen Hocker, von wo aus er Jane gut im Blick hatte.

Sie reichte ihm ein Tablett mit einem blauen Porzellanbecher, gefüllt mit dampfendem Kaffee, sowie passendem Milchkännchen und Zuckerdose. Er trank langsam und genoss ihre Geschäftigkeit.

Jane wich seinem Blick aus. Sie öffnete den Kühlschrank und fragte über die Schulter: „Hast du zu Abend gegessen?"

„Ein paar Oliven. Oder nein ..." Er dachte an die Bar zurück. „Es waren eher Pfefferkörner."

Ihr Kühlschrank war gefüllt mit nahrhaften Lebensmitteln – Butter, Käse, Gemüse, Obst. Sogar Schokolade. Kein Hauch von fettarmer Diät. Jane gefiel ihm immer besser.

Sie nahm Butter, Eier, Käse und Pilze heraus. „Was hältst du von einem Omelett?"

„Von dir zubereitet, schmeckt es garantiert bestens." Er musterte ihre schlanke, biegsame Gestalt, die nirgends auf Silikon schließen ließ. „Du treibst keinen Extremsport, oder?"

Sie warf ihm einen amüsierten Blick zu. „Ich habe eine Dauerkarte im Fitnesscenter. Meistens schwimme ich. Warum – sehe ich aus, als ob ich es nötig hätte?"

„Jane, was ich so sehr an dir mag, ist, dass du nicht so mager wie ein Model bist. Du bist schön, so, wie du bist."

„Trink deinen Kaffee." Machte sie sich über ihn lustig? Schwer zu sagen, sie stand am Herd und sah Spencer nicht an.

Ein paar Minuten später stellte sie ein großes Omelett vor ihm auf den Tresen und wandte sich wieder ihren hausfraulichen Tätigkeiten zu.

So ging das nicht. Das war ja wie im Restaurant. „Isst du nichts?"

Sie schüttelte den Kopf. „Ich habe schon gegessen."

„Dann setz dich wenigstens zu mir." Er klopfte auf den Platz neben sich. „Ich kann mich nicht bedienen lassen, während du arbeitest."

Widerstrebend gehorchte sie, nahm sich einen Kaffee, setzte sich jedoch ein Stück von ihm weg. Sie traute sich also nicht näher heran.

Vielsagend betrachtete er den leeren Platz zwischen ihnen und grinste. Sie zupfte verlegen am Ausschnitt ihres Pullovers.

Kein Spitzenrestaurant konnte mit diesem Omelett mithalten, fand er. Die Pilze waren saftiger, der Käse schmackhafter, die Eier lockerer, der Toast knackiger als alles, was er je gekostet hatte. „Schmeckt fantastisch", bemerkte er zwischen zwei Bissen.

Er war so glücklich wie lange nicht mehr. Er konnte ohne Schuldgefühle mit ihr zusammen sein. Seine Gefühle waren ehrlich und anständig. Jetzt musste sie nur noch zugeben, dass sie ihn mochte und dass sie Single war, und dann stand seiner Leidenschaft nichts mehr im Weg.

Nachdem er das Omelett aufgegessen hatte, ließ er es sich nicht nehmen, beim Abwasch zu helfen. Sie protestierte zwar, aber er drängte sich neben sie in den schmalen Schlauch und trocknete ab. Ihre Arme berührten sich hin und wieder, für ihn war es jedes Mal wie ein Stromstoß. Und Janes Gesicht war gerötet – bestimmt nicht vom Wasserdampf.

„Nun …“, begann sie entschlossen, während sie sich die Hände abtrocknete.

„Wie wär's mit einer Runde Scrabble?“, unterbrach er hastig. Er wollte einfach nicht, dass sie ihn zum Gehen aufforderte.

„Scrabble?“ Ihr Blick war eine Mischung aus Belustigung und Misstrauen.

„Oder Monopoly, Schwarzer Peter, Strip-Poker? Mir ist alles recht.“

Sie lachte. Der rauchige Unterton in ihrer Stimme war schlicht betörend. „Ich bin nicht gut im Pokern.“

„Gut, da ich Gentleman bin, gebe ich dir einen Vorsprung.“ Er musterte sie von Kopf bis Fuß, und jetzt war ihr Erröten unverkennbar. „Ich schätze, du trägst … sagen wir, sechs Teile, die Socken inbegriffen. Richtig?“

Sie zog die Stirn kraus, aber in ihren Augen stand ein Lächeln. Spencer wusste nicht, ob sie ihm eine Ohrfeige geben oder mitspielen würde. Er hielt den Atem an.

„Fast.“ Sie schaute herunter und wackelte mit den Zehen. „Das sind Strumpfhosen, also nur ein Teil.“

„Dann also fünf. Und ich habe … Moment, Krawatte, Hemd, Hose, Slip, Socken, Schuhe. Acht Teile. Ich ziehe mich bis auf zwei aus, dann haben wir ungefähr Gleichstand.“

Sie konnte kaum ihr Lächeln verbergen. „Welche zwei Teile?“

Er grinste zurück. „Die Socken natürlich.“

Eine Spannung lag in der Luft, die nur ein Kuss würde lösen können. Spencer befürchtete allerdings, dass ein Kuss auf diese weichen, halb geöffneten Lippen seinen unmittelbaren Hinauswurf zur Folge haben würde, aber er könnte ihr auch die Wahrheit über ihren Familienstand entlocken. Wie auch immer, er musste sie endlich berühren.

Ohne lange nachzudenken, griff er ihr in den Nacken und löste die Haarspange, sodass ihr das Haar offen auf die Schultern fiel. Er schwenkte die Spange wie eine Trophäe. „Das ist dein Vorsprung. Allzu viel kann ich dir nicht zugestehen.“

Sie verschränkte die Arme, streng und belustigt zugleich. „Also wirklich, Spencer.“

„Komm schon“, lockte er. „Mit mir Strip-Poker zu spielen, macht garantiert mehr Spaß als das, was du getan hast, bevor ich gekommen bin.“

Sie lächelte keck. „Mir macht es aber eine Menge Spaß, Marsden Holt einzuwickeln.“

„Wunderschön und arbeitsbesessen. Verdammt, ich wünschte, du wärst nicht verheiratet."

Es sollte ein Scherz sein, aber er bereute seine Worte augenblicklich. Jane wurde tiefrot und betrachtete ihren Ring, als sähe sie ihn zum ersten Mal. „Genau!"

Sosehr es ihn ärgerte – er musste ihre einmal gezogene Grenze respektieren, bis sie ihm mitteilte, weshalb sie sich als Ehefrau ausgab. Auch wenn das Ganze erfunden war und der Ring aus dem Kaufhaus stammte.

Er nahm sein Jackett und zog es an. „Ich sollte besser gehen. Danke für das Omelett, Jane."

„Ich rufe dir ein Taxi."

„Nein, danke, ich brauche frische Luft. Und du arbeitest heute nicht mehr. Das ist ein Befehl."

„Aber morgen ist das Meeting. Ich will bis dahin das Angebot fertig haben."

„Lass es. Wenn du es fertig hast, gib es bei Yumi ab. Du brauchst nicht in die Höhle des Löwen zu gehen."

„So ist das nicht …" Erneut wurde sie rot.

Spencer blieb an der Tür stehen. „Du gehst mir doch nicht aus dem Weg? Oh doch. Und du weißt auch, warum."

„So?" Ihre Stimme klang verunsichert.

„Ja." Er konnte nicht anders, er musste auf sie zugehen. „Du weißt, was ich jetzt täte, wenn du nicht verheiratet wärst, oder?"

„Nein", gab sie leise zurück. „Was?"

Er umfasste mit beiden Händen ihr Gesicht. Und dann küsste er sie. Nicht hart, nicht leidenschaftlich, sondern nur so, dass sie wusste – falls sie noch daran zweifelte –, er war verrückt nach ihr.

Sie gab einen unterdrückten Laut von sich. Kein Seufzen, kein Stöhnen. Mehr etwas, das Zustimmung signalisierte.

Er zog sich zurück, bevor er ihr auf den Kopf zusagte, dass sie ledig war, und sie zwang, das Verlangen zwischen ihnen einzugestehen.

„Dies", sagte er leise. Das sollte ihr zu denken geben. Er strich über ihre Wange. „Schlaf gut."

10. KAPITEL

*J*ane lehnte sich an die geschlossene Tür. Sie spürte noch den Druck von Spencers Lippen.

Was hatte sie *getan*? Was hatte sie sich eigentlich dabei gedacht? Mit ihm zu flirten, sich küssen zu lassen!

Aber, Himmel, es war so schön gewesen, ihn um sich zu haben und für ihn zu kochen. An den fast züchtigen Kuss wollte sie gar nicht erst denken. Spencer hatte mit Sicherheit ihre Reaktion gespürt. Pech für sie.

Zudem war er in ihre Privatsphäre eingedrungen. Einen Moment lang hatte sie sich der Fantasie hingegeben, sie gehörten zusammen. Er schien sich bei ihr wohlgefühlt zu haben.

Dennoch war er ihr zu nahegekommen. Gewiss, er war nicht betrunken, aber ein vollkommen nüchterner Spencer hätte nicht unangekündigt vor ihrer Tür gestanden. Hoffentlich hatten die zwei Martinis seine Sinne genügend getrübt, um nicht zu bemerken, dass in ihrem Apartment keinerlei Spuren eines Ehemanns zu sehen waren.

Sie musste so schnell wie möglich den Marsden-Holt-Auftrag an Land ziehen, damit sie guten Gewissens kündigen konnte. Und dann, wenn er nicht mehr ihr Chef war, könnte sie ihn anrufen und schauen, ob tatsächlich etwas Bedeutsames zwischen ihnen war.

Jane ignorierte Spencers strikten Befehl und feilte noch mehrere Stunden an dem Angebot.

Als sie schließlich Schluss machte und sich auszog, zählte sie ihre Kleidungsstücke. Spencers Schätzung war nicht ganz zutreffend. Pullover – eins, Jeans – zwei, Strumpfhose – drei, Slip – vier. Sie hatte ihm nicht verraten, dass sie keinen BH trug.

Während sie ihr Nachthemd anzog und ihre Zähne putzte, stellte sie sich vor, wie sie mit Spencer Strip-Poker spielte. Und als sie ins Bett stieg, sah sie ihn in Socken vor sich.

Es dauerte lange, bis sie endlich einschlief.

Spencer wachte zeitig auf. Im ersten Moment fühlte er sich, als hätte er ein neues Computersystem erfunden. Etwas Unglaubliches musste geschehen sein, wenn er so aufgeregt war wie ein Kind am Geburtstagsmorgen.

Dann erinnerte er sich und lächelte selig. Er drehte sich auf den Rücken, faltete die Hände hinterm Kopf und ließ die Ereignisse des vergangenen Abends noch einmal vorüberziehen.

Dieser köstliche Augenblick, als Chuck Janes bester Freundin den Ring an den Finger steckte, und dann der Überraschungsbesuch bei Jane. Er schämte sich ein bisschen dafür, aber die Entdeckung, dass kein Mann bei ihr wohnte, war die Sache wert. Allerdings war es ihm immer noch ein Rätsel, warum eine vernünftige, erwachsene Frau vorgab, verheiratet zu sein.

Als er geduscht und einen Kaffee getrunken hatte, war es halb sieben. Er beschloss, seine Schwägerin anzurufen. Vielleicht konnte Chelsea das Rätsel lösen.

Sie antwortete beim zweiten Klingeln.

„Wie geht's?", erkundigte er sich aufgeräumt.

Eine kleine Pause entstand. „Oh. Ich dachte, es wäre dein Bruder."

Spencer fand, dass sie ziemlich enttäuscht wirkte. „Hast du ihn länger nicht gesprochen? Ich auch nicht. Ich habe auch keine E-Mails mehr von ihm erhalten. Er wird wohl mitten in der Wüste stecken."

„Vermutlich. Und was willst du von mir in aller Herrgottsfrühe?", fragte sie.

„Wozu hat man eine Psychologin in der Familie, wenn man sie nicht zu jeder Tages- und Nachtzeit anrufen kann?"

„Im Leben bekommt man nichts umsonst. Hast du Liebeskummer?"

Spencer erschrak. War sein Zustand so offensichtlich? „Richtig geraten."

„Das kostet dich ein Frühstück."

„Einverstanden."

Sie trafen sich in einem Café mit Blick auf die Jericho Bay. Um sieben hatten sie das Frühstück vor sich, also blieb ihnen eine halbe Stunde zum Reden.

Chelsea widmete sich ihrem Früchtejoghurt, Spencer biss in seinen Toast.

Verwundert fragte sie: „Du nimmst doch sonst immer Spiegeleier mit Speck. Wieso jetzt ein Omelett?"

„Ich hatte Lust auf Abwechslung", sagte er leichthin. In Wahrheit erinnerte das Omelett ihn an Jane. Stand es schon so schlimm um ihn?

„Also schieß los."

„Jane ist ledig." Eigentlich hatte er nicht so damit herausplatzen wollen, aber sie mussten beide zur Arbeit – und wozu lange um den heißen Brei herumreden?

Chelsea biss gelassen in eine Birne. „So schnell kann sich niemand scheiden lassen, Spencer. Du meinst, sie lebt getrennt?"

„Nein. Sie ist nicht mit Chuck verheiratet. Vielleicht war sie nie verheiratet."

Jetzt wurde Chelsea neugierig. „Das musst du mir näher erklären."

Das tat er, bis hin zu dem Abschiedskuss.

Nachdem er geendet hatte, bemerkte Chelsea: „Das ist in der Tat ungewöhnlich."

„Ungewöhnlich? Ich finde es total verrückt, deshalb habe ich sofort an dich gedacht."

„Vielen Dank."

Er grinste. „Du weißt, was ich meine. Ich würde gern wissen, warum sie das tut."

„Aus einem Bedürfnis nach Sicherheit, würde ich sagen. Du sagtest, sie hat ihren vorigen Job verloren, weil sie belästigt wurde. Ich wette, sie wird ständig angemacht. Sie ist hübsch und Single, da halten die Männer sie für Freiwild."

„Nicht alle Männer", korrigierte er.

„Ein Ehemann ist die beste Lösung für unangenehme Situationen, wenn eine Frau viel unterwegs sein muss", fuhr Chelsea for.

Er vernahm höchst ungern das alte Argument „Männer sind Schweine" aus dem Mund seiner Schwägerin. „Und wie wäre es mit ‚Nein, danke'?"

„Also bitte, Spencer, versetz dich in ihre Lage. Angenommen, sie verkauft ein Computersystem, und der Kunde hat ein Auge auf sie geworfen."

„Du meinst tatsächlich ..."

„So ist es doch, Herzchen. Es muss ja nicht immer so laufen, aber ‚Tut mir Leid, ich bin verheiratet' ist für einen Mann leichter zu verkraften als ‚Tut mir Leid, ich will nicht'." Sie lächelte schief. „Ich jedenfalls sah das als einen großen Vorzug der Ehe, und ich bin längst nicht so hübsch wie Jane."

„Du findest das Theater also in Ordnung?"

„Natürlich nicht. Ich versuche nur, Janes vermutliche Gründe zu erklären. Genau weiß ich das selbstverständlich nicht."

„Chelsea, ich habe Chuck in dem Restaurant erlebt. Er knutschte mit Janes bester Freundin herum und steckte ihr einen Ring an. Man muss kein Psychologe sein, um zu erkennen, dass Jane und Chuck überhaupt nicht zusammenpassen. Du hast sie neulich im Park gesehen, das war doch wirklich seltsam. Ich sage dir, Jane und Chuck sind nicht verheiratet."

„Es gibt Ehen, die möchte man nicht für möglich halten." Sie seufzte. „Meine zum Beispiel. Setz dir nichts in den Kopf, ehe du nicht ganz sicher bist."

„Ich bin sicher, dass sie Single ist. Und ich bin fast sicher, dass sie mich mag."

„Warum hat sie dir dann nicht die Wahrheit gesagt?"

Er probierte sein Omelett und stellte fest, dass es bei Jane viel besser geschmeckt hatte. Wann sie ihm wohl auch eins zum Frühstück machte? Hoffentlich bald. „Du meinst, ich sollte sie weiter in Ruhe lassen?"

„Indem du ungebeten bei ihr zu Hause aufkreuzt, zweideutige Anspielungen machst und sie küsst, wirst du sie kaum erobern. Nein, Spencer, du solltest dich zurückhalten."

Er aß ein paar Bratkartoffeln, ohne etwas zu schmecken. „Okay, das gestern Abend war ein bisschen viel. Aber solche Gefühle hatte ich noch nie für eine Frau. Nicht einmal für Karen."

Chelseas Züge wurden weich, sie strich ihm über die Hand. „Das verstehe ich ja. Lass Jane Zeit. Sobald sie so weit ist, wird sie dir die Wahrheit sagen."

Seufzend trank er einen Schluck Kaffee. Chelsea hatte recht. Wenn Jane sich auf eine Beziehung einlassen wollte, würde sie von selbst reden.

„Gut." Er sah zur Uhr. „Die Sitzung ist noch nicht vorbei, wir haben noch ein paar Minuten. Erzähl mir, was mit dir und meinem Bruder vorgeht."

„Er ist in Afrika, ich bin in Kanada. Was soll da vorgehen?"

„Du bist sauer auf ihn, das merke ich doch. Also, was ist los?"

Sie rührte in ihrem Joghurt. „Ich möchte ein Kind."

Der Gedanke, Onkel zu werden, gefiel ihm außerordentlich. „Das ist großartig, Chelsea! Ich werde ein wunderbarer Onkel. Ich bringe dem kleinen Kerl alles über Elektronik bei, ich schenke ihm die richtigen Computerspiele, ich erkläre ihm das Internet …"

„Erstens könnte der kleine Kerl eine Sie werden, zweitens halten Bill und ich uns selten so lange auf demselben Kontinent auf, als dass wir eine Empfängnis hinbekämen, und drittens hätte das Kind einen Vater, der sich ständig in Kriegsgebieten aufhält."

Spencer runzelte die Stirn. „Mein Bruder war so klug, dich zu heiraten. Jetzt wird er auch intelligent genug sein, einen Kompromiss zu finden, Chelsea."

Chelsea schnaubte verächtlich. „Ich habe ihn gebeten, die Feldforschung ganz aufzugeben." Sie ließ ihren Löffel fallen, sodass Joghurt aufspritzte.

„Und was hat er geantwortet?" Spencer kannte seinen Bruder. Für Bill stellte die Feldforschung das dar, was für ihn Computer waren.

„Er sagte, das besprechen wir, wenn er wieder zu Hause ist. In einem Ton, der Nein bedeutete."

„Hör mal, ich bin zwar kein Psychologe, aber denk du auch an einen Kompromiss. Versetz dich in Bills Lage. Wenn er dich nun bitten würde, deine Praxis aufzugeben und nur noch zu lehren? Dein Job liegt dir doch genauso am Herzen."

„Ich hätte mir denken können, dass du für deinen Bruder Partei ergreifst." Chelsea stand auf.

„Das tue ich nicht." Er legte einen Schein auf den Tisch und folgte ihr nach draußen. „Ich mag euch beide, und ihr liebt euch so sehr, dass ihr eine Lösung finden werdet." Er umarmte sie fest. „Mach keine Dummheiten."

Chelsea lachte schwach. „Gleichfalls."

Auf dem Weg ins Büro sorgte Spencer sich abwechselnd um Chelsea und Bill und die Entwicklung seiner Beziehung zu Jane. Solange Jane nicht zugab, dass sie etwas für ihn empfand, waren ihm die Hände gebunden.

Oder doch nicht? Zwar war er mit Chelsea der Meinung, dass Jane selbst mit der Wahrheit herausrücken musste, vor allem nach der Geschichte mit Phil Johnson, aber er musste dabei nicht untätig bleiben.

Er war der festen Überzeugung, dass der Kuss ihr zu denken gegeben hatte. Er lachte in sich hinein, als er auf seinen Parkplatz fuhr. Vielleicht brauchte die Lady ein wenig Ermunterung.

Und da hatte er schon ein paar Ideen.

11. KAPITEL

Fröhlich pfeifend ging Spencer in sein Vorzimmer und schnappte sich im Vorbeigehen einen selbst gebackenen Muffin von Yumis Schreibtisch. Dafür stellte er ihr einen mitgebrachten Caffè Latte hin.

Misstrauisch beäugte Yumi den Becher. „Was ist da drin? Eine Glücksdroge?"

Er blinzelte ihr zu und biss kräftig in den Muffin. Die Glücksdroge war nicht in dem Becher, sie strömte durch seine Adern.

In seinem Büro schaltete er den Computer an, hängte sein Jackett über die Sessellehne und rief seine E-Mails ab. Während er die Daten betrachtete, dachte er über seine Situation nach. Kaum zu fassen, dass er auf Janes Trick hereingefallen war. Er lachte leise, als er den Moment, der ihm die Erkenntnis gebracht hatte, noch einmal durchlebte.

Jane war Single, er war Single. Und das erotische Knistern zwischen ihnen war das Natürlichste der Welt und tat ihm unglaublich gut.

Er rieb sich das Kinn und merkte nicht, dass sein Tweedjackett auf den Boden gefallen war.

Der Kuss am gestrigen Abend hatte Jane kein Geständnis entlockt, also musste er sich etwas Originelleres einfallen lassen. Hatte er nicht gestern eine Idee gehabt?

Ein Lächeln glitt über sein Gesicht. Er schnippte mit den Fingern, sodass es in dem stillen Raum widerhallte.

Er hatte Janes Überraschung bemerkt, als sie auf der Party Chelsea an seiner Seite gesehen hatte. Überraschung und, wenn er sich nicht sehr irrte, Eifersucht. Im Park am nächsten Tag hatte er diesen Ausdruck wieder bei ihr beobachtet.

Er erinnerte sich, wie er sich selbst gefühlt hatte, als er die Beschreibung ihres sagenhaften Ehemannes vernommen hatte. Vielleicht sollte er ihr einen kleinen Anstoß geben.

Aber wie sollte er ihr unter die Nase reiben, dass er mit schönen Frauen ausging, ohne als Angeber dazustehen?

Angestrengt überlegte er. Dann hatte er die Idee des Jahrhunderts – wenn man einmal vom RDT-240 absah.

Wenn Jane Personen erfinden konnte, dann konnte er das schon lange. Zwar hatte er das nächste Date mit einer Frau längst aus seinem Terminkalender gestrichen, aber das brauchte Jane nicht zu wissen.

Sie telefonierte, als er in ihr Büro kam. Sobald sie ihn sah, begann sie zu stottern, wie er mit heimlicher Freude registrierte. Er nickte ihr zu und wartete an der Tür darauf, dass sie das Gespräch beendete.

Unter seinem intensiven Blick nahmen ihre Wangen Farbe an. Oder war es die Erinnerung an den Kuss? Er jedenfalls dachte ständig daran. Er kam nicht dagegen an. Sie hatte sich so himmlisch angefühlt ...

„Verzeihung", sagte sie zu ihrem Gesprächspartner und drehte ihren Sessel weg, damit sie Spencer nicht ansehen musste. „Leider nein, der RDT-240 geht erst im Frühjahr in Produktion." Sie lachte. „Gut, ich frage nach."

Sie gab sich normal, aber er sah, wie sie mit einem Griff prüfte, ob alle Knöpfe ihrer Bluse geschlossen waren. Er brauchte keine Chelsea, um zu verstehen, dass die Lady in Verteidigungsposition ging. Sehr gut. Er war auf Angriff eingestellt. Ihre Burgmauern würden einstürzen wie ein Kartenhaus, wenn er mit dem Ansturm auf ihre Sinne begonnen hatte.

Als sie auflegte, schoss er seinen ersten Pfeil ab.

„Schade, dass ich Chuck gestern nicht angetroffen habe."

„Chuck? Ach so. Ich ... äh, ich hätte nicht ..." Jetzt legte sie die Hand auf die Lippen.

Er wollte nicht hören, dass sie ihn nicht hätte küssen sollen, daher fragte er schnell: „Wann kommt er zurück?"

„Zurück? Oh, das weiß ich nicht genau. Ich muss im Kalender nachsehen, und der liegt zu Hause."

Himmel, was war sie für eine schlechte Schauspielerin! Und lügen konnte sie erst recht nicht. Erstaunlich, dass sie ihn so lange an der Nase herumgeführt hatte.

„Okay." Es bereitete ihm ein diebisches Vergnügen, sie zu quälen. Er besaß nicht den Edelmut, ihr nicht seine eigenen Qualen vergelten zu wollen. „Ich frage, weil ich ein Date mit einer Freundin aus der Schweiz habe. Ich dachte, wir vier könnten vielleicht Fondue machen. Du hättest bestimmt eine Menge Gesprächsstoff mit meiner Freundin." Falls Jane auf seinen Bluff einging, hätte er einige Mühe, eine passende Frau aufzutreiben. Aber er glaubte nicht, dass es so weit kommen würde.

Sie starrte ihn erschrocken an, dann senkte sie den Blick und drehte nervös an ihrem Ring. War sie eifersüchtig? Hoffentlich! „Eine Verabredung zu viert. Also, das kommt ein bisschen plötzlich ..." Sie strich sich das Haar zurück und holte tief Luft. „Kann ich dir später Bescheid geben?"

„Natürlich." Er trieb sie in die Enge, doch das war ihm egal. Irgendwann musste sie Farbe bekennen, und wenn es nach ihm ginge, dann bald. „Ich möchte Chuck gern näher kennenlernen. Er scheint ein netter Mensch zu sein." Angesichts ihrer entsetzten Reaktion fiel es ihm schwer, sein Grinsen zu verbergen.

„Ja, das finde ich auch. Leider hat er nicht viel Freizeit."

„Das kann ich mir vorstellen. In der Unterhaltungsbranche geht es bestimmt heiß her." Chucks und Janes heiße Ehe würde ihn noch jahrelang amüsieren, wenn das Ganze nicht so hundsgemein wäre. „Na, dann wie gesagt. Ich passe mich eurem Terminplan an."

Er wollte gehen, aber plötzlich tat Jane ihm leid. Er wandte sich um und sah ihren verwirrten, verletzten Blick. Er musste sich zusammenreißen, um nicht die zwei Schritte zu tun und sie in die Arme zu nehmen. So beschloss er, ihr einen Teil der Wahrheit zu gestehen in der Hoffnung, sie würde es ihm gleichtun. „Jane, ich möchte mich nicht für gestern Abend entschuldigen. Es ist dir sicher nicht verborgen geblieben, dass ich gewisse Gefühle für dich habe. Ich weiß, ich habe kein Recht dazu. Du bist verheiratet. Das ist der einzige Grund, weshalb ich daran denke, mich mit anderen Frauen zu treffen."

Einen Moment lang schien es, als würde sie ein Geständnis ablegen. Er flehte sie mit Blicken an, es zu tun. „Ich bin …", begann sie und zögerte. „Ich bin nicht …" Sie sah ihm in die Augen und schaute dann auf ihren Ring. Sie ballte die Hand. „Auch wenn ich nicht verheiratet wäre, wärst du immer noch mein Boss."

Die Anfrage von Marsden Holt kam für Jane völlig überraschend. Ihr anfänglicher Optimismus hatte sich verflüchtigt, sie hatte sich damit abgefunden, dass der Auftrag an „Graham" gehen würde. Auch hatte sie akzeptiert, dass der elende Johnson die Lorbeeren für ihre Leistung einstreichen würde, und dass sie nichts dagegen tun konnte.

Während sie sich innerlich auf ihre neue Jobsuche konzentrierte, damit sie Spencer die Wahrheit gestehen konnte, klingelte das Telefon. Sie hörte John Marsdens väterlich klingende Stimme. Nach ein paar netten Worten kam er zur Sache.

„Wie Sie wissen, waren wir so gut wie entschlossen, zu ‚Graham' zu gehen, als Sie das Unternehmen noch vertraten." Marsden machte eine Pause. „Und um ehrlich zu sein, haben wir das Angebot von ‚Datatracker' mehr aus Gefälligkeit für Sie angeschaut." Er seufzte. „Aber …"

Hoffnung keimte in Jane auf. Sie hatte sich so sehr gewünscht, dass „Datatracker" in Betracht gezogen wurde. Inzwischen hatte sie eine enorme Hochachtung für die Produkte und die dafür verantwortlichen Menschen entwickelt. Der Konkurrenzkampf zwischen „Datatracker" und „Graham" war wie die alte Geschichte von David und Goliath. Spencer und sie hatten sich geschickt ihrer Wurfschleuder bedient, aber Goliath schien zunächst trotzdem das Rennen zu machen. Sie hatte Spencers Enttäuschung gefürchtet, wenn sie ihm die schlechte Nachricht hätte überbringen müssen.

„Aber offen gestanden haben Sie und Spencer Tate eine ausgezeichnete Präsentation geliefert. Ihr Angebot gefällt uns so sehr, dass unser Beschaffungsgremium nun unentschieden ist. Deshalb möchten wir beiden Firmen noch einmal Gelegenheit geben, uns zu überzeugen. Wir möchten je einen Termin mit ‚Graham' und mit Mr Tate und Ihnen machen, und das so bald wie möglich. Könnten Sie nächste Woche hierherkommen?"

Zuerst war Jane hocherfreut, doch dann sank ihr Mut. Sie sollte zusammen mit Spencer kommen?

Ihr wurde eiskalt. Alicia hätte sie einen Feigling geschimpft. Doch für Jane war eines so sicher wie das Amen in der Kirche: Sobald sie ihren Ehering ablegte, würde sie mit ihrem Boss schlafen. Sie brauchte nicht noch zusätzliche Versuchungen. Vor allem keine Nacht mit ihm im selben Hotel.

Eine gemeinsame Geschäftsreise wäre für sie beide eine Qual. Sie malte wirre Kringel in ihren Terminplaner, während sie fieberhaft überlegte. „Hm. Ich komme natürlich zu Ihnen, wann immer Sie wollen. Mr Tate dagegen ist sehr eingespannt. Ich bin nicht sicher, ob er es möglich machen kann."

„Unter uns, Jane, wir wissen beide, dass das Angebot von ‚Datatracker' ohne Ihren Einsatz nicht in die engere Wahl gekommen wäre. Wir schätzen Ihre Professionalität sehr. Aber ‚Datatracker' hat nicht ‚Grahams' Hintergrund. Sie sind verhältnismäßig neu im Geschäft. Dennoch hat es meine Kollegen beeindruckt, dass sich der Geschäftsführer persönlich eingesetzt hat. Ich will Ihnen keine Vorschriften machen, sondern gebe Ihnen nur einen Tipp. Spencer Tates Anwesenheit bei der Präsentation könnte sehr wichtig sein. Das ist natürlich keine Garantie."

„Ich verstehe, Mr Marsden. Ich danke Ihnen für Ihre Offenheit und werde mein Möglichstes tun."

„Davon bin ich überzeugt, Jane", sagte John Marsden herzlich.

Was für ein sympathischer Mann – ein anständiger Mensch, der ein gutes Unternehmen leitete. Und das Beste daran – er war mindestens sechzig und glücklich verheiratet. Fotos seiner Enkel schmückten seinen Schreibtisch. Genau der Boss, den Jane sich wünschte.

Sie wusste, wie viel Spencer an dem Auftrag lag. Er würde alles stehen und liegen lassen, um ihn zu bekommen. Doch das durfte sie dem Kunden gegenüber natürlich nicht zu erkennen geben. Jane war wild entschlossen, Johnson den dicken Fisch wegzuschnappen. So viel Rache musste sein. Und wenn sie den Kunden für Spencer gewann, konnte sie „Datatracker" guten Gewissens verlassen.

Also würde sie wohl mehrere Tage mit Spencer verbringen müssen. Nun, sie würde es überleben. Mit gemischten Gefühlen machte sie sich auf zu seinem Büro, um ihm die Neuigkeit mitzuteilen.

In der Tür blieb sie stehen und sah zu, wie er und Yumi sich über einige Akten beugten. Sein zerzaustes Haar fiel ihm in die Stirn, sie hätte es ihm zurückstreichen mögen. Sie redete sich ein, dass sie die beiden nicht stören wollte, doch in Wahrheit genoss sie es, Spencer zu beobachten. Sie musste über sein zerknittertes Hemd lächeln. Er hatte die Ärmel hochgerollt, im Licht der Schreibtischlampe schimmerten die Härchen auf seinen Unterarmen kupferfarben.

Warum war er nicht sechzig und hatte Fotos seiner Enkel auf dem Tisch, anstatt so ein verteufelt attraktiver Single zu sein? Halt, nein. Sie wünschte sich Spencer nicht als Großvater, sie wünschte sich nur, sie hätten sich unter anderen Bedingungen kennengelernt.

Jetzt blickte er auf und bemerkte Jane.

„Jane!"

Bei seinem umwerfenden Lächeln wurden ihr die Knie weich. Sie straffte die Schultern und nahm sich zusammen. „Hi, Spencer." Sie räusperte sich. „Hi, Yumi. Lasst euch nicht stören. Ich komme später wieder."

Mit einem nachsichtigen Lächeln blickte Yumi zwischen Spencer und Jane hin und her. „Kein Problem, wir sind so gut wie fertig. Ich füge die Änderungen ein und drucke das Ganze bis zum Meeting noch einmal aus, Spencer."

Damit ging Yumi hinaus.

Spencer hatte seine Krawatte gelockert, sodass man das Grübchen an seinem Halsansatz sah. Ebenso wie die heftig pulsierende Ader an seinem Hals.

Jane fragte sich, was er tun würde, wenn sie auf ihn zuginge, ihm die Krawatte ganz abnähme und sein Hemd aufknöpfte. Sie stellte sich vor, wie sie ihm das Hemd aus dem Hosenbund zog und mit beiden Händen über seine Brust strich. Küssen würde sie ihn erst später, um die Spannung zu steigern. Sie würde die Knöpfe ihrer Bluse öffnen, sich langsam ausziehen und voll Verlangen ihre Brüste an seinem Oberkörper reiben.

Seine dunklen Augen wurden noch dunkler, fast schwarz. Es war, als könnte er ihre Gedanken lesen. Mit Mühe konzentrierte sie sich auf ihr Anliegen. „Ich habe gerade mit John Marsden gesprochen. Sie wollen so rasch wie möglich ihre Entscheidung treffen. Sie möchten, dass wir nächste Woche zu ihnen kommen."

Spencer sprang auf und ging auf sie zu. „Das ist ja großartig!" Es sah aus, als würde er sie gleich umarmen.

Jane wich zurück. „Wir sind noch nicht aus dem Schneider. Sie wollen ‚Graham' auch noch einen Termin geben. Es steht auf Messers Schneide, aber wir haben eine faire Chance."

„Eine faire Chance? Unser System ist um Längen besser, unser Service ist umfassender, und ich wette, wir liegen preislich günstiger." Er grinste, und ihr wurde heiß. „Das wird ein Kinderspiel."

„Wir sollten nicht zu siegesgewiss sein."

In diesem Moment summte die Gegensprechanlage. Yumi machte Spencer darauf aufmerksam, dass ihn sein Bankier in zehn Minuten erwartete, und die Fahrt dorthin würde mindestens zehn Minuten dauern.

Er schaute zur Uhr und verzog das Gesicht. „Ich muss weg. Kannst du die Einzelheiten mit Yumi besprechen? Sie soll meine Termine für nächste Woche absagen."

Jane nickte und wollte gehen.

„Warte." Er hielt sie zurück. „Hier habt ihr mehr Ruhe." Er rief Yumi an und bat sie in sein Büro.

Dann wollte er seine Jacke anziehen und fluchte, als sich seine aufgerollten Ärmel darin verfingen. Er rollte die Ärmel herunter, knöpfte die Manschetten zu und kam endlich in die Jacke. Seine Unbeholfenheit rührte Jane. Seine Krawatte saß noch immer schief. „Spencer …" Sie hätte ihn einfach bitten können, seine Krawatte zurechtzurücken und sein Haar zu glätten. Doch als er sie ansah, gab sie ihrem Drang nach, ihn zu berühren, und sei es auch nur kurz.

Sie trat vor und griff nach seiner Krawatte. Als sie die Hand unter den Knoten schob, schlug sein Puls am Hals schneller. Sie spürte dieselbe Reaktion bei sich. Die Krawattenseide fühlte sich warm an, und sie strich über sein Leinenhemd. Durch den Stoff hindurch spürte sie sein Brusthaar.

Sie ließ die Hände sinken, holte ihren Taschenkamm hervor und reichte ihn ihm schweigend.

Während er sich kämmte, ermahnte sie ihn: „Du solltest auf dein Äußeres achten, wenn du zu deinem Banker gehst. Du weißt doch, wie konservativ diese Bankmenschen sind."

„Ich glaube, ich brauche jemanden, der sich um mich kümmert", sagte Spencer leise. In seinem Gesicht erkannte sie schmerzliches Verlangen. Sie befeuchtete ihre trockenen Lippen mit der Zunge und wusste nichts zu sagen. So standen sie voreinander, als Yumi kurz klopfte und gleich darauf eintrat.

„Sorry, Boss, aber du musst los. Hier ist der neue Ausdruck des Finanzberichts. Ich habe Harry vom Fuhrpark angerufen. Er bringt deinen Wagen zum Eingang. Viel Glück."

Er blinzelte Jane zu, packte seinen abgewetzten Aktenkoffer und stürmte hinaus.

„Puh", machte Jane. „Ist er immer so langsam?"

„Vor allem, wenn du in der Nähe bist."

Jane fuhr herum. Yumi lächelte wissend. Jane hoffte, sie hatte Yumi missverstanden. „Was meinst du damit?"

„Komm schon, Jane. Wenn ihr euch anseht, möchte ich nicht in die Schusslinie geraten. Ich könnte mir Verbrennungen zuziehen."

Jane ließ sich in einen der grauen Ledersessel fallen und faltete die Hände. „Zwischen uns ist nichts."

Yumi lachte leise. „Mag sein, dass ihr nichts tut. Aber zwischen euch ist eine Menge."

„Ich weiß nicht, was ich machen soll."

Yumi setzte sich ihr gegenüber. „Warum sagst du ihm nicht als Erstes mal die Wahrheit?" Yumis Stimme war sanft wie immer, aber Jane spürte ihre stählerne Härte.

Ihr Kopf fuhr hoch. „Welche Wahrheit?"

„Du bist nicht mit dem Knaben verheiratet, mit dem du auf der Party warst."

Aufgebracht gab Jane zurück: „Sagt dir das deine weibliche Intuition?"

Yumi schüttelte den Kopf. „Die Unterlagen für deine Krankenversicherung. Sie schließt automatisch den Ehepartner ein. Du warst gerade nicht da, als ich dich anmelden wollte. Ich rief bei der Personalabteilung deiner vorigen Stelle an. Da war kein Ehepartner."

„Und wenn ich nun zwischen zwei Jobs geheiratet habe? Das kommt vor."

Yumi schnaubte. „Spencer ist vielleicht blind vor Verliebtheit, aber ich nicht. Wenn du jemals mit dem Mann vor dem Altar gestanden hast, fresse ich einen Besen."

Hilflos knetete Jane ihre Hände. Der falsche Ehering schnitt ihr ins Fleisch. „Was hast du vor?"

„Die Frage ist vielmehr, was du vorhast", korrigierte Yumi. „Ich mag Spencer sehr, er ist ein guter Chef und ein anständiger Mensch. Ich arbeite jetzt seit sechs Jahren bei ihm." Yumis Stimme wurde weich. „Er war vollkommen fertig, als seine Frau ihn verließ, ich machte mir große Sorgen um ihn. Inzwischen hat er es überwunden, aber er hatte seitdem nichts Ernstes mit einer Frau. Dann kamst du. Er verzehrt sich geradezu nach dir. Jeden Tag sieht er dich, und er denkt, du wärst unerreichbar. Dich mag ich auch. Ich finde, du passt perfekt zu Spencer. Ich möchte nicht, dass er unglücklich wird."

„Ich kündige, sobald wir den Auftrag von Marsden Holt haben", sagte Jane leise. „Das bin ich Spencer schuldig."

„Warum lässt du dich nicht von Clark Gable scheiden?"

„Tom Cruise", verbesserte Jane mechanisch.

„Wie bitte?"

„Das ist eine lange Geschichte."

Yumi schüttelte ungläubig den Kopf. „Und uns Japaner nennt man undurchschaubar." Sie stand auf, trat an Spencers Computer und tippte etwas ein. „Dies ist sein Terminplan für nächste Woche. Moment … Montag geht nicht, Dienstag auch nicht. Wenn ihr am Mittwoch um zehn Uhr aufbrecht und die Verkaufskonferenz am Donnerstag auslasst, ist er bis Montag frei. Ich buche euch die Tickets und das Hotel."

„Danke, Yumi." Jane lächelte ihr zu.

„Und du denkst über die Scheidung nach."

Jane nickte. „Okay."

Wie konnte sie Yumi ihren brennenden Ehrgeiz verständlich machen? Sie war dazu erzogen, die perfekte Ehefrau einer aufstrebenden jungen Führungskraft abzugeben. Und sie hatte ihr Leben lang darum gekämpft, selbst diese Führungskraft zu sein.

Was für eine Ironie des Schicksals, dass sie sich ausgerechnet in den Typ Mann verliebt hatte, den ihre Eltern sich als Schwiegersohn gewünscht hätten. Aber es war unmöglich. Jane hatte große Pläne für ihre Karriere. Ihren Boss zu heiraten gehörte nicht dazu.

Natürlich war von Heirat überhaupt noch nicht die Rede. Vielleicht würde ihr eine heiße Affäre helfen, das Thema endlich abzuhaken.

Wie benommen kehrte Jane in ihr Büro zurück. Sie hatte gedacht, ihre Gefühle gut verbergen zu können. Wenn Yumi die Spannung zwischen Spencer und ihr bemerkt hatte, was mochten dann die Kollegen hinter ihrem Rücken denken – und reden?

12. KAPITEL

*U*nd mehr noch, Alicia", jammerte Jane. „Alle werden sagen, ich schliefe aus Karrieregründen mit dem Boss." Sie hatte sich nicht einmal die Zeit genommen, ihr Kostüm auszuziehen, als sie am Abend nach Haus kam, und war sofort ans Telefon gestürzt.

„Tust du das denn?"

„Natürlich nicht!"

„Wo liegt dann das Problem? Geklatscht wird immer. Diese Woche über dich und Spencer, nächste Woche über andere. Du nimmst alles viel zu ernst."

Jane streifte ihre Schuhe ab. „Klar, dein Problem ist es ja nicht", gab sie schnippisch zurück. Sie schob ihren Rock hoch und zog ihre Nylons aus.

„Hey, lass deinen Ärger nicht an mir aus!"

„Ach, entschuldige, Alicia."

„Was machst du denn da? Du hörst dich an, als stecktest du in einem Wäschetrockner."

Jane legte den Kopf schräg und befreite sich von der seidenen Fessel ihres Hemdchens. „Ich ziehe mich um. Immer zwei Dinge gleichzeitig tun, Zeitsparregel Nummer 101."

Aus dem Hörer kam eine Art Fauchen. „Du solltest dich zwischendurch auch mal entspannen."

Den Hörer zwischen Ohr und Schulter geklemmt, öffnete Jane den Reißverschluss ihres Rocks. „Ich bin total durcheinander. Was soll ich bloß machen?"

„Zwei der pfiffigsten Frauen in deinem Bekanntenkreis, Yumi und ich, haben dir denselben Rat gegeben. Macht dich das nicht nachdenklich?"

„Woher weißt du, wie pfiffig Yumi ist? Du kennst sie doch gar nicht."

„Sie hat die Ansichten einer extrem intelligenten Frau", erklärte Alicia, und Jane musste wider Willen lächeln.

„Ich überleg's mir." Plötzlich wollte sie über etwas anderes reden als ihre bevorstehende Scheidung von Tom Cruise. „Wie lief eigentlich das Dinner an eurem Hochzeitstag? Hat dein sparsamer Mann im letzten Moment gekniffen?"

„Nein, wir waren im ‚Il Paradiso', wie geplant. Und er hat mir einen Brillantring geschenkt."

Während sie sich in ihre schwarze Jogginghose schlängelte, horchte Jane auf die zufriedene Stimme ihrer Freundin. Ein Brillantring. Im Geist sah sie Spencer, wie er ihr einen Ring an den Finger steckte. Sie wusste genau, wie er sie dabei anschauen würde: zärtlich und liebevoll, aber in den Tiefen seiner Augen würden die Flammen der Leidenschaft lichterloh brennen.

„Wow. Glückwunsch."

„Aber ich habe eine noch größere Überraschung für ihn. Ich erwarte ein Baby. Ich bin im dritten Monat."

„Oh, Alicia, ich freue mich ja so für dich." Ein Baby. Einen Mann für immer. Noch nie zuvor hatte das für Jane so reizvoll geklungen.

Jane hatte Yumi gebeten, für sie einen früheren Flug nach Detroit zu buchen als für Spencer. Ihre Ausrede war, dass sie sich noch auf das Meeting vorbereiten musste. Natürlich hätte sie das genauso in Vancouver tun können.

Yumi warf ihr einen skeptischen Blick zu, tat jedoch wie geheißen.

Im Hotelzimmer angekommen, packte Jane aus und bügelte ihr gutes marineblaues Kostüm und die weiße Seidenbluse.

Anschließend stöpselte sie ihren Laptop ein und ging noch einmal die wichtigsten Punkte der Präsentation durch.

Spencer würde mit einem frühen Abendflug kommen, und Jane sah zu, dass sie um diese Zeit nicht im Hotel war. Beim letzten Mal war sie in diesem Hotel zusammen mit Johnson abgestiegen – keine angenehme Erinnerung, aber es lag nun einmal am günstigsten zu Marsden Holt.

Sie spazierte ins Zentrum und machte einen Einkaufsbummel. An einem Stand kaufte sie eine Zeitung und lief weiter, auf der Suche nach einem Restaurant, wo sie als Frau unbehelligt essen konnte. Sie entdeckte ein nettes italienisches Lokal mit ofenfrischer Pizza.

Sie studierte die Karte, und die Pizzen schienen wirklich verlockend. Aber allein Pizza zu essen war zu trübselig. Pizza musste man teilen. Also entschied sie sich für Ravioli und Salat.

Es war nicht ihr erstes einsames Essen auf einer Geschäftsreise, aber bei Weitem das traurigste. Vielleicht, weil sie dauernd an Spencer dachte, der sicherlich gern mit ihr gegessen hätte. Sie biss sich auf die Lippe. Mit Spencer wäre sie zu einem Griechen gegangen, das mochte sie am liebsten, nur nicht allein.

Ohne großen Appetit verspeiste sie die Ravioli und überflog dabei die Zeitung auf der Suche nach Neuigkeiten von Marsden Holt. Auf Dessert verzichtete sie.

Jane sah zur Uhr. Es war noch zu früh, um ins Hotel zurückzukehren. Eine Stunde mit Spencer würde genügen, um alles Nötige zu besprechen. Keine Minute mehr.

Auf dem Rückweg kam sie an einem Kino vorbei und ging hinein. Es sollte eine Komödie sein, aber für Janes Geschmack war der Film zu kitschig. Gab es denn keine Filme über Frauen, die nicht erst einen Mann an der Angel haben mussten, um sich als vollwertige Menschen zu fühlen?

Kurz nach neun betrat sie die Hotellobby, schlecht gelaunt und gereizt. Um zum Lift zu gelangen, musste sie die Lobby durchqueren. Eine nur zu bekannte schnarrende Stimme ließ sie innehalten.

„Hallo, wen haben wir denn da? Will die kleine Jane Stanford in der Liga der großen Jungs spielen?" Sie spähte zu der dämmerigen Bar hinüber und erkannte Phil Johnson mit einem hässlichen Grinsen im Gesicht und – falls er sich nicht geändert hatte – einigem Alkohol im Blut. Sie wäre ohne eine Antwort weitergegangen, wenn ihr Blick nicht zufällig auf seinen Tischgenossen gefallen wäre.

Verblüfft riss sie die Augen auf. Da saß Spencer mit dem Mann, der sie um den Job gebracht hatte.

Als könnte Johnson ihre Gedanken lesen, setzte er hinzu: „Ihr Boss fühlt sich einsam, Honey. Kommen Sie doch herüber und trösten ihn."

Spencer sprang auf. „Das reicht." Er warf einen Geldschein auf den Tisch und kam auf Jane zu, der es die Sprache verschlagen hatte. Sie wusste nicht, ob er über sie oder über Johnson verärgert war, aber das wollte sie nicht hier klären. Sie drehte sich um und ging in normalem Tempo weiter zum Lift, obwohl sie am liebsten gerannt wäre.

„Schlaft gut, ihr zwei", rief Johnson ihnen nach.

Spencer war bei ihr, als sie den Lift betrat. Sie schwieg, bis sich die Lifttüren geschlossen hatten. „Schulterschluss mit dem Feind?", bemerkte sie schließlich frostig. Es war unfair, Spencer konnte nichts von der Geschichte wissen. Und es war nicht ungewöhnlich, dass Konkurrenten ein Glas zusammen tranken, wenn sie sich begegneten.

Aber Spencer mit diesem Ekel Johnson zu sehen, entrüstete Jane. Johnson war ihr Feind, ein Schwächling, der Frauen demütigte.

„Ich habe auf dich gewartet. Hat man euch im Internat nicht beigebracht, dass man eine Nachricht für seinen Reisegefährten hinterlässt, wenn man nicht zusammen essen will?"

Sein harscher Ton überraschte Jane. Sie ging ihm aus dem Weg – na und? Sie mied ihn seit Wochen. Warum sollte das jetzt anders sein? Aufgebracht schoss sie zurück: „Du bist nicht mein Reisegefährte, sondern mein Boss. Und meine Freizeit gehört mir."

Er kam näher, drängte sie in dem engen Lift mit dem Rücken zur Wand. Verschwunden war sein jungenhafter Charme, seine Kinnlinie war hart. „Ich wollte die Notizen für die Präsentation noch einmal durchgehen. Du bist nicht ans Telefon gegangen, im Restaurant warst du auch nicht ..."

Jane sah plötzlich rot, zum Teil aus Schuldgefühl. „Du hast dich offenbar auch ohne mich prächtig mit Johnson unterhalten."

Der Lift erreichte ihre Etage, sie stürmte hinaus, Spencer hinterher.

„Ich saß allein in der Lobby und wartete auf dich, da setzte Johnson sich zu mir. Ich habe ihn nur gefragt, ob er wüsste, wo du bist. Ich wollte deine Meinung zu meinem Vortrag morgen hören."

Die starken, tiefen Emotionen, die sie in seinen Augen sah, verwirrten sie und zogen sie zugleich an. Nicht ihre Notizen wollte er, sondern sie, das war deutlich zu spüren. Leise sagte sie: „Ich hätte eine Nachricht hinterlassen müssen. Entschuldige bitte."

Hätte er es dabei bewenden lassen, wäre alles gut gewesen. Doch er hakte nach. „Nächstes Mal würde ich eine Nachricht wirklich begrüßen. Du bist als Frau allein in einer fremden Stadt, ich bin verantwortlich für ..."

„Nein." Sie stieß ihm den Zeigefinger in die Brust. Wieso hatte sie ihn bloß für einen modernen, aufgeklärten Mann gehalten? Er war ein Neandertaler. In ihrer Freizeit schuldete sie weder ihm noch sonst jemandem Auskunft. Erneut stieg Wut über seine Arroganz in ihr hoch. „Ich bin ganz allein für mich verantwortlich, niemand sonst. Geht das in dein prähistorisches Erbsenhirn? Du bist mein Arbeitgeber, nicht mein Eigentümer." Mit jedem Wort gab sie ihm einen weiteren Stoß.

Er packte ihre Hand und hielt sie fest, selbst als sie sich frei machen wollte. „Ich habe mir Sorgen gemacht. Geht das in dein verbohrtes feministisches Hirn? Ist es ein Verbrechen, sich Sorgen zu machen?"

Die Worte hallten in ihrem Kopf nach. Dieser wundervolle, starrsinnige Neandertaler sorgte sich. Um *sie*. Sie konnte nicht länger empört sein, sie war gerührt.

Er umklammerte ihre Hand, als wollte er sie nie mehr loslassen. Und als Jane in seine braunen Augen sah, erkannte sie die bittere Wahrheit. Er könnte sie jederzeit in seine Höhle schleppen – ohne sie an den Haaren ziehen oder seine Keule gebrauchen zu müssen.

Sie gab es auf, zu beweisen, wie wohl sie sich allein fühlte. Wenn sie seine Kraft nur zügeln könnte … Sie schaute auf seine kantigen Züge, das kräftige Kinn, die sinnlichen Lippen. Ihr Herz klopfte zum Zerspringen.

Er drückte ihre Hand. „Jane?", flüsterte er rau.

Langsam kam sie ihm entgegen, hob sich auf die Zehenspitzen, damit sie seine Lippen mit ihren erreichen konnte. Er wich nicht zurück, beugte sich aber auch nicht vor. In seinem Blick sah sie, wie sehr er sie begehrte. Er hielt den Atem an. Aber wenn sie ihn küssen wollte, musste sie die Initiative ergreifen.

Vielleicht lag es an ihrer Empfindlichkeit gegen jegliche Bevormundung, doch er würde sich nicht auf sie stürzen, trotz seiner aufgestauten Leidenschaft. Er wartete, dass sie den ersten Schritt machte.

Das Bewusstsein ihrer Macht über ihn wirkte irrsinnig erotisch. Im Büro war er der Boss, aber hier hatte sie das Kommando. Sie musste aktiv werden.

Die Anziehung, die mit jedem Tag gewachsen war, hatte einen unerträglichen Grad erreicht. Was auch immer die Konsequenzen für ihre Karriere sein würden – sie war eine Frau und Spencer der Mann, den sie wollte. Den sie brauchte. Der Zauber des Moments war so stark, dass ihre beruflichen Ziele unwichtig wurden. Eine Affäre mit Spencer wird Folgen haben, dachte sie flüchtig, während sie die Wärme seiner Hand und die Verlockung seines Mundes spürte.

Ach, zum Teufel mit den Folgen!

Sie berührte ganz leicht seine Lippen, die sich warm und fest anfühlten. Als sie sich zurückzog, hörte sie ihn scharf einatmen. Allein diese flüchtige Berührung und seine heftige Reaktion ließen sie erschauern.

Sie befeuchtete ihre Lippen mit der Zunge, und als sie in seine Augen blickte, las sie darin, mit welcher Begierde er ihren Mund betrachtete. Mit ihrer Beherrschung war es vorbei.

Sie griff in sein dichtes, dunkles Haar und zog seinen Kopf herunter, während sie ihm das Gesicht entgegenhob. Sie war es so leid, immer nur vernünftig zu sein, ständig ihre Weiblichkeit zu unterdrücken. Dieses eine Mal wollte sie nur ihrem Gefühl folgen.

Als ihre Lippen sich berührten, war alle Vernunft wie weggeblasen.

Jetzt erwiderte er den Kuss mit einer solchen Heftigkeit, dass ihre Beine sie kaum noch trugen. Gleichzeitig nahm er sie in die Arme und drückte sie fest an sich. Dennoch spürte sie letzte Reste seines Ärgers in diesem Kuss, denn es lag etwas Besitzergreifendes darin.

Sie öffnete die Lippen, wollte, dass er den Kuss vertiefte, und er drang mit der Zunge ein. Sie stöhnte, als die schönsten Empfindungen sie überrollten, und er zog sie noch dichter an sich, bis sie jeden Muskel seines harten Körpers fühlte. Kein Zweifel, er wollte sie.

Sie presste sich an ihn und rieb sich an ihm, bis er aufstöhnte. Sie spürte ihre eigene Erregung zwischen den Schenkeln, fast schmerzlich. Mit beiden Händen streichelte sie wie im Fieber seinen muskulösen Rücken, packte seinen festen Po.

Als Jane den zirpenden Laut des Lifts vernahm, wollte sie sich ihm entziehen, doch Spencer ließ sie nicht los, sondern drängte sie in eine Nische. Im trüben Licht des Getränkeautomaten sah sie, wie er sie voller Verlangen anblickte. Die summende Eiswürfelmaschine konnte nichts dagegen ausrichten, ihr ganzer Körper stand in Flammen, ihr Herz hämmerte. Was tat sie da?

Vom Korridor her hörte sie Schritte und die gedämpften Stimmen eines Paars. Sie stieß Spencer von sich, und jetzt ließ er sie los.

Er sprach kein Wort, nur sein Blick sagte: Ich bin süchtig nach dir. Sie wagte nicht, ihn anzusehen, denn er hätte in ihren Augen dieselbe Botschaft gelesen. Sie starrte auf die glitzernden Eiswürfel und strich sich das Haar glatt. Und verflixt, ihre Hände zitterten. Sie war dabei, sich mit ihrem Chef einzulassen.

Am liebsten hätte sie den Kopf in den Eiswürfelbehälter gesteckt, um wieder zur Besinnung zu kommen. „Entschuldige", sagte sie. „Das war höchst unprofessionell von mir."

Ein ungläubiges Schnauben war die Antwort.

Aus dem Augenwinkel sah sie, wie Spencer die Hände in die Taschen steckte, als könne er sich kaum noch beherrschen.

Um sich abzulenken, sagte Jane: „Da Johnson hier ist, haben sie offenbar beide Meetings auf denselben Tag gelegt."

Spencer nickte. „‚Graham' ist morgen früh um neun dran. Wir kommen nach dem Lunch."

Sie brachte ein Lächeln zustande. „Wunderbar. Dann können wir beim Frühstück unsere Strategie besprechen, ohne dass jemand von ‚Graham' uns belauscht." Sie suchte in ihrer Tasche nach dem Zimmerschlüssel. „Ich schaue mir noch einmal meine Notizen an. Bis morgen."

Er wollte nach ihr greifen, hielt jedoch in der Bewegung inne. „Wir sind noch nicht fertig miteinander."

„Für heute doch."

Er kniff die Augen zusammen und nickte hölzern. „Schlaf gut."

Ein guter Rat, den sie jedoch nicht befolgen konnte. Ihr Kopfkissen war klumpig, die Matratze zu hart, die Klimaanlage zu laut.

Und ihr Körper war viel zu verspannt.

Frustriert schleuderte sie die Bettdecke weg. Dieser Kuss hatte sie so erregt, dass sie einfach nicht zur Ruhe kam. Sie wollte Spencer bei sich haben, in ihrem Bett, er sollte all die Versprechen erfüllen, die er mit seinen Lippen, seinen Händen gemacht hatte. Hätte sie Spencer Tate doch nur auf einem Golfplatz kennengelernt, oder auf einer Party. Selbst wenn er ein Kollege wäre, hätte sie der Verlockung vielleicht nachgegeben. Aber er war kein Kollege, er war ihr Boss.

Und Jane Stanford schlief nicht mit ihrem Vorgesetzten.

Sie stand auf und ging ins Bad, trank einen Schluck Wasser und starrte in ihr blasses Gesicht im Spiegel. Sie mussten morgen diesen Auftrag bekommen. Wenn sie keinen Schlaf bekäme, würde sie morgen überhaupt nichts ausrichten. Sie ging zur Klimaanlage, schaltete sie aus, legte sich wieder ins Bett und hieb auf das klumpige Kissen ein. Sie schloss die Augen und versuchte, den Schlaf herbeizuzwingen.

„Schlaf gut", hatte er gesagt, mit einem spöttischen Unterton. Es kam der Aussage gleich, dass *er* nicht schlafen würde.

Jane genoss ein paar Minuten lang die Stille ohne die Air-Condition, bis die Luft heiß und stickig wurde. Oder lag es an ihrem überhitzten Zustand?

„Das ist einfach lächerlich!", rief sie laut ins Dunkel. Spencer war Single, er war Single. Sie begehrten einander. Jane kannte seine Zimmernummer, darauf hatte Yumi geachtet.

Sie würde jetzt hinübergehen und dem Elend ein Ende machen.

Sie sehnte sich nach ihm. Ein solches Verlangen hatte sie noch nie verspürt. Sie stellte sich vor, wie er in einem großen, leeren Bett lag und an die Decke starrte. Ob sein Kopfkissen auch so klumpig war?

Warum sollte sie nicht ein einziges Mal im Leben alle Vernunft in den Wind schlagen und zu dem Mann gehen, der sie ohnehin nicht schlafen ließ? Erneut schlug sie die Bettdecke zurück, stand auf und zog den Frotteemantel, den das Hotel den Gästen bereitstellte, über. Wem würde sie schon um zwei Uhr früh auf dem Gang begegnen? Außerdem hatte sie keine Lust, sich an- und wieder auszuziehen.

Sie hatte Lust auf Spencer.

Nackt.

Jetzt.

Sie rannte ins Bad, putzte sich die Zähne und bürstete kurz ihr Haar. Sie legte ein wenig Lippenstift auf und wischte ihn wieder ab. Ein Tupfer Rouge und ein bisschen Parfüm mussten genügen. Zufrieden verließ sie das Bad und holte tief Luft.

Sie kam bis zur Zimmertür.

Die Hand auf der Klinke, hielt sie inne.

Geh, drängte ihr Körper, geh doch.

Mach keine Dummheit, er ist dein Boss, warnte ihre Vernunft.

Noch nie hatte sie einen solchen Konflikt erlebt. Sie begehrte Spencer mit einer Macht, die sie ängstigte. Mit ihm wollte sie jede erotische Fantasie ausleben, von der sie je gehört hatte. Sie wollte ihn berühren, ihn schmecken, mit ihm verschmelzen. Sie drückte die Klinke herunter.

Doch zu lange schon hatte sie sich von ihrer Vernunft beherrschen lassen. Die alten Argumente standen ihr wie in Flammenschrift vor den Augen: *Er ist dein Boss. Du liebst deine Karriere. Benimm dich nicht wie ein Flittchen.* Beim letzten Satz sah sie das Gesicht ihrer Mutter vor sich.

Stöhnend sank sie zu Boden und lehnte sich an die Tür. Wie könnte sie heute Nacht in sein Bett gehen und sich morgen professionell verhalten?

Vielleicht würde er schlafen, wenn sie an seine Tür klopfte? Was war, wenn er sie wegschickte? Sie würde auf der Stelle vor Scham im Boden versinken. Und Johnson würde den Auftrag von Marsden Holt bekommen und triumphieren.

Zum letzten Mal schleppte sie sich ins Bett zurück. Als sie die Decke hochzog, stellte Jane fest, dass sie zitterte.

Es wurde eine quälend lange Nacht.

*G*ut geschlafen?", erkundigte Jane sich am nächsten Morgen beim Frühstück. Ihre Blässe und die dunklen Ringe unter ihren Augen bewiesen, dass es auf sie nicht zutraf.

Sie sieht mitgenommen aus, stellte Spencer fest. Wahrscheinlich würde es ihr gefallen zu hören, dass es ihm ebenso gegangen war. Aber auch er hatte seinen Stolz. Zum Glück merkte man ihm eine schlaflose Nacht nicht an. Er konnte sich zum Beispiel dermaßen mit einem neuen Produkt beschäftigen, dass er Raum und Zeit vergaß.

Er strich sich durch das noch feuchte Haar. „Ja, und ich habe auch schon Sport getrieben." Zwei Stunden lang, doch das brauchte sie nicht zu wissen.

Sie hatte ihn geküsst und dann abblitzen lassen. Sie hatte sein männliches Ego verletzt, da musste er ihr nicht von seiner schlaflosen Nacht zu erzählen.

Allmählich verstärkte sich Spencers Eindruck, dass Jane Stanford eine höchst seltsame Frau war. Sie hatte ihm Lügen über eine Ehe aufgetischt, eine völlig normale erotische Anziehung geleugnet, und nun gab sie sich wegen eines Kusses wie eine empörte Nonne.

Gewiss, sie war schön. So schön, dass es fast schmerzte, doch darum ging es ihm nicht. Er hatte geglaubt, die leidenschaftliche Frau zu begehren, die in den strengen Businesskostümen steckte. Jetzt war er da nicht mehr so sicher. Vielleicht hatte er seine Begierde auf eine völlig gefühllose Frau gerichtet.

Jedenfalls hatte auch er seine Grenzen. Ihnen stand eine Präsentation bevor. Sollte es zu erotischen Szenen zwischen ihnen kommen – schön. Wenn nicht, gab es andere interessante, attraktive Frauen. Jane hatte ihn daran erinnert, dass er sich öfter mit diesen Frauen treffen sollte.

Klar, manche würden eine Zumutung sein, wie diese Kette rauchende Hyäne oder das magersüchtige Model, aber andere wären bestimmt ganz nett. Und irgendwo gab es die Frau, die er heiraten und mit der er eine Familie gründen würde. Er kam langsam in das Alter, in dem ein Kombi reizvoll wurde.

Gut, Jane gab sich unnahbar – als hätte es diesen Kuss nie gegeben, als wären sie rein geschäftlich hier. Wenn sie weiteres Entgegenkommen erwartete, täuschte sie sich allerdings. Sie konnte ihren unechten Ring behalten, ihren unechten Ehemann, ihr unechtes Leben. Er suchte nach einer Frau, die den Mut hatte, zu ihren Bedürfnissen zu stehen.

Doch trotz all seiner edlen Vorsätze konnte er kaum dem Drang widerstehen, ihre Hand in seine zu nehmen, so erschöpft und verunsichert wirkte Jane.

„Bist du nervös wegen der Präsentation?"

Sie lächelte schwach. „Eigentlich nicht."

„Gut. Wir haben Zeit, alles noch einmal durchzugehen. Und dann haben wir sie."

Schön wär's, dachte Jane. Normalerweise war sie in solchen Situationen ganz bei der Sache, aber bei ihrem Schlafmangel und in Spencers beunruhigender Nähe würde sie bestimmt keine gute Figur machen. Er dagegen schien im Vollbesitz seiner Kräfte zu sein.

Doch ebenso, wie eine verunglückte Generalprobe im Theater eine glanzvolle Premiere verhieß, könnte ihr lausiger Zustand sie im entscheidenden Moment beflügeln.

Bei Marsden Holt angekommen, vollbrachte Jane zwar nicht gerade eine Glanzleistung, aber sie schlug sich mit Anstand. Obwohl Spencer ihre Gefühle durcheinandergewirbelt hatte, wirkte seine Gegenwart jetzt in dem großen Raum mit all den Führungskräften sehr beruhigend.

Sie erkannte, dass dies ihre Chance war. Es ging nicht nur um den Verkauf des Systems von „Datatracker", sie musste auch einen guten Eindruck machen, um einen Job bei Marsden Holt zu bekommen. Damit wäre ihr Problem gelöst. Auf diese Weise wahre ich nicht nur meinen Ruf, sondern auch Spencers, sagte sie sich. Die leise Stimme, die sie daran erinnerte, dass sie vor Spencer davonlief, ignorierte sie.

Die Informationen über „Datatracker" waren allen Teilnehmern im Wesentlichen bekannt. Also gab sie nur einen kurzen Abriss der Vorzüge des Systems und hob die Punkte hervor, in denen „Graham" schwächer war.

Spencer dagegen hielt eine spontane Ansprache, in der er sein Unternehmen beschrieb, den Stolz auf seine Produkte hervorhob und einige Erfolge aufzählte. Er war so verflixt sympathisch, es gelang ihm sogar, sein Publikum mehrfach zum Lachen zu bringen. Während sie sich zurücklehnte und zuhörte, wie er Fragen beantwortete, empfand sie regelrecht Stolz auf ihn.

Sie hatten ihr Bestes getan, sie verdienten den Auftrag. Doch nach der Präsentation war es unmöglich, in Marsdens Gesicht eine Entscheidung abzulesen. Man dankte ihnen, und dann war es vorbei.

„Sie werden bald von uns hören", sagte John Marsden, als er seine Gäste zur Tür begleitete und ihnen herzlich die Hand schüttelte.

„Ich bin so froh, dass wir es hinter uns haben", sagte Jane auf der Taxifahrt zurück zum Hotel. Jetzt, da ihr Adrenalinspiegel wieder normal war, wurde ihr bewusst, dass sie Hunger hatte. Sie hoffte, Spencer würde ein gemeinsames Essen in einem Lokal vorschlagen, vielleicht sogar dem Taxifahrer eine Adresse nennen, doch das tat er nicht.

Auf der Fahrt sprachen sie über die Präsentation und versuchten zu ergründen, wer aus dem Gremium auf ihrer Seite war und wer mehr zu der größeren, am Markt bereits eingeführten Firma neigte.

Nachdem sie ausgestiegen waren, erklärte Spencer: „Ich werde im Büro anrufen und fragen, was es Neues gibt. Meine Maschine fliegt gegen sechs, und deine?"

„Dieses Mal fliegen wir zusammen." Kein Wunder, dass er fragte, hatte sie doch auf dem Hinweg einen anderen Flug genommen – absichtlich.

„Schön. Bis dann also."

Damit drehte er sich um und ging. Betreten stand Jane da. Auch gut, dann würde sie eben allein essen. Sie konnte es ihm nicht einmal übel nehmen, schließlich hatte sie vehement auf ihrer Freizeit bestanden. Trotzdem, er hätte wenigstens anbieten können, gemeinsam ein Taxi zum Flughafen zu nehmen, oder?

Spencer zielte mit seinen Socken auf seine Reisetasche. Die beiden schwarzen Knäuel prallten ab und kullerten aufs Bett.

Unwillig musterte er die Tasche mit den zerknüllten Sachen darin. Allmählich sollte er wirklich Übung im Kofferpacken haben. Seit wie vielen Jahren lebte er schon so – immer unterwegs, ständig darauf bedacht, das Ansehen und die Produkte der Firma ebenso zu fördern wie sein eigenes?

Er dachte zurück an die Zeit, als er noch Zeit hatte für das Entwickeln von Computersystemen – ausgeklügelte Programme für Unternehmen. Er war eine Art Wunderkind gewesen, ein junges Computergenie, das sich ebenso mit Hardware wie mit Software auskannte und dem nichts unmöglich schien. Und ob er Socken trug oder nicht, war belanglos.

Er war so gut, dass er bald eine eigene Firma gründete, als deren Geschäftsführer er jetzt fungierte. Und dann hatte er keine Zeit mehr zum Programmieren, denn als Geschäftsführer musste er sich vor allem mit Verwaltung und Verkauf befassen. Manchmal kam es ihm so vor, als wäre seine anspruchsvollste Tätigkeit die Organisation seines Terminkalenders.

Er setzte sich aufs Bett und starrte auf das geometrische Muster des Teppichbodens. Er dachte zurück an das Meeting am Nachmittag, als er technische Fragen beantwortet hatte. Wie gern hätte er den beiden Technikern im Entscheidungsgremium, die einen Sinn dafür hatten, die Feinheiten des Systems beschrieben. Hätte Jane nicht behutsam eingegriffen, wären die anderen Manager vor Langeweile eingeschlafen. Aber Spencer war nun einmal mit Leib und Seele Computerfreak.

Sogar das Teppichmuster erinnerte ihn an Schaltkreise. Er wünschte, sich wieder den Aufgaben widmen zu können, die ihm am meisten lagen. Dann müsste er nicht mehr so viel reisen, könnte öfter zu Hause sein, vielleicht auch wieder heiraten, aus dem Apartment in ein hübsches Haus ziehen.

Sobald er an ein gemütliches Heim dachte, sah er Jane darin. Er dachte an seine Vorsätze von vorhin – er wollte keine x-beliebige Frau. Er wollte Jane. Weshalb zum Teufel sagte sie ihm nicht die Wahrheit? Sie begehrte ihn ebenso heiß, wie er sie begehrte. Warum konnte sie nicht einfach sagen: „Ich bin Single, lass uns miteinander schlafen." Was wäre so schlimm daran?

Er hatte sie in der Lobby ziemlich rüde stehen gelassen. Richtig so. Wenn sie mit seinen Gefühlen spielen wollte, konnte er das mit ihren auch.

Er stand auf, stopfte die Socken in die Reisetasche und schaute sich um. In einer Ecke lag ein Schuh, den zweiten fand er unter dem Bett. Er packte alles ein und zog den Reißverschluss zu.

Wenn er doch seine Sehnsüchte ebenso einfach wegpacken könnte! Jane machte ihn verrückt. Er wollte sie wie noch nie zuvor etwas in seinem Leben. Und dieser glühende Kuss am Getränkeautomaten hatte ihm bewiesen, dass sie ihn auch begehrte.

Wären sie nicht unterbrochen worden, hätte der Abend bestimmt einen anderen Verlauf genommen.

Es musste etwas geschehen. Er beschloss, Jane zur Rede zu stellen, sobald sie wieder in Vancouver waren. Er würde ihr seine Gefühle gestehen, sich ihr offenbaren. Zwar hatte er Angst davor, aber so konnte es nicht weitergehen, mit dieser erbärmlichen Lüge …

*D*as Läuten des Telefons riss Spencer aus seinen Träumereien. Sein Puls beschleunigte sich. Ob das Jane war?

Wahrscheinlich nicht, nachdem er sie so vor den Kopf gestoßen hatte. Vielleicht Yumi.

Er nahm ab. „Spencer Tate."

„Gut, dass ich Sie noch erwische. John Marsden hier."

„Ja, John?" Spencer bemühte sich um einen gelassenen Ton, doch insgeheim drückte er die Daumen.

„Ich will gleich zur Sache kommen. Sie haben den Auftrag."

Spencer unterdrückte mit Mühe einen Jubelschrei. „Das ist eine großartige Nachricht." Er war stolz auf seine gespielte Ruhe. „Und eine gute Entscheidung."

„Das glauben wir auch. Wir wollen es morgen Vormittag offiziell verkünden. Ich rufe an, um zu fragen, ob Sie und Jane noch einen Tag länger bleiben können, um unseren Mitarbeitern das System zu erläutern."

Spencer hatte zu Hause Berge von Arbeit auf dem Schreibtisch, noch einen Tag konnte er sich absolut nicht leisten. „Sicher", hörte er sich sagen. „Ich verlege meine Termine. Kein Problem."

„Ich wollte Jane anrufen und es ihr sagen, aber sie ist nicht in ihrem Zimmer. Können Sie sie benachrichtigen?"

„Selbstverständlich."

Marsden zögerte, als müsse er seine nächsten Worte abwägen. „Sie ist eine hervorragende Kraft", sagte er schließlich. „Und ich bin ein Ehrenmann – sonst würde ich Ihnen diese Frau abjagen."

Spencers Magen zog sich zusammen. Er wünschte, Jane würde ihm gehören. Nicht als seine Mitarbeiterin, sondern ganz und gar. Dann könnte niemand auf der Welt sie ihm jemals abjagen.

Er zwang sich zu lächeln, sogar zu einem leisen Lachen reichte es. „Gut, dass Sie mich daran erinnern. Ich werde ihr einen Bonus geben."

Sobald er aufgelegt hatte, wählte er Janes Zimmernummer, aber sie nahm noch immer nicht ab. Er hinterließ die Nachricht, dass sie noch eine Nacht bleiben würden. Dann rief er Yumi an und bat sie, andere Flüge zu buchen. Nachdem das erledigt war, informierte er die Angestellte an der Rezeption, dass Jane und er ihren Aufenthalt im Hotel verlängern würden.

Anschließend reservierte er im besten Restaurant von Detroit einen Tisch für zwei Personen. „Es wäre nicht anständig", hatte Marsden gesagt. Spencer hatte sich stets für einen anständigen Menschen gehalten. Aber ein vertrautes Dinner zu zweit roch geradezu nach Verführung.

Mit einem Seufzer griff er erneut zum Telefon und rief Marsden an. „Jane und ich würden gern Sie und Ihre Frau heute Abend zum Dinner einladen, als Dankeschön für den Auftrag."

Und so wurde die Reservierung auf vier Personen geändert.

Wieder wählte er Janes Nummer. Diesmal meldete sie sich. Als sie „Hallo" sagte, jagte ein Adrenalinstoß durch seine Lenden. Was würde erst passieren, wenn sie ihm jemals Zärtlichkeiten ins Ohr flüsterte?

„Hier Spencer …"

„Spencer. Ich habe deine Nachricht bekommen, und dann war bei dir ständig besetzt. Was ist los?"

Bei ihrem aufgeregten Ton lächelte er stolz. „Wir haben es geschafft!"

Da sie sich ihm gegenüber keinen Zwang antun musste, stieß sie einen lauten Jubelschrei aus. „Fantastisch! Ich habe mir schon so etwas gedacht, als du gegen Ende der Präsentation als zusätzliche Leistung ein Jahr technischen Service angeboten hast. Aber sicher war ich natürlich nicht."

„Wir sollen morgen bei der offiziellen Bekanntgabe dabei sein. Ich habe zugestimmt, ist das okay?"

„Natürlich. Ich habe mir ohnehin ein paar Tage frei gehalten, zur Sicherheit." Sie klang atemlos, als wäre sie gerannt.

„Da ich dich nicht erreichen konnte, habe ich eigenmächtig für heute Abend einen Tisch für uns und das Ehepaar Marsden reserviert. Du kommst doch mit?", fragte er scheinbar beiläufig, weil sie ihm neulich deutlich zu verstehen gegeben hatte, dass sie nicht andere über sich bestimmen ließ.

Sie pfiff leise, als sie den Namen des Lokals hörte. „Selbstverständlich. Das geht hoffentlich auf dein Spesenkonto."

Er lachte. Sein Ärger verblasste und machte der Vorfreude Platz. Es mochte zwar kein intimes Dinner zu zweit sein, doch zumindest würden sie zusammen an einem Tisch sitzen. Er wartete einen Moment. Wenn sie eine einigermaßen normale Frau war, wusste er, was als Nächstes kommen würde. Sie enttäuschte ihn nicht.

„Aber Spencer, ich habe nichts anzuziehen."

„Du kannst den großzügigen Bonus, den du dir verdient hast, zum Shoppen verwenden."

„Welchen Bonus?"

„Das hat mir Marsden geflüstert. Er meinte, wenn er kein anständiger Mensch wäre, würde er dich abwerben. Da ich ein knallharter Geschäftsmann bin, besteche ich dich, damit du bleibst."

Es war als Scherz gemeint, er erwartete, sie lachen zu hören, doch sie schwieg. Ihm wurde unbehaglich. Sie ließ sich doch bestimmt nicht abwerben – oder?

„Jane? Bis du noch dran?"

„Ja, ja." Sie lachte unsicher. „Hoffentlich ist es ein dicker Bonus. Ich muss im Hotel einkaufen, da nehmen sie unverschämte Preise."

„Kauf dir zehn Kleider. Du hast es dir verdient."

Natürlich kaufte Jane nur ein Kleid. Aber es kostete so viel wie zehn. Es war ein Schlauchkleid aus kornblumenblauer Seide, das ihre Augenfarbe und ihre Figur perfekt betonte.

Es war kein auffallendes Kleid – schließlich handelte es sich um ein Geschäftsessen –, doch sehr feminin, und es passte wie angegossen. In dem Laden gab es auch ein Abendtäschchen in Blau, passende Schuhe und Unterwäsche.

Fast wäre sie in Ohnmacht gefallen, als sie die Summe sah. Die eifrige Verkäuferin empfahl ihr noch das Schmuckgeschäft nebenan, und nach kurzem Zögern ging Jane hinüber.

Ein solches Kleid erforderte eine große Aufmachung – Haarstyling, Make-up, Maniküre –, aber dafür war keine Zeit. Also steckte sie ihr Haar nur etwas kunstvoller als gewöhnlich hoch und zupfte ein paar Locken heraus. Mit dem Make-up gab sie sich ebenfalls mehr Mühe als sonst.

Sie versuchte sich einzureden, dass sie auf die Marsdens einen guten Eindruck machen wollte, doch im Grunde wusste sie genau, für wen sie sich hübsch machte. Schließlich war sie auch nur ein Mensch. Sie beschloss, endlich ihre Feigheit zu überwinden, ihm die Wahrheit zu gestehen und sich auf das Abenteuer mit ihm einzulassen. Und wenn sie sehr, sehr diskret waren, würde es vielleicht niemand merken.

Jane traf als Erste am verabredeten Treffpunkt in der Lobby ein. Sie war aufgeregt wie vor ihrem ersten Ball, während sie nach Spencer Ausschau hielt. Obwohl sie sich so unnahbar wie möglich gab, zog sie die Blicke der Männer auf sich. Und nachdem der Erste ihr einen Drink angeboten hatte, wünschte sie, sie hätte ihr bravstes Kostüm angezogen.

Das Signal des Lifts riss sie aus ihren Überlegungen. Mit Erleichterung sah sie Spencer aus dem Lift treten, und ihr stockte der Atem. In seinem schwarzen Anzug mit dem weißen Hemd wirkte er schlicht umwerfend. Das Haar hatte er sorgfältig gekämmt. Mit ernstem Blick schaute er sich im Foyer um. Dann endlich erblickte er sie, und ihr Herz begann zu rasen.

Doch er schien durch sie hindurchzusehen, und ihr Lächeln schwand. Sie kam sich vor, als hätte sie soeben ein Vermögen verspielt.

Er steuerte durch die Menge auf den Treffpunkt zu, aber erst als er fast vor ihr stand, gönnte er ihr erneut einen Blick. Seine Reaktion war filmreif. Der Märchenprinz riss seine Augen auf, wie sie voller Genugtuung registrierte. Das kleine Vermögen war also doch gut angelegt.

„Wow!", sagte er.

Es war nicht gerade das geistreichste Kompliment in ihrem Leben, aber sie freute sich über alle Maßen.

„Selber wow", gab sie zurück und musterte den perfekten Schnitt seines Anzugs, den sie noch nie an ihm gesehen hatte. „Da hat offenbar noch jemand einen Bonus bekommen."

„Wieso glauben Frauen immer, nur sie hätten Spaß am Shoppen?" Er zwinkerte ihr zu.

„Jetzt sag bloß, Einkaufen ist deine heimliche Leidenschaft, Spencer!"

„Meine heimlichen Leidenschaften verrate ich dir nicht. Oder besser gesagt, noch nicht."

Unter weiteren Neckereien nahm er sie beim Ellbogen und führte sie durch die Tür nach draußen. Plötzlich schienen sie ihr Versteckspiel aufgegeben zu haben. Wie auch immer, die Atmosphäre während der Taxifahrt zum Restaurant blieb locker und entspannt. Allerdings war Jane sich nur zu bewusst, dass ihr Gegenüber ein Mann in den besten Jahren war. Hinter dem jungenhaften Charme, der sie so faszinierte, verbargen sich höchst erwachsene Bedürfnisse. Und deshalb schlug ihr Herz einen Salto nach dem nächsten.

Im Restaurant wies man ihnen einen Tisch in einer ruhigen Nische zu. Da sie absichtlich früh gekommen waren, um ihre Gäste zu erwarten, waren sie zunächst allein.

Sobald sie Platz genommen hatten, erschien der Ober und begrüßte sie mit französischem Akzent. „Wünschen Sie einen Aperitif?"

Spencer sah Jane fragend an. „Champagner?"

„Gern."

„Aber einen guten."

Der Ober sah aus, als hätte Spencer ihn gegen das Schienbein getreten. „Wir führen selbstverständlich nur Spitzenprodukte. Siebzehn verschiedene Marken."

Damit stolzierte er von dannen. Spencer schmunzelte.

„Jetzt hast du dir einen Feind fürs Leben gemacht", bemerkte Jane.

Da näherten sich John Marsden und seine sympathische Frau, und sie und Spencer standen zur Begrüßung auf.

Jane war immer gut mit John Marsden ausgekommen, also würde es kein anstrengender Abend werden. Er gab sich zuvorkommend, seine elegante Frau war nett und herzlich.

Für ein Geschäftsessen war es ein voller Erfolg, fand Jane. Und das nicht nur wegen ihres wenig geschäftsmäßigen Flirts mit Spencer.

Was zwischen ihr und Spencer passierte, war pure Magie, und, das war ihr inzwischen klar, es war unausweichlich. Ihre fast euphorische Stimmung auf der Rückfahrt zum Hotel war nicht nur dem Champagner zuzuschreiben, das wusste Jane. Sie kam viel mehr daher, dass sie hoffte, sie würde bald ihre brennende Begierde stillen können. Keiner von ihnen machte Scherze, sie schwiegen beide.

Jane sah Spencer von der Seite an. Sein Gesicht war ernst. Er starrte auf seine gefalteten Hände, als hätte er einen inneren Kampf auszufechten.

Jane dachte an Yumis Worte, und plötzlich schlug ihr Gewissen. Quälte er sich wirklich ihretwegen so sehr? Sie fühlte, dass es so war. Nie zuvor in ihrem Leben hatte sie einen Mann getroffen, der sie mit einem einzigen Blick so entflammen konnte wie Spencer. Warum musste es ausgerechnet der Mann sein, der ihre Karriere vereiteln konnte?

Sie wandte sich ab und schaute aus dem Fenster. Der Detroit River zog vorbei, dann gelangten sie ins Zentrum mit den Wolkenkratzern und den älteren Backsteingebäuden. Jane dachte an ihr langweiliges und kaum vorhandenes Liebesleben und erkannte auf einmal das Muster. Sie suchte sich stets uninteressante, berechenbare Männer wie Owen, der, wie Alicia gern bemerkte, mehr für die Innereien von Fischen als für Frauen übrighatte.

Ihr Leben lang hatte sie Männer wie Spencer gemieden: aufstrebende, erfolgreiche Typen, die Macht ausübten. Ihr graute davor, ein Leben zu führen, wie ihre Mutter es für sie vorgesehen hatte. Aber Spencer brachte ihre Überzeugungen ins Wanken. Bei ihm wollte sie jede Vernunft über Bord werfen, nur ein einziges Mal ihre Leidenschaft ausleben. Was konnte daran so schlimm sein? Sie hatte ihr Ziel erreicht und den Auftrag von Marsden erhalten. Bald würde sie ohnehin „Datatracker" verlassen.

„Du bist heute Abend so schön", flüsterte er.

Seine Miene war ernst, seine braunen Augen wirkten in der Dunkelheit fast schwarz. Sie hörte ihr Seidenkleid rascheln, als sie, ohne weiter nachzudenken, zu ihm hinüberrutschte.

Das Taxi hielt abrupt, sie fuhr zusammen, als ihr der Portier des Hotels die Tür aufhielt. Sie wartete, bis Spencer dem Mann ein Trinkgeld gegeben sowie den Taxifahrer entlohnt hatte. Dann packte er ihre Hand und ging rasch mit Jane ins Hotel.

Hand in Hand eilten sie durch die Lobby zum Lift. Sie sprachen nicht, der geheimnisvolle Strom, der sich von seiner Hand auf sie übertrug, sagte mehr als Worte. Jane drückte den Knopf für ihre Etage, und er war offenbar damit einverstanden, dass sie die Führung übernahm.

Sie ließen sich erst los, als sie vor der Tür zu Janes Zimmer standen und Jane in ihrer Abendtasche nach der Magnetkarte suchte. Ihre Hand zitterte, und Spencer nahm Jane die Karte ab, öffnete und hielt ihr die Tür auf.

Der Raum war von einer Nachttischlampe schwach beleuchtet. Die Klimaanlage summte leise. Die Bettdecke war zurückgeschlagen, auf jedem Kopfkissen lag eine Praline.

Das Klicken der sich schließenden Tür erschien Jane absonderlich laut. Sie drehte sich um.

Sie hatte Spencer auf dem ganzen Weg ins Hotel nicht angesehen. Jetzt schaute sie ihm in die Augen. Er wirkte noch immer ernst und irgendwie größer als sonst. Bislang hatte sie geführt, jetzt verharrte sie regungslos und blickte nur in diese tiefdunklen Augen.

Sie hatte das Gefühl, dass er auf etwas wartete. Im selben Moment wusste sie, was sie zu tun hatte.

Sie musste sich von Tom Cruise scheiden lassen.

*S*pencer, meine Ehe war ein Fehler." Vor allem war sie eine Lüge, doch Jane konnte sich nicht überwinden, ihm das zu gestehen. „Es ist aus." Die Worte klangen sonderbar in ihren Ohren, gab sie doch trotz allem höchst ungern einen Fehlschlag zu, und sei es auch nur eine erfundene Ehe.

Sie meinte, bei ihm eine leichte Verwirrung zu erkennen, doch vielleicht irrte sie sich. Sie hatte so lange nicht mehr mit einem Mann geschlafen, dass sie womöglich die Anzeichen sexueller Begierde missdeutete.

„Hast du ihn verlassen?", fragte er.

Natürlich hatte er seine Grundsätze. Das hatte ihr von Anfang an bei ihm gefallen. Er würde niemals mit einer verheirateten Frau schlafen. Jane schämte sich. Wahrscheinlich hielt er sie für ein treuloses Biest. Dabei war das Ganze ein Witz. Seit fast zwei Jahren hatte sie keinen Sex gehabt, und er dachte, sie würde mit zwei Männern gleichzeitig jonglieren. Sie biss sich auf die Unterlippe. Er würde sofort kehrtmachen, wenn sie nicht ehrlich war.

„Ja", erwiderte sie. Das klang zu halbherzig. Also schob sie nach: „Ich meine, wir leben getrennt."

Offenbar war er noch nicht ganz beruhigt. „Ist keine Versöhnung mehr möglich?"

Bei der Vorstellung, sie könnte den Rest ihres Lebens mit Chuck verbringen, lief es ihr eiskalt über den Rücken. „Nein!"

Spencer trat näher und legte die Hand an ihre Wange. Sie schloss die Augen, als er ganz leicht über ihr Gesicht strich. Dann hob er ihr Kinn an. Jane spürte seine Wärme, nahm den leichten Zitrusduft seines Rasierwassers wahr.

Ganz zart streiften seine Lippen ihre, und sie spürte, dass Spencer zögerte und mit sich kämpfte, ob er den harmlosen Gutenachtkuss vertiefen sollte.

Er hob den Kopf. Sie würde es nicht ertragen, wenn er jetzt ging. Leise seufzend griff sie in sein Haar und zog seinen Kopf zu sich heran.

Er stöhnte auf, und dieses Mal war sein Kuss heftig, fast zornig in seiner Intensität. Er riss Jane an sich, und ihr Verlangen wuchs. Ihr ganzer Körper schrie nach Erfüllung.

Er drang mit der Zunge in ihren Mund, fordernd, liebkosend, erregend – so als wolle er damit das Feuer ihrer Leidenschaft immer wieder neu entfachen. Sie schmiegte sich fester an ihn, presste die Brüste an ihn.

Spencer reagierte, indem er nach dem Häkchen auf der Rückseite ihres Kleides tastete, dann vernahm sie das leise Sirren des Reißverschlusses.

Spencer hob den Kopf und trat einen Schritt zurück, während ihr Kleid herunterglitt. Sie beugte sich vor, um es festzuhalten.

„Lass es", bat er heiser.

Sie tat ihm den Gefallen und wartete regungslos, bis das Kleid zu ihren Füßen heruntergerutscht war. Sein Blick wanderte langsam von ihrem aufgesteckten Haar über ihren Körper und blieb an der hauchzarten Wolke aus blauer Seide hängen, die sich um ihre Fesseln schmiegte. Jane musste an sich halten, um nicht die Arme vor den Brüsten zu kreuzen.

Zwar trug sie noch die zarte Unterwäsche aus blauer Seide und Spitze, doch unter seinem Blick fühlte sie sich nackt. Er stand mit dem Rücken zur Lampe auf dem Nachttisch, sodass sein Gesicht im Schatten lag. Jane hingegen bot sich ihm in ihrer ganzen Blöße dar, denn ihre Dessous enthüllten mehr, als sie verbargen. Strümpfe trug sie nicht, ihre nackten Füße mit den rot lackierten Zehennägeln steckten in hochhackigen Riemchensandaletten.

Eine kleine Ewigkeit lang betrachtete er sie, ohne sich zu rühren. Schließlich flüsterte er: „Du siehst aus wie Venus, aus dem Meeresschaum geboren."

Die Geburt der Venus war ein hübscher und passender Vergleich, denn Jane kam sich tatsächlich vor wie ein neugeborenes Wesen mit neuen, überwältigenden Sehnsüchten.

Spencer streifte sein Jackett ab und warf es auf den Boden. Jane widerstand dem Impuls, es aufzuheben. Sein Hemd folgte, und plötzlich kümmerte sie seine Nachlässigkeit nicht mehr. Stumm starrte sie ihn an. Seine Brust war die eines Athleten, seine Taille schmal. Der Anblick seiner Bauchmuskulatur erfüllte sie mit Lust – merkwürdig, so etwas hatte sie noch nie empfunden. Sie konnte den Blick nicht davon abwenden. Eine Linie dunklen Haars zog sich bis zu seinem Hosenbund, doch sie blickte auf seine dichte Brustbehaarung.

Achtlos stieg sie über ihr Kleid, wobei ihr wohlerzogenes Ich sie ermahnte, das teure Stück auf einen Bügel zu hängen. Egal – dieses eine Mal wollte sie nicht wohlerzogen sein.

Sie ging auf Spencer zu und berührte das feine gelockte Haar auf seiner Brust. Wie gut er duftete, wie warm seine Haut war … Unwillkürlich erschauerte sie.

Spencer ergriff ihre Hände und drückte sie sanft. „Willst du es wirklich?"

„Ja. Ich reiche die Scheidung ein", brachte sie mühsam heraus.

„Ich möchte nicht, dass du es hinterher bereust."

Wie sollte sie ihm ihre Gefühle erklären? Sie entzog sich seiner Umarmung, setzte sich aufs Bett und drehte nervös an ihrem Ring. „Das Ganze war ein Irrtum." Sie dachte an Johnson und an Alicias Warnung und schüttelte den Kopf. Wie hatte sie nur so blind sein können? „So eine Dummheit habe ich noch nie zuvor gemacht."

Da sie den Blick auf den Boden geheftet hielt, sah sie nun Spencers Füße in den glänzenden schwarzen Schuhen auf sich zukommen. Die Matratze wippte, als er sich neben sie setzte und ihr beruhigend den Arm um die Schultern legte. Er würde sie verstehen. Erleichtert atmete sie auf.

„Eine Scheidung ist eine ernste Sache", sagte er nachdenklich. „Bist du ganz sicher?"

Sie konnte ihm nicht gestehen, dass das Ganze eine Erfindung war – sie würde seine Empörung, seine Vorwürfe nicht ertragen. Vielleicht würde er sogar gehen und sie allein lassen mit ihrer Sehnsucht.

Sie musste dafür sorgen, dass er es nie herausbekam. In naher Zukunft würde sie ohnehin einen neuen Job haben. Sie wünschte sich nur diese eine Nacht mit diesem außergewöhnlichen Mann. War das so verwerflich?

„Ja. Chuck weiß, dass es mit uns nie funktionieren würde." Sie unterdrückte ein nervöses Kichern bei der Vorstellung, was Chuck zu der Idee sagen würde, sein Leben mit ihr zu verbringen. „Meine Ehe ist vorbei."

Spencer atmete tief ein. „Möchtest du darüber reden?"

Reden? Ihr Körper bebte vor Verlangen nach ihm. Reden war das Letzte, was sie jetzt wollte. Ihr stand nicht der Sinn nach einem sensiblen Gesprächspartner, sie wollte den Neandertaler wiederhaben.

Jane holte Luft. Sie musste die Dinge selbst in die Hand nehmen. Sie sah ihm tief in die Augen. „Nein", flüsterte sie. „Ich möchte nicht reden."

Langsam zog sie den goldenen Ring vom Finger, während Spencer wie gebannt zuschaute. Sie stand auf, ging ins Bad und ließ den Ring auf die Ablage fallen. Er prallte gegen ihr Necessaire, und das erinnerte sie an etwas. Sie durchsuchte die Toilettentasche.

Jane war gern auf alle Eventualitäten vorbereitet, und so befand sich in einem Seitenfach das, was sie bislang am wenigsten zu brauchen glaubte. Hinter den Tabletten zur Sterilisation von Wasser und dem Zettel mit der Adresse ihrer Eltern steckten drei Kondome. Hoffentlich hatten sie sich mit den Jahren nicht bereits aufgelöst.

Sie straffte die Schultern und musterte ihr Gesicht im Spiegel. Sie fühlte sich sexy und wild entschlossen. Sie ging zurück ins Zimmer und sah Spencer auf der Bettkante sitzen. Er hatte sich nicht gerührt, nicht einmal die Schuhe ausgezogen. Aber das Hemd hatte er auch nicht wieder angezogen.

Jane spielte die Überlegene und warf die drei Packungen lässig aufs Nachtschränkchen, aber ihre Wangen brannten. Spencer beobachtete sie schweigend, bis sie sich ihm zuwandte.

„Bist du ganz sicher?" Seine Stimme klang fast barsch.

Sie hatte keine Lust mehr, auf überflüssige Fragen einzugehen. Nein, sie war nicht sicher. Aber ihr Körper war es. Sie nickte und ging auf Spencer zu. Dann kniete sie sich hin, band die Schnürsenkel seiner Schuhe auf, zog ihm die Schuhe und die Socken. Mit beiden Händen strich sie seine Hosenbeine hinauf und beugte sich vor, um ihn zu küssen.

Er fuhr mit den Händen an ihrem Rückgrat hinunter, umfasste ihren Po in dem seidenen Slip und zog sie über sich. Mit seinem Mund erstickte er ihren überraschten Schrei, und sie drängte sich an ihn, sodass sein raues Brusthaar sie durch den dünnen BH kitzelte. Rasch streifte sie ihre Riemchensandaletten ab und ließ sie auf den Boden fallen. Dann langte sie nach seinem Hosenbund, aber Spencer war schneller. Er zog die Hose aus und warf sie zu den anderen Sachen auf den Teppich.

Nachdem er sich offenbar entschieden hatte zu bleiben, legte er eine Entschlossenheit an den Tag, die ihr den Atem nahm. Er begann ein erotisches Spiel mit ihrer Zunge, sodass Jane ein köstliches Schwindelgefühl erfasste. Gleichzeitig presste er ihren Körper an sich.

Schließlich hob er den Kopf, um die Rundungen ihrer Brüste in dem seidenen BH zu betrachten, und schwer atmend folgte Jane seinen Blicken. Deutlich waren ihre aufgerichteten Knospen zu sehen. Er strich über die Spitzen, was Jane ein lautes Stöhnen entlockte, dann liebkoste er sie mit dem Mund, bis der Stoff ganz feucht war. Er blies auf die nassen Stellen, und Jane erschauerte.

Er lächelte unverschämt. „Ist dir kalt? Dann solltest du das nasse Zeug besser ausziehen."

Er hakte ihr den BH auf und streifte ihn ihr ab. Dann senkte er wieder den Mund auf eine Brust, und glitt mit der Hand über ihren Bauch nach unten glitt. Sanft streichelte er sie durch den zarten Slip hindurch.

Jane atmete flach und stoßweise. Wo war ihre kühle Überlegenheit geblieben? Die Gleichgültigkeit, ja Langeweile, die sie oft beim

Sex empfunden hatte? „Bitte komm zu mir", flüsterte sie erregt. „Du machst mich wahnsinnig."

Spencer ging in die Knie, zog ihr den Slip aus und streifte dann seine Boxershorts ab.

Sie erhaschte einen kurzen Blick auf seine erregte Männlichkeit, bevor er sie an sich presste und sie leidenschaftlich küsste.

Mit beiden Händen streichelte sie seinen Rücken, griff in sein Haar, strich wieder den Rücken hinunter, bis sie schließlich seinen Po umfasste und ihn an sich zog. Sie musste ihn in sich spüren, jetzt sofort.

Doch Spencer widersetzte sich. „Nicht so schnell. Ich möchte, dass wir uns Zeit lassen und es so richtig genießen."

Nachdem er sich das Kondom übergestreift hatte, schob er seine Hand zwischen ihre Schenkel, die sie bereitwillig öffnete. Er berührte ihre empfindlichste Stelle, und Jane schrie auf vor Lust, während seine Finger sie zärtlich und gekonnt liebkosten. Erneut küsste er sie und ahmte mit der Zunge die Bewegungen seiner Finger nach, umspielte ihre Zungenspitze, als wäre sie ein zweiter Lustpunkt.

Jane war fast von Sinnen vor Verlangen. Hitze durchströmte sie in Wellen und schien sich tief in ihr zu sammeln. „Bitte, Spencer, ich …", hauchte Jane. Die Stimme versagte ihr, als er sich zwischen ihre Schenkel schob. Sie warf den Kopf zurück, und er drang geschmeidig ein, bis er sie ganz ausfüllte. Sie glaubte dahinzuschmelzen, so überwältigend schön war es.

Dann begann er sich zu bewegen, und sie folgte seinem Rhythmus. Sie waren beide kurz vor dem Höhepunkt. Jane bäumte sich auf und spürte seine ganze Leidenschaft, sah die tiefe Anspannung in seinem Gesicht, weil er sich nur mühsam zurückhielt. Wieder und wieder glitt er in sie hinein, trieb sie in unendliche Höhen, bis sie jegliche Kontrolle über sich verlor und wild erschauernd kam.

Mit einem heiseren Aufschrei folgte Spencer ihr zum Gipfel.

16. KAPITEL

$\mathcal{S}$pencer erwachte lächelnd, die rechte Hand auf Janes warmer Brust. Zum ersten Mal seit Monaten fühlte er sich entspannt und zufrieden. Eigentlich wollte er noch nicht wach werden, sondern zurückkehren in den unglaublich erotischen Traum, der die ganze Nacht lang gedauert hatte.

Er hörte ein leises Seufzen neben sich. Die Brust bewegte sich, eine harte Knospe kitzelte seine Handfläche. Er öffnete die Augen und erinnerte sich plötzlich an alles.

Es war kein Traum. Eher ein Märchen, das wahr geworden war. Auf dem Nachtschrank lagen drei leere Kondompackungen. Spencer kam sich vor, als hätte er einen Triathlon hinter sich und dabei die Goldmedaille gewonnen.

Er betrachtete das goldblonde Haar, das auf dem Kissen neben ihm ausgebreitet war. Eine Haarnadel hatte er übersehen, vorsichtig entfernte er sie. Er dachte daran, wie er die Spangen eine nach der anderen herausgezogen hatte, genau wie in seinen Fantasien. Jane hatte nackt vor ihm gesessen, und als die blonde Fülle dann offen auf ihre Schultern fiel …

Er verspürte ein Ziehen in der Lendengegend, wenn er nur daran dachte. Er fühlte sich wie ein Teenager, der gerade erst Sex entdeckte. Und ebenso unersättlich schien er zu sein. Es war ihm fast peinlich, aber Jane hatte sich nicht beklagt.

Er überlegte, ob er sie mit Liebkosungen seiner Zunge aufwecken sollte. Doch beim Blick auf die Uhr besann er sich. Sie mussten bald los. Auf den Ellbogen gestützt, betrachtete er sie im Schlaf. Den linken Arm hatte sie ausgestreckt, und er dachte an den Moment, als sie den Ehering abgestreift hatte.

Und da traf ihn die Erkenntnis wie ein Blitz.

Er liebte sie.

Deshalb wünschte er sich, sie wäre ehrlich zu ihm gewesen. Mit dem Ablegen des Rings hatte sie zu verstehen gegeben, dass sie frei für ihn war. Aber er hatte mehr von ihr erwartet – die Wahrheit. Warum hatte sie ihm nicht gesagt, dass sie Single war?

Behutsam, um sie nicht zu wecken, stand er auf und zog sich an. Leise schlich er zum Schreibtisch und notierte auf Hotelbriefpapier, dass er sich mit ihr um halb acht zum Frühstück treffen wollte. Er überlegte kurz, wie er unterschreiben sollte, dann setzte er nur seine Initialen darunter. Wenn sie in dieser Nacht nicht gemerkt hatte, was er für sie empfand, halfen auch keine poetischen Ergüsse.

In seinem Badezimmer duschte er ausgiebig. Durch den Wasserdampf starrte er auf die weißen Kacheln, und während ihn das heiße Wasser überströmte, trübte ein leiser Zweifel seine Seligkeit. Warum hatte Jane auf ihre Lüge noch eine zweite folgen lassen?

Spielte sie auf Zeit?

Beim Abtrocknen fragte er sich, wie lange es dauern würde, bis Jane bereit wäre, ihn zu heiraten. Er war bereit dazu. Am liebsten sofort. Er liebte diese Frau über alle Maßen, und dieses Mal würde er einen besseren Ehemann abgeben. Bei dem Gedanken, mit Jane verheiratet zu sein, lächelte er.

Wahrscheinlich wäre diesmal er derjenige, der sich über die langen Arbeitszeiten beklagte.

Obwohl er nur ein, zwei Stunden geschlafen hatte – und hätte Jane mehr Kondome dabeigehabt, wäre es noch weniger gewesen –, fühlte er sich frisch und energiegeladen. Er rasierte sich besonders sorgfältig, föhnte sich sogar das Haar. Er freute sich auf das Frühstück mit Jane und darauf, ihren Triumph bei Marsden noch einmal zu genießen. Eigentlich freute er sich auf das ganze Leben mit Jane.

Fröhlich pfeifend betrat er um fünf vor halb acht den Frühstücksraum. Bei seiner ersten Tasse Kaffee beobachtete er den Eingang. Zehn Minuten später schaute er lächelnd zur Uhr. Jane war offensichtlich erschöpfter als er, normalerweise kam sie nie zu spät.

Um Viertel vor acht saß sie ihm endlich gegenüber.

Ein Blick in ihr Gesicht, und er nahm von den beabsichtigten Neckereien Abstand. Sie war blass und wirkte verstört. Und sie vermied es, ihm in die Augen zu sehen.

„Habe ich dich überfordert?" Das war das Erste, das ihm in den Sinn kam. Es war eine so wilde Nacht gewesen, vielleicht hatte er es etwas übertrieben. Sollte er sie verletzt haben, würde er sich das nie verzeihen.

In ihre blassen Wangen kam Farbe, und sie schaute sich erschrocken um, ob jemand die Bemerkung gehört hatte. „Nein, nein, natürlich nicht."

Eine düstere Ahnung stieg in ihm auf. „Was hast du dann?"

Ein Kellner trat an den Tisch, um Kaffee nachzuschenken. Ungeduldig wartete Spencer, während Jane sich Milch und Zucker nahm, bedächtig umrührte und den ersten Schluck trank. Sie hielt die Tasse mit beiden Händen, als suchte sie tröstliche Wärme. Noch immer sah sie ihn nicht an.

„Ich kann es nicht fassen, dass ich so etwas Dummes getan habe!", brach es schließlich aus ihr heraus.

„Etwas Dummes?" Er schrie fast und bewirkte damit, dass die übrigen Gäste neugierig zu ihnen hinüberschauten. Er senkte die Stimme. „Mir fallen eine Menge Bezeichnungen für die letzte Nacht ein. Fantastisch, wild, märchenhaft zum Beispiel. Aber was war dumm daran?"

Endlich sah sie ihm in die Augen, und der Zorn in ihrem Blick verwirrte ihn. Jetzt fragte er sich, wer hier der Dumme war. Vielleicht war Jane Stanford mit ihrem eingebildeten Ehemann ganz zufrieden. Vielleicht hatte sie nicht die geringste Absicht, den Schein-Ehemann um eine Schein-Scheidung zu bitten. Vielleicht war er, Spencer, für sie nichts anderes als ihre neueste Eroberung? Diente das Lügengebäude nur als Vorwand, damit sie es bei einer flüchtigen Affäre belassen konnte?

„Du zahlst mein Gehalt, Spencer."

Verständnislos schaute er sie an. „Was soll das heißen? Wir haben Online-Banking, Hal zahlt dein Gehalt."

Irritiert fragte sie zurück: „Hal?"

„Der Computer aus 2001 – Odyssee im Weltraum. Vergiss es."

Sie rieb sich die Schläfen, als hätte sie Kopfschmerzen. Er bemerkte den Goldreif an ihrem Ringfinger, und das Herz wurde ihm schwer. „Du bist mein Boss, Spencer. Was sind das für Frauen, die mit ihrem Chef schlafen?"

Er begriff kaum, was sie sagte. Sie trug wieder ihren Ehering. Die Botschaft war eindeutig. „Du hast deinen Ring wieder angesteckt. Was für ein Spiel treibst du mit mir?"

„Hast du nicht zugehört? Was bleibt mir anderes übrig? Wenn ich den Ring nicht trage, weiß jeder sofort Bescheid."

„Bescheid worüber?" Seine Stimme klang gefährlich ruhig.

„Dass ich mit meinem Arbeitgeber geschlafen habe."

„Von Schlaf kann ja kaum die Rede sein. Außerdem fände ich es schön, wenn du dich an meinen Namen erinnertest. Ich heiße Spencer. Im Moment bin ich dein Liebhaber, nicht dein Boss."

„Du bist beides. Heute Morgen habe ich endlich eingesehen, dass ich nicht beides haben kann."

Er fluchte laut und ärgerlich. Zwei Jahre hatte er gebraucht, den Verrat einer Frau zu verwinden, und nun machte er sich zum zweiten Mal zum Narren. „Niemand kann alles haben."

„Ich will kein Verhältnis mit einem Mann, der mich jederzeit entlassen kann."

Zorn kochte in ihm hoch wie flüssige Lava. Er schoss Jane einen mörderischen Blick zu. Hielt sie ihn für einen solchen Schuft? Also gut. Er war freundlich gewesen, geduldig, verständnisvoll, er hatte gewartet, bis sie bereit für ihn war. Jetzt, da er mit ihr geschlafen hatte und sie ihn zurückweisen wollte, verlor er die Geduld. „Keine Sorge", stieß er aufgebracht hervor. „Du wirst nicht entlassen. Im Gegenteil. Nach deiner Leistung letzte Nacht hast du dir sogar eine Gehaltserhöhung verdient, Darling."

Er stand auf, ignorierte ihr entsetztes Keuchen und warf die unbenutzte Serviette auf den Tisch. „Ich habe keinen Hunger mehr. Wir treffen uns um halb neun in der Lobby."

Er stürmte hinaus und bedauerte, dass ihm nicht mehr die Zeit für den Fitnessraum blieb. Er wollte auf etwas einschlagen, am liebsten auf seinen eigenen verräterischen Körper.

Sein Zorn war noch nicht verraucht, als sie sich erneut trafen. In der Lobby drängten sich an- und abreisende Geschäftsleute, Gepäckwagen wurden vom Eingang zum Lift geschoben und umgekehrt. Vor diesem unruhigen Hintergrund hob Jane sich ab wie ein klarer Diamant, und genauso hart und kalt.

Sosehr Spencer sich danach sehnte, ihre Lippen zu küssen, bis sie geschwollen waren, und ihr das Geständnis zu entreißen, dass zwischen ihnen viel mehr war als billiger Sex für eine Nacht – jetzt war nicht die Zeit dazu. Sie hatten einen wichtigen Termin. Es sollte ihr Triumphzug sein. Spencer fühlte sich, als wäre es seine größte Niederlage.

Jemand rempelte Spencer von hinten an, sodass er gegen Jane in ihrem tadellosen eisblauen Kostüm prallte. Sie hatte ja recht, er war ihr Boss. Zwar konnte er ihr nicht befehlen, ihn zu lieben, aber professionelles Verhalten durfte er erwarten.

„Jane …" Die kleine Predigt erstarb ihm auf den Lippen, als er den Schmerz in ihren Augen sah. Plötzlich erkannte er, dass ihr kühles Äußeres nur ein Schutzschild war. Innerlich war sie ebenso ratlos wie er. „Jane …", sagte er noch einmal. Es klang wie ein Flehen. Sacht berührte er ihre Wange.

Sie wich zurück, ihr Körper signalisierte Alarm. Sie schaute an ihm vorbei und wurde noch eine Spur blasser.

Er musste sie zurückgewinnen. Mit lauter Stimme, sodass Jane ihn trotz des Lärms verstehen konnte, sagte er: „Die letzte Nacht hat mir unglaublich viel bedeutet. Es war nicht nur Sex …"

Sie hob die Hand und unterbrach ihn so mitten im Satz. Er folgte der Richtung ihres entsetzten Blicks und drehte sich um.

Phil Johnson musterte Jane so unverschämt, als wäre sie ein Callgirl. „Aha, Sie geben sich nicht mit kleinen Angestellten zufrieden, Sie haben es auf den Boss abgesehen. Gestern muss ein großer Tag für euch gewesen sein, erst der Deal mit Marsden Holt und dann ein schneller Sprung in die Betten …"

Es war ein reiner Reflex, dass Spencer ihm die Faust in das widerliche Gesicht hieb. Johnsons Diplomatenkoffer segelte nach rechts, er selbst flog nach links, taumelte zurück und stieß gegen den Springbrunnen in der Lobby. Er schwankte ein paarmal, als könnte er sich nicht entscheiden, ob er ein kühles Bad nehmen oder wieder auf die Füße kommen wollte.

Jane trat auf ihn zu und nahm ihm die Entscheidung ab. Sie legte ihm die Hand auf die Brust und gab ihm einen kräftigen Schubs.

Spencer stand mit geballten Fäusten da, bereit zu nochmaligem Zuschlagen, aber Johnson blieb benommen sitzen. Wasser rieselte ihm auf den Kopf und tropfte ihm, gemischt mit Blut, vom Kinn. Er machte keine Anstalten, den Hieb zu vergelten.

In diesem Moment erinnerte sich Spencer daran, dass Jane eben diesen Menschen niedergeschlagen hatte, und wie sehr sie immer auf ihre Selbstständigkeit pochte: „Ich hoffe, ich bin dir nicht zuvorgekommen. Hättest du das lieber selbst besorgt?"

Sie stupste ihn leicht an die Schulter an und lächelte ihm zu – ihre zärtlichste Geste an diesem Morgen. „Ich wollte mir keinen Fingernagel abbrechen." Leise setzte sie hinzu: „Das hast du gut gemacht." Sie schien eine Menge mehr mit den paar Worten zu meinen.

Spencer wollte es wissen. Zum Teufel mit den Konsequenzen! Wenn sie zu spät zu der Präsentation kämen, dann musste es eben so sein. Manche Dinge waren wichtiger als das Geschäft. „Was hast du eigentlich …"

Eine kräftige Hand auf seinem Arm ließ ihn verstummen. Spencer sah in das bullige Gesicht eines Security-Manns vom Hotel. „Würden Sie bitte mitkommen, Sir?" Der stahlharte Griff des Mannes verlieh der höflichen Aufforderung Nachdruck.

Ein zweiter Wachmann half Johnson aus dem Brunnen, der schrie: „Verhaften Sie den Mann, er hat mich angegriffen. Holen Sie die Polizei!" Johnson wischte sich den Mund ab und wies auf die versammelten Zuschauer. „Notieren Sie die Namen der Zeugen."

Spencer vermutete, als Nächstes würde Johnson ihm mit einer Anzeige drohen. Seufzend sagte er sich, dass er nun garantiert zu spät zu seinem Meeting kommen würde.

„Hör mal, Jane, diese Geschichte könnte ein paar Minuten länger dauern. Nimm ein Taxi zu Marsden Holt. Ich komme nach, sobald ich kann."

Sie warf einen Blick auf den Mann mit der Boxerfigur, der Spencer nicht besonders sanft zu einer unauffälligen Tür im Hintergrund der Lobby dirigierte. „Soll ich nicht dableiben und alles erklären?"

„Nein. Wir haben in diesen Auftrag so viel Energie investiert, jetzt ziehen wir das durch. Johnson wird versuchen, Ärger zu machen, aber er soll uns nicht den Triumph verderben. Wenn ich es nicht rechtzeitig schaffe, entschuldige mich bei der Runde. Fangt ohne mich an. Es tut mir leid." Hätte er sich nicht lauthals über sein Liebesleben verbreitet, wäre das alles nicht passiert.

„Es tut mir leid", wiederholte er laut, als der Wachmann ihn abführte. Er wollte Jane küssen, nur damit ein wenig Farbe in die blassen Wangen käme. Zwar war er nicht gewalttätig, aber ein Viertelstündchen allein mit Johnson in einer dunklen Gasse ohne Security wäre ihm recht gewesen.

Jane nickte, schaute zur Uhr und traf ihre Entscheidung. Sie holte eine Visitenkarte heraus und lief damit zu dem Wachmann. „Ich muss zu einer Besprechung, rufen Sie mich bitte auf dem Handy an, damit ich den Vorfall schildern kann."

„Das ist nicht meine Aufgabe, Ma'am. Ich gebe Ihre Karte dem Leiter unserer Sicherheitsabteilung."

Mit einem letzten besorgten Blick in Spencers Richtung verließ Jane langsam das Hotel. Dabei erregte sie mehr Aufmerksamkeit als ein Filmstar. Und dieses Mal, sagte sich Spencer, lag es nicht an ihrer Schönheit.

Er wollte ihr nachrufen, dass seine Bemerkung im Frühstücksraum eine reine Schutzreaktion gewesen war, aber sie ging mit hoch erhobenem Kopf und schwingenden Hüften hinaus. Und sie schaute nicht zurück.

Zwei Mal öffnete Jane den Mund, um den Taxifahrer zum Umkehren aufzufordern. Sie wollte bei Spencer sein, ihm für seine Heldentat danken und dafür sorgen, dass Johnson nicht die Tatsachen verdrehte.

Natürlich war es unüberlegt von Spencer, auf Johnson einzuschlagen, aber verflixt, es war ein herrlicher Anblick gewesen. Und es war tröstlich zu wissen, dass jemand ebenso empfand wie sie.

Allerdings hatte Spencer nicht wie ein Sieger ausgesehen, als der Wachmann ihn abführte – er wirkte gehetzt. Noch nie hatte Jane sich so erbärmlich gefühlt. Sie hatte ihren wichtigsten Grundsatz verletzt und prompt die Strafe bekommen. Ihr professioneller Ruf war ruiniert, dafür würde Johnson schon sorgen. Hätte Spencer doch bloß den Mund gehalten! Hätte sie doch bloß nicht gegen ihre ehernen Prinzipien verstoßen!

Und Spencer – was würde er jetzt von ihr denken? Würde er bei Konferenzen ihre Argumente ernst nehmen oder es als Launen seiner Geliebten abtun? Sie schlug die Hände vors Gesicht. Obwohl Jane sich für eine moderne Frau hielt, sie hatte eine Riesendummheit begangen. Trotzdem – sie musste sich zusammenreißen und „Datatracker" würdig vertreten. Das würde sie tun, und wenn es sie umbrachte.

Während der Taxifahrt versuchte Jane, ihre Emotionen unter Kontrolle zu bekommen. Sie schloss die Augen, atmete bewusst tief durch und stellte sich die Präsentation vor. Eigentlich war es nur eine kurze Ansprache – oder? Bis jetzt hatte sie sich darauf verlassen, dass Spencer das Reden übernahm. Aber würde er überhaupt bei dem Meeting auftauchen? Sie kannte Johnson – er nicht.

Der Mann konnte lügen wie gedruckt. Er würde die Tatsachen verdrehen, wenn er damit Spencer bei Marsden Holt schaden konnte.

Jane musste sich darauf einstellen, die Konferenz allein durchzustehen. Normalerweise half das Visualisieren ihr, doch jetzt sah sie nur Spencers Gesicht vor sich, als man ihn fortschleppte. Er sah aus, als wäre er der Geschlagene.

Das Taxi hielt vor dem Firmensitz von Marsden Holt, und Jane hatte längst nicht ihre innere Gelassenheit wiedererlangt. Mit einem verkrampften Lächeln trat sie durch die Glastüren in das weite Atrium, das als Empfangsraum diente. Eine nette junge Frau begrüßte Jane und bat sie, Platz zu nehmen. Dann ging die Frau an ihr Pult und griff zum Telefon.

Im Atrium war es kühl, auf den gemusterten Fliesen standen üppige Kübelpflanzen verteilt. Trotz der angenehmen Atmosphäre bemerkte Jane die geballte Arbeitsenergie in dem Gebäude. Geschwungene Treppen führten zu einer offenen Galerie im ersten Stock. Mitarbeiter kamen und gingen oder standen, gedämpft plaudernd, in Grüppchen beisammen. Sie fand es merkwürdig, dass alle Männer Anzüge trugen, und sie hörte nirgendwo ein Lachen. Sie war bereits das lässige Arbeitsklima bei „Datatracker" gewohnt.

Ihre Betrachtungen wurden unterbrochen von John Marsden, der lächelnd die Treppe herunterkam. Sie erwiderte das Lächeln, stand auf und reichte ihm die Hand.

„Hallo, Jane." Er strahlte sie an. „Dies ist ein ganz besonderer Tag." Verwundert sah er sich um und schaute dann Jane fragend an.

„Spencer lässt sich entschuldigen", erklärte Jane, unverwandt lächelnd. „Ein Notfall ist eingetreten. Er will versuchen, später noch zu kommen, aber ich denke, wir sollten ohne ihn anfangen."

„Ich freue mich, Sie eine Weile für mich allein zu haben", sagte er galant.

Sie befestigte den Besucherausweis an ihrem Kragen und wappnete sich, so gut es ging, für das Kommende.

„Haben Sie unseren Gong gesehen?", erkundigte sich Marsden.

„Er ist kaum zu übersehen." Der Gong hatte die Ausmaße einer Satellitenschüssel.

„Wir schlagen ihn, wenn wir etwas Wichtiges zu verkünden haben." Er zuckte die Schultern. „Ein Relikt aus den Achtzigerjahren, als sich mein Partner Evan Holt für eine japanische Managementtheorie begeisterte." Da Jane wusste, dass Mr Holt ein stiller Teilhaber war, der selten in Erscheinung trat, lächelte sie nur höflich.

Auf dem Weg zum Büro des Geschäftsführers stellte sie erneut fest, wie förmlich sich alle verhielten. John Marsden grüßte zwar jeden mit einem freundlichen Hallo, doch die Reaktionen waren respektvoll und zurückhaltend. Wieder verglich sie die Atmosphäre mit der unkomplizierten Kollegialität bei „Datatracker".

Doch dabei musste sie auch an Spencer denken, und das durfte sie nicht, wenn sie diese Situation meistern wollte. Dennoch konnte sie sich nicht von ihrer Sorge lösen. Hätte bei ihm bleiben und erklären sollen, dass er sie nur gegen Johnson verteidigt hatte?

„Jane?"

„Hm?" Die leise Frage brachte sie abrupt in die Gegenwart zurück.

„Ich wollte wissen, ob Sie Cappuccino oder normalen Kaffee möchten."

„Entschuldigung, John. Normalen Kaffee, bitte."

Er griff zum Telefon und bestellte Kaffee. Während sie warteten, plauderten sie über dieses und jenes. John Marsden saß in einem Ledersessel hinter einem mächtigen Mahagonischreibtisch, Jane in einem ledernen Besuchersessel.

Nachdem eine elegante Assistentin den Kaffee gebracht und sie sich mit Milch und Zucker versorgt hatten, lehnte John Marsden sich zurück und begann: „Nun, Jane, ich habe Spencer versprochen, Sie nicht abzuwerben, und ich stehe zu meinem Wort. Ich kann nur sagen, ‚Datatracker' muss sich zu einer Mitarbeiterin wie Ihnen beglückwünschen." Er machte eine Pause. „Ich suche schon lange nach einer Kraft für die

Verkaufsleitung – leider erfolglos." Er lächelte ihr zu und trank einen Schluck Kaffee.

Was sollte Jane darauf sagen? Ihr wurde abwechselnd heiß und kalt. Er hatte die Initiative ergriffen und bot ihr eine einmalige Gelegenheit. Dies war ihre Chance, der komplizierten Beziehung zu Spencer zu entkommen, Johnsons übler Nachrede zu entgehen und in ein renommiertes Unternehmen einzutreten. Eigentlich müsste sie vor Freude Luftsprünge machen. Stattdessen brachte sie kaum ein Wort hervor.

„Danke für das Kompliment. Ich fühle mich geschmeichelt."

„Sie sind eine begabte junge Frau. Ich hoffe, wir bleiben in Kontakt."

„Selbstverständlich."

Marsden nahm eine Visitenkarte aus der Brieftasche und reichte sie Jane.

„Ich habe Ihre Karte bereits."

„Auf dieser steht meine private Telefonnummer. Für alle Fälle."

Jane musste lachen. Der schlaue alte Fuchs. „Vielen Dank. Ich werde sie sicher verwahren."

Mit einem Blick zur Uhr sagte John Marsden: „Die Verlautbarung ist für elf Uhr geplant. Soll ich Sie inzwischen durch unser Unternehmen führen?"

Jane hatte schon zwei Führungen hinter sich. Ihnen blieb noch eine halbe Stunde. „Das wäre nett", log sie. „Könnte ich mich vorher kurz frisch machen?"

„Gewiss." Er erhob sich zuvorkommend und brachte sie zur Tür. „Wir treffen uns am Empfang."

Nachdem Jane überprüft hatte, dass sich außer ihr im Waschraum der Damen niemand aufhielt, holte sie ihr Handy hervor. In John Marsdens Büro hatte sie es abgeschaltet, und inzwischen war eine Nachricht eingegangen. Mit einem bangen Vorgefühl hörte sie den Anruf ab, und wie gefürchtet war es Spencer. Hörbar frustriert, informierte er sie mit knappen Worten, dass er es nicht schaffen würde, den Termin einzuhalten.

Sie versuchte, ihn anzurufen, bekam aber nur wieder die Voicemail mit seiner Nachricht. Offenbar zog Johnson die Sache nach Kräften in die Länge. Einen Moment lang überlegte sie, ob sie sich entschuldigen und zum Hotel fahren sollte. Es war ungerecht, dass Spencer dermaßen für sein Verhalten büßen musste …

Sie erblickte ihr Gesicht im Spiegel. Sieht so eine Verkaufsleiterin aus? fragte sie sich. Reiß dich zusammen, Mädchen! Spencer würde nicht wollen, dass sie an seine Seite eilte wie eine Geliebte. Er würde wünschen, dass sie ihren Job erledigte. Was machte es schon, wenn ihr Leben ein heilloses Durcheinander war? Sie war eine Topmanagerin, und entsprechend würde sie sich verhalten.

Entschlossen holte sie ihr Make-up-Täschchen hervor und betupfte die dunklen Augenringe mit Abdeckcreme. Sie erneuerte ihr Lippenrot, steckte ein paar lose Haarsträhnen fest und versuchte, ihren Wangen mit Rouge ein wenig Farbe zu geben. Trotzdem sah sie blass aus. „Also los", sagte sie zu ihrem Spiegelbild. „Schlagen wir auf den großen Gong, als wäre es Johnsons Kinnlade."

17. KAPITEL

*S*pencer war kreuzunglücklich.

Als er endlich gehen durfte, hatte er nicht nur den Termin bei Marsden Holt verpasst, sondern auch das Flugzeug, in dem Jane war. So war er seinen eigenen Gedanken und Gefühlen überlassen. Innerhalb eines Tages hatte er eine emotionale Achterbahnfahrt erlebt.

Zu Hause angelangt, hatte er sich ein wenig beruhigt, aber zufrieden war er nicht. Seine geschundenen Knöchel erinnerten ihn daran, dass sein Auftritt als edler Ritter ziemlich danebengegangen war.

Johnson wollte ihn unbedingt verklagen. Die Rettung brachte ein älteres Ehepaar, das sich als Zeugen zur Verfügung stellte. Zunächst hatte Spencer nicht viel Vertrauen zu der Aussage der alten Dame, die eher wie eine nette Großmutter aussah. Bestimmt würde sie seine Tat verdammen. Doch dann stellte sich heraus, dass die beiden seine Version bestätigten.

Zum Glück hatten sie Johnsons Beleidigung gehört. „Wie gut, dass es heutzutage noch so ritterliche junge Männer gibt", erklärte die alte Dame und tätschelte Spencers Arm. Dieser, obwohl zutiefst dankbar, war froh, dass Jane das nicht hörte.

Spät am Freitagabend kam er zu Hause an. Er rief bei Jane zu Hause an, probierte es dann bei ihrem Handy, erreichte aber nur die Voicemail. Er war bitter enttäuscht. Allerdings wusste er nicht, was er gesagt oder getan hätte, um dieser dickköpfigen, irregeleiteten Frau zu beweisen, dass er ernsthaft in sie verliebt war und dass dies ihre berufliche Beziehung nicht belasten würde.

Er hörte seinen Anrufbeantworter ab und fand drei Nachrichten von Chelsea vor. Bei der dritten klang sie ziemlich aufgeregt. Er stöhnte. Was sollte er ihr zu ihrer gefährdeten Ehe sagen? Sie war Psychologin und konnte offenbar ihre eigenen Probleme nicht lösen. Wie sollte er – geschieden und äußerst ungeschickt in seiner neuesten Beziehung – ihr da einen Rat geben?

Aber Chelsea war immer für ihn da gewesen. Zumindest durfte sie sich an seiner Schulter ausweinen. Und von seinen eigenen Problemen brauchte er ja nicht zu sprechen.

Er gönnte sich eine ausgiebige Dusche, goss sich einen wohlverdienten Scotch ein, setzte sich in seinen Lieblingssessel und rief Chelsea an.

„Oh, gut, dass du anrufst. Ich war schon halb verzweifelt." Für ihn klang sie ganz verzweifelt.

„Ich war verreist. Was ist los?"

„Du musst für zwei Wochen meine Blumen gießen und die Fische füttern. Geht das?"

Verblüfft entgegnete er: „Ja, natürlich. Wo willst du hin?"

„Ich befolge deinen Rat. Ich fahre nach Afrika."

„Wie bitte?" Die Eiswürfel klirrten, als er sein Glas auf den Tisch knallte.

„Du hattest recht, Spencer. Eine Ehe – oder eine Beziehung – funktioniert nur mit Kompromissen. Ich bekam Bill endlich ans Telefon, und ich fahre zu ihm. Wir wollen uns aussprechen. Er könnte weniger Ausgrabungen machen, und ich könnte meine Lehrtätigkeit so gestalten, dass ich öfter bei ihm bin. Wir lieben uns zu sehr, um diese Ehe scheitern zu lassen."

Spencer wurde es warm ums Herz, und das nicht, weil Chelsea seinen Rat beherzigt hatte, sondern weil ihm plötzlich die rettende Idee gekommen war.

Natürlich, das war die Lösung! Wenn Chelsea und Bill, die starrsinnigsten Menschen, die er kannte, einen Kompromiss finden konnten, dann auch er und Jane.

Falls sie ihn ebenso liebte wie er sie, würden sie alles schaffen. ‚Falls' war das Schlüsselwort. Jane hatte nicht gesagt, dass sie ihn liebte, sie hatte noch nicht einmal ihre Lüge eingestanden. Nach der Szene mit Johnson begriff er jedoch, weshalb sie auf die verrückte Idee mit dem erfundenen Ehemann gekommen war.

Ab morgen würde es keine Lügen mehr geben. Er würde ein langes Gespräch mit ihr führen und nicht eher gehen, als bis sie die Wahrheit bekannt hätte.

„Meine Güte, du siehst ja schon richtig schwanger aus!", waren Janes erste Worte, als Alicia und Chuck am nächsten Morgen mit frischen Croissants vor ihrer Tür standen. Dabei konnte Alicia höchstens im vierten Monat sein.

Jane hatte nach der späten Heimkehr wieder einmal schlecht geschlafen. Sie trug eine Trainingshose und war nicht geschminkt.

„Danke", sagte Alicia und schaute auf ihren Bauch. „Ich kann eine Aufmunterung gebrauchen."

„Entschuldige, ich meinte, du siehst prächtig aus."

Alicias Bauch wogte vor Lachen. „Es werden Zwillinge, stell dir vor. Chuck bekam fast einen Anfall, weil er nun alles doppelt kaufen muss. Aber ich habe ihn getröstet – er braucht mir nur ein Mal Blumen zu bringen."

„Ach was, Honey." Chuck legte seiner Frau die Hand auf den Bauch. „Ich freue mich riesig." Er umsorgte sie wie eine Glucke, stellte ihr einen Schemel unter die Füße, schob ihr ein Kissen in den Rücken. Er vertrieb sogar Jane aus der Küche, um koffeinfreien Kaffee aufzubrühen.

Jane setzte sich zu Alicia und beobachtete ebenso amüsiert wie gerührt, wie Chuck seine schwangere Frau verwöhnte.

Während er Kaffee kochte, sagte Alicia: „Gibst du mir bitte ein Croissant, Jane? Mir ist, als würde ein unersättlicher Alien in meinem Körper hausen. Ich bin den ganzen Tag entweder auf der Suche nach etwas zu essen oder nach einer Toilette."

Lachend griff Jane nach der Tüte, die erstaunlich schwer war. Ein Blick hinein erklärte, wieso. „Alicia, hier drin sind mindestens drei Dutzend Croissants."

„Mehr nicht? Dann solltest du vielleicht verzichten."

„Keine Angst, Honey. Ich kann noch mehr holen", erklärte der sonst so sparsame Chuck. Die Frauen wechselten einen verblüfften Blick.

„Ich hätte mich schon vor Jahren schwängern lassen sollen", bemerkte Alicia.

Chuck servierte den Kaffee und stellte sich dann hinter Alicia, sodass ihr Kopf an seiner Brust ruhte. Besitzergreifend legte er die Hand auf ihren Bauch und seufzte vor Vaterstolz.

Jane war überaus froh, dass Chuck und Alicia vorbeigekommen waren. Allein hätte sie nur Trübsal geblasen.

„Habt ihr euch schon Namen überlegt?" Jane kuschelte sich in ihren Sessel und zog die Beine hoch. Wie schön, solche Freunde zu haben, die sie von ihren Problemen mit Spencer ablenkten. Allerdings sehnte sie sich auch nach solchem familiären Glück.

„Also, wenn es Mädchen sind, dachten wir an …"

Das Läuten der Türglocke unterbrach sie.

Jane stand auf. „Das ist vermutlich meine Nachbarin, sie sammelt meine Zeitung ein, wenn ich weg bin", murmelte sie mit vollem Mund.

Doch es war nicht Mrs Rosenbaum. Beim Anblick des Besuchers verschluckte sie sich. „Spencer!"

„Entschuldige, dass ich dich so überfalle, Jane, aber ich muss mit dir reden. Unten hat mich jemand hereingelassen."

Jane konnte nur stottern und hilflos mit den Armen rudern.

Er grinste. „Was ist los? Ist etwa dein Mann da?"

Hustend und mit tränenden Augen schüttelte sie heftig den Kopf.

Besorgt meinte er: „Du brauchst einen Schluck Wasser."

„Ist alles in Ordnung, Jane?", rief Chuck.

„Oh!", keuchte sie.

Sie konnte nicht verhindern, dass Spencer kurz darauf im Wohnzimmer stand.

„Guten Morgen, Alicia, Chuck."

Jane überlegte fieberhaft, aber der Anblick, der sich Spencer bot, sprach Bände. Chuck kniete vor Alicia und küsste ihren dicken Bauch. Er hob den Kopf, erblickte Spencer, errötete und richtete sich unbeholfen auf.

„Lassen Sie sich nicht stören", meinte Spencer freundlich.

Alle waren erstarrt. Alicia stand da, gequält lächelnd mit Blätterteigkrümeln am Mund. Chuck wirkte betreten, und Spencer schien zu schwanken, ob er lachen oder wütend lospoltern sollte.

Er sah Jane an, die wie festgenagelt dastand.

Er brach als Erster den Bann, indem er auf Alicia zuging und mit einem Blick auf ihren Bauch sagte: „Wie ich sehe, sind Glückwünsche angebracht."

Chuck schluckte und warf Alicia einen mörderischen Blick zu. Zu Spencer gewandt fragte er: „Würden Sie einen Moment mit mir hinauskommen? Ich denke, wir müssen ein Wörtchen von Mann zu Mann reden."

„Dazu habe ich keine große Lust. Es sieht nach Regen aus", gab Spencer liebenswürdig zurück. „Ist das Kaffee?"

„Danke. Ich erwarte Zwillinge. Und der Kaffee ist koffeinfrei", murmelte Alicia mit vollem Mund.

„Oh, Spencer", schaltete sich jetzt Jane ein. „Es ist nicht, was du denkst."

„Ein Croissant?" Alicia hielt Spencer die Tüte hin.

„Danke, Alicia." Umständlich wählte er einen aus.

Der gute Chuck, aufopfernd wie immer, trat neben Jane und legte ihr den Arm um die Schultern. „Darling", sagte er, „ist es nicht wunderbar, dass Alicia und ihr Mann ein Baby bekommen?"

„Vielleicht sollten Sie und Jane dem Beispiel folgen", schlug Spencer vor und zwinkerte ihm zu. Er brach ein Stück Croissant ab und schob es sich in den Mund, doch Jane hatte sein Grinsen gesehen. Komisch, er schien gar nicht überrascht zu sein.

Alicias Lippen zitterten.

Chuck kratzte sich am Kopf. „Ich, hm ... Eine gute Idee, oder, Jane?"

Jane war dankbar für Chucks stützenden Arm.

„Ich sagte zu Jane, es sei die verrückteste Idee, die ich je gehört habe", sagte Alicia zu Spencer.

„Das finde ich auch." Er sprach zu Alicia, als wären die anderen nicht anwesend. „Ich habe Sie beide neulich im ‚Il Paradiso' gesehen. Zuerst dachte ich, Chuck hätte eine Affäre mit der Freundin seiner Frau."

Das gab Chuck den Rest. Er rückte seine Brille zurecht und trat vor. „Ich liebe Alicia, ich würde sie nie betrügen. Das geht nicht gegen dich, Jane."

„Schon gut", gab Jane zurück.

„Oh, Honey." Alicia stand mühsam auf und zog Chuck an sich. „Er ist zwar nicht Tom Cruise", sagte sie zu Jane, „aber ich liebe ihn." Sie gab Chuck einen lauten Schmatzer. „Und jetzt sollten wir gehen. Jane muss sich mit Spencer unterhalten."

Spencer hatte also genau gewusst, wer mit wem verheiratet war. Verzweifelt bat Jane: „Bleib noch, Alicia, du hast ja noch gar nicht gefrühstückt."

„Auf Wiedersehen, Alicia. Passen Sie gut auf sie auf, Chuck." Spencers Ton duldete keinen Widerspruch.

„Findest du es klug, Jane mit ihm allein zu lassen?", flüsterte Chuck seiner Frau zu.

Alicia schnaubte. „Von Klugheit kann bei der ganzen Angelegenheit keine Rede sein. Aber es ist Janes Angelegenheit, das muss sie allein klären."

Janes Blut wich aus ihrem Kopf. Sie musste sich setzen, um nicht ohnmächtig zu werden.

Wie aus weiter Entfernung hörte sie Alicia sagen: „Seien Sie nicht zu streng mit ihr, sie kann nichts dafür." Und lauter: „Ich rufe dich an, Jane. Und … darf ich die restlichen Croissants mitnehmen?"

„Bitte", krächzte Jane.

Unter Papierrascheln und Geflüster gingen Chuck und Alicia, und auf einmal wurde Jane die Wohnung zu eng.

Spencer schwieg.

Als Jane es nicht mehr aushielt, begann sie: „Du weißt es also seit …"

„Seit ich Chuck und Alicia beim Dinner sah." Er trank Kaffee, und sie drehte an ihrem Ring, während sich die Minuten endlos in die Länge zogen. Ihr fiel absolut nichts ein, was sie sagen könnte.

„Warst du jemals verheiratet?", wollte Spencer wissen.

Jane war nicht fähig, den Blick zu erheben. „Nein."

„Ich hatte gehofft, du würdest es mir sagen. Ich habe gewartet und alles Mögliche probiert, um die Wahrheit aus dir herauszulocken."

„Welche Wahrheit? Dass ich ledig bin? Okay, ich bin Single."

„Nein. Die Wahrheit über das, was zwischen uns passiert ist. Du hast dich hinter einem falschen Ring und einer erfundenen Ehe versteckt."

Ihre Augen füllten sich mit Tränen. Dabei weinte sie nie. „Ich habe nicht mit dieser Entwicklung gerechnet."

„Und dass ich mich in dich verliebe? Hast du damit gerechnet?"

Er liebte sie. Die Möglichkeit einer heimlichen Affäre war Illusion. Er war nicht der Typ dafür. Und sie auch nicht. Doch sein Tonfall war weder sanft noch zärtlich. Er wirkte äußerst gereizt, und ihr war ähnlich zumute.

„Mach doch keine Staatsaffäre daraus. Ich habe mir einen Ehering angesteckt, um mich vor Idioten wie Johnson zu schützen."

„Und vor mir?"

Sie ertrug es nicht, dass er sich wie ein Racheengel verhielt. Sie sprang auf. „Ja, auch vor dir. Du bist mein Boss. Weißt du, wie man über Frauen redet, die mit ihrem Chef schlafen? Es gibt da eine Menge lustiger Redewendungen … sie schläft sich nach oben, zum Beispiel."

„Du hast mir vorgemacht, verheiratet zu sein, obwohl du wusstest, was ich für dich empfinde."

„Ich habe für dich meine Karriere aufs Spiel gesetzt!"

„Deine Karriere – nicht anderes zählt für dich. Also bitte: Du bist hervorragend auf deinem Gebiet. Du würdest überall einen guten Job finden. Aber jemanden, mit dem es richtig funkt, den findest du nicht alle Tage."

Eins seiner Argumente drang deutlich zu ihr durch. Sie konnte überall einen Job finden. Offenbar war er zu demselben Schluss gelangt wie sie. Sie konnten keine Affäre haben, während sie zusammenarbeiteten. Trotzdem, die Andeutung, dass sie gehen könnte, traf sie. Er war an der leidenschaftlichen Liebesnacht genauso beteiligt gewesen wie sie. Aber sie hatte es ja geahnt – letzten Endes würde *sie* „Datatracker" verlassen, nicht der Geschäftsführer. „Keine Sorge", sagte sie. „Ich schaue mich bereits nach einem anderen Job um."

Er sah aus, als hätte sie ihm eine Ohrfeige gegeben. „Ich kann nur hoffen, er wärmt dich in kalten Winternächten." Damit drehte er sich um und stürmte aus der Wohnung.

Jane stand da wie vor den Kopf geschlagen. Warum regte er sich so auf? Bekam er nicht genau das, was er wollte? Sie würde den Job wechseln. Sie könnten die Affäre fortsetzen, notfalls auch auf Entfernung. Es war die einzige Chance, die sie hatten.

Oder etwa nicht?

Lange saß sie in ihrem Sessel und grübelte. Schließlich zog sie den Ring vom Finger und schleuderte ihn quer durch den Raum.

Spencer hatte seine Worte als Vorwurf formuliert, aber sie hatte die Wahrheit dahinter gespürt. Sie schniefte. Ein Mann, wie sie ihn nie zu finden gehofft hatte – ein Mann, den sie liebte und achtete – hatte ihr quasi gesagt, dass er sie liebte. Und sie hatte ihre Chance, glücklich zu werden, wegen einer dummen Lüge vertan.

Eine Träne rollte ihr über die Wange. Sie wischte sie weg. Nur Schwächlinge weinten.

Eine zweite Träne folgte, und dann brach sie in verzweifeltes Schluchzen aus.

Lange Zeit und zwei Packungen Taschentücher später holte sie John Marsdens Visitenkarte aus ihrer Aktenmappe.

18. KAPITEL

*D*er Montag dämmerte herauf.

Jane war die ganze Nacht über wach geblieben, hatte Kündigungsschreiben verfasst, ausgedruckt und immer wieder zerrissen. Mit keiner Formulierung war sie zufrieden.

Ach, sie gelangte kaum über die passende Anrede hinaus. Lieber Spencer war zu persönlich, sehr geehrter Mr Tate einfach verlogen. Immerhin hatte sie mit dem Mann eine berauschende Liebesnacht verbracht. Man duzte sich zumindest. Es war unmöglich, diesen Brief zu schreiben. Wie konnte sie ehrlich sein?

Wie würde die Wahrheit sich anhören? Jane begann zu tippen.

Lieber Spencer,
da wir miteinander geschlafen haben, glaube ich nicht, dass Du mir in Zukunft mit professioneller Distanz begegnen kannst.

Jane hielt inne. Der blinkende Cursor forderte sie zum Weiterschreiben auf, doch etwas in ihr sagte ihr, dass dies schon wieder eine Lüge war.

Sie wusste instinktiv, dass er sie mit normaler Kollegialität behandeln würde, solange sie sich entsprechend verhielt. Außerhalb des Büros konnte sie seine Geliebte sein und sich so hemmungslos aufführen, wie es ihr gefiel, doch sobald sie ihr Bürokostüm anzog, wäre sie wieder seine Mitarbeiterin.

Sie war erwachsen und konnte zu ein und derselben Person in verschiedene Beziehungen treten. Zum Beispiel hatte sie mit Alicia tagtäglich zusammengearbeitet, und sie waren Freundinnen. Im Büro benahmen sie sich anders. Es brauchte also keinen Konflikt zu geben.

Beschämt löschte sie den Satz und begann von Neuem.

Lieber Spencer,
da ich bei meiner Bewerbung in Deinem Unternehmen und während der Arbeit als Verkaufsmanagerin in Bezug auf meinen Familienstand gelogen habe, glaube ich nicht mehr, dass …

Was glaubte sie nicht mehr? Damals hatte sie ihre Gründe gehabt. Wie hätte sie ahnen können, dass sie bei „Datatracker" der Liebe ihres Lebens begegnen würde?

Doch es war Zeitvergeudung, die Vergangenheit ändern zu wollen. Sie konnte nur versuchen, den Schaden wiedergutzumachen und nach vorn zu schauen. Mit dem Schmerz über den Verlust zu leben, war die Strafe für ihre Dummheit.

Sie erwog kurz, nicht ins Büro zu gehen und die Kündigung per Kurier zu schicken. Aber das konnte sie nicht tun. Spencer verdiente es, dass sie ihm das Schreiben persönlich überreichte. Vielleicht würde er sich dann ja die Erklärung für ihr Verhalten anhören.

Der Brief würde in ihrer Personalakte abgelegt werden, Spencer wäre also nicht der Einzige, der ihn las.

Es war bereits heller Tag, als sie die endgültige Version tippte – die ihre Zeit bei „Datatracker" mit einer weiteren Lüge beendete. Sie behauptete, sie hätte einen anderen Job, und schmückte das Ganze mit den üblichen nichts sagenden Formulierungen aus. Sie druckte das Schreiben auf dem cremefarbenen Büttenpapier aus, das ihre Eltern ihr geschenkt hatten, unterschrieb mit fliegenden Fingern und machte sich mit einem flauen Gefühl in der Magengegend auf den Weg zur Arbeit.

Dort angekommen, ging sie schnurstracks in Spencers Büro.

„Hi, Yumi", grüßte sie seine Assistentin mit einem gequälten Lächeln.

Yumi gönnte ihr nur einen zerstreuten Blick. „Wenn du zu Spencer willst, musst du dich hinten anstellen. Er hat Termine bis Mittag und dann …"

Jane hörte nicht weiter hin. Spencer stand im Türrahmen. Auf seinem Gesicht zeichnete sich eine Mischung von Gefühlen ab, die sie nicht deuten konnte. War es Zorn? Schmerz? Trauer? Liebe?

Er wirkte rührend zerknittert. Sein Haar stand nach allen Seiten ab, er hatte Ringe unter den Augen, und der Fetzen Toilettenpapier am Kinn verriet, dass er sich beim Rasieren geschnitten hatte.

Janes Mund war plötzlich staubtrocken. Sie schluckte.

„Jane. Komm herein." Er krächzte ein bisschen, vielleicht war seine Kehle auch trocken. Merkwürdigerweise machte ihr das Mut.

„Aber Spencer …", begann Yumi streng. Dann musterte sie die beiden und griff kopfschüttelnd zum Telefon. „Ich verschiebe die anderen Termine. Ihr habt eine halbe Stunde. Maximal."

Die Vorstellung, zum letzten Mal sein Büro zu betreten, trieb Jane fast die Tränen in die Augen. Sie setzte sich in den grauen Ledersessel, genau wie vor einem halben Jahr bei ihrem Einstellungsgespräch – als sie zum ersten Mal den glänzenden neuen Ehering getragen hatte und der festen Überzeugung war, sie würde sich nie verlieben.

Die Tür fiel zu, und sie sah dem Mann entgegen, den sie liebte. Die schlechteste Wahl, die es gab – ihren Boss.

Allerdings sah Spencer weder aus wie der Mann, den sie liebte, noch wie ihr Boss. Er wirkte wie ein Fremder, sein Gesicht war eine kühle Maske. Anstatt sich in den zweiten Besuchersessel zu setzen, wie er es sonst tat, nahm er hinter dem Schreibtisch Platz. Wollte er sie damit erinnern, dass er ihr Chef war – als ob sie den Hinweis brauchte! –, oder wollte er nur eine Barriere zwischen ihnen errichten? Jedenfalls fand sie es kränkend.

Keiner von beiden sprach, als hätte jeder Angst, ein Gespräch zu beginnen, das ihre Beziehung beendete, beruflich wie privat. Außerdem war ihre Kehle so trocken, dass sie kein Wort herausbrachte.

So nahm sie nur sein Bild in sich auf. Seine Augen waren rot gerändert, sein Haare standen in alle Richtungen ab, zum Rasieren schien er einen Rasenmäher benutzt zu haben. Seine Haut hatte einen grauen Ton, und wenn Jane ihn nicht besser gekannt hätte, hätte sie gesagt, er habe getrunken.

Er strich sich übers Gesicht, und seine Hand zitterte. Er murmelte einen Fluch, als er das Toilettenpapier am Kinn berührte. Er riss es ab, und der Kratzer begann zu bluten.

Hilflos blickte er sich um und drückte den Finger auf die Wunde. „Siehst du irgendwo Papiertücher?“

„Ich fürchte, nicht einmal die Forschungsabteilung würde so etwas in deinem Büro finden.“ Sie holte eine Packung aus ihrer Mappe und legte sie auf den Schreibtisch.

Da sie ihn nicht bei seiner privaten Aktion beobachten wollte, schaute sie auf den Schreibtisch. Ein offenes Röhrchen Aspirin und ein großes Glas Wasser sagten alles. Er hatte tatsächlich getrunken. Vermutlich während sie ihren Weinkrampf hatte.

Irgendwie war es beruhigend, dass er genauso litt wie sie. Es gab ihr den Mut, das Kuvert mit ihrem Kündigungsschreiben hervorzuholen. Besser ein schnelles Ende, als die Qual endlos zu verlängern. Sie legte den Brief vor Spencer auf den Schreibtisch.

Er betrachtete ihn lange und sah dann Jane an, ohne ihn zu öffnen. „Du siehst zum Erbarmen aus“, sagte er.

Sie räusperte sich. „Du auch.“

Vorsichtig nahm er das Taschentuch vom Kinn, und jetzt blieb die Wunde geschlossen. Er warf das Papier in Richtung Papierkorb und traf daneben. Dann wies er mit dem Kinn auf den ungeöffneten Brief. „Steht darin das, was ich vermute?"

Sie nickte. Da sie Missverständnisse vermeiden wollte, fügte sie hinzu: „Meine Kündigung."

Er zog die Brauen hoch. „Ich hoffe, du hältst die Frist von zwei Wochen ein?"

Wieso hatte sie sich eingebildet, er würde es ihr leicht machen? „Ich hatte gehofft, ich könnte eher gehen. Am besten noch heute."

Erschöpft fuhr er sich mit der Hand über die Augen. „Und was ist mit Marsden Holt? Wir brauchen dich, wenn wir unser System bei ihm installieren. Ich denke, das bist du uns schuldig."

Es lief überhaupt nicht so, wie sie gehofft hatte. Anstatt froh zu sein, dass er sie loswurde, machte er ihr ein schlechtes Gewissen. Sie blickte zu Boden. „Ich habe vor, zu Marsden Holt zu gehen."

Bei dem Vorsatz war es jedoch geblieben. Im Lauf des Sonntags hatte sie John Marsdens Karte so oft angesehen, dass sie die Nummer auswendig kannte, angerufen hatte sie nicht.

Spencer lachte laut und bitter auf. Er erhob sich und ging zum Fenster. „John Marsden hat mir sein Wort gegeben, dass er dich nicht abwirbt. Gibt es denn überhaupt keine Ehrlichkeit mehr?"

Ihre eigenen Lügen waren unverzeihlich, aber sie konnte nicht zulassen, dass Spencer sich dermaßen verraten vorkam. Sie zwang sich, vernehmlich zu sprechen. „Er hat mich nicht abgeworben. Er gab mir nur zu verstehen, er wäre interessiert, falls ich jemals ..."

„Was hat er dir versprochen? Mehr Geld?"

„Er hat mir kein Geld ..."

„Eine Beförderung?" Spencer drehte sich abrupt zu ihr um.

Sie zuckte zusammen, und das war ihm Bestätigung genug.

Da sie nicht weiter lügen wollte, erwiderte sie: „Er gab mir bei unserem letzten Meeting, zu dem du es nicht geschafft hast, seine Privatnummer. Und er machte Andeutungen, dass sie nach einem Verkaufsleiter suchen."

„Ich habe es nicht zu dem Meeting geschafft, weil ich mich wie ein alberner edler Ritter aufgeführt habe. Und du hast die Gelegenheit ergriffen, mir einen Dolchstoß zu versetzen."

„So war es nicht!", brauste sie auf.

„Ach nein?"

„Nein." Sie dachte an Johnsons hässliche Bemerkungen und ihre grimmige Befriedigung, als Spencer ihm den Kinnhaken verpasste. „Ich war dir sehr dankbar, dass du Johnson eine Lektion erteilt hast.

Aber hinterher sagte ich mir, er würde die Geschichte garantiert überall herumerzählen. Er würde meinen guten Ruf zerstören und deinen beschädigen. Das kann ich nicht zulassen."

„Ich dachte, du wärst bei uns zufrieden. Ich mag kaum glauben, dass du einfach so gehen kannst."

„Die Lüge über meine angebliche Ehe war ein Fehler, Spencer. Das sehe ich jetzt ein. Ich möchte meine Würde wahren und anderswo neu beginnen. Ich ..." Sie wollte an ihrem Ring herumfingern und wurde rot, als sie merkte, dass sie ihn nicht mehr trug. „Ich wurde bei meinem letzten Job entlassen. Johnson ... nun, er verhielt sich unangemessen, und ich habe den Kopf verloren. Deshalb habe ich mir den Ring gekauft und behauptet, ich sei verheiratet. Aber Johnson hat mir nie verziehen, dass ich ihn abgewiesen habe."

Spencer wirkte keineswegs überrascht. Er nickte nur, während sie ihre Geschichte herunterhaspelte. „Das weiß ich alles", sagte er, nachdem sie geendet hatte und ihn abwartend anschaute.

„Das hast du gewusst? Wieso ..."

„Ich habe mich vor deiner Einstellung über dich erkundigt. Schließlich bin ich nicht von gestern. Jedenfalls normalerweise nicht, außer wenn ich auf deine Hirngespinste hereinfalle."

„Aber warum hast du mich eingestellt, wenn du wusstest, dass ich Johnson niedergeschlagen habe?"

Er lächelte so lieb, dass sie schwach wurde. „Genau deswegen."

„Dann musst du doch verstehen, dass ich nicht bleiben kann, da er uns erwischt hat und dich hörte, als du ..."

„Johnson ist eine Ratte. Und hier geht es nicht um ihn. Es geht darum, dass du feige bist."

Jane starrte ihn schockiert an. Kühn begegnete sie Spencers zornigem Blick. „Wie kannst du so etwas sagen! Man braucht Mut, um sich in dieser Männerwelt zu behaupten. Ich habe mir sexuelle Belästigung und schmierige Witze gefallen lassen, ich habe sogar Golf spielen gelernt."

Spencer zwinkerte ihr zu. „Das war bestimmt ganz schön hart."

„Tatsache ist, wir leben in einer Männergesellschaft, und entweder spiele ich nach den Regeln der Männer, oder ich spiele überhaupt nicht mit."

„Du hast dich dermaßen in die Sache verrannt, dass du die Realität aus den Augen verloren hast. Dein großspuriges Gerede ist nur ein Versteckspiel. Du hast Angst und läufst davon."

Aufgebracht fauchte sie zurück: „Wovor sollte ich Angst haben?"

„Hiervor!" Und ehe sie wusste, wie ihr geschah, nahm Spencer sie in die Arme und küsste sie heftig. Es dauerte nicht lange, und sie erwiderte den Kuss ebenso leidenschaftlich.

Er drückte sie tief in den Ledersessel. Sie stöhnte leise und vergrub die Hände in seinem dichten Haar.

„Davor hast du Angst." Er gab ihren Mund frei und überzog ihren Hals mit Küssen.

„Habe ich nicht … Oh, wir sollten das nicht tun, es gehört sich nicht, und …"

Das Surren der Gegensprechanlage brachte sie zur Besinnung.

„Spencer?" Yumis Stimme war leicht verzerrt. „Ed Pospett ist da."

Hektisch strich Jane ihre Kleidung glatt und suchte in ihrer Tasche nach dem Lippenstift, während Spencer zum Schreibtisch stürzte. Seine Stimme klang ruhig, vielleicht eine Spur tiefer also sonst. „Wir sind gleich fertig. Noch fünf Minuten."

So ruhig er auch schien, die Ausbuchtung unter seinem Hosenbund sagte etwas anderes.

Ausgerechnet Ed Pospett, dachte Jane. Er war Aufsichtsratsvorsitzender, ein superkorrekter Manager alter Schule.

War sie zuvor blass gewesen, so glühte ihr Gesicht jetzt, und ihre Hände zitterten so sehr, dass sie kaum mit dem Lippenstift die Lippen traf. Sie warf sich den Riemen ihrer Tasche über die Schulter und eilte zur Tür.

Doch Spencer stoppte ihre Flucht. „Es ist nicht aus", flüsterte er. „Deine Kündigung wird nicht akzeptiert."

Ihre Augen wurden groß, verblüfft öffnete sie den Mund.

Er kam der Aufforderung nach und küsste sie, schnell und hart. „Wehe, du verlässt die Stadt", drohte er dann.

Einen Moment lang erwog Jane, Spencer zu strafen, indem sie ihn mit den Spuren ihres Lippenstifts zurückließ, doch dann erbarmte sie sich.

„Wisch dir den Mund ab", sagte sie.

Während sie so würdevoll wie möglich durch die Tür schritt, tat er wie befohlen.

19. KAPITEL

*A*ngst? Wovor sollte sie wohl Angst haben?

„Ich habe keine Angst!", sagte Jane laut und warf den Schwänen und Wasservögeln so energisch Futter zu, dass die Tiere erschrocken kreischten.

Die Szene mit Spencer hatte sie so erregt, dass sie einfach das Gebäude verlassen hatte. Automatisch hatte sie ihre Wohnung angesteuert, rasch Jeans, ein T-Shirt, Socken und Turnschuhe angezogen und war schließlich im Stanley Park gelandet. Auf dem Weg hatte sie eine Tüte Vogelfutter gekauft. Vögel zu füttern wirkte stets beruhigend auf sie.

In der Nähe rauschte der Verkehr vorbei, doch das blieb Hintergrundgeräusch. Janes Aufmerksamkeit galt dem Geflatter, den gierig schnappenden Schnäbeln. Sie versuchte, so viele Körner wie möglich für die kleineren Vögel an den Rand zu streuen. Die Schwäne zogen würdevoll dahin, als wüssten sie, dass ihre Schönheit ihnen genügend Futter einbrachte. Jane lachte in sich hinein, diese Haltung gefiel ihr.

Es war schön an der frischen Luft, und die Sorgen waren vorerst weit weg, obwohl Spencers Anschuldigung, sie hätte Angst, sie verstörte. Hatte sie wirklich Angst vor der Liebe, vor Nähe, einer Bindung? Angst, einem anderen Menschen Macht über sich zu geben?

Die Worte hallten in ihrem Kopf nach, als enthielten sie eine Wahrheit, die sie abwehrte.

Spencer zu lieben war kompliziert, aber nicht unmöglich. Aber hatte sie den Mut dazu?

Sie würde zugeben müssen, dass sie nun jemand war, der sie nie hatte sein wollen – eine Karrierefrau, die mit ihrem Boss schlief. Sie würde sich dem Klatsch, der Kritik stellen müssen. Und außerhalb des Büros würden sie eine Beziehung gestalten müssen, die nichts mit Arbeit zu tun hatte. Das wäre wahrlich nicht leicht für zwei Arbeitstiere wie Spencer und sie.

War er die Mühe wert?

Lächelnd verteilte sie die letzten Körner. So, wie sie beide auf ihre Kündigung reagiert hatten, lag die Antwort auf der Hand. Ihr Körper wusste, was ihr Kopf erst allmählich einsehen wollte. Und ob er das wert war!

Sie sah zur Uhr und stellte entsetzt fest, dass sie fast den ganzen Tag in Zwiesprache mit der Natur und Selbsterforschung zugebracht hatte. Wenn sie Spencer noch im Büro erwischen wollte, bevor er seine Meinung ändern und ihre Kündigung doch noch annehmen konnte, musste sie sich beeilen.

Voller Vorfreude joggte sie nach Hause und stellte sich im Geiste vor, was sie zu ihm sagen würde. Als sie in ihr Apartmenthaus huschen wollte, wurde sie aufgehalten. Leicht verärgert sah sie in der Tür eine ältere Frau gemütlich mit einem hochgewachsenen Mann plaudern, der hineinwollte.

Der Mann stützte sich mit dem Arm oben am Türrahmen ab, während die Frau zu ihm hochlächelte.

Er hörte das Klimpern ihrer Schlüssel und drehte sich um.

„Spencer!"

„Hi, Jane. Komm doch herein."

Unwillkürlich hob sie die Augenbrauen. „Dieses Gebäude ist gesichert."

„Ich habe ein anständiges Gesicht." Er warf ihr mit seinen kaffeebraunen Augen einen Blick zu, der ihr Herz schneller schlagen ließ.

„Also, was willst du?", fragte sie, als sie in stummer Übereinstimmung auf das Treppenhaus zugingen, anstatt den Lift zu nehmen.

Er hielt ihr die stählerne Feuerschutztür auf, und sie stiegen die Treppe hoch. „Wir waren noch nicht ganz fertig."

Das kann man wohl sagen, dachte sie und frohlockte innerlich.

Sobald sie in Janes Wohnung waren, verwandelte sich ihre gehobene Stimmung in Nervosität. Es war schon schwer genug, ihm zu sagen, dass sie ihren Job behalten wollte, aber in ihrer privaten Umgebung war es noch schwerer.

Sie führte ihn ins Wohnzimmer. „Setz dich bitte", sagte sie mit vorgetäuschter Ruhe und wies auf einen Sessel. Dann nahm sie ihm gegenüber auf der Couch Platz.

Eine Pause entstand. Offenbar überließ er ihr den Beginn. „Möchtest du etwas trinken?"

„Nein, danke."

„Oder essen?"

Leicht amüsiert schüttelte er den Kopf.

Erneutes Schweigen.

Nach einer Weile zog Spencer ein zerknittertes Blatt Papier aus der Hemdtasche und reichte es ihr.

„Ist das meine Kündigung?" Wenn sie es war, hatte er sie reichlich ramponiert.

„Nein, meine."

„Was?" Der schrille Schrei hätte von Alicia stammen können. „Bist du wahnsinnig, Spencer? Du leitest ein aufstrebendes Unternehmen. Du wärst ein Idiot, wenn du weggingest."

„Ich wäre ein noch größerer Idiot, wenn ich dich gehen ließe", sagte er schlicht.

Das würde er für sie tun? Tränen traten ihr in die Augen, und ihr dickköpfiger Stolz schmolz dahin. „Du liebst mich wirklich."

Er nickte.

„Ach, Spencer, ich liebe dich auch. Ich wollte dich bitten, meine Kündigung zu zerreißen. Du hattest recht, ich darf nicht mehr weglaufen. Ich werde tagsüber deine Mitarbeiterin sein und nachts deine Geliebte."

„Nein."

„Nein?" Die strahlende Zukunftsvision verblasste.

„Du sollst mich nachts lieben, aber als meine Frau." Er zog sie an sich und küsste sie ebenso zärtlich wie fordernd.

Die Tränen liefen ihr über die Wangen. „Ich weiß nicht, ob ich eine gute Ehefrau bin."

„Okay, deine erste Ehe war ein Fehlschlag", bemerkte er scherzhaft. „Vielleicht ist es mit einem echten Ehemann leichter."

Sie war wie trunken vor Glück. „Du Egoist. Überleg mal, was ich dann alles für dich tun muss."

„Ich überlege ja." Seine Stimme klang undeutlich, weil er jetzt ihren Hals küsste.

Jane versuchte, einen klaren Kopf zu behalten, obwohl ihr Ströme von Lust durch den Körper jagten. „Zum Beispiel müsste ich mich um deine Kleidung kümmern. Die ist größtenteils eine Katastrophe." Sie stöhnte wohlig.

„Wirf alles weg, und kauf mir neue."

„Du wirst dauernd über Computer reden wollen."

„Pausenlos", gab er zu, obwohl sie das Gefühl hatte, dass er mit seinen Gedanken woanders war. Richtig, er forderte sie auf, die Arme zu heben. Automatisch gehorchte sie.

„Und du erwartest wahrscheinlich, dass ich für dich koche." Er zog ihr das T-Shirt über den Kopf. „Ehrlich gesagt, ich kann nicht besonders gut ... Oh, ich kann nicht klar denken, wenn du mich so ... oh ..."

„Ich koche liebend gern. Ich bin ein sehr moderner Mann", versicherte er, während er ihr den BH auszog.

Die Argumente gingen ihr aus, als sie seine Lippen auf ihren Brüsten spürte. „Ich werde nicht deinen Namen annehmen." Sie fuhr ihm mit den Händen durchs widerspenstige Haar.

„Dein Name ist sehr schön, behalte ihn." Er nahm ihre Knospe in den Mund.

„Ich will nicht, dass die Hausarbeit nach dem Geschlecht aufgeteilt wird."

„Okay, du darfst den Müll hinaustragen und Ölwechsel am Auto machen. Was für ein hübscher Slip."

„Danke." Sie hatte ernsthafte Probleme, bei der Sache zu bleiben. Spencer zog ihr den Slip herunter, und sie stützte sich auf seinen Schultern ab.

„Du gehst das Ganze falsch an", erklärte Spencer. „Sieh doch, was ich alles für dich tun kann."

Er streichelte ihre Füße auf höchst erotische Weise. „Zum Beispiel?"

„Ich kann sehr gut Fußnägel lackieren."

Sie lachte. „Ist das ein Grund zum Heiraten?"

„Unterschätz mich nicht. Ich bin auch gut in Fußmassage ... und mehr." Langsam strich er ihre Beine hinauf.

„Das hört sich immer interessanter an. Vielleicht solltest du mir eine Probe liefern, bevor ich mich entscheide. Aber ich warne dich, ich mag meine Masseure nackt."

Sekunden später lagen seine Sachen neben ihren am Boden. Jane würde ihn zu mehr Ordnung erziehen müssen, bald – aber nicht jetzt. Und dann vergaß sie die Unordnung, weil er ihr eine Ganzkörpermassage gab, wie sie noch nie eine bekommen hatte.

Viel später lag sie rundum zufrieden in seinen Armen. Der Teppich kratzte ein bisschen auf ihrer Haut, aber sie war zu faul, ins Schlafzimmer umzuziehen.

Sie strich zärtlich über Spencers stoppeliges Kinn. „Bekomme ich diese Behandlung regelmäßig?", witzelte sie.

„Klar. Jetzt habe ich ja viel Freizeit." Es sollte ebenso lustig klingen, aber sie merkte, dass es ihm ernst war.

Sie stützte sich auf den Ellbogen und sah ihm ins Gesicht. „Du gibst deinen Job doch nicht wirklich auf?"

„Das habe ich schon."

„Das kann nicht wahr sein!", rief sie entsetzt.

„Mein Gespräch mit Ed Pospett hätte zu keinem besseren Zeitpunkt kommen können."

„Was hast du denn zu ihm gesagt?"

„Dass ich dich heirate und nicht der Chef meiner Frau sein kann."

„Aber ... aber du bist Geschäftsführer von ‚Datatracker'."

„Nicht mehr. Jetzt bin ich Leiter der Entwicklungsabteilung." Er sah ihre Zweifel und fügte hinzu: „Das ist genau das Richtige für mich. Ich entwickle viel lieber neue Produkte, als mich mit Verwaltung zu beschäftigen."

„Du gibst für mich deinen Job auf?"

„Genau. Und ich hoffe, du behältst deinen für mich."

„Oh, Spencer, du machst mich so glücklich."

„Moment noch." Aus dem Kleiderhaufen am Boden zerrte er sein Jackett. Jane lächelte, als er sämtliche Taschen abklopfte, bis er endlich ein kleines Schmucketui herauszog. Er klappte es auf, und da lag ein schlichter eleganter Verlobungsring. „Willst du mich heiraten?"

„Ja", flüsterte sie.

Und als er ihr den Reif auf den Finger schob, wusste Jane: Dies war der richtige Ring.

– ENDE –

Roxanne St. Claire

Darf ein Boss so zärtlich sein?

Roman

Aus dem Amerikanischen von
Brigitte Marliani-Hörnlein

1. KAPITEL

Cade McMann witterte Ärger.

Der Ärger roch nach Heckenkirsche, zumindest stellte er sich den Duft von Heckenkirschen so vor – süß und frisch und ... verlockend.

„Sie wollten mich sprechen, Cade?"

Er schwang sich mit seinem Schreibtischstuhl herum und blickte auf die junge Frau, deren erwartungsvoller Gesichtsausdruck zum großen Teil von einer riesigen Hornbrille mit lila getönten Gläsern verdeckt war. Diese Brille hatte sie beim Vorstellungsgespräch vor sechs Monaten nicht getragen, dessen war er sich sicher.

Seit dem ersten Tag ihres Praktikums in der Redaktion von *Charisma* versteckte Jessie Clayton sich hinter der Brille und trug die langen rotbraunen Haare straff zurück zu einem Zopf geflochten oder in einem strengen Knoten. Am Ende des Tages hatten sich aber meist einige seidige Strähnen aus dem Gefängnis befreit und liebkosten ihre zarten Wangen. *Liebkosen?*

Oh Mann! Er steckte in ernsthaften Schwierigkeiten.

Cade zwang sich, den Fokus auf die berufliche Situation zu richten und sich nicht in poetischen Fantasien zu ergehen. „Ja, Jessie." Er deutete auf einen der Besucherstühle. „Setzen Sie sich."

Sie presste einen billigen Kunstlederkalender an ihre Brust, den Blick auf ihn gerichtet. „Alles cool, Cade?"

Nein. Nichts war cool, wenn diese temperamentvolle junge Frau im Raum war. Eine Situation, die er, der Mann, der vier Schwestern hatte und vorwiegend weibliche Mitarbeiter anleitete, nicht besonders reizvoll fand.

„Absolut cool, Jessie." Er verzog die Mundwinkel zu einem Lächeln und wurde mit diesem fröhlichen Lachen belohnt, das in der Redaktion mittlerweile dazugehörte wie das Klingeln der Telefone.

„Vorsichtig. Sonst klingen Sie weniger wie der Boss und mehr wie einer unserer treuen Leser."

Sie schob eine der vorwitzigen Haarsträhnen zurück. Natürlich, es war nach vier Uhr nachmittags. Der Zopf löste sich allmählich.

„Ich bin erst dreißig. Ich kann noch *cool* sagen. Außerdem bin ich nicht der Boss, sondern nur deren rechte Hand." Sicher, er war leitender Redakteur und damit in den Augen dieser Praktikantin weit oben auf der Karriereleiter. „Und da wir gerade von unserer Chefin Finola sprechen, ich habe aufregende Neuigkeiten für Sie."

Er hätte geschworen, dass die Farbe aus ihrem Gesicht wich, wodurch ihre Sommersprossen deutlicher hervortraten.

„Wirklich?" Umständlich öffnete sie ihren Kalender und nahm einen Stift, um sich Notizen zu machen.

„Sie müssen nichts aufschreiben. Was ich Ihnen zu sagen habe, vergessen Sie ganz bestimmt nicht."

Sie sah zu ihm auf, lächelte zögerlich. „Werde ich nicht?"

„Sie sind auserwählt, Finola Elliotts sogenannte Schattenpraktikantin zu werden."

Das Lächeln gefror auf ihren Lippen und verblasste völlig, stattdessen zeigten sich kleine Falten auf ihrer Stirn. Sie schluckte.

„Schattenpraktikantin? Das klingt ... geheimnisvoll."

„Ist es aber nicht. Jedes Jahr suchen wir einen Praktikanten aus, der sich wie ein Schatten einen Monat lang an die Herausgeberin des Magazins hängt. Finola geht zu einem Meeting, Sie gehen zu dem Meeting, Fin prüft die Ausgabe des nächsten Monats vorab beim Drucker, Sie prüfen die Ausgabe beim Drucker. Fin wird von einem Anzeigenkunden zum Essen eingeladen, Sie werden ...."

Sie hielt eine Hand hoch. „Ich habe verstanden."

Wieder schluckte sie schwer. Ihre Reaktion bestärkte ihn in seinem Entschluss, gerade sie als Schattenpraktikantin auszuwählen. Sie hatte zwar alle beruflichen Qualifikationen, sie war klug und beliebt und fleißig, aber irgendetwas stimmte nicht mit Jessie Clayton.

Nur für den Fall, dass es etwas mit *Charisma* zu tun hatte, rief er sich in Erinnerung, dass er besser auf ihr merkwürdiges Verhalten statt auf die kleine Kuhle an ihrem Hals achten sollte. Deshalb zwang er sich, den Blick auf ihre getönten Brillengläser zu richten. Sobald Jessie in der Nähe war, dachte er weniger ans Geschäft als an sie.

„Komisch", sagte er langsam. „Ich hätte erwartet, dass Sie sich über diese Möglichkeit freuen."

Kaum merklich schüttelte sie den Kopf und schob die Brille zurecht. „Ich ... ich kann das Angebot nicht annehmen."

„Wie bitte?"

„Ich bin sicher, andere Praktikanten haben es eher verdient. Außerdem hat mir Scarlet gerade dieses unglaubliche Layout-Projekt übertragen, das ich eigenverantwortlich bearbeiten soll, und da im Moment der ganze Verlag kopfsteht, um ... Sie wissen schon, alle arbeiten so unermüdlich daran, dieses Familiending zu gewinnen ... Ich denke einfach, das Timing ist nicht richtig."

Cade holte tief Luft und lehnte sich zurück. „Mit Familiending meinen Sie vermutlich die Frage, wer die Geschäftsführung von Elliott Publication Holdings übernehmen wird."

Sie rutschte unbehaglich auf ihrem Stuhl hin und her. „Nun, ich meine, jeder weiß, dass Patrick – Mr Elliott – einen Wettstreit unter den vier Magazinchefs ausgerufen hat, um denjenigen zu bestimmen, der letztendlich die Geschäftsleitung des gesamten Verlags übernehmen wird."

Von der Vorstandsetage bis hinunter zum Hausmeister diskutierten alle darüber. Der erfolgreichste Spartenleiter würde das Ruder übergeben bekommen, und der Kampf der vier Herausgeber wurde langsam schmutzig.

Es überraschte ihn nicht, dass Jessie Clayton über die Situation Bescheid wusste. Vor allem, wenn seine Vermutung stimmte. Ihre Reaktion bestätigte nur seinen Argwohn. Warum sollte sie sich sträuben, etwas zu akzeptieren, was unter den Praktikanten bei einer der weltweit erfolgreichsten Zeitschriften als das große Los galt?

„Habe ich das richtig verstanden? Sie wollen das Angebot, Finola Elliotts Schattenpraktikantin zu sein, nicht annehmen?" Er gab sich keine Mühe, seine Verwunderung zu verbergen.

Sie befeuchtete ihre Lippen mit der Zungenspitze. „Stimmt. Genau das habe ich gesagt."

Cade lachte ungläubig auf. „Sie wissen aber doch, dass dieser Job für einen Praktikanten wie ein Sechser im Lotto ist?"

Ihre Augen wurden groß, die Farbe der Iris war hinter den getönten Brillengläsern jedoch nur schwer zu erkennen.

„Ich fühle mich geehrt und bin sehr dankbar, Cade. Ich weiß nicht, wieso ich ausgewählt wurde, aber ..."

„Weil Sie eine ausgezeichnete Kandidatin sind", unterbrach er sie. „Weil Sie innovative Ideen haben, immer dynamisch sind, nie zu spät kommen und nie krank waren. Außerdem haben Sie vielversprechende Ansätze in der Berichterstattung über die Haute Couture gezeigt."

Und Sie haben Wert darauf gelegt, jeglichen Kontakt mit Finola Elliott zu vermeiden.

Diese kleine Information fügte er nicht hinzu. Sie konnte nicht wissen, dass ihr ungewöhnliches Verhalten ihn auf sie aufmerksam gemacht hatte. Natürlich waren ihm auch ihr seidiges Haar, der schlanke Körper, die Porzellanhaut und ihr melodisches Lachen nicht entgangen. Doch es war die Tatsache, dass sie Finola aktiv aus dem Weg ging, während die anderen Praktikanten alles taten, um ihre Chefin zu beeindrucken, die am Ende dazu geführt hatte, dass sie jetzt in seinem Büro saß.

„Sie sind eine vorbildliche Praktikantin, und Sie haben diese Belohnung verdient."

Jessie öffnete den Mund, dann schloss sie ihn wieder. Erneut rückte sie ihre Brille zurecht. „Nein. Danke. Ich möchte sie lieber nicht annehmen."

Sämtliche Alarmglocken schrillten bei ihm. Vor ihm saß eine junge Frau, die intelligent, attraktiv, qualifiziert und ehrgeizig genug war, um unentgeltlich zu arbeiten, damit sie Erfahrung in diesem Geschäft sammelte. Wieso sollte sie dieses fantastische Angebot ablehnen?

„Warum nicht?", fragte er.

„In ein paar Tagen haben wir Redaktionsschluss für die Januarausgabe, und Scarlet hat mir das gesamte Layout für den Bericht über das Frühlingsfest in der Märzausgabe überlassen, das bedeutet, dass ich zum Fotoshooting muss und mich mit ..." Sie befeuchtete sich erneut die Lippen. „Ich würde im Moment einfach lieber auf einen solchen Posten verzichten", schloss sie ruhig.

Es gab nur eine Erklärung, die ihm in den Sinn kam. Sie *wollte* nicht eng mit Finola zusammenarbeiten, und es könnte einen guten Grund dafür geben. Sein Instinkt sagte ihm, dass sie diesen Grund nicht verraten würde, egal, welche Fragen er stellte. Er würde nichts aus ihr herausbringen.

Weder sein Master in Betriebswirtschaft noch seine sprichwörtlichen Fähigkeiten als Manager führten ihn in diesem Fall ans Ziel. Er musste sich etwas Raffinierteres einfallen lassen.

„Wissen Sie, Jess, das kaufe ich Ihnen nicht ab."

Dieses Mal bestand kein Zweifel daran, dass sie blass wurde.

„Nein?"

Er schüttelte den Kopf. „Sie verheimlichen mir etwas."

Hinter den getönten Brillengläsern weiteten sich ihre Augen. Wenn er recht hatte und sie arbeitete tatsächlich als Informant für *Pulse* oder *Snap* oder sogar für *The Buzz*, dann hatte einer aus Finolas Familie eine schlechte Lügnerin für den Job ausgewählt. Er würde die Wahrheit aus ihr herausbekommen. Er musste sie nur aus der Reserve locken.

„Wissen Sie was?" Er stützte sich mit den Ellenbogen auf dem Schreibtisch ab und senkte die Stimme. „Was halten Sie davon, wenn wir uns nach Feierabend auf einen Drink treffen und uns in zwangloserer Umgebung weiter darüber unterhalten? Vielleicht brauchen Sie etwas Zeit, um über das Angebot nachzudenken."

„Einen Drink?" Sie wich kaum merklich zurück.

„Kennen Sie das ‚Bull and Bear'? Im ‚Waldorf'?" Als sie nickte, sagte er: „Schön. Lassen Sie uns dort reden." Er hielt ihren Blick einen Moment zu lange gefangen. Seit dem ersten Vorstellungsgespräch kämpfte er gegen den Drang an, mit diesem hübschen Energiebündel zu flirten, doch seine Professionalität verbot, mit einer Mitarbeiterin des Verlags auszugehen. Es wäre ein schwerer Fehler. Dies jedoch war kein Date. Es war die einzige Möglichkeit, etwas aus der jungen Frau herauszuholen. „Sagen wir um sechs in der Bar?"

„Ich weiß nicht …"

Er zwinkerte ihr zu. „Kommen Sie schon, Jess. Nur auf einen Drink."

Wieder rückte sie ihre Brille zurecht. „Okay. Sechs Uhr. Im ‚Waldorf'."

Wenn er nur in ihre Augen sehen könnte. Was musste er tun, damit sie die Brille abnahm? „Dann bis später", sagte er.

Sie verließ sein Büro, zurück blieb der süße Duft der Verlockung.

Um genau zwanzig vor sechs wählte Jessie die Nummer von Lainie Sinclair.

„Ist er weg?", fragte sie ihre Mitbewohnerin, die von ihrem Schreibtisch aus einen Blick auf das Büro des leitenden Redakteurs hatte.

„Seit ein paar Minuten", berichtete Lainie leise. „Er ist zuerst auf die Herrentoilette gegangen, kam mit richtig sitzender Krawatte wieder heraus, aber nicht frisch gegelt und parfümiert."

„Dich kann man als Spionin gebrauchen." Jessie lachte. „Und jetzt wünsch mir Glück."

„Wofür brauchst du Glück? Die Chefin deines Chefs hat dich für den coolsten Job im Verlag auserwählt. Ich verstehe immer noch nicht, wieso du ihn ablehnst."

Jessie verspürte den starken Wunsch, alles zu gestehen. Lainie hatte sich am Tag ihres Vorstellungsgesprächs mit ihr angefreundet, und sie wohnten inzwischen zusammen. Sollte sie sich jemals jemandem anvertrauen, dann wäre sie es.

Der Zeitpunkt war aber nicht richtig. Lainie war ein Schatz, so zuverlässig und treu, wie eine Freundin nur sein konnte, doch ihr Geheimnis würde für den heißesten Klatsch bei EPH sorgen, seit Patrick Elliott den Kampf um den Geschäftsführerposten eingeläutet hatte.

Selbst ihre neue beste Freundin könnte vielleicht die Wahrheit nicht für sich behalten. Sie platzte jetzt schon fast, und dabei wusste sie nur, dass Cade ihr einen tollen Job angeboten hatte und bei einem Drink mit ihr darüber sprechen wollte.

Wenn sie die Wahrheit wüsste …

„Ich habe dir meine Meinung dazu gesagt, Lainie. Ich sehe in dem Angebot keinen Vorteil für mich. Ich müsste den Bericht über das Frühlingsfest abgeben."

„Du bist verrückt. Hast du mit Scarlet gesprochen?"

„Sie ist heute zu einem Fototermin." Jessie warf einen Blick auf den verlassenen Bereich im Großraumbüro, wo sonst *Charismas* schillernde stellvertretende Moderedakteurin über einer Flut von Fotos, Zeitungsausschnitten und Stoffmustern gebeugt saß. „Ich vermute, deshalb hat Cade mir die Neuigkeit überbracht, denn eigentlich ist Scarlet meine Chefin."

„Aber es erklärt nicht, wieso er das Gespräch in einer eleganten Hotelbar fortsetzen will." Nach einer kurzen Pause fragte Lainie: „Glaubst du, dass er dort ein Zimmer hat?"

„Hör auf zu träumen." Nicht dass ihr nicht auch der Gedanke gekommen wäre, doch ausnahmsweise waren nicht Fantasien über Sex mit Cade McMann Ursache für die Rebellion in ihrem Magen. „Wir treffen uns nur auf einen Drink." Eine Einladung, gestand sie sich ein, die mit einem Blick ausgesprochen worden war, bei dem ihr Körper bis in die Zehenspitzen gekribbelt hatte.

Lainie kannte eins ihrer Geheimnissen: Cade McMann war ihr großer Schwarm. Sie musste ihr zugutehalten, dass ihre Freundin es seit Monaten für sich behielt.

„Hör dir an, was er zu sagen hat", riet Lainie. „Vielleicht findet ihr eine Möglichkeit, sodass du diesen Layout-Auftrag nicht abzugeben brauchst und trotzdem den Posten bei Finola Elliott bekommst."

Auf keinen Fall würde sie so viel Zeit mit Finola Elliott verbringen, aber den Grund dafür musste sie für sich behalten. „Wir werden sehen", antwortete Jessie vage. „Ich gehe jetzt besser."

„Soll ich aufbleiben?", fragte Lainie scherzhaft.

„Ich bin gegen acht Uhr zu Hause."

„Morgen früh?"

„Sehr lustig."

Jessie stieß die Fronttür des EPH-Gebäudes auf und trat in das abendliche Menschengewirr auf der Park Avenue. Der Septemberwind wehte über die Baumkronen auf dem begrünten Mittelstreifen, und sie holte sehnsüchtig tief Luft, atmete jedoch nur die Abgase eines Taxis ein, das gerade anfuhr.

Ihre Heimat Colorado war so weit entfernt. Sie blieb stehen, um sich zu orientieren. Selbst nach sechs Monaten in New York musste sie noch auf die Straßenschilder achten und sich den Stadtplan im Geiste vor Augen halten, bevor sie sicher war, in welcher Richtung das „Waldorf" lag. Das war ziemlich traurig für ein Mädchen, das allein aufgrund der Farbe der Sonnenstrahlen auf den Bergen wusste, wo Norden und wo Süden war.

Nachdem sie sich entschieden hatte, trat sie auf den Bürgersteig und blickte den endlosen Korridor zwischen den Wolkenkratzern an der Park Avenue entlang. Sie konnte sich kaum noch erinnern, wann sie das letzte Mal grüne Täler und Berge gesehen und frischen Wind in den Haaren gespürt hatte, der nicht nach Abgasen stank.

Doch, ich kann es.

Es war an dem Tag gewesen, als sie Colorado wegen dieser verrückten Geschichte verließ, aber die einzigen Fakten, die sie bisher gefunden hatte, waren dürftig.

Ein Mann mit einem Handy am Ohr rempelte sie an, und eine Frau mit schweren Einkaufstüten entschuldigte sich, als sie sich an ihr vorbeidrängelte.

Seufzend blieb Jessie an der Straßenecke stehen. Einige mutige Einheimische überquerten die Straße bei Rot. Irgendwann würde sie vielleicht auch den Nerv haben, das zu tun, bisher aber wartete sie stets die Grünphase ab. Als der Klingelton ihres Handys ertönte, griff sie nach dem Apparat wie eine Verhungernde, der man ein Steak anbot.

„Hallo, Dad", sang sie fast ins Telefon, während sie die Park Avenue überquerte, immer wieder in beide Richtungen blickend. Sie traute den Taxen nicht. „Du wirst nie erraten, wo ich bin!"

„Erzähl es mir, mein Engel." Travis Claytons wohltönender Bariton klang so laut und deutlich, als würde sie ihm gegenüber auf der Veranda sitzen und auf die schneebedeckten Berge blicken, die die Silver Moon Ranch umgaben.

„Ich überquere gerade die Park Avenue." Jessie lachte. „Ziemlich cool, oder?"

„Sei vorsichtig, Liebes", warnte er sie. „Die Autofahrer in New York sind verrückt."

Sie akzeptierte den elterlichen Rat, ohne die Augen zu verdrehen. Dazu freute sie sich zu sehr, die Stimme ihres Vaters zu hören. „Wie geht es dir, Daddy? Was macht Oscar?"

„Ich bin heute mit ihm ausgeritten. Ich sage dir, der Wallach vermisst dich."

Jessie stellte sich einen Moment vor, wie sie sich in den Sattel schwang.

„Den Namen hat er dir allerdings immer noch nicht verziehen."

Sie lachte. „Wo bist du? Auf der Veranda?"

„Ja. Ich muss gleich wieder in die Scheune, aber ich dachte, ich erreiche dich vielleicht auf dem Weg von der Arbeit nach Hause."

„Ich gehe nicht nach Hause. Stell dir vor, ich bin auf dem Weg ins ‚Waldorf-Astoria'. Wie klingt das?"

„Als wärst du weit weg von Colorado, mein Engel."

Sie hörte die Wehmut in seiner Stimme. Obwohl seit dem Tod ihrer Mutter drei Jahre vergangen waren, war es vielleicht nicht eine ihrer besten Ideen gewesen, ihren Dad allein zu lassen, ganz sicher aber war es ihre spontanste. Wie auch immer, sie musste diese Frage, die sie schon so lange quälte, endlich klären.

„Was machst du in diesem eleganten Hotel?"

Ein Page vom ‚Waldorf' öffnete ihr die Tür, dabei hatte er ein Lächeln im Gesicht, das die Männer in New York hübschen Frauen schenkten. Jessie strahlte und dankte ihm.

„Ich habe ein Meeting mit dem leitenden Redakteur des Magazins, stell dir vor."

„Ach? Meinst du, sie wollen dich jetzt endlich bezahlen?"

„Das Praktikum dauert ein Jahr, und glaube mir, Dad, meine Kommilitonen an der Kunstakademie beneiden mich um diese Chance. Mach dir keine Gedanken, ich passe auf mein Geld auf." Sie sah sich nach dem Eingang zur Bar um.

„Ich weiß, Sweetheart." Seine Stimme wurde weich. „Deine Mutter hat es dir zur freien Verfügung hinterlassen. Wenn es dich glücklich macht, in New York zu leben und für ein großes Magazin zu arbeiten – ohne Bezahlung –, dann würde es sie auch glücklich machen."

Sie schloss die Augen und stellte sich einen Moment lang das Gesicht ihrer Mutter vor. Ihrer *wirklichen* Mutter. Der Frau, die sie aufgezogen hatte.

Plötzlich verspürte sie den Drang, sich ihrem Vater anzuvertrauen.

„Worum geht es bei diesem Meeting, Jess? Hast du noch genug Zeit, mir davon zu erzählen?"

Sie blickte auf ihre Uhr. Wie lange würde es dauern, ihm die Wahrheit zu sagen? Auf jeden Fall länger als die drei Minuten, die ihr blieben. Das Verlangen war jedoch übermächtig. „Ich habe das Angebot bekommen, sozusagen der Schatten von Finola Elliott, der Herausgeberin des Magazins, zu werden." Sie wartete einen Moment, um zu sehen, ob er auf den Namen reagierte. „Aber ich weiß nicht, ob ich es annehmen möchte."

„Warum nicht? Das klingt nach einer tollen Chance, und du wärst nicht ausgewählt worden, wenn sie nicht erkannt hätten, wie klug und talentiert du bist."

„Ich bin einfach nicht sicher, ob ich so viel Zeit mit Finola Elliott verbringen will."

„Würde sich das nicht gut in deinem Lebenslauf machen? Vielleicht bieten sie dir auch einen Job mit einem Gehalt an?"

Jessie lächelte. Ihr Vater hatte keinerlei Verständnis dafür, dass man ihr Praktikum nicht bezahlte. „Wäre möglich."

„Wieso zögerst du dann noch?"

„Ich weiß nicht, ob ich so eng mit Finola zusammenarbeiten will."

„Warum nicht?"

Sie holte tief Luft, schloss die Augen und flüsterte die Worte, die ihr seit fast einem Jahr durch den Kopf gingen. Sie musste sie aussprechen, musste es jemandem sagen.

„Weil Finola Elliott meine leibliche Mutter ist."

2. KAPITEL

*J*essie traf mit einigen Minuten Verspätung in der schummerigen Bar ein. Die warnenden Worte ihres Vaters schwirrten ihr noch durch den Kopf.

Erwarte keine Halleluja-Rufe, sobald sie das herausfindet. Sie ist eine Städterin, die wahrscheinlich nicht an eine Vergangenheit erinnert werden möchte, die sie vor dreiundzwanzig Jahren hinter sich gelassen hat. Wenn sie ein Wiedersehen gewollt hätte, Honey, meinst du nicht, sie hätte dich gefunden?

Selbst die Tatsache, dass Finolas Name auf einer Adoptionen-Suchliste im Internet aufgeführt war, überzeugte ihren Vater nicht, dass ihre leibliche Mutter vielleicht mit derselben Hoffnung und Angst, von der auch sie ergriffen war, die Suche aufgenommen hatte.

Jessie liebte diesen Traum, liebte es, sich den Moment vorzustellen, wenn Finola Elliott sie in die Arme schloss und ausrief: Meine Tochter!

Ihr Vater könnte jedoch recht haben. In den fünf Monaten, die sie Fin jetzt beobachtete, hatte sie absolut nichts gesehen, das darauf hinwies, der achtunddreißigjährige Workaholic Finola Elliot könnte daran interessiert sein, das Kind zu finden, es kennenzulernen und zu lieben, das sie im Alter von fünfzehn Jahren zur Adoption freigegeben hatte.

Der Anblick ihres Traummannes an einem Ecktisch holte Jessie ins Hier und Jetzt zurück. Seit sie vor fünf Monaten zum Vorstellungsgespräch Cade McManns Büro betreten hatte, verspürte sie ein Kribbeln im Bauch, sobald sie ihn sah. Zuerst war es nur sein Äußeres gewesen – groß, muskulös, dunkelblondes Haar, blaugraue Augen. Unter der einnehmenden Schale steckte ein wunderbarer Chef mit Sinn für Humor, wie sie schon bald entdeckte.

Zudem war er ein Mann, der jede Entscheidung genau überdachte und aus verschiedenen Blickwinkeln betrachtete. Nur selten, wenn überhaupt, machte er einen Fehler. Weshalb also lud er eine Praktikantin zu einem Drink ein?

Und warum sah er sie an, als wollte er etwas? Aber was?

Ein Lächeln breitete sich auf seinem attraktiven Gesicht aus. Ihr Herz schlug für einen Moment schneller, und sie wünschte, er würde sie wollen.

„Entschuldigen Sie meine Verspätung", sagte sie, als er einen Stuhl für sie hervorzog.

„Sagen Sie nichts. Scarlet hat von einem Fotoshooting aus angerufen und Ihnen noch zwanzig Dinge aufgetragen, die Sie unbedingt vor Feierabend erledigen mussten."

Sie stellte ihre Tasche auf den Boden und berührte ihre Brille, um sicher zu sein, dass sie richtig saß. Selbst in diesem gedämpften Licht könnte er entdecken, dass ihre Augen dieselbe Form und die grüne Färbung wie die der Frau hatten, für die er arbeitete.

„Ehrlich gesagt hat mein Vater angerufen, und ich brachte es nicht übers Herz, einfach aufzulegen."

Interessiert zog er die Augenbrauen hoch. „Er lebt in Colorado, nicht wahr?"

Wusste er das noch aus dem Vorstellungsgespräch, oder hatte er Erkundigungen eingeholt? „Ja. Wir haben eine Viehranch nicht weit von Colorado Springs."

Cade gab dem Kellner ein Zeichen, und sie entschied sich für einen Chardonnay, den sie in kleinen Schlückchen trinken wollte. Einen Schwips konnte sie sich nicht leisten. Dem Mann so nah zu sein, den sie seit fünf Monaten bewunderte – gut, anschmachtete –, war schon berauschend genug.

Nachdem sie bestellt hatten, zog Cade sein Jackett aus und warf es über die Lehne eines Stuhls. Jessie gratulierte sich, weil sie es schaffte, ihren Blick nicht über den muskulösen Oberkörper unter dem maßgeschneiderten weißen Oberhemd schweifen zu lassen.

„Wie kommt es, dass ein Mädchen, das auf einer Ranch in Colorado aufgewachsen ist, im Großstadtdschungel landet?"

„Das erwähnte ich bereits im Vorstellungsgespräch", erinnerte sie ihn leise. „Ich war am Art Institute of Colorado und habe einen Bachelor in Grafikdesign mit Schwerpunkt Mode. Was wäre da beruflich besser als New York?"

„Um Ihre Liebe zu Kunst und Mode zu kombinieren?"

„Ich lese *Charisma* seit meinem vierzehnten Lebensjahr", erzählte sie. „Ich habe das Magazin schon als Schülerin geliebt, ebenso wie Mode." An dem Tag, an dem sie herausfand, dass ihre leibliche Mutter die Herausgeberin war, hatte sich ihre Welt für immer verändert.

„Dann ist das also Ihr Traumjob", sagte er.

„So könnte man es sagen."

„Mal abgesehen von der Bezahlung."

Er zwinkerte ihr zu, und ein kleiner Schauer schoss wohlig durch ihren Körper.

Der Kellner brachte ihren Wein und ein Bier für Cade. Sie deutete auf sein Getränk. „Das Colorado-Mädchen in mir sagt Danke, dass Sie ein Bier aus meiner Heimat trinken."

Er lächelte und neigte den Kopf in Richtung Bar. „Die meisten hier bestellen Martini."

„Das passt in dieses etwas angestaubte Ambiente. Warum haben Sie diese Location gewählt?"

„Weil ich weiß, dass hier keine EPH-Leute sind." Er schenkte sich ein, dann sah er sie durchdringend an. „Die anderen Magazine haben überall ihre Spione, wissen Sie."

„Nein, wusste ich nicht." Sie nahm ihr Glas. „Aber ich hoffe, *Charisma* gewinnt." Sie zwang sich hinzuzufügen: „Wegen Finola."

Er stieß mit ihr an. „Das haben wir fest vor." Seine Stimme klang zuversichtlich. Während sie an ihrem Wein nippte, fragte er: „Haben Sie sich auch in den anderen Redaktionen vorgestellt, bevor Sie zu *Charisma* kamen? *Snap* hat ein hervorragendes Praktikantenprogramm, und *Pulse* ist eins der bedeutendsten Nachrichtenmagazine."

„Ich habe keine Sekunde an ein anderes Magazin gedacht", sagte sie und entlockte ihm damit ein überraschtes Lächeln. „Die Arbeit mit all den Promis bei *Snap* mag reizvoll sein, und ich bin auch beeindruckt davon, was Michael Elliott bei *Pulse* leistet, aber mein Herz gehörte schon immer der Mode."

Eine Aussage, die absolut der Wahrheit entsprach. Als sie entdeckte, dass ihre leibliche Mutter die Herausgeberin ihrer Lieblingszeitschrift war, war sie emotional so aufgewühlt gewesen, dass nicht einmal ein zweistündiger Ritt auf Oscar sie beruhigen konnte.

„Eine Woche nach meinem Abschluss", fuhr sie fort, „bin ich nach New York gekommen, um mich vorzustellen."

„Was haben Ihre Eltern dazu gesagt, dass Sie so weit von zu Hause fortgegangen sind?"

Sie berührte das Gestell ihrer Brille, die ihr Lieblingsaccessoire geworden war, seit sie Lainie mit einer Brille gesehen und entdeckt hatte, dass sie damit ihre Augenfarbe verbergen und trotzdem hip aussehen konnte. „Mein Vater", sagte sie leise. „Meine Mutter ist vor drei Jahren gestorben."

„Das tut mir leid."

Seine Fingerspitzen streiften ihre Hand. Es war die harmloseste Geste der Welt, doch die Berührung beschleunigte ihren Pulsschlag. „Danke. Sie hatte ein Aneurysma. Es ging sehr schnell."

„Mein Vater ist vor fünf Jahren gestorben. Es war sehr schwierig für meine Mutter und meine Geschwister."

Die Sanftheit in seiner Stimme überraschte sie. „Ich hörte, dass Sie vier Schwestern haben." Allmählich entspannte sie sich etwas und hoffte, dass sich das Gespräch wenigstens ein paar Minuten um ihn drehte. „Wo leben sie?"

„In der Nähe meiner Mutter. Glauben Sie mir, bei uns ging es immer ganz schön rund."

„Kein Wunder, dass Sie so gut mit den vielen Frauen bei *Charisma* umgehen können. Sie kennen sich damit aus."

„Stimmt." Er trank einen Schluck. „Aber bleiben wir beim Thema. Bei Ihnen. Haben Sie Geschwister?"

„Ich bin Einzelkind." Sollte sie ihm anvertrauen, dass sie adoptiert worden war, oder könnte sie dadurch unnötig Aufmerksamkeit erregen? Inwieweit war Finolas Vergangenheit bekannt? Seit sie in New York eingetroffen war, versuchte sie, eine Antwort auf die Frage zu finden. Sie senkte die Stimme und sagte verschwörerisch: „Soll ich Ihnen ein Geheimnis verraten?" Er beugte sich vor, als hätte sie ihn an einer Leine zu sich gezogen.

„Gern."

„Es ist das erste Mal, dass ich östlich der Rockys bin."

„Nee, oder?" Er lehnte sich wieder zurück.

Sie nickte und genoss den Blickkontakt und den Anflug eines Lächelns um seinen Mund. War ihr eigentlich jemals richtig die vollkommene Form seiner Lippen aufgefallen?

Oh ja. Einige Male sogar.

„Sie haben sich schnell akklimatisiert."

Sie zog die Nase kraus. „Ohne Ampel kann ich noch immer keine Straße überqueren."

„Tss, tss, tss", machte er, als wäre er enttäuscht von ihr. „Können Sie denn ein Taxi rufen?"

„Brauche ich nicht, ich kann mir keins leisten." Sie tippte auf seine Hand, nur um erneut das Vergnügen zu haben, ihn zu berühren. „Sie bezahlen mich nicht, schon vergessen?"

„Ach ja." Einen Moment betrachtete er sie nachdenklich. „Wie können Sie sich dann ein Apartment in Manhattan leisten? Und Kleidung? Und Essen?"

Jessie ließ ihre Finger spielerisch über den langen Stiel ihres Glases gleiten. „Meine Mutter hat mir etwas Geld hinterlassen, davon lebe ich. Ich teile mir mit Lainie Sinclair, Korrekturleserin und Hüterin des

Schlüssels zur Kleiderkammer, eine kleine Wohnung." Sie lächelte ihn vielsagend an, da es allgemein bekannt war, dass die einzige Vergünstigung, die die untergeordneten Angestellten hatten, die Möglichkeit war, sich Kleidung aus *Charismas* gut bestückter Kleiderkammer zu leihen. „Und ich esse nicht viel."

Er schwieg, und Jessie fragte sich plötzlich, ob er ihr misstraute, so wie er sie ansah, fast als glaubte er nicht, dass sie die Wahrheit sagte.

„Sehe ich aus, als würde ich viel essen?", erkundigte sie sich lächelnd.

„Nein." Er schüttelte den Kopf.

„Warum starren Sie mich dann an, als hätte ich etwas Falsches gesagt?"

Er lachte unsicher. „Ich überlege nur, wohin ich unsere hungernde Praktikantin zum Dinner einlade. Worauf haben Sie Appetit?"

Auf dich, dachte sie verwegen, ich habe Appetit auf dich.

„Französische Küche, mexikanische, japanische. Irgendetwas. Ich esse alles."

Hatte sie gerade eine Einladung zum Abendessen mit ihrem Chef, der rechten Hand von Fin Elliott, akzeptiert?

Seinem Gesichtsausdruck nach zu urteilen, war er genauso überrascht und erfreut wie sie.

Es lief absolut nicht so, wie Cade es geplant hatte. Während Jessie die Damentoilette aufsuchte und er die Getränke bezahlte, rief er sich in Erinnerung, dass er herausfinden wollte, warum sie Fin aus dem Weg ging und was sie verheimlichte, nicht, wie weit dieses Date sich entwickeln ließe.

Reiß dich am Riemen, Mann. Mit einer Praktikantin ins Bett zu gehen, war vielleicht nicht verboten, aber keineswegs professionell. Es könnte ein Fehler sein, doch Jessie Clayton hatte etwas an sich, das bei ihm den Wunsch weckte, dieses Risiko einzugehen.

Sie hatte alles bestätigt, was in ihrer Akte stand. Angefangen bei ihrer Ausbildung bis hin zu der Tatsache, dass sie sich nicht in einer der anderen Redaktionen vorgestellt hatte. Trotzdem sagte ihm sein sechster Sinn, dass Jessie Clayton irgendetwas verheimlichte, und wegen des erbitterten Wettstreits unter den vier Topmagazinen von EPH traute er den Elliotts einiges zu.

Die Elliotts spielten, um zu gewinnen, doch wären sie so hinterhältig, ein unschuldiges Mädchen aus Colorado zu beauftragen, für sie zu spionieren?

Er musste es herausfinden, aus diesem Grund hatte er sie zum Essen eingeladen. Das hatte nichts mit dem strahlenden Lächeln oder ihrem wunderschönen, glockenhellen Lachen oder der ansprechenden Figur zu tun, die sie vermutlich dem Reitsport verdankte.

Die Vorstellung, wie sie auf dem Rücken eines Pferdes durch die Landschaft galoppierte, erregte ihn.

Vorsicht, Junge. Mach keinen Fehler. Dies ist reine Recherche.

Jessie schenkte ihm ihr fröhliches Lächeln, als sie sich näherte. Vielleicht verheimlichte sie etwas, doch wenn sie es tat, dann verbarg sie es in einer betörenden Verpackung. Sie wirkte ungekünstelt und natürlich. Ganz anders als die Frauen, mit denen er bisher ausgegangen war.

Das ist kein Date.

„Also, wohin gehen wir?", fragte sie und nahm ihre Handtasche. „Französisch, japanisch, eine Mischung? Ich kenne einen tollen Chinesen am Times Square."

Er musste sich auf seine Nachforschungen konzentrieren. „Es ist schon erstaunlich. Sie waren nie zuvor in New York und kommen einfach an, finden ein Apartment, einen Job, Freunde ..."

„Genau genommen hatte ich erst den Job und dann das Apartment", sagte sie. „Nach dem Vorstellungsgespräch habe ich mich mit Lainie unterhalten. Dabei erwähnte sie, dass ihre Mitbewohnerin heiratet und auszieht. Das war reines Glück."

„Ich erinnere mich an unser Gespräch." Er hielt ihr die Tür auf, und sie traten hinaus in die Abenddämmerung. Er neigte den Kopf an ihr Ohr und senkte die Stimme: „Das war vor Ihrer Hornbrillenphase."

Sie wurde blass, womit er nicht gerechnet hatte. Eigentlich hatte er ein leichtes, melodisches Lachen erwartet und dass sie vielleicht die Brille absetzte. Stattdessen fasste sie an das Gestell, als müsse sie sich vergewissern, dass es noch da war.

„Ich vertrage keine Kontaktlinsen."

Es klang fast entschuldigend. Sie musste seine Worte als Beleidigung aufgefasst haben. „Jessie." Er blieb stehen und griff nach ihrem Ellenbogen. „Ich wollte damit nicht sagen, dass Sie nicht ..." *Hübsch sind.* „Mir ist nur aufgefallen, dass Sie damals keine Brille getragen haben."

Sie löste ihren Arm aus seinem Griff. „Sie gehört zu meinem New-York-Look", sagte sie so unbeschwert, dass es etwas aufgesetzt klang. „Also, wohin gehen wir?"

„Französisch. Soho. Es wird Ihnen gefallen." Er führte sie an die Straßenecke, wartete eine Lücke im Verkehr ab, legte eine Hand an Jessies Rücken und marschierte los. Sie machte ein paar Schritte und zögerte dann, weil ein Taxi auf die Kreuzung zuraste.

Er zog sie weiter. „Nicht zögern. Nie." Sie hasteten über die Straße, und das Taxi raste hinter ihnen vorbei. „Niemals Unsicherheit zeigen. Nie stehen bleiben, nie zeigen, dass die die Stärkeren sind. Das sind die Regeln der Stadt." Es waren auch die Regeln seines Lebens.

„Beim Reiten ist es ähnlich", stellte sie lachend fest. „Man muss dem Pferd klarmachen, wer das Sagen hat."

„Genau." Cade hob einen Arm, und sofort hielt ein Taxi an. „Ich habe die Fotos an Ihrem Arbeitsplatz gesehen. Sie scheinen eine richtige Pferdenärrin zu sein." Er ließ Jessie zuerst einsteigen, dann rutschte er neben sie auf den Rücksitz, näher, als er es sich bei jeder anderen Kollegin erlaubt hätte. Jessie schien nichts dagegen zu haben.

„Ja, ich liebe Pferde. Und ich vermisse Oscar."

Er lachte. „Oscar? Das klingt nicht nach einem Pferd. Pferde heißen Silver oder Gypsy." Sie stieß ihm leicht einen Ellenbogen in die Rippen, und sein Körper spannte sich an.

„Das kann nur ein Stadtmensch sagen. Tatsächlich ist mein Pferd nach einem berühmten Designer benannt."

„De la Renta?"

„Gibt es noch einen Oscar? Ich sagte Ihnen doch, dass ich Mode liebe. Deshalb habe ich mich bei *Charisma* beworben." Sie schob die Brille ein kleines bisschen hinunter und blickte über den Rand. „Glauben Sie mir nicht?"

Aha, grüne Augen. Sie waren nicht einfach grün, sie funkelten wie Smaragde, waren tief wie das Meer und genauso unergründlich. Er hätte stundenlang hineinsehen können. „Warum sollte ich Ihnen nicht glauben? Sie lügen doch nicht etwa?"

Sie schob die Brille wieder hoch. „Ganz sicher nicht bei einem Pferd namens Oscar."

Er musste lachen, und zwei Stunden später amüsierte er sich immer noch. In der Nische eines beliebten Szenerestaurants, bei einem Sorbet aus Birnen – laut Jessie die sündigste Frucht, die sie je gegessen hatte –, vergaß er beinah den Grund, weshalb er sie zum Dinner eingeladen hatte.

Jessie war so kühl, erfrischend und herb wie das Dessert, das sie sich teilten. Und er erwischte sich dabei, dass er Geschichten ausplauderte, die er normalerweise keiner Frau erzählte, mit der er ausging.

Dies ist kein Date.

Das Mantra funktionierte nicht. Je besser sie sich kennenlernten, desto größer wurde der Wunsch, sie zu küssen, und das konnte nicht als Recherche oder Arbeit bezeichnet werden. Das war ein Fehler.

„Glauben Sie mir", sagte er und schob ihr den Teller zu, „nach der Show, die meine Schwestern abzogen, verpasste ich nie wieder eine ihrer Ballettaufführungen."

Sie nahm noch einen Löffel voll von der sinnlich-süßen Verführung. Die kühle Köstlichkeit entlockte ihrer Kehle einen genüsslichen Seufzer.

„Sie müssen faszinierend sein."

Was war faszinierend? Ihre Lippen? „Wer?"

„Ihre Schwestern." Sie tauchte den Löffel in das Sorbet und hielt ihn ihm hin. „Möchten Sie noch?"

Was er ablecken wollte, war der winzige Rest Eis an ihrer Unterlippe. „Nein, danke. Aber es macht Spaß zu beobachten, wie das Eis in Ihrem Mund schmilzt."

Sie lächelte, sah auf den Teller, dann wieder zu ihm. Sie flirtete tatsächlich mit ihm.

„Ich bekomme nicht oft so ein tolles Essen."

„Sie machen mir ein schlechtes Gewissen, was unsere Praktikantenpolitik betrifft."

„Nicht nötig. Es ist die übliche Praxis. Lehrjahre sind keine Herrenjahre."

„Richtig, aber Ihre Position würde sich verbessern, wenn Sie unser Angebot annähmen." Im Geiste klopfte er sich auf die Schultern, weil er wieder beim Thema war.

Sie legte den Löffel auf den edlen Dessertteller. „Ich habe Ihnen gesagt, dass ich das nicht möchte."

„Warum nennen Sie mir nicht den wahren Grund für Ihre Ablehnung?"

Bedächtig tupfte sie sich die Mundwinkel mit der Serviette ab. Er spürte sofort die veränderte Stimmung. Flirten und Teilen eines Desserts waren vorbei. „Egal", sagte er schnell. „Denken Sie einfach darüber nach. Wir sprechen morgen noch einmal."

„Okay."

Sie schenkte ihm ein flüchtiges Lächeln, das vermutlich nicht ihre Augen erreichte. Er wüsste es, wenn er hinter die verdammten Gläser blicken könnte.

„Lassen Sie uns auf Ihre Schwestern zurückkommen. Haben Sie vor, irgendwann Ihre Familie zu besuchen?"

Er schüttelte den Kopf. „Ich glaube nicht, dass ich in diesem Jahr Urlaub nehmen werde."

„Wegen des Drucks, mit dem besten Ergebnis abschneiden zu müssen?"

Großartig. Damit hatte sie das Thema auf etwas gelenkt, das ihn argwöhnisch machte, statt ihn einfach nur zu faszinieren. „Wie sieht es bei Ihnen aus, Jessie?", antwortete er mit einer Gegenfrage. „Kommen Sie in diesem Jahr noch nach Hause?"

„Ich habe vor, Weihnachten auf der Ranch zu verbringen. Ich vermisse meinen Dad sehr."

„Und Oscar." Er zwinkerte ihr zu.

Sie faltete die Hände, stützte die Ellenbogen auf den Tisch und legte das Kinn darauf. „Ja, ich vermisse Oscar", sagte sie wehmütig. „Ich vermisse den Geruch nach Pferden, das Klappern ihrer Hufe. Und mir fehlen die Berge, die Flüsse, Täler und Blumen."

„Es gibt einen Grünstreifen mit Bäumen und Blumen in der Mitte der Park Avenue."

Sie lächelte. „Im Frühjahr blühte dort Flieder."

„Das ist mir noch gar nicht aufgefallen."

„Flieder war die Lieblingspflanze meiner Mutter. Jedes Jahr im April und Mai blühen die vielen Sträucher auf unserer Ranch in den schönsten Lilatönen. Und der Duft ..." Sie schloss die Augen und atmete tief ein, als könnte sie ihn riechen. „Als ich bei meiner Ankunft in New York den Flieder sah, dachte ich, es sei eine Botschaft meiner Mutter. Sie wollte mir damit sagen, dass es die richtige Entscheidung war."

„Wie könnte es anders sein? Mode und Design faszinieren Sie, und will nicht jeder einmal das Leben in der Großstadt ausprobieren?"

Sie war einen Moment still. Die Kerzen gaben gerade genug Licht, dass er eine Spur Traurigkeit hinter den getönten Brillengläsern bemerkte.

„Wie auch immer", sagte sie schließlich seufzend. „Ich liebe diesen Duft. Ich nehme manchmal sogar ein Parfum, das nach Flieder duftet."

„Ach ja?" Jetzt atmete er tief ein und nahm ihre Aussage als Entschuldigung, etwas näher an sie heranzurücken. „Ich dachte, es wäre Heckenkirsche." Sie wich nicht zur Seite. Keinen Zentimeter.

„Heckenkirsche riecht süßlicher."

„Ich finde, es riecht ziemlich süß." Er schnupperte erneut. „Ihr Parfum hat eine nachhaltige Spur in meinem Büro hinterlassen. Eine Spur von Problemen."

„Wie bitte?" Sie lachte ungläubig. „Außer, dass ich Ihr Angebot nicht annehmen möchte, habe ich *Charisma* noch nie Probleme bereitet."

„Das meinte ich nicht." Er war ihr jetzt so nah, dass seine Lippen ihre fast berührten. „Und das wissen Sie." Wortlos nahm er ihr die Brille ab. Sie zuckte erst zusammen, dann sah sie ihn an. „Wer versteckt sich hinter diesen Gläsern, Jessie Clayton?"

Sie machte große Augen, schaute aber nicht weg, und er versank in der unendlichen Tiefe ihres Blicks.

„Ich mache keine Probleme, und ich verstecke nichts."

„Doch, das tust du."

„So?" In ihrer Stimme schwang Nervosität mit.

„Du versteckst deine schönen Augen."

Nichts konnte ihn jetzt noch davon abhalten, sie zu küssen. Ein Prickeln schoss bei der Berührung durch seinen Körper. Sie war kühl vom Sorbet, aber samtweich. Er versuchte nicht, den Kuss zu vertiefen, ließ die Lippen einfach auf ihren ruhen, genoss das Funkensprühen, ließ das Versprechen auf mehr in der Luft hängen. Schließlich löste er sich langsam von ihr.

„Bist du sicher, dass du das tun wolltest, Cade?"

Noch nie in seinem Leben war er so sicher gewesen. „Wenn du das fragen musst, habe ich etwas falsch gemacht."

„Nein, nicht falsch." Schnell setzte sie die Brille auf. „Nur überraschend."

„Musst du sie tragen?" Er brannte darauf, sie ihr wieder abzunehmen, um ihr tief in die Augen schauen zu können und eins mit ihr zu werden, damit Jessie ihm für eine Nacht gehörte.

„Ich nehme sie nur beim Küssen ab."

Er streifte mit den Lippen eine Strähne ihres seidigen Haars. „Vielleicht solltest du noch einmal Kontaktlinsen ausprobieren, Jess."

„Warum?"

Cade zögerte nur eine Sekunde, dann ließ er alle Vorsicht außer Acht. „Weil ich dich küssen möchte. Oft."

3. KAPITEL

*J*hren Busen möchte ich haben."

Bei der Bemerkung blickte Jessie vom Mitarbeitermemo auf, das sie gerade gelesen hatte – zumindest hatte sie auf die Worte geschaut, wirklich gelesen hatte sie nicht –, und sah Scarlet Elliott an ihrem Schreibtisch stehen, deren hellgrüne Augen vor Erheiterung blitzten.

„Sie haben selbst einen schönen Busen", erwiderte sie. „Fragen Sie John Harlan, wenn Sie eine zweite Meinung brauchen."

Scarlet strahlte übers ganze Gesicht bei der Erwähnung des Mannes, den sie liebte. „Er hat eine Schwäche für meinen Busen, das stimmt", sagte sie und zwinkerte Jessie zu. „Aber ich habe entschieden, dass Sie das perfekte Dekolleté haben."

Ihr Tonfall gefiel Jessie überhaupt nicht. „Perfekt wofür?"

„Ich muss das Feature ‚Natürliche Ausstrahlung' aufmöbeln. Das Thema für Januar ist: Wie tief darf es sein? Ich denke, Sie …"

Scarlet beugte sich vor und zog den V-Ausschnitt ihrer Baumwollbluse so weit hinunter, dass der Rand ihres schlichten weißen BHs hervorblitzte.

„… können etwas tief Ausgeschnittenes tragen. Aus unserer Kleiderkammer."

„Auf keinen Fall." Jessie wich zurück und klammerte sich mit beiden Händen an die Armlehnen ihres Stuhls. „Ich bin kein Model."

„Vorab sei gesagt, dass Sie eins sein könnten, wenn Sie die Brille absetzen und die Haare offen lassen würden. Sie kennen dieses Feature. Wir zeigen nie das Gesicht. Ich habe am Wochenende zwei Fotografen losgeschickt, damit sie mir auffallende Aufnahmen von schönen Dekolletés bringen, und das ist die Ausbeute."

Scarlet knallte einige Probedrucke auf den Tisch, beide zeigten eine Reihe von tief ausgeschnittenen Blusen und Pullovern bei Frauen, die durch die Straßen von New York liefen. Die Farben wirkten ausgewaschen, und die Fotos waren nichts Besonderes.

„Die gehen gar nicht", stimmte Jessie zu. „Natürliche Ausstrahlung" war eins von *Charismas* beliebtesten Features – ungestellte Bilder von Passantinnen, die unkonventionell und farbenfroh gekleidet waren. Mal standen sexy Röcke im Mittelpunkt, mal schöne Rückansichten, aber immer war das Gesicht unkenntlich gemacht. Zum Schutz des Magazins und des ahnungslosen „Models".

Scarlet tippte auf die Aufnahmen. „Sie haben einen guten Blick,

Jessie. Ich wusste, dass Sie Mist erkennen, wenn Sie Mist sehen. Kommen Sie. Ich habe ein Outfit im Kopf und einen Körper. Ihren. Also los."

Jessie sah ihre Vorgesetzte aus zusammengekniffenen Augen an. Warum ausgerechnet jetzt, wo sie sich an ihrem Arbeitsplatz verstecken und jeden Moment des „Dates" mit Cade am Abend zuvor Revue passieren lassen wollte? Vor allem den Abschiedskuss an der Tür. Oder den im Taxi, als seine Zunge ihre berührte …

„Fragen Sie doch bitte jemand anderen. Ich habe so viel zu tun."

Scarlet zog das Mitarbeitermemo unter den Fotos hervor. „Sie müssen ein Memo vom letzten Montag lesen?"

Erwischt! Das Blatt hatte gerade dagelegen, und sie hatte es sich geschnappt, um beschäftigt zu wirken, während sie davon träumte, wie Cade ihre Hand gehalten hatte, wie er gerochen und geklungen und, vor allem, wie er geküsst hatte.

„Hallo?" Scarlet beugte sich näher zu ihr und wedelte direkt vor ihrem Gesicht herum. „Hören Sie überhaupt zu?"

„Natürlich."

„Okay, dann keine Widerrede mehr." Scarlet zog sie von ihrem Stuhl. „Als Praktikantin machen Sie, was ich sage. Das sind die Spielregeln, Schätzchen."

Tief seufzend verließ Jessie ihren Arbeitsplatz und folgte Scarlet den Flur entlang zur Kleiderkammer, über die Lainie die Schlüsselgewalt hatte. Sie war mit Kreationen der weltbesten Designer und diversen Accessoires bestückt. Der Raum lag gefährlich nah an Cades Büro, doch der war noch nicht eingetroffen. Vermutlich hatte er einen Termin außer Haus.

Umso besser, dachte Jessie.

„Ich sehe, Sie haben ein Opfer." Lainie reichte ihnen den überdimensionierten Schlüssel.

„Warum machst du das nicht?", fragte Jessie ihre Mitbewohnerin.

Lainie legte die Hände an ihre Brüste. „Mein Micky-Maus-Busen gibt kein tolles Dekolleté her."

Jessie blickte an sich hinab. „Meiner ist auch nicht viel größer."

„Immerhin Körbchengröße B plus." Scarlet schloss auf und schaltete das Licht ein. „Außerdem habe ich hier einen wunderbaren Push-up-BH. Lainie, lösen Sie bitte schon ihren Zopf."

Jessie griff sich automatisch an den Kopf. Niemand sollte ihr Haar sehen. Es glich in Farbe und Beschaffenheit zu sehr dem vieler Elliotts. „Kann ich sie nicht so lassen?"

„Auf keinen Fall", sagte Scarlet. „Und die Brille kommt auch weg. Das ist ein Befehl."

Zwanzig Minuten später stand Jessie in einem knallgelben Reißverschlusspullover und schwarzer Lederhose auf der Park Avenue. Ihr Haar flatterte im Wind, ihr Brillengestell lag auf Lainies Schreibtisch, und Scarlet zog den Reißverschluss tiefer und tiefer.

„Noch weiter, und Sie sind bei meiner Hose", sagte Jessie und strich sich die Haare aus dem Gesicht.

„Das ist das Thema des nächsten Monats", entgegnete ihre Vorgesetzte trocken. „Sexy Hüften."

„Ohne mich." Sie zog den Reißverschluss so weit hoch, dass der Vorderverschluss des verführerischen BHs mit schwarzer Spitze, den sie jetzt trug, verdeckt war. „Übrigens, das ist kein BH. Das ist ein Teil, das etwas vortäuscht, was nicht ist."

Scarlet lachte und zog den Reißverschluss wieder hinunter. „Das Dekolleté ist echt. Nur ... verbessert." Sie trat zurück, betrachtete ihr Werk und gab ein Zeichen über die Schulter. „Wir sind fertig, Nick."

Ein paar Passanten blieben neugierig stehen, doch die meisten ignorierten den Trubel. Scarlet schob sich in die Richtung des freien Fotografen, den sie für viele *Charisma*-Shootings buchte.

„Gehen Sie auf Nick zu. Und machen Sie sich heiße Gedanken."

Heiße Gedanken machen? Das war an diesem Tag die erste Bitte, die sie leicht erfüllen konnte.

Heiße Gedanken ... Cade McMann.

„Kinn hoch und an etwas Provokatives denken", befahl Scarlet.

Provokativ ... Cade McMann.

Von hinten blies Scarlet ihr das lange Haar über ihre Schultern.

„Weiter auf Nick zugehen", sagte sie und trat aus dem Bild. „Brust raus. Sehen Sie in Richtung Straße und stellen Sie sich was absolut Scharfes vor."

Cade McMann ist definitiv scharf.

Jessie tat, wie ihr geheißen, und dachte an Cades Lächeln. Seine blaugrauen Augen. Seinen unglaublichen Mund ... und kam ins Stolpern, als sie diese drei Dinge direkt vor sich entdeckte.

Der Held ihrer Träume lehnte an einem Verkehrszeichen, die Arme verschränkt, ein breites Grinsen im Gesicht.

„Das nenne ich ein verführerisches Dekolleté."

Er stieß sich vom Pfahl ab und schlenderte auf sie zu, ließ seinen Blick bis zu ihren Füßen gleiten und wieder hinauf zum V-Ausschnitt. Die Hitze, die sie plötzlich in ihrem Unterkörper spürte, wäre geeignet, die Lederhose zu schmelzen.

„Wenn du dieses Foto bringst, Scarlet", sagte er, ohne sie aus den Augen zu lassen, „steigen die Verkaufszahlen innerhalb einer Stunde astronomisch in die Höhe, und Gelb wird zur neuen Trendfarbe erklärt."

Jessie hielt die Luft an. Sie blickte zu Cade auf, und ihr Herz fing an, wie wild zu rasen. Er sah sie intensiv an, und in dem Moment wurde ihr bewusst, dass sie keine Brille trug.

Während er sich zu ihr beugte, flüsterte er: „Bei deinem Anblick wird selbst der stärkste Mann schwach."

Ein Prickeln lief ihr den Rücken hinunter, sie lachte und warf ihm einen kessen Blick zu. Irgendwo im Hintergrund hörte sie Nicks Kamera klicken.

„Aus dem Bild, Cade", schimpfte Scarlet und schob ihn zur Seite. „Ich versuche, ein gutes Foto zu bekommen."

„Keine Sorge", rief Nick von seinem Platz ein paar Schritte weiter. „Ich habe die Aufnahme, die Sie haben möchten. Sie werden begeistert sein."

„Freut mich, dass ich helfen konnte." Bevor Cade seinen Weg zum Verlagsgebäude fortsetzte, sagte er an Scarlet gewandt: „Schenk ihr den Pullover, okay?"

Jessie sah ihn im Gebäude verschwinden. Seine breiten Schultern füllten die Tür aus, sein dunkelblondes Haar fiel auf den Kragen des edlen Jacketts.

„Das ist fantastisch!" Scarlet betrachtete das Foto auf dem Display der Kamera. „Sehen Sie sich das an, Jessie!"

Nick hatte den Moment erwischt, als Cade sich hinabbeugte, als würde er ihr Haar küssen wollen, den Blick gezielt auf ihre Brüste gerichtet.

„Sehen Sie nur Ihren Gesichtsausdruck." Scarlet stieß sie mit dem Ellenbogen an.

Der Fotograf hatte ihren flirtenden Augenaufschlag eingefangen und das Aufblitzen purer Begierde in Cades Miene. Die perfekte Aufnahme für „Natürliche Ausstrahlung".

„Vergessen Sie nicht, das Gesicht unkenntlich zu machen", sagte Jessie.

„Soll das ein Witz sein? Das machen wir nur, um uns vor Anzeigen zu schützen. Sie können uns eine Druckfreigabe geben. Das hier ist so sexy, wenn ich es nicht besser wüsste, würde ich sagen, sie haben den Beruf verfehlt. Sie könnten Schauspielerin sein. Auf dem Foto sehen Sie aus, als wären Sie total verliebt in Cade."

Jessie hatte nicht verliebt gespielt. Sie war es.

Cade steckte die Hände tief in die Hosentaschen und blickte auf den Grünstreifen weit unter seinem Fenster, doch er sah nicht die orange-roten Blumen, die dort blühten. Seine Gedanken kreisten um Jessie, um ihren verführerischen gelben Pullover, das rotbraune Haar und das Blitzen in ihren grünen Augen, als sie mit ihm flirtete.

Dieselbe vor Lebendigkeit sprühende Frau, die er am Abend zuvor beim Dessert geküsst hatte … und im Taxi … und an der Tür zu ihrer Wohnung. Sie war so strahlend, energiegeladen und attraktiv.

Hatte im Frühjahr wirklich Flieder auf dem Mittelstreifen geblüht? Ihm waren die Blumen und Sträucher in der Park Avenue nie aufgefallen. War es möglich, dass er jeden Tag die Straße entlanglief und nie den Flieder bemerkt hatte?

Ich benutze manchmal sogar Parfum mit Fliederduft.

Die Sprechanlage summte, und Chloe Davenports deutliche Stimme störte seine Träume.

„Fin wartet im Konferenzraum."

Er blickte auf die Uhr und stellte fest, dass er zu spät zu dem Managementmeeting kam. Was war nur mit ihm los? Er starrte aus dem Fenster und dachte über Blumen und eine charmante, süße, dynamische junge Frau nach, während seine Zukunft von *Charismas* Bilanz abhing.

Das passte so gar nicht zu ihm. Dennoch, er konnte sich nicht erinnern, wann er sich das letzte Mal so amüsiert hatte. Als er am Morgen aus dem Taxi stieg und Jessie auf dem Bürgersteig sah, mit wehenden Haaren und enger Kleidung, völlig gedankenverloren, da hatte es ihn noch heftiger erwischt.

Er trat an seinen Schreibtisch und drückte die Sprechtaste, um Fins Assistentin zu antworten. „Ich komme sofort, Chloe."

„Sie hat zwei Themen auf der Tagesordnung", informierte Chloe ihn. „Die Gewinn-und-Verlust-Rechnung vom letzten Monat und die personelle Besetzung im September."

„In Ordnung. Sagen Sie ihr bitte, dass ich noch fünf Minuten benötige. Ich muss einen Anruf tätigen."

„Beeilen Sie sich."

Er sah beinah vor sich, wie Fins Assistentin die Augen verdrehte und genervt die Nase krauszog.

„Das werde ich."

Zehn Minuten später machte Cade sich auf den Weg in den Konferenzraum. Bevor er eintrat, warf er einen Blick in das Großraumbüro der Redaktion. Jessies Stuhl war leer.

Vermutlich ist sie noch bei den Aufnahmen, oder sie zieht in der Kleiderkammer den auffälligen schwarzen Reißverschluss des Pullovers über den Hauch von …

„Erde an McMann."

Beim Klang von Finolas ungeduldiger Stimme drehte er sich zur Tür um. „Entschuldige, Fin", sagte er lachend. „Ich habe mich gerade vergewissert, dass auch gearbeitet wird. Es ist Freitag, und Sie wissen, dass viele dann in Gedanken schon im Wochenende sind."

Finola strich sich eine Strähne ihres rotbraunen Haars über die Schulter und schenkte ihm ein Lächeln, das ihre grünen Augen wie Smaragde funkeln ließ.

„Sie wirken abgelenkt, Cade. Sind Sie sicher, dass nicht Sie derjenige sind, der gedanklich schon im Wochenende ist?"

„Kommen wir zur Sache." Er zog einen Stuhl hervor und legte die Akten auf den Tisch. Sein Blick fiel auf die Wand, wo die ersten fertigen Seiten der Januarausgabe aufgehängt worden waren, damit die Mitarbeiter sie überprüfen konnten. „Die nächste Ausgabe wird großartig werden, doch die monatlichen Zahlen sind nicht annähernd so gut."

Sie runzelte die Stirn, öffnete die Mappe und studierte die Tabellenkalkulation. „Nicht hoffnungslos, aber ich denke, Sie sollten einen Termin bei Liam machen."

„Ist bereits geschehen." Nicht dass er ein Meeting mit dem Leiter von EPHs Finanzabteilung groß vereinbaren müsste. Ihre Freundschaft bestand schon so lange, dass sie wie Brüder waren.

Finola blickte von den Unterlagen auf. Ihre Augen funkelten nicht mehr. „Wir werden den Wettstreit gewinnen, Cade, oder?"

„Ja", erwiderte er zuversichtlich. „Sie haben es verdient, Fin, und wir können es schaffen. Bei der Auswertung nach sechs Monaten lagen wir an der Spitze. Wenn wir also bis zum Ende des Jahres keine Fehler machen, sollte es uns gelingen."

Sie nickte. „Wir müssen uns auf unser Ziel konzentrieren. Keine Ablenkung."

Dazu gehörte auch, so rief er sich in Erinnerung, dass er nicht unter dem Vorwand mit einer Praktikantin flirtete, die wahre Motivation für ihre Arbeit in der Redaktion zu ergründen. Finola Elliott, ein Workaholic, der vom Streben nach Erfolg und Macht getrieben wurde, wollte den Geschäftsführerposten bei Elliott Publication Holdings mehr als alles andere auf der Welt.

Patrick Elliott traf seine Auswahl jedoch nicht danach, wer den Job am heißesten begehrte. Wie jede Entscheidung, die der Patriarch des

Elliott-Clans fällte, richtete sich die Antwort nach dem messbaren Erfolg. Der Herausgeber des Magazins, das am Ende des Jahres die größte Gewinnspanne vorwies, gewann den Preis. Deshalb war die Konkurrenz zwischen den Verantwortlichen von *The Buzz, Snap, Pulse* und *Charisma* so groß wie noch nie.

Er selbst wollte den Sieg genauso sehr wie Finola. Es würde nicht nur eine automatische Beförderung bedeuten, sondern er bewunderte und respektierte Finola auch und war überzeugt, dass EPH mit ihr an der Spitze ein besseres Unternehmen wäre. Außerdem liebte er nichts mehr als die Herausforderung, Fehler zu vermeiden und ein Spiel zu gewinnen.

Als sie sich wieder in die Zahlen vertiefte, betrachtete er Finola. Eine Aura von Traurigkeit umgab sie, als arbeitete sie so hart und konzentriert, weil es ihr half, vor etwas zu flüchten. Seit er sie kannte, war ihre Beziehung zu ihren Eltern extrem angespannt, vor allem zu Patrick. Von ihren Brüdern hatte nur ihr Zwillingsbruder Shane, der Herausgeber von *The Buzz,* ein wirklich enges Verhältnis zu ihr.

Finola blickte zu ihm auf, und Cade erwartete eine Bemerkung zu den Zahlen. Stattdessen wurde ihr Blick für einen Moment weich.

„Sie werden einen hervorragenden Chefredakteur abgeben, wenn ich an die Spitze von EPH komme, Cade. Ich kann mir niemanden vorstellen, der für diesen Job qualifizierter wäre."

„Danke. Wir sind ein großartiges Team. Wir können es schaffen."

„Wir werden es schaffen", sagte sie entschlossen, dann gingen sie gemeinsam die Zahlen durch.

Wie immer stellte Finola eine Frage nach der anderen, selten zufrieden mit der ersten Antwort, ständig nach einer noch besseren Lösung suchend.

„Ich spreche mit Liam", sagte Cade, als er schließlich die Finanzakte schloss. „Können wir jetzt zu den Personalfragen kommen?"

Sie nickte, und nachdem sie die Verantwortlichkeiten für die nächsten Ausgaben besprochen hatten, kam sie zum letzten Punkt der Tagesordnung. „Wer wird meine Schattenpraktikantin?"

Keine Fehler. Das war seine Regel. Wie also sollte er dieses Problem angehen? „Unter den gegebenen Umständen ist es vielleicht besser, Sie haben keine. Einige Ihrer Meetings sind extrem heikel."

„Wir könnten uns auf halbe Tage einigen", schlug sie vor. „Meine vertraulichen Termine lege ich auf den Nachmittag. Haben Sie schon eine Kandidatin?"

„Ich habe eine oder zwei im Sinn." Eine ständig, wenn er ehrlich war. „Aber ich führe noch Gespräche."

„Wer ist Ihre Favoritin?"

Warum lügen? Sie war seine Favoritin. Aus vielerlei Gründen. „Jessie Clayton."

Finola zog eine Augenbraue hoch. „Wir haben schon einmal über sie gesprochen. Sie macht eine Wissenschaft daraus, mir aus dem Weg zu gehen. Kennen Sie mittlerweile den Grund?"

„Nein, noch nicht." *Aber ich werde ihn herausfinden.* „Wie dem auch sei, Scarlet hat ihr eine umfangreiche Aufgabe für die Märzausgabe übertragen, und ich bin nicht sicher, dass es zeitlich mit dem Schattenprogramm klappen wird." Dass Jessie abgelehnt hatte, behielt er für sich.

„Ich weiß, dass Scarlet große Stücke auf sie hält." Finola blickte wieder auf die Liste. „Sie ist beliebt und intelligent und sehr kreativ."

Und riecht nach einem Frühlingsgarten. Cade räusperte sich und nahm Finola die Akte ab. „Bis nächste Woche habe ich die richtige Praktikantin für Sie gefunden."

„Gut. Ich verlasse mich darauf. Damit ist die Sitzung beendet."

Sie traten gerade in dem Moment aus dem Konferenzzimmer, als ein begeistertes Raunen durch das Großraumbüro ging. Cade sah, wie die Empfangsdame einen riesigen Fliederstrauß auf Jessies Schreibtisch stellte. Er untersagte sich ein Lächeln. Es war dem Floristen sicher nicht leichtgefallen, ihn aufzutreiben, doch in New York konnte man alles bekommen, wenn man den richtigen Preis bezahlte.

„Wow", sagte Finola hinter ihm. „Sieht so aus, als hätte unsere Praktikantin einen Verehrer."

„Kein Wunder", bemerkte er und beobachtete, wie Jessie die Karte öffnete. „Sie ist eine sehr hübsche junge Frau."

Finola musterte sie eingehend. „Schwer zu sagen. Sie nimmt nie diese blöde Brille ab."

Während seine Chefin an Chloes Schreibtisch trat und Notizzettel entgegennahm, beobachtete er, wie Jessie die Karte las und dann lächelte. Sie blickte den Flur entlang in seine Richtung und nickte ihm kaum wahrnehmbar zu.

„Was haben Sie am Wochenende vor, Cade?", fragte Fin, wobei sie durch die Notizen blätterte.

„Heute Abend habe ich ein Date."

Neugierig blickte sie auf. „Jemand Besonderes?"

„Absolut." Er konnte nicht aufhören zu lächeln, aber natürlich hatte Finola zu viel Anstand, um weiter nachzufragen.

4. KAPITEL

Jessie hechtete mit ein paar anderen unerschrockenen New Yorkern über die Straße, und das Taxi, das um die Ecke kam, trat für sie auf die Bremse. Vielleicht lag es am gelben Pullover – oder an ihrer Entscheidung, nicht zu zögern.

Der Gedanke zauberte ein Lächeln auf ihr Gesicht. Überhaupt schien sie unentwegt zu lächeln, seit sie den wunderschönen Flieder mit einer Einladung bekommen hatte, die sie sprachlos machte.

Triff dich heute Abend um sechs Uhr am Columbus Circle mit mir. Ich lade dich ein, Pferde und weites Land zu erleben ... auf New Yorker Art.

Sie ging langsamer, als sie den Columbus Circle erreichte, und hielt Ausschau nach einem über einen Meter achtzig großen Adonis mit dunkelblondem Haar und faszinierenden graublauen Augen. Sie sah viele Männer, die so groß waren, doch keiner raubte ihr den Atem. Keiner ließ ihren Magen Achterbahn fahren. Bei keinem erschauerte sie in Erwartung eines Kusses oder einer Berührung, wie sie es bei Cade McMann tat.

Hinter sich hörte sie Hufgeklapper. Immer noch nicht an die Hansoms gewöhnt, die zweirädrigen Pferdekutschen mit zwei Sitzplätzen und Verdeck, die durch den Central Park fuhren, blieb Jessie stehen und sah einen übermütigen Apfelschimmel, der eine knallrote Kutsche zog. Der Kutscher, ein junger Mann im dunklen Anzug, der erhöht hinter dem Verdeck saß, lächelte sie an. Sie erwiderte das Lächeln, doch als er anhielt und Cade aus der Kutsche sprang, schnappte sie überrascht nach Luft.

Mit einer schwungvollen Handbewegung zeigte er auf das Pferd. „Der New Yorker Oscar."

Jessie musste lachen. Dann schüttelte sie den Kopf und nahm seine Hand. „Du bist einfach unglaublich."

Nachdem er ihr beim Einsteigen geholfen hatte, sagte er leise etwas zum Kutscher, dann setzte er sich neben sie. Ganz dicht.

„Ich möchte nicht, dass du so viel Heimweh nach Pferden und weitem Land bekommst, dass du nach Colorado zurückkehrst."

Sie atmete tief ein. Der vertraute Pferdeduft vermischte sich mit dem noch nicht so vertrauten Duft von Cade.

„Dein Plan funktioniert", gestand sie und seufzte verträumt. „Danke."

„Gern." Er musterte ihren Pullover, dessen Reißverschluss jetzt längst nicht so weit hinuntergezogen war wie am Morgen. „Ich sehe, du hast meinen Rat angenommen und das gute Stück behalten."

Und auch den verführerischen Push-up-BH, der, Cades sehnsüchtigem Blick nach zu urteilen, seinen Zweck nicht verfehlte. „Scarlet hat ihn mir geschenkt, weil ich so spontan dem Fotoshooting zugestimmt habe."

Er legte einen Arm über die Rückenlehne und rutschte noch etwas näher zu ihr. „Du hast heute Morgen toll ausgesehen und tust es jetzt auch."

Ihr wurde heiß, und das hatte nichts mit den warmen Strahlen der untergehenden Sonne zu tun. „Danke."

„Und du scheinst gut sehen zu können."

Sie wich zurück und blinzelte ihn an. „Wie bitte?"

„Ich war mindestens fünfzehn Meter von dir entfernt, als du mich auf der Straße erkannt hast." Langsam schob er die Brille von ihrer Nase. „Du brauchst sie nicht, Jessie."

„Sie ist ein modisches Accessoire", sagte sie leise, nahm sie ab und klappte sie zusammen. Lächelnd steckte sie sie in die Brusttasche seines Jacketts. „Für dich kann ich sie absetzen." Er würde sie nicht ansehen und plötzlich erklären: Du hast ja Fins Augen. Er belohnte sie mit einem sexy Augenzwinkern.

„Ich fühle mich geehrt. Möchtest du ein Glas Champagner?"

„Champagner?"

Cade beugte sich vor und öffnete einen Weidenkorb. Eine Flasche Champagner auf Eis, zwei Sektflöten und einige geschlossene Boxen kamen zum Vorschein.

„Feiern wir etwas?" Sie nahm das Glas, das er ihr reichte.

„Freitagabend? Pferde und das weite Land?" Er schenkte ihnen ein. „Such es dir aus."

„Ich würde gern feiern, wie anders du bist."

„Anders?"

„Du bist hier so entspannt, als hättest du den Boss bei *Charisma* gelassen. Du bist ein ganz normaler Mann." Einer, der obendrein ausgesprochen attraktiv, charmant und sexy war und tatsächlich auf sie abzufahren schien.

„So normal, wie ein Mann eben sein kann, der in einer Kutsche durch den Central Park fährt."

Er tat es für sie. Er tat all dies für sie.

„Also, worauf trinken wir, Jessie? Pferde und weites Land?"

„Und auf überraschend normale Männer."

Er zwinkerte ihr zu, als sie anstießen und die Gläser leise klirrten. In der Ferne hörte sie die Rufe von Teenagern, die auf dem Rasen Frisbee spielten, und weit weg die Geräusche des New Yorker Verkehrs. Die Kutsche schaukelte, und der Champagner kitzelte ihre Nase und ihre Lippen. Alles schien sehr unwirklich zu sein. Wie im Märchen.

„Wann hast du das arrangiert?" Sie blickte auf die grünen Hügel und die schon herbstlich anmutenden Bäume um sie herum.

„Heute Nachmittag."

„Gleich nachdem du den Flieder bestellt hast."

„Ich konnte nicht widerstehen."

Er verzog die Lippen zu einem Lächeln, und sie warf ihm einen argwöhnischen Blick zu. „Ich bin nicht so unwiderstehlich, selbst in diesem Pullover nicht."

„Noch entscheide ich, wem oder was ich nicht widerstehen kann." Er lehnte sich zurück. „Und du hast mir Lust auf Pferde und frische Luft gemacht."

„Du willst aber sicherlich nicht wissen, wie sehr ich die Rinder vermisse, oder?"

Lachend legte er einen Arm um sie und zog sie an sich. „Wir wollen es nicht übertreiben."

Colorado schien eine Million Meilen entfernt, und das erste Mal seit mehr als fünf Monaten war es ihr egal.

Eine Stunde später hielt der Kutscher an und verkündete, dass sie Sheep Meadow erreicht hatten, eine riesige Grünfläche, wo andere Paare, Familien und kleine Gruppen Fußball spielten oder einfach einen schönen Abend genossen. Innerhalb weniger Minuten hatten sie einen Korb und eine Decke zu einem freien Platz gebracht.

„Er kommt nachher zurück", sagte Cade und deutete auf den Kutscher. „Hast du Hunger?"

„Und wie. Was gibt es?"

„Keine Ahnung", gestand er. „Ich habe einen Picknickkorb de luxe in einem Delikatessengeschäft in der Nähe des Büros bestellt."

Während sie gespannt einen köstlich aussehenden Shrimpscocktail, knuspriges Hähnchenfleisch, frisches Brot und sogar mit Schokolade überzogene Erdbeeren auspackten, sprachen sie über New York und darüber, wie schwer – oder wie einfach, für Cade – es war, sich an das Leben in der Stadt zu gewöhnen.

„Nachdem ich meine Wohnung gekauft hatte, wusste ich, dass ich für immer hierbleiben würde." Er setzte sich zu ihr auf die Decke und nahm den Behälter mit dem Shrimpscocktail.

„Wo wohnst du?"

Er deutete mit dem Kopf in Richtung Süden. „Columbus Circle."

„In einem der Türme, den neuen?"

Nickend bot er ihr eine Garnele an. „Meine Wohnung ist nicht groß", erzählte er, „aber sie befindet sich in der neunundzwanzigsten Etage, sodass ich einen traumhaften Blick habe."

„Neunundzwanzigste?"

„Ja. Möchtest du sie mal sehen?"

Ein heißer Schauer schoss durch ihren Körper. „Du lädst mich in deine Wohnung ein?"

Er begegnete ihrem Blick. „Nur wenn du möchtest."

Einen Moment sagte sie nichts, schaute nur in seine grauen Augen, unfähig wegzusehen. „Ich möchte dich etwas fragen, Cade. Wieso tust du das alles? Warum hast du mich eingeladen?"

Er berührte einen ihrer Mundwinkel und schob mit der Fingerspitze einen Klecks Cocktailsoße in ihren Mund. „Warum?" Er lachte kurz auf. „Weil du mir gefällst."

„Aber weshalb?"

Er grinste. „Soll ich dir einen Spiegel geben? Dann siehst du es."

„Du gehst normalerweise nicht mit Angestellten von *Charisma* aus. Ich habe dich jetzt fünf Monate beobachtet."

„Ja?", fragte er schmunzelnd. „Nun, damit sind wir schon zwei. Denn ich beobachte dich auch seit fünf Monaten."

„Was ich nicht verstehe, ist, wieso jemand, der so professionell ist wie du, plötzlich die Regeln bricht und mit einer Praktikantin ausgeht."

„Es gibt bei EPH keine Regeln, mit wem man ausgehen darf und mit wem nicht."

„Vielleicht ungeschriebene Gesetze?"

Er schüttelte den Kopf.

Irgendetwas passte nicht. Sie beschloss nachzuhaken. „Und du hast dich ganz plötzlich zu mir hingezogen gefühlt und mich spontan eingeladen?"

„Jessie." In seiner Stimme schwang leichte Verzweiflung mit. „Du stellst zu viele Fragen, da bist du wie Fin."

Bei seinen Worten stellten sich ihr die Nackenhaare auf.

„Sie hat sich übrigens heute nach dir erkundigt."

Jessies Selbstvertrauen löste sich in Luft auf. Wusste er es? Wusste Fin es? „Tatsächlich? Warum sollte sie sich bei all dem, was sie im Kopf hat, für mich interessieren?"

Er tauchte eine Garnele in den Dip, schob sie in seinen Mund und kaute genüsslich. „Ihr Interesse an ihren Mitarbeitern ist einer der Schlüssel zu ihrem Erfolg."

„Was wollte sie wissen?"

„Ob du die Schattenpraktikantin sein wirst."

Jessie beschäftigte sich damit, eine Flasche Wasser zu öffnen. „Und was hast du geantwortet?"

„Dass ich noch über die Kandidatin nachdenke."

„Hast du ihr gesagt, dass ich nicht im Rennen bin?"

„Nein." Er nahm ihr die Flasche aus der Hand, öffnete sie und gab sie ihr zurück. „Ich habe gesagt, dass ich ihr nächste Woche Bescheid sagen werde. Sie glaubt, dass du ihr absichtlich aus dem Weg gehst."

Jessie hatte gerade getrunken, verschluckte sich nun und hustete.

„Alles in Ordnung?" Cade schlug ihr leicht auf den Rücken.

„Ja." Sie schnappte nach Luft und hustete wieder. „Ich habe nur Wasser in die falsche Kehle bekommen."

Er strich über ihren Rücken und zog sie etwas zu sich. „Tust du es?"

„Was?" Als wenn sie nicht wüsste, was er meinte.

„Gehst du Fin absichtlich aus dem Weg?"

Viele Antworten schossen ihr durch den Kopf, die eine, die sie ihm nicht geben würde, war die Wahrheit, aber sie wollte auch nicht lügen. Wie konnte sie mit Cade zusammen sein und das Geheimnis für sich behalten? Die einzige Möglichkeit war, das Thema Finola ganz zu vermeiden.

Langsam hob sie eine Hand und berührte sein Gesicht. Sie liebte es, wie sich seine Augen dabei verdunkelten. „Tust du mir einen Gefallen?"

Er nickte.

„Lass uns bei einem Date nicht über die Arbeit sprechen."

Langsam senkte er den Kopf und küsste ihre Fingerspitzen, wobei sein Blick sie gefangen hielt. „Wie du möchtest."

„Danke", sagte sie. „Danke für alles. Für den Flieder und das Pferd und … die Weite. Du hast mir das Heimweh genommen."

„Es war mir ein Vergnügen."

Er senkte den Mund auf ihren, und während Jessie leidenschaftlich seinen Kuss erwiderte, machte sie sich in Gedanken eine Notiz, nicht mehr so viel zu fragen wie Fin.

„Du schmeckst nach Erdbeeren", sagte Cade zwischen zwei Küssen in der Kutsche.

„Und du nach Schokolade." Jessie schloss die Augen und küsste ihn. Dabei seufzte sie leise.

Sie näherten sich dem Columbus Circle und damit dem Ende der Kutschfahrt, aber nicht dem Ende des Abends, wie er hoffte.

Die knisternde Atmosphäre, die sich während des Picknicks aufgebaut hatte, als sie sich gegenseitig mit Schokoerdbeeren fütterten, war geblieben. Eng aneinandergeschmiegt heizten sie die Stimmung mit langen, sinnlichen Küssen weiter an.

Fast schmerzhaft erfüllte ihn die Sehnsucht nach mehr Nähe. Bisher hatte er Jessie nicht berührt. Zumindest nicht dort, wo er sie gern streicheln würde. Noch hatte er diesen schwarzen Reißverschluss nicht aufgezogen. Er hatte sie auch nicht auf seinen Schoß gehoben. Und er hatte sie nicht an sich gedrückt, damit sie spürte, wie sehr sie ihn erregte, aber er wollte es.

Schließlich gab er David, dem Kutscher, Bescheid, dass er die Fahrt beenden konnte.

Jessie beugte sich vor, um zu sehen, wo sie waren. „Von hier kann ich mit der Bahn nach Hause fahren."

Cade zahlte und warf ihr einen ungläubigen Blick zu. „Du nimmst um diese Uhrzeit nicht die U-Bahn."

Sie lächelte, als er ihr aus der Kutsche half. „Gut, ich nehme ein Taxi."

Das Pferd trottete davon, und Cade schloss Jessie in seine Arme. „Geh nicht", flüsterte er ihr ins Ohr. Sie lehnte sich zurück und sah ihn an. In ihren Augen konnte er dieselbe Begierde und Erregung sehen, die er verspürte.

„Cade", sagte sie. „Wir arbeiten zusammen. Du bist der Chef, um Himmels willen. Ich bin eine Praktikantin."

„He." Er legte einen Finger an ihre Lippen. „Wir reden nicht über die Arbeit. Das musste ich dir versprechen."

„Ja, aber jetzt …"

„Was jetzt?"

„Jetzt sollten wir uns eine gute Nacht wünschen."

Sie hatte natürlich recht. Es wäre das Vernünftigste, deshalb beugte er sich hinab und küsste sie lange und leidenschaftlich, um zu sehen, ob er die Vernunft ausschalten konnte.

„Du willst genauso wenig gehen, wie ich dich gehen lassen möchte", sagte er.

Ihre Antwort war ein leises Stöhnen.

„Ist das ein Ja?"

Sie schloss die Augen und nickte.

„Gut, denn ich sterbe, wenn ich dich nicht endlich wieder mit offenen Haaren sehe." Er ließ weder ihr noch sich Zeit, darüber nachzudenken, sondern legte einen Arm um sie und ging mit ihr zu dem Gebäude, in dem er wohnte.

Wortlos schritten sie über den glänzenden Marmorboden der ultramodernen Lobby, vorbei an den Boutiquen, zu der Reihe von Fahrstühlen, von denen einer sie in die neunundzwanzigste Etage bringen würde. Kaum hatte sich die Fahrstuhltür geschlossen und sie waren allein, zog er sie zu einem leidenschaftlichen Kuss an sich.

„Jessie", sagte er mit heiserer Stimme. „Du bist sicher, dass du bleiben willst, oder?"

„Ich will bleiben."

Nach der einfachen Aussage küsste er sie, küsste sie, als sie die neunundzwanzigste Etage erreichten, als sie vor seiner Wohnungstür standen, und noch einmal, als sie eingetreten waren. In der Diele drückte er sie an die Wand und vertiefte den Kuss. Sie klammerte sich an ihn, ließ die Hände unter sein Jackett gleiten und schob es zurück, genauso heiß darauf, ihn zu berühren, wie er ihren Körper erforschen wollte.

Er löste ihren Zopf und stieß glücklich einen Seufzer aus, als er endlich die Finger in ihre Mähne schieben konnte. „Du hast tolles Haar", flüsterte er ihr zu und hauchte zarte Küsse auf ihren Hals. „Du bist überhaupt eine tolle Frau."

Er legte die Hände an ihre Brüste und spürte, dass sich unter dem gelben Pullover die Knospen aufrichteten. Jessies Atem ging schnell und keuchend.

„Zeit, den Reißverschluss zu öffnen. Ich habe den ganzen Tag an nichts anderes gedacht." Langsam zog er an dem Schieber, die ersten Zähne glitten auseinander, und sie drängte sich ihm entgegen und bot sich ihm dar. Ein schmaler Streifen eines schwarzen BHs wurde sichtbar. Er bekam eine trockene Kehle bei dem Anblick.

„Eine Aufmerksamkeit aus der Kleiderkammer", sagte sie und lachte leise.

Mit den Lippen liebkoste er die zarte Haut an ihrem Hals und bewegte sich weiter abwärts, um ihre Brüste, die noch in verführerischer Spitze steckten, mit Küssen zu bedecken. „Erinnere mich daran, dass ich mich bei Scarlet bedanke."

„Wag es nicht."

Er lachte und öffnete den Reißverschluss ganz. Seine Finger fanden die harten Knospen, und er hörte Jessie stöhnen, als er mit dem Daumen darüberstrich.

„Cade." Ihre Stimme vibrierte vor Erregung. „Bitte, ich habe schon weiche Knie."

Wortlos nahm er sie auf den Arm und trug sie durch das Wohnzimmer ins Schlafzimmer, dort legte er sie behutsam aufs Bett, und sie zog ihn mit sich. Eilig befreite er sie von der Hose und dem Pullover, dann lag sie in den heißesten Dessous vor ihm, die er je gesehen hatte.

„Du bist noch schöner, als ich es mir vorgestellt habe."

Zweifelnd sah sie ihn an. „Du hast es dir nicht vorgestellt."

„Wollen wir wetten?"

„Du hast dir dies vorgestellt? Ich meine, vor heute Abend oder vor gestern Abend?"

Cade schloss die Augen, während sie ihm das Hemd auszog, holte tief Luft und zwang sich, ihr noch einen Moment zu widerstehen. Gleich würde er eins mit ihr werden. Er wusste es, doch bevor das geschah, sollte sie wissen, dass es ihm nicht um eine kurze Affäre ging.

„Hör zu", sagte er. „Ich möchte dir etwas sagen." Im Dämmerlicht blickte sie ihn ernst an, die Lippen leicht geöffnet. Er konnte spüren, wie das Herz in ihrem schlanken Körper wild pochte. „Du bist mir sofort aufgefallen, als du zu *Charisma* kamst", begann er und dachte an den Moment, als die rotbraune Schönheit sein Büro betrat. Als er den Hauch von Frühling gerochen und in die grasgrünen Augen von Jessie Clayton geblickt hatte. „Ich erinnere mich an das erste Wort, das mir durch den Kopf schoss, als ich dich sah."

„Welches war es?"

„Frisch." Er hob ihr Kinn an, damit sie ihn ansah, während er die Erinnerung mit ihr teilte. „Du bist so ... nun, irgendetwas ist an dir anders als an anderen Frauen in New York ..."

Sie wich zurück und lachte unsicher. „Anders? Also merkwürdig?"

„Ich meine es im positiven Sinne", sagte er schnell, streichelte ihre zarte Haut und strich mit einem Finger über ihre wunderschöne Brust unter dem verführerischen BH-Körbchen. „Du bist so natürlich. Und du hast etwas an dir, das ist ..."

Er spürte, wie sie verkrampfte. Er wollte sagen *vertraut*, befürchtete aber, sie könnte es falsch verstehen, so, als erinnerte sie ihn an eine seiner Schwestern, doch das war es nicht. In ihrer Gegenwart fühlte er sich einfach wohl. „Ich habe mich sofort wohlgefühlt."

„Ja? Das ist lustig, denn du hattest genau die gegenteilige Wirkung auf mich."

„Wirklich?"

„Ja." Sie verzog die Lippen zu einem Lächeln. „Als ich zum Vorstellungsgespräch in dein Büro kam, fühlte ich mich total unwohl."

„Warum?" Er war doch freundlich gewesen, oder nicht?

„Weil du für mich der heißeste Typ warst – bist –, den ich je kennengelernt habe."

Fast hätte er sich verschluckt. „Wirklich?"

„Und ich kann dir sagen, es ist absolut furchtbar, wenn man so …", sie schmiegte sich an ihn und legte ein Bein über seine Taille, „… erregt ist. Bei einem Vorstellungsgespräch."

„Oh Mann." Sanft drückte er sie auf den Rücken und küsste ihren unwiderstehlichen Brustansatz. „Hätte ich das gewusst, dann …"

„Was dann?"

„Dann hätte ich …" Er leckte ihre zarte Haut und öffnete mit einer Hand den Verschluss ihres BHs.

„Was hättest du dann?"

Die rosigen Knospen richteten sich auf und reckten sich seinem Mund entgegen. „Ich hätte nie zugelassen, dass du dich unwohl fühlst. Ich hätte … das getan."

Sie lachte, hielt dann aber die Luft an, als er eine ihrer harten Brustwarzen zwischen die Lippen nahm und daran saugte. Jessie stöhnte und drängte sich an ihn. Während er ihre Brüste stimulierte, strich er mit den Fingerspitzen über ihren Bauch und schob sie in ihren Spitzenslip. „Fühlst du dich immer noch unwohl, Honey?"

Sie nickte. „Schrecklich unwohl."

Er legte seine Hand auf ihren Venushügel und tastete sich weiter vor. „Immer noch?"

„Und wie", sagte sie atemlos.

Als er mit einem Finger in eindrang, löste sich ein genüsslicher Seufzer aus ihrer Kehle. „Ich möchte nicht, dass du dich unwohl fühlst", flüsterte er ihr ins Ohr und knabberte an ihrem Ohrläppchen, während er mit der Hand in ihrem Slip das erotische Spiel fortsetzte.

Unfähig zu sprechen, schüttelte sie den Kopf, ihr Atem ging schnell und unregelmäßig, und er küsste sich ihren Körper hinunter bis zu der Stelle, an der er sie streichelte, begierig darauf, sie zu schmecken und sie hoffnungslos wild zu machen.

Als er ihren Slip hinunterschob, krallte sie die Finger in seine Haare und dirigierte ihn dahin, wo sie ihn haben wollte. Bereits beim ersten Zungenschlag keuchte sie auf, und als er leicht über ihre erhitzte Haut blies, flüsterte sie seinen Namen und flehte ihn an, nicht aufzuhören. Ihre Schenkel legten sich fester an seinen Kopf, als er ihrer Bitte folgte. Er liebte es, wie sie zitterte, sich wand und wie sie schließlich hilflos auf einem langen, süßen Höhepunkt erschauerte.

Während er die zarte Innenseite ihrer Oberschenkel küsste, spielerisch an ihrem Bauch, der Unterseite ihrer Brüste und an ihrer Kehle knabberte, bekamen sie es hin, dass er sich seiner Kleidung entledigte.

„Fühlst du dich immer noch unwohl?", fragte er leise.

Seufzend und lachend sagte sie: „Längst nicht so unwohl, wie du dich gleich fühlen wirst."

Sie legte ihre Hand um seine Erektion, und er ließ sich bei der süßen Qual zurück aufs Bett fallen, heißes Verlangen durchzuckte ihn, sein Gesichtsfeld schrumpfte dramatisch. Jessie verwöhnte ihn mit Küssen und Streicheleinheiten, und als sie sein bestes Stück in den Mund nahm, fiel ihr seidiges Haar auf seinen Bauch und kitzelte ihn. Er stöhnte verzückt, sein Körper schien in Flammen zu stehen. Ihre Lippen waren wie Satin, ihre Hände unermüdlich. Sie streichelte, drückte und reizte ihn, bis er vor Vergnügen fast geschrien hätte.

„Komm her." Keuchend zog er sie zu sich hoch.

Im Raum roch es nach Sex und Blumen, und Jessie schmeckte salzig. Er schaffte es, ein Kondom aus der Nachttischschublade zu nehmen und es überzustreifen, ohne ihren langen, wilden Kuss zu unterbrechen.

Sobald er fertig war, schob er sich auf sie, und als sie die Hüften anhob, drang er in sie ein und beobachtete, wie sich das Vergnügen in ihren Gesichtszügen abzeichnete, sah, wie sich ihre Wangen rosig färbten.

Sie stieß seinen Namen aus und zog ihn für einen Kuss an sich, wobei sie den Rücken durchbog und ihn tief aufnahm. Als sie die Beine um seine Lenden legte, sog er scharf den Atem ein, so unglaublich war die Hitze und der süße, sündige Schmerz, der sich bis in seine Zehenspitzen auszubreiten schien.

Bei jedem Stoß flüsterte Jessie seinen Namen, bettelte um mehr und bohrte ihre Fingernägel in seine Schultern. Atemberaubender Genuss spülte seinen letzten klaren Gedanken fort, als er ein weiteres Mal in sie drang und sich in ihrem herrlichen, sexy Körper verlor.

Jessie erschauerte heftig, als ihre Muskeln sich anspannten, und nun ließ auch er sich gehen.

Sie verharrten lange Zeit schweigend und regungslos. Erst als sich ihre Atmung beruhigt hatte, löste er sich von ihr und stützte sich auf einem Ellenbogen ab, um die Frau anzusehen, die er gerade geliebt hatte.

Er hatte gewusst, dass sie hübsch war, wusste, sie war sexy, charmant und attraktiv, aber ihm war bisher nicht klar gewesen, dass Jessie Clayton einfach umwerfend war. Eine Schönheit.

Er brach das friedliche Schweigen und sagte: „Wenn ich dir eine ganz persönliche Frage stelle, wirst du mir die Wahrheit sagen?"

Sie musste lächeln. „Wenn du nicht die Wahrheit aus mir herausbekommst, während ich nackt bin und noch in Erinnerungen an den unglaublichen Orgasmus schwelge, wann dann?"

„Du hast recht." Er musterte ihr schönes Gesicht. „Warum versteckst du deine Augen und deine Haare?"

5. KAPITEL

*C*ades Frage riss Jessie aus dem Zustand purer Glückseligkeit in den blanken Horrors.

„Wie bitte?" Sie wollte Zeit schinden und versuchte ihn gleichzeitig abzulenken, indem sie sich an ihn schmiegte, doch es klappte nicht.

„Was verbirgst du?"

„Cade." Sie lachte, als wäre die Frage einfach lächerlich. Dann richtete sie sich auf, um ihm ihren nackten Körper zu zeigen. „Sehe ich aus, als würde ich etwas verbergen?"

Er schüttelte den Kopf und legte einen Arm über ihre Taille. „Bei der Arbeit, meine ich."

„Das Thema Arbeit ist tabu, schon vergessen?"

„Ich dachte nur, dass eine Frau, die so wunderschön ist wie du, es auch gern zeigt."

„Ich bin nicht schön." Sie zog eine Grimasse. „Trotzdem danke für das Kompliment. Und, he, ich mag meinen Look. Wenn er dir nicht gefällt …"

„*Du* gefällst mir", entgegnete er und küsste sie erst auf die Nasenspitze, dann auf den Mund. „Merkst du das nicht?"

Seufzend schmiegte sich an ihn. „Doch, das tue ich. Die Frage ist …"

„… werden die anderen es auch merken?", sprach er ihren Gedanken aus.

„Wir müssen diskret sein. Kein Sex in deinem Büro."

„Was ist mit dem Konferenzraum?"

„Vielleicht in der Kleiderkammer."

Er lachte leise. Sie kuschelten sich aneinander, und Jessie genoss dieses herrliche Gefühl der Verliebtheit. Cade war ihr Lover. Cade McMann, dieser unglaublich tolle Mann, war tatsächlich ihr Liebhaber.

„Was ist mit Fin?"

Seine Frage konfrontierte sie erneut mit der Realität. „Fin? Was soll mit ihr sein?"

„Sie wird es herausfinden."

„Ich will nicht ihre Schattenpraktikantin sein, Cade." Jessie wich so weit zurück, dass sie ihm in die Augen schauen konnte. „Und was zwischen uns ist, musst du ihr ja nicht erzählen."

„Sie kommt von allein drauf. Sie ist intelligent. Sie weiß alles."

Nicht alles. Sie weiß nicht, dass ich ihre Tochter bin. „Wir sollten versuchen, es nicht bekannt werden zu lassen. Vielleicht hält es nicht ...“

„Doch, es wird halten“, sagte er und drückte sie.

Sie sah ihn an. Glaubte er das tatsächlich? Cade beantwortete ihre stumme Frage mit einem langen, heißen Kuss, der ihr Verlangen nach ihm aufs Neue weckte.

Dann zeigte er ihr, dass es halten konnte, zumindest eine weitere Stunde.

Der Samstagmorgen ging in den Samstagnachmittag über. Während Jessie bei Lainie anrief und ihr mitteilte, dass sie irgendwann nach Hause kommen würde, besorgte Cade Kaffee und brachte ihr eine Zahnbürste mit. Sie duschten zusammen, aßen Omeletts und liebten sich den ganzen Nachmittag.

Abends bestellten sie beim Chinesen etwas zu essen und sahen sich *Top Gun* im Fernsehen an. Anschließend betrachteten sie ein Fotoalbum, das seine Mutter liebevoll für Cade zusammengestellt hatte, als er von Chicago nach New York zog.

Seine vier Schwestern waren genauso attraktiv wie er, und seine Mutter sah aus wie eine moderne Version von Donna Reed. Als sie zu einem Foto seines verstorbenen Dads kamen, zog ein Schatten über Cades Gesicht. Dem Mann strahlten das Glück und die Liebe zu seiner Frau und seinen fünf Kindern förmlich aus den Augen. Jessie konnte nur ahnen, wie greifbar diese Liebe im wirklichen Leben gewesen sein musste.

„Eine richtige Bilderbuchfamilie“, sagte sie und schloss das Album. „Gab es auch mal Streit?“

Cade lachte und stellte die Mappe zurück ins Regal. „Die Mädchen haben viel gestritten. Wegen allem. Jungs, Kleidung, wer wessen Haarbürste genommen hat. Oje, und wenn ich daran denke, wie viel Zeit sie im Bad verbracht haben.“ Er setzte sich wieder zu ihr aufs Sofa und kuschelte sich an sie.

„Es muss lustig gewesen sein mit so vielen Geschwistern. Ich hatte nur die Pferde und die Mitarbeiter auf der Ranch. Es gab keinen Streit um eine Haarbürste. Okay, vielleicht um die Pferdebürste.“

„Aber du hattest das Badezimmer und deine Eltern für dich allein.“ Er zog sie mit in die Horizontale, bis sie wieder so lagen wie den größten Teil der vergangenen vierundzwanzig Stunden.

„Ja, meine Eltern haben sich viel Zeit für mich genommen. Ich hatte eine wunderbare Kindheit.“

„Warum haben sie nicht mehr Kinder bekommen?"

Jessie schluckte. Sie hatte nie verheimlicht, dass sie adoptiert worden war. Warum sollte sie jetzt damit anfangen? Weshalb sollte sie ihrem Liebhaber nicht die Wahrheit sagen?

„Ich bin adoptiert worden." Sie blickte auf, um seine Reaktion zu sehen. „Meine Eltern konnten keine eigenen Kinder bekommen."

„Wirklich? Das wusste ich nicht."

„Woher auch."

Er zog sie an sich. „Es gibt vieles, was ich noch nicht weiß. Aber ich bin froh, dass sie dich adoptiert haben. Meine Güte, wenn ich mir vorstelle …"

Er verstummte, wie so viele Menschen, sobald sie darüber nachdachten, welch schwere Entscheidung so manche junge, unverheiratete Mutter treffen musste. Nur dass in diesem Fall die junge, unverheiratete Mutter jetzt seine Chefin war.

Ihr Herzschlag beschleunigte sich, als sie auf die nächste Frage wartete. Die Frage, die jeder stellte: Hast du je versucht, deine leibliche Mutter zu finden?

Bevor er etwas sagen konnte, legte sie eine Hand auf seine Brust unter dem T-Shirt und streichelte ihn. Federleicht ließ sie die Finger darübergleiten, schob sie in seine Jeans und umfasste seine Erektion. Er war offenbar ständig hart. Wie sehr es ihm gefiel, von ihr gestreichelt zu werden, zeigte sein leises Stöhnen. Gott sei Dank war er leicht abzulenken.

Es dauerte nicht lange, und sie waren beide nackt und gaben der Verlockung nach, sich erneut gegenseitig zu erforschen.

Während ihre Lippen sich zu einem schier endlosen Kuss fanden, streifte sie ihm seine Hose ab, und er zog sie auf sich. Als er in sie eindrang, schloss sie die Augen, ließ den Kopf zurückfallen und stemmte sich seinen kraftvollen Stößen entgegen.

„Du hast mich meinen Gedanken nicht zu Ende bringen lassen", sagte er leise.

Sie schaute ihn an und wollte nicht glauben, dass er in diesem Moment daran denken konnte. „Ich weiß, was du sagen wolltest", flüsterte sie und senkte den Kopf, um ihn zu küssen. „Ich bin auch froh, dass sie es getan hat."

Und das, so betete sie, war hoffentlich das letzte Gespräch, das sie über ihre leibliche Mutter haben würden.

Die Halbwahrheit lastete allerdings schwer auf ihr, und als Cade ihr auf dem Höhepunkt zärtliche Worte zuraunte, schloss sie die Augen, denn sie erkannte, dass sie ihm die Wahrheit sagen müsste, falls sich zwischen ihnen mehr entwickelte.

Das würde alles ändern.

„Was machst du?" Cade klopfte an die angelehnte Badezimmertür und drückte sie auf. „Du hast dich angezogen?"

„Ja, stell dir vor." Jessie lachte, wegen seines ungläubigen Tons, und zog den schwarzen Reißverschluss ihres neuen Lieblingspullovers hoch. „Tut mir leid, aber es ist fast fünf Uhr an einem Sonntagnachmittag. Morgen ist wieder ein normaler Arbeitstag."

„Schade, dass wir uns nicht beide krankmelden können." Er grinste sie an. „Es würde vermutlich für einige hochgezogene Augenbrauen sorgen."

„Stimmt. Zumal ich mich, wie du vor ein paar Tagen festgestellt hast, bisher noch nie krankgemeldet habe."

„Ich auch nicht."

Er lehnte sich an den Türrahmen und betrachtete sie mit gierigem Blick, seine Lippen umspielte ein sexy Lächeln.

„Aber dies wäre ein Grund."

Lachend packte sie die wenigen Schminkutensilien ein. Als sie die Zahnbürste nahm, die er ihr gekauft hatte, hielt er ihre Hand fest.

„Lass sie hier."

Sie blickte im Spiegel in sein Gesicht. Das Lächeln war verschwunden. „Sicher?"

„Natürlich." Er hielt ihrem Blick stand. „Jessie, dies ist keine kurze Büroaffäre."

„Kurz war sie bestimmt nicht", erwiderte sie betont unbeschwert.

„Ich meine es ernst." Er verstärkte den Griff um ihr Handgelenk. „Ich möchte, dass du wiederkommst. Oft. Sehr oft."

Einen Moment wusste sie nichts zu sagen. Unzählige Gedanken schossen ihr durch den Kopf. Wie konnten sie ein Paar und Arbeitskollegen sein? Wie würden sie es verheimlichen? Wie könnte sie bei der Arbeit die Hände von ihm lassen? „Was ist mit Fin?"

„Darum kümmere ich mich", sagte er. „Ich habe dir doch gesagt, es gibt keine Regel, die eine Verbindung zwischen Kollegen verbietet."

„Aber du ... Es könnte ein Fehler sein, und du machst keine Fehler, Cade. Das weiß ich."

„Stimmt, ich versuche, Fehler zu vermeiden, und dies ist keiner. Es ist vielleicht etwas kompliziert, doch das schaffen wir." Es gelang ihm, ihr die Zahnbürste zu entwenden.

Wirklich? Es würde Komplikationen geben, die er sich bisher nicht einmal im Traum vorstellen konnte. „Es könnte schwierig werden."

Er fasste sie bei den Schultern. „Nicht schwierig, sondern wundervoll. Du bist so anders als andere Frauen, Jessie." Mit einer Hand strich er die Haare aus ihrem Gesicht, sein Blick glitt von ihren Augen zu ihrem Mund und wieder zu ihren Augen. „Ich habe nie eine Frau wie dich kennengelernt. Ich möchte mit dir zusammen sein." Er hielt kurz inne. „Das meine ich ernst, das weißt du doch, oder?"

Sie seufzte. „Ich weiß es, Cade."

„Gut."

Er küsste sie zärtlich auf die Stirn und zog sie an sich. Jessie schloss die Augen und legte den Kopf an seine Schulter. „Ich weiß nicht, wie du das machst", flüsterte sie. „Aber du schaffst es, dass ich mir keine Gedanken wegen … wegen anderen Dingen mache."

„Du bewirkst das Gleiche bei mir."

Der Summton der Sprechanlage ertönte, und einen Moment später hörten sie eine weibliche Stimme.

„Cade? Hier ist Fin. Sind Sie zu Hause?"

Finola? Ein Adrenalinstoß trieb Jessie aus Cades Armen. Sie starrte auf die Wohnungstür, auch Cades Augen funkelten vor Überraschung.

„Da wir gerade von Komplikationen sprechen …" Er ging an die Tür und drückte die Taste der Gegensprechanlage. „Ich bin da, Fin. Was machen Sie hier?"

„Ich bin auf dem Weg ins Büro und dachte, ich bringe Ihnen kurz die aktualisierte Kalkulation vorbei, bevor Sie sich mit Liam treffen. Kann ich nach oben kommen?"

Er schloss für eine Sekunde die Augen, ließ die Taste los und schüttelte den Kopf. „Für Fin gibt es nur die Arbeit", sagte er an sie gewandt.

Finola ist hier. Auf dem Weg nach oben zu Cades Wohnung. Mit zitternden Händen packte Jessie ihr Make-up ein, ließ die Zahnbürste aber liegen und trat zu Cade. „Ich will nicht, dass sie mich hier sieht." Als er widersprechen wollte, hob sie warnend eine Hand. „Bitte, Cade. Ich bin eine Praktikantin. Du bist mein Chef."

Und Finola ist meine leibliche Mutter.

Jessie verdrängte diesen Gedanken und konzentrierte sich stattdessen darauf, sich unsichtbar zu machen. Ihr Blick schoss durch den Raum, und sie drehte praktisch eine Pirouette bei der verzweifelten Suche nach ihrer Handtasche. „Gott, wie ich das hasse", murmelte sie.

Frust und schlechtes Gewissen brodelten in ihr. „Es fühlt sich …" Sie erblickte die Tasche, schnappte sie sich und eilte zur Tür.

Cade umfasse mit fester Hand ihre rechte Schulter. „Jessie, warte. Ich möchte dich nach Hause bringen. Du sollst nicht davonrennen."

„Ich renne nicht davon. Ich will sie nur nicht treffen."

„Wir haben nichts falsch gemacht. Wir sind beide frei und ungebunden, und wir mögen uns. Sehr."

„Es ist nur, dass …"

Er nagelte sie mit seinem Blick fest. „Sagst du mir, warum du ihr aus dem Weg gehst?"

„Ist es so schwer zu begreifen, dass ich als Praktikantin nicht mit der Herausgeberin des Magazins zusammentreffen möchte, wenn es so offensichtlich ist, dass ich mit dem Chefredakteur schlafe?"

„Du hast sie schon immer gemieden."

Die Türklingel ertönte, und Jessie wusste nicht, ob sie fluchen oder Gott für die Unterbrechung danken sollte.

„Lass uns eines klarstellen", sagte Cade ruhig und legte die Hände an ihre Schultern. „Ich schäme mich nicht für das, was ich für dich empfinde."

Seine Worte rührten sie, sie klangen ehrlich und herzlich. Einen verrückten Moment lang war Jessie versucht, ihm alles zu beichten, versucht, die Tür zu öffnen und sich vor Finola zu stellen und zu sagen: Ich bin deine Tochter.

Da sie jedoch spürte, dass ihre Welt auseinanderbrechen würde, wenn sie das täte, und da sie sich gerade zum ersten Mal, seit sie in New York war, wohlfühlte, ließ sie es.

„Komm", sagte er und führte sie zur Tür. „Du kannst gehen, wenn du möchtest, aber ich werde dich nicht verstecken wie nach einer Hintertür-Nummer. Dafür bin ich zu stolz auf dich."

Ermutigt durch seine Worte, straffte Jessie die Schultern und blieb neben Cade stehen, als er die Wohnungstür öffnete. Finolas Augen, so grün wie ihre, wurden groß, als sie sie erblickte.

„Hallo, Jessie", sagte sie.

„Hallo, Finola." Jessie lächelte freundlich. „Ich wollte gerade gehen, als Sie klingelten."

Cade machte die Tür weiter auf. „Kommen Sie herein. Und du, Jessie, bleib ruhig. Fin bringt nur ein paar Unterlagen."

Sie schob den Riemen ihrer Tasche über die Schulter. „Danke, aber ich muss wirklich los. Bis morgen, Finola." Jessie konnte sehen, wie es in Finola arbeitete, doch sie war zu sehr Lady, um mehr als einen Abschiedsgruß auszusprechen.

„Ich bin sofort bei Ihnen, Fin", rief Cade und begleitete Jessie zum Fahrstuhl. Er nahm ihre Hand. „Ich würde dich lieber im Taxi nach Hause bringen."

„Vielleicht das nächste Mal." Sie drückte die Taste nach unten.

„Nicht vielleicht", entgegnete er. „Und es wird ein nächstes Mal geben."

„Natürlich. Ich habe ja meine Zahnbürste bei dir gelassen." Sie umarmte ihn flüchtig, als die Fahrstuhltür aufglitt, und flüsterte: „Danke, dass du es mir so schön gemacht hast."

Sie hörte sein Lachen noch, als sich die Tür hinter ihr schloss, und erst in diesem Moment wurde ihr bewusst, dass ihre Brille in der Tasche seines Jacketts steckte.

Als Cade in sein Apartment zurückkehrte, sah er, dass Finolas Augen vor Erheiterung funkelten.

„Sie sehen mich überrascht, Mr McMann."

„Schön, dass mir das immer noch gelingt." In seiner Stimme schwang leichte Verärgerung über die unwillkommene Störung mit. „Haben Sie die Unterlagen?"

„Tut mir leid", sagte sie schnell. „Wenn ich gewusst hätte, dass Sie … beschäftigt sind, dann wäre ich nicht vorbeigekommen."

Er verschränkte die Arme und warf ihr einen warnenden Blick zu. „Es ist keine flüchtige Affäre."

Finola wich ihm nicht aus. „Gut so. Aber sie ist …"

„Was ist sie?"

„Wow." Finola hielt abwehrend die Unterlagen hoch. „Es besteht kein Grund, so gereizt zu reagieren. Jetzt mal im Ernst. Sie ist Praktikantin bei *Charisma* und wesentlich jünger als Sie."

„Ich bin mit dem Mitarbeiterhandbuch von EPH vertraut, Fin, es gibt keine Regel, die eine Beziehung zwischen zwei Kollegen verbietet. Sie ist dreiundzwanzig und damit nur sieben Jahre jünger als ich. Nicht gerade ein Generationsunterschied."

„Und sie ist Ihre Wahl für den Job als meine Schattenpraktikantin."

Er stieß die Tür mit dem Fuß zu und ging an Finola vorbei in die Küche. „Noch nicht."

„Es könnte Gerede geben, wenn sie den Job bekommt."

„Dann bekommt sie ihn eben nicht." Gereizt riss er die Kühlschranktür auf. *Bier oder Wasser?* „Ich suche eine andere Praktikantin aus."

„Aber sie ist die beste Kandidatin."

Er nahm ein Bier. „Möchten Sie was trinken?"

Als Finola nicht antwortete, ging er mit dem Bier ins Wohnzimmer, sie folgte ihm, trat an das Panoramafenster und blickte wie gebannt auf den Central Park und die Skyline von New York.

„Sie hat etwas … Besonderes an sich", sagte sie schließlich.

Er schnaubte. „Ach ja?"

„Ich will, dass sie den Job bekommt", erklärte Finola. „Den Vorwurf der Begünstigung weisen wir mit der Wahrheit ab: Ich treffe die Entscheidung, nicht Sie."

Ihm wurde flau im Magen. Jessie wollte den Posten auf keinen Fall haben. Würde er sie hintergehen, wenn er Finolas Vorschlag zustimmte?

„Fin, Sie verdächtigen Jessie doch nicht, das Magazin auszuspionieren? Denn das tut sie nicht. Dessen bin ich sicher."

„Sind Sie das?" Sie zog zweifelnd die Augenbraue hoch. „Ich meine, sie hat sich ziemlich schnell mit Ihnen eingelassen."

Er knallte die Flasche auf den Tisch. „Ich kenne sie seit April."

Finola hob warnend eine Hand. „Hören Sie auf, Cade. Ich laste ihr gar nichts an. Und mit wem Sie schlafen, ist Ihre Sache, solange es sich nicht negativ auf das Magazin auswirkt."

„Natürlich." Eine ordentliche Dosis Verbitterung schwang in seiner Stimme mit. „Das das Einzige, was für Sie zählt."

„Cade!"

Ihre Augen verdunkelten sich vor Enttäuschung. Die Farbe und die Form erinnerten ihn plötzlich an die Frau, mit der er das ganze Wochenende über Sex gehabt hatte. Er atmete einmal tief durch, wütend auf sich, weil er sich zu der schnippischen Bemerkung hatte hinreißen lassen.

„Sie haben recht", räumte Finola leise ein. „Für mich gibt es nichts Wichtigeres als das Magazin, aber Sie … Ich möchte, dass Sie glücklich sind. Sie sind wie ein Bruder für mich."

„Tut mir leid, Fin. Ich kann im Moment einfach keinen klaren Gedanken fassen."

Finola lächelte und legte eine Hand an seine Schulter. „Ich habe gehört, dass Liebe dazu führen kann."

„Liebe?" Er verschluckte sich fast bei dem Wort. „Das war unser erstes Date."

Ihre Augen blitzten. „Das Date, das am Freitagabend begonnen hat?"

„Ja. Genau das." Er grinste.

„Hm. Okay. Dann lassen Sie es mich so ausdrücken. *Lust* kann einen Menschen völlig durcheinanderbringen."

„Ich würde es auch nicht Lust nennen." Obwohl natürlich viel Lust im Spiel war.

„Also gut. Während Sie herausfinden, was es wirklich ist, möchte ich das Mädchen besser kennenlernen. Sie bekommt den Job als Schattenpraktikantin. Sie ist die qualifizierteste Kandidatin. Jessie nicht zu nehmen, wäre ein Bärendienst für das Magazin."

Cade trank einen Schluck. Fin hatte recht, verdammt recht. „Das ist wieder einmal eine typische Fin-Elliott-Entscheidung."

„Gut. Dann stimmen Sie also zu. Jessie steht mir ab morgen früh acht Uhr zur Seite. Bis mittags. Jeden Tag."

Cade hatte Probleme, das Bier hinunterzuschlucken. Jessie würde das nicht gefallen, und er wusste immer noch nicht, warum, aber er würde es herausfinden.

6. KAPITEL

Jessie versuchte gar nicht erst, die Wahrheit vor Lainie zu verheimlichen. Sie erzählte genug von ihrer neuen Romanze, um die Neugier ihrer Freundin zu befriedigen, aber nicht so viel, dass sie das Gefühl hatte, sie verriete die Intimität, die sie mit Cade erlebt hatte.

Er war am frühen Morgen mit einer Tasse Kaffee an ihren Arbeitsplatz gekommen und hatte ohne ein Wort ihre Brille auf den Schreibtisch gelegt. Sie setzte sie in dem Moment auf, als er in sein Büro ging.

Jessie schaffte es, ihre E-Mails zu lesen, doch die meiste Zeit genoss sie einfach das Prickeln, das sie am ganzen Körper verspürte, sobald sie daran dachte, wie es gewesen war, mit Cade zu schlafen, ihn anzuschauen, wenn er kam, wie ernst er war, als er sie bat, die Zahnbürste bei ihm zu lassen.

„Es muss Liebe sein."

Erschrocken zuckte sie zusammen und wirbelte herum. Scarlet saß auf dem freien Stuhl in ihrem Arbeitsbereich, die langen Beine lässig übereinandergeschlagen, die Hände hinterm Kopf verschränkt.

„Wie bitte?"

„Ich sitze seit fünf Minuten hier", sagte ihre Vorgesetzte und lächelte listig. „Sie haben mich überhaupt nicht wahrgenommen, sondern stieren nur auf eine Mail, die gerade mal aus vier Sätzen besteht."

Jessie spürte, dass ihr das Blut in die Wangen schoss. „Die Mail ist wichtig."

Scarlet grinste. „Nicht so wichtig wie meine Neuigkeit. Sie haben den Job! Und jetzt müssen Sie sofort zu einem Meeting mit …" Sie blickte in ihr Notizbuch. „Mit dem Anzeigenverkaufsleiter."

„Warum sollte ich zu einem Termin mit dem Anzeigenverkaufsleiter?"

„Dazu hat Fin sich nicht weiter geäußert."

Bei der Erwähnung von Finola wurde Jessie flau im Magen. Es konnte nicht sein. Das würde er ihr nicht antun. „Wovon reden Sie?"

Ein Ausdruck purer Freude zog über Scarlets Gesicht. „Glückwunsch. Sie sind Finola Elliotts Schattenpraktikantin, und, Süße, Sie haben es verdient."

Jessie wurde blass. „Ihre Schattenpraktikantin?" Sie hatte ihn darum gebeten, sie nicht vorzuschlagen. Inständig. „Sicher?", brachte sie mühsam hervor. „Es gibt noch einige andere wirklich gute …"

„Hier ist das Memo."

Scarlet hielt einen Zettel hoch, doch alles, was Jessie sah, war der Hinweis in der zweiten Zeile, dass dieses Schreiben von Cade McMann kam. Er hatte also die Entscheidung gefällt, einen Rundbrief geschrieben und ihn verteilt, ohne vorher mit ihr darüber zu sprechen.

„Keine Sorge", sagte ihre direkte Vorgesetzte beschwichtigend. „Cade hat mir gesagt, dass Sie das Layout für das Frühlingsfest unbedingt machen wollen. Das werden Sie auch. Sie sind nur vormittags mit Fin zusammen. Nachmittags können Sie an unseren Projekten arbeiten." Sie strahlte vor Aufregung. „Es ist einfach perfekt und fast die Garantie für einen bezahlten Job."

Jessie war fassungslos. Er hatte mit Scarlet gesprochen, aber nicht mit ihr?

„Jessie? Was ist los? Wollen Sie keine Bezahlung?"

„Mir geht es nicht gut." Sie konnte über den Witz nicht lachen.

Scarlet blickte sie besorgt an und legte eine Hand an ihre Stirn. „Haben Sie Fieber?"

„Ich muss nach Hause."

„Sicher?"

Jessie nickte. Sie musste raus, bevor sie etwas tat oder aussprach, was sie später bereute. „Deswegen war ich wahrscheinlich auch so weggetreten", sagte sie schnell und nahm ihre Tasche aus der obersten Schreibtischschublade. „Ich bin krank. Ich nehme einen Krankentag."

„Soll ich ein Taxi rufen? Vielleicht ist Fins Fahrer noch unten."

„Nein!" Scarlet zuckte bei der scharfen Erwiderung zusammen, und Jessie räusperte sich. „Nein, danke. Ich will nur ... ich gehe nach Hause und nehme was ein. Es wird schon wieder. Ich brauche nur etwas Ruhe."

Sie hatte das Großraumbüro fast verlassen, als Cades Bürotür geöffnet wurde. Sollte sie ihm energisch gegenübertreten oder ihn ignorieren? Verzweifelt traf sie ihre Entscheidung. Sie wollte allein sein.

„Bye, Scarlet. Ich melde mich."

Cade bekämpfte das starke Bedürfnis, seinen Besucher, den Vertriebsleiter, einfach vor die Tür zu setzen. Wie lange sollte er sich dieses leere Geschwätz über Demografien und Distribution noch anhören? Merkte der Mann nicht, dass er wie auf heißen Kohlen saß? Er musste unbedingt mit Jessie sprechen, bevor das Memo, das er unterzeichnet hatte, gedruckt, verteilt und diskutiert wurde.

Endlich konnte er den Kerl verabschieden. Als er die Bürotür öffnete, sah er Jessie in Richtung Lobby stürmen. Der rotbraune Zopf war unverkennbar.

„Wohin will sie?", fragte er Scarlet, die an Jessies Arbeitsplatz stand und sehr betroffen wirkte.

„Sie geht nach Hause. Sie ist krank."

Oh Mann. „Was hat sie?"

„Ich hätte Liebeskummer vermutet. Freitag die tollen Blumen, heute mit den Gedanken weit weg ... aber ich weiß nicht."

„Hat sie nichts gesagt?"

Scarlet schüttelte den Kopf. „Es war ganz merkwürdig. Ich habe ihr erzählt, dass sie das Schattenpraktikum bekommen hat, und sie ..."

„Sie haben es ihr mitgeteilt?"

„Klar. Sie arbeitet für mich. Wo ist das Problem?"

Es gäbe kein Problem, wenn er nicht mit ihr geschlafen und Versprechen abgegeben hätte, die er nicht gehalten hatte.

„Nichts", sagte er abwesend, als er merkte, dass Jessie weder ihren Computer heruntergefahren noch das Chaos auf ihrem Schreibtisch weggeräumt hatte. Am liebsten hätte er den Vertriebsleiter laut verflucht. Wenn der Mann nicht gewesen wäre ...

Nein, es hätte keinen Unterschied gemacht, gestand er sich ein. Er allein hatte es vermasselt.

„Sie schien nicht besonders erfreut über den Job."

Das überraschte ihn nicht. „Würden Sie mir einen Gefallen tun, Scarlet? Würden Sie meine Sekretärin bitten, alle heutigen Termine zu canceln?"

Sie blickte ihn schräg von unten an. „Natürlich. Aber warum?"

„Ich nehme einen Tag frei." Damit ging er, doch er hörte noch Scarlets letzte spitze Bemerkung.

„Kann mir irgendjemand sagen, was zum Teufel hier los ist?"

Es gab nur einen Menschen, der sie verstehen würde, nur einen Menschen, mit dem sie sprechen konnte. Ihr Daddy.

Jessie wartete mit dem Anruf, bis sie zu Hause war. Zu ihrer Erleichterung nahm ihr Dad beim ersten Klingeln seines Handys ab. In zehn Minuten hatte sie die Situation erklärt, dabei jedoch ausgelassen, dass sie das Wochenende mit Cade verbracht hatte. Manche Dinge musste ein Vater nicht unbedingt wissen.

„Du hättest nicht weglaufen sollen, Jess", sagte Travis sofort.

Das war ihr auf dem Weg nach Hause bereits klar geworden. „Ich weiß, aber ich bin weggelaufen, und jetzt brauche ich einen Rat."

„Zur Ehrenrettung des Mannes muss man sagen, dass er die Situation nicht kennt, Honey. Er versteht nicht, wieso du einen Job ausschlägst, der … wie nennt diese Frau ihn? … die Krönung des Praktikums ist und das Ticket zu einem bezahlten Job."

„Daddy." Jessie seufzte und kuschelte sich auf das uralte Sofa, das Lainie und sie erst kürzlich mit einem hellen Baumwollstoff neu bezogen hatten. „Du weißt, warum ich hier bin. Es geht nicht ums Geld."

„Du hättest nicht nach New York ziehen sollen, ohne mir den eigentlichen Grund zu nennen."

„Du hättest versucht, mich davon abzuhalten."

„Zu Recht."

Im Hintergrund klirrte Porzellan, und Jessie sah ihren Vater vor sich, wie er in der Landhausküche mit Blick auf ein wunderschönes Tal und herrliche Berge saß und aus seiner weißen Lieblingstasse Kaffee trank.

„Du gewinnst nichts, wenn du die Geschichte dieser Lady auskramst, Jessie. Sie war fünfzehn, als sie mit dir schwanger wurde. Ich bin ziemlich sicher, dass sie nach dreiundzwanzig Jahren nicht daran erinnert werden möchte."

„Schon deshalb kann ich ihr nicht die Hälfte des Tages wie ein Schatten folgen."

„Honey, hör mir zu. Sie hat keinen Grund zu vermuten, dass du ihre Tochter bist."

„Daddy, jetzt hörst du mir zu." Jessie stand auf, als würde das helfen, sich verständlich zu machen. „Ich bin die Tochter von Travis und Lauren Clayton, und kein DNA-Nachweis wird daran etwas ändern."

„Das weiß ich, mein Engel."

„Aber, Daddy, ist es nur, dass …" *Mom tot ist.* „Wenn es eine Chance gibt, dass Fin und ich eine Beziehung aufbauen können … nun, dann fände ich das sehr schön."

„Fühlst du dich auf irgendeine Weise mit dieser Frau verbunden?"

Jessie seufzte. Das Einzige, was sie mit Finola Elliott verband, waren *Charisma* und Elliott Publication Holdings. „Nun, es ist eine gewisse Ähnlichkeit vorhanden. Vielleicht muss man danach suchen, aber sie ist da."

„Das habe ich nicht gemeint."

„Ich weiß, und die Antwort ist Nein. Ich habe sie einfach beobachtet und bin ihr aus dem Weg gegangen."

„Vielleicht solltest du mal genau das Gegenteil tun."

Womöglich hatte er recht. „Dad, ihr Name ist auf einer Adoptionswebseite registriert. Bedeutet das nicht, dass sie mich finden möchte?"

„Ich weiß nicht, Honey. Sie lebt in einer anderen Welt, und so, wie du sagst, ist sie ein Workaholic. Sie hat keine Kinder, Jessie. Sie scheint kein besonders mütterlicher Typ zu sein."

„Nein, ist sie nicht", räumte sie wehmütig ein.

„Ich will nicht, dass du verletzt wirst, Sweetheart. Von keinem dieser Menschen."

Dafür war es zu spät, doch sie wollte nicht über ihre Beziehung zu Cade sprechen. Die hatte sowieso keine Zukunft. Sie konnte Cade nicht vertrauen. Er hatte ihr nicht einmal von seiner Entscheidung erzählt. Sie schloss die Augen gegen den Schmerz, der sie jedes Mal überfiel, sobald sie daran dachte.

„Du hast wahrscheinlich recht, Daddy. Wie immer."

Er lachte leise. „Wenn ich wüsste, dass sie ernsthaft nach dir sucht, dann hätte ich nicht solche Bauchschmerzen bei dem Gedanken, dass du ihr sagst, wer du bist."

„Ja, geht mir genauso. So ist es, als würde ich eine Lüge leben." Jessie schritt von einem Ende des winzigen Apartments zum anderen und lehnte sich an die Wohnungstür. „Ich hasse es."

„Das kann ich mir vorstellen. Aber vielleicht ist dieses Schattenpraktikum genau das Richtige. Du bekommst die Gelegenheit, sie wirklich kennenzulernen, und eventuell findest du heraus, ob sie bereit ist, sich mit der Vergangenheit auseinanderzusetzen."

„Ja, könnte sein. Als Finolas Schatten habe ich die Möglichkeit, Nachforschungen anzustellen."

„Sie wird nicht argwöhnisch sein", versicherte ihr Vater. „Sei einfach du selbst und mach dir ihr Angebot zunutze."

„Ich fühle mich richtig mies, weil ich mich so komisch verhalten habe. Diese Stelle ist ein großer Vertrauensbeweis. Zwar begann ich das Praktikum aus einem ganz bestimmten Grund, doch mir gefällt die Arbeit. Und ich bin wirklich gut in dem Job."

„Daran habe ich keine Zweifel. Bedeutet das, dass du nie wieder nach Hause kommst?" Er konnte seine Enttäuschung nicht verbergen.

„Ich komme zurück", versprach sie, aber dann dachte sie an Cade. Sie liebte nicht nur die Arbeit in der Redaktion, sie liebte es, mit ihm zusammen zu sein. Das beruhte vielleicht nicht auf Gegenseitigkeit, und ihr Vater klang, als könnte er eine kleine Aufmunterung gebrauchen. „He", sagte sie liebevoll. „Du weißt, wie sehr ich dich liebe."

„Ich will nur, dass du glücklich wirst, Sweetheart."

„Ich weiß." Sie war glücklich – zumindest bis zum Morgen war sie es gewesen.

Cade stand mit erhobener Hand vor Jessies Tür, im Begriff zu klopfen. Er war zu ihrer Wohnung geeilt und hatte seinen Charme spielen lassen, um ins Haus zu kommen, als ein anderer Mieter es verließ. Nachdem er die Nummer ihrer Wohnung an den Briefkästen gefunden hatte, lief er, immer zwei Stufen auf einmal nehmend, in die vierte Etage.

Sein Herz hämmerte laut, aber nicht vom Treppensteigen. Durch die dünne Holztür hörte er ihre Stimme.

Und erstarrte bei ihren Worten.

Es ist, als würde ich eine Lüge leben. Ich hasse es.

Was meinte sie? Er neigte sich näher zur Tür.

Als Finolas Schatten habe ich die Möglichkeit, Nachforschungen anzustellen.

Ihm wurde übel.

Ich komme zurück ... Du weißt, wie sehr ich dich liebe.

Die Worte waren wie ein Schlag ins Gesicht. Er wäre fast zurückgetaumelt. Ohne zu klopfen, drehte er sich um und entfernte sich so weit es ging von Jessie Claytons Apartment.

Chloe Davenport blickte vom Aktenschrank auf, der einen großen Teil der langen Wand zwischen Cades und Finolas Büro einnahm.

„Er ist nicht da", sagte sie.

„Kommt er heute noch ins Büro?", fragte Jessie und rückte aus reiner Gewohnheit ihre Brille zurecht.

„Er müsste gleich eintreffen. Haben Sie einen Termin bei ihm?"

„Nein, nicht direkt." Vielleicht sollte sie sich einen geben lassen. Vielleicht erreichte sie auf diesem Weg, dass er mit ihr sprach.

„Ich sage ihm, dass er Sie anrufen möchte." Chloe sah sie prüfend an. „Geht es Ihnen wieder besser? Scarlet hat gesagt, dass sie gestern krank nach Hause gegangen sind."

„Ja, danke." Jessie holte tief Luft. „Und ich bin bereit, mit dem Schattenpraktikum zu beginnen."

Chloe strahlte. „Ja! Gratuliere. Fin ist normalerweise lange vor acht Uhr hier, aber heute Morgen hatte sie noch etwas zu erledigen. Ich gebe Ihnen Bescheid, sobald sie eintrifft."

„Großartig. Ich kann es kaum erwarten."

„Was können Sie nicht erwarten?"

Jessies Beine drohten beim Klang von Cades Stimme nachzugeben. Forscher, als ihr zumute war, drehte sie sich um. „Die Schattenpraktikantin meldet sich zur Stelle."

Seine Augen schmälerten sich unmerklich. Jessie ging davon aus, dass Chloe es nicht bemerkt hatte, aber die hatte auch nicht achtundvierzig Stunden damit verbracht, sich jeden Ausdruck auf seinem Gesicht einzuprägen.

„Freut mich, dass es Ihnen besser geht", sagte er so spitz, dass sich ihr die Nackenhaare aufstellten.

„Cade, du ..." Das Du war ihr vor Chloe rausgerutscht, bevor sie sich bremsen konnte.

„Hm?"

Diese Gleichgültigkeit. Was war nur mit ihm los? „Wie hast du so schön gesagt? Mit Komplikationen werden wir fertig?" Zum Teufel mit Chloe. Dies war zu wichtig.

Er zuckte bei ihren Worten zusammen und musterte sie. „Jessie", sagte er langsam, wobei er mit einer Hand auf sein Büro wies. „Wir reden dort."

Er ließ sie vorgehen und einige Minuten warten. *Dieses Spiel können auch zwei spielen, Jessie Clayton.*

Schließlich betrat Cade sein Büro und schloss die Tür hinter sich. Nur für den Fall, dass seine Entschlossenheit bröckeln und Jessie in seinen Armen landen sollte.

„Wie kommt es, dass du deine Meinung geändert hast?" Er sprach bewusst neutral. „Damit habe ich nicht gerechnet."

Sie drehte sich vom Fenster zu ihm um, und er sah, dass sie in der Zwischenzeit die Brille abgenommen hatte. Sie wollte also unfair spielen.

„Ich habe mich albern benommen." Ihre Stimme klang unnatürlich fröhlich. „Natürlich möchte ich die Chance nutzen, Finola bei der Arbeit über die Schulter zu sehen."

Er nickte nachdenklich, sagte aber nichts. Das Ticken der Messinguhr auf seinem Schreibtisch war das einzige Geräusch im Raum.

„Was ist los mit dir?", fragte sie schließlich. „Weshalb bist du so merkwürdig?"

Er stieß den Atem aus, von dem er nicht gewusst hatte, dass er ihn angehalten hatte. „Warum sagst du mir nicht, dass du sauer bist, weil ich dich als Schattenpraktikantin ausgewählt habe, obwohl du mich darum gebeten hattest, es nicht zu tun?" Er wollte ihr die Chance geben, die Wahrheit zu sagen. Vielleicht tat sie es.

Sie winkte ab. „Ach, ich bin nicht mehr sauer."

„Wirklich? Das ging schnell."

„Cade."

Sie trat einen Schritt näher. Es war, als würde er sie wie ein Magnet anziehen. Er kannte das Gefühl.

„Cade, du bist derjenige, der mein Vertrauen missbraucht hat. Ich wünschte, du hättest zuerst mit mir darüber gesprochen, aber …"

Er hob eine Hand, um sie zu bremsen. „Sag mir einfach die Wahrheit, Jessie. Was hat dich bewogen, deine Meinung zu ändern?"

Sie zuckte mit den Schultern. „Ich habe erkannt, dass es eine Chance ist, die ich ergreifen sollte."

„Ach so."

„Und warum hast du deine Meinung geändert?"

„Ich? Ehrlich gesagt war es Fins Entscheidung, dich zu nehmen. Ich hatte nur keine Möglichkeit, es dir zu sagen."

Sie sah ihn zweifelnd an. „Du hattest die Möglichkeit, aber das meinte ich nicht. Weshalb hast du deine Meinung über mich geändert? Wieso bist du plötzlich ein völlig anderer Mann als noch am Sonntagnachmittag?"

„Wir sind im Büro", sagte er kalt.

„Ich dachte, es wäre dir nicht peinlich."

Die Stimme versagte ihr fast, was ihm das Herz brach. „Das ist es auch nicht." Er bemühte sich um einen beiläufigen Tonfall. „Ich glaubte, du wärst so wütend auf mich, dass du …"

„Das bin ich nicht."

Sie trat noch näher, ihr frischer, blumiger Duft war die reinste Folter.

„Ich werde das Beste aus der Situation machen. Es ist eine tolle Chance, und ich werde sie nutzen."

Nun, aus der Situation konnten auch zwei ihren Nutzen ziehen. Sollte sie doch glauben, dass sie Insider-Informationen bekam. Sie würde nichts finden, was einem ihrer Konkurrenten half. Dafür würde er sorgen.

Einstweilen wollte er das Beste für sich herausholen. Die Sehnsucht, sie in den Armen zu halten und sie zu küssen, war riesig. Als hätte sie den gleichen Gedanken, schloss sie die Distanz zwischen ihnen und schlang die Arme um ihn. Keine Macht der Welt könnte ihn jetzt davon abhalten, sie zu umfangen.

„Ich habe dich vermisst", flüsterte sie und sah ihn aus ihren wunderschönen grünen Augen ernst an.

„Ich habe dich auch vermisst." Das war nicht gelogen.

Ihre Lippen fanden sich zu einem Kuss, was sein Verlangen, ihr nah zu sein, noch steigerte.

Sie vertiefte den Kuss, und er wehrte sich nicht, sondern zog sie an sich, damit sie seine Erregung spürte. Sosehr er versuchte, dies zu sehen, als würde er nur eine Chance nutzen, er wusste, dass er nicht mehr mit Jessie schlafen durfte.

Es wäre ein riesengroßer Fehler.

7. KAPITEL

*J*essie betrat den leeren Konferenzraum von *Charisma* kurz vor halb neun. Finola würde jeden Moment zum täglichen Treffen mit den Mitarbeitern erscheinen.

Für sie war es das vierte Meeting, der vierte Tag als ihre Schattenpraktikantin. Und obwohl Cade Wege suchte, nicht mit ihr allein zu sein, stand für diesen Morgen nur er als Teilnehmer auf dem Plan.

Sie holte tief Luft bei dem Gedanken, nur mit Finola und Cade in dem Raum zu sein, denn das Einzige, was noch verwirrender war als die kalte Schulter, die Cade ihr zeigte, war der völlig neue Eindruck, den sie in den letzten Tagen von Finola gewonnen hatte.

Finola Elliott war tough, ehrgeizig, klug, geduldig und arbeitete strategisch. Sie kleidete sich elegant und versteckte die wenigen Sommersprossen unter einem leichten Make-up. Erst abends wurden sie sichtbar. Sie lächelte immer freundlich und hatte einen subtilen Sinn für Humor.

Finola war eine Frau voller Gegensätze, und deshalb mochte Jessie sie – worüber sie nicht unbedingt erfreut war, denn was, wenn Finola anders empfand? Sollte sie ihr Geheimnis enthüllen?

„Oh mein Gott, das müssen Sie sich ansehen!" Scarlet kam in den Konferenzraum geschwebt, der orangerote Rock wehte um ihre Beine, als sie praktisch zum letzten freien Platz an der Seitenumbruchwand flitzte. „Kommen Sie!"

Jessie ging um den ovalen Tisch herum und ließ das übergroße Foto, das Scarlet gerade an die Korkwand pinnte, nicht aus den Augen.

„Schauen Sie sich an!" Scarlet trat zurück, um das Werk zu betrachten.

Jessie starrte auf das Bild, und ihr Herz begann wie wild zu schlagen. „Oh."

Der Fotograf hatte alles eingefangen: die flirtenden Blicke, das sexy Lächeln, die Körpersignale, mit denen sie einen Mann in ihren Bann zog, und Cade, der darauf reagierte, indem er sie sehnsüchtig ansah.

„Ist das nicht das verführerischste ‚Natürliche Ausstrahlung'-Foto, das wir je gehabt haben?" Scarlet lachte entzückt. „Ihr beide seht aus, als könntet ihr es nicht abwarten, im nächsten Schlafzimmer zu verschwinden und …"

„Sie sollten die Gesichter unscharf machen."

Jessie zuckte beim Klang von Cades Stimme zusammen.

Scarlet wirbelte herum und warf ihm einen ungläubigen Blick zu. „Sind Sie verrückt geworden? Die Gesichter machen das Bild aus. Diese Chemie! Dies Funkensprühen! Es ist ein Wunder, dass das Blatt nicht in Flammen aufgeht. Der Designer wird sich vor Aufträgen für diesen Pullover nicht mehr retten können. Jede Frau, die davon träumt, von einem Mann so angeschmachtet zu werden, wird ihn haben wollen."

„Machen Sie die Gesichter unkenntlich", wiederholte er und ignorierte ihren Überschwang. Er warf seine Unterlagen und seinen Terminkalender auf seinen angestammten Platz. „Das entspricht der Politik des Magazins."

„Nur wenn wir Fotos von unbekannten Frauen auf der Straße benutzen und eine Anzeige riskieren könnten", konterte Scarlet. „Wir lassen uns eine unglaubliche Chance entgehen, falls wir die Gesichter nicht zeigen. Finden Sie nicht auch, Jessie?"

Sie spürte die fragenden Blicke. Ginge es nach ihr, würde sie daraus ein Plakat für den Times Square machen. Sie liebte das Foto. Cade war aber offensichtlich nicht begeistert.

„Ich habe nicht die Absicht, Anzeige zu erstatten", sagte sie ruhig und setzte sich auf ihren Platz. „Wenn Sie meinen, das Feature ist mit Gesichtern wirkungsvoller, dann lassen Sie es so." Sie schaffte es, Cade einen ausdruckslosen Blick zuzuwerfen. „Es sei denn, du machst dir Gedanken um deinen Ruf, Cade."

Er öffnete einen Ordner, die Miene ungerührt. „Das tue ich nicht. Aber ich denke, wir sollten dabei bleiben, wie wir es jeden Monat halten. Unsere Leser erwarten bei diesem Feature Anonymität. Das ist ein Teil des Erfolgsrezepts."

Tiefe Enttäuschung machte sich in Jessie breit. So viel zu dem Mann, der gesagt hatte, sie würden Komplikationen aus dem Weg räumen, zu dem Mann, der behauptet hatte, stolz auf sie und ihre Beziehung zu sein. Er schämte sich. Es war ihm peinlich. Es ärgerte ihn, dass er sie so begierig angesehen hatte.

„Lassen wir Fin entscheiden", schlug Scarlet vor, als ihre Chefin den Konferenzraum betrat.

„Was soll ich entscheiden?" Finola lächelte die Anwesenden freundlich an und zog ihren Seidenrock zurecht, als sie sich setzte.

„Sieh dir dieses Bild an", bat Scarlet und nahm schnell das Foto von der Wand, um es Finola zu bringen. „Ist das nicht fantastisch? Cade möchte, dass die Gesichter unkenntlich gemacht werden."

Finola beugte sich vor und betrachtete das Foto. Scarlet tippte erwartungsvoll mit dem Fuß auf. Cade gab etwas in sein Notebook ein, als ginge ihn die Entscheidung nichts an. Und Jessie selbst hielt einfach nur den Atem an.

„Das ist …" Finola blickte auf, ihr Blick konzentrierte sich auf sie, „… erstaunlich."

Jessie gelang ein leichtes Lächeln. Noch immer wagte sie nicht zu atmen. Finola sah wieder auf das Foto und dann erneut zu ihr.

„Sie sehen …"

Jessies Herz hämmerte wie verrückt, sie wurde blass. Ihr wurde schwindelig. *Jetzt ist es so weit. Jetzt kommt es.*

„Sie sehen …"

… aus wie ich. „Ja?"

„Sie sehen so anders aus ohne Brille, Jessie. Sie sollten sich Kontaktlinsen zulegen."

Vor Erleichterung stieß Jessie einen lauten Atemzug aus und lachte dann schnell, um ihn zu überspielen. Sie berührte ihre Brille und lehnte sich zurück. „Meinen Sie?"

Scarlet tippte ungeduldig mit einem Finger auf das Bild. „Unkenntlich machen oder nicht, Fin? Das ist hier die Frage."

„Ich kann es nicht sagen." Finola blickte zu Cade.

Natürlich, sie war nicht dumm. Fin war bei ihm hereingeplatzt, als sie gerade bei ihm war. Sicher vermutete sie, dass sie beide sich nicht nur aus beruflichen Gründen getroffen hatten.

„Sie sehen ziemlich heiß aus, Cade. Dieser Gesichtsausdruck könnte den Umsatz von Pullovern *und* dem Magazin steigern."

Cade zuckte mit den Schultern. „Ich meine, wir sollten bei der Anonymität bleiben. Es gibt dem Feature etwas Geheimnisvolles. Das gefällt den Lesern. Aber okay, wenn ihr mich als Model für diesen Pulloverkult wollt, meinetwegen."

„Pulloverkult! Sie sind brillant, Cade. Das wird die Überschrift." Scarlet pinnte das Bild wieder an die Wand und eilte an die Tür. „Ich wünsche euch ein erfolgreiches Meeting."

Irgendwie überlebte Jessie die nächsten fünfundvierzig Minuten, aber nur, indem sie Cade nicht ansah. Weder auf dem Foto noch in natura. Erst im allerletzten Moment, als Finola schon ihre Sachen einpackte und sich zum Gehen wandte, kam ihre neue Vorgesetzte wieder auf die Aufnahme zu sprechen.

„Ich wollte es vor Scarlet nicht thematisieren, aber wenn einer von Ihnen beiden Anonymität vorzieht, dann werde ich dafür sorgen."

Jessie spürte Cades Blicke, doch sie sah Finola unbeirrt an. „Danke, Fin, das ist sehr nett von Ihnen."

Fin nickte. „Sprechen Sie einen Moment in Ruhe darüber." Sie nahm ihre Unterlagen und ging zur Tür. „Ich muss noch ein Telefonat erledigen, Jessie, danach treffen wir uns in der Lobby. Wir haben einen Termin bei einem Kosmetikhersteller wegen einer Werbeanzeige."

Bevor jemand etwas sagen konnte, verließ Finola den Raum und schloss die Tür hinter sich.

„Das war peinlich", sagte Cade.

„Das war süß", sagte Jessie im gleichen Moment.

„Süß?" Er spuckte das Wort förmlich aus. „Was war daran süß?"

Jessie drehte ihren Stuhl in seine Richtung. „Ich finde, sie hat Klasse", erklärte sie ruhig. „Sie hat erkannt, dass dies für uns heikel sein kann."

„Genau. Peinlich, wie ich gesagt habe."

„Das muss es nicht sein, Cade."

Erneut fragte er sich, wie sie reagieren würde, wenn er ihr erzählte, dass er ihr Telefonat belauscht hatte und wusste, dass sie das Schattenpraktikum als Chance sah, etwas „herumzusuchen". Dass sie jemandem versprochen hatte, zurückzukommen. Und dass sie diese Person liebte, wer auch immer es sein mochte.

„Ich bemühe mich einfach um Professionalität", sagte er schlicht. Falls er jetzt seine Karten offenlegte und sie auf Betriebsspionage ansprüche, könnte sie flüchten, und er müsste noch auf ganz andere Weise leiden.

Außerdem, überlegte er weiter, würde er dann nicht erfahren, wer sie engagiert hatte. Diesen Fehler durfte er nicht riskieren. Was Jessie Clayton betraf, hatte er schon genug falsch gemacht. Er wollte herausfinden, wer den Maulwurf in seine Redaktion geschickt hatte.

„Und was das betrifft ...", er zeigte auf die Layout-Wand, „... so denke ich immer noch, die Gesichter sollten unkenntlich sein."

Sie blickte auf das Bild, ein Lächeln umspielte ihren hübschen Mund.

„Es gefällt mir."

„Natürlich gefällt es dir", sagte er trocken. „So wie ich dich auf dem Bild ansehe ..."

Zarte Röte zog über ihre Wangen.

„Das ist nicht der Grund."

Er wartete darauf, dass sie weitersprach.

„Ich mag es, weil ..." Sie beugte sich näher zu ihm. „Das war ein ganz besonderer Tag."

Ein Hauch ihres Parfums wehte ihm entgegen. Entweder war sie eine ausgebildete Schauspielerin oder eine geborene Lügnerin, denn ihr

Gesichtsausdruck und ihre Augen drückten aus, dass sie die Wahrheit sprach.

„Ja, das war es." Vergangenheit. Wichtig.

Sie stand auf, und nichts konnte ihn davon abhalten, seinen Blick über ihren engen kakifarbenen Bleistiftrock und das schwarze Strickoberteil schweifen zu lassen, das ihrer schlanken Figur schmeichelte.

Er fluchte stumm, weil ihm das Blut sofort in die Lenden schoss, und zwang sich, auf sein Notebook zu schauen. „Wir sollten endlich eine Entscheidung treffen. Ich habe gleich ein Meeting, und du kommst zu spät zu eurem Termin."

Als er aufschaute, stand sie mit dem Rücken zu ihm vor der Korkwand, eine Hand in der Hüfte, den Po leicht zur Seite geneigt, und betrachtete das Bild.

Er erinnerte sich, wie es war, diesen Po zu streicheln und an seinen Körper gepresst zu fühlen, und seine Erregung steigerte sich.

„Also, was meinst du?"

Sie drehte sich um und sah ihn an. „Ich denke, wir müssen reden. Kann ich heute Abend zu dir kommen?"

Unbewusst strich sie mit den Händen über ihre Hüften und ließ sie an den Schenkeln liegen.

War das eine nervöse Geste oder subtile Körpersprache, um ihn zu verführen? Würde er jemals wieder einer Frau vertrauen können?

Vielleicht gehörte Verführung zu ihrem Spiel. Nun, er war kein Dummkopf. Er konnte Sex mit ihr haben, ohne dabei Firmengeheimnisse auszuplaudern. Warum nicht? Wenn sie es ihm anbot? Er musste nicht auf die innere Stimme hören, die sagte, dass sie eine besondere Frau war. Anders. Erfrischend.

Natürlich nicht. Er war ein heißblütiger Mann, strotzte vor Testosteron. Er konnte Gelegenheitssex haben, und seine Welt würde nicht aus den Angeln gehoben, nur weil das vergangene Wochenende so außergewöhnlich gewesen war.

„Sicher", sagte er und rang sich ein Lächeln ab. „Ich bin heute Abend zu Hause."

„Super."

Er hätte schwören können, dass sie erblasste. Hatte sie ein Nein erwartet? Zwang er sie jetzt, Farbe zu bekennen?

„Und was ist mit dem Foto?", fragte sie. „Sollen wir uns verstecken oder in die Öffentlichkeit gehen?"

„Ich habe nichts zu verbergen, Jessie. Du?"

Sie strich sich eine Haarsträhne aus dem Gesicht, wich seinem Blick aber nicht aus. „Lass uns heute Abend reden", sagte sie.

Sofern sie ihm nicht die Wahrheit sagen wollte, bezweifelte er, dass sie viel reden würden. Der Gedanke hinterließ ein Gewirr an Emotionen und einen sichtbaren Beweis seiner Erregung, woran sich den ganzen Tag nichts änderte.

Jessie hatte dem Drang widerstanden, etwas mehr Make-up aufzulegen und eine extraenge Jeans für ihren Besuch bei Cade auszuwählen. Sie hatte sowieso ein ungutes Gefühl, weil sie das Date initiieren musste. Die einzige Konzession an ihre Eitelkeit war, dass sie die Brille ablegte und das Haar offen trug.

Als sie vor der Tür seiner Wohnung stand, fragte sie sich plötzlich, ob das reichen würde, um die Eiseskälte schmelzen zu lassen, die ihr seit vier Tagen entgegenschlug.

Nein. Sie brauchte sich für Cade nicht besonders zu stylen. Überhaupt war sie nicht gekommen, um Sex mit ihm zu haben. Sie suchte nach Antworten. Wenn er seine Meinung geändert und eine Hundertachtziggrad-Drehung von „Lass deine Zahnbürste hier" zu „Ich verhalte mich nur professionell" gemacht hatte, dann hatte sie ein Recht darauf, es zu wissen und zu erfahren, warum.

Sie klopfte an.

Schluss mit den Überlegungen, dem Kopfzerbrechen, dem Versuch, jede Kleinigkeit zu analysieren. Sie hatten zusammen geschlafen und sich Liebesworte zugeflüstert. Sie hatten den Körper des anderen erforscht und sich gegenseitig zärtlich und leidenschaftlich die schönsten Gefühle geschenkt.

Cade öffnete die Apartmenttür, und Jessie konnte ihn nur anstarren und davon träumen, all diese Dinge wieder zu tun. Sofort. Ohne zu reden.

Er trug Jeans und sonst nichts, abgesehen von einem Gesichtsausdruck, in dem sich Geringschätzung und Hoffnung mischten.

„Hallo", sagte sie.

„Hi."

Ihr Blick fiel auf seine breite nackte Brust, die männliche Behaarung, die sich nach unten verjüngte und in der Hose verschwand.

Das ist nicht fair, hätte sie fast geflüstert, absolut nicht fair.

„Komm rein." Er trat zurück.

„Bist du beschäftigt?", fragte sie. Blöde Frage. Er war halb nackt und hatte dunkle Schatten unter den Augen. Wahrscheinlich hatte er ausgeruht oder ferngesehen oder sonst was.

Als sie ihm in den Wohnbereich folgte, sah sie die Antwort auf ihre Frage auf dem Tisch in der Essecke. Akten und Papiere, ein geöffneter Laptop, einige Layout-Seiten von *Charisma*.

„Du arbeitest."

„Ja. Ich wollte mir gerade ein Bier holen. Hast du Durst? Hunger?" Er wandte sich zur Kochnische.

Sie beobachtete, wie sich seine Rückenmuskulatur anspannte, als er sich bewegte. Sie hatte Hunger. Auf ihn.

„Ich nehme gern ein Wasser."

Eine Minute später kehrte er mit dem Bier in einer Hand und einer Flasche Wasser in der anderen zurück. „Setz dich." Er reichte ihr das Wasser.

Sie hockte sich auf die Kante eines Sessels. „Woran arbeitest du?"

Er ließ sich auf das Ledersofa fallen, das, auf dem sie erst vor ein paar Tagen Sex gehabt hatten.

„Zahlen. Ich habe morgen ein Meeting mit Liam Elliott."

„Liam." Sie ging gedanklich die Elliotts durch. „Er ist der Leiter der Finanzabteilung bei EPH, nicht wahr?" Und Michael Elliotts zweiter Sohn.

Cade nickte. „Er ist ein guter Freund, deshalb ist er normalerweise sehr nachsichtig mit mir, was finanzielle Fragen angeht. Aber, jetzt …" Er verstummte und trank einen Schluck.

Sie beobachtete, wie er schluckte. „Was, jetzt?"

„Du weißt, was bei EPH los ist, Jessie. Es hängt von der prozentualen Gewinnsteigerung eines Jahres ab, wer in Zukunft den Verlag leiten wird."

Sie trank von ihrem Wasser, bemerkte aber seinen erwartungsvollen Blick. „Cade, ich bin nicht gekommen, um mit dir über Finanzen zu reden."

„Was hast du auf dem Herzen?" Er zog eine Augenbraue hoch.

„Fragst du das im Ernst?" Enttäuscht ließ sie die Schultern hängen. „Soll ich so tun, als hätte es das letzte Wochenende nicht gegeben? Hast *du* vor, so zu tun?"

Er stellte die Bierflasche auf den Tisch und beugte sich vor. Durchdringend sah er sie an.

„Welche Rolle hast du für mich im Sinn, Jessie?"

Sie atmete empört aus. „Ich will nicht, dass du irgendwie *spielst*, Cade. Genau das ist der Punkt. Ich will das echte, ehrliche, freundliche, liebevolle …"

„Liebevoll?"

„Ja." Sie straffte die Schultern und blickte ihn unnachgiebig an. Es fiel ihr schwer auszusprechen, was ihr auf der Seele lag, aber es musste sein. „Oder war es nur pure Lust, ohne irgendeine Chance auf mehr?"

Sein Blick veränderte sich unmerklich. Wurde wärmer, weicher.

„Liebe", sagte er leise, „ist unwiderruflich an Vertrauen gebunden."

Sie starrte ihn an. „Was meinst du damit? Du verhältst dich, als hätte *ich* dein Vertrauen gebrochen. Dabei bist du derjenige, der eine Anordnung herausgegeben hat, die meinem Wunsch zuwidergelaufen ist." Sie schüttelte den Kopf. Die Sache war so klar, und doch zog er ein Gesicht, als würde sie lügen. „Und du hast es nicht einmal für nötig befunden, mich darüber zu unterrichten. Ich musste es über den Flurfunk erfahren. Und du ..."

„Und du liebst einen anderen."

Der Mund klappte ihr auf, als die Worte bei ihr ankamen. „Was?"

„Ganz zu schweigen davon, dass du *Charisma*, Finola und mich benutzt, um an Informationen für die Konkurrenz zu gelangen."

Fassungslos starrte sie ihn an. „Wovon, zum Teufel, sprichst du?"

„Ich habe dich gehört", sagte er ruhig. „Ich war Montagnachmittag vor deiner Wohnungstür und habe gehört, wie du am Telefon zu jemandem gesagt hast, dass dies eine Chance sei, an Informationen zu kommen. Und dass du ihn liebst."

Erleichterung und Begreifen und etwas, das sie nicht definieren konnte, durchflutete ihren Körper und breitete sich bis in die Zehenspitzen aus. „Oh mein Gott, Cade." Sie ließ sich im Sessel zurückfallen. „Ich habe mit meinem Vater gesprochen."

Sein Blick wurde wieder eiskalt. „Darüber, dass du bei *Charisma* spionierst?"

„Wovon redest du?"

„Zuerst meidest du Fin wie die Pest, du willst das Schattenpraktikum nicht antreten, dann die Hundertachtziggrad-Wendung, du nimmst den Job an und sagst zu irgendjemandem, dass du es nur tust, um an Informationen zu kommen."

Was unterstellte er ihr?

„Wir haben eine absolute Konkurrenzsituation, Jessie. Und ich traue den Elliotts alles zu, wenn sie etwas wollen."

Langsam begriff sie, wovon er überhaupt sprach. Ungläubig sah sie ihn an. „Du glaubst, dass ich für eins der anderen Magazine spioniere?" Allein der Gedanke war so absurd, dass sie lachen musste, doch er lächelte nicht einmal.

„Willst du leugnen, dass du gesagt hast, dass du eine Lüge lebst und dass du das Schattenpraktikum als eine Möglichkeit, nach Informationen zu graben, bezeichnet hast? Und streitest du ab, dass du jemandem versprochen hast zurückzukehren, weil du ihn liebst? Du kannst es nicht, Jessie, denn ich habe dich gehört."

Sie wollte sich verteidigen, schloss dann aber den Mund, als ihr die Situation klar wurde. Und noch etwas wurde ihr bewusst. Sie musste ihm die Wahrheit sagen, wenn er ihr glauben sollte. Ansonsten hatte sie keine Erklärung für das, was unter den gegebenen Umständen eine nachvollziehbare Vermutung war.

Natürlich musste er annehmen, sie sei eine Betrügerin. Und wenn er die Wahrheit kannte – wenn sie ihm anvertraute, dass Finola Elliott ihre leibliche Mutter war und dass sie nach Hinweisen suchte, ob Fin ihre Tochter kennenlernen wollte –, was dann? Würde er verstehen und verzeihen? Würde er sie in die Arme schließen und sie küssen?

Sie musste es wissen.

„Falls ich beweisen könnte, dass du dich irrst, Cade, dass du mit deiner Vermutung absolut falschliegst, was würdest du dann tun?"

Er stand langsam auf und blickte auf sie herab.

„Wenn du mir das beweist, Jessie, dann …"

„Was dann, Cade?"

Liebe ist unwiderruflich an Vertrauen gebunden.

„Dann hätte ich das Gefühl, ein Idiot zu sein."

Sie lachte leise. „Du bist kein Idiot. Zumindest warst du es nicht bis Montagnachmittag."

Er reichte ihr eine Hand, und sie ließ sich von ihm sanft aus dem Sessel ziehen. Keiner sagte ein Wort. Sie sahen sich nur tief in die Augen. Ein Knistern lag in der Luft, Funken sprühten.

„Beweise mir, dass ich mich täusche, Jessie. Du hast keine Ahnung, wie sehr ich mir wünsche, mich zu irren."

Seine Stimme klang heiser, der Duft seiner nackten Haut erregte sie, als er sie an sich zog.

„Ich weiß, dass dir der Gedanke zuwider ist." Sie hob ihm ihr Gesicht entgegen. Ihre Lippen waren seinem Mund so nah, dass sie ihn fast schmecken konnte. „Aber du hast einen Fehler gemacht, Cade. Dieses Mal hast du einen Fehler gemacht."

Sie küssten sich mit der ganzen Leidenschaft, die sich in den letzten vier Tagen angestaut hatte. Jessie schmiegte sich an ihn, genoss es, seine Erektion an ihrem Bauch zu spüren und seine harten Muskeln unter ihren Fingerspitzen.

Ein Stöhnen drang aus seiner Kehle, und er vertiefte den Kuss, während sie ihre Brüste an seinen Oberkörper drückte.

„Jessie", flüsterte er gegen ihren Mund und küsste sie auf die Wangen, die Ohren, den Hals. „Wenn ich einen Fehler gemacht habe, dann sag es mir. Sag mir die Wahrheit." Er streichelte ihre Schultern und umfasste ihre Brüste. „Also? Worüber hast du mit deinem Vater geredet? Nach welchen Informationen suchst du? Warum hast du das Gefühl, eine Lüge zu leben?"

Absolut legitime Fragen.

Sie konnte es ihm jedoch nicht sagen, bevor sie mit Finola gesprochen hatte, und für ein Gespräch mit Finola war es noch zu früh. Auch wenn sie in dieser Woche die freundlichere, sanftere Seite ihre Mutter kennengelernt hatte, es war zu früh. Sie musste erst sicher sein, dass Fin sich freuen würde.

„Sag es mir", drängte er und hielt sie fest umschlungen, damit sie seine Erregung spüren konnte. „Denn ich will mit dir schlafen, Jessie. Ich begehre dich so sehr." Seine Stimme war heiser, seine Atmung gepresst.

Ein heftiges Ziehen breitete sich in ihrem Schoß aus, so stark war ihr Verlangen, ihr Slip war bereits feucht.

„Du musst mir vertrauen, Cade", flüsterte sie zwischen zwei Küssen. „Du musst mir einfach vertrauen."

Plötzlich war sein Körper total angespannt, dann wich er quälend langsam zurück. Seine Augen waren schwarz wie Kohle, in seinem Blick lag Lust und Verlangen, seine Lippen wirkten geschwollen von den leidenschaftlichen Küssen.

„Ich möchte dir vertrauen, Jessie, aber du musst mir auch vertrauen. Sag mir, warum du diese Dinge zu wem auch immer gesagt hast."

„Ich habe dir gesagt, dass ich mit meinem Vater gesprochen habe."

„Okay."

Er hätte genauso gut sagen können: Ja, natürlich. Es war so offensichtlich, dass er ihre Worte anzweifelte.

„Dann sag mir, worüber ihr geredet habt."

„Cade, wenn wir eine Chance haben, wenn es die Hoffnung gibt, dass dies mehr als nur Lust ist, dann musst du mir vertrauen." Sie sah ihm tief in die Augen. „Ich kann es dir nicht sagen. Bitte, vertrau mir."

Er trat einen Schritt zurück. „Warum kannst du es mir nicht sagen?"

„Es geht eben nicht."

Er sah sie finster an. „Kannst du nicht, oder willst du nicht?"

„Ich kann nicht. Bitte, Cade, lass dies nicht zu einer Machtprobe werden."

Langsam schüttelte er den Kopf. „Ich glaube es nicht."

„Ich kann dir eines sagen. Es gibt da etwas, aber ich bin kein Firmenspion, und ich versuche nicht, irgendwelche Informationen von dir zu bekommen, und ich liebe auch keinen anderen Mann."

Er starrte sie an.

„Glaubst du mir, Cade?"

Sein Blick wurde kalt, seine Lippen waren nur noch eine schmale Linie.

„Ich würde gern, aber ..."

Aber.

Ohne ein weiteres Wort verließ sie seine Wohnung und schaute nicht zurück.

8. KAPITEL

*L*iam Elliott blickte ihn über den Cheeseburger hinweg an, den er in seinen großen Händen hielt, ein teuflisches Funkeln in den blauen Augen. „Du willst nicht wirklich einen Ratschlag in Sachen Beziehung von mir haben, oder?"

Cade lachte und legte seinen Burger auf den Teller. Sie saßen in der Cafeteria des Verlags. „Nun, du kennst viele Frauen."

Liam blickte gen Himmel. „Die falschen." Er biss ab und kaute eine Weile, während er ihn skeptisch anschaute. „Du hast also eine Frau kennengelernt. Du magst sie. Aber du glaubst, dass sie nicht ehrlich zu dir ist. Sie verheimlicht dir etwas und sagt dir nicht, warum. Habe ich das richtig verstanden?"

„Im Großen und Ganzen ja."

„Wo hast du sie kennengelernt?"

Cade ließ seinen Blick über das hochmoderne Interieur der gut besuchten Cafeteria schweifen. Obwohl es erst ein paar Minuten nach zwölf Uhr war, brummte der Laden schon. Er sah niemand Bestimmtes. Nicht dass er danach Ausschau gehalten hätte.

Liam atmete tief durch und schaute ihn fassungslos an, als es ihm plötzlich dämmerte. „Wow. Hast du noch nie gehört, dass man Arbeit und Bett unbedingt trennen soll?"

Sie aßen schweigend weiter. Da Liam bereits erraten hatte, dass es sich bei der Frau um eine Angestellte von EPH handelte, war es nur eine Frage der Zeit, bis er ihm alles erzählen würde. „Sie ist eine Praktikantin", sagte er schließlich.

„Eine Prakti…" Liam verschluckte sich fast an seinem Wasser. „Doch nicht diese Rothaarige mit der komischen Brille, die Finola wie ein Schatten folgt?"

„Sie heißt Jessie. Und sie sieht ohne Brille viel besser aus."

„Sie sieht auch mit Brille gut aus", bemerkte Liam. „Aber sie ist sehr jung."

„Sie ist dreiundzwanzig, also kein Kind mehr."

„Es gibt so viele Frauen in New York, und du suchst dir eine dreiundzwanzigjährige Praktikantin bei *Charisma* aus."

Cade durchbohrte ihn mit seinem Blick. „Das hat mir gerade noch gefehlt, dass ausgerechnet du mich darauf hinweist."

„He, du hast mit dem Thema angefangen."

„Ich weiß. Weil ich Hilfe brauche. Die Sache ist kompliziert und nicht lustig."

„Okay." Liam hielt eine Hand hoch. „Keine Witze mehr, versprochen. Erzähl."

Cade holte tief Luft und ließ seinen Blick erneut über die vielen hungrigen Angestellten schweifen. „Ich habe unbeabsichtigt ein Telefonat mitgehört, und ich weiß, dass sie mir etwas verheimlicht. Sie bittet mich, ihr zu vertrauen, sagt, dass sie mir irgendwann alles erklären wird. Soll ich ihr vertrauen?"

Liam zuckte mit den Schultern. „Das kommt darauf an."

„Worauf?"

„Darauf, wie sehr du sie magst. Oder wie scharf du darauf bist, sie in dein Bett zu bekommen. Darauf, wie wichtig ihr Geheimnis ist." Liam wischte sich den Mund ab und knüllte die Serviette zusammen. „Fangen wir mit der ersten Frage an. Wie schwer hat es dich erwischt?"

Cade schnaubte leise, unsicher, ob seine Gefühle mit Worten überhaupt zu beschreiben waren.

„Offensichtlich sehr schwer." Liam lachte, dann wurde sein Blick ernst. „Jetzt sag mir nicht, dass du glaubst, sie ist die Richtige?"

Verdammt. Glaubte er es? „Ich weiß es nicht, aber es ist ernst. Keine flüchtige Affäre. Nicht nur Sex."

„Nicht *nur* Sex? Also warst du schon mit ihr in der Kiste?"

Cade verspürte leichte Verärgerung. Er war mit Jessie nicht *in der Kiste* gewesen „Wir haben zusammen geschlafen."

„Oh Mann." Liam kämpfte gegen das Lachen an. „Entschuldige. Ich mache mich nicht lustig, aber dich hat es ziemlich erwischt, mein Freund."

Wenn es ihn wirklich so sehr erwischt hatte, wieso hatte er sie dann am vergangenen Abend gehen lassen? Warum hatte er nicht einfach seine Lust befriedigt? Sich genommen, was sie ihm geschenkt hätte, und sie nicht gedrängt, sich ihm anzuvertrauen? Weshalb konnte er nicht behaupten, ihr zu vertrauen, und mit ihr in die Kiste springen, wie Liam es politisch unkorrekt ausdrückte?

„Kommen wir zur dritten Frage", sagte Liam. „Wie groß ist ihr Geheimnis? Und was, glaubst du, verbirgt sie?"

Falls der Chef der Finanzdirektion von EPH so etwas wie Firmenspionage vermuten sollte, würde er der Sache auf den Grund gehen müssen, und wenn an seinem Verdacht auch nur eine Kleinigkeit dran wäre, würde Jessie verschwinden, und ihr Ruf in der Branche wäre beschädigt.

„Es ist kompliziert", sagte er vage.

Meine Güte, beschützt du sie etwa, obwohl du selbst das Schlimmste fürchtest?

Für einen besonnenen, verantwortungsbewussten Mann flirtete er ganz kräftig mit der Katastrophe.

„Weißt du, was ich glaube?" Liam beugte sich vor und stützte sich mit den Ellenbogen auf dem Tisch ab. Ein Funken Erheiterung blitzte in seinen Augen auf. „Ich glaube, du bist ordentlich verliebt."

Das war definitiv nicht das, was er von seinem Freund hören wollte. „Und das sagt ausgerechnet der Mann, der es nicht bis zum vierten Date schafft, ohne dass sich bei ihm schon Langeweile breitmacht. Plötzlich bist du ein Experte in Sachen Liebe."

Liam grinste. „Wie viele Dates hattest du mit ihr?"

„Eins." Als es aussah, als würde Liam lachen, fügte er hinzu: „Ein langes."

„Du bist tatsächlich verliebt."

„Mir fehlt Schlaf, und ich bin verwirrt."

„Das kommt aufs selbe raus." Liam senkte die Stimme. „Jetzt im Ernst, Cade. Wenn du sie wirklich magst, dann entscheide im Zweifelsfall zu ihren Gunsten. Was kannst du schon verlieren? Wie schlimm kann es sein? War ihr Exfreund ein Stalker? Versteckt sie eine geistesgestörte Tante auf dem Dachboden? Was auch immer es ist, du kannst damit umgehen. Es ist schließlich nicht so, dass sie dir deinen Job oder dein Leben versauen könnte."

Genau das war das Problem.

In dem Moment kam Shane Elliott breit grinsend mit seinem voll beladenen Tablett an ihrem Tisch vorbei.

Die Männer begrüßten sich, und er und Liam boten ihm einen Platz bei ihnen an.

„Danke, aber ich treffe mich mit jemandem aus der Redaktion." Shane deutete mit dem Kopf auf einen anderen Tisch. „Wir wollen uns noch nicht auf unseren Lorbeeren ausruhen." Er zwinkerte Liam zu. „Nochmals vielen Dank für die Neuigkeit."

Das Funkeln in seinen Augen ähnelte so sehr dem in Finolas, dass es schon unheimlich war. Trotz der Wettbewerbssituation, die Patrick mit seinem Ultimatum gefördert hatte, war Cade enttäuscht, als Shane ablehnte, sich zu ihnen zu setzen. Er mochte Finolas Zwillingsbruder sehr und hätte gern erfahren, wie es bei *The Buzz* lief. Shane ging weiter, während er Liam fragend anblickte. „Was hatte das zu bedeuten?"

Liam zog die Augenbrauen hoch. „Leg es unter ,Wettstreit um die Führungsposition' ab."

„Er liegt vorn? *The Buzz* hat die Führung übernommen?"

Liam sah ihn unbehaglich an. „Du weißt, dass ich nichts sagen darf."

Cade rieb sich das Kinn und betrachtete seinen Freund. Liam durfte nicht vor der Zeit ausplaudern, wer vorn lag, und er wollte ihn nicht drängen, gegen sein Berufsethos zu verstoßen. „Aber das ist es, was Shane angedeutet hat. Oder war es eine Finte, um mich fertigzumachen?"

Liam räusperte sich. „Zahlen lügen nicht."

Cade stand auf. „Sie haben uns also überrundet", stellte er nochmals fest.

„Es ist erst September, Cade. Das Jahr hat noch vier Monate. Da kann viel passieren. Die Jets könnten den Super Bowl gewinnen."

Alles konnte passieren, und es lag in seiner Verantwortung, dass Fehler nicht dazugehörten. „Ich sollte mich besser wieder auf das Geschäft konzentrieren und nicht auf eine Praktikantin."

„Da spricht der Cade, den ich kenne." Liam erhob sich ebenfalls. „Obwohl ich sagen muss, ich habe dich wegen einer Frau noch nie so durcheinander gesehen."

Cade atmete tief durch, dann räumte er die Wahrheit ein. „Sie ist anders als die Frauen, die ich bisher kennengelernt habe. Ich muss ständig an sie denken."

„Wow. Es hat dich schwer erwischt." Liam lachte leise.

Sie stellten die Tabletts auf das Förderband und gingen in Richtung Ausgang. Cade schob die Hände in die Hosentaschen. Er versuchte nicht einmal zu leugnen, wie sehr es ihn erwischt hatte.

„Ist es möglich, dass du zu streng mit ihr bist?", fragte Liam, als sie den Fahrstuhl erreichten. „Könnte es sein, dass du falsche Schlüsse ziehst?"

„Das wäre möglich."

„Wenn sie wirklich so toll ist", fügte Liam hinzu, während er die Ruftaste des Fahrstuhls drückte, „dann ist sie ein Risiko wert."

Jessie hatte ihn um Vertrauen gebeten. Und eigentlich hatte sie nichts getan, außer, dass sie ein Telefonat geführt hatte, von dem nur die Hälfte an sein Ohr gedrungen war. Sie hatte es nicht verdient, dass er vorschnell urteilte. Und ja, sie war eine tolle Frau.

„Weißt du was? Ich glaube, ich entscheide zu ihren Gunsten." Plötzlich hatte er eine Idee. „Ich muss noch was erledigen."

Der Fahrstuhl kam. „Gehst du nicht zurück ins Büro?" Liam runzelte die Stirn.

„Später."

Cade trat hinaus auf die Park Avenue und überlegte, ob die Stadt New York ihn mit einer Strafe belegen konnte für das, was er vorhatte.

Egal. Wieder das Funkeln in Jessies Augen zu sehen, war eine lausige Strafe wert.

Chloe Davenport schaute in Finolas Büro und klopfte an den Türrahmen, um Jessies Aufmerksamkeit zu erlangen. „Hallo, Miss Schattenpraktikantin", sagte sie neckend. „Ist Finola immer noch weg?"

Jessie, die an dem runden Tisch in der Ecke des großen Büroraums saß, blickte von der Druckfahne auf, die vor ihr lag. „Hi. Sie hat gesagt, dass sie nicht vor Nachmittag zurück ist." Auf Chloes neugierigen Blick hin fügte sie hinzu: „Wir sind heute Morgen fertig geworden, und ich bin geblieben, um diesen letzten Artikel zu prüfen. Es fällt mir schwer, mich an meinem Platz im Großraumbüro zu konzentrieren."

„Das verstehe ich gut." Chloe nickte. „Ich kann kaum meinen Namen buchstabieren, wenn die Telefone wie verrückt klingeln. Bleiben Sie so lange Sie möchten."

Bingo. Jetzt hatte sie die offizielle Erlaubnis, sich in Fins Büro aufzuhalten. Jessies Herzschlag beschleunigte sich. „Danke, Chloe. Ich bin fast durch."

„Da Sie gerade hier sind, könnten Sie mir vielleicht einen Gefallen tun. Cades Assistentin ist den ganzen Tag in einer Computerschulung und kann mich daher nicht vertreten. Ich erwarte nicht, dass irgendetwas Aufregendes passiert, und würde mir gern etwas zu essen holen." Sie zog schuldbewusst die Nase kraus. „Und zwar bei Saks, um mir Sonderangebote für den Herbst anzusehen"

Gesegnet sei Chloes Shoppingwahn. „Ich gehe ans Telefon", bot Jessie schnell an. „Gar kein Problem."

„Es dürfte nicht viel los sein", versprach die Assistentin. „Weder Cade noch Finola haben heute Nachmittag irgendwelche Termine. Wenn Sie also so lieb wären …"

„Sollte Finolas Apparat klingeln, nehme ich den Anruf entgegen. Gehen Sie ruhig einkaufen." Sie hoffte, dass sie nicht zu enthusiastisch klang.

Chloe warf ihr einen Luftkuss zu. „Sie sind ein Schatz, Jessie. Ich bin so froh, dass Sie diejenige sind, die das Schattenpraktikum bekommen hat."

Jessie lächelte, doch insgeheim schämte sie sich. „Danke, Chloe. Ich lerne unglaublich viel dabei." Und sobald sie allein war, könnte sie noch wesentlich mehr lernen.

Genug, wie sie hoffte, um die Entscheidung zu treffen, wann und wie sie Finola sagen sollte, wer sie war. Wenn sie Cade nicht verlieren wollte, musste sie reinen Tisch machen. Und wie ihr Vater gesagt hatte, brauchte sie nur einen Hinweis darauf, dass Finola die Neuigkeit mit Freude aufnehmen würde.

Nachdem Chloe gegangen war, wartete Jessie einen Moment, dann atmete sie tief durch. Alles, was sie suchte, war ein kleiner Beweis dafür, dass Finola tatsächlich daran interessiert war, Kontakt zu ihrer Tochter aufzunehmen. Sie hatte keine Ahnung, was das sein könnte oder wo sie es finden sollte, doch sie musste es versuchen.

Jessie blickte auf Fins Schreibtisch, der genauso ordentlich und organisiert war, wie die Frau, die normalerweise daran saß. Die meisten Menschen würden ihre privaten Unterlagen hier aufbewahren, nicht im Vorzimmer, wo die Assistentin Zugang zu allem hatte, und wahrscheinlich auch nicht in dem wunderschönen dunklen Schrank, der als Aktenablage diente.

Das Blut rauschte in ihren Ohren, als sie sich langsam Finolas Stuhl näherte. Ich habe die Erlaubnis, rief sie sich in Erinnerung. Chloe hatte sie gebeten, ans Telefon zu gehen. Falls jemand hereinkäme, würde es so aussehen, als notierte Fins Schattenpraktikantin gerade den Namen eines Anrufers.

Was sollte sie aber sagen, wer angerufen hatte? Egal, das wäre das kleinste Problem, wenn sie tatsächlich erwischt wurde.

Sie atmete noch einmal tief durch, dann zog sie an der Schublade mit der Hängeregistratur. Sie war unverschlossen. Gott sei Dank war Finola so vertrauensselig. Der Anflug eines schlechten Gewissens begleitete den Gedanken, während sie die ordentlich betitelten Hängeordner durchsah.

Vier trugen den Schriftzug von Stiftungen, bei denen Finola sich engagierte. Zwei waren mit den Namen von Ärzten beschriftet, vielleicht private Krankenakten. Einer war mit „Design und Dekor" gekennzeichnet, ein anderer mit dem Namen von Fins Haushälterin. Auf dem letzten Etikett war eine Adresse vermerkt. Sie zog ihn heraus, doch als sie feststellte, dass es Dokumente einer Wohnungseigentümergesellschaft waren, hängte sie ihn schnell zurück.

Alles private Papiere, sicher, aber nichts, was mit der Adoption zu tun hatte. Fast hätte sie über die Naivität ihres Plans gelacht. Natürlich hob Fin solche Unterlagen nicht hier auf. Allerdings gab es die unwiderlegbare Tatsache, dass ihre Mutter Kontakt zu Kanadas führendem Internetportal für Adoptionen aufgenommen hatte, wo sie auf deren Webseite ihren Namen und den Geburtstag ihrer Tochter registrieren ließ. Sie, Jessie, war in Kanada in einem Kloster zur Welt gebracht worden, von einem fünfzehnjährigen Mädchen namens Finola Elliott.

Sie blickte auf Finolas Computer. Auf dem Monitor sprang das farbige Charisma-Logo als Bildschirmschoner hin und her. Zum Spaß drückte sie eine Taste.

Passwort eingeben.

Auf keinen Fall würde sie versuchen, sich in Finolas Computer zu hacken. Dies war kein Film wie *Mission: Impossible.* Dies war vielleicht eine unmögliche Mission, aber ihr wahres Leben.

Ihre Nervosität verwandelte sich in Frust. Sie lehnte sich zurück und ließ den Blick durch das wunderschön eingerichtete Büro schweifen. Eindeutig der Raum einer Karrierefrau.

Einer Frau, so dachte Jessie traurig, die vermutlich nicht daran erinnert werden wollte, dass sie vor dreiundzwanzig Jahren einen Fehler gemacht hatte. Vielleicht sollte sie die ganze Sache vergessen. Sie kannte Finola und sie mochte sie. Brauchte sie noch mehr?

Ja. Sie wollte endlich nicht mehr den Mann belügen, der ihr so viel bedeutete. Wenn ihre Beziehung eine Chance haben sollte, dann musste er erfahren, was sich hinter den Worten verbarg, die er belauscht hatte. Sie war verletzt und wütend gewesen, als sie am vergangenen Abend sein Apartment verließ, doch im Laufe einer schlaflosen Nacht hatte sie entschieden, dass sie zu viel verlangte, indem sie einfach sein Vertrauen forderte. Sie musste ihm die Wahrheit sagen, und sie musste es Finola sagen.

Sie stieß einen langen Atemzug aus. Jetzt war sie wieder dort, wo sie angefangen hatte.

Das Klingeln des Telefons riss sie aus ihren Gedanken. Jessie griff nach dem Hörer, drückte die Sprechtaste und sagte so professionell wie möglich: „Finola Elliotts Büro. Was kann ich für Sie tun?"

„Jessie?", fragte Fin. Sie klang überrascht. „Sind Sie es?"

„Ja, genau. Chloe musste kurz weg, und ich habe den Telefondienst übernommen."

„Lassen Sie mich raten. Ausverkauf bei Bloomie's?"

Jessie lachte. „Nein, Saks."

„Ich bin froh, dass Sie da sind. Können Sie mir einen Gefallen tun?"

„Natürlich? Worum geht es?"

„Auf dem Aktenschrank liegt ein Ordner mit den freiberuflichen Autoren. Können Sie ihn bitte holen? Ich brauche die Nummer von David Luongo."

„Kein Problem. Einen Moment." Jessie fand die Mappe sofort und gab die gewünschte Information weiter.

„Danke. Haben sie den Artikel geprüft?"

„Ja. Er geht heute Nachmittag in Druck."

„Hervorragend. Sie leisten gute Arbeit. Wenn Sie so weitermachen, sind sie bis Ende September unentbehrlich für mich."

Fins Stimme klang warmherzig und ehrlich. Warum weckte das einen Hoffnungsschimmer bei ihr? „Danke. Ich verbringe wirklich eine tolle Zeit hier."

Nachdem sie aufgelegt hatte, stellte Jessie den Ordner wieder an seinen Platz. Ein Lächeln umspielte ihre Lippen. Finola mochte sie. Wie schlimm konnte es also sein, wenn sie die Wahrheit erfuhr? Sie war nach New York gekommen, um herauszufinden, was für ein Mensch ihre leibliche Mutter war. Jetzt wusste sie es, aber es reichte ihr nicht. Sie wünschte sich eine Beziehung mit ihr.

Die Frage war: Ging es Finola umgekehrt auch so?

Aus einem Impuls heraus öffnete Jessie die Schranktüren, um nach weiteren Akten zu suchen. Sie fand einen Ordner mit vertraulichen Informationen über die Mitarbeiter, was ihr Unbehagen bereitete. Sie wollte ihre Kollegen nicht ausspionieren.

Auf der rechten Seite hingen Finanzunterlagen: Kontoauszüge, Gewinn- und Verlustrechnungen, Gehälter. *Meine Güte!* Das war noch bedenklicher als die Personalakten.

Die letzte Mappe ganz hinten trug den Aufdruck: Stimpson, P. I.

P. I. Private Investigator? Privatdetektiv? Natürlich! Vermutlich brauchte Fin gelegentlich einen, um Nachforschungen über Angestellte anzustellen, aber wäre der Ordner dann nicht bei den Personaldaten? War er falsch weggelegt worden?

Sie zog ihn hervor, war aber wie erstarrt. Schuldbewusst und verängstigt hielt sie die geschlossene Akte in der Hand. Sie hatte kein Recht, dies zu tun.

Aber es ist notwendig.

Sie schlug die Aktenmappe auf und starrte auf einen cremefarbenen Briefbogen.

Robert F. Stimpson, Privatdetektiv

Sehr geehrte Mrs Elliott,

Jessie schluckte und zwang sich weiterzulesen.

vielen Dank für Ihren Scheck in Höhe von $ 2 500 als Vorschuss für die Nachforschungen im kanadischen Adoptionsregister.

Ihr Herz begann wie wild zu schlagen. Finola hatte einen Privatdetektiv damit beauftragt, sie zu suchen.

Irgendwie schaffte sie es, die Mappe zu schließen und wegzupacken. Adrenalin und Gefühle des Glücks schossen durch ihren Körper, und ihre Beine zitterten.

Das Schloss der Türen klickte leise, als sie sie zudrückte.

„Etwas Interessantes gefunden?"

Jessie stockte der Atem, und sie wirbelte herum.

Der Vorwurf in seiner Stimme war so schneidend wie die Enttäuschung in seinem Blick. Am schlimmsten aber war, dass Cade einen dicken Strauß gelber Blumen in den Händen hielt.

9. KAPITEL

Jessie wurde blass und schien am ganzen Körper zu zittern.
„Versuch nicht zu lügen", sagte Cade ruhig. „Ich stehe schon ein paar Minuten hier." Genau genommen, seit er ihre Stimme gehört hatte, als sie mit Fin telefonierte.

Er hatte sich dem Büro mit Hoffnung und Vertrauen genähert, doch was er fand, als er um die Ecke kam und einen Blick hineinwarf, vernichtete jeden Hoffnungsschimmer auf eine gemeinsame Zukunft mit Jessie Clayton. Jedes Fünkchen Vertrauen welkte schneller, als die Blumen in seinen Händen es tun würden.

Wenn sie irgendwo gewesen wäre, nur nicht gerade am Schrank mit den Akten, dann vielleicht, doch es konnte nur einen Grund geben, weshalb sie ausgerechnet da herumschnüffelte.

„Ich werde nicht lügen."

Ihre Stimme klang trotz ihres offensichtlichen schlechten Gewissens erstaunlich fest.

Krampfhaft hielt er den Blumenstrauß gepackt, den er gerade auf dem Mittelstreifen der Park Avenue gepflückt hatte.

„Ich kann es erklären", fuhr sie fort. „Aber nicht sofort."

„Natürlich nicht", konterte er. Seine Stimme triefte nur so vor Sarkasmus. „Du musst dich erst mit dem absprechen, der dich dafür bezahlt, dass du hier herumschnüffelst."

Sie schüttelte den Kopf. „Cade, du musst …"

„Nein." Er unterdrückte den kindischen Wunsch, die Blumen auf den Boden zu schmettern. *Du* musst gehen. Sofort."

„Du feuerst mich?"

Das fragte sie noch? „Jessie, ich bin gerade Zeuge geworden, wie du vertrauliche Akten gelesen hast. Und dafür gibt es keinen anderen Grund als den, dass du nach Informationen für unsere Konkurrenten suchst."

Sie öffnete den Mund, doch er hob eine Hand. Er wollte keine weiteren Lügen hören. „Gib dir keine Mühe. Fin hätte dich nie wegen irgendetwas in ihr Büro geschickt. Also pack einfach deine Sachen und geh. Ich werde den Sicherheitsdienst nicht rufen."

„Sicherheitsdienst?" Sie stieß einen langen Atemzug aus. „Cade, es wird dir noch schrecklich leidtun, wenn ich dir erst sage, was für einen Fehler du gerade machst."

Ihm wurde flau. „Mir tut es leid. Mir tut es leid, dass ich dir vertraut habe. Es tut mir leid, dass ich nicht auf mein Bauchgefühl gehört habe.

Es tut mir leid, dass ich …" Nein, er bereute nicht, mit ihr geschlafen zu haben. Dieses wunderbare Erlebnis hätte er auf keinen Fall missen wollen. „Der einzige Fehler, den ich gemacht habe, ist, dass ich mich in dich verliebt habe. Aber darüber komme ich hinweg."

Sie starrte ihn an. Allmählich kehrte die Farbe in ihr Gesicht zurück, und sie hob trotzig das Kinn. Hoch erhobenen Hauptes kam sie auf ihn zu.

Einen Moment lang glaubte er, sie würde ihn küssen. Verrückter Gedanke.

Stattdessen blieb sie vor ihm stehen, nahm betont langsam die Brille ab und warf sie zu Boden. Ohne den Blick von ihm zu lassen, trat sie mit einem Absatz auf das Gestell.

„Du ahnst nicht mal, in wen du dich verliebt hast, Cade."

Jessie setzte sich auf einen glatten Felsen auf einem Hügel im Central Park. Rollerbladers, Radfahrer und natürlich junge Liebespaare kamen vorbei. Die Glücklichen. Keiner von ihnen hatte gerade das größte Geschenk und den größten Kummer seines Lebens innerhalb einer Minute erfahren.

Vielen Dank für Ihren Scheck … Vorschuss für Nachforschungen im kanadischen Adoptionsregister …

Natürlich war es möglich, dass Finola sich nur vergewissern wollte, dass ihre Tochter lebte und in einem annehmbaren Zuhause aufwuchs. Sie hatte genug über die Suche von leiblichen Eltern nach ihren Kindern gehört, um zu wissen, dass es ihnen nicht immer um ein Wiedersehen ging, sondern dass sie manchmal lediglich die Bestätigung suchten, das Richtige getan zu haben.

Sicher, Finola war eine sehr ehrgeizige Frau, ein Workaholic, aber sie hatte die Wärme in ihrem Blick gesehen.

Tief seufzend legte Jessie den Kopf auf die Knie und versuchte sich den Moment vorzustellen, wenn Fin die Wahrheit erfuhr.

Sie sah nur Cades eiskalte graue Augen, die sie ansahen, als wäre sie eine Kriminelle. Und er wollte sich nicht einmal ihre Erklärung anhören. Er hatte sie einfach verurteilt.

Der einzige Fehler, den ich gemacht habe, ist, dass ich mich in dich verliebt habe.

Der Schmerz war kaum zu ertragen. Sie würde nie vergessen, dass er sie gefeuert hatte, ohne ihr die Chance zu geben, etwas zu erklären.

Trotz all ihrer Menschenkenntnis hatte sie dem falschen Manager bei *Charisma* vertraut. Cade war derjenige, der Arbeit über Beziehungen stellte, nicht Finola. Cade war derjenige, dem sie hätte aus dem Weg gehen müssen, nicht Finola. Cade war derjenige, der sich von ihr abwandte.

Und Finola?

Jessie blickte auf ihre Uhr. Fin müsste jetzt zurück sein.

Sie atmete tief den süßen, erdigen Duft des Central Parks ein, um Kraft zu schöpfen für das bevorstehende Gespräch. Schließlich stand sie auf und machte sich auf den Weg durch den dichten Verkehr von Manhattan.

Dieses Mal zögerte sie an keiner einzigen Straßenecke.

Sie hatte keine Angst mehr vor New York.

Cade sank auf den Besucherstuhl vor Finolas Schreibtisch. Noch immer hielt er die zerbrochene Brille in der Hand.

„Hören Sie auf, sich Vorwürfe zu machen", sagte Finola scharf. Sie zog ihren Blazer aus. „Sie sind nicht der erste Mann, der von einer Frau getäuscht wurde, und Sie werden auch nicht der letzte sein."

„Ich bin nicht getäuscht worden, Fin."

Sie zog eine Augenbraue hoch. „Können wir uns darauf einigen, dass Sie nicht mit dem Kopf gedacht haben?"

„Ich wünschte, es wäre so einfach."

Finola betrachtete ihn aufmerksam. „Wollen Sie sagen, dass Ihnen wirklich etwas an ihr lag?"

„Genau das will ich sagen. Ich mochte sie."

„Nun", räumte sie ein, „sie schien ein liebes Mädchen zu sein. Ich meine, in nur einer Woche ist sie mir sehr ans Herz gewachsen."

Cade warf ihr einen Sage-ich-doch-Blick zu. „Sie war gut, nicht wahr? Und dann marschiert sie aus diesem Büro und droht damit, dass ich noch von ihr hören würde."

„Was genau hat sie gesagt?", wollte Finola wissen. „Es passt so gar nicht zu ihr, zu drohen."

„Woher wollen wir wissen, wie sie wirklich ist? Sie hat nur gesagt: ‚Du ahnst nicht mal, in wen du dich verliebt hast.'" Als er Fins fragenden Blick sah, fügte er hinzu: „Ich habe behauptet, dass es mir leidtut, dass ich mich in sie verliebt habe."

„Das hätten Sie nicht tun sollen."

„Fin! Sie hat in Ihren Unterlagen geschnüffelt und vertrauliche Finanzberichte gelesen, um Himmels willen. Was sollte ich denn sagen? ‚Wow, du siehst süß aus, wenn du für die Konkurrenz spionierst. Suchst du etwas Bestimmtes? Kann ich dir helfen?'"

Fin blickte nachdenklich zum Schrank. „An welchem Fach war sie?"

Er deutete vage auf die rechte Seite. „Finanzen. Aber sie war auch an den Personalakten. Ich habe es gesehen. Ich konnte es einfach nicht glauben." Er schüttelte den Kopf, als er wieder den Moment durchlebte, den er wie erstarrt in der Tür gestanden hatte.

Finola sah immer noch zum Aktenschrank.

„Und da wir gerade von Konkurrenz sprechen", fügte er trocken hinzu, „ich habe ganz den besten Teil dieses tollen Tages vergessen."

„Was?"

„*The Buzz* liegt an der Spitze."

„Wie bitte?"

Jetzt hatte er endlich ihre Aufmerksamkeit.

„Woher wissen Sie das?"

„Liam ... nun, er hat es nicht direkt ausgesprochen, aber wir haben Shane heute in der Cafeteria getroffen. Er hörte gar nicht auf zu grinsen und hat so eine merkwürdige Andeutung gemacht. Liam hat weder bestätigt, noch hat er geleugnet. Er hat nur gesagt, dass Zahlen nicht lügen."

Finola lehnte sich zurück. „Wir dürfen nicht verlieren, Cade."

„Ich weiß. Womöglich hat Ihr Zwillingsbruder unsere Spionin engagiert?"

Sie schüttelte den Kopf. „Nicht Shane. Und ich glaube auch nicht, dass Michael oder Cullen sich auf dieses Niveau begeben würden."

„Könnte Daniel es getan haben, bevor Amanda und er beschlossen haben, EPH zu verlassen und ein Abenteuermagazin herauszugeben? Vielleicht hat Michael vergessen, Cullen gegenüber zu erwähnen, dass er einen Spion engagierte, als der *Snap* übernahm."

Fin schüttelte den Kopf.

„Gannon?" Michaels Sohn und rechte Hand hatte dieselbe Position bei *Pulse* inne wie er bei *Charisma*.

„Das passt nicht zu ihm. Seine Ehe mit Erika hat ihn nachgiebiger werden lassen."

Ein unbekanntes Gefühl der Eifersucht breitete sich in ihm aus. „Glück lässt nicht automatisch die Entschlossenheit verschwinden, den Wettkampf ernst zu nehmen."

„Ich fasse es nicht, dass Shane gewinnt", sagte Finola abwesend.

„He, er ist Ihr Zwillingsbruder. Er hat dieselben Gene wie Sie."

„Dieses Gewinner-Gen hat die gesamte Familie. Deshalb kann ich Ihre Theorie, dass Jessie Clayton als Spionin eingeschleust wurde, nicht völlig als absurd einstufen."

„Tatsache, nicht Theorie." Cade stand auf und gab Fin die Blumen und die zerbrochene Brille. „Würden Sie das bitte für mich wegwerfen?"

Sie lächelte mitleidig. „Ich hatte keine Ahnung, dass Sie so romantisch sind."

„So dumm trifft es eher."

„Sie sind nicht dumm, Cade. Sie ist nur eine bessere Schauspielerin, als wir für möglich gehalten hätten."

Er deutete auf die Brille. „Sie trug sogar eine Verkleidung."

Finola starrte nachdenklich auf das zerbrochene Gestell. „Ich frage mich, warum sie ihre Augen verstecken wollte."

„Weil ihr Auftritt hier von Anfang bis Ende Theater war. Sie ist eine Schwindlerin. Eine Lügnerin."

Finola ließ die Brille in den Papierkorb fallen. „Passen Sie auf, dass die Liebe Sie nicht verbittert, Cade."

„Liebe?" Er spie das Wort geradezu aus. „Das war noch lange keine Liebe. Eigentlich habe ich mich nur an sie herangemacht, weil ich so argwöhnisch war."

„Wirklich? Nun, der Schuss ging nach hinten los, nicht wahr?" Finola lächelte schief.

„Ja. Ich wollte nur wissen, warum sie Ihnen aus dem Weg geht. Ich hätte stärker nachhaken sollen."

„Weiß sie, dass Sie sich deshalb mit ihr verabredet haben?"

Er zuckte die Achseln. „Vermutlich nicht. Aber das ist jetzt auch egal, denn ich habe sie durchschaut. Und nur das zählt."

„Nein, das ist *nicht* alles, was zählt."

Cade wirbelte beim Klang von Jessies Stimme herum. Sie stand in der Tür, ihr rotbraunes Haar fiel über ihre Schultern, die smaragdgrünen Augen funkelten wie Juwelen.

„Was hast du hier zu suchen?", fragte er.

„Ich muss mit Fin sprechen."

Cade stellte sich vor Finola. „Sie hat dir nichts mehr zu sagen."

„Aber ich habe ihr etwas zu sagen."

„Ich rufe den Sicherheitsdienst." Er nahm das Telefon.

„Cade." Finola stand auf und kam um ihren Schreibtisch herum. „Ich möchte sie anhören."

„Danke", sagte Jessie. „Endlich ist jemand bereit, mir zuzuhören."

„Aber ich will keine Lügen", sagte Finola drohend.

„Keine Lügen. Könnte ich unter vier Augen mit Ihnen sprechen?"

„Nein", erwiderte Finola schnell. „Ich habe keine Geheimnisse vor Cade. Sie haben ihn getäuscht, und er hat ein Recht darauf zu erfahren, was Sie zu sagen haben."

„Sie werden nicht wollen, dass er es hört. Glauben Sie mir."

Cade bemerkte den bestürzten Ausdruck in Fins Gesicht, ihre normalerweise glatte Stirn war in Falten gelegt, während sie Jessie anstarrte.

„Es ist privat", sagte Jessie leise und trat einen Schritt weiter in den Raum. „Es betrifft Sie und mich."

Finola stockte der Atem. Ihre Augen, so grün wie Jessies, wurden groß.

„Wie alt sind Sie?"

Cade wich zurück, als Finola Jessie diese Frage stellte. Wie alt sie war? Spielte plötzlich das Alter eine Rolle? Jessie zuckte nicht zusammen, sondern trat selbstbewusst einen Schritt vor.

„Ich bin dreiundzwanzig, Finola."

Sie sagte das, als wäre es von Bedeutung.

Finola starrte Jessie immer noch an, und er sah, dass sie eine Gänsehaut bekommen hatte. Er drehte sich zu Jessie um, sah, dass ihre Lippen bebten und ihre Augen feucht schimmerten. Meine Güte, weinte sie etwa?

Weinte Finola?

Was zum Teufel war hier los?

„In den Akten habe ich einen Brief gefunden." Jessie war so bewegt, dass sie kaum ein Wort herausbrachte. „Ich hoffe, dass du tatsächlich nach mir gesucht hast."

„Oh mein Gott." Finola schlug sich eine Hand vor den Mund, Tränen liefen ihr über das blasse Gesicht. „Du bist es! Du bist es wirklich! Wieso habe ich nicht gesehen, dass du es bist?"

Finola stieß einen unterdrückten Schrei aus, und die beiden Frauen fielen sich in die Arme. Jessie schmiegte ihren Kopf an Fins Hals, ihre schmalen Schultern bebten.

„Ich wusste nicht, ob ich es dir sagen soll", murmelte sie mit tränenerstickter Stimme.

„Du hast keine Ahnung, wie oft ich von diesem Moment geträumt habe."

Nichts, absolut nichts von dem, was Cade sah, ergab für ihn einen Sinn. Warum weinten sie? Wieso umarmten sie sich? Er räusperte sich geräuschvoll. „Hätte vielleicht jemand die Freundlichkeit, mir zu erklären, was eigentlich los ist?"

Finola wandte sich ihm zu. Noch immer klammerte sie sich an Jessie, als hinge ihr Leben davon ab. Tränen verschmierten ihr Make-up, ihre Lippen zitterten.

„Jessie ist meine Tochter."

Ihre Tochter?

Ihm blieb buchstäblich das Herz stehen. *Ihre Tochter?*

Jessie schaffte es, sich gerade so weit von Finola zu lösen, dass sie ihn ansehen konnte. Er suchte in ihrem Gesicht nach Antworten, nach einer Erklärung, einer Entschuldigung, irgendetwas, das sie einander wieder näherbrachte.

Er sah aber nur, was sie in den vergangenen fünf Monaten zu verbergen versucht hatte. Ihre Augen hatten die gleiche Farbe und Form wie Finolas.

„Ich lasse euch jetzt allein", brachte er mühsam über die Lippen. „Ihr habt euch sicher eine Menge zu erzählen."

Finola zog Jessie wieder in ihre Arme, doch Jessie sah ihn noch lange genug an, um eine klare und unmissverständliche Botschaft zu übermitteln.

Sie würde ihm nie verzeihen, dass er ihr nicht vertraut hatte.

10. KAPITEL

*F*inola konnte sich nicht von ihr trennen. Jedes Mal, wenn Jessie zurückwich, um etwas zu sagen, umarmte Fin sie noch fester. Sie befand sich in einem wahren Gefühlstaumel, seufzte immer wieder ungläubig und gleichzeitig verzückt und aufgeregt.

Auch Jessie fühlte sich in den Armen ihrer leiblichen Mutter auf einem emotionalen Höhenflug. Es war geschafft. Die Wahrheit war ausgesprochen. Die Geheimnisse und Lügen, das Grübeln und Beobachten und, das war das Beste überhaupt, die Angst vor der ungewissen Reaktion waren vorbei.

Finola hielt sie gerade so weit von sich, dass sie ihr Gesicht betrachten konnte.

„Du bist eine Elliott", stellte sie fest und lachte leise. „Warum habe ich das nicht bemerkt?"

„Ich habe alles getan, damit es nicht auffällt."

„Warum?" Fin drückte ihre Schultern. „Warum hast du gewartet? Wieso hast du es mir nicht sofort gesagt? Mein Gott, du hast diesen Job angenommen, nur um mich kennenzulernen, nicht wahr?" Sie warf einen Blick auf den Aktenschrank. „Du hast heute nicht *Charisma* ausspioniert, du hast die Aktenmappe mit den Unterlagen von dem Privatdetektiv gefunden."

„Tut mir leid, Fin, ich …"

Finola legte einen Finger an ihre Lippen. „Ich verstehe es."

Jessie fiel ein großer Stein vom Herzen. „Danke."

„Wofür? Dafür, dass ich dich kennenlernen wollte? Machst du Witze? Ich habe mich danach gesehnt, dich zu finden. Ich habe gesucht, seit ich alt genug war, dass mein Vater nicht mehr jeden meiner Schritte verfolgt hat."

„Dein Vater?" Das Bild des schroffen, weißhaarigen Mannes, den sie nur von Weitem gesehen hatte, erschien vor ihrem geistigen Auge. Ihr biologischer Großvater. Patrick Elliott. „Wusste er es? Wollte er nicht, dass du mich suchst?"

Finola atmete tief ein und aus. „Wir haben so viel zu bereden."

„Ja", stimmte Jessie zu. „Dreiundzwanzig Jahre."

„Ich kann nicht fassen, dass du es wirklich bist", wiederholte Fin. Ihre Stimme klang atemlos vor Staunen. „Hier, direkt vor mir. Und, Jessie", sie strich mit den Fingerspitzen zärtlich über ihr Gesicht, „du bist so wunderschön und süß und intelligent."

Jessie lachte unsicher. „Du bist voreingenommen."

„Natürlich bin ich das, aber ich bin auch stolz auf dich.“

„Und ich bin stolz auf dich.“ Endlich konnte sie Finola in die Augen sehen. „Ich finde, du bist eine ganz erstaunliche Frau.“

Ihre Mutter kämpfte gegen Tränen an. „Wie hast du mich gefunden?“

„Schwester Tarsisius.“

„Wie bitte?“

Jessie grinste. „Die Mutter Oberin von St. Theresa of the Little Flower hat mir deinen Namen verraten. Ich musste einige Nachforschungen anstellen, aber basierend auf dem, was meine Mutter mir erzählt hat, bevor sie …“ Jessie verstummte und seufzte. „Meine Mutter – meine Adoptivmutter – ist vor drei Jahren gestorben.“

„Ach, Liebes. Das tut mir leid.“

Jessie suchte in Finolas Gesicht nach Anzeichen, ob ihr vielleicht das Gespräch über ihre Adoptiveltern unangenehm war. „Wir hatten ein sehr enges Verhältnis. Und mit meinem Vater habe ich das auch.“

„Er lebt in Colorado?“

„Ja. Ich bin auf einer Farm außerhalb von Colorado Springs aufgewachsen. Mein Dad ist Rancher. Er ist ein toller Mann.“ Jessie hielt einen Moment inne. „Ich meine, mein Adoptivvater.“

Finola nahm ihre Hand zwischen ihre. „Honey, es sind deine Eltern. Sie haben dich aufgezogen und dich geliebt und dich zu einem fantastischen Menschen gemacht. Ich bin ihnen unendlich dankbar.“

Jessie verfluchte die Tränen, die ihr schon wieder in die Augen traten. Sie lachte und wischte sie weg. „Ich glaube, wir holen uns besser eine Box Papiertücher.“

„Ja. Die können wir gebrauchen … und viel Zeit.“ Finolas Stimme brach. „Ich möchte mit dir allein sein und von niemandem gestört werden, bis wir dreiundzwanzig Jahre aufgeholt haben.“

Chloe steckte den Kopf zur Tür herein. Ihre dunklen Augen funkelten beim Anblick der beiden Frauen, die sich umarmten.

„Alles in Ordnung?“, fragte sie.

Jessie erstarrte. Würde Finola wollen, dass die Welt von ihrer Tochter erfuhr?

„Es geht uns wunderbar!“, rief Finola aus. „Aber, Chloe, Sie müssen mir einen Gefallen tun.“

Chloe öffnete die Tür etwas weiter und runzelte die Stirn, als sie erst Finola und dann sie betrachtete.

„Sehe ich da Tränen?“

„Dies ist gerade ein sehr emotionaler Moment. Da darf man weinen.“

„Natürlich", stimmte Chloe zögerlich zu. „Was kann ich für Sie tun, Finola?"

„Cancaln Sie alles, was für heute noch auf meinem Kalender steht. Und auch für die ganze nächste Woche."

Chloe hätte sich fast verschluckt. „Ist das Ihr Ernst? Sie haben ein paar entscheidende Management-Meetings, unter anderem eins mit Ihrem Vater."

„Mein Vater kann meinetwegen vom Dach dieses Gebäudes springen."

Jessie und Chloe schnappten nach Luft, während Finola nur lächelte.

„Er ist mir diese Zeit schuldig, und ich nehme sie mir."

„Was ist mit dem Wettbewerb?", fragte Chloe. „Und der Bilanz?"

Ihre Mutter legte einen Arm um sie und drückte ihre Schultern, sodass Jessie wohlig erschauerte.

„Cade wird sich um alles kümmern."

Chloe rang nach Worten. „In Ordnung. Wenn Sie meinen."

Die Assistentin blickte Jessie so scharf an, als sähe sie sie zum ersten Mal, und sagte: „Und Sie, so vermute ich, hängen sich weiterhin an Fin."

„Ja." Jessie lächelte Finola an. „Das kann man so sagen."

„Wir nehmen den Rest des Tages frei", verkündete Fin. „Geben Sie keine Erklärungen ab, sondern informieren Sie nur darüber, dass ich Urlaub habe und nicht gestört werden will. Egal, was passiert."

Chloe nickte. „Wollen Sie mit Cade sprechen, bevor Sie gehen?"

Fin öffnete den Mund, schloss ihn aber wieder und sah sie an. „Ich wette, du möchtest mit ihm reden."

Wollte sie das? Was hätte sie davon? Er würde sich entschuldigen. Vielleicht war er auch sauer, weil sie ihm nichts erzählt hatte. Oder er würde ihr eine Erklärung geben, weshalb er sie eingeladen hatte, wo es ihm doch nur darum gegangen war, mehr über sie herauszufinden.

Sie hatte noch die Worte im Ohr, die sie zufällig aufschnappte, als sie in Finolas Büro marschierte, um ihr Geständnis abzulegen.

Eigentlich habe ich mich nur an sie herangemacht, weil ich so argwöhnisch war.

Hatte er deshalb mit ihr geschlafen? Hatte er geglaubt, sie würde beim Sex ihre verräterischen Aktivitäten gestehen?

Nein, sie hatte Cade nichts mehr zu sagen.

„Ich will nicht mit ihm sprechen", sagte sie ruhig.

„Aber ich möchte mit dir reden."

Cade hatte Finola noch nie weinen sehen, aber da stand sie, tränenüberströmt und zitternd. Sie stieß Jessie mit dem Ellenbogen an und deutete auf den leeren Konferenzraum neben ihrem Büro. „Du solltest mit ihm reden, bevor wir gehen."

Er warf Finola einen dankbaren Blick zu, während er Jessie nach nebenan folgte. Sie trat ans Fenster und schaute hinab auf New York. Hinter ihnen fiel die Tür ins Schloss.

„Es tut mir leid, Jess."

Sie drehte sich nicht um. „Was tut dir leid, Cade? Dass du mich unter Vorspiegelung falscher Tatsachen eingeladen hast? Dass du Mutmaßungen über meine Motive angestellt hast? Oder dass du gedroht hast, den Sicherheitsdienst zu rufen, als ich mit Finola sprechen wollte?"

Endlich sah sie ihn an.

„Alles", sagte er und lehnte sich an den Tisch. „Ich hätte dir vertrauen sollen. Ich hätte die Bemerkung über den Sicherheitsdienst nicht machen dürfen, doch ich habe dich nicht nur ins ‚Waldorf' eingeladen, um die Wahrheit herauszufinden."

Ihr Gesichtsausdruck zeigte deutlich, wie wenig sie ihm glaubte.

„Was aber das Wichtigste ist, ich habe nur aus dem einen Grund mit dir geschlafen, weil es sich …" *Wie hatte es sich angefühlt? Gut? Erstaunlich?* „Weil es sich so richtig angefühlt hat."

Sie schloss die Augen und antwortete nicht. Nach einem Moment frage er: „Warum hast du es mir nicht gesagt?"

„Fin hatte ein Recht darauf, es als Erste zu erfahren."

Natürlich hatte sie das. So viel war ihm in den letzten zehn Minuten auch klar geworden, als er in seinem Büro gesessen und versucht hatte, die Puzzleteile zusammenzufügen.

„Außerdem hättest du mir sowieso nicht geglaubt." Sie legte die Hände an ihre Ellbogen und kam einen Schritt auf ihn zu. „Was sich gerade dort drüben mit Fin abgespielt hat, war der glücklichste Moment seit Langem. Ich habe darauf gewartet … eigentlich mein ganzes Leben lang …"

Ihre Stimme brach, und instinktiv streckte er die Arme nach ihr aus. „Jessie, ich freue mich für dich." Sie verkrampfte sich, als er die Hände auf ihre Schultern legte. „Woher wusstest du, dass Fin deine leibliche Mutter ist?"

„Ich habe ihren Namen herausgefunden und gesehen, dass sie auf einer speziellen Webseite registriert war."

„Du bist also nur hergekommen, um sie kennenzulernen?"

Sie löste sich aus seinem Griff. „Meine Abschlüsse in Grafik und Design sind echt, falls du darauf anspielst."

Er atmete tief durch. „Ich spiele auf gar nichts an." Eine Menge Arbeit lag vor ihnen, bis sie sich wieder so nah waren wie am vergangenen Wochenende.

„Als ich herausfand, dass Finola Elliott, die Frau, die meine Lieblingszeitschrift herausgibt, meine leibliche Mutter ist … nun, es passte einfach. Das Mode-Gen muss ziemlich stark sein", sagte sie und lächelte dünn. „Ich wollte sie kennenlernen, wollte herausfinden, ob sie ernsthaft auf der Suche nach ihrem Kind war. Deshalb habe ich mich für das Praktikum beworben."

„Und wieso bist du ihr aus dem Weg gegangen?"

„Ich fürchtete, sie müsste mir nur einmal ins Gesicht sehen und wüsste, wer ich bin."

Warum war ihm entgangen, wie sehr sie Finola ähnelte? Die elegant geschwungenen Augenbrauen, die grünen Katzenaugen, die feinen Gesichtszüge und die Sommersprossen. „Komisch, dass man manche Dinge nicht sieht, solange man nicht danach sucht", überlegte er laut. „Selbst ohne Brille hätte ich dich nicht mit Finola in Verbindung gebracht."

Einen Moment lang sah sie ihn einfach an. „Du hast mir sehr wehgetan", sagte sie schließlich.

„Es tut mir so leid, Jessie. Kannst du mir verzeihen?"

Er wartete, während sie nachdachte und vermutlich ihr Herz befragte.

„Ich kann dir verzeihen, Cade. Ich verstehe sogar, wieso du dachtest, was du gedacht hast."

Er streckte die Arme nach ihr aus, doch sie wich zurück.

„Aber ich habe deinen wahren Charakter gesehen."

„Meinen wahren Charakter?" Das klang nicht gut. „Ich hatte nur ein wachsames Auge …"

Sie hob eine Hand, um ihn zum Schweigen zu bringen. „Du hast getan, was du für richtig hieltest, und diese Firma und deine Arbeit an die erste Stelle gestellt. Das ist anerkennenswert."

„Aber?" Es musste ein Aber geben.

„Aber du hast mit mir geschlafen und die ganze Zeit Zweifel an mir gehabt."

„Das hatte ich nicht. Nicht mehr, nachdem ich das Wochenende mit dir verbracht hatte." Was konnte er sagen, damit sie ihm glaubte? „Doch dann habe ich gehört, wie du am Telefon über Geheimnisse sprachst. Und als du mir gegenüber so zugeknöpft warst, war für mich alles klar."

„Für mich ergibt das keinen Sinn."

„Jessie." Er nahm ihre Hände und zog sie in seine Arme. „Bitte gib mir eine Chance."

Er küsste sie auf das seidige, süß duftende Haar. Ihm war klar, er musste ihr Zeit lassen, ihr die Gelegenheit geben, mit den neuen Erkenntnissen fertigzuwerden, die die Welt der Elliotts vermutlich auf den Kopf stellten.

Aber dann zeige ich ihr, dass ...

Dass was?

Sie löste sich aus seiner Umarmung. „Cade, ich habe zu lange auf diesen Tag gewartet, um ihn mir ruinieren zu lassen." Damit ging sie zurück in Finolas Büro, ohne sich noch einmal umzudrehen.

Er schloss die Augen und gab sich dem Schmerz hin. Als er sie wieder öffnete, fiel sein Blick auf den gelben Pullover. Auf dem Foto an der Zeitungswand sah sie so sexy aus, so hübsch, so frisch. Alles, was er an Jessie liebte, war in diesem einen Bild festgehalten.

Was er liebte?

Ja. Warum sollte er länger dagegen ankämpfen? Dies war Liebe. Wahre Liebe.

Doch es könnte schon vorbei sein.

Für einen Mann, der es hasste, Fehler zu machen, war ihm ein Riesenfehler unterlaufen.

Jessie nippte nach einem langen, ausgiebigen Dinner in Fins Apartment an ihrem Chardonnay. Sie hatte die nackten Füße unter sich gezogen und blickte auf den dunklen Himmel über New York und die Lichter im Central Park.

Stundenlang hatten sie geredet, doch noch immer waren nicht alle wichtigen Themen angesprochen worden. Zum Beispiel, wer ihr Vater war und warum Finola ihr Kind zur Adoption freigegeben hatte.

Fin dagegen wollte erfahren, was sie im Leben ihrer Tochter verpasst hatte. Wie alt sie war, als sie zu laufen begann. Wann sie zu sprechen anfing. Wie ihre Schulzeit war. Wie es kam, dass sie sich so sehr für Mode und Design interessierte. Wie es war, auf einer Ranch in Colorado aufzuwachsen.

Erst jetzt, als sich die Nacht über die Stadt legte, schien ihre Mutter endlich bereit, ihre Fragen zu beantworten.

„Ich habe mir immer gesagt, dass ich, wenn ich dich finde, meinen Eltern vielleicht verzeihen kann."

„Was ist damals passiert?", fragte Jessie leise. „Wie bist du …" Sie stockte, denn sie konnte ihre Mutter unmöglich fragen, wie sie schwanger geworden war. Sie wollte zwar mehr über ihren leiblichen Vater wissen, doch sie würde sich nach Finola richten. „Wie bist du letztendlich zu der Entscheidung gelangt, dein Baby wegzugeben?"

Finola schnaubte wenig damenhaft, warf ihr schulterlanges Haar zurück und blickte an die Decke. „Nicht ich habe die Entscheidung getroffen, Liebes. Ich war fünfzehn, die Tochter eines unglaublich herrschsüchtigen und Furcht einflößenden Mannes, der mit einer Frau verheiratet war, die ihm nicht zu widersprechen wagte, zumindest nicht in der Öffentlichkeit. Und vergiss nicht, ich bin eine Elliott, und wir haben einen Ruf zu wahren."

Das Bild des verängstigten schwangeren Teenagers stand im Widerspruch zu dem der ambitionierten, dynamischen Herausgeberin, die sie kennengelernt hatte. „Es tut mir leid", flüsterte Jessie.

Finolas Augen blitzten. „Du kannst doch nichts dafür, Liebes. Sein Name war Sebastian Deveraux. Und ja, ich habe ihn geliebt." Ihr Gesichtsausdruck wurde weicher, und sie lächelte leicht. „Jedenfalls glaubte ich das mit meinen damals fünfzehn Jahren."

„Sebastian Deveraux." Jessie ließ den Namen ihres leiblichen Vaters das erste Mal über ihre Zunge rollen. „Klingt sexy."

„Das war er." Finola lachte leise.

„War?" Das Wort war heraus, bevor sie nachdenken konnte. „Weißt du, wo er jetzt ist?"

Finola setzte sich auf und berührte ihre Hand. „Er ist gestorben, Sweetheart. Etwa fünf Jahre nach deiner Geburt, bei einem Autounfall. Ich durfte ihn nicht wiedersehen, als meine Eltern herausfanden, dass ich schwanger war. Er kam aus einer ebenso angesehenen Familie wie ich, mit allem, was dazugehört, und seine Eltern waren über die Situation genauso unglücklich wie meine. Sie haben ihn auf eine Militärakademie geschickt, kurz nachdem meine Eltern mich in ein …", sie malte Anführungszeichen in die Luft, „… Mädchenpensionat brachten. Ein beschönigender Ausdruck für das Kloster, wo du zur Welt gekommen bist."

„Hast du …" Jessie wurde flau im Magen. „Hast du daran gedacht, mich zu behalten?"

„Du ahnst nicht, wie furchtbar es war. Als die Nonne dich weggetragen hat …" Finola zog sie in ihre Arme. „Nie im Leben werde ich diesen Moment vergessen. Diese Frau, diese schreckliche Frau in Schwarz, die mit meinem winzigen, wimmernden Baby verschwand."

Sie erschauerte. „Ich durfte dich nicht einmal im Arm halten. Nur eine Nonne hat mir zugeflüstert, dass ich eine wunderschöne kleine Tochter habe."

Jessies Herz schlug Purzelbäume.

„Seit damals habe ich mir immer wieder gesagt, dass ich eine wunderschöne Tochter habe, irgendwo. Ich habe meinen Vater verflucht", fuhr sie fort, als könnte sie nicht mehr aufhören, jetzt, wo sie einmal angefangen hatte, die Geschichte zu erzählen. „Er hatte den Nonnen aufgetragen, dich sofort wegzubringen. Er wollte nicht, dass ich auch nur einen Moment mit dir verbringe. Ich habe ihn dafür gehasst, und ich habe meine Mutter gehasst, weil sie all das zugelassen hat."

„Ach, Fin."

Finola schüttelte den Kopf. „Man sollte meinen, dass eine Frau, die so viele Kinder geboren hat, etwas einfühlsamer ist."

Würden ihre Großeltern sie auch jetzt noch nicht akzeptieren? Tiefe Sorge ergriff Jessie. Würden sie wollen, dass sie wieder verschwand?

Ein leises Klopfen an der Apartmenttür schreckte sie auf. „Ruft der Portier dich nicht an, bevor er jemanden nach oben lässt?", fragte sie.

„Nicht, wenn der Besucher im Gebäude wohnt." Finola stand auf. „Wen meinst du?"

„Mach dich bereit, Jessie. Du wirst gleich den ersten Elliott als eine Elliott kennenlernen." Sie lief auf Strümpfen durch das große Wohnzimmer an die Wohnungstür. „Bist du es, Shane?"

„Fin, was ist passiert?" Shane Elliotts Bariton dröhnte von draußen herein. „Warum hast du das Büro so fluchtartig verlassen? Chloe hat gesagt ..."

Finola riss die Tür auf und stand ihrem Zwillingsbruder gegenüber. „Was hat Chloe gesagt?"

Shane blickte an Fin vorbei auf Jessie.

„Du bist mit ihr zusammen weggegangen." Er sah seine Schwester wieder an. „Chloe sagte, dass du geweint hast und merkwürdig warst."

„Das waren Freudentränen, Shane. Komm herein, ich möchte dir jemanden vorstellen."

Shane trat in das Apartment, lächelte sie kurz freundlich an und musterte seine Schwester argwöhnisch.

„Seid ihr mitten in einem wichtigen Gespräch?"

Finolas Augen funkelten, und ihre Lippen umspielte ein geheimnisvolles, triumphierendes Lächeln.

„Shane, das ist Jessie Clayton."

Er nickte. „Ich glaube, wir haben uns schon kennengelernt. Sind Sie nicht Praktikantin bei *Charisma*?"

„Ja", sagte Jessie, während sie sich die Hände schüttelten.

„Shane. Sieh sie dir an."

Er tat es. Durchdringend und lange. Jessie stand starr vor Erwartung und Furcht da.

„Schau sie richtig an", wiederholte Finola. Sie trat neben sie und legte einen Arm um ihre Taille. „Rate, wer das ist. Siehst du es nicht?"

Shane runzelte die Stirn, betrachtete erst sie, dann Finola. Die Falte zwischen seinen Augen vertiefte sich, während sein Blick hin und her ging, dann trat er einen Schritt zurück.

„Nein!"

„Doch." Finola drückte ihre Taille.

„Heiliger …" Shanes Gesichtsausdruck verwandelte sich von Schock in Begeisterung. „Du hast sie gefunden!"

„Sie hat mich gefunden", korrigierte Finola ihn leise.

Im selben Moment stürzte Shane vor und riss sie in seine Arme. „Ich kann es nicht glauben!"

Jessie erlebte einen unglaublichen Glücksmoment. Sie schloss die Augen und ließ es zu, dass Shane sie mit der kraftvollen Begeisterung eines Onkels umarmte. Wie Fin wich er zurück, betrachtete sie und drückte sie wieder. Wie Fin hatte er unzählige Fragen und unterbrach sie immer wieder, um sein Erstaunen darüber auszudrücken, dass er sie nicht als eine Elliott erkannt hatte. Und wie Fin gab er ihr das Gefühl, willkommen und erwünscht zu sein.

Dann kamen sie auf Patrick Elliott zu sprechen, und Shane und Finola tauschten Blicke, die Bände sprachen, Bände, die Jessie gar nicht lesen wollte.

„Sagt es mir bitte gleich. Wird er mich hassen?"

Beide schwiegen.

„Was ist mit eurer Mutter?", fragte Jessie.

Wieder tauschten sie stumm Blicke, dann verschränkte Finola trotzig die Arme vor der Brust. „Es ist mir egal, was sie sagen. Sie haben dich mir weggenommen – nun, mein Vater hat es getan. Meine Mutter hat es zugelassen."

Shane legte beruhigend eine Hand an Finolas Schulter. „Es sind so viele Jahre vergangen, Fin. Ich glaube nicht, dass er noch immer ein Problem damit hat."

Seine Schwester bedachte ihn mit einem vielsagenden Blick. „Wir sprechen hier von Patrick Elliott. Kontrollfreak und Herrscher über alles, was Elliott heißt und ihm heilig ist."

„Glaubt ihr, dass er mich total ablehnen wird?", fragte Jessie. „Und eure Mutter auch?"

Shane schüttelte den Kopf. „Mom wird das tun, was das Beste für die Familie ist, aber sie richtet sich häufig nach Dad."

„Die Tatsache, dass ihr fünfzehnjähriger Liebling schwanger geworden ist, war vor dreiundzwanzig Jahren eine schlimme Sache", sagte Fin.

„Ich kann mir vorstellen, dass es immer noch ein heikles Thema ist."

Finola lächelte sie liebevoll an. „Ich passe auf. Und wenn dich irgendjemand schlecht behandelt, dann bekommt er es mit mir zu tun."

„Und mit mir." Shane sprang auf. „Ich finde, wir haben einen Grund zu feiern!"

Finola blickte zu ihm hoch. „Woran denkst du?"

Er grinste. „An eine offizielle Willkommensfeier für Jessie. Es ist an der Zeit, dass die Elliotts den Wettstreit einmal vergessen und die Tanzschuhe auspacken."

„Tanzen?" Jessie lachte.

„Genau", erwiderte Shane. „Tanz, Champagner, festliche Kleidung. Dies ist ein großes Ereignis in der Geschichte des Elliott-Clans, wie eine Hochzeit, eine Geburt oder ein goldenes Ehejubiläum."

„Shane!" Fin klatschte begeistert in die Hände. „Eine offizielle Willkommensfeier. Eine tolle Idee."

Ihr Onkel ging vor ihr in die Hocke. „Weißt du, Jessie, wir haben über die Jahre einige Familienmitglieder verloren." Traurig sah er seine Schwester an. „Unser Bruder und seine Frau kamen vor fünfzehn Jahren bei einem Flugzeugabsturz ums Leben. Ihr Tod hat eine große Lücke in der Familie hinterlassen."

„Und im Herzen unserer Mutter", fügte Finola leise hinzu.

„Gibt es einen schöneren Grund für eine Feier als die Tatsache, dass wir ein Familienmitglied gefunden haben, das so lange verschwunden war?" Er nahm ihre Hände und drückte sie. „Ich möchte es für dich tun, Jessie. Ich will ein Fest organisieren, das der Familie und der Welt zeigt, dass wir dich willkommen heißen. Darf ich?"

Jessie blinzelte ihren Onkel an, dann Finola, der Tränen über die Wangen liefen, derer sie sich nicht schämte. „Ich kann nicht glauben, wie viel Glück ich habe."

„Nein, Jessie", flüsterte Finola. „Ich bin die, die Glück hat."

„Wir müssen eine Einladungsliste erstellen", verkündete Shane. „Alle Familienmitglieder, nahe Freunde, die leitenden Angestellten der einzelnen Magazine ..."

„Nein." Das Wort war über ihre Lippen gerutscht, bevor Jessie nachdenken konnte. Auf die überraschten Blicke hin fügte sie hinzu: „Nur Familie und Freunde. Keine Kollegen."

Finola warf ihr einen verständnisvollen Blick zu. „Es ist wegen Cade, Liebes, nicht wahr?"

Ihre Mutter wusste natürlich, dass sie und Cade zusammen gewesen waren, und sie war dabei, als er sie der Spionage verdächtigte, aber Shane hatte keine Ahnung von ihrer Affäre mit dem Chefredakteur des Magazins.

Eine Affäre, mehr nicht, denn wenn es etwas mit Zukunft gewesen wäre, hätte Cade ihr vertraut.

„Weißt du, Jessie", sagte Finola schließlich, „ich vermute, Cade McMann wird einige blaue Flecke haben von den Tritten, die er sich selbst gerade gibt."

Der Gedanke verschaffte ihr leichte Befriedigung. „Also gut. Setz ihn mit auf die Liste. Warum nicht."

Trotz allem, was an diesem Tag geschehen war, sehnte sie sich insgeheim nach ihm.

11. KAPITEL

„Wo ist der Schlüssel zur Kleiderkammer?" Jessie flüsterte ins Telefon, obwohl die Büros von *Charisma* menschenleer waren.

„Was ist los?" Lainies Stimme klang verschlafen und auch etwas verärgert über den Anruf mitten in der Nacht. „Wo bist du?"

„Im Büro, und ich brauche den Schlüssel."

Jessie hatte Freitag- und Samstagnacht bei Finola geschlafen. Am Sonntag rief sie ihren Vater und Lainie an. Ihr Dad zeigte sich überglücklich, weil Finola sie so herzlich in der Familie willkommen geheißen hatte, Lainie dagegen hatte unzählige Fragen gestellt, die sie unbeantwortet gelassen hatte.

„Wie spät ist es?", fragte Lainie. „Und was machst du dort?"

„Es ist Viertel nach elf", antwortete Jessie. „Ich war bis vorhin bei Fin und wollte von dort eigentlich direkt nach Hause kommen, doch dann fiel mir ein, dass das Frühlingsfest-Projekt in die Vorproduktion muss."

„Warum kümmerst du dich nicht morgen darum?"

Jessie hörte, wie Lainie sich im Bett umdrehte, vermutlich, um die Nachttischlampe anzuschalten.

„Fin und ich nehmen die ganze Woche frei. Wir hängen einfach nur rum, reden und reden und planen die Party, von der ich dir erzählt habe."

Die Wahrheit war, dass sie noch nicht bereit war, ihren Kollegen gegenüberzutreten. Vor allem wollte sie Cade nicht sehen. Noch nicht. Ihre Gedanken und Gefühle fuhren Achterbahn. „Ich habe nur kurz hereingeschaut und diese eine Geschichte erledigt, sodass Scarlet sich nicht darum kümmern muss."

„Jessie, du bist Fin Elliotts Tochter. Deine *Cousine* Scarlet wird nicht länger deine *Chefin* Scarlet sein und dir verzeihen, wenn du es dieses Mal schleifen lässt."

„Lainie, hör auf damit. Ich bin immer noch dieselbe Person. Und ich habe einen Job zu erledigen."

„Okay. Schön. Du bist einfach unsagbar loyal, aber was willst du in der Kleiderkammer?

„Ich brauche das mintgrüne Kleid von de la Renta."

„Verstehe. Ein hinreißendes Teil. Und genau deine Größe."

„Finola hat gesagt, ich darf es bei meiner Willkommensfeier tragen."

„Oh Mann. Der Chiffontraum ist der Knaller bei deinen grünen Augen und deiner Figur. Du hast recht."

„Danke. Also, wo ist der Schlüssel? Beeil dich. Es ist stockdunkel hier und ziemlich unheimlich."

„Öffne die unterste Schublade meines Schreibtisches."

Jessie tat es.

„Greif nach ganz hinten links. Fühlst du den Lederbeutel?"

„Habe ihn. Was ist das?"

„Darin ist der Schlüssel zur Kammer."

Als Jessie einen verzweifelten Seufzer ausstieß, verteidigte Lainie ihr Versteck: „Allein dieses eine Kleid kostet sechs Riesen, Sweetheart. Insgesamt befinden sich in der Kleiderkammer Kleidung und Accessoires im Wert von zweihunderttausend Dollar. Ich will einfach nicht, dass jemand mitten in der Nacht dort einbricht."

„Wie deine Mitbewohnerin."

„Nun, du bist Finola Elliotts Tochter."

„Hör auf", schimpfte Jessie. „Kein Wort mehr."

„Ich habe das Apartment geputzt."

Jessie runzelte die Stirn beim plötzlichen Themenwechsel. „Warum?"

„Ich werde eine neue Mitbewohnerin finden müssen, nun, wo du …"

„Schluss jetzt, Lainie, ich bleibe bei dir wohnen." Sie glaubte, ein Geräusch auf dem Flur zu hören, und starrte in die Dunkelheit. Nichts. „Bis dann, mach's gut."

Mit dem Schlüssel in der Hand schlüpfte Jessie in die Kleiderkammer und schaltete das Licht hinter dem Vorhang zum Umkleidebereich an. Sie wollte nicht, dass der Sicherheitsdienst auf sie aufmerksam wurde. Könnte schwierig werden, ihn davon zu überzeugen, dass die Herausgeberin von *Charisma* ihre leibliche Mutter war und ihr die Erlaubnis erteilt hatte, sich ein Designerkleid für eine Party auszuleihen.

Nein, besser, sie ging einer solchen Begegnung und ihren Folgen aus dem Weg.

Auf Zehenspitzen schlich sie durch den vollgestopften Hauptbereich, ignorierte die Regale und Ständer mit Kleidung und Schuhen und den dreiteiligen Spiegel und begab sich geradewegs in den hinteren Teil, wo das Modell von de la Renta hing. Ehrfurchtsvoll öffnete sie die schwarze Schutzhülle und ließ die helle Seide durch ihre Finger fließen. Sie hatte sich gleich in dieses Kleid verliebt, als sie es sah. Das Oberteil war ein schlichtes, eng anliegendes Mieder, der glockig ausgestellte Rock bestand aus mehreren Lagen Chiffon und fiel kaskadenartig zu Boden.

Der Mann war ein Genie. War es ein Wunder, dass sie ihr Pferd nach ihm benannt hatte? Vielleicht würde sie sogar ihr erstes Kind Oscar nennen. Jessie nahm das Kleid vom Bügel. Sie wollte diese Kreation nicht in der U-Bahn nach Hause bringen, ohne absolut sicher zu sein, dass sie es auch auf der Party tragen konnte, deshalb musste sie es anprobieren.

In Sekundenschnelle hatte sie die Jeans ausgezogen, die sie sich von Finola geliehen hatte, und das weiße T-Shirt. Sie hakte ihren BH auf und blickte auf ihre Unterwäsche. Zweckdienlich, aber ein Verbrechen unter diesem Traumkleid. Sie entledigte sich ihres Slips, ging nackt zu den Wäschekästen und nahm einen Hauch von pfirsichfarbener Seide und Spitze heraus. Der String war nur einmal auf einem Tisch für ein Feature mit dem Thema „Undercover-Agenten" fotografiert worden. Sie zog ihn an und stieg vorsichtig in den Chiffontraum.

Aus der Schuhkammer holte sie ein Paar silberne High Heels und schlüpfte hinein. Lächelnd stellte sie sich vor den dreiteiligen Spiegel und drehte eine Pirouette.

„Ich liebe dich, Oscar de la Renta." Das Kleid war einfach perfekt. Sie würde sich schön, selbstbewusst und wunderbar fühlen.

Und Cade würde sie sehen.

Seufzend löste sie ihren Zopf, damit das Haar locker über die Schultern fiel. Dabei stellte sie sich vor, wie sie es am Samstag tragen würde. Dazu ein leichtes Make-up, das farblich zum Kleid passte und ihre Augen funkeln ließ.

Er würde mit ihr tanzen.

Bei dem Gedanken schoss ein Prickeln durch ihren Körper. Sie starrte in den Spiegel, doch statt sich selbst zu sehen, sah sie seinen Gesichtsausdruck, wenn er sie in dieser traumhaften Abendrobe sähe. Sie stellte sich vor, dass er eine Hand ausstreckte, um das Kleid zu berühren, und schmeckte fast seinen gefühlvollen Kuss nach einem langsamen Tanz.

Plötzlich erstarrte sie. Sie vermisste ihn so sehr, dass es wehtat. „War er das Beste, was mir je passiert ist? War es falsch, ihn wegzustoßen?", murmelte sie. „Wie soll ich ohne ihn leben? Ich liebe ihn."

„Bist du sicher?"

Jessie schrie auf, als sie im Spiegel Cades Gesicht erblickte, und wirbelte herum. Er stand in der halb geöffneten Tür. „Was machst du hier?"

„Ich höre zu, wie du de la Renta verehrst." Er betrachtete sie mit begierigem Blick. „Und ich genieße den Anblick."

„Fin hat mir erlaubt, es auszuleihen. Kein Grund also, den Sicherheitsdienst zu rufen."

„Jessie." Seine Stimme wurde weicher. „Habe ich gesagt, dass ich das tun will?" Er fixierte sie eindringlich. Im Raum war es still und sehr warm.

„Das Kleid ist wie für dich gemacht."

„Danke."

„Du kannst also nicht ohne ihn leben. Du liebst ihn."

„Ich habe von meinem Pferd gesprochen", sagte sie schnell. „Und du scheinst mich gern zu belauschen."

Er zog eine Augenbraue hoch. „Ich sah Licht und musste nachschauen, was los ist."

„Was machst du um diese Uhrzeit hier?"

„Arbeiten."

„Um halb zwölf an einem Samstagabend?"

„Ich schlage mir das Wochenende um die Ohren."

Was hatte Finola gesagt? Sein Hintern dürfte ganz blau sein von den Tritten, die er sich selbst gibt. „Das wird schon wieder", sagte sie. Das wunderschöne Kleid und die schmachtenden Blicke eines tollen Mannes machten sie selbstbewusst.

„Glaubst du?" Er trat einen Schritt näher.

Sie musste das Spiel beenden, bevor sie es verlor. „Du wirst darüber hinwegkommen."

Das gedämpfte Licht warf einen Schatten auf seine Bartstoppeln. Sie hätte gewettet, dass er sich seit Freitag nicht rasiert hatte.

„Ich will nicht über dich hinwegkommen, Jessie."

„Was willst du dann?" Ein Schauer durchrieselte sie, und sie verspürte vertrautes und heftiges Verlangen.

„Dich."

„Cade." Sie hörte nicht, dass sie seinen Namen aussprach, so laut rauschte das Blut in ihren Ohren.

Er stand nur eine Armlänge entfernt, nahm mit seiner Präsenz den ganzen Raum ein, ließ ihr kaum Luft zum Atmen und blockierte ihren gesunden Menschenverstand. Aber wer musste schon atmen? Wer musste sich bewegen? Und der gesunde Menschenverstand wurde sowieso absolut überbewertet.

„Jessie."

Er streckte die Hände aus, legte sie an ihre Taille, so vorsichtig, als wäre sie eine kostbare Ming-Vase, und drehte sie herum, sodass sie in den Spiegel blickte.

Alles, was sie sah, war ein Meer aus hellgrüner Seide und Chiffon und dahinter Cade, wie er den Kopf senkte, um ihre nackte Schulter zu küssen. Seine Lippen berührten flüchtig ihre Haut.

„Ich habe den schlimmsten Fehler meines Lebens gemacht", flüsterte er und schob einen Finger unter einen der Spaghettiträger. „Und ich möchte ihn gern wiedergutmachen."

Sie spürte, wie ihr Widerstand bröckelte und es ihr immer schwerer fiel, einen klaren Gedanken zu fassen.

War sie nicht total wütend auf ihn? Hatte er ihr nicht das Herz gebrochen?

„Hör mir bitte zu", sagte er und hielt den Blickkontakt im Spiegel. „Es tut mir furchtbar leid, dass ich dir wehgetan habe. Ich würde alles tun, um das ungeschehen zu machen, um eine zweite Chance zu bekommen, um dich nicht zu verlieren."

Sie wollte seinen Namen sagen, doch kein Laut kam über ihre Lippen, als sie die Anspannung und den Ernst in seinen Augen sah.

„Jessie, ich werde nicht gehen", fuhr er fort und streichelte sie zärtlich. „Und ich werde nicht darüber hinwegkommen." Mühelos schob er erst einen Träger über ihre Schulter, dann den zweiten. „Ich werde dich nicht vergessen." Das Oberteil des Kleides rutschte gefährlich von ihren Brüsten hinab. „Ich werde nicht aufhören …" Er zog es tiefer und tiefer. Die rosigen Knospen schauten bereits hervor. „Es sei denn, du willst es."

Sie legte den Kopf an seine Brust und überließ sich den erregenden Gefühlen, ihrer Begierde und Cade.

Dies war es, was sie wollte.

Das Sechstausend-Dollar-Traumkleid aus hellgrüner Seide und Chiffon fiel ihr zu Füßen, und sie stand nur mit einem hauchdünnen winzigen Slip bekleidet da.

Im Spiegel beobachtete sie, wie Cade ihre Brüste umfasste. Aufreizend langsam umkreiste er die harten Brustwarzen und rieb sie zwischen seinen Fingern. Jessie bekam weiche Knie, und ihre Hormone spielten verrückt.

Verführerisch ließ er eine Hand auf ihren Bauch gleiten und zog sie an sich, damit sie seine Erregung durch die raue Jeans an ihrem bloßen Po spüren konnte. Zart strich er mit den Fingerspitzen über den Hauch von nichts, das von schmalen Bändern gehalten wurde und ihren Schoß nur notdürftig bedeckte.

Jessie beobachtete gebannt, wie er den String mit einem Finger herunterzog und das dunkle Dreieck entblößte. Sie meinte, seinen heißen

Atem, sein hämmerndes Herz und den Druck seiner Erektion überdeutlich zu spüren.

Während er ihre Schultern küsste, strich er mit beiden Händen über ihren Bauch bis zwischen ihre Beine, drang mit einem Finger in sie ein und entlockte ihr ein tiefes Stöhnen, so fantastisch war das. Dabei saugte er im selben bedächtigen Rhythmus an der sensiblen Stelle hinter einem ihrer Ohren, wie er seine Hand bewegte. Jessie erschauerte hilflos in seinen Armen.

„Ich will dich, Jessie."

Sie schloss die Augen und nickte, unfähig zu sprechen.

Mit einer einzigen Bewegung hob er sie über den Berg von Chiffon und kickte den Traum von einem Kleid zur Seite, dann drehte er sie zu sich um und drückte sie an den Spiegel.

Sie dachte weder an den Chiffontraum noch daran, wo sie sich befanden, oder an die Möglichkeit, dass sie erwischt werden könnten, sondern spürte nur das kühle Glas an ihrem Rücken und Cades erregende Berührungen.

Ehe sie sichs versah, küsste er sie ungestüm, wobei er zufrieden seufzte. „Nichts", stieß er stöhnend zwischen weiteren Küssen hervor. „Ich konnte an nichts anderes denken als an dich."

Er presste sich an sie, und seine Hände glitten ruhelos über ihren Körper, während seine Lippen sie liebkosten, ihren Hals, ihre Ohren, ihre Wangen, ihren Mund. Jessie öffnete die Augen und sah Cade, wie sie ihn sich vorgestellt hatte in seinem umwerfenden schwarzen T-Shirt und der sexy Jeans, straff und muskulös, sah, wie er ihren nackten Körper streichelte. Die Reflexion in den beiden Seitenspiegeln schien alles Millionen Mal widerzuspiegeln.

„Es ist Magie", flüsterte er ihr zu, als er sah, wohin sie schaute.

„Es ist Wahnsinn", erwiderte sie. „Und ich hoffe, es ist ..."

„... kein Fehler", beendete er den Satz für sie. „Glaube mir, ich habe einige Fehler gemacht, aber das hier ist keiner."

Könnte sein, dass wir das morgen anders sehen, dachte sie und seufzte leise.

Wieder küsste er sie und arbeitete sich so tiefer. Nichts könnte sie davon abhalten, im Spiegel zu beobachten, wie er vor ihr in die Hocke ging und ihre Brüste mit seinem Mund verwöhnte, wie er mit den Händen über ihren Bauch strich, mit der Zunge ihren Bauchnabel umkreiste und schließlich ihren Venushügel küsste.

Während er ihr den String vollständig herunterzog und ihn vorsichtig von ihren Füßen schob, spürte sie seine Küsse auf der Innenseite ihrer Oberschenkel. Als er zu ihr aufblickte, lächelte er verführerisch.

„Die Schuhe kannst du anbehalten."

Er richtete sich auf und betrachtete sie, den Blick aus zinngrauen Augen fest auf sie gerichtet, die Zähne zusammengebissen, seine Atmung flach und schnell.

„Absolut kein Fehler", sagte er erneut.

„Du hast dich schon einmal getäuscht."

„Dieses Mal nicht." Er schmiegte sich an sie. „Dies ist kein Fehler."

„Und selbst wenn es einer wäre", sie zerrte das T-Shirt aus seiner Jeans, „ich will ihn machen."

Mit einer Bewegung streifte er das T-Shirt ab, dann packte er sie und presste sich mit ihr an das kühle Glas, wobei er sie von den Füßen riss. Es war, als würde ein heißer Strahl ihren Schoß treffen. Sie angelte nach dem Reißverschluss seiner Jeans. „Mach schon, Cade."

„Warte." Er stellte sie ab, holte ein Kondom aus der Hosentasche und steckte ihr die Packung zwischen die Zähne. „Damit du die Finger nicht von mir lässt."

Während er sich seiner restlichen Kleidung entledigte, taste Jessie nach jedem Zentimeter nackter Haut, den sie erreichen konnte. Er nahm ihr das Kondom ab und streifte es sich über, ohne sie aus den Augen zu lassen, und sobald er fertig war, schob er ihre Beine auseinander, drängte sich an sie und presste sie ans kühle Glas. Dabei eroberte er ihren Mund mit der gleichen Präzision wie ihren Körper.

Alles war heiß und feucht und absolut richtig, Jessie umklammerte seine starken Schultern, stieß sich ab und legte die Beine um seine Hüften. Er drang tief in sie ein, und sie atmete genüsslich den Duft von Sex ein, der den kleinen Raum erfüllte, bei jedem seiner Stöße lag ihr Name auf seinen Lippen. Schweiß und die Reibung am Glas erhitzten ihre Haut, während sie sich aneinanderdrängten.

Cades Gesicht war gerötet, sein Blick intensiv. Sie sah sein Vergnügen und gleichzeitig seine Hilflosigkeit.

„Sieh uns an, schau in den Spiegel", forderte er sie auf, und als sie es tat, stockte ihr der Atem beim Anblick dieses wunderbaren Mannes, der gerade Sex mit ihr hatte.

Die Schönheit dessen, was sie sah, animalische Wildheit, pures Leben, gab ihr den Rest. Ein lustvoller Aufschrei drang aus ihrer Kehle, als sie auf dem Höhepunkt von ihren Empfindungen mitgerissen wurde.

Als ihr Blick sich langsam wieder aufklarte, nach Ewigkeiten, wie es ihr schien, sah sie im Spiegel, dass Cade die Zähne zusammenbiss und tief und genüsslich seufzte, dann gab er seine Zurückhaltung auf und nahm sie mit scharfen, harten Stößen, wobei er sie fest umfangen hielt. Ausgepowert und atemlos legte er schließlich den Kopf an ihre Schultern und schloss die Augen. Sie sah, wie sich seine Lippen bewegten, sah, dass er die Worte flüsterte, die auch ihre Gedanken beherrschten: Ich liebe dich.

Allerdings wusste er nicht, dass sie ihn beobachtete, und es laut auszusprechen könnte der größte Fehler überhaupt sein.

„Ich fühle mich wie eine Herumtreiberin."

Jessie schmiegte sich an ihn, und Cade streichelte ihre zarte Haut und küsste sie auf den Nacken. Sie erschauerte, als er mit der Zunge die kleine Kuhle an ihrem Hals kitzelte.

„Ich meine, ich habe seit Tagen nicht mehr zu Hause geschlafen. Freitag- und Samstagnacht war ich bei Fin, und jetzt bin ich bei dir."

„Tut mir leid, aber ich fürchte, auf dem Fußboden der Kleiderkammer wäre es zu ungemütlich geworden, und zu mir war es näher als zu dir. Ganz abgesehen davon hast du eine Zahnbürste hier."

„Bei Fin habe ich nun auch eine, also bin ich doch eine Herumtreiberin."

Er lachte und zog sie auf sich, denn er war schon wieder erregt und sehnte sich nach ihrer Wärme. „Na gut, du bist eine Herumtreiberin, aber eine sehr verführerische, von der ich nicht genug bekommen kann." Er küsste sie. „Komm, ich muss erst in einer Stunde ins Büro."

„Und ich habe diese Woche frei."

„Du musst vielleicht nie wieder arbeiten." Er atmete ihren betörenden Duft ein, während er ihren Po umfasste und sie auf sich zog. „Du bist die Tochter der Herausgeberin, die Cousine deiner Ausbilderin und …"

Ihr hübsches Lächeln verblasste, und sie rutschte von ihm hinunter.

„Genau das wollte ich eigentlich nicht hören. Ich will einen Job haben."

„Den hast du. Dein Schattenpraktikum garantiert dir praktisch eine Stelle als Redaktionsassistentin. Das weißt du."

„Ich möchte, dass es fair zugeht", sagte sie und funkelte ihn an. „Nicht, weil du mit mir schläfst …"

Er öffnete den Mund, um zu protestieren, doch sie legte einen Finger an seine Lippen und fuhr fort: „Oder wegen der Umstände meiner Geburt. Ich will den Job, weil ich gute Arbeit leiste."

„Das tust du", versicherte er ihr. „Du wärst auch als Schattenpraktikantin auserwählt worden, wenn du mir nicht aufgefallen wärst." Er hauchte zarte Küsse auf ihren Unterarm. „Du hattest bereits eine glänzende Beurteilung von Scarlet."

Sie betrachtete ihn einen Moment. „Wissen das auch die anderen?"

Er zuckte mit den Schultern. „Gerede am Arbeitsplatz gibt es immer, Jess. Du musst darüberstehen. Du hast dich bei *Charisma* bewährt, und ich möchte dich als Mitarbeiterin haben. Damit ist für mich die Diskussion beendet."

„Bis wir uns trennen."

Er erstarrte. „Das werden wir nicht."

Sie warf ihm einen herausfordernden Blick zu. „Wie kannst du da so sicher sein? Du weißt, ich habe einen Artikel zu diesem Thema Korrektur gelesen. Derjenige, der auf der Karriereleiter weiter unten steht, verliert unweigerlich seinen Job und bekommt keine Referenzen, wenn eine Büroaffäre endet. Deine Karriere mag dadurch nicht beeinflusst werden, aber meine könnte zerstört sein."

„Zunächst einmal liest du zu viele Zeitschriften. Und zweitens ist dies keine Büroaffäre."

„Eine Kleiderkammeraffäre?" Sie lachte.

„Ich liebe die Kleiderkammer." Bei der Erinnerung daran stöhnte er genüsslich.

„Jetzt im Ernst. Das sind Tatsachen. Und sobald es sich herumgesprochen hat, dass ich eine Elliott bin, wird niemand glauben, dass ich mir meinen Platz hier erarbeitet habe."

Er konnte nicht leugnen, dass ihre Sorge berechtigt war. „Ich kann dich verstehen", sagte er. „Aber was sollen wir tun? Unsere Gefühle verbergen? So tun, als gäbe es sie nicht? Sollen wir uns verhalten, als wären wir nicht aneinander interessiert?"

„Ja."

„Das will ich nicht. Ich will mich nicht verstecken." Er musste grinsen. „Höchstens in der Kleiderkammer."

„Ich möchte es geheim halten. Bitte, Cade, ich will nicht, dass es irgendjemand weiß. Lass mich erst diese Hindernisse, wie du es nennst, mit den Elliotts aus dem Weg räumen."

Wie lange würde das dauern? „Kann ich dich in der Zwischenzeit sehen?"

„Heimlich."

„Ich muss es wohl akzeptieren." Es musste ihm aber nicht gefallen.

12. KAPITEL

Jessie wählte die Nummer ihres Vaters, kaum dass sie die U-Bahn-Station verlassen hatte. Die Woche war nur so verflogen. Die Tage verbrachte sie mit Finola und auserwählten Mitgliedern der Familie, abends stahl sie sich davon, um lange, leidenschaftliche Nächte mit Cade zu verbringen.

„Hallo, Dad", meldete sie sich, während sie durch die Straßen der Upper West Side marschierte. „Erinnerst du dich noch an mich?"

„Ich weiß nicht", sagte er neckend. „Bist du nicht meine beste Rancherin, die, die nach New York City abgehauen ist?"

Sie lachte. „Daddy, es tut mir leid, dass ich mich so rargemacht habe, aber das war eine unglaubliche Woche."

„Den Eindruck habe ich auch. Immer noch verliebt?"

Ihr Herz machte einen Satz. „In Fin? Natürlich. Wir verbringen eine tolle Zeit." Ihre Hand, in der sie die zwei Bloomingdale-Tüten hielt, verkrampfte sich. „Wir gehen shoppen, wir reden und … ja, sie ist eine gute Freundin geworden."

„Das freut mich, Sweetheart. Sag, wann kommst du nach Hause?"

„Mein Praktikum dauert bis zum Frühjahr." Sie schluckte hart und stieß den nächsten Satz aus, während sie selbstbewusst eine Straße überquerte. „Und ich hoffe, dass ich danach einen Fulltime-Job bei *Charisma* bekomme."

Lautes Gehupe übertönte die Stille am anderen Ende der Leitung.

„Dad? Bist du noch da?"

„Ich denke nur nach."

Nur seine Tochter konnte das winzige Beben aus seiner Stimme heraushören. „Aber vorher besuche ich dich, Dad. Versprochen."

„Oder ich komme nach New York. Ich vermisse dich, Jessie."

„Daddy, ich vermisse dich auch." Sie blieb an der Straßenecke stehen und starrte auf das rote Backsteinhaus, in dem sie wohnte. Plötzlich stiegen ihr Tränen in die Augen. War das jetzt ihr Zuhause, dieses in die Jahre gekommene Gebäude in einer Großstadt, in dem sie sechsunddreißig Stufen hochsteigen musste, um in eine Wohnung zu gelangen, die nicht größer war als Oscars Stall?

Ja. War es. Das bedeutete aber nicht, dass sie nicht zu Besuch auf die Silver Moon Ranch zurückkehren konnte. Die war ebenfalls ihr Zuhause. „Weißt du was? Ich komme nächsten Monat für ein langes Wochenende."

„Das wäre wunderbar." Erleichterung schwang in seiner Stimme mit.

Jessie kam eine Idee. Finola hatte ihr gerade am Nachmittag gesagt, dass sie sich wünschte, ihren Vater kennenzulernen. Quid pro quo nannte sie es. Als Gegenleistung für all die Zeit, die sie sich für die Elliotts nahm. „Ich würde gern Fin mitbringen, Dad. Damit sie dich kennenlernt."

Er schnaubte. „Diese Städterin will auf eine Rinderfarm nach Colorado kommen? Weiß sie, dass es hier keine Geschäfte gibt?"

Jessie unterdrückte ein Lächeln und fragte sich, ob ihm der Gedanke Angst machte, dass Finola Elliott auf seine Ranch kam.

„Du wirst sie mögen." Das war vielleicht etwas weit hergeholt, doch sie klammerte sich an die Hoffnung, dass sie mit dieser spontanen Idee alle glücklich machen konnte. „Wie wäre es mit dem Columbus-Day-Wochenende? Wir haben die Februarausgabe bis dahin fertig, und Fin und ich könnten von Freitag bis Dienstag kommen."

Würde sie es so lange ohne Cade aushalten?

„Perfekt."

Als sie die Haustür öffnete, fiel ihr Blick auf den Fußboden. Und die Treppe. Und den Absatz in der ersten Etage. „Oh nein …"

„Was ist?", fragte ihr Vater.

„Flieder", flüsterte sie.

„Flieder?"

So weit das Auge reichte, waren der Boden und die Treppe mit Fliederblüten bedeckt.

„Oh, Cade." Ihr quoll das Herz über vor Liebe zu ihm.

„Wovon redest du, Honey?"

„Ach nichts, Daddy. Mir hat nur jemand etwas vor die Tür gelegt."

Vorsichtig stieg sie auf Zehenspitzen über die Blüten in die erste Etage. Auch hier war der Boden mit Flieder bedeckt.

„Wer ist Cade?"

Dass Eltern aber auch nichts entging. „Er ist ein … Kollege."

„Der Chefredakteur", sagte ihr Vater wissend. „Der, den du vor einiger Zeit auf einen Drink getroffen hast. Wegen des Schattenpraktikums."

Die Stufen zur zweiten Etage waren ebenfalls mit Blüten übersät. „Das ist unglaublich."

„Was?"

Sie unterdrückte einen entzückten Aufschrei. „Dass du so gut zuhörst, Dad. Egal, was ich dir erzähle."

„Natürlich tue ich das. Ist er da, dieser Cade?"

Irgendwie schon. Sie stieg die letzten Stufen in die dritte Etage hinauf. „Nein. Ich bin jetzt zu Hause. Vor meinem Apartment. Da sind ja noch mehr!"

An der Tür stand ein riesiger Strauß in einer Glasvase. Zwischen den Blüten steckte eine Karte.

„Mehr von was?"

„Tut mir leid, Dad. Ich muss Schluss machen … da ist eine Nachricht."

„Honey, bist du ehrlich zu mir, was diesen Cade betrifft?"

Sie nahm die Karte und lehnte sich an die Tür. Ihr Blick schweifte über das Meer von Blüten im Flur. „Nun", sagte sie, „ich bin irgendwie …"

„Du bist verliebt."

Sie lachte. „Ja. Ich weiß nicht. Vielleicht."

„Am besten bringst du ihn auch gleich mit auf die Ranch. Ich will sehen, ob er reiten kann."

„Nein, das geht nicht. Er kann nicht mit mir nach Colorado kommen."

„Warum nicht?"

„Weil ich es geheim halten möchte. Wir arbeiten zusammen. Er ist gewissermaßen mein Chef."

Ihr Vater räusperte sich. „Mein Engel, ich kann mir vorstellen, wer die Leidtragende ist, wenn aus euch nichts wird. Ich möchte nicht, dass er dir das Herz bricht."

Jessie nahm die Karte aus dem Umschlag.

Mach keinen Fehler, stand auf der vorderen Seite. Sie öffnete sie nicht, sondern antwortete ihrem Vater: „Ich passe auf mein Herz auf, Dad."

„Du weißt, dass eine Affäre mit einem Kollegen, vor allem mit dem Chef, ein beruflicher Selbstmord sein kann, nicht wahr?"

Affäre. Das traf sie wie ein Dolchstoß. „Ich weiß."

„Was ist dir also wichtiger? Dieser Mann oder dein Job?"

Sie öffnete die Karte.

Ich werde dich heute Nacht vermissen. In Liebe. Cade.

„Kann ich nicht beides haben?"

„Ich weiß nicht", entgegnete er ruhig. „Ich wünschte, ich könnte deine Mutter fragen. Sie wüsste, was du tun musst."

Jessie Blick fiel auf den Flieder. Ein vertrauter, tröstlicher Duft stieg ihr in die Nase.

„Sie ist da", flüsterte sie.

Alles im Starlight-Roof-Ballsaal hoch über New York City funkelte. Die Kristallgläser, die Spitzkerzen auf den Tischen, die winzigen weißen Lichter in der Decke des Saals, aber vor allem strahlte Finola, die in ihrem trägerlosen schwarzen Kleid, das ihre Figur umschmeichelte, wunderschön aussah.

Jessie stand an einem der großen Fenster in dem legendären Saal, bewunderte das Ambiente und ließ sich von der magischen Atmosphäre verzaubern.

Egal, wie Patrick und Maeve reagieren würden, sie fühlte sich geliebt und willkommen. Jetzt hatte sie zwei Familien, das war ein Geschenk, mit dem sie nicht wirklich gerechnet hatte.

Würden diese beiden Leben jemals miteinander verschmelzen? Könnte ihr manchmal etwas ruppiger Vater mit der Champagner trinkenden Frau warm werden, die sie auf die Welt gebracht hatte? Jessie wünschte sich, dass er Finola ebenso mochte, wie sie es tat, und dass er erkannte, dass sie immer die Tochter von Travis und Lauren Clayton blieb, auch wenn Finola und sie Freundinnen und enge Vertraute sein würden. An diesem Abend aber musste sie sich mit der New Yorker Seite ihrer Familie auseinandersetzen.

Mit Patrick und Maeve – und Cade.

„Er wird nicht kommen."

Jessie wirbelte herum und blickte in Shane Elliotts grüne Augen.

„Cade?"

Ein überraschtes Lächeln erhellte sein Gesicht. „Nein. Cade hat sofort zugesagt, als er die Einladung erhielt. Ich meinte Patrick."

„Elliott?"

Shane zog eine Augenbraue hoch. „Ich kenne keinen anderen."

Bevor sie antworten konnte, mischte Finola sich ein. „Was ist los?"

Jessie tauschte einen kurzen Blick mit Shane. Aus dem Augenwinkel sah sie, dass Finola trotzig das Kinn hob.

„Mir war klar, dass er nicht kommen würde", sagte ihre Mutter.

„Wir sind nicht sicher", erwiderte Shane. „Aber Liam hat mir erzählt, dass Dad gestern, als er das Büro verließ, sagte, er und Mom wollten das Wochenende zu Hause verbringen und sich entspannen."

Dieses Zuhause, so wusste Jessie, war ein luxuriöses Anwesen in den Hamptons, genannt *The Tides*. Patrick pendelte mit dem Helikopter, daher war die Entfernung zwischen seinem Haus und der Stadt kein Hindernis. Wenn er nicht kam, dann nicht, weil er nicht konnte, sondern weil er nicht wollte.

Sie ärgerte sich wegen ihrer Enttäuschung, noch schlimmer aber war es, zu sehen, wie es Finola traf. „Es ist in Ordnung", sagte sie leise. „Wirklich."

„Nein, das ist es nicht", konterte Finola, „doch es ist mir egal."

Es war ihr nicht egal, und Jessie wusste es. Liam kam mit einem Drink in der Hand auf sie zu. Er war einer der Ersten der dreihundert geladenen Gäste.

Finola legte einen Arm um ihre Schultern und sagte: „Hast du schon meinen Neffen kennengelernt? Liam Elliott?"

„Nicht offiziell."

„Liam, das ist Jessie Clayton. Meine Tochter. Jessie ist bei Adoptiveltern in Colorado aufgewachsen."

„Willkommen in der Familie, Jessie." Liam schüttelte ihr die Hand und betrachtete einen Moment ihr Gesicht, dann beugte er sich zu ihr und sagte leise: „Ich kann verstehen, warum Cade dich vom Markt genommen hat."

Jessie schnappte nach Luft.

„Cade?", fragte Shane. „Von welchem Markt?"

Liam zwinkerte ihr zu, und Fin fragte: „Stimmt es, dass Vater dir gesagt hat, er werde nicht kommen?"

Liams Blick wurde weich. „Er hat es nicht direkt ausgesprochen, aber ich glaube nicht, dass er sich blicken lässt, tut mir leid."

Sie stieß verärgert die Luft aus und schloss kurz die Augen. Jessie legte einen Arm um Fins Taille. „Lass dir dadurch nicht den Abend verderben."

„Du hast recht. Und sieh nur, wer da ist!" Finola strahlte. „Summer und Zeke. Sie hatten die weiteste Anreise."

Jessie hatte Scarlets Zwillingsschwester einmal getroffen und die dezentere Version der New Yorker Schönheit sofort gemocht. Ihr Blick fiel auf Summers Verlobten, den berühmten Rockstar Zeke Woodlow. In den Büros von EPH kursierte immer noch die Geschichte, wie Summer ihn kennengelernt hatte, indem sie sich als die schrillere der beiden Schwestern ausgab.

Fin zog sie in die Richtung der Neuankömmlinge. „Komm, ich stelle dich deiner Cousine vor, dann lernst du auch den Bad Boy des Rock 'n' Roll kennen."

Jessie beobachtete, wie Zeke seiner Summer etwas zuflüsterte. Als die lachte, wurden seine attraktiven Gesichtszüge weicher. „Er sieht gar nicht so böse aus", sagte sie leise.

Finola nickte lächelnd. „Es ist alles Show. Raue Schale, weicher Kern, vor allem, wenn es um Summer geht."

Kurz darauf trafen Scarlet und ihr Verlobter John Harlan ein. „Spar dir deine Rede, Fin", sagte sie und legte einen Arm um Jessie. „Ich weiß bereits, dass sie etwas Besonderes ist."

Als Nächster gesellte sich Gannon Elliott zu ihnen mit seiner schwangeren Frau Erika. „Das Beste daran, dass Fin dich gefunden hat, ist dies", sagte er und deutete auf den sich füllenden Ballsaal.

„Die Party?", fragte Jessie.

Gannon lächelte Finola an. „Ein wundervoller Grund, für ein paar Stunden den Wettstreit zu vergessen und gemeinsam mit Freunden die Familie zu genießen, die immer größer wird." Er legte eine Hand an Erikas Babybauch.

Alle lachten und sprachen über die geplante Doppelhochzeit der Zwillinge. Scarlet und Fin sorgten dafür, dass sie in die Unterhaltung einbezogen wurde, sodass sie Schritt für Schritt die Elliotts kennenlernte. Die meisten zumindest. Dass ihre leiblichen Großeltern nicht kamen, nagte an ihr und an Finola ebenfalls, wie Jessie bemerkte, da sie beide einige Male erwartungsvoll zur Tür blickten. Allerdings hielten sie nicht Ausschau nach demselben Mann.

Sie wussten, wo Patrick Elliott war, aber wo war Cade?

Innerhalb einer Stunde war der Saal gut gefüllt mit Damen in eleganten Abendroben und Herren im Smoking. Die Band spielte leisen Jazz, überall waren fröhliches Lachen und angeregte Unterhaltungen zu hören.

Obwohl Jessie fast die gesamte Familie schon einmal im Büro gesehen hatte, stellte Finola sie allen offiziell vor. Jedes Mal etwas anders, aber immer mit derselben Botschaft: Das ist meine leibliche Tochter, und wir heißen sie mit offenen Armen willkommen.

Hand in Hand schlenderten sie von einer Gruppe zur nächsten. Zwischendurch blieb Finola stehen, um zwei Sektgläser von einem Tablett zu nehmen.

„Hier, trink etwas und hör auf, immer zur Tür zu schauen. Er wird kommen."

Jessie lächelte und stieß mit ihr an. „Du siehst auch ständig zum Eingang."

Finola nippte am Champagner und zuckte mit den Schultern. „Es wäre nicht normal, wenn ich meinen Vater nicht hier haben wollte. Und meine Mutter. Sie sind es mir schuldig. Sie sind es *dir* schuldig."

„Er wird einlenken. Es dauert nur seine Zeit."

„Ach, was soll's", sagte Finola etwas zu flapsig. „Doch was ist mit Cade? Er hat zugesagt. Er möchte dieses Ereignis auf keinen Fall versäumen. Er will dich unbedingt in dem Kleid sehen." Finola wartete eine Sekunde und lächelte wissend. „Wieder."

Jessie spürte, wie ihr das Blut in die Wangen stieg. „Ich glaube, ich habe ihm gegenüber erwähnt, dass ich es mir leihen darf."

„Behalte es", sagte Finola und trank noch einen Schluck.

„Fin, das kann ich nicht!"

„Doch, du ..." Sie schaute zur Tür, wurde blass, und ihr Lächeln erstarb. „Du kannst."

Jessie drehte sich um. Beim Anblick des unverwechselbaren grauhaarigen Gentlemans mit dem durchdringenden Blick wäre ihr fast das Champagnerglas aus der Hand gefallen. Das Oberhaupt des Elliott-Clans stand in der Tür, groß und stolz wie all seine Söhne und Enkel, neben ihm die zarte irische Frau, die seit siebenundfünfzig Jahren an seiner Seite war.

Abgesehen von der Musik herrschte Stille. Die zahlreichen Gäste hielten den Atem an und warteten gespannt ab, was als Nächstes geschehen würde.

„Ich glaube es nicht", flüsterte Fin mehr zu sich.

Jessie drückte ihre Hand. „Glaub es."

Finola straffte die Schultern und hob das Kinn noch etwas höher, als sie dem Blick ihres Vaters begegnete. Die etwa fünfzig Menschen, die zwischen ihnen standen, traten im Zeitlupentempo auseinander, um den beiden Frauen Platz zu machen, die Hand in Hand durch den Raum schritten. Jessies Herz schlug wie verrückt, und sie spürte, dass auch Fins Puls raste.

Es schien eine Ewigkeit zu dauern, den Saal zu durchqueren und die Kluft zu überbrücken, die Vater von Tochter und Enkeltochter trennte. Schließlich erreichten sie den Rundbogen.

Fin räusperte sich. „Ich bin sehr glücklich, dass ihr gekommen seid", sagte sie mit fester, aber leiser Stimme. „Und ich freue mich, euch Jessie Clayton vorzustellen. Sie ist meine ..."

„Oh mein Gott!"

Maeve streckte die Hände nach ihr aus, und automatisch ergriff Jessie sie.

„Es gibt keinen Zweifel, dass du eine von uns bist", flüsterte die alte Dame.

Ihr sanfter irischer Akzent war Musik in Jessies Ohren. Sie wagte einen Blick auf Patrick. Er und Finola starrten sich wortlos an.

„Dad, ich möchte, dass du Jessie in unserer Familie willkommen heißt."

Es war ein Befehl, keine Bitte.

Jessie spürte eine Bewegung hinter sich. Sie drehte sich um und sah Shane.

„Ist das nicht fantastisch?", fragte er und legte einen Arm um sie. „Nach all den Jahren haben wir sie gefunden."

„Um die Wahrheit zu sagen", sagte Maeve und drückte ihre Hände, sah dabei aber ihren Mann an, „hat sie uns gefunden."

„Und dafür", sagte Finola, „bin ich unendlich dankbar."

Patrick starrte seine Tochter an. „Ich habe getan, was ich für richtig hielt."

Finola nickte fast unmerklich. „Und jetzt tue ich, was richtig ist."

Jessie spürte seinen Blick auf sich gerichtet, und ihr wurde bewusst, dass sie vergessen hatte, Fin zu fragen, wie sie ihn nennen sollte.

„Es freut mich, Sie kennenzulernen", sagte sie leise. „Ich fühle mich geehrt, zu dieser Familie zu gehören … Sir."

Sekunden vergingen. Hinter ihr schlug ein Kristallglas gegen Porzellan, und der Saxofonist spielte die letzten Töne eines Liedes. Die Tür des Fahrstuhls glitt auf, und jemand in der Ferne flüsterte etwas.

Jessie hatte nur Augen für Patrick Elliott, den Mann, der ihr Leben geprägt hatte, und wartete darauf, dass er es noch einmal tat.

„Meine Enkelkinder nennen mich Grandad oder Grandpa."

Jessie blinzelte und spürte, wie Finola sich verkrampfte.

„Und wie soll meine Tochter dich nennen?", fragte Fin.

Ein Seufzer kam über seine Lippen. „Wie meine anderen Enkel auch."

Maeve zog Jessie in ihre Arme, die Band stimmte das nächste Lied an, und die Anwesenden brachen in stürmischen Applaus aus. Jessie schloss die Augen und atmete den zarten Duft von Maeve Elliott ein. Sie wusste, dass die Tränen fließen würden, sobald sie die Augen wieder öffnete, doch das war an einem Abend voller Emotionen völlig in Ordnung.

Als sie es schließlich wagte, fiel ihr Blick auf den Mann, der gerade den Fahrstuhl verlassen hatte.

Cade.

Auch er hatte Tränen in den Augen. Tränen der Freude für sie. Tränen der Liebe.

Für einen Moment, für einen kurzen, traumhaften Moment, fühlte ihre Welt sich vollkommen an.

Er kam nicht an sie heran.

Die Lady in Grün, ohne Zweifel der Star des Abends, wurde völlig von ihrer neuen Familie in Beschlag genommen, also begnügte Cade sich damit, im Hintergrund zu bleiben und ab und zu einen Blick über die Schulter von ihr zu erhaschen. Ihm reichte es, dass sie nach ihm Ausschau hielt.

Seine Gedanken waren so auf Jessie fixiert, die sich angeregt mit Scarlet und Summer unterhielt, dass er Finola nicht bemerkte, die sich neben ihn stellte.

„Wissen Sie, was ich denke, Cade McMann?"

Er grinste seine Chefin an. „Meistens ja. Das ist mein Job."

„Und Sie sind gut in Ihrem Job." Sie prostete ihm zu. „Aber wissen Sie, was ich über Jessie denke?"

„Sie sind glücklich, dass Sie endlich das fehlende Stück Ihrer selbst gefunden haben."

Ein ungläubiger Laut kam über Finolas Lippen. „Ich hätte es nicht besser ausdrücken können. Genau so empfinde ich."

Dieses Mal prostete er ihr zu. „Habe ich doch gesagt. Es ist mein Job zu wissen, was Sie denken."

„Jessie ist tatsächlich das Stück meines Herzens, das dreiundzwanzig Jahre gefehlt hat, aber ich glaube, nicht nur ich habe jemanden gefunden, der mein einsames Herz mit Leben füllt."

„Was sind wir poetisch heute Abend."

„Das kommt, weil ich so glücklich bin." Finola lächelte. „Habe ich recht, Cade?"

In dem Moment lachte Jessie, und der musikalische Ton schwebte durch den Raum zu ihm. „Ja, Sie haben recht."

„Was werden Sie also tun?"

Leichte Schärfe schwang in seinem Ton mit, als er antwortete: „Wollen Sie wissen, ob ich vorhabe, eine ehrenhafte Frau aus ihr zu machen?"

Finola wurde ernst. „Als ihre Mutter frage ich, ob Sie sie mit all der Liebe und dem Respekt behandeln werden, den sie verdient."

„Fin, das ist keine Affäre. Jessie hat mich gebeten, diskret zu sein. Es war ihr Wunsch, es geheim zu halten, nicht meiner. Ich bin überrascht, dass Sie es überhaupt wissen."

„Ich habe viel Zeit mit ihr verbracht, und sie ist leicht zu durchschauen."

Jessie sah zu ihnen herüber und sagte etwas zu Scarlet und Summer. Er hielt ihren Blick gefangen, winkte sie buchstäblich mit den Augen herbei, denn er konnte es nicht länger ertragen, so weit weg von ihr zu sein. Es war jedoch ihre Entscheidung, ob sie sich in der Öffentlichkeit mit ihm zeigen wollte.

Bedächtig stellte sie ihr Glas ab und durchquerte langsam den Saal.

„Vielleicht ist sie jetzt bereit", meinte Fin. „Wie ich schon sagte, sie ist leicht zu durchschauen."

„Was habt ihr zu flüstern?", fragte Jessie, ihre Augen strahlten. „Als wenn ich es nicht wüsste."

Es kostete ihn ungeheure Beherrschung, sie nicht in seine Arme zu schließen und sie zu küssen. „Wir unterhalten uns über Poesie." Jessie machte ein überraschtes Gesicht, und er musste lachen, doch Finola kämpfte gegen Tränen an.

„Was ist los, Fin?" Cade legte eine Hand an ihren Arm, und sie lachte peinlich berührt.

„Ich habe so viele Jahre nicht geweint. Dreiundzwanzig, um genau zu sein."

„Was ist?", fragte Jessie.

„Ich muss euch etwas Wichtiges sagen."

Sie blickten sie erwartungsvoll an, und Finola nahm erst seine und dann Jessies Hand.

„Lasst euch nicht von anderen Leuten euer Schicksal diktieren …" Sie schloss die Augen. Eine Träne lief über ihre Wange. „Belastet euch nicht mit dem Gedanken, was die Leute reden könnten. Nicht, wenn ihr euch liebt."

Einen langen Moment schwiegen sie alle drei. Im Hintergrund erklangen die ersten Töne eines Liebesliedes.

„Versteht ihr, was ich sagen will?", fragte Fin.

„Ich glaube schon." Jessie lächelte zögernd.

Cade legte einen Arm um sie. „Dann hör auf deine Mutter und tanz mit mir."

Sie strahlte ihn an. „Gern."

Auf dem Weg zur Tanzfläche drehte er sich noch einmal zu Finola um und zwinkerte ihr zu. Er vertraute darauf, dass Jessies leibliche Mutter mit dem einverstanden sein würde, was er vorhatte. Jessie schmiegte sich in seine Arme, als gehörte sie dorthin. Für immer. Sie begannen, sich zur Musik zu bewegen.

„Hat dir der Flieder gefallen?"

„Und wie."

Jessie schloss die Augen, und er senkte den Kopf, um ihr ins Ohr zu flüstern: „Du bist die schönste Frau auf diesem Fest."

„Ich dachte schon, du kommst nicht."

„Ich hatte noch etwas Wichtiges zu erledigen."

„Was?"

Er blieb stehen. „Das zeige ich dir später. Erst muss ich dich was fragen."

„Was?"

„Darf ich dich küssen? Hier, vor allen Leuten, die du in New York kennst?" Er spürte, dass ihr Herzschlag sich beschleunigte. „Ich will es nicht länger verheimlichen, Jessie. Ich will, dass jeder weiß, dass …"

Bevor er den Satz beenden konnte, stellte sie sich auf die Zehenspitzen, schlang die Arme um seinen Nacken und küsste ihn. Es war ein langer, sinnlicher Kuss, der ein Feuerwerk in seinem Körper entzündete, und nach den Ausrufen der Gäste zu urteilen, sprangen ein paar Funken auf sie über.

„Was sollen alle wissen, Cade?" Jessie lächelte triumphierend.

„Dass ich dich liebe."

Sie erstarrte.

„Ich liebe dich", wiederholte er lauter.

Jessie riss die Augen auf und öffnete den Mund, doch kein Wort kam über ihre Lippen. „Ich liebe dich." Dieses Mal sagte er es so laut, dass jeder auf der Tanzfläche es hören konnte.

Die Musik erstarb, und die Gäste drehten sich zu ihnen um.

In dem Moment, als absolute Stille im Saal herrschte, hob er Jessie hoch, wirbelte sie herum und ließ alle die Wahrheit wissen. „Ich liebe dich, Jessie Clayton!"

Begeisterter Applaus setzte ein, und die Band stimmte das nächste Lied an, doch Cade hörte nur das wunderschöne glockenhelle Lachen, das er so sehr liebte.

„Komm mit", flüsterte er ihr zu. „Ich habe eine Überraschung."

Jessie warf nur einen kurzen Blick in Finolas Richtung, dann ließ sie sich von Cade zum Fahrstuhl führen.

„Wohin gehen wir?" Noch immer schlug ihr Herz wie verrückt. Sie war völlig atemlos und sehnte sich danach, ihm zu sagen, dass auch sie ihn liebte, aber er wartete nicht, blieb nicht stehen, sondern führte sie durch die Lobby nach draußen. Dort zog er sein Jackett aus und legte es ihr über die nackten Schultern.

„Es ist etwas kühl, doch es lohnt sich. Das verspreche ich dir."

Sie kuschelte sich in den feinen Stoff. „Warum verlassen wir meine Party?"

„Weil du das weite, offene Land und Pferde brauchst."

„Jetzt?"

„Jetzt."

Selbst um diese Zeit waren die Straßen noch belebt, und Taxis rasten vorbei, doch Jessie hatte nur Augen für die Kutschen, die darauf warteten, verliebte Paare auf eine romantische Fahrt mitzunehmen.

„Da ist er."

„Wer?", fragte sie.

Cade lächelte sie an und blieb vor einer besonders schönen Kutsche stehen, die geschmückt war mit …

„… Flieder!" Sie lachte leise und schmiegte sich in Cades Arme. „Du bist verrückt, weißt du das?"

Sie stiegen ein und machten es sich gemütlich. Die Pferdehufe klapperten über den Asphalt, und der Vollmond schaute hinter einer Wolke hervor.

„Es ist einfach perfekt." Jessie lehnte sich an das kühle Leder des Sitzes. „Alle werden sich fragen, wo wir sind, aber es ist mir egal."

„Wir werden es ihnen erzählen. Später. Nun ist es ja kein Geheimnis mehr."

„Kann ich jetzt bitte sagen, was mir seit dem Ende des Tanzes auf der Zunge liegt?" Sie blickte zu ihm auf.

„Nein. Noch nicht."

„Cade", protestierte sie. „Willst du denn nicht wissen, dass ich …"

Er legte eine Hand über ihren Mund und griff mit der anderen in eine seiner Hosentaschen. Jessie starrte auf die schwarze Box, die er hervorzauberte.

„Ich will nur, dass du Ja sagst."

Als er die Schachtel öffnete, fing der große Brillant auf dem Ring darin das Mondlicht ein. Jessie war zu erstaunt, um zu sprechen. Schließlich hob sie den Kopf.

„Jessie, wir haben keine Affäre. Es ist kein kurzes Abenteuer, und es ist auch kein Geheimnis mehr. Es ist Liebe. Willst du mich heiraten?"

„Ja", flüsterte sie. „Ja, ich will."

Cade nahm den Ring aus der Box und schob ihn ihr auf den Finger.

„Und jetzt kannst du sagen, was du mir sagen wolltest."

Sie lehnte den Kopf an seine Schulter. „Später", sagte sie. „Und dann jeden Tag für den Rest unseres Lebens."

– ENDE –

Lisa Renee Jones

Verbrenn dir nicht die Finger!

Roman

Aus dem Amerikanischen von
Florian Mühlbauer

1. KAPITEL

*E*in Traum war für Amanda Wright wahr geworden.

Neue Schuhe. Teures Outfit. Ein Presseausweis, der ihr Zugang zum Umkleideraum eines professionellen Baseballteams verschaffte – zu einem Raum, in dem sicher jede Menge attraktive Männerkörper in allen Stadien der Be- und Entkleidung zu sehen waren.

Es war die perfekte, wahr gewordene Wunschvorstellung vieler Frauen.

Oder hätte es sein sollen.

Bisher aber hatte Amanda eher das Gefühl, sich in die sprichwörtliche Höhle des Löwen zu begeben – und wünschte plötzlich, sie könnte einfach mit den Fingern schnippen und sich nach Texas zurückversetzen.

Nach Dallas, wo sie für eine Tageszeitung über sportliche Ereignisse an der Highschool berichtet hatte. Dort hatte sie einen sicheren Job gehabt, ihre Eltern und ihre Schwester waren in der Nähe, und sie hatte ein gemütliches kleines Apartment mit Ausblick auf den White Rock Lake.

Sie musste verrückt gewesen sein, dieses bequeme Leben aufzugeben. Und wofür? Für eine Sportkolumne mit ihrem Namen darunter?

Für eine Traumkolumne, berichtigte sie sich, und für ihr eigenes Feature im Sportteil der Zeitung. Und sie würde über Profisport berichten. Also eine Gelegenheit, von der sie schon seit Jahren träumte.

Natürlich würde der Job auch mit extremem Druck verbunden sein. Kevin Jones, ihr neuer Chef, gab ihr nur eine kurze Zeitspanne, in der sie die Leser für sich und ihre Kolumne gewinnen konnte. Wenn sie das nicht in der vorgegebenen Zeit schaffte, war sie raus.

Das Klingeln ihres Handys bot ihr einen willkommenen Vorwand, stehen zu bleiben. Als sie die Nummer ihrer Schwester auf dem Display sah, strich Amanda sich ihr langes kastanienbraunes Haar hinters Ohr und nahm den Anruf an.

„Wieso meldest du dich?", fragte Kelli. „Müsstest du jetzt nicht in einem Raum voller umwerfender Männerkörper sein und etwas anderes im Kopf haben, als ans Telefon zu gehen?"

„Woher willst du wissen, dass ich nicht dort bin?"

„Als wenn du rangegangen wärst, wenn es so wäre." Kelli schwieg einen Moment. „Oder quälst du dich schon wieder mit Selbstzweifeln herum? Warum tust du dir das immer an?"

„Das tue ich doch gar nicht", log Amanda, aber Kelli hatte recht. Vor großen Ereignissen war sie immer so nervös, dass sie manchmal sogar krank wurde. Vor ihren Schwimmwettkämpfen beispielsweise hatte sie regelmäßig Magenkrämpfe vor lauter Anspannung bekommen. Es war ein Wunder, dass sie trotzdem jedes Mal so gut gewesen war.

„Nee", sagte Kelli. „Du stehst nur auf der falschen Seite der Tür und versuchst dir den Traum auszureden."

„Na ja, das mag ja sein, aber ..."

„Erspar mir die Ausreden. Du wolltest schon seit Jahren deine eigene Kolumne. Das war doch das Einzige, was dich interessierte, seit du das Profischwimmen aufgegeben hast."

Sie hatte das Profischwimmen nicht aufgegeben, sondern ihre Karriere als Schwimmerin einer Knieverletzung wegen an den Nagel hängen müssen. Dieser Abschnitt ihres Lebens war Geschichte, und alles, was zählte, waren das Hier und Jetzt und die neuen Gipfel, die sie zu erklimmen hatte – oder genauer gesagt, die Umkleideräume, die sie zu erobern hatte.

„Ich habe über Wettkämpfe an einer Highschool berichtet", erinnerte Amanda ihre Schwester. „Aber hier geht es um Profisportler."

„Na und? Durch Dad kennst du genug Profisportler."

Dass ihr Vater, der Profis der amerikanischen Footballliga medizinisch betreute, sie als Teenager oft zu den Spielern mitgenommen hatte, zählte für Amanda nicht. „Das ist Jahre her!"

„Na, dann komm eben nach Hause", meinte Kelli. „Du scheinst ja wirklich ein Problem zu haben. Deinen alten Job kriegst du bestimmt zurück."

Kellis spöttische Bemerkung ließ Amanda auf den Boden der Tatsachen zurückkehren. Sie hatte sich schließlich jahrelang bemüht, dem Trott zu entfliehen, der sich seit ihrer Zeit auf der Highschool kaum geändert hatte. Ihr Exmann, der die Gunst ihres Vaters hatte gewinnen wollen, weil er sich durch ihn Geld und Einfluss erhoffte, hatte sich geweigert, Dallas zu verlassen. Ihrem Ex waren diese Dinge wichtiger gewesen als ihr. Nachdem sie hinter seine Affären gekommen war, hatte sie sich scheiden lassen. Anfangs hatte sie sich alles ganz einfach vorgestellt, doch anschließend hatte sie gezögert, aus Dallas wegzugehen. Der Gedanke, mutterseelenallein in der Fremde dazustehen, hatte sie geängstigt.

Nun, wo sie endlich den Mut gefunden hatte wegzuziehen und sogar ihren Traumjob ergattert hatte, durfte sie es nicht vermasseln.

Amanda straffte die Schultern. „Ich weiß nicht, ob ich dich verfluchen oder mich bei dir bedanken soll", sagte sie zu Kelli.

„Gern geschehen. Und nun schnapp sie dir, Mädchen. Mit deinem Charme und deinem superscharfen neuen Image müsste dir das im Nu gelingen. Welches neue Outfit trägst du heute?"

Amanda lächelte, als sie sich daran erinnerte, wie sie vor einem Monat mit ihrer Schwester einkaufen gewesen war. Es war der Tag, an dem sie beschlossen hatte, sich ein neues, attraktiveres Aussehen zuzulegen und mit einer neuen Einstellung an das Leben heranzugehen.

„Den schwarzen Rock von Jones New York", erwiderte sie stolz. Sie liebte ihren neuen Look. Warum sie jahrelang in langen Röcken und flachen Sandalen herumgelaufen war, verstand sie heute selbst nicht mehr.

Oder vielleicht doch. Sie war so in ihren Schwimmwettkämpfen aufgegangen, dass ihr alles andere egal gewesen war. Als ihre Knieverletzung diesen Traum platzen ließ, war die Karriere ihres Exmanns in den Mittelpunkt gerückt, was ihr nach einiger Zeit das Gefühl gegeben hatte, als wäre ihr die eigene Identität genommen worden.

Ihr neues Aussehen hatte mehr als nur ihr Äußeres verändert. Es gab ihr neues Selbstbewusstsein und half ihr, sich darauf zu konzentrieren, sich selbst und ihre Träume wiederzufinden. Und sie sich zu erfüllen.

„Gut. Dieser Rock ist einer meiner Favoriten", lobte Kelli. „Trägst du dazu die Bandolino-Sandalen mit den Riemchen?"

„Ja, obwohl ich das bereits bedaure, weil mir die Füße höllisch wehtun."

„Dann lass es dir nicht anmerken, Schwesterherz. Sie sehen sexy aus, und das ist das Einzige, was zählt. Und nun möchte ich, dass du da hineingehst. Ich wünsche dir viel Glück", verabschiedete sich Kelli und legte auf.

Amanda lächelte, als sie ihr Handy wieder einsteckte. Kelli hatte recht. Sie würde sich in den Kampf stürzen und dabei, wenn sie Glück hatte, auch noch ein paar nette Männer kennenlernen.

Mit dieser Absicht ging sie weiter und achtete nicht mehr auf ihre schmerzenden Füße. Nicht einmal ihre Nerven spielten ihr jetzt noch einen Streich. Sie hatte ein neues Image und einen tollen neuen Job. Von nun an konnte es nur noch bergauf gehen.

Vielleicht war es gar nicht mal so schlecht, dass sie zu spät kam. Wenn die Spieler nicht mehr mit ihr rechneten, würden sie überrascht sein, und sie hatte bessere Aussichten, an eine gute Story zu kommen.

Aber nicht sie waren die Überraschten, als sie die Umkleidekabine betrat, sondern Amanda selbst.

Von einer Sekunde zur anderen von halb nackten, gut gebauten Männern umgeben, blickte sie sich mit großen Augen um. Wohin sie schaute, sah sie Muskeln und knackige Pos unter auseinanderklaffenden Handtüchern. Für eine Frau, die schon lange keinen Sex mehr gehabt hatte, war es ein geradezu schockierender Anblick.

Sie hätte darauf gefasst sein müssen. Aber die jahrelange Arbeit mit den Kids auf der Highschool hatte sie offenbar vergessen lassen, wie faszinierend erwachsene Männer sein konnten.

Und diese erwachsenen Männer – diese halb nackten, gut gebauten erwachsenen Männer – starrten sie alle an.

Amandas gerade erst neu erwachtes Selbstvertrauen drohte sie erneut im Stich zu lassen.

„Hi", sagte sie und winkte nervös, während sie sich vornahm, ihren Blick nicht tiefer als bis auf Taillenhöhe dieser nur sehr dürftig bekleideten Männer gleiten zu lassen. „Ich bin die neue Reporterin der ‚Tribune'." Sie zeigte auf den Presseausweis an ihrem Revers.

Einige der Männer lächelten sie an und nickten ihr freundlich zu. Andere wandten sich ab, einige starrten sie weiterhin an. Amanda ließ den Blick über sehr beeindruckende Oberkörper schweifen.

Schluss damit, ermahnte sie sich streng und schaute wieder hoch. Ihre Reaktion bewies ihr nur, dass sie ihrem nicht vorhandenen Sexualleben auf die Sprünge helfen musste. Ansonsten wäre die Ablenkung zu groß, wenn sie sich in Gesellschaft dieser Männer aufhielte. Das könnte ihren beruflichen Erfolg gefährden.

„Gutes Spiel, Jungs", meinte sie mit einem Lächeln. „Wer möchte das Thema meiner ersten Story sein?"

„Soll das ein Witz sein?", fragte jemand hinter ihr. Ein zirka dreißigjähriger Mann in Sportjacke und Jeans trat neben Amanda und musterte sie unfreundlich. „Hat Kevin jetzt den Verstand verloren?"

„Kevin?" Da Amanda erst am Tag zuvor in die Stadt gekommen war, kannte sie bisher nur einen Kevin in der Redaktion. „Meinen Sie meinen Chef?"

Der Mann schien einen Presseausweis um den Hals zu tragen, verschränkte aber die Arme vor der Brust, sodass Amanda keinen weiteren Blick darauf werfen konnte.

„Mich wundert bloß, dass er nicht gleich eine vollbusige Blondine hergeschickt hat."

Wer war dieser Idiot? Amanda hatte keine Ahnung, aber alles, was bei dieser Begegnung geschah, war tonangebend für die Zukunft, und sie durfte sich nicht gleich an ihrem ersten Arbeitstag zum Affen machen lassen.

„Und wer sind Sie?", fragte sie mit einem gelangweilten Blick auf den Mann.

„Jack Krass", erwiderte er in einem Ton, als müsste sie den Namen kennen.

Und das tat sie, genauso wie der Rest der Stadt, da Jack Krass' Konterfei auf unzähligen Plakaten abgebildet war, auf denen er für seine Kolumne bei einem Konkurrenzblatt warb. Amanda wusste, dass er ihr Vorgänger bei der „Tribune" gewesen war. Obwohl sein Selbstvertrauen durchaus gerechtfertigt sein mochte, gab es in ihren Augen keinen Grund für ihn, so herablassend zu ihr zu sein.

„Ihr Name kommt mir irgendwie bekannt vor", erwiderte sie und tat, als überlegte sie. „Ah ja!" Sie stach den Finger in die Luft. „Ich weiß, woher ich Sie kenne. Einige meiner Kollegen in der Redaktion erwähnten heute Morgen Ihren Namen, aber nicht mit diesem scharfen Doppellaut am Ende. Es hatte etwas mit Ärger zu tun – ja, ich glaube, sie nannten sie Jack Krach. Das kann eigentlich nur bedeuten, dass sie Sie nicht mögen. Warum ist das so, Jack?"

Jemand lachte schallend los, und Amandas Blick fiel auf das gut aussehende Gesicht von Brad Rogers, der aus ihrer Heimatstadt in Texas stammte. Dieser blonde, blauäugige Pitcher hatte einen ungeheuer schnellen Wurfarm und den Ruf, ein richtiger Bad Boy zu sein. Da er auch der Lieblingsspieler ihres Vaters war, hatte Amanda ihn schon oft im Fernsehen gesehen. In den Augen der meisten Frauen war er eine Art wandelnder Sexgott. Sie musste nicht einmal genau hinschauen, um festzustellen, dass er in natura und in voller Lebensgröße sogar noch heißer als im Fernsehen war.

An einen Spind gelehnt, stand er da und fixierte sie. Als er ihr zuzwinkerte, knisterte es augenblicklich zwischen ihnen. Wenn sie sich einen Mann aussuchen könnte, um ihr Sexualleben zu bereichern, wäre es Brad. Leider war er ihres Jobs wegen tabu für sie.

„Jack Esel würde auch gut zu ihm passen", meinte Brad gedehnt. „Aber wir lassen ihn trotzdem hier bei uns herumlungern."

„Manchmal bist du selbst ein Esel, Cowboy", sagte Jack. „Und ihr lasst mich hier herumlungern, weil ihr eine verdammt gute Presse von mir kriegt."

„Eigentlich ist es mehr wegen des Freibiers, das wir von dir kriegen."

Jack ignorierte Brads Bemerkung und wandte sich an Amanda. „Haben Sie auch nur den Schimmer einer Ahnung von Baseball?"

Amanda fand, dass Jack es weit genug getrieben hatte. „Sie meinen, ich müsste etwas von Baseball verstehen, um diesen Job zu machen?", entgegnete sie spöttisch. „Das hat mir keiner gesagt. Aber vielleicht können Sie mir das ja mal erklären."

Das Gelächter der Spieler und ihre zahlreichen Angebote, sie in der Kunst des Baseballs zu unterweisen, ließ ihr Selbstvertrauen wieder wachsen. Nur Jack sah aus, als hätte er in eine Zitrone gebissen.

„Mit gutem Aussehen erreichst du höchstens, flachgelegt zu werden, Schätzchen, aber es bringt dir keine Story ein."

Amanda lachte, obwohl seine Worte sie verletzten und ihre Zweifel, ob sie diesen Job vielleicht nur ihres Aussehens wegen bekommen hatte, noch verstärkten.

Sie warf einen Blick auf Jacks recht umfangreichen Bauch und legte etwas mehr Schärfe in ihren Ton. „Richtig. Ich darf auf keinen Fall gut aussehen. Das würde mich zu einer sehr, sehr schlechten Reporterin machen. Ich sollte mehr Bier trinken und mir einen Körper wie Ihren zulegen. Dann werde ich sicher viel mehr von den Spielern erfahren, was ich in meinen Artikeln bringen kann." Amanda nahm Notizblock und Stift aus der Tasche. „Was muss ich Ihrer Meinung nach denn sonst noch wissen?"

Alle lachten, und Jack bekam einen roten Kopf. „Sehr witzig. Wir werden sehen, wer lacht, wenn Ihre Leserschaft gleich null ist."

Amanda inspizierte ihre Fingernägel und winkte Jack dann zu. „Byebye. Gehen Sie nur. Ihr Ego wird doch jetzt sicher ein paar Streicheleinheiten brauchen", sagte sie und wandte sich zu Brad um. „Das waren gute Würfe heute."

Er grinste. „Danke, Ma'am."

„Sie hatten zwei Zu-Null-Spiele nacheinander, aber es heißt, Ihr ehemaliger Mannschaftskamerad Mike Ackers könnte Sie nächste Woche ziemlich ins Schwitzen bringen. Er stellte sogar einen Homerun in Aussicht, wie ich hörte. Was sagen Sie dazu?"

Brad warf Jack einen amüsierten Blick zu und winkte Amanda zu seinem Spind. „Nun, Darling, dann komm doch mal zu meinem kleinen Heim fern von zu Hause, und wir unterhalten uns darüber."

Sie musste Jack nicht erst ansehen, um zu wissen, wie erbost er war. Amanda spürte seinen Blick wie einen Pfeil im Rücken. Trotzdem fühlte sie sich nach diesem kleinen verbalen Schlagabtausch richtig gut.

Dieses Hochgefühl verließ sie auch nicht, als sie Brad in seinem Handtuch näher kam. Obwohl sie nach außen hin ruhig wirkte, begann ihr Herz wie wild zu pochen, als sein angenehmer Duft sie einhüllte und sein aufmerksamer Blick ihr die Haut erwärmte.

Amanda war schon vielen Profisportlern begegnet, doch keiner hatte je einen solchen Effekt auf sie gehabt.

„Tja, also, diese Zu-Null-Spiele …" Amanda verlor den Faden, als Brad sein Handtuch zurechtzog, und musste sich zwingen, ihm wieder ins Gesicht zu schauen. „Vielleicht sollten Sie sich erst etwas anziehen."

Seine Mundwinkel verzogen sich zu einem Lächeln. „Ich verlasse mich darauf, dass Sie die Augen schließen, falls das Handtuch sich selbstständig macht."

Das brachte sie zum Lachen. Sie würde selbstverständlich nicht die Augen schließen, falls er sein Handtuch verlieren sollte! Er konnte von Glück sagen, dass sie es ihm nicht gleich wegriss.

„Was ist daran so lustig?", fragte er mit erhobenen Augenbrauen.

Amanda schüttelte den Kopf. „Sie sind ein schlimmer Junge, und das wissen Sie. Sie sollten ein bisschen nachsichtiger mit dem neuen Mädel sein."

„Und wo bliebe dann der Spaß?"

„Hey, Reporterlady!"

Es war Tony Rossi, ein gut aussehender Italiener, der im Ruf stand, ein echter Casanova zu sein.

„Sie heißt Amanda", sagte Brad.

Tony ignorierte ihn. „Warum interviewen Sie ihn zuerst?"

Amanda lächelte, weil Tony ihr mit seiner direkten Art sofort sympathisch war. „Sie sind offenbar nicht nur auf dem Spielfeld wettbewerbsbewusst", scherzte sie. „Sie sind der Nächste, das verspreche ich. Aber eine Frage können Sie mir jetzt schon beantworten. Ist es richtig, dass dieser neue Pitcher Rodriguez schon Ihre Strategie durchschaut hat?"

Tony verzog das Gesicht und murmelte etwas ziemlich Hässliches. „Das ist Schwachsinn", sagte er dann und stieß eine Faust in die Luft, wie er es auf dem Spielfeld tat, wenn er mal wieder den Schiedsrichter anschrie.

Einer der Trainer rief Tony ins Hinterzimmer, aber Tony ignorierte seine Anordnung. „Sag es ihr, Brad. Sag ihr, dass das Blödsinn ist." Sein Blick suchte wieder Amandas. „Diesem Arschloch reiße ich doch die Nähte aus dem Ball. Drucken Sie das als Zitat von mir."

Als Tony ging, sagte Brad leise zu Amanda: „Sie müssen mir einen Gefallen tun."

Sie starrte ihn an und fragte sich, wieso sie so stark auf ihn reagierte. Vielleicht war es sein Mund, dieser volle, sinnliche Mund, den sie sich nur zu gut auf ihrer Haut vorstellen konnte …

Amanda blinzelte und schüttelte den Kopf, um ihn von diesen absurden Gedanken zu befreien. „Ich soll Ihnen einen Gefallen tun?", fragte sie ein bisschen heiser.

„Ja. Aber bevor wir weitermachen …"

Brad beugte sich zu ihr, und sie war wie elektrisiert, als er eine Hand auf ihren Arm legte. Ihr Körper reagierte mit einem wonnevollen Prickeln.

Sie konnte Brads warmen Atem an ihrem Nacken spüren, als er ihr ins Ohr flüsterte: „Versprechen Sie mir, Tony zu zitieren. Er ist sehr sensibel."

Er hätte sie genauso gut bitten können, sich auszuziehen, denn seine Worte, seine Finger auf ihrer nackten Haut und die Wärme seines Körpers so dicht an ihrem ließen eine schon fast fieberhafte Hitze in ihr aufsteigen.

„Tony ist sensibel?" Das konnte sie kaum glauben. „Mr Macho?"

„Die harten Brocken sind es immer", erwiderte Brad. „Wussten Sie das nicht?"

Amanda lachte. Schon wieder. Es war unglaublich, wie leicht er sie zum Lachen bringen und sie ihren Job vergessen lassen konnte. Verdammt. Sie ärgerte sich ein bisschen über sich selbst. Von Brad konnte man träumen, wenn man nachts wach lag, aber das war auch schon alles. Die Konkurrenz – oder genauer gesagt, dieser Jack Krass – zweifelte bereits an ihrem Können und argwöhnte, dass sie nur eingestellt worden war, um den Spielern Details aus dem Privatleben zu entlocken, die sich gut in der Zeitung machen würden.

Amanda zückte ihr Notizbuch und zeigte Brad, was sie geschrieben hatte. „„Diesem Arschloch reiße ich die Nähte aus dem Ball"", las sie vor. „Ich werde es höchstens ein wenig umformulieren."

Sie lächelten sich an, und wieder knisterte es zwischen ihnen. Amanda riss sich zusammen und nahm sich vor, sich auf ihren Job zu konzentrieren.

Als sie die Kette sah, die Brad trug, kam ihr die Idee zu einer Story. „Ist das ein Glücksbringer?" Sie wusste, wie abergläubisch viele Baseballspieler waren.

„Ein Glücksbringer?"

„Dieser Anhänger, ist das ein Longhorn? Wie das Maskottchen der University of Texas?"

Brad berührte den Anhänger. „Ja. Meine Mom hat ihn mir am Tag meines ersten Spiels auf dem College gegeben. Leider durfte ich zur Feier des Tages die Bank wärmen, bis mir fast der Hintern rauchte, bevor ich endlich Gelegenheit bekam, mich zu bewähren."

Dass jemand, der ein solches Playboy-Image wie Brad hatte, über seine Mutter sprach, überraschte Amanda und weckte ihre Neugier. Sie wollte mehr über ihn erfahren – von einem rein journalistischen Standpunkt aus natürlich. Fans verschlangen private Infos über Spieler.

„Sie haben seither mehr getan, als sich nur zu bewähren." Es war eine simple Feststellung und nicht als Kompliment gemeint. In seiner zwölfjährigen Profikarriere war Brad eine echte Legende geworden. „Haben Sie den Anhänger all die Jahre getragen?", fuhr sie fort, in Gedanken schon wieder bei ihrer Story.

„Jeden Tag."

„Also ist er ein Glücksbringer? So wie Michael Jordans Collegeshorts, die er immer unter seinen Spielshorts trug?"

Brad schüttelte den Kopf, lehnte sich gegen den Spind und verschränkte seine Arme vor der Brust. „Absolut nicht", sagte er. „Stellen Sie mich also nicht als abergläubisch hin. Wenn Sie jemanden brauchen, der abergläubisch ist, reden Sie mit unserem Centerfielder."

„Sie meinen Riley Walker?"

„Respekt", sagte Brad. „Ich mag Mädels, die ihre Hausaufgaben machen."

Sie warf ihm einen strengen Blick zu, damit er nicht wieder auf die Idee kam, mit ihr zu flirten. „Erzählen Sie mir etwas von Riley."

Er strich mit der Hand über sein unrasiertes Kinn. „Er reibt vor jedem Spiel seinen Handschuh mit einem speziellen Öl ein. Einmal konnte er es nicht finden und ließ die gesamte Mannschaft ihre Spinde leeren, auf der Suche nach dem verdammten Zeug. Es war der reinste Wahnsinn."

„Was für ein Öl? Sie meinen so etwas wie Lederfett?"

Brad schüttelte den Kopf. „Keine Ahnung. Es riecht nach Pfefferminz. Eine Zigeunerin, mit der er während seiner Collegezeit zusammen war, erzählte ihm irgendwelchen Blödsinn. Er müsse sich einen Schutzschild gegen schlechtes Karma zulegen. Er glaubt allen Ernstes, dass er ohne dieses Zeug nicht spielen kann."

Amanda konnte sich gut vorstellen, wie erhitzt die Gemüter gewesen sein mussten, als das Öl verschwunden war. „Haben Sie keine Angst, ich könnte diese Geschichte veröffentlichen?"

„Tun Sie es." Brad grinste. „Der Kerl schuldet mir noch zweihundert Kröten."

„Verstehe", sagte Amanda. „Aber er hat das Geld doch sicher?"

„Natürlich hat er es. Er will bloß nicht zahlen."

„Aha." Amanda beließ es bei dieser Antwort und bat Brad um eine Einschätzung des nächsten Spiels der Rays. „Können Sie ein drittes Zu-Null-Spiel hintereinander pitchen? Das wäre Ihr erstes Mal."

„Das wird der Spieltag zeigen, aber ich fühle mich gut. Mein Arm ist wieder in Ordnung, und das Team ist stark." Brad senkte die Stimme. „Nehmen Sie nach dem Spiel einen Drink mit mir, dann kriegen Sie einen Exklusivbericht."

Ein Drink mit ihm. Ein Exklusivbericht. Ein heißer Kuss … Gute Idee, dachte Amanda.

Keine gute Idee hingegen war es, ihren Ruf aufs Spiel zu setzen. Das wusste sie. Nicht einmal Brad Rogers war es wert, ihre vielversprechende Berufslaufbahn zu gefährden. Außerdem missfiel ihr auch seine Bemerkung über seinen angeblich wieder gesunden Arm. Sie hatte beobachtet, wie er auf dem Spielfeld seine Finger gekrümmt hatte und wie er unauffällig seine Schultern kreisen ließ. Er hatte eine Schwäche, die er vor den anderen verbarg. Warum?

Sie zwang sich zu einem Lächeln. „Das ist ein sehr verlockendes Angebot, aber trotzdem lautet die Antwort Nein." Mit aufrichtigem Bedauern setzte sie hinzu: „Ich kann nicht, und das wissen Sie."

Brad zog die Augenbrauen hoch. „Schade. Es wäre nett gewesen."

„Ja, aber es gibt Dinge, die man besser lässt." Sie überlegte, was sie noch sagen sollte, obwohl sie ahnte, dass es besser wäre, jetzt zu gehen. Die Tatsache, dass er seine Verletzung geheim hielt, beunruhigte sie. Auch sie hatte vor Jahren so getan, als wäre ihr Knie in Ordnung, nur um an den Schwimmwettkämpfen teilzunehmen, mit denen man sich für die Olympiade qualifizieren musste. Dieses Verhalten hatte letztlich dazu geführt, dass sie das Leistungsschwimmen später aufgeben musste.

„Sie müssen den Arm kühlen", sagte sie mit gedämpfter Stimme.

Brads überraschter Blick verriet ihr, dass sie richtiglag. Sie wollte gehen, doch er fasste nach ihrem Oberarm und hielt sie zurück. „Ich weiß nicht, wovon Sie reden", erwiderte er.

„Mein Vater ist Mannschaftsarzt beim American Football, und meine Schwester …"

„Mein Arm ist in Ordnung", beharrte er.

„Okay. Kühlen Sie ihn trotzdem, Brad. So bald wie möglich." Als sie erkannte, was er jetzt vermutlich dachte, fügte sie rasch hinzu: „Mir geht es nicht um eine Story. Ich schreibe nichts darüber. Sie haben mein Wort darauf."

Er musterte sie prüfend, bevor er sie losließ und ihr zunickte.

Als Amanda ging, spürte sie seinen Blick im Rücken und musste ihre ganze Willenskraft aufbieten, um sich nicht noch einmal umzudrehen. Er sollte in ihrer Kolumne auftauchen, weil er auf dem Feld so heiß war. Und er sollte in ihren Tagträumen auftauchen, weil er sie so heißgemacht hatte.

2. KAPITEL

*A*ls Brad gerade gehen wollte, rief Coach Locke ihn zu sich in sein Büro. Da er kurz vor der Vertragsverlängerung stand und sein Agent ihm geraten hatte, cool zu bleiben, war er mehr als nur ein bisschen angespannt und fragte sich, was sein Trainer von ihm wollte.

„Können Sie mir das erklären?" Coach Locke warf eine Zeitung auf den Tisch.

Brad erschrak. Die Ohioer Presse hatte ein Foto gebracht, auf dem zu sehen war, wie er und der neue Ersatzpitcher Casey Becker auf dem Flughafen in einer erhitzten Debatte waren. Schlechte Presse war das Letzte, was er jetzt gebrauchen konnte. Sein Agent hatte ihm oft genug gepredigt, sich bedeckt zu halten.

„Ich brauche Ihnen wohl nicht zu sagen, dass das nicht die Presse ist, die Sie jetzt brauchen können."

„Ich weiß, Coach, ich weiß." Dank einer idiotischen Kneipenprügelei vor einem Jahr war er ins Rampenlicht und schließlich sogar vor Gericht gelandet.

„Ach ja?", versetzte Locke und tippte mit dem Zeigefinger auf das Bild. „Für mich sieht das aber nicht so aus, als wäre es Ihnen klar."

„Becker macht nur Ärger, und das wissen Sie. Der Junge ist ein reiner Sturkopf. Er hat vor nichts und niemandem Respekt."

„Ich weiß, wie der Junge ist, aber Tatsache ist doch, dass die Geschäftsführung sich über Sie aufregt und nicht über den jungen Becker. Ich weiß nicht, ob Sie in Los Angeles bleiben oder woanders hingehen wollen, aber wenn Sie bleiben möchten, ist das nicht der richtige Weg."

„Ich will mir alle Möglichkeiten offenhalten, Coach."

„Tja, dann ist das definitiv nicht der richtige Weg." Der Coach lehnte sich zurück und überlegte kurz. „Sie haben heute Abend gut gespielt. Wie geht es Ihrem Arm?"

„Gut", log Brad. „Mein Arm ist wieder vollkommen in Ordnung."

„Schön. Dann geben Sie mir künftig die Power, die Sie heute Abend gezeigt haben, und lassen Sie Ihre Probleme zu Hause."

Brad stand auf. „Ich habe verstanden, Coach."

„Das hoffe ich doch sehr."

Ein paar Stunden nach seinem Gespräch mit dem Trainer und nach einem Treffen mit seinem Agenten stand Brad, ein Bier in der Hand, in einem kleinen Billardsaal. Es war gerade ein Spiel im Gange, an dem mehrere seiner engsten Freunde teilnahmen.

Brad wünschte nur, der Schmerz in seinem Arm würde vergehen, doch er pochte und klopfte und war eine ständige Erinnerung daran, dass er ihm nicht entkommen konnte.

Genauso wenig wie seinen Gedanken an Amanda Wright. Dieses wundervolle kastanienbraune Haar und diese aufregenden Kurven lenkten ihn von seinen eigenen Angelegenheiten ab. Es war aber nicht nur ihr Aussehen. Diese Frau beschäftigte ihn auch, weil sie sein Geheimnis kannte. Nachdem er schon so scharf auf sie gewesen war, dass er überlegt hatte, wie er sie ins Bett kriegen konnte, hatte sie ihm fast einen Herzanfall beschert mit dem Rat, seinen Arm mit Eis zu kühlen. Meine Güte, wenn schon sie – eine Journalistin! – bemerkt hatte, wie es um seinen Arm stand, wie lange würden dann noch seine Trainer brauchen, um sein Geheimnis zu entdecken?

Ein Geheimnis, das ihn rasend machte.

Nach einer Stunde mit einer Eispackung auf dem Arm und einer doppelten Dosis Schmerzmittel hatte er es geschafft, sich zu der traditionellen Versammlung – oder auch dem traditionellen Besäufnis – nach dem Spiel zu schleppen. Natürlich betrank er sich nicht mehr. Nicht einmal in einer Nacht wie dieser, der letzten einer Spielserie, auf die ein paar freie Tage folgten. Als er das letzte Mal zu viel getrunken hatte, war er in diese verfluchte Kneipenprügelei geraten und in einer Welt aus Schmerz gelandet. Die Prügelei mit dem reichen Collegekid, dessen Vater auch noch zufällig Senator war, hatte natürlich auch die Presse und das Team gegen ihn aufgebracht.

Eine Bierflasche, die krachend vor ihm auf den Tisch gestellt wurde, schreckte Brad aus seinen Gedanken auf. Der Störenfried war Kurt Caverns, der Catcher seines Teams. „Ich brauche Nachschub", erklärte er. „Und du?"

„Noch nicht."

„Ich hab dich vorhin beim Coach gesehen", sagte Kurt. „Schon was gehört?"

Kurt spielte auf Brads Vertrag an. Als sein bester Freund war Kurt der Einzige, der wusste, wie unbedingt Brad bei den Rays bleiben wollte und aus welchem Grund. Aber nicht einmal Kurt wusste von den Problemen mit seinem Arm.

„Die Ohioer Presse hat ein Foto von mir und Becker veröffentlicht, das uns bei einem Streit zeigt. Darüber war der Coach natürlich alles andere als begeistert."

„Verdammt, Mann, werden sie dir denn ewig diese blöde Prügelei nachtragen?" Kurt schüttelte den Kopf. „So ein Mist."

„Allerdings", erwiderte Brad. „Und auch noch ausgerechnet jetzt."

„Ich habe Locke bereits gesagt, dass Becker auf niemanden hört. Ich hasse es, für ihn zu catchen. Ich gebe ihm ein Zeichen, aber er ignoriert es. Und der Coach tut nichts. Ich finde, der Junge braucht einen Denkzettel."

Brad konnte dem nur zustimmen. Becker hatte zwar Talent, aber er war undiszipliniert und gefährdete ebenso viele Spiele, wie er rettete. Becker brauchte noch viel Training, aber er wollte keine Hilfe annehmen. Trotzdem war er, Brad, es, an dem ständig herumgemäkelt wurde und dessen Karriere auf dem Spiel stand.

Um sich auf andere Gedanken zu bringen, blickte Brad zum Billardtisch hinüber, wo Tony gerade einen Stoß verpatzte.

„Menschenskind!", rief er. „Das kann man ja nicht mit ansehen." Wie aufs Stichwort verbockte Tony prompt auch den nächsten Stoß. Es war bereits der dritte. Brad stürzte sein Bier hinunter und musste sich ein Lächeln verkneifen. Obwohl Tony erst seit einem Jahr bei den Rays war, war er schnell zu einem festen Bestandteil des Teams geworden und hatte sich mit Kurt und ihm angefreundet.

„Hast du heute überhaupt schon eine Kugel eingelocht?", fragte Kurt.

„Halt die Klappe, Kurt", erwiderte Tony.

Kurt prostete ihm zu. „Du kannst das Loch nicht finden, Mann. Deswegen warst du wohl auch schon so lange nicht mehr mit einer Frau zusammen."

„Ich habe Sex, so oft ich will, während du nur Groupies kriegst", stieß Tony gereizt hervor. „Bei denen kann jeder landen."

„Okay. Wie wäre es denn dann mit einer Wette?", meinte Kurt. „Wir suchen uns eine Frau aus und sehen, wer als Erster bei ihr landen kann."

„Jederzeit." Tony zeigte auf Brad. „Du lachst, Mann? Glaub ja nicht, dass du kneifen kannst. Wir wetten alle drei. Und ich weiß auch schon, um welche Frau. Die neue Reporterin."

Brad überlegte kurz. Amanda war tabu. Sie war heiß, oh ja, und sie machte ihn heiß, aber das spielte keine Rolle, denn sie, oder genauer gesagt, ihr Job, war ein Problem. Die Art von Problem, das ihm die Karriere vermurksen könnte, an der ihm so viel lag. Ein falsches Wort im Bett, und er konnte sich von seiner Vertragserneuerung verabschieden.

„Lass die Finger von Presseleuten, und such dir eine andere Frau."

Tony winkte ab. „Sie wird doch nicht über ihre eigenen Affären schreiben."

„Aber sie könnte sie zu ihrem eigenen Vorteil verdrehen", konterte Brad. „Sie hat die Mittel und die Leserschaft." Ihm fiel das Medienspektakel um seine Person wieder ein, und er presste die Lippen zusammen. „Oder hast du schon vergessen, was mir passiert ist?"

Tony grinste. „Ich weiß, was los ist. Brad. Du hast es bei ihr schon versucht und hast dir einen Korb geholt. Du weißt, dass du die Wette nicht gewinnen kannst."

„Sie hat dich wohl abblitzen lassen?", erkundigte sich eine leider nur allzu vertraute und verhasste Stimme hinter Brad.

Becker kam herangeschlendert. Mit den Bügelfalten in der Hose, seinem tadellosen Oberhemd und dem perfekt gestylten blonden Haar sah er aus wie ein Model. „Hey, alter Mann."

Brad überhörte die Anspielung auf sein Alter und fragte sich, ob der Junge je erwachsen werden würde. „Was machst du denn heute Abend hier?", fragte er.

Becker hob sein Glas – auch das war typisch für ihn. Der Junge konnte nicht mal Bier trinken wie ein Mann, er brauchte ein Glas dazu.

„Das Gleiche wie ihr. Feiern und trinken." Er machte eine kurze Pause. „Diese Reporterin von der ‚Tribune' … ich habe beobachtet, wie du versucht hast, bei ihr zu landen." Becker lächelte, und man konnte seine perfekten weißen Zähne sehen. „Aber sie hat dich abblitzen lassen, nicht?"

„Du hast ja keine Ahnung, Junge", entgegnete Brad und verkniff sich eine weitaus schärfere Erwiderung. „Wenn ich sie wollte, könnte ich sie haben."

„Du bist nicht ihr Typ", meinte Becker. „Sie ist das, was ihr eine Lady nennt. Und eine Lady braucht eine ganz bestimmte Art von Mann."

„Was zum Teufel soll das heißen?", fuhr Brad ihn an, weil die Bemerkung ihn erboste.

„Man kann einem alten Knaben Geld geben, aber wer keine gute Kinderstube gehabt hat, wird nie ein richtiger Gentleman", erklärte Becker mit einem abschätzigen Blick auf Brad.

Nur ein tiefes Durchatmen bewahrte Brad vor einer gehässigen Erwiderung – was nicht leicht war angesichts der Tatsache, dass der miese kleine Bastard ihn heute nicht nur in Schwierigkeiten gebracht hatte, sondern im Grunde genommen auch noch seine Mutter beleidigt hatte. Eine Mutter, die sich als Lehrerin abgeschuftet hatte, um ihrem Sohn eine gute Ausbildung zu ermöglichen und um ihm zu helfen, seine Träume zu verwirklichen. Sein Dad war gestorben, als er im ersten Jahr auf der Highschool war, und sie musste allein das Geld für die Familie verdienen.

„Glaubst du etwa, dieses Rasseweib würde einen rotznäsigen kleinen Jungen wie dich interessant finden?", fragte Brad verächtlich. „Sie würde meinen Namen schreien, bevor du auch nur ihren BH-Verschluss gefunden hättest."

Becker lief rot an vor Wut. „Du kannst sagen, was du willst, Alter", erwiderte er gepresst, „reden kostet nichts."

Tony schlug mit der Faust auf den Billardtisch. „Also bei der Wette bin ich auf jeden Fall dabei!"

Kurt dagegen schien eingesehen zu haben, dass es keine gute Idee war. „Brad hat recht. Es wird Ärger geben, wenn der Coach erfährt, dass du mit der Presse rummachst."

„Ich habe nichts gegen die Presse", sagte Becker mit einem gehässigen Blick in Brads Richtung. „Und sie nichts gegen mich."

Brad atmete scharf ein. Trotz der Warnung des Coachs, Becker in Ruhe zu lassen, wollte er dem Bürschchen eine Lektion erteilen. „Okay, Junge. Die Wette gilt." Vielleicht würde er es bereuen, aber sein Stolz hatte für einen Tag genug gelitten.

Ohne Becker oder den anderen Gelegenheit zu einer Erwiderung zu geben, wandte er sich ab und verließ das Lokal.

3. KAPITEL

Um ihren ersten Besuch im Umkleideraum der Rays zu feiern, aß Amanda mit Reggie Sheldon, ihrem Fotografen, zu Abend. Dafür, dass sie ihn erst an diesem Morgen kennengelernt hatte, konnte sie ihn schon recht gut leiden. Und auch das kleine Restaurant, das er empfohlen hatte, gefiel ihr sehr.

„Du hattest recht", sagte sie nach dem Essen. „Das war hervorragende mexikanische Kochkunst. Als ich aus Texas wegzog, dachte ich, so etwas Gutes bekäme ich nie wieder."

„Ich habe dir doch schon gesagt, dass Los Angeles das andere Texas ist."

Amanda lachte. „Ich habe keine Ahnung, was das bedeuten soll, aber wenn du meinst."

„L. A. ist ein Schmelztiegel der Kulturen", erklärte Reggie. „Und gerade diese bunte Mischung macht die Stadt so interessant."

Reggie war selbst auch eine bunte Mischung aus allem – ein untersetzter Mann mit Dreadlocks, strengen Gesichtszügen und einem Mickey-Mouse-Tattoo auf dem linken Unterarm.

Amanda schaute auf die Uhr. „Oje, es ist schon spät", sagte sie bedauernd. „Und ich muss noch recherchieren und meinen Artikel für morgen schreiben. Hast du Fotos von Tonys heutigem Homerun?"

„Was für ein Assistent wäre ich, wenn ich von einem solchen Homerun keine Aufnahmen gemacht hätte?"

Assistent? Amanda fühlte sich geschmeichelt. Von einem Assistenten hatte sie in Dallas nicht mal zu träumen gewagt. „Was weißt du über Jack?", fragte sie, während sie zu ihrem Van hinausgingen.

„Jack, den Esel? Vielleicht hätte ich dich vor ihm warnen sollen."

„Dann magst du ihn wohl genauso wenig wie ich?"

„Er ist ein Mistkerl", erwiderte Reggie. Sie stiegen ein, und er drehte den Zündschlüssel um.

„Und ein Chauvinist. Er hat mir glatt unterstellt, dass ich keine Ahnung von Sport habe, nur weil ich eine Frau bin."

„Jack beißt um sich, wenn er sich bedroht fühlt."

„Ich hatte nicht den Eindruck, dass er sich bedroht fühlte."

„Oh doch, das tut er, glaub mir. Diesmal hat Kevin eine gute Wahl getroffen, um den famosen Jack zu ersetzen. Du bist deinen beiden Vorgängern gegenüber im Vorteil, und das ist Jack bewusst."

„Und worin besteht dieser Vorteil?"

Reggie warf ihr einen Blick zu. „Eine Frau ist Männern gegenüber immer im Vorteil. Du kannst die Spieler dazu verleiten, über Dinge zu reden, die sie anderen Männern nicht anvertrauen würden. Und das weiß Jack."

Amanda dachte kurz nach und kam zu dem Schluss, dass das Jacks Reaktion auf sie nicht erklärte. „Angesichts Jacks Vertrautheit mit den Rays hatte ich eher das Gefühl, dass er mir gegenüber im Vorteil ist."

„Er ist eben schon lange dabei." Sie hielten vor einer roten Ampel, und Reggie wandte sich Amanda zu. „Als er bei der Zeitung anfing, schien er ein ganz netter Typ zu sein. Er war bemüht, das Vertrauen der Spieler zu gewinnen, und erwähnte stets auch ihre Seite der Geschichte in seinen Artikeln. Und das Team dankte es ihm. Am Ende bekam Jack alle möglichen Exklusivgeschichten." Reggie atmete scharf ein. „Doch irgendwann kam der wahre Jack zum Vorschein. Er veränderte sich enorm. Quasi von einem Moment zum anderen wurde aus dem netten Typen ein arroganter, selbstherrlicher Diktator. Je größer seine Leserschaft wurde, desto aufgeblasener wurde er."

„Und die Spieler? Ist ihnen das auch aufgefallen?"

„Und ob sie es bemerkten! Doch er war bereits in die Mannschaft integriert, und da seine Artikel immer fair waren, hielt das Team zu ihm. Solange Jack nichts Negatives schreibt, schmeißen ihn die Jungs nicht raus. Aber irgendwann wird er das tun. Jack strebt nach Höherem. Er wird den einen oder anderen Spieler in die Pfanne hauen, wenn es seiner Karriere dienlich ist."

Reggies überzeugtem Tonfall entnahm Amanda, dass er Jacks schlechte Eigenschaften aus eigener Erfahrung kannte. „Du hast anscheinend keine guten Erfahrungen mit Jack gemacht."

Die Ampel sprang auf Grün, und Reggie konzentrierte sich wieder auf die Straße. „Als ich mit ihm zusammengearbeitet habe, meinte er immer, er und ich seien wie zwei der Musketiere und müssten zusammenhalten. Letztlich war er aber nur auf seinen Vorteil bedacht."

„Er hat dich ausgenutzt?"

„Ich war dumm genug, es zuzulassen", erwiderte Reggie knapp.

„Wenn du so enttäuscht worden bist, wundert es mich, dass du überhaupt gewillt bist, als mein Assistent zu arbeiten."

Reggie lachte, aber es klang bitter. „Gerade seinetwegen bin ich bereit, dein Assistent zu sein", erwiderte er augenzwinkernd. „Ich will Jacks Stern untergehen sehen, und ich habe das Gefühl, dass du das bewerkstelligen kannst. Ja, eigentlich verlasse ich mich da voll auf dich."

„Nicht nur du", murmelte Amanda.

Sie hatte geahnt, dass ihr Vorgänger das Feld nicht kampflos geräumt hatte, doch dass er um des Erfolges willen selbst engste Mitarbeiter verheizte, damit hatte sie nicht gerechnet. Sicherlich würde Jack Krass sie vernichten, sobald er die Gelegenheit dazu bekam.

So weit würde sie es jedoch nicht kommen lassen. Sie wusste sich zu wehren und musste dabei keine schmutzigen Tricks anwenden, so wie Jack es tat. Das hatte sie nicht nötig. Und sie würde auch beweisen, dass gute journalistische Arbeit und Berufsethos über aufgeblasene Egos und schmutzige Winkelzüge jederzeit den Sieg davontragen konnten.

Es war zum Mäusemelken. Amanda hockte auf dem Bett vor ihrem Notebook und zweifelte allmählich an sich selbst. Sie konnte schon gar nicht mehr zählen, wie oft sie ihr erstes Feature umgeschrieben und anschließend wieder gelöscht hatte.

Ständig kreisten ihre Gedanken nur um eine Sache: Wenn es ein Vorteil für sie war, eine Frau zu sein, warum sollte sie diesen Vorteil dann nicht für ihre Kolumne nutzen? Die Frage war nur: wie? Amanda strich fahrig über die Bettdecke und spielte mit dem Saum ihres T-Shirts, während sie über mögliche Ansätze für eine Story nachdachte. Wie so oft schon, seit sie Brad Rogers begegnet war, schweiften ihre Gedanken zu ihm ab, und sie stellte ihn sich wieder mit diesem kleinen Handtuch um die Hüften vor. In ihrer Fantasie nahm eine kühnere Amanda ihm das Handtuch ab und gönnte sich einen Blick auf seinen vollkommenen Körper. Vielleicht sollte sie Brad zum Gegenstand ihres Features machen und sich dieses absurde Verlangen nach ihm von der Seele schreiben.

Das Vibrieren ihres Handys riss sie aus ihren Gedanken. Kaum hatte sie sich gemeldet, bestürmte ihre Schwester sie auch schon mit Fragen.

„Warum hast du nicht angerufen? Wie war es an deinem ersten Tag? Warum hast du dich nicht gleich bei mir gemeldet?"

Amanda stellte sich auf ein längeres Gespräch ein. „Ich bin weder gestolpert noch gefallen, und meine Strumpfhose hat keine Laufmasche gekriegt. Ich würde sagen, es ist alles gut gelaufen."

„Fallen ist nicht schlimm. Es ist gar nicht mal so falsch, den Jungs Gelegenheit zu geben, galant zu sein."

Amanda fiel wieder ihr Sturz im Einkaufszentrum ein, als sie von flachen Schuhen zu hohen Absätzen gewechselt hatte. „Es muss einfach zu blöd ausgesehen haben, als ich mit meinen neuen Schuhen der Länge nach hingeschlagen bin."

„Du hast das erste Mal hohe Absätze getragen. Auf denen wie eine Göttin zu laufen, ist eine hohe Kunst."

„Allerdings", stimmte Amanda ihrer Schwester zu. „Außerdem tun einem in hohen Schuhen immer so die Zehen weh. Geht das irgendwann weg?"

„Du wirst dich wohl daran gewöhnen müssen."

„Vielleicht wache ich ja eines Tages auf und bin eine Diva-Ärztin so wie du", scherzte Amanda.

„Du könntest niemals Ärztin sein. Du kannst ja nicht einmal Blut sehen. Und warum solltest du, meine liebe kleine Schwester, ein übersteigertes Selbstbewusstsein entwickeln? Ärzte, Piloten und Sportler haben es nötig, sich ständig selbst darzustellen, aber du bist viel zu nett und hast so etwas gar nicht nötig."

„Ein bisschen Überheblichkeit würde mir manchmal auch gut stehen", entgegnete Amanda trocken. Die etwas überhebliche Art ihrer Schwester war in ihren Augen durchaus berechtigt: Schließlich durfte man schon stolz darauf sein, einer der besten Sportärzte in Dallas oder vielleicht sogar ganz Texas zu sein.

„Stimmt", erwiderte Kelli. „Aber erzähl mir jetzt doch endlich, wie die Spieler waren."

Amanda fiel wieder Brads Handtuch ein, und sie lächelte. „Ich kann mich nicht erinnern, dass die Umkleideräume je so …"

„… heiß waren?", warf Kelli ein. „Das sind sie, oh ja. Was ja auch kein Wunder ist bei all den Muskeln, die man dort zu sehen kriegt. Da du als Jugendliche aber immer Angst hattest, ein Spieler könnte sich auf dem Feld eine blutige Wunde zugezogen haben, bist du nicht mehr mit in die Umkleidekabinen gekommen. Dabei floss da selten Blut. Man konnte dafür aber knackige Körper bewundern." Sie gab einen äußerst undamenhaften Laut von sich. „Außerdem warst du schon als Kind nicht gerade auf den Mund gefallen und konntest fluchen wie ein Hafenarbeiter. Das war ganz schön komisch. Ein süßes kleines Ding, bis es den Mund aufmachte."

„Tja, heute genieße ich den Anblick knackiger Körper, und meine Schlagfertigkeit ist mir auch sehr nützlich."

„Verlieb dich bloß nicht in einen dieser Muskelmänner."

„Daddy ist Arzt und hat es trotzdem nicht nötig, sich ständig selbst darzustellen", versuchte Amanda vom Thema abzulenken.

„Mom erträgt halt viel. Apropos Mom und Dad. Ruf sie an. Sie machen sich große Sorgen um ihr Baby."

Amanda verdrehte die Augen. „Du meine Güte. Ich bin doch erst ein paar Tage weg. Außerdem bin ich nicht mehr achtzehn, sondern achtundzwanzig und glücklich geschieden.“

„Du kennst sie ja und weißt, wie sie sich sorgen.“

„In Ordnung“, sagte Amanda. „Aber vorher muss ich mein erstes Feature zu Ende schreiben.“

„Und? Wie kommst du voran?“

„Nicht gut.“ Amanda erzählte Kelli von ihrer Begegnung mit der Konkurrenz. „Ich denke, der beste Weg, gegen Jack vorzugehen, ist, mich dieser ganzen Frauenpowersache zu bedienen und so zu schreiben, dass mehr Frauen meine Kolumne lesen.“

„Hm“, machte Kelli nachdenklich. „Die Idee gefällt mir, aber wie willst du das schaffen?“

„Ich würde gerne aus meiner Kolumne so etwas wie die ‚Cosmopolitan‘ des Sports machen. Ich würde etwas über die private Seite der Athleten bringen und es mit ihrer Leistung auf dem Feld vermischen. Und dann könnte ich das Ganze noch mit einer sexy Schlagzeile krönen.“

„Die Idee ist gut. Mit wem beginnst du?“

Amanda lächelte. „Mit Brad Rogers, glaube ich.“

„Gute Wahl. Der ist echt lecker.“ Kelli schnurrte förmlich. „Das ist ein vielversprechender Anfang. Oh – ich muss jetzt Schluss machen. Ich habe in zehn Minuten ein Date und bin noch nicht geschminkt. Deine Idee gefällt mir. Und vergiss nicht deine Vitamine. Küsschen!“

Damit war die Leitung tot.

Amanda verdrehte die Augen. Ihre Schwester hatte ein Faible für Naturheilkunde, was äußerst ungewöhnlich war, da die meisten Ärzte dafür nicht viel übrighatten. Sie verhielt sich allerdings auch sonst nicht so, wie man es von einem normalen Arzt erwartete.

Apropos erwarten – sie hatte einen Artikel zu beenden. Einen umwerfenden Artikel über Brad.

Sie seufzte und erinnerte sich daran, wie heiß er sie gemacht hatte. Nach zwei Jahren des Singledaseins, das einem Zölibat recht nahe gekommen war, hatte sie schon angenommen, auf sexueller Ebene täte sich bei ihr nichts mehr. Doch weit gefehlt! Das hatte sie dank Brad jetzt erkannt.

In Gedanken sah sie wieder seine beeindruckenden Brustmuskeln vor sich und die schmale Linie blonden Haars, die an seinem Bauchnabel begann und unter dem Handtuch verschwunden war. Sie hätte gern gesehen, wo sie endete.

Doch sollte sie das je herausfinden, sollte sie es jemals wagen, sich in diesen wundervollen blauen Augen zu verlieren und diese vollen, sinnlichen Lippen zu erkunden, ahnte sie schon, wie das ausgehen würde. Niemand in der Zeitungsbranche würde sie mehr ernst nehmen, und ihren Job wäre sie vermutlich auch los. Sie würde packen und nach Hause fahren müssen.

Amanda seufzte. Es war sehr lange her, seit sie sich so stark zu jemandem hingezogen gefühlt und ein solch heftiges sinnliches Verlangen empfunden hatte. Warum musste sie sich ausgerechnet in einen Mann vergucken, der unerreichbar für sie war? Höchstens in ihren erotischen Tagträumen durfte sie sich Brad nähern.

Vielleicht war ein kleiner Ausflug ins Land der Fantasie genau das, was sie jetzt brauchte, um diese innere Unruhe loszuwerden und sich besser auf ihre Arbeit konzentrieren zu können. Amanda ließ sich auf das Bett zurücksinken und schloss die Augen.

Ein wohliges Kribbeln durchrieselte sie, als sie sich ausmalte, wie Brad neben ihr auf dem Bett lag. In ihrer Vorstellung war er nackt, sehr erregt und mehr als nur bereit, sie in Besitz zu nehmen. Aber sie würde ihm noch nicht geben, was er wollte. Nicht sofort. Sie würde die Kontrolle übernehmen, ihn warten und sie noch heftiger begehren lassen.

Sie würde sich auf ihn setzen, um seine Erektion an ihrem Po zu spüren, und vielleicht hinter sich greifen, um ihn zu streicheln.

Sie ließ ihre Hände über ihren Körper gleiten. Dabei stellte sie sich vor, sich selbst zu berühren, während er zusah. Sie würde seine Begierde steigern, ohne ihm zu erlauben, sie anzufassen. Es wurde immer ausgeprägter, dieses eingebildete Gefühl von nackter Haut an nackter Haut. Amanda legte die Hände um ihre Brüste, deren Spitzen sich verhärteten und zu kribbeln schienen, als sie an Brads Blick dachte, an sein drängendes Verlangen, während er zusah, wie sie sich streichelte. Er würde versuchen, sie an sich zu ziehen, aber sie würde seine Hände wegschieben und ihm befehlen, nichts zu tun, solange sie es ihm nicht erlaubte. Ja. Einen Mann so vollständig zu dominieren, war ungemein verlockend und erregend.

Vor ihrem geistigen Auge sah sie, wie sie sich vorbeugte und mit ihren Brustspitzen das feine dunkelblonde Haar an seiner Brust berührte. Dann sah sie, wie sie unter einem Kissen zwei lange Seidenschals hervorzog. Sie stellte sich das Erstaunen in seinen Augen vor und seine Unentschlossenheit, während er überlegte, ob er sich diesem neuen Spiel verweigern sollte. Am Ende würde er sich doch von ihr fesseln lassen, und sie würde ihn dafür belohnen.

Wenn er gefesselt war und ihr Gefangener, begänne erst das wahre Spiel. Sie würde sich zwischen seine kräftigen Schenkel knien und seine Erektion mit der Hand umfassen. Und sie würde ihn beobachten, wenn sie ihn zwischen ihre Lippen nahm. Dann könnte sie sehen, wie er lustvoll aufstöhnend die Augen schloss.

Amanda dachte an all die Möglichkeiten, die sie hatte, ihn zu reizen und um den Verstand zu bringen. Ihre Finger glitten zwischen ihre Beine, zu der feuchten Hitze ihres Körpers, als sie sich neue Bilder und neue Szenen mit Brad und ihr ausmalte. Bilder, wie sie sich auf ihn setzte und ihn in sich aufnahm. Wie sie sich bewegte und ihn liebte, bis sie den Höhepunkt der Lust erreichten.

Während sie sich immer mehr erregte, begann sie ein Kribbeln zu spüren, das den Orgasmus ankündigte, bis es endlich so weit war und sie Erleichterung fand. Und mit der Erleichterung kam das Bedauern. So gerne sie es auch täte, niemals durfte sie es wagen, diese Dinge außerhalb ihrer Fantasie mit Brad zu tun.

4. KAPITEL

*D*as Klingeln seines Handys riss Brad am Dienstag schon um sieben in der Frühe aus dem Schlaf.

„Hast du die Morgenausgabe der ‚Tribune' schon gesehen?" Es war Mike, sein Agent. „Nein." Bitte lass nichts über meinen Arm darin stehen, schoss es Brad durch den Kopf. „Was Wichtiges?"

„Oh ja", sagte Mike. „Der Artikel ist gut. Genau das, was wir für die Verhandlungen brauchen. Wir können froh sein, dass er nach diesem Ohio-Mist erschienen ist. Wenn es mehr solcher Artikel gäbe, müssten wir uns um die Verlängerung deines Vertrages keine Sorgen mehr machen."

Brad sprang auf und griff nach seinem Morgenmantel. „Was steht denn genau drin?", fragte er auf dem Weg zur Eingangstür.

„Sie bringen einen großen Artikel mit dem Titel ‚Die Rays lassen die Hüllen fallen'. Und du stehst darin im Mittelpunkt: Brad Rogers, ein netter Typ, der seine Mutter liebt. Mannomann! Selbst wenn ich die Journalistin bestochen hätte, hätte ihre Schreibe kaum besser ausfallen können."

Brad konnte Mike mit Papier rascheln hören.

„Nun brauchen wir nur noch diesen Rekord. Bist du bereit für das Spiel heute Abend?"

„Es ist nicht heute, sondern Freitag. Und ich bin mehr als nur bereit", behauptete Brad, doch er wusste, dass das nicht stimmte. Sein Arm schmerzte jetzt schon, obwohl er gerade erst aufgestanden war.

„Das ist gut, mein Junge", sagte Mike. „Gib mir drei Zu-Null-Spiele nacheinander. Die kämen uns bei den Verhandlungen sehr zugute."

„Klar." Brad öffnete die Tür und holte die Morgenzeitungen herein. „Gute Presse, gutes Pitchen. Kein Problem." Hoffentlich war auch sein Arm damit einverstanden.

Als er kurz darauf am Tisch saß und Amandas Artikel las, begann er mit jeder Zeile ruhiger zu atmen. Sein Arm wurde mit keinem Wort erwähnt.

Mit einer Sorge weniger im Kopf wandten sich seine Gedanken anderen Dingen zu. Der Artikel bot ihm die perfekte Gelegenheit, Amanda näherzukommen. Und er hatte auch schon die eine oder andere Idee, wie er seine Eroberungskampagne starten konnte. Becker würde bald schon wissen, wer die Wette gewann und wer Manns genug war, Amanda vor Erregung aufstöhnen zu lassen.

Amanda hatte ein mulmiges Gefühl, als sie die Redaktion betrat. Da sie verschlafen hatte, war ihr keine Zeit geblieben, sich nach einem Exemplar der heutigen Ausgabe umzusehen, sodass sie nicht einmal wusste, ob ihr Artikel, den sie ihrem Chef am Abend zuvor in letzter Minute per E-Mail geschickt hatte, überhaupt erschienen war.

Als sie durch die Nachrichtenredaktion ging, drehten sich die Kollegen nach ihr um, und Geflüster erhob sich hinter ihrem Rücken. Na prima. Alle außer ihr wussten, dass sie gefeuert wurde. Ihr Artikel war wohl doch etwas zu gewagt gewesen. Nur gut, dass die Tür zum Chefbüro geschlossen war. Sie wollte erst die Zeitung sehen, bevor sie Kevin gegenübertrat.

All ihre Ängste fielen jedoch von ihr ab, als sie an ihrem Arbeitsplatz die Titelseite des Sportteils auf ihrer Tastatur entdeckte mit ihrem groß aufgemachten Artikel.

„Die Rays lassen die Hüllen fallen". Unter dieser pikanten Headline stand ihr Name. Amanda lächelte.

„Na, was sagst du dazu, Schätzchen?" Reggie war am Eingang ihrer kleinen Arbeitszelle aufgetaucht und grinste sie breit an.

„Dass ich ein Nervenbündel bin", gestand sie. „Und du mein Held. Ich kann kaum glauben, was für tolle Fotos du von Brad gefunden hast."

„Dafür hat man schließlich einen Assistenten", erwiderte er lächelnd.

„Und wie findest du die Story?"

„Fabelhaft. Du hast gerade genug Sport gebracht, um bei den Fakten zu bleiben, aber auf eine prickelnde, spekulative Art und Weise, mit der sich Zeitungen verkaufen."

Amanda biss sich auf die Unterlippe. „Dann würdest du also auch als Mann meinen Artikel lesen? Er hat dich nicht gelangweilt?"

Reggie schüttelte den Kopf. „Im Gegenteil. Mir gefiel die Sache mit Brads Glücksbringer. Es ließ ihn menschlicher erscheinen. Außerdem sind alle Männer abergläubisch in Bezug auf Sport. Das ist etwas, was ein Mann gut nachvollziehen kann."

Bevor Amanda etwas erwidern konnte, erschien Kevin und legte stirnrunzelnd die Arme auf die Trennwand ihrer Arbeitszelle. „Mein Telefon klingelt unablässig", sagte er in scharfem Ton.

Amanda und Reggie wechselten einen besorgten Blick. „Weswegen?", fragte sie, weil Kevin das offensichtlich von ihr zu erwarten schien.

„Einige der Spieler beunruhigt Ihr Versprechen, die wahren Männer unter den Trikots zu offenbaren."

„Pah", sagte Reggie. „Dann müssen sie was zu verbergen haben. Das klingt für mich, als könnten wir Neuigkeiten erwarten."

Kevin schwieg und starrte Amanda an. Amanda schlug das Herz bis zum Hals. „Ja. Ich …", begann sie.

Kevin fiel ihr ins Wort: „Die heutige Ausgabe geht weg wie warme Semmeln. Sie können sich entspannen, Amanda. Da ich die Story gebracht habe, muss ich sie wohl gut gefunden haben. Jeder halbwegs tüchtige Journalist weiß, dass Sex und Skandale sich verkaufen. Das war gute Arbeit."

Amanda blinzelte erfreut. „Äh … danke, Kevin."

„Und apropos Enthüllungen – es gibt da so ein Gerücht über den Missbrauch von Steroiden im Team. Jack ist an der Story dran."

Steroide? Das war die Art von Story, die für Ärger sorgte. Die Art von Story, bei der man auf der Hut sein musste, weil falsche Behauptungen Karrieren ruinieren konnten. „Können Sie mir Ihre Quelle nennen?"

„Nein", erwiderte er knapp. „Sie müssen schon selbst Ihre Fühler ausstrecken und neue Kontakte knüpfen. Das wäre gut, denn ich erwarte von Ihnen, dass Sie Jack bei dieser Story zuvorkommen. Ist das klar?"

„Natürlich", entgegnete Amanda schnell. „Das liegt auch in meinem Interesse."

„Gut. Dann halten Sie mich auf dem Laufenden", verlangte Kevin, bevor er wieder ging.

„Und ich dachte schon, ich würde gefeuert!", sagte Amanda aufatmend.

„Ach was. Das war ein voller Erfolg", beruhigte Reggie sie. „Nun brauchst du nur noch dafür zu sorgen, dass …"

„… ich diese Story vor Jack bekomme."

„Genau. Aber fixier dich nicht zu sehr auf Jack. Tu es auf deine Weise, nicht auf seine. Aber eigentlich bin ich gekommen, um dir zu sagen, dass du dir eine Wohnung suchen musst."

„Oh." Amanda setzte sich. „Ich weiß. Aber ich brauche Zeit, um etwas Bezahlbares zu finden. Alles, was der Makler mir bisher gezeigt hat, war entweder wahnsinnig teuer oder wahnsinnig weit draußen."

„Ich hätte da vielleicht eine Lösung", meinte Reggie. „Karen Tuggle, unsere Wetterfrau, hat ein Doppelhaus, von dem sie eine Hälfte vermietet. Ich weiß nicht, ob sie frei ist, aber das Haus liegt in einer guten Gegend, und die Miete ist bezahlbar."

„Klingt gut. Ich spreche mit ihr. Und falls Kevin mich demnächst mit dem Team zu den Spielen in Texas fahren lässt, kann ich von dort auch endlich meinen eigenen Wagen mit herüberbringen."

„Das tut Kevin sicher. Jack wird auf jeden Fall dabei sein. Ein Grund mehr für den Chef, uns mitfahren zu lassen."

Amandas Telefon klingelte. Reggie winkte ihr noch einmal zu und ging.

Am späten Freitagnachmittag saß Amanda in der Redaktion und notierte Fragen, die sie den Rays nach dem Spiel stellen wollte. Und Fragen gab es jede Menge. Das letzte Spiel war für die Mannschaft so schlecht gelaufen, dass der Coach der Presse den Zugang zu den Umkleideräumen verwehrt hatte. Und da die beiden Tage darauf nicht gespielt worden war, hatte Amanda niemanden interviewen können. Deshalb hatte sie für ihren zweiten Artikel auf Rileys Aberglaube bezüglich des Öls, das seine Zigeunerin ihm empfohlen hatte, zurückgreifen müssen. Sie hätte gern einen besseren Aufhänger für die Story gehabt und konnte nur hoffen, dass sich am Abend etwas ergab. Außerdem bot sich ihr heute die erste Gelegenheit, Brads Reaktion auf den Artikel über ihn zu erfahren.

Brad.

Sie dachte viel zu oft an ihn.

Ein Poltern schreckte Amanda auf. Kevin hatte zwei Säcke in ihre Arbeitskabine geschleppt und auf den Boden geworfen. Nun stand er schnaufend davor. „Fanpost", sagte er und zeigte auf einen der Säcke. „Hasspost", bemerkte er zu dem anderen.

Amanda schluckte. „Hasspost?"

„Interesse ist Interesse", meinte Kevin. „Dinge, die polarisieren, sind interessant. Machen Sie so weiter, dann bleiben Sie vielleicht noch eine Weile."

Amanda war trotzdem entsetzt. „Wieso hassen mich die Leute?"

„Wen interessiert das schon?", versetzte Kevin irritiert. „Wichtig ist nur, dass Sie vor Jack an diese Steroide-Story kommen. Fühlen Sie mal Tony Rossi auf den Zahn. Meine Quelle meint, dass Jack ihn für den Übeltäter hält. Also legen Sie los, Amanda. Ich will die Story haben. Egal, welche Mittel Sie einsetzen müssen. Ist das klar?"

Glasklar. Im Grunde verlangte er von ihr, das Vertrauen der Mannschaft zu gewinnen und zugleich die Karriere eines Spielers zu zerstören.

„Und noch etwas", fuhr Kevin fort, „das Team fährt nach Nashville. Da Jack aber diesmal nicht dabei ist, fahren Sie auch nicht mit.

Ihr verdammtes Hotelzimmer, das Sie hier in L.A. noch immer bewohnen, frisst mein Budget auf. Finden Sie eine Wohnung, bevor ich Ihnen eine suche."

Er wollte die Story von ihr haben, sie aber nicht das Team begleiten lassen. Das ergab keinen Sinn. Amanda verkniff sich eine diesbezügliche Bemerkung und versuchte, ihren Chef zu beruhigen: „Ich ziehe zu Karen Tuggle. Nächste Woche."

„Gut. Und wie lange wollen Sie den Mietwagen noch behalten?"

„Sie waren damit einverstanden, dass ich nach den Texas-Spielen mein eigenes Auto mit herbringe."

„Es sind noch mehrere Wochen bis dahin", sagte er brummig.

Zum Glück erschien in diesem Moment Reggie. „Fahren wir?"

Amanda sprang auf. „Ich bin so weit."

„Beschaffen Sie mir diese Story", verlangte Kevin noch einmal und ging.

Das Telefon auf Amandas Schreibtisch klingelte, und Reggie zeigte zur Tür. „Ich warte unten."

Amanda nickte und nahm den Hörer ab. „Amanda Wright."

„Hallo. Hier ist der Star Ihres ersten Artikels in der ‚Tribune'."

Ihr Herz schlug schneller. „Und? Hat er Ihnen gefallen?"

„Ich hatte Sie gebeten, mich nicht als abergläubisch hinzustellen", erinnerte Brad sie, aber er klang überhaupt nicht verärgert, sondern eher so, als flirtete er mit ihr.

„Das habe ich auch nicht getan. Ich habe Sie als sentimental beschrieben und Ihnen damit wahrscheinlich einen Gefallen erwiesen."

„Einen Gefallen? Was für einen Gefallen?"

„Nun", erwiderte sie gedehnt, „wegen der Kneipenprügelei und Ihrer anschließenden langen Erholungspause hatte Ihr Image ein wenig gelitten. Die Öffentlichkeit musste daran erinnert werden, dass Sie eigentlich ein ganz netter Kerl sind. Und Ihr Team vermutlich auch."

„Genau diese Ansicht vertritt auch mein Agent. Und deshalb werde ich Ihnen die Sache mit dem Aberglauben noch mal nachsehen."

„Wie nett von Ihnen. Ich war schon sooo beunruhigt."

„Sie sind nicht auf den Mund gefallen. Das habe ich schon bei Jack bemerkt."

„Jack", wiederholte sie angewidert. „Was für ein reizendes Kerlchen."

Brad lachte. „Ja, ich habe beobachtet, wie gut Sie miteinander auskommen. Aber zurück zu Ihrem Artikel. Sie haben darin einige Fragen unbeantwortet gelassen. Er wirkte ein bisschen … unvollendet."

Amanda runzelte die Stirn. „Was für Fragen?"

„‚Wer ist der wahre Mann hinter dem Baseballspieler?'", zitierte er. „Das wollten Sie doch in Ihrem Artikel wissen."

„Das war eher rhetorisch gemeint. Rhetorik verlangt ja bekanntlich keine Antwort; sie soll nur die Neugier wecken."

„Ich finde, Sie sind es Ihren Lesern schuldig, die Antworten herauszufinden."

„Ach ja?", fragte Amanda und vergaß Kevin und seine Forderungen. „Ich hatte den Eindruck, dass Sie den ‚wahren Mann' lieber verbergen wollten."

„Das kommt darauf an, vor wem", erwiderte er mit leiser, eindringlicher Stimme.

„Sie bieten mir ein Interview an?"

„Genau. Heute Abend. Nach dem Spiel." Er zögerte. „Rein geschäftlich selbstverständlich."

Wenn es so war, warum musste er das dann extra betonen? „Natürlich", sagte sie, obwohl sie den Eindruck hatte, dass Brad nicht nur rein geschäftlich an ihr interessiert war. Plötzlich sah sie ihn wieder vor sich. In ihrer Fantasie war er splitterfasernackt an ihr Bett gefesselt.

„Bis dann", verabschiedete sich Brad.

„Ja, bis später", erwiderte sie und blinzelte, um die beunruhigenden Bilder aus ihrem Bewusstsein zu verdrängen.

Eine Weile herrschte Stille in der Leitung. Amanda konnte nur ihre eigenen Atemzüge hören, die ihr plötzlich wie eine prickelnde, erotische Verheißung vorkamen. Schließlich zwang sie sich, den Hörer langsam aufzulegen.

5. KAPITEL

*S*tunden später folgte Amanda ihrem Kollegen Reggie von der Tribüne zum Imbissstand in der Nähe des Baseballfelds hinüber. „War es interessant, mit den Groupies zu plaudern?", erkundigte er sich bei ihr.

„Sehr." Besonders eine junge Frau namens Laura war sehr mitteilsam gewesen. „Ich weiß nun, dass einer der Spieler ein Fußfetischist ist und dass ein anderer eine Vorliebe für Bondage hat. Und du kennst doch Becker, den neuen Pitcher, der erst seit Kurzem bei ihnen ist?" Amanda machte eine Kunstpause, um die Spannung zu erhöhen. „Der soll ein Strumpfband unter dem Trikot tragen."

„Wie bitte? So ein Spinner." Reggie verdrehte die Augen. „Und was davon wirst du für deine Story nehmen?"

„Das Strumpfband, natürlich. Das passt zum Thema Aberglaube und käme gerade richtig."

„Gute Idee", sagte Reggie. „Aber was ist mit der Dopingsache? Haben die Mädchen dir in dieser Hinsicht auch einen Tipp geben können?"

Amanda seufzte. „Nein. Aber da ich die Mädels morgen Abend treffe, finde ich es dann vielleicht heraus. Sie gehen jeden Samstagabend zusammen aus."

„Und sie haben dich eingeladen mitzukommen?", fragte Reggie überrascht.

„Mit einer von ihnen habe ich mich recht gut verstanden. Mit Laura."

„Das ist die, mit der Tony befreundet ist. Vielleicht ist diese Laura ja Kevins Quelle. Super, dass du dich mit ihr so gut verstehst", lobte Reggie und begann sich mit dem großen Teller Nachos zu befassen, der ihm gerade über die Theke des Imbisswagens gereicht wurde.

„Aus!"

Brad ließ die Schultern hängen, als der Ruf des Schiedsrichters die Luft zerriss. Verdammt! Seinen Zu-Null-Spiel-Rekord konnte er sich abschminken. All der Schmerz und all die Qualen, und trotzdem hatten die Jets dank eines Lochs im Handschuh des Mittelspielers der Rays gepunktet.

Brad wusste, dass es nicht die Schuld seiner Mannschaftskameraden war – oder die des verdammten Pfefferminzöls. Es lag an ihm. Wenn er nur ein bisschen mehr Kraft in diesen letzten Wurf gelegt hätte …

Er versuchte, möglichst unauffällig seine Schulter zu bewegen. Plötzlich sah er, dass der Coach dem Schiedsrichter bedeutete, das Spiel zu unterbrechen. Dann kam er zu ihm herüber.

„Sie haben großartig gespielt", meinte der Coach zu ihm. „Sie haben sich sehr viel abverlangt, und Ihr Arm ist müde. Zudem ist bei den Jets gleich Simpson dran. Der hat einen Mordsschlag. Ich will Becker, unseren Neuen, mal einsetzen, um zu sehen, was er draufhat."

Brad drehte sich fast der Magen um. Jetzt war nicht nur der Rekord hin, der Coach wollte ihn auch noch gegen Becker austauschen. „Simpson trifft meine Bälle nicht, Coach. Garantiert. Überlassen Sie ihn mir, und danach verlasse ich dann den Platz."

Der Trainer schüttelte den Kopf. „Sie sind müde. Lassen Sie Becker weiterspielen."

Brad senkte den Blick. Er war ungeheuer wütend, aber da er, so elend, wie er sich fühlte, nicht mal sicher war, überhaupt noch einen Wurf zustande zu bringen, fügte er sich in das Unvermeidliche.

Die Zuschauer buhten, sichtlich empört über die Entscheidung des Coachs, Brad auf die Bank zu schicken. Am Rande des Spielfelds warf er wütend den Handschuh auf den Boden.

„Simpson wird den Ball über das Feld hinaus schlagen", sagte er zu Coach Locke, der ihm gefolgt war.

„Wir werden sehen."

„Becker geht da rein und denkt, er kann sie alle in die Knie zwingen. Aber er berücksichtigt nicht die Kraft der Schlagmänner und ignoriert die Zeichen des Werfers." Brad merkte, dass er laut geworden war, fühlte sich aber zu sehr auf den Schlips getreten, um seinen Ton zu mäßigen.

„Ich werde mit ihm reden", sagte der Coach. „Er braucht ein bisschen Ansporn."

„Was er braucht, ist ein Tritt in den Hintern", fauchte Brad.

„Es gibt andere Wege, ihn zur Vernunft zu bringen."

Brad schnaubte. „Abgesehen davon, ihn in die Kreisliga zurückzuschicken, wüsste ich nicht, wie."

In dem Moment prallte Beckers Ball gegen Simpsons Schläger und wurde weit über das Feld hinaus geschlagen.

Mehrere Reporter warteten bereits im Umkleideraum, als Brad hereinkam. Er fluchte, als er Becker mit Amanda sprechen sah. Dieser Schnösel ließ wirklich nichts unversucht, um die Wette zu gewinnen.

Träum weiter, Freundchen, dachte er zähneknirschend. Nachdem er dem Burschen während des Spiels schon das Wurfmal hatte überlassen müssen, wollte er verdammt sein, wenn er ihm auch noch Amanda überließ.

Eine heiße Nacht mit ihr würde zweifelsohne sehr dazu beitragen, seine Stimmung zu verbessern. Je eher er also ihren schönen Körper unter seinem hatte, desto besser. In diesem Moment warf sie den Kopf zurück, und Brad stellte sich seine Lippen auf ihrem schlanken Nacken vor und ihr lustvolles Stöhnen, wenn er sie liebte.

Becker konnte auf Amanda einreden, so viel er wollte, aber diesen Kampf würde er nicht gewinnen, denn er, Brad, hatte längst beschlossen, dass Amanda ihm gehörte.

Amanda spürte Brads Anwesenheit sofort, als er hereinkam, und ihr Blick suchte ihn prompt. Sie musterte seinen hochgewachsenen, muskulösen Körper. Der Mann war phänomenal, auch wenn er mehr als nur ein Handtuch um die Hüften trug.

Sie musste sich zwingen, wieder Casey Becker anzusehen, der mehr an einem Flirt als an der Beantwortung ihrer Fragen interessiert zu sein schien. „Sie sollen ziemlich abergläubisch sein", bemerkte sie, weil ihr sein Geplänkel langsam auf die Nerven ging. „Kam Ihnen das Glück zu Hilfe, sodass Sie sich schnell mit diesem verpatzten Homerun abfinden konnten?"

„Glück? Pah! Es gibt nur mich und den Batter da draußen. Brad wird alt. Er braucht Halsketten und Glücksbringer. Ich nicht."

Dieser Seitenhieb kam völlig unerwartet. War da jemand eifersüchtig? Brad hatte bei diesem Spiel zwar die Chance auf einen Rekord eingebüßt, aber trotzdem gut gespielt. In die Fußstapfen des Starpitchers zu treten, ließ den Neuen scheinbar arrogant werden.

„Sie sind Unterwäschefan, hörte ich", entgegnete Amanda, ohne auf Beckers Sticheleien einzugehen. „Es soll ja Pitcher geben, die ein Strumpfband unter dem Trikot tragen."

Becker wurde rot bis an die Haarwurzeln und begann herumzubrüllen: „Welcher Idiot erzählt hier, ich trüge Strumpfbänder als Glücksbringer? Tony?" Die anderen Männer lachten. Tony war nirgendwo zu sehen.

„Na, hören Sie sich nach Klatsch und Tratsch um, Amanda?", fragte Jack, der plötzlich neben ihr stand.

Bevor sie etwas erwidern konnte, mischte sich Becker ein: „Lass die Dame in Ruhe."

Jack grinste. „Das ist keine Dame, sondern die Königin des Klatschs."

Wut stieg in Amanda hoch, aber sie wollte sich von Jack nicht provozieren lassen. „Richtig", sagte sie zu Casey Becker. „Ich werde Ihre ganzen schmutzigen Geheimnisse publik machen. Morgen wird die ganze Welt erfahren, dass Sie von einem anderen Planeten stammen und übernatürliche Kräfte haben. Und auch Ihr allergrößtes Geheimnis werde ich aufdecken: dass Silber nämlich Ihren Fähigkeiten schadet. Dann werden Sie nie wieder einen anständigen Ball schlagen."

Casey lachte. „Sie sind echt witzig, Amanda. Du musst doch zugeben, dass sie witzig ist", meinte er mit einem Blick auf Jack.

Befriedigt registrierte Amanda Jacks irritierte Miene. Sie hätte ihren Konkurrenten gern noch weiter durcheinandergebracht, wenn Brad sich ihr nicht plötzlich genähert hätte.

„Hallo, Amanda", sprach er sie an, ohne die beiden Männer zu beachten. Seine Augen glühten förmlich, als er ihren Blick suchte und sie unverhohlen anstarrte.

„Hi", erwiderte sie. „Sie haben heute Abend gut gespielt."

„Nicht so gut, wie ich wollte", entgegnete er und wechselte das Thema: „Ich muss vor dem Interview noch duschen. Treffen wir uns in einer Viertelstunde?"

„Klar. Wo?"

„Kommen Sie doch ins ‚Spirals‘ zu unserer Spielerfeier", schlug Becker vor. „Dann können Sie mich und ein paar andere gleich interviewen. Ihre Konkurrenz wird natürlich auch da sein – nicht wahr, Jack?"

Jacks Miene verfinsterte sich.

„Natürlich komme ich", stimmte Amanda mit einem zuckersüßen Lächeln in Jacks Richtung zu, bevor sie sich wieder Brad zuwandte.

Brad schaute sie lange an, und sie hatte das Gefühl, dass sein Blick aus blauen Augen ihr erheblich mehr als nur ein Interview versprach. „Klar. Wir sehen uns dann dort."

Er hielt noch ein paar Sekunden Blickkontakt, bevor er sich abwandte und ihr so den Anblick seiner sehr beeindruckenden Kehrseite bot.

Brad lehnte an der Bar, als Jack zu ihm herüberkam. „So ein verdammtes Pech, dein Rekord ist in weite Ferne gerückt", meinte er.

„Wir haben das Spiel gewonnen", sagte Brad. „Nur das zählt letztendlich."

„Und Tony ist jetzt hinter dem Homerun-Rekord her."

Tony war einer der besten Hitter, die Brad kannte. „Er stellt bestimmt einen Rekord auf. Er hat Raketentreibstoff in seinem Schläger."

„Manche behaupten, er ginge aus anderen Gründen ab wie eine Rakete."

„Was willst du damit andeuten?", entgegnete Brad alarmiert. Jack verhielt sich anders, seit er den Arbeitgeber gewechselt hatte, und strahlte etwas aus, das Brad nervös machte. Diese Andeutung, dass Tony womöglich dopte, beunruhigte ihn sehr.

„Manche sind der Meinung, dass Tony zu schnell zu gut geworden ist."

Verärgert baute Brad sich vor Jack auf. „Ich weiß nicht, worauf du hinauswillst, aber was du da andeutest, gefällt mir nicht."

„Hey, Mann", erwiderte Jack beschwichtigend, „ich will dich doch nur warnen. Es gehen Gerüchte um, dass Tony dopt."

Brad glaubte keine Sekunde lang, dass Tony das tat. „Woher hast du das?"

„Du weißt, dass ich dir meine Quellen nicht nennen kann."

„Dann würde ich an deiner Stelle den Mund halten, denn du bist der Einzige, der so etwas behauptet." Brad trat drohend noch näher auf ihn zu.

„Vielleicht kannst du mir ja mehr darüber verraten. Red mit mir, Brad. Hilf mir, Klarheit zu gewinnen."

„Es gibt nichts zu besprechen. Tony arbeitet hart, und das macht sich bezahlt."

„Hoffentlich hast du recht", erwiderte Jack. „Verzweifelte Spieler greifen manchmal zu verzweifelten Mitteln, um ihre Karriere zu retten. Du müsstest doch wissen, wie er sich fühlt, da dein Vertrag ja noch immer nicht verlängert ist. Und vergiss nicht die Geschichte mit der Prügelei und deiner Operation danach. Vielleicht finden die Bosse dich ja gar nicht mehr so interessant."

Wusste Jack, dass er wieder verletzt war? Spielte er darauf an? „Ich habe noch keinen neuen Vertrag unterzeichnet, weil ich mir nicht sicher bin, bei wem ich spielen will. Du dagegen hast es nicht einmal über die Lokalzeitung hinausgebracht. Vielleicht bist du es ja, der so groß herauskommen will, dass du selbst Leuten schaden würdest, die dir Vertrauen entgegenbringen."

Jack rieb sich verärgert das Kinn. „Ich war immer fair zu eurem Team und habe nie etwas veröffentlicht, ohne auch die Version des Spielers zu der Angelegenheit zu bringen."

„Das stimmt. Aber verzweifelte Menschen greifen eben manchmal zu verzweifelten Mitteln. Das hast du selbst gesagt. Vielleicht versuchst du ja, dir auf Biegen und Brechen eine Story zusammenzufantasieren."

„So ein Quatsch", entgegnete Jack verärgert.

„Wir werden sehen." Ohne eine Antwort abzuwarten, drehte Brad sich um und ging.

Amanda hatte ein komisches Gefühl in der Magengegend, als sie die Bar betrat. Obwohl sie sehr unter Erfolgsdruck stand, war es vor allem die Aussicht, Brad zu treffen, die sie unruhig machte. Ihr Körper schien vor sinnlicher Erregung zu prickeln, die durch das Wissen, dass sie ihr nicht nachgeben durfte, noch gesteigert wurde. Trotzdem suchte sie die Menge nach Brad ab. Sie wusste, dass ihre Zuneigung zu ihm nicht einfach so verschwinden würde, also musste sie zusehen, wie sie damit umging.

Auf dem Weg an die Bar musste sie einer gestikulierenden Frau mit einem Glas in der Hand ausweichen, doch vergeblich. Sie stieß mit ihr zusammen, und der Inhalt des Glases schwappte über sie. Das hatte ihr gerade noch gefehlt! „Heute ist nicht mein Tag", murmelte sie, während sie sich die klebrige Flüssigkeit aus dem Gesicht wischte.

„Hey!", sagte eine tiefe Männerstimme. „Alles okay?"

Brad stand vor ihr. Er sah mal wieder umwerfend aus – und sie wie ein begossener Pudel. „Ja, ja. Ich bin nur nass geworden."

Brad grinste. „Ich finde, um nasse Frauen sollte man sich kümmern, meinst du nicht? Komm mit in den Waschraum." Bevor sie etwas erwidern konnte, zog er sie an der Hand durch das Gewirr von Tischen, Stühlen und Gästen. Amanda starrte auf seinen Po und fand, dass der in Jeans nicht weniger gut aussah als in einer engen Baseballhose. Sie konnte sich nicht lange an dem Anblick erfreuen, denn sie erreichten die Damentoilette.

„Danke", sagte sie und wollte ihm ihre Hand entziehen.

„Ich warte hier."

Ihre Blicke trafen sich, und Amanda schlug die Augen nieder. Als sie sich im Waschraum im Spiegel sah, erschrak sie. Mithilfe von Papiertüchern, Haarbürste und Händetrockner gelang es ihr, den Schaden einigermaßen zu beheben. Trotzdem wäre sie am liebsten nach Hause gegangen. Sie hatte genug von dem Lärm und all den Menschen, aber sie brauchte eine Story. Deshalb musste sie bleiben und sich mit dem Team anfreunden. Außerdem wartete Brad vor der Tür auf sie. Bei diesem Gedanken rieselte ihr ein Schauer über den Rücken. Es war unglaublich, wie sehr sie dieser Mann faszinierte. Ein bloßer Blick aus seinen blauen Augen bescherte ihr schon weiche Knie.

Als Amanda die Tür öffnete, lehnte Brad draußen an der Wand und hatte seine Arme vor der Brust verschränkt.

„Du scheinst völlig wiederhergestellt zu sein", sagte er lächelnd.

„Danke für die Navigationshilfe vorhin. Die Größe macht eben doch einen Unterschied", sagte sie und errötete augenblicklich bis an die Haarwurzeln. Was hatte sie da gerade gesagt! „Ich meine, man hat einfach einen besseren Überblick, wenn man so groß wie du ist", stellte sie schnell klar. Um ihm ihr Interesse nicht noch deutlicher zu zeigen, senkte sie den Blick und blinzelte ein paarmal.

„Vorsicht, Gegenverkehr!" Bevor sie wieder aufschauen konnte, zog Brad sie an sich, und sein warmer Atem strich über ihren Nacken. „Du wärst fast schon wieder überrannt worden."

Ihm so nahe zu sein, war mehr als aufregend. Die vielen Frauen, die an ihnen vorbeidrängten, nahm sie nur undeutlich wahr, weil sie an nichts anderes denken konnte als an Brads Bein an ihrem und an die Wärme seiner Hand auf ihrem Rücken. Sie wartete gespannt darauf, dass er die Hand noch tiefer auf ihren Po hinabgleiten ließ und sie vielleicht sogar ermutigte, ihr Bein um seins zu legen, sodass ihre Unterkörper sich berührten.

Es durchzuckte Amanda heiß, und ihr Körper schien an den richtigen Stellen zu prickeln. Nein, an den falschen Stellen, korrigierte sie sich. Brad war für sie tabu. Aber nicht einmal das vermochte der sinnlichen Erregung Einhalt zu gebieten, die sie von Kopf bis Fuß durchrieselte.

Irgendwie schaffte Amanda es, einen Schritt zurückzutreten, als plötzlich eine Stimme ertönte: „Hi, Amanda! Wie schön, dass du gekommen bist."

Es war Laura, das hübsche blonde Groupie, das sie kürzlich kennengelernt hatte. „Ich will mit dir noch was besprechen", sagte sie zu Amanda, nachdem sie Brad begrüßt hatte. „Ich sitze mit einigen der Jungs dort drüben am Tisch. Setz dich doch zu uns."

Keine schlechte Idee, dachte Amanda. Sie konnte ein paar Minuten fern von Brad gebrauchen. „Ich komme gern, Laura."

„Super. Ich muss nur kurz noch mal für kleine Königstiger."

„Hängst du jetzt schon mit Groupies rum?", fragte Brad, als Laura weg war.

„Na und? Du doch auch", erwiderte Amanda.

„Schon lange nicht mehr."

Bevor sie etwas entgegnen konnte, war Laura wieder da. „Die Warteschlange ist mir zu lang", erklärte sie.

Amanda verabschiedete sich von Brad, doch er bat Laura, ihn noch kurz mit Amanda allein zu lassen.

Als Laura außer Hörweite war, sagte er: „Du bist wohl doch noch nicht bereit dazu."

„Bereit wozu?", fragte sie mit unsicherer Stimme.

„Für das Interview", antwortete er mit einem sexy Lächeln. „Lass es mich wissen, wann du es bist."

Amanda errötete. „Oh. Natürlich." Er sprach nicht von Sex, wie sie erst vermutet hatte. „Gib mir ein paar Minuten, um alle zu begrüßen, dann bin ich ... bereit."

„Ich kann es kaum erwarten."

Später saß Amanda in einer Nische neben Laura, die wie eine Klette an Tony hing, während er mehr an der Dunkelhaarigen interessiert war, die Kurt Caverns, den Catcher des Teams, mit schwärmerischen Blicken musterte. Kurt wiederum schien mehr an seinem Cowboyhut zu liegen als an der Brünetten.

Seufzend griff Amanda nach ihrer Margarita. Obwohl sie Brad nicht sehen konnte, spürte sie seine Gegenwart. Sie roch auch immer noch sein Aftershave an ihren Kleidern. Ihre Vernunft riet ihr, die Finger von ihm zu lassen, doch ihre Fantasie bestürmte sie mit immer neuen Bildern, in denen er sie verführte oder mit ihr in einem Bett lag. Dass sie seit zwei Jahren keinen Sex mehr gehabt hatte, machte die Sache nicht besser. Wer hätte gedacht, dass der Verzicht auf die Annehmlichkeiten männlicher Gesellschaft sie derart anfällig für erotische Fantasien machen würde?

Jack riss sie aus ihren Gedanken, als er sich zu ihnen setzte. „Schon was für die Klatschspalte ausgegraben?", fragte er.

„Sie brauchte nicht zu graben", erwiderte Kurt. „Ich habe ihr schon alle Schlechtigkeiten über dich erzählt."

„Zu den wirklich guten Sachen seid ihr hoffentlich noch nicht gekommen", meinte Jack unfreundlich. „Da hätte ich nämlich noch etwas hinzuzufügen."

Bevor Amanda reagieren konnte, kam Casey Becker und forderte sie zum Tanzen auf.

Jack schnaubte. „Also wirklich!"

„Was? Beleidigt, weil er Sie nicht aufgefordert hat?", fragte Amanda.

„Mit dem Hintern zu wackeln, bringt Ihnen keine Leser", fauchte Jack.

„Aber eine Story", sagte Laura.

Das hättest du dir auch verkneifen können, Schwester, dachte Amanda. „Sie sind ein echter Blödmann, Jack", sagte sie, weil ihr nichts Schlagfertigeres einfiel.

„Und Sie sind ein Möchtegern, der es nirgendwohin schaffen wird", blaffte Jack zurück.

Die Worte waren ein Schlag ins Gesicht für sie, da ihr Ex dasselbe über sie gesagt hatte. Sie hatte keine Lust, das auf sich beruhen zu lassen. Sie musste sich von Jack nichts gefallen lassen. Obwohl sie eigentlich keine Lust hatte, mit Becker zu tanzen, willigte sie deshalb trotzdem ein.

„Wir werden ja sehen, wie weit ich es bringe", sagte sie zu Jack. „Ich werde jetzt mit Casey tanzen und lasse mir dabei ein Exklusivinterview von ihm geben."

Auf der überfüllten Tanzfläche wurde sie so herumgewirbelt und herumgeschubst, dass ein Gespräch völlig unmöglich war. So viel zu dem Interview. Wenn das so weiterging, würde dieser Abend ein totaler Reinfall werden.

Mit ein paar Geldscheinen, die den Besitzer wechselten, sorgte Brad in der Zwischenzeit dafür, dass das nächste Musikstück eine langsame Melodie hatte. Sein Adrenalinspiegel stieg rasant an, als er zur Tanzfläche ging und sich zu Becker vordrängte, der Amanda gerade mit ausgefallenen Tanzschritten zu beeindrucken versuchte. Dem Bürschchen stand eine Lektion bevor, die er nicht so schnell vergessen würde.

6. KAPITEL

*J*etzt bin ich dran, glaube ich."

„Vergiss das mit dem Abklatschen", sagte Becker. „Du kannst wieder an deinen Platz zurückgehen und dich in deinem Bier ertränken."

Brad würdigte Becker keines Blickes, sondern übermittelte Amanda nur mit seinen Augen die stumme Botschaft, dass er sehr viel mehr von ihr wollte, als jetzt mit ihr zu tanzen. „Ich denke, das muss sie entscheiden."

Amanda war klar, dass sie und Brad einen Wendepunkt erreicht hatten. Von der Entscheidung, die sie jetzt zu treffen hatte, hing ab, ob Vernunft oder Leidenschaft den Sieg davontrug. Wenn sie sich entschied, mit Casey weiterzutanzen, würde Brad nie wieder mit ihr flirten. Und wenn sie sich für Brad entschied …

Casey starrte sie ungläubig und wütend an, aber er ließ sie nicht los, sondern verstärkte seinen Griff sogar noch. Sie hatte allerdings das Gefühl, dass seine Beharrlichkeit nichts mit ihr zu tun hatte, sondern mit Brad. Auf solche Spielchen hatte sie keine Lust. Gerade, als sie den Herren das mitteilen wollte, ließ Casey sie unvermittelt los.

„Glaub ja nicht, dass ich mich geschlagen gebe", presste er hervor. Sie war nicht sicher, zu wem er das sagte.

Noch bevor die Musik langsamer wurde, zog Brad Amanda wie selbstverständlich in seine Arme.

„Hast du ein langsameres Stück bestellt?", fragte sie.

Er grinste. „Ich habe ein bisschen nachgeholfen."

„Es macht dir wohl Spaß, Becker zu ärgern?"

„Ja. Aber er war nicht der Grund, weshalb ich etwas Langsameres wollte."

„Brad …"

Er legte ihr einen Finger an die Lippen. „Es ist nur ein Tanz, Amanda."

Natürlich war es nur ein Tanz, aber sie wussten beide genau, welche Auswirkung die körperliche Nähe hatte. Jede Sekunde, die sie miteinander verbrachten, schürte das Feuer, das zwischen ihnen loderte.

Brad strich ihr mit einem Finger über die Wange. Amanda musste schlucken, weil sie einen trockenen Mund bekam und ihre Glieder plötzlich seltsam schwer waren. Das Gefühl verstärkte sich, als Brad sie noch fester an sich zog und ihre Schenkel sich berührten; nicht so, dass es Aufmerksamkeit erregt hätte, aber genug, um ihre Fantasie anzuheizen.

„Was ist mit dir und diesem Neuen?", fragte sie, um sich nicht mehr auf Brads Körper konzentrieren zu müssen.

„Das Gleiche könnte ich dich fragen. Er scheint dich zu mögen."

„Du weichst mir aus, Brad."

Er dirigierte sie an den Rand der Tanzfläche, wo die Musik nicht so laut war. „Ich konnte dich kaum verstehen", murmelte er ihr ins Ohr.

Amanda wusste nicht, ob sie das glauben sollte, stellte sich aber auf die Zehenspitzen, um ihre Frage zu wiederholen. Als Brad sie daraufhin an sich zog, vergaß sie, was sie hatte sagen wollen. „Benimm dich, Brad", hauchte sie nur.

Sie wollte sich von ihm lösen, aber sein Mund war schon dicht an ihrem, und ihre Blicke begegneten sich. Amanda konnte kaum atmen.

„Benehmen wird stark überschätzt", erwiderte er mit rauer Stimme.

Wie recht er hatte.

Jemand rempelte sie an, und Amanda wurde sich wieder bewusst, wo sie sich befanden. Unauffällig, aber sehr entschieden, trat sie einen Schritt zurück. Da sie nicht wusste, wie sie in Worte fassen sollte, was sie bewegte, wandte sie sich einfach ab und ging.

Brad folgte ihr und packte sie am Arm. „Bitte bleib. Lass uns einen Drink zusammen nehmen", sagte er.

„In Ordnung", erwiderte sie und entzog ihm ihren Arm. „Aber ich will ein anständiges Interview von dir. Und keine Tricks mehr, ja?"

Er nickte. Sie gingen zur Bar, und Amanda wünschte, sie wäre nicht zu diesem Treffen gekommen. Statt mit dem Starpitcher des Teams zu flirten, sollte sie besser in ihrem Hotelzimmer sitzen und ihren nächsten Artikel schreiben. Mit den Spielern konnte sie auch in den nächsten Tagen noch sprechen, und falls sie von denen nicht viel erfuhr, hatte sie schon ein paar andere Storys auf Lager.

Sie entschied, dass es besser war, das Interview sausen zu lassen und Brad erst wiederzusehen, wenn sie ihre Gedanken und Gefühle geordnet hatte und wusste, wie sie ihr Verlangen nach ihm kontrollieren konnte.

„Ich muss jetzt los", sagte sie. „Ich bin noch nicht bereit für ein Interview, und dies ist auch nicht der richtige Ort dafür."

„Im Hinterzimmer ist es ruhiger", wandte Brad ein.

Amanda winkte ab.

„Na schön, dann begleite ich dich zu deinem Wagen." So leicht gab Brad nicht auf.

„Nein. Ich finde schon allein den Weg nach draußen. Ich verab-
schiede mich nur schnell noch von den anderen."

„Ich warte draußen." Brad blieb hartnäckig.

„Nein", sagte sie, aber er ging schon an die Bar, um zu bezahlen.

Na prima. Nun hatte sie den Mann, dem sie zu entkommen versuchte
und der sie so heißmachte, dass Sex sein zweiter Vorname sein könnte,
auch noch dazu ermuntert, ihr auf einen dunklen Parkplatz zu folgen!
Sie musste Brad irgendwie loswerden.

Glück gehabt, dachte sie, als sie ihn auf dem Weg zu ihrem Wagen nirgends entdeckte, und wunderte sich über die Enttäuschung, die sie statt
Erleichterung verspürte.

„Amanda?", ertönte eine Stimme aus dem Dunkeln.

Sie erschrak. „Kannst du bitte aufhören, dich an mich heranzuschlei-
chen!", fauchte sie Brad an.

„Ich werde mich bemühen", erwiderte er mit einem schiefen, sexy
Grinsen, während er näher kam und vor ihr stehen blieb.

So dicht, dass Amanda den Kopf in den Nacken legen musste, um
ihm ins Gesicht sehen zu können. „Bist du größer als andere Pitcher?"

„Ja."

„Wie groß?", fragte sie.

„Eins zweiundneunzig, aber glaub ja nicht, dass du mich hier auf
dem Parkplatz interviewen kannst. Wo steht dein Wagen?"

„Da vorne."

„Meiner auch." Brad zog die Schlüssel aus der Tasche. „Was meinst
du, sollen wir das Interview in einem Café hier in der Nähe fortsetzen?"

Amanda überraschte der Vorschlag nicht sonderlich. Was sie erstaunte, war vielmehr Brads unschuldige Miene – als würden sie tatsächlich nur von einem Interview reden. „Das halte ich für keine gute Idee."

Er streckte beschwichtigend die Hände aus, was Amandas Blick auf
seine starken, sexy Unterarme lenkte. „Nur auf einen Kaffee und ein
Interview", versicherte er. „Das Café ist in der Nähe. Und es ist so gut
besucht, dass wir dort nicht allein sein werden."

„Ich will aber ein richtiges Interview, in dem du mir nichts vorent-
hältst", verlangte sie. Wenn sie schon der Versuchung nachgab, dann
wenigstens aus gutem Grund.

„Das bekommst du", sagte er.

„Warum sollte ich dir glauben?"

„Du meine Güte, bist du tough", stellte er fest und schien einen Moment lang zu überlegen. „Hier schon mal eine kleine Information vorab:

Du hattest recht mit meiner Halskette. Ich nehme sie nur ungern ab. Irgendwie kommt es mir so vor, als brächte sie mir wirklich Glück."

„Das weiß ich, auch wenn du es nicht zugeben wolltest."

„Na schön. Sie gehörte meinem Vater. Er hat früher auch für die University of Texas gespielt und war mein größter Fan."

„War?"

„Er starb, bevor ich in die Oberliga kam."

Amanda blinzelte erschrocken. „Tut mir leid, dass ich gefragt habe."

„Das braucht es nicht. Aber es wäre mir lieber, wenn du das nicht schreiben würdest."

„Ich schreibe nichts, was du nicht willst."

„Das finde ich fair von dir. Dann gehen wir also einen Kaffee trinken?"

Amanda nickte. „Ich fahre dir hinterher." Sie zeigte auf die alte Kiste, die man ihr als Mietwagen angedreht hatte. „Das ist meiner. Die Autovermietung war nicht gerade sehr zuvorkommend."

„Das sehe ich." Brad drehte sich zu einem schwarzen Pick-up um. „Das ist meiner."

„Du fährst einen Pick-up?"

„Hattest du etwas anderes erwartet?"

Amanda nickte. „Eine Corvette, einen Porsche oder so. Die hast du heute wohl daheim gelassen?"

„Meine Vorliebe für schnelle Autos ist Schnee von gestern. Genauso wie meine Zeit mit den Groupies. Ich muss allerdings zugeben, dass ich noch einen 69er Mustang habe."

„Einen Oldtimer?", fragte Amanda überrascht. „Mein Dad hat auch einen. Oder vielmehr zwei – ein 63er Coupé und einen 67er Turbo."

„Wow!", meinte Brad anerkennend. „Die würde ich gern mal sehen. Hat er sie wieder in Schuss gebracht?"

„Oh ja. Er bastelt gerne an ihnen herum." Amanda wusste nicht, warum sie ihm das erzählte. Ihre Privatangelegenheiten waren etwas sehr Privates. Sie zeigte auf ihren Wagen. „Lass uns fahren."

„In Ordnung."

Amanda stieg ein und ließ den Wagen an, doch der Motor gab keinen Mucks von sich. Sie versuchte es aufs Neue, aber es tat sich wieder nichts.

Brad klopfte ans Fenster, und sie ließ es rasch hinunter. „Fahr bei mir mit", schlug er vor. „Auf dem Weg zu dem Café kannst du die Autovermietung anrufen und ihnen sagen, dass du einen neuen Wagen brauchst. Ich setze dich dann nach dem Interview zu Hause ab."

Das klang vernünftig. Bis auf die Sache mit dem Nachhausebringen, das war nicht vernünftig, sondern einfach nur verführerisch. Sie sollte nicht auf ihren Bauch, sondern auf ihren Verstand hören. Was ihr zugegebenermaßen schwerfiel.

Als sie ausstieg, stand Brad so dicht vor ihr, dass sie erneut die Wärme seines Körpers spürte. Amanda fiel wieder ein, wie nah sie sich an diesem Abend schon gekommen waren, und in ihrem Körper begann es erneut zu kribbeln.

„In Ordnung. Lass uns fahren", willigte sie schließlich ein, obwohl ihr Verstand ihr riet, es bleiben zu lassen.

7. KAPITEL

*D*er Hotelparkplatz war voll, sodass Brad etwas weiter weg parken musste. Da die Autovermietung versprochen hatte, in ein paar Stunden einen neuen Wagen zu schicken, hatten sie auf einen Besuch in dem Café verzichtet.

Brad wusste nicht, ob er sich darüber ärgern oder freuen sollte. Ein Kaffee und ein Gespräch hätten Amandas Nervosität ihm gegenüber sicherlich verringert und die erhitzten Gemüter etwas abkühlen lassen; andererseits begehrte er sie so sehr, dass er gar nicht wollte, dass sich da irgendetwas abkühlte. Er sehnte sich nach ihrer Nähe, wollte ihre samtene Haut fühlen, ihr Haar, ihre Brüste … Er verbot sich weiterzudenken. Noch nie war er einer Frau begegnet, die ihn ständig auf sündige Gedanken brachte und dabei so nett und liebenswert wirkte.

Amanda machte ihn auch nervös, weil er sich zum ersten Mal eine feste Bindung vorstellen konnte, diese aber eigentlich nicht wollte. Ein paar heiße Nächte waren in Ordnung, aber mehr? Außerdem hatte er gerade ganz andere Sorgen. Bis sein Vertrag unter Dach und Fach war, durfte er sich nicht von irgendwelchen dubiosen Gefühlen aus der Bahn werfen lassen.

„Ich begleite dich zu deinem Zimmer", bot er an.

„Das brauchst du nicht", erwiderte Amanda. „Aber danke fürs Bringen."

„Du könntest mich noch interviewen", schlug er vor, weil er gerne noch länger mit ihr zusammengeblieben wäre. „Was möchtest du wissen?"

„Ich kann dich doch nicht in einem dunklen Wagen interviewen."

Er wandte sich ihr zu. „Dann lad mich auf dein Zimmer ein."

„Du weißt, dass ich das nicht tun werde."

„Mit einer solchen Antwort habe ich gerechnet." Sein Arm begann wieder zu schmerzen, und Brad krümmte unwillkürlich seine Finger.

Amanda musterte ihn. „Ich war früher mal Leistungsschwimmerin und hätte mich gern für die Olympischen Spiele qualifiziert", begann sie leise. „Ich wollte das unbedingt, mehr als alles andere auf der Welt. Es bedeutete mir … alles."

„Und was kam dazwischen?", fragte Brad genauso leise, weil er den Schmerz in ihrer Stimme bemerkt hatte.

„Eine Knieverletzung. Ich versuchte sie zu verbergen, was mir auch gelang. Sogar vor meinem Dad."

„Er ist Arzt, nicht wahr?"

Amanda nickte. „Bei der Football-Nationalliga. Mein Knie hatte mir schon mal Probleme bereitet, doch alle dachten, die Verletzung sei auskuriert."

„Aber dem war nicht so." Brad konnte nachfühlen, wie es ihr gegangen war.

„Nein. Der Schmerz brach kurz vor den Qualifikationswettkämpfen wieder aus, die außerdem mitten in die Footballsaison fielen."

„Wodurch dein Vater mächtig abgelenkt war."

„Es war leichter, meine Schmerzen vor ihm zu verbergen." Amanda schwieg einen Moment. „Ich trat trotz meiner Verletzung an, weil ich mich unbedingt qualifizieren wollte. Doch diese Entscheidung habe ich später bitter bereut. Sie kostete mich meinen Traum. Ich musste den Leistungssport aufgeben. Mach nicht den gleichen Fehler wie ich."

Verblüfft schaute er sie an. Sie schien zu wissen, was ihn quälte. Niemand ahnte, wie es um ihn stand, nur Amanda. Er suchte nach Worten, doch ihm wollte nichts einfallen.

Amanda schien sein Schweigen zu lange zu dauern. Frustriert seufzte sie, weil sie offensichtlich nicht zu ihm vorgedrungen war, und öffnete die Wagentür. „Ich weiß nicht, warum ich dir das alles erzählt habe. Gute Nacht, Brad. Danke fürs Nachhausebringen."

„Nicht so schnell", sagte er und streckte die Arme aus, um sie zurückzuhalten. Er wollte sie an sich ziehen, doch sie stieß ihm mit den Fäusten gegen die Brust, um es zu verhindern. Sie schauten sich an, und plötzlich schien die Luft vor erotischer Anspannung zu knistern. „Ich will nicht, dass du gehst", flüsterte Brad mit einem verlangenden Blick auf Amandas volle Lippen.

Amanda zögerte einen Moment, dann gab sie nach und schmiegte sich an ihn. Er genoss es, ihre weichen Rundungen an seinem Körper zu fühlen, als sie die Arme um seinen Nacken schlang.

Sie küssten sich wild und leidenschaftlich. Amandas Duft war so berauschend, dass er den Eindruck hatte, süchtig danach werden zu können. Sie schmeckte nach Zimt und Zucker, so süß und köstlich, dass Brad nicht anders konnte, als den Kuss noch zu vertiefen. Mit seiner Zunge entfachte er ein erotisches Spiel. Er war verblüfft, wie erregend er das alles fand. Diese Frau machte ihn vollkommen wild. Sie fesselte, entflammte und erregte ihn. Die Inbrunst, mit der sie seinen Kuss erwiderte, verriet ihm, dass sie ihn genauso sehr begehrte wie er sie.

Mit einem raschen Griff verstellte er Amandas Sitz, rutschte zu ihr hinüber und kniete sich, so weit das in einem Auto möglich war, zwischen ihre Schenkel, um sie seine Erregung spüren zu lassen. Wieder küsste er sie, dabei schob er eine Hand unter ihren Po, um sie noch fester an sich zu ziehen. Er stöhnte, als sie sich ihm entgegenbog und ein Bein nach außen lehnte, damit er sich noch intensiver an sie schmiegen konnte. Brad spürte, wie das Blut in seinen Lenden pochte. Es wäre so leicht, ihren Slip einfach beiseitezuschieben und in ihre feuchte Hitze einzudringen.

Eine Tür schlug in der Nähe zu, und Stimmen wurden laut. Amanda erstarrte. Brad schaute durchs Fenster und sah, dass Leute neben ihnen geparkt hatten und Gepäck ausluden. „Sie stehen direkt neben uns", murmelte er. „Bleib unten."

„Oh nein", flüsterte sie voller Panik. „Können sie uns sehen?"

Brad stützte sich auf einen Ellbogen und blickte auf Amanda hinab. Selbst im Dunkeln konnte er die entzückende kleine Falte zwischen ihren Brauen sehen. „Keine Sorge", beschwichtigte er sie und strich ihr durchs Haar. „Bleib, wo du bist, dann sieht dich niemand."

Sie nickte, aber die kleine Stirnfalte vertiefte sich, und Brad beugte sich vor, um Amanda zu küssen.

Die Stimmen verklangen; offensichtlich entfernten die Leute sich. „Beruhige dich. Sie gehen." Dann musste er plötzlich lachen. „Ich bin nicht mehr wegen Erregung öffentlichen Ärgernisses verhaftet worden, seit ich auf der Highschool war."

Amanda stieß ihn gegen die Brust. „Hör auf zu lachen! Das ist nicht lustig. Ich würde mich gerne aufrichten, bevor sie wiederkommen!"

„Sie kommen nicht wieder", sagte er, doch am liebsten wollte er von Amanda aufs Zimmer gebeten werden.

„Brad!"

Die Gereiztheit in ihrer Stimme ließ ihn vorsichtig werden. „Also gut. Aber ich begleite dich hinein."

„Ich brauche keine Begleitung", widersprach sie, stieg aus und schlug die Tür zu.

Brad folgte ihr, überholte sie und versperrte ihr den Weg. „Ein Gentleman begleitet eine Frau zur Tür."

„Ein Gentleman küsst eine Dame nicht so ungestüm."

„Das war nicht geplant." Er wollte die Hand nach ihr ausstrecken, aber ihre Körpersprache riet ihm, Abstand zu wahren. „Aber ich bereue nicht, es getan zu haben, Amanda."

Ihre Augen wurden schmal. „Was auch immer zwischen uns sein mag, wir dürfen es nicht zulassen. Vor allem sollten wir uns unbedingt an öffentlichen Orten zurückhalten. Ich habe einen Job und einen Ruf zu verlieren."

„Gut. Ich werde vorsichtiger sein. Und meine Lippen sind versiegelt. Ich verrate niemandem etwas." Das bedeutete natürlich auch, dass er Becker nicht verraten durfte, wie weit er bei Amanda schon gekommen war, doch das war ihm egal. „Warum sollte ich dir schaden wollen? Du weißt von meinem Arm. Du könntest mich bloßstellen."

Amanda bekam einen roten Kopf. „Wie bitte? Du hast versucht, mich in eine verfängliche Situation zu bringen, um etwas gegen mich in der Hand zu haben?"

Wütend wandte sie sich ab, doch Brad versperrte ihr den Weg. „Nein, das stimmt nicht", erwiderte er. „Ich habe das vorhin nicht gemacht, damit du nicht über meinen Arm schreibst." Sie wirkte noch immer sehr verärgert. „Ich bin verrückt nach dir, Amanda. So etwas kann ein Mann nicht vortäuschen", erklärte er. „Komm schon, du hast gespürt, wie sehr ich dich begehre." Amanda errötete. „Betrachte es als eine Art Freifahrtschein. Du brauchst keine Angst zu haben, dass ich unser Geheimnis preisgebe, und ich brauche mich nicht um meins zu sorgen. Das ist doch gar nicht schlecht, oder?"

Sie begann, sich langsam zu entspannen. „Ich habe keine Ahnung, was ich denken soll. Ich weiß nur, dass es ein Fehler war und dass ich jetzt gehen muss."

Brad senkte den Kopf und ließ Amanda vorbei.

„Gute Nacht", sagte sie mit kalter Stimme und beendete einen Abend, der ungemein befriedigend statt frustrierend hätte enden können.

Brad blieb regungslos stehen und schaute ihr nach. Sie hatte recht. Er hätte sich mehr zusammenreißen müssen. Der Karriere zuliebe sollten sie davon absehen, sich in Pick-ups zu vergnügen.

Amandas Hüften wiegten sich bei jedem Schritt. Brad schluckte. Es kam ihm vor, als verhöhnte sie ihn und seine Gefühle. Er rührte sich nicht vom Fleck und hoffte, dass sie es sich vielleicht doch noch einmal anders überlegte.

Und tatsächlich. Vor dem Hoteleingang blieb Amanda stehen und drehte sich langsam zu ihm um. Selbst aus der Entfernung erkannte er, wie sie auffordernd eine Braue hochzog.

Amanda sah, dass Brad näher kam. Augenblicklich durchflutete es sie fast so heiß wie vorhin bei dem Kuss. Sie hatte das Gefühl, als könnte sie wieder seine muskulösen Beine und seinen harten Körper spüren.

Es mochte ein Fehler sein, was sie jetzt tat, doch nach dem Zwischenspiel im Wagen hatte sie die Erkenntnis gewonnen, dass es nur einen

Ausweg aus der Situation gab: Sie und Brad mussten ihrem drängenden Verlangen nachgeben, um sich davon zu befreien. Und auf ihrem Hotelzimmer würde sie sicherlich niemand beobachten.

Brad blieb vor ihr stehen, und sein maskuliner Duft raubte ihr fast den Atem. Sie begehrte ihn so sehr, dass ihre Haut zu prickeln schien. Ihr Körper sehnte sich nach seinem, nach seiner Berührung, seinen Küssen.

Sie blickten einander in die Augen, und sie war vollkommen elektrisiert. Ihre Brustspitzen richteten sich auf, und ein erregender Schauer durchrieselte ihren Körper. „Ich habe es mir anders überlegt", flüsterte sie. „Ich will das Interview doch jetzt."

Brad tat so, als müsse er überlegen. „Gut", sagte er dann. „Lass uns das Interview machen."

Obwohl seine Worte völlig harmlos waren, verstärkte sich das Feuer in seinen blauen Augen. In seinem Blick schien eine Art Vorfreude zu liegen, von der Amanda vermutete, dass sie nichts mit Arbeit zu tun hatte.

Sie schluckte und verzichtete auf eine Antwort. Sie betraten das Hotel. Natürlich hätten sie das Interview auch gleich unten in der Eingangshalle führen können, aber das war ja nicht das, was sie eigentlich wollten.

Sie gingen zum Aufzug, und Amanda hatte den Eindruck, dass ihre Entscheidung richtig war. Nur indem sie der Versuchung nachgaben, konnten sie sie bekämpfen. Sie bemerkte Brads sengend heißen Blick und konnte gar nicht anders, als ihn zu erwidern.

Der Lift kam, und als sich die Türen hinter ihnen schlossen, war die Atmosphäre aufgeladen von erregender Spannung. Amanda schaffte es gerade noch, den Knopf für den dritten Stock zu drücken, bevor sie in Brads Armen lag. Eine Welle der Erregung durchflutete sie.

„Nur damit das klar ist", sagte er mit leiser, rauer Stimme. „Wenn ich mit dir in einem Hotelzimmer allein bin, werde ich nicht die Hände von dir lassen können."

„Ich wäre enttäuscht, wenn du es tätest." Sie sah, wie seine Augen sich verdunkelten, als er seine Hüften an ihre presste, und erschauerte wohlig.

Der Aufzug hielt. „Dann lass uns mal ein Gespräch unter vier Augen führen", flüsterte Amanda und musste im Stillen über sich lächeln. Das erste Mal hatte sie die Initiative übernommen, sonst war immer sie diejenige gewesen, die verführt worden war. Sie hatte genug von Blümchensex. In dieser Nacht wollte sie etwas Heißeres, Pikanteres.

Sie verließen den Fahrstuhl, und sie führte Brad zu ihrem Zimmer. Kaum dass sie es betreten hatten, verriegelte er die Tür, lehnte sich an die Wand daneben und verschränkte die Arme vor der Brust. Er schien gelassen wirken zu wollen, doch der Glanz in seinen Augen sagte etwas anderes.

Amanda zog ihre Jacke aus und warf sie auf den Sessel. Sie ahnte, wie sehr ihn das erregen würde. „Was in diesen vier Wänden passiert, bleibt unter uns", sagte sie, um sich noch einmal abzusichern.

Brad nickte. „Versprochen."

Ihre Finger, die zu ihrer Bluse glitten, zogen seinen Blick wie magisch an. Elektrisiert starrte er sie an, während sie nach und nach die Knöpfe öffnete. Je mehr Haut sichtbar wurde, desto mehr rang er nach Luft. Fast hätte er vergessen zu atmen.

Sie sah ihn an, doch er rührte sich nicht und ließ keinerlei Reaktion erkennen. Dennoch konnte Amanda seine Anspannung spüren, seinen Hunger. Er wirkte wie ein Tiger vor dem Sprung. Das gefiel ihr und ermutigte sie, ihren Striptease fortzusetzen.

Sie schlüpfte langsam aus der Bluse, unter der sie einen durchsichtigen, pinkfarbenen BH trug. Brads Blick war wie eine intime Berührung, unter der sich ihre Brustspitzen sogleich aufrichteten.

Als Nächstes öffnete Amanda ihren Rock und ließ ihn fallen. Nur noch mit einem String, High Heels und ihrem Nichts von einem BH bekleidet, nahm sie eine sexy Pose ein und schaute Brad auffordernd an.

Er starrte sie fasziniert an. Sie ging lasziv auf ihn zu und spürte, dass er Mühe hatte, sich zusammenzureißen. Sie fühlte sich wie elektrisiert und fieberte dem Augenblick entgegen, in dem Brads starke Hände sie berührten.

„Du bist wunderschön, Amanda", sagte er und starrte ihre Brüste an.

Seine vor Erregung und Begehren raue Stimme spornte sie an, den Fortgang der Geschehnisse zu beschleunigen. Sie baute sich mit verschränkten Armen vor ihm auf. „Du hast noch viel zu viel an", stellte sie fest. „Zieh dich aus."

Brad fand diese neue Seite an Amanda, ihre fordernde Art, mehr als sexy. Wenn diese Frau ihn nackt sehen wollte, war er der Letzte, der dagegen etwas einzuwenden hatte. Doch als er dann sein Hemd zur Seite warf und nach dem Reißverschluss seiner Jeans griff, wies ihn Amanda an zu warten. Langsam ließ er die Hände sinken.

„Gut", sagte sie. „Warte, bis ich dir erlaube, näher zu kommen."

Eine schwer zu erfüllende Bitte, denn er sehnte sich so sehr danach, sich in ihr zu verlieren, dass es fast schmerzte.

Amanda legte die Hände an seine Taille, und Brad schloss die Augen und kostete das Gefühl aus, sie zu spüren. Er erschauerte, als sie seinen Körper sanft erforschte und seine Brust streichelte. Schließlich verlagerte sie ihr Gewicht so, dass ihre und seine Beine sich berührten, was seine Willenskraft auf eine harte Probe stellte. Als er ihre Zähne an einer seiner Brustwarzen spürte, begann es in seinen Lenden zu ziehen. Er konnte sich nicht länger beherrschen, umfasste ihren Po mit den Händen und zog sie an sich. Sie sollte merken, wie heiß und erregt er bereits war.

Wieder schob sie ihn zurück. „Noch nicht anfassen", hauchte sie.

„Alles hat seine Grenzen, Süße", sagte er stöhnend und küsste sie mit rückhaltloser Leidenschaft.

Amanda zuckte kurz zurück, als wollte sie sich wehren. Brad vertiefte seinen Kuss. Sie entspannte sich und erwiderte ihn. Und plötzlich war nicht mehr er es, der den Fortgang der Ereignisse beschleunigen wollte, sondern sie. Immer drängender presste sie sich an ihn.

Brad schob mit einer Hand Amandas String beiseite und schob seine Finger zwischen ihre Beine. Amanda keuchte kurz auf und hörte auf, ihn zu küssen. Sie blickte ihn strafend an und packte ihn an seiner Hose. „Du hörst nicht zu. Erst anfassen, wenn ich es sage."

Am Hosenbund zog sie ihn zum Bett hinüber und drückte ihn auf die Matratze. Sekunden später kniete sie über ihm und ließ sich mit ihrem hübschen kleinen Po auf seinem Schoß nieder. Brad stöhnte vor Verlangen. Amanda lächelte, und für einen flüchtigen Moment blitzte der pure Schalk in ihren Augen auf.

Dann griff sie hinter sich, öffnete ihren BH und warf ihn auf den Boden. Ein Blick auf ihre nackten Brüste, und Brad hätte fast schon wieder vergessen, dass er Amanda nicht anfassen sollte. Sie lehnte sich zurück, stützte sich mit den Händen auf seinen Schenkeln hinter ihr ab und ließ die Hüften verführerisch über seiner Erektion kreisen.

Fasziniert starrte er sie an. Dann drängte ihn ein ganz und gar ursprüngliches Bedürfnis jedoch, aktiv zu werden. Er setzte sich auf, legte einen Arm um Amanda, während er mit der anderen Hand ihre Brustspitzen liebkoste. Mehrere Sekunden verharrten sie so, bis die immer stärker werdende Spannung zwischen ihnen kaum noch zu ertragen war.

„Darf ich dich jetzt berühren?", fragte Brad. „Du magst es doch offensichtlich, wenn ich dich streichle. Soll ich weitermachen?"

„Eigentlich wollte nur ich dich anfassen", flüsterte Amanda. Doch als er an einer ihrer harten kleinen Knospen zupfte, erschauerte sie und konnte nicht anders, als sich ihm entgegenzudrängen.

Brad lächelte froh, denn er spürte, dass ihr Widerstand schwand. „Das habe ich nicht gefragt." Seine Lippen streiften ihre, bevor sie über ihre Wange, ihren Nacken und ihre Schulter glitten. „Ich wollte wissen, ob ich weitermachen soll", wiederholte er, ehe er mit der Zunge ihre Brustspitze umkreiste und sanft darüberblies. „Sag mir, was du willst", forderte er sie auf, als Amanda aufstöhnte.

Sie schob seine Hand fort und verschränkte die Arme vor der Brust. Brad hätte schreien können vor Frustration. Um ihr in Erinnerung zu rufen, was er ihr zu bieten hatte, löste er ihre Arme, nahm eine ihrer Hände und zwang sie, sich selbst zu streicheln, während er unter ihr die Hüften kreisen ließ. „Du tust es lieber selbst, statt mir zu sagen, was du willst?"

Ihre Lider flatterten, bevor sie sich nach und nach entspannte, die Hand wieder von ihrer Brust nahm und ihm erlaubte, sie zu berühren. Sie führte seine Hand, um ihm zu verstehen zu geben, was sie wollte.

Brad küsste sie tief und leidenschaftlich. Sie schmeckte so wundervoll, dass er süchtig nach ihr werden könnte. Er zog sie mit sich, als er sich zurücklehnte, und platzierte sie so, dass sie einander ansehen konnten. Dann legte er eins ihrer Beine auf seine Hüfte, drang sanft mit einem Finger in sie ein und streichelte sie, während er ihre lustvollen kleinen Seufzer mit seinen Küssen erstickte. Das Pochen zwischen seinen Lenden wurde nahezu unerträglich, als er die feuchte Hitze ihrer sinnlichen Erregung spürte.

„Zieh dich aus", keuchte Amanda.

„Du gibst wohl gern Befehle, was?" Er war noch nicht bereit, sie zu befolgen, sondern begann Amanda auf noch aufreizendere Weise mit dem Finger zu liebkosen.

Sie sog scharf den Atem ein. „Ich ertrage es nicht länger", presste sie hervor. „Bitte, ich brauche dich jetzt."

Brad war nicht bereit, so schnell nachzugeben, und hörte nicht auf, sie mit zarten, kreisenden Bewegungen mit der Fingerspitze zu massieren. Er war entzückt, wie verlangend sie sich seiner Hand entgegenbog.

„Du hast mich doch schon", sagte er. „Spürst du mich nicht, Süße?"

„Nein … ich … ja!" Ein leises Stöhnen folgte ihren Worten. „Ich meinte … ich möchte dich in mir spüren."

„Ganz wie du willst", murmelte er und stahl ihr einen letzten Kuss, bevor er seine Hose abstreifte.

Amanda strich mit fieberhaften Bewegungen über seinen Körper, und als sie mit der Hand über seine Erektion glitt, musste er die Zähne zusammenbeißen, so überwältigend war das Gefühl. Wogen purer Lust durchfluteten ihn, als sie ihn mit der Hand umschloss, mit dem Daumen über die feuchte Spitze glitt und die sanfte Tortur fortsetzte, die sie ihm mit der Hand bereitete.

Mit einem heiseren Aufstöhnen zog er sie an sich und küsste sie so heiß und fordernd wie noch nie zuvor. Er konnte nicht genug von ihr bekommen. Erneut zog er sie an sich, legte sich eins ihrer Beine auf seine Hüfte, umfasste mit einer Hand ihren Po und ließ sie seine körperliche Erregung spüren.

„Du fühlst dich so verdammt gut an", raunte er ihr zu, während er seine Lippen über ihr Kinn, ihren Nacken und ihre Schultern gleiten ließ. „Ich muss dich haben."

„Ja", hauchte Amanda und griff mit einer Hand nach ihm.

„Warte", sagte Brad, „haben wir ein Kondom?"

„Ich nehme die Pille und schlafe nicht mit jedem."

Er sah ihren fragenden Blick. „Ich benutze immer …"

Sie ließ ihn nicht ausreden, sondern umfasste seine Erektion mit einer Hand. Ihm stockte der Atem, als sie ihn zwischen ihre Beine führte und sich dort damit streichelte, um ihm zu zeigen, wie nahe sie der Vereinigung schon waren.

Mit einer einzigen kraftvollen Bewegung drang er in sie ein und dachte nicht mehr an Kondome. Amanda schrie verzückt auf. Sekundenlang verharrten sie so, Stirn an Stirn, auf intimste Weise miteinander verbunden. Sie schauten einander an. Ihr Atem ging stoßweise. Das hier war nicht nur Sex, das war mehr.

Brad bewegte sich als Erster, weil er sich nicht mehr beherrschen konnte. Er wusste, dass sein Orgasmus kurz bevorstand, hielt sich aber trotzdem zurück, weil er merkte, dass Amanda noch nicht so weit war.

In sinnlichem Rhythmus bewegte er sich auf und ab, vor und wieder zurück. Unablässig küsste und streichelte er Amanda. Er riss sich zusammen, da er abwarten wollte, bis sie genauso wild war wie er selbst. Bis sie vor Lust verging und sich ganz und gar ihren Gefühlen überlassen konnte.

Zu seiner Überraschung übernahm Amanda erneut die Kontrolle. Sie entwand sich ihm kurz, um sich anschließend mit gespreizten Beinen auf ihm niederzulassen. Sie liebte ihn so wild und leidenschaftlich, dass Brad das Gefühl hatte, vor Lust fast den Verstand zu verlieren. Dabei beugte sie sich über ihn, und ihr Haar kitzelte sein Gesicht, seinen Nacken, seine Brust. Sie war so schön und so wild, wie er sie haben wollte. Er konnte spüren, dass sie dem Höhepunkt nahe war, und legte ihr die Hände auf die Hüften, um sie zu diesem perfekten Punkt zu führen, dem sie zustrebte. Dann spürte er, wie sich ihre Muskeln anspannten, und er bewegte sich noch schneller und härter.

Amanda schrie auf. „Oh … ich … Brad, ich …"

Er spürte, wie heiße Schauer sie durchliefen, und steigerte das Tempo seiner Bewegungen noch einmal, bis auch er die Grenze seiner Selbstkontrolle erreichte und wild erschauernd den Höhepunkt erlebte.

Kraftlos, aber ohne sich voneinander zu lösen, sanken sie auf die Matratze. Brads Hand glitt über Amandas Rücken zu ihrem weichen Haar, und er merkte plötzlich, dass er lächelte. Er konnte sich nicht erinnern, je solch unglaublichen Sex gehabt zu haben oder dass eine Frau ihn jemals so berührt hatte. Eines stand fest: Der Sex mit Amanda hatte den Wunsch nach mehr geweckt.

8. KAPITEL

Amanda lag an Brad geschmiegt, der sie noch immer im Arm hielt, und spürte, wie die Hitze der Leidenschaft allmählich abebbte. Sie hätte ewig so liegen bleiben können, eingehüllt in seine Wärme und in wohliger Ermattung nach dem besten Sex ihres Lebens.

Sie war nicht darauf gefasst gewesen, wie intensiv ihre Gefühle werden würden. Oder wie heftig sie auf Brad reagieren würde. Sie hatte gedacht, einmal würde genügen, aber welche Frau verzichtete freiwillig, wenn der Sex mit einem Mann so gut war?

Im Unterbewusstsein registrierte sie ein leises Geräusch, aber sie beachtete es nicht und kostete die letzten wohligen Schauer aus, die sie durchrieselten, als Brad zärtlich ihren Rücken streichelte. Dieser Mann wusste genau, was er zu tun hatte, und auch wann. Das Geräusch verstummte jedoch nicht, sondern wurde lauter und aufdringlicher.

„Dein Handy, Amanda", sagte Brad. „Es könnte die Autovermietung sein."

„Wie dumm", sagte sie und löste sich nur widerwillig von ihm. Bevor sie jedoch ihr Handy erreichen konnte, das auf einem Tischchen auf der anderen Seite des Zimmers lag, verstummte es. Nicht weiter schlimm, sagte sie sich. Dann musste sie am Morgen eben mit dem Taxi fahren.

Kaum war sie wieder im Bett, klingelte der Apparat auf dem Nachtschrank. Amanda nahm den Hörer, den Brad ihr bereits reichte. Es war tatsächlich jemand von der Autovermietung, der sie unten im Foyer erwartete. „Ich ziehe mich nur schnell an", sagte sie, „und bin in fünf Minuten unten."

„Lass nur", sagte Brad, als sie den Hörer auflegte. „Ich kümmere mich darum, dann brauchst du dich nicht anzuziehen."

„Nein! Auf keinen Fall!", erwiderte sie in jäher Panik.

Ein Anflug von Verärgerung erschien auf seinem Gesicht. „Und warum nicht?"

„Es könnte dich jemand sehen", sagte sie und begann sich augenblicklich schuldbewusst zu fühlen. Schließlich wollte er nur höflich sein. „Trotzdem danke für das Angebot."

Er starrte sie mit ausdrucksloser Miene an. „Kein Problem. Ich bleibe auch gern hier liegen und lasse dich die ganze Arbeit tun."

Sein abrupter Stimmungswechsel irritierte sie. War ihm denn nicht klar, was für katastrophale Auswirkungen es haben könnte, wenn ihn jemand aus ihrem Zimmer kommen sähe? „Stell dir doch nur mal vor, jemand wie Jack würde das mit uns herausbekommen! Er würde mich verhackstücken und dich vielleicht gleich mit. Glaubst du, deine Teamkameraden respektieren mich noch, wenn sie glauben, ich gehe mit Spielern ins Bett, um Storys zu bekommen? Ich habe viel zu verlieren, Brad."

Ohne seine Antwort abzuwarten, stand sie auf. Sehr zu ihrem Ärger waren ihre Kleider überall im Raum verstreut. Sie kam sich plötzlich sehr nackt vor und flüchtete ins Bad, um sich zu waschen und zurechtzumachen.

Nachdem sie sich danach in ein Badetuch gehüllt hatte, griff sie nach einem zweiten für Brad und ging damit zurück ins Schlafzimmer, wo er noch genauso dalag, wie sie ihn zurückgelassen hatte. Splitterfasernackt. Und so, wie er sie ansah, schien er auch gar nicht vorzuhaben, sich anzuziehen, sondern wollte vielmehr beobachten, wie sie es tat.

Seine Augen funkelten, und er zog herausfordernd eine seiner blonden Brauen hoch. In dem Moment geschah etwas Erstaunliches: Sie lächelte auf einmal, und ihr Ärger wich Belustigung. Vielleicht hatte sie ja wirklich überreagiert.

Amanda beschloss, seine Herausforderung anzunehmen. Achtlos ließ sie das Handtuch fallen und begann sich anzuziehen, als würde es ihr überhaupt nichts ausmachen, dass er ihr dabei zusah. Zuerst schlüpfte sie in ihren Rock. Dann zog sie ihren BH, ihre Bluse und ihre Schuhe an. Verdammt. Wo waren ihre Strümpfe?

„Suchst du den hier?", fragte Brad und ließ ihren String von einem seiner Finger baumeln.

„Ich muss mich beeilen", sagte sie mit einem strafenden Blick. „Sie warten schon auf mich."

Als sie nach ihrem Slip griff, hielt Brad ihn außer Reichweite und zog sie mit der anderen Hand zu sich aufs Bett. „Dann lass sie noch ein bisschen länger warten."

Ihr Puls begann zu rasen, und obwohl sie sich bemühte, ernst zu bleiben, entrang sich ihr ein leises Lachen. „Ich muss gehen, Brad."

„Nicht, bevor wir etwas klargestellt haben", sagte er.

„Was?"

„Ich würde nie etwas tun, was deine Karriere gefährden könnte. Ich wollte dir nur helfen. Und wie du sicher weißt, ist mein Vertrag fast abgelaufen, und ich will mir ebenso wenig Ärger einhandeln wie du."

Er klang so aufrichtig, dass Amanda sich entspannte. „Meine Reaktion war wohl ein wenig übertrieben", gab sie zu und strich ihm über die Wange. „Ich bin gleich wieder da."

Auch jetzt rückte er ihren Slip nicht raus, als sie danach griff. „Ich mag dich lieber ohne. Lass ihn hier und denk an das, was ich mit dir tun werde, wenn du wieder da bist."

Sofort spürte sie ein heißes Prickeln zwischen ihren Schenkeln. „Und was wäre das?"

Brad lächelte und schob eine Hand unter ihren Rock, um ihren nackten Po zu streicheln. Das Prickeln intensivierte sich, als einer seiner Finger zwischen ihre Schenkel glitt. Wenn er so weitermachte, würde sie überhaupt nicht mehr hinuntergehen.

Das Klingeln des Telefons ließ sie zusammenfahren. „Ich muss gehen." Verdammt. Er musste aufhören, sie abzulenken. Sie brauchte diesen Wagen.

Brad ließ ihr jedoch keine Chance. Er ignorierte das Telefon und ihre Eile. Und immer, wenn Amanda dachte, er könnte sie nicht noch mehr überraschen, als er es bereits getan hatte, tat er genau das.

Der Mietwagenaustausch dauerte länger als erwartet. Mindestens eine halbe Stunde verging mit dem Ausfüllen der Formulare, und als Amanda endlich in ihr Zimmer zurückkehrte, war es leer.

Brad war nirgendwo zu sehen. Auch seine Kleider lagen nicht mehr auf dem Boden. Enttäuschung machte sich bei ihr breit. Er war doch wohl nicht einfach so gegangen?

Als sich die Badezimmertür öffnete und sie Brad erblickte, verschlug es Amanda den Atem. Er trug ein eng anliegendes T-Shirt, das seine ausgeprägten Muskeln und seinen flachen Bauch betonte, und eine verwaschene Jeans, die über seinen kräftigen Oberschenkeln spannte. Dieser Mann hatte einen zum Sterben schönen Körper.

„Hey", sagte er lächelnd.

Amanda atmete erleichtert auf. „Hey." Sie zitterte leicht vor Erwartung, als er zu ihr kam und sie an sich zog.

„Ich habe uns etwas beim Zimmerservice bestellt."

„Offenbar kannst du Gedanken lesen." Bevor sie jedoch fragen konnte, was er bestellt hatte, klopfte es. Sie ging an die Tür, und kurz darauf schob sie einen großen Servierwagen herein. „Hast du das ganze Menü bestellt?", fragte sie mit ungläubiger Miene.

„Ich war hungrig." Brad zog sie zu sich aufs Bett und zwischen seine Beine. „Und nicht nur auf Steaks. Nicht, da ich wusste, dass du ohne Slip dort unten warst." Seine Hand glitt unter ihren Rock. „Hast du dir ausgemalt, was ich mit dir tun werde, während du mit dem Angestellten der Autovermietung gesprochen hast?"

„Nein", log sie und hielt den Atem an, als seine Finger zwischen ihre Schenkel glitten und ein erotisches kleines Spiel begannen.

„Lügnerin", flüsterte er und nahm durch den Stoff ihrer Bluse hindurch eine ihrer Brustspitzen zwischen die Zähne. Amanda erschauerte bei der Berührung, und Brad blickte mit vor Leidenschaft dunklen Augen zu ihr auf. „Ich weiß, dass du das getan hast."

Entschlossen, sein Versprechen wahr zu machen, ließ er ihr keine Zeit zu antworten. Von einem Moment zum anderen lag Amanda auf dem Bett, ihre Beine über seinen Schultern. Brad beugte sich hinunter, streichelte und liebkoste sie. Das aufreizende Spiel seiner Lippen und seiner Zunge bescherten ihr immer neue Gipfel der Ekstase, genau wie er es versprochen hatte.

Amanda mochte es, wenn ein Mann sein Wort hielt.

Das Klingeln ihres Handys riss Amanda aus einem angenehmen Halbschlaf an Brads Brust. Es war zwei Uhr morgens, sah sie auf der Nachttischuhr. Anrufe um diese Zeit bedeuteten gewöhnlich nichts Gutes, und deshalb stand sie auf, um ihr Handy aus ihrer Handtasche zu holen.

Sie runzelte die Stirn über die unbekannte Nummer auf dem Display. „Ja?"

„Amanda?" Ein Schluchzen war zu hören. „Hier ist …" Wieder ein Schluchzen. „… Laura."

Laura? Das Groupie, das in Tony verliebt war? Amanda wandte sich verlegen von Brad ab. „Hi, Laura. Was gibt's?"

„Nichts. Ich bin nur … Tony ist mit dieser anderen Frau gegangen."

Das überraschte Amanda nicht. „Das tut mir leid." Was hätte sie sonst sagen sollen? Nach ihren wenigen Gesprächen mit Laura hatte sie den Eindruck gewonnen, dass die eine völlig falsche Vorstellung von ihrer Beziehung mit Tony hatte. Sie schien zu glauben, es sei mehr als Sex, aber ihren Beobachtungen zufolge hatte Tony Laura nie ermutigt.

„Ich bin es leid, wie er mich behandelt", sagte Laura. „Ich könnte dir Dinge erzählen, Amanda … Ich könnte Tony richtig schaden, weißt du!"

Das war nicht Amandas Methode, an eine Story zu kommen. Den einfachen Weg zu gehen und sich auf Quellen wie rachsüchtige Exfreundinnen zu verlassen, konnte für einen Reporter böse Folgen haben. „Du bist verärgert. Du solltest warten, bis du dich beruhigt hast, bevor du etwas tust, was du hinterher vielleicht bereuen wirst."

„Ich brauche mich nicht zu beruhigen. Und wenn du nicht mit mir reden willst, Amanda, gibt es andere Reporter, die es tun werden."

Wie Jack Krass. Amanda hatte gesehen, wie er sich abends in der Bar bei Laura angebiedert hatte. Und nun wurde ihr auch klar, warum. Er hatte ihr Vertrauen gewinnen wollen, weil sie etwas zu erzählen hatte. Die Reporterin in Amanda wollte diese Information vor Jack, auch wenn sie sich ein bisschen unbehaglich dabei fühlte. Mit Laura über Tony zu reden, erschien ihr wie Verrat an ihm und Brad, der ihr in diesem Moment zuhörte. Was für ein Dilemma.

„Okay", sagte Amanda, um Zeit zu gewinnen. „Warum treffen wir uns nicht morgen früh auf einen Kaffee? Ort und Zeit kannst du bestimmen." Amanda notierte sich die Adresse, die Laura ihr angab. „Und nun versprich mir, nichts zu tun, bis wir miteinander gesprochen haben." Nachdem Laura ihr das versprochen hatte, beendete Amanda das Gespräch und steckte das Handy wieder ein.

„Du triffst dich also mit Laura, um eine Story zu bekommen."

Amanda erschrak, als sie sich umdrehte und sah, dass Brad das Bett bereits verlassen hatte und sich anzog. „Nicht wegen einer Story." Sie konnte verstehen, dass er seinen Teamkameraden schützen wollte, und verzichtete daher auf eine schärfere Entgegnung. „Ich werde mir anhören, was sie zu sagen hat, aber das heißt nicht, dass ich es bringen werde. Ich habe dir keinen Grund gegeben, mir zu misstrauen. Ganz im Gegenteil."

„Weil du sagst, dass du das mit meinem Arm verschweigen wirst?", versetzte er. „Wir hatten eine Abmachung, was das angeht. Was heute Abend geschehen ist, bleibt unter uns, und meine Verletzung ebenfalls."

„Du glaubst, nur deshalb werde ich nichts sagen? Ich hätte dein Geheimnis auch schon vor heute Abend weitergeben können. Das weißt du genau."

Langes Schweigen folgte, dann verschränkte Brad die Arme vor der Brust. „Groupies bringen nur Ärger", sagte er. „Und diese Laura schon erst recht."

„Sie ist eine junge Frau, die eine Freundin braucht."

„Sie bringt nur Ärger. Lass es sein, Amanda."

„Das kann ich nicht. Sie ist völlig aufgelöst."

„Du kannst nicht oder willst nicht?"

„Brad ..."

„Wenn du irgendetwas von ihrem Gerede bringst, ohne es mit Fakten belegen zu können, wirst du nie wieder ein Interview von unserem Team bekommen."

Amanda schluckte. „Ich verteidige mich, aber so, wie es aussieht, bin ich schon verurteilt worden."

Brad erwiderte nichts und sah sie nicht einmal mehr an, während er sich fertig anzog. Nach einem knappen Abschiedsgruß ging er hinaus.

Amanda kauerte sich zusammen, zog die Knie an und überlegte. Er war schon auf Distanz zu ihr gegangen, noch bevor er ihr Bett verlassen hatte. Warum wollte er so unbedingt vermeiden, dass sie sich ausführlicher mit Laura unterhielt? Sie fragte sich, ob Kevins Verdacht bezüglich Tony womöglich zutraf und Brad das wusste. Vielleicht befürchtete er, dass auch Laura davon wusste.

Es war eine schwierige Situation, und ihre Emotionen waren ihr keine Hilfe, einen klaren Kopf zu bekommen. Brads Verhalten tat ihr weh. Er hatte kein Wort mehr von ihr hören wollen nach ihrem Telefonat mit Laura. Sie wusste nicht, was sie von seinem Benehmen halten sollte. War sie in seinen Augen auch nur ein Groupie, das er jetzt, nachdem er sie gehabt hatte, in die Wüste schicken konnte? Obendrein hatte er auch noch auf dem Silbertablett die todsichere Garantie geliefert bekommen, dass sie nichts über seine Verletzung schreiben würde. Das war ein schmerzlicher Gedanke. Dabei war sie fest davon überzeugt gewesen, es wäre mehr als Sex, was sie verband.

Amanda griff nach dem Pappbecher auf ihrem Schreibtisch und trank einen Schluck daraus. Der Kaffee, den sie sich auf dem Weg zu ihrem Arbeitsplatz besorgt hatte, war ihr jedoch viel zu bitter. Um acht Uhr morgens, nach einer Nacht, in der sie kaum geschlafen hatte, brauchte sie allerdings das Koffein. Sie war Lauras wegen sehr früh aufgestanden, nur um eine Absage auf ihrer Voicemail vorzufinden, als sie aus der Dusche kam. Und so war sie ins Büro gegangen, um sich mit ihrer Kolumne für die Ausgabe am nächsten Tag zu beschäftigen.

„Kaffee!" Reggie stand in der Tür und hielt zwei extragroße Becher von Starbucks in der Hand.

„Oh Mann, ich liebe dich!"

Reggie grinste. „Ich dachte, du brauchst eine Stärkung nach dem Abend in der Bar. Und nun erzähl mir alles."

Amanda vermied es, ihren Kollegen anzusehen. Er durfte nicht wissen, dass „alles" weitaus mehr war, als sie zuzugeben bereit war. „Na ja … Jack war ein Idiot wie immer."

„Sag mir was, was ich noch nicht weiß."

„Und eins der Groupies klammerte sich wie wild an Tony, aber er war mehr an einer anderen interessiert. Zuerst dachte ich mir nichts dabei, aber ein paar Stunden später rief Laura mich an."

„Und?"

Amanda erzählte ihm von dem Anruf und Lauras Absage am Morgen. „Ich brauche dir wohl nicht zu sagen, wie müde und frustriert ich bin. Einerseits bin ich froh, dass sie nicht gekommen ist, weil ich nicht gerne Storys bringe, die ich von einer wütenden und enttäuschten Exfreundin erhalte. Andererseits jedoch mache ich mir auch Sorgen, dass sie damit zu Jack gegangen sein könnte."

„Das bezweifle ich. Mit Männern kann er umgehen, aber von Frauen hat er keine Ahnung."

„Da kann ich dir nur zustimmen", sagte Amanda.

„Das Problem ist, dass du vor einem Dilemma stehst, wenn du das wenige bringst, was sie dir gesagt hat. Wie du mit Lauras Informationen umgehst, ist sehr heikel. Wenn du sie nicht benutzt, macht sie dicht, erzählt dir nie wieder etwas und sagt es allen anderen weiter, mit denen sie herumhängt. Wenn du die Informationen aber benutzt und das Team damit verärgerst, reden die nicht mehr mit dir. Und dabei kannst du nicht mal wissen, ob diese Laura auch die Wahrheit sagt. Es ist eine üble Sache, so oder so."

„Ja", sagte Amanda. „Deshalb habe ich lange darüber nachgedacht. Ich glaube, wenn ich diese Dopingstory bringe und dem Spieler eine Chance gebe, auch seine Version zu erzählen, werde ich eher Vertrauen gewinnen, als es zu zerstören."

„Möglich", sagte Reggie. „Der entscheidende Punkt ist, dass du Jack mit der Story zuvorkommen musst. Und dazu wirst du wohl doch mit Laura sprechen müssen."

„Ich weiß. Nach dem Spiel heute Abend werde ich versuchen, sie im Stadion zu erwischen. Bis dahin muss ich an Alternativen für mein Feature arbeiten."

Reggie stand auf. „Dann lass dir mal was Gutes einfallen."

Amanda grinste. „Ja, aber vorher muss ich noch mal deine Dienste in Anspruch nehmen. Ich brauche die besten Fotos von Brad und Casey beim Pitchen, die du mir besorgen kannst." Sie erwähnte noch verschiedene andere Fotos für mögliche Geschichten. Bei dem Erfolgsdruck, unter dem sie stand, brauchte sie mehrere Optionen.

Reggie zwinkerte ihr zu. „In einer Stunde hast du sie in deiner Mailbox."

Brads Stiefel scharrten über den Boden des kleinen Cafés, in dem er sich mit Tony und Kurt zum Frühstück verabredet hatte. Er fühlte sich genauso schlecht, wie er wahrscheinlich aussah. Der Schmerz in seinem Arm hatte ihn die ganze Nacht wach gehalten. Der Schmerz und die Gedanken an Amanda.

Er war ein verdammter Narr gewesen, sich mit jemandem von der Presse einzulassen. Letztendlich waren Reporter immer nur hinter einer Story her. Ob und wie sie die erhaltenen Informationen benutzten, hing ausschließlich von ihrer Tagesform ab.

Das Schlimmste war, dass er Amanda immer noch begehrte. Diese eine Nacht hatte nicht einmal annähernd sein Verlangen nach ihr gestillt. Sie ging ihm nicht mehr aus dem Kopf und trieb ihn noch zum Wahnsinn.

Brad verdrängte die Gedanken an sie, als er sich dem Tisch mit seinen Freunden näherte.

„Guten Morgen", sagte Kurt. „Oder auch nicht", setzte er nach einem Blick auf Brad hinzu.

„Lange Nacht?", fragte Tony.

Brad brummte nur etwas, während er sich setzte.

„Du bist aber wirklich schlecht drauf heute Morgen", bemerkte Kurt.

Brad antwortete wieder nicht, sondern schenkte sich schweigend Kaffee ein.

„Hast wohl doch kein Glück gehabt gestern Abend", spöttelte Tony.

„Als ob ich euch das erzählen würde."

„Becker war sich jedenfalls sicher, dass du welches hattest", sagte Kurt. „Du hättest sein Gesicht sehen sollen, als er dich und Amanda zur gleichen Zeit verschwinden sah. Der war ganz schön sauer, sag ich dir."

Tony gab Rührei auf seinen Toast und lachte. „Ja, und das gönne ich diesem aufgeblasenen Spinner auch." Er sah Brad prüfend an. „Aber irgendwas ist schiefgelaufen, hab ich recht?"

Brad sah ihn aus schmalen Augen an. „Sag du mir, was. Ich war nämlich zufällig dabei, als Laura Amanda anrief." Er hielt inne, um seine Worte wirken zu lassen. „Sie heulte wie ein Schlosshund deinetwegen und behauptete, sie wüsste etwas von dir, was du nicht publik gemacht sehen möchtest."

„Laura." Tony wurde kreidebleich und legte seinen Toast zurück.

„Oh, oh", sagte Kurt. „Was weiß sie über dich?"

„Nichts." Tony schüttelte den Kopf. „Ich verstehe das nicht. Ich war gestern Abend noch mit ihr zusammen."

Kurts Augenbrauen fuhren in die Höhe. „Das war nicht Laura, mit der du weggegangen bist."

Tony nickte. „Laura habe ich danach getroffen."

„Zwei in einer Nacht?"

„Das war reine Schadensbegrenzung, Kurt."

„Die nicht nötig wäre, wenn du nicht mit dem Feuer spielen würdest", sagte Brad und meinte damit ebenso sehr sich wie Tony. „Laura war gestern Nacht bereit, dich hinzuhängen. Und vielleicht hat sie es ja auch getan."

„Aber was weiß sie denn von dir?", beharrte Kurt.

„Nichts, verdammt!" Tony warf seine Serviette auf den Tisch. „Ich muss los. Der Doc erwartet mich."

„Da ist noch etwas, was du wissen solltest", sagte Brad. „Jack schnüffelt herum und behauptet, es dope sich jemand im Team. Und dein Name fiel in dem Zusammenhang."

„Ja", sagte Kurt, „mich hat er gestern Abend auch damit gelöchert. Was ist los mit dem Kerl? Er hat doch früher immer zu uns gehalten – dachten wir zumindest, oder?"

An Tonys Kinn zuckte ein Muskel. „Dieser verdammte Mistkerl."

„Ich habe ihm gesagt, er soll die Finger davon lassen", sagte Brad. „Trotzdem musst du vorsichtig sein, Tony."

„Ja, Jack hat Blut geleckt", fügte Kurt hinzu. „Man kann sie schon fast riechen, seine Lust auf eine große Story."

„Genau", pflichtete Brad ihm bei. „Er will sich auf nationaler Ebene einen Namen machen. Das muss es sein."

„Na ja, dann wissen wir wenigstens, woran wir sind", sagte Tony und erhob sich. „Ich muss jetzt wirklich los. Wir sehen uns später auf dem Feld."

Als Tony außer Hörweite war, sprach Kurt aus, was Brad bereits gedacht hatte. „Er hat Schiss, was meinst du?"

„Ja. Da stimmt was nicht, da bin ich mir ganz sicher."

9. KAPITEL

Amanda hatte sich für ein blaues Sommerkleid und hochhackige Sandaletten entschieden. Sie ging an der Pressebox vorbei, um näher am Geschehen zu sitzen. Es war das dritte Heimspiel nach Nashville, und wenn es so weiterging, würde es auch das dritte Spiel in Folge sein, bei dem Brad und Tony ihr absolut keine Beachtung schenkten.

Irgendwie musste sie es schaffen, dass sie wieder mit ihr redeten. Sie waren wichtige Mitglieder des Teams, und außerdem saß Kevin ihr wegen der Dopingstory im Nacken. Er war wie besessen davon, Jack zuvorzukommen.

Wieder glitt ihr Blick über das Feld zu Brad. Wie magnetisch zog er ihre Aufmerksamkeit an, und die prickelnde Spannung, die sein Anblick in ihr weckte, machte sie total verrückt.

Reggie, der neben ihr saß, sagte: „Vorsicht! Sieh nicht hin, aber Laura sitzt rechts von dir auf der Tribüne."

Amanda verzog das Gesicht. Seit ihrer geplatzten Verabredung hatte Laura sie fortwährend angerufen, um sich über Tony zu beklagen und sich bei ihr auszuweinen wie bei einer lange vermissten Freundin.

„Setz dich so, dass du mich verdeckst. Ich weiß nicht, wie ich mit ihr umgehen soll. Und ich bin es leid, ständig dieses angebliche Geheimnis über Tony in Aussicht gestellt zu bekommen." Amanda schüttelte den Kopf. „Ich habe kein gutes Gefühl bei Laura. Irgendetwas stimmt nicht mit ihr. Und so wie Brad und Tony mir die kalte Schulter zeigen, wird das Team mir nie wieder vertrauen, wenn ich mich nicht von dieser Frau distanziere."

Reggie kam nicht dazu, etwas zu erwidern, da Laura sie entdeckt hatte. „Amanda!", rief sie, sprang auf und winkte.

„Oh Mann", murmelte Amanda. „Und das auch noch direkt vor den Spielern!"

„Ignorier sie doch einfach", schlug Reggie vor.

„Amanda!"

„Klar. So, wie sie herumschreit, weiß die ganze Welt, dass sie mich ruft", erwiderte Amanda seufzend und fügte sich in das Unvermeidliche. „Ich bin gleich wieder da, Reggie."

Nachdem sie sich einige Minuten Lauras Gejammer über Tony angehört hatte, entschuldigte sie sich. Als sie wieder ging, hatte sie das Gefühl, beobachtet zu werden, und blickte instinktiv zum Spielfeldrand hinüber, wo sie Brads Blick begegnete. Die Kälte in seinen Augen erinnerte sie an die Nacht in ihrem Hotel, in der er so plötzlich auf Distanz zu ihr gegangen war. Und nun hatte er sie mit Laura gesehen und dachte wahrscheinlich genau das Gleiche wie in jener Nacht.

Dabei hatte sie sein Misstrauen in keiner Weise verdient! Amanda hätte schreien können vor Frustration. Sie musste dieser verfahrenen Situation irgendwie ein Ende setzen, und zwar so schnell wie möglich.

Brads Laune verschlechterte sich rapide, als er nach dem Spiel mit Kurt in den Umkleideraum ging und Becker mit Amanda sprechen sah.

„Der Kerl will die Wette gewinnen", sagte Kurt. „Willst du das zulassen?"

Brad riss seinen Spind auf und sagte brummig: „Er hat nicht die geringste Chance." Im Grunde hatte er die Wette ja bereits gewonnen, nur konnte er das leider niemandem erzählen.

„Weil du sie schon gewonnen hast?"

„Hör auf zu schnüffeln, und überlass das den Reportern."

Amandas Lachen zerrte an Brads Nerven. Er warf einen Blick hinüber und sah, dass sie Becker zuhörte, als wäre es ungeheuer interessant, was er erzählte.

„Ich gehe duschen", sagte er zu Kurt, bevor er etwas tun konnte, was er später bereuen würde.

Es gab jedoch kein Entkommen aus diesem Dilemma, denn keine fünf Minuten später trat Becker unter die Dusche neben ihm.

„Mensch, ist diese Amanda heiß!", sagte er. „Es wird mir ein Vergnügen sein, die Wette zu gewinnen."

Brad verkniff sich die Bemerkung, dass er sie bereits gewonnen hatte. Ihm war klar, dass seine Anspannung im Moment so gefährlich wie eine tickende Bombe war, doch er konnte nicht gehen, ohne wenigstens etwas gesagt zu haben. „Konzentrier dich lieber auf dein Spiel, Becker", sagte er. „Denn wenn du weiter so miserabel wirfst wie heute, wirst du nicht lange genug dabei sein, um Amanda ins Bett zu kriegen."

Damit ging er und ignorierte Beckers wütendes Gebrüll. Er wollte so schnell wie möglich raus, doch kaum hatte er den Umkleideraum betreten, wurde er von einem Reporter der Lokalzeitung der gegnerischen Mannschaft aufgehalten. „War das Casey Becker, der Sie da gerade so angebrüllt hat? Hat das was mit dem Streit zu tun, den Sie beide in Ohio hatten?"

„Das war kein Streit." Brad versuchte, an ihm vorbeizugehen, aber der Typ ließ sich nicht abschütteln.

„Für mich sah es aber sehr nach einem Streit aus", sagte er.

Brad verlor die Geduld. „Na schön. Es war ein Streit."

Der Reporter grinste. „Das dachte ich mir doch. Und worum ging es dabei?"

Nun kam auch noch der Coach aus seinem Büro und sah Brad warnend an.

„Warum wir gestritten haben? Der Junge mag Pepsi, und ich bin ein Coke-Fan", erwiderte Brad achselzuckend. „Was soll ich sagen? Wir Ballspieler sind sehr eigen mit unserer Cola."

Der Coach lachte, und Brad atmete erleichtert auf. Diesmal schaffte er es, sich an dem Reporter vorbeizudrängen. Er verwünschte sich innerlich dafür, sich in die Schusslinie begeben zu haben, auch wenn er Ärger gerade noch vermieden hatte. Brauchte er wirklich eine Erinnerung daran, dass er so kurz vor der Vertragserneuerung keine Schwierigkeiten vertragen konnte?

Lange nach Ende des Spiels wartete Amanda mit Reggie auf dem Parkplatz, um mit Tony zu sprechen und die Dinge zwischen ihnen zu bereinigen.

Es gab nur ein Problem: Als Tony kam, war er nicht allein, sondern in Begleitung seiner Freunde Brad und Kurt – und ihren finsteren Mienen nach zu urteilen waren sie alles andere als erfreut, sie hier zu sehen.

„Showtime", sagte Reggie. „Wie willst du das durchziehen?"

„Solo", antwortete Amanda. „Aber bleib in der Nähe. Zwecks moralischer Unterstützung."

Reggie zwinkerte ihr zu. „Ich bleibe da."

Amandas Hoffnung, dass Brad und Kurt ihrer Wege gehen und sie mit Tony allein lassen würden, erwies sich leider als unbegründet. So selbstsicher wie möglich ging sie trotzdem auf Tonys roten Porsche zu.

„Hi, Jungs", grüßte sie und konzentrierte sich dann ganz auf Tony. „Ich möchte mit dir reden. Allein."

Tony starrte sie sekundenlang nur schweigend an. „Na schön", sagte er dann. „Ich kann dir ein paar Minuten geben."

„Danke." Sie wandte sich an Kurt. „Vielleicht können wir beide nach dem nächsten Spiel miteinander reden?"

„Das kommt darauf an", sagte er. „Fährst du mit nach Texas?"

Da Amanda beschlossen hatte, ehrlich zu den Mitgliedern des Teams zu sein, erklärte sie ihnen die Situation. „Wenn meine nächste Story meinem Boss gefällt, dann ja. Wenn nicht, fahre ich vielleicht wieder heim nach Texas, aber nicht zu eurem Spiel."

„Tja", sagte Kurt und schob die Hände in die Hosentaschen, „ein Anfänger zu sein ist nie sehr lustig."

„Manchmal ist es gar nicht so übel", sagte sie und zwang sich, Brad anzusehen. „Du schuldest mir auch noch ein Interview."

„Tu ich das?", fragte er mit erhobenen Augenbrauen. „Ich dachte, wir hätten beim letzten Mal schon alles abgedeckt."

Die Doppeldeutigkeit seiner Worte bewirkte, dass Amanda schluckte. „Nicht alles." Mehr konnte sie vor Publikum nicht sagen.

„Sie wollte mit mir reden", sagte Tony und machte den anderen ein Zeichen zu verschwinden.

Die drei Männer wechselten ein paar Worte, dann war Amanda mit Tony allein. Die Arme vor der Brust verschränkt, sah er sie mit erwartungsvoller Miene an.

„Tony, es ist mir wichtig, das Vertrauen der Mannschaft zu gewinnen. Und um das zu schaffen, muss ich wohl ganz offen sein", begann sie ihre kleine Ansprache, die sie sich während des Wartens zurechtgelegt hatte. „Und deshalb werde ich auch nichts schreiben, das schädigend sein könnte, ohne vorher mit dem Betroffenen gesprochen zu haben."

„Und was hat das mit mir zu tun?"

Amanda fragte sich, wieso er so empfindlich war. „Vielleicht nichts, aber wenn ich mein gerade gegebenes Versprechen halten will, muss ich dir etwas über Laura sagen. Sie hat mich in letzter Zeit sehr häufig angerufen und viel geredet."

„Sie ist kontaktfreudig, na und?"

„Sie redet über dich, Tony. Sie regt sich auf und weint und droht, irgendein großes Geheimnis von dir zu verraten."

„Ich habe keine Geheimnisse", sagte er. „Ich weiß nicht, was für Informationen du hier auszugraben versuchst, aber von mir bekommst du sie ganz sicher nicht."

„Ich versuche nichts auszugraben. Ich habe dich ja nicht einmal etwas gefragt." Amanda machte eine Pause und wählte ihre nächsten Worte mit Bedacht. „Sie hat mir noch nichts Belastendes erzählt, und ich bedränge sie auch nicht, denn meiner Ansicht nach ist eine eifersüchtige Freundin nicht gerade die beste Quelle."

„Sie ist nicht meine Freundin."

„Sie glaubt aber, sie ist es. Ich habe dich mit ihr gesehen und weiß, dass du sie nicht ermutigst, aber das ist ihr egal. Sie ist noch jung, Tony, und schnell beleidigt. Deshalb schlägt sie um sich."

Er wandte sich kurz ab und seufzte. „Ich war immer ehrlich zu ihr."

„Das weiß ich. Aber das ändert nichts an der Situation. Wenn Laura mir dieses angebliche Geheimnis anvertraut und ich nichts daraus mache – vorausgesetzt natürlich, es verdient überhaupt eine Story –, wird sie mit jemand anderem darüber reden. Vielleicht sogar mit Jack."

„Na toll. Das soll wohl heißen, dass ich so oder so erledigt bin."

Was für eine aufschlussreiche Antwort, dachte Amanda. Wenn er nichts zu verbergen hätte, hätte er ganz anders reagiert, das wäre sogar einem blutigen Anfänger klar.

„Was ich sagen will", fuhr sie fort, „ist, dass ich dir nur die Chance geben kann, deine Version der Story zu erzählen, bevor jemand anders sie druckt. Ich werde nichts, was Laura mir erzählt, veröffentlichen, bevor ich nicht mit dir gesprochen habe. Aber ich stehe vor einem Dilemma, Tony, denn wenn ich Laura abblitzen lasse, werde nicht ich es sein, der sie etwas erzählt. Das ist noch ein Grund, warum ich zu dir komme. Du sollst nicht denken, ich versuche Laura auszuhorchen. Ich würde mich lausig fühlen, wenn ich es täte, aber genauso schlimm wäre es, Informationen nicht zu verwenden."

Ein Moment verstrich, dann nickte Tony langsam. „Ich verstehe deine Lage und weiß er zu schätzen, dass du zu mir gekommen bist, bevor du etwas schreibst."

Amanda schluckte, weil das nächste Thema ihr noch mehr zuwider war. „Da ist noch etwas."

Er fuhr sich mit der Hand über das Kinn. „Will ich das hören?"

„Vermutlich nicht, und ich würde es auch lieber nicht zur Sprache bringen, aber …"

„Dann sag schon."

„Okay. Ich gehe dem Verdacht nach, dass in eurem Team Doping betrieben wird. Und Jack auch, soweit ich weiß. Wenn er die Story vor mir bekommt, wird er keinem von euch eine Chance geben, sich zu retten." Amanda sah Tony prüfend ins Gesicht, aber sie sah dort weder Schreck noch Überraschung. Vielleicht war er ja doch nicht ihr Mann.

Als er nichts erwiderte, sagte sie: „Gib einfach nur den richtigen Leuten den Tipp, zu mir zu kommen. Vielleicht lässt du einfach einen Hinweis fallen heute Abend." Um das Gespräch mit einer positiven Note zu beenden, setzte sie noch rasch hinzu: „Wie viele Punkte fehlen dir eigentlich noch zu deinem Rekord?"

Tony starrte sie an, aber dann lächelte er und zeigte seine blendend weißen Zähne. „Zwei."

Amanda erwiderte das Lächeln. „Erstaunlich. Das ist so nahe dran, dass du es schon beinahe schmecken kannst, nicht wahr?"

Er war so froh über den Themenwechsel, dass er gesprächiger wurde und ihr noch einige Fragen für ihren nächsten Artikel beantwortete. Als sie sich verabschiedete, wirkte er sehr zufrieden.

Auch Amanda atmete auf, doch es wartete schon die nächste Herausforderung auf sie.

Je eher sie mit Brad sprach und die Dinge zwischen ihnen in Ordnung brachte, desto besser.

10. KAPITEL

*A*ls Brad nach Hause fuhr, dachte er noch immer an Amanda. Was er von Tony über dessen Gespräch mit ihr erfahren hatte, bereitete ihm Sorgen. Nach und nach wurde aus dieser Sorge Misstrauen. Daher beschloss er, mit ihr zu reden und dafür zu sorgen, dass sie Tony nicht ans Messer lieferte. Das Problem war, dass er keine Ahnung hatte, wo Amanda wohnte, seit sie umgezogen war, aber dafür gab es ja die Auskunft.

Fünfzehn Minuten später, bevor er sich eines Besseren besinnen konnte, stand er vor Amandas Haustür und klopfte. Als sich ein paar Sekunden lang nichts tat, war er versucht, den Rückzug anzutreten.

Aber dann rief sie: „Wer ist da?"

„Brad."

Fast augenblicklich flog die Tür auf, und eine beinahe panisch wirkende Amanda erschien auf der Schwelle. Sie trug noch immer das figurbetonte, sexy Kleid, in dem er sie während des Spiels gesehen hatte.

Bevor er reagieren konnte, zog sie ihn ins Haus und schlug die Tür zu.

„Bist du verrückt?", fuhr sie ihn an. „Meine Vermieterin ist eine Kollegin von mir. Sie wohnt gleich nebenan."

Brad, der es nicht gewohnt war, Frauen in Verlegenheit zu bringen, reagierte mit Empörung. „Sie hat mich nicht gesehen. Und ich verstehe auch nicht, wieso dir das so wichtig ist."

„Natürlich nicht. Aber für mich ist es das, weil …" Sie stockte. „Was machst du hier? Und woher weißt du überhaupt, wo ich wohne?"

„Das herauszufinden war nicht schwer. Und falls du glaubst, ich spionierte dir hinterher, dann irrst du dich."

„Dann hättest du nicht kommen sollen."

Ein Muskel zuckte an seinem Kinn. „Es ging nicht anders. Außerdem hat mich niemand gesehen. Ich habe extra darauf geachtet und ein paar Blocks entfernt geparkt."

Auch das schien sie nicht versöhnlicher zu stimmen.

„Warum? Ich meine, warum bist du hier?"

Dass sie so verärgert reagieren würde, hatte er nicht erwartet. „Wir müssen über Tony reden."

Das war offenbar genau das Falsche, denn sie wurde nur noch ungehaltener.

„Über Tony!", sagte sie mit leiser, angespannter Stimme, als müsste sie sich zusammenreißen, um nicht zu schreien. „Um dafür zu sorgen, dass ich ihn nicht in die Pfanne haue? Nun, du kannst ganz beruhigt sein, denn das werde ich nicht tun. Entgegen deiner nicht sehr hohen Meinung von mir beschütze ich ihn sogar."

„Amanda, ich …"

„Ich beschütze ihn, obwohl mein Boss verlangt, dass ich alles tue, um die Story noch vor Jack zu kriegen. Wenn meine Vermieterin dich hier sieht, werden alle denken, dass ich mit Spielern schlafe, um meine Storys zu bekommen. Ich habe zu hart gearbeitet, um mit einem solchen Ruf zu enden. Warum hast du mich nicht einfach angerufen, Brad?" Sie lehnte sich an die Wand, um die Tür für ihn frei zu machen. „Du solltest jetzt gehen."

Er hätte sich gar nicht mieser fühlen können. „Amanda …"

„Geh."

„Nein", sagte er. „Ich bin in letzter Zeit sehr reizbar, und das weiß ich. Ich war unfair."

„Ja, das warst du."

Brad wusste nicht, was er sagen sollte. Gefühle, die er weder verstand noch empfinden wollte, verunsicherten ihn. Sein Magen verkrampfte sich. Er konnte sie einfach nicht vergessen, diese Frau. Und weil er von ihr hören wollte, dass es ihr mit ihm genauso ging, handelte er, anstatt zu reden.

Er trat auf sie zu, drückte sie mit seinem Körper an die Wand und wurde mit ihrem blumigen Duft belohnt, nach dem er schon beinahe süchtig war. Nein, berichtigte er sich im Stillen; er war süchtig nach Amanda.

„Ich will dich, Amanda."

„Du hast mich gehabt", erwiderte sie und versuchte, ihn mit beiden Händen zurückzuschieben.

„Das ist mir nicht genug."

„Das muss es aber sein."

„Willst du das wirklich?", fragte er, weil er wusste, dass es nicht so war. Er konnte schon das Nachgeben ihres Körpers spüren. Auch ihre Hände hörten auf, ihn fortzuschieben.

Sie tat einen unsicheren Atemzug. „Du musst gehen."

„Ich kann nicht gehen", sagte er und legte seine Stirn an ihre.

„Ich kann das nicht, Brad", flüsterte sie.

Er lehnte sich zurück, um sie ansehen zu können. „Ich bin nicht wegen Tony hergekommen. Ich sagte mir zwar, er sei der Grund, aber eigentlich bin ich gekommen, weil ich dich sehen musste. Weil ich gar nicht anders konnte."

„Du hast gesagt …"

„Das war gelogen."

Ein Ausdruck der Verwirrung huschte über ihr Gesicht, dann verhärteten sich ihre Züge wieder. „Als du aus meinem Hotelzimmer weggegangen bist, hast du dich benommen, als könnte man mir nicht vertrauen. Das habe ich nicht verdient, Brad. Und nun gibst du zu, dass du derjenige bist, der lügt? Ich habe keine Lust auf deine Spielchen."

„Das sind keine Spielchen. Ich bekomme dich einfach nicht mehr aus dem Kopf, Amanda." Eine schier unerträgliche Spannung baute sich zwischen ihnen auf. „Das ist die Wahrheit."

„Ich weiß nicht, was ich glauben soll", murmelte sie. „Ich … es geht nicht, Brad."

Er legte seine Wange an ihre und war froh, dass sie ihn nicht zurückschob. Sie fühlte sich so gut an. Ihre Nähe, ihre Wärme brachten ihn so durcheinander, dass er kaum noch atmen konnte. Erst jetzt wurde ihm klar, wie sehr sie ihm fehlte.

„Sag mir, dass ich bleiben soll", flüsterte er.

„Brad …"

„Sag es." Er zwang sich, sie nicht zu küssen und noch mehr zu bedrängen, als er es ohnehin schon tat.

Sie berührte seine Wange, und prompt durchzuckte ein scharfes Ziehen seine Lenden.

„Das ist für uns beide nicht sehr gut, Brad."

Da er ihre Antwort als Zustimmung auffasste, strich er mit dem Daumen über die zarte Haut an ihrem Kinn, bevor er sehr sachte ihre Lippen küsste. „Vertrau mir. Niemand wird es je erfahren."

„So wie du mir vertraust?"

„Vertrauen verdient man sich", erwiderte er. Diesmal küsste er sie schon etwas intensiver. „Wir könnten heute Nacht damit beginnen."

„Und wie soll das vor sich gehen?"

„Jedes Mal, wenn du mir ein bisschen mehr vertraust, werde ich dich dafür mit Lust belohnen." Er ließ das erotische Versprechen einen Moment lang auf sie wirken. „Wie klingt das für dich?"

Jedes Mal, wenn du mir ein bisschen mehr vertraust, werde ich dich dafür mit Lust belohnen.

Wie das klang? Verführerisch. Verlockend. Himmlisch.

Amanda fühlte schon jetzt die Lust wie eine heiße Welle in sich aufsteigen. Egal, aus welchem Grund Brad zu ihr gekommen war, das Einzige, woran sie denken konnte, war, wie sehr sie ihn begehrte.

Sie wehrte sich nicht, als er sie an sich zog und sie seine Erektion spüren ließ. Der Druck an ihrem Schoß beschwor Bilder ihrer nackten, in hemmungsloser Leidenschaft miteinander verschlungenen Körper in ihr herauf und quälte sie mit der Vorstellung, was ihr entgehen würde, wenn sie ihn jetzt fortschickte.

„Was meinst du, Amanda?", fragte er mit dieser leisen, rauen Stimme, die einen heißen Schauer über ihren Rücken sandte. „Soll ich bleiben oder gehen?"

Amanda schluckte, als Brads Finger unter ihren Rock glitten und ihre nackte Haut berührten. „Du kannst sehr überzeugend sein."

Seine warme Hand liebkoste ihren Po. „Und das ist noch gar nichts", versprach er, während er eins ihrer Beine anhob und es um seine Taille legte. „Sag mir, dass ich bleiben soll."

„Das habe ich doch schon gesagt." Sie wollte seinen Kopf zu sich heranziehen, um ihn zu küssen, aber das ließ er nicht zu.

„Nein, das hast du nicht."

Es war klar, dass er sie nicht eher küssen würde, bis sie seine Forderung erfüllte. Angesichts der wohligen Gefühle, die sie durchrieselten, war das nur ein kleiner Preis. „Bleib", murmelte sie.

Da lächelte er und ergriff so leidenschaftlich Besitz von ihren Lippen, dass sich ihr ein lautes Aufstöhnen entrang.

An diesem Abend wirkte er anders als bei ihrem Treffen im Hotel. Stärker, entschiedener, dennoch hatten seine Forderungen nichts Gebieterisches, sondern waren mehr wie eine Einladung, sich zu ergeben. Und Amanda war mehr als bereit, sich zu ergeben.

Als würde Brad diese Bereitschaft spüren, beendete er den Kuss und ließ ihr Bein wieder herunter. „Dreh dich um."

„Was?"

„Dreh dich um, Amanda", beharrte er mit einer leidenschaftlichen Herausforderung in seinem Blick. „Vertrau mir."

Warum tat sie das? Warum überließ sie ihm das Kommando? Sie wusste nur, dass sie unbedingt erfahren wollte, was er mit ihr vorhatte. „Na schön."

Ein Ausdruck der Genugtuung huschte über sein Gesicht. „Und nun leg die Hände an die Wand", befahl er.

Es war ein ungemein erotischer Moment. Amanda konnte Brad weder sehen noch voraussehen, was er vorhatte. Er drängte sich von hinten leicht gegen sie, und sie spürte seinen Körper an ihrem, was sie ihn noch heftiger begehren ließ. Ein solch überwältigendes, ja beinah schon fiebriges Verlangen hatte sie noch nie empfunden. Als Brad langsam den Reißverschluss ihres Kleides hinunterzog, durchrieselte es sie heiß, und sie wurde feucht zwischen den Beinen.

„Ich habe dich vorhin auf dem Parkplatz beobachtet", sagte er. „Und das Einzige, woran ich denken konnte, war, genau das zu tun, was ich jetzt tue."

Mit den Fingerknöcheln strich er über ihren nackten Rücken, und Amanda erschauerte unter der unerwarteten Berührung. Träge Hitze durchflutete sie, und die empfindsamen Knospen ihrer Brüste richteten sich auf. Langsam schob Brad ihr das Kleid über die Schultern, und sie streifte es ab und ließ es fallen. Fast unmittelbar darauf folgte ihr Slip.

Als sie aus den Sachen heraustrat, schob Brad ihre Beine sogar noch weiter auseinander. Zu wissen, dass er noch voll bekleidet war, während sie nur noch ihren BH und ihre hochhackigen Sandaletten trug, ließ sie sich unglaublich sexy fühlen.

„Du bist schön", murmelte er und öffnete den BH, um ihn ihr abzustreifen. „Und nun die Hände wieder an die Wand."

Seine Schenkel pressten sich an ihre, und sie spürte seine Erektion an ihrem Po. Seine Hände glitten zu ihren Brüsten, und sie erschauerte, als er sanft an ihren harten kleinen Spitzen zupfte. „Ist das schön, Amanda?"

„Ja … oh ja."

„Siehst du, was geschieht, wenn du mir vertraust?", murmelte er und beschrieb mit den Daumen Kreise um ihre Brustspitzen, bis sie unter seinen sinnlichen Berührungen zu zerfließen glaubte. Sie merkte plötzlich, dass sie, obwohl sie sich in einer stummen Einladung an Brads Erektion presste, sich zugleich auch begierig seinen Händen entgegendrängte. Sie war noch nie so hemmungslos beim Sex gewesen. Es war eine völlig neue und überaus erotische Erfahrung.

Seine Lippen glitten über ihren Nacken, und sie legte den Kopf zur Seite, um ihm besseren Zugang zu gewähren. Mit wachsendem Verlangen ließ sie ihre Hüften kreisen. Als sie es nicht mehr auszuhalten glaubte und endlich eins mit ihm sein wollte, spürte Brad das offenbar, denn er glitt an ihr hinab, bis er auf dem Boden zwischen ihren Beinen kniete.

Das war der Moment, in dem sie aus ihren süßen Träumen erwachte, und sie versteifte sich, weil sie sich in dieser Stellung sehr verletzlich fühlte. Bevor sie jedoch etwas sagen konnte, streichelte Brad sie und sagte: „Beruhige dich, Süße, und denk immer daran, dass du mir vertrauen wolltest."

Amanda stockte der Atem, als seine Hand zwischen ihre Beine glitt und sie quälend langsam zu erkunden begann. Dieser intime Kontakt löste eine neue Welle der Erregung in ihr aus. Die sich in ihr aufbauende Spannung wurde langsam unerträglich. Als sie sich seiner Hand jedoch entgegenbog, zog er sie zurück, und bevor sie protestieren konnte, drehte er sie um und liebkoste sie mit seinen Lippen statt mit der Hand.

Mit Lippen, Zunge und Händen versetzte Brad sie in einen Zustand purer sinnlicher Verzückung, bis ein heißes Kribbeln sie durchrieselte und sie den Höhepunkt ihrer Ekstase nahen fühlte. Brad stützte sie mit seiner freien Hand, während er mit der Zunge in sie eindrang und sie in einen wahren Rausch der Lust versetzte.

Dieser Zustand hielt überraschend lange an. Mit den letzten abebbenden Schauern begann sich angenehme Ermattung in ihr auszubreiten. „Wow", sagte sie und war fast ein bisschen beschämt darüber, wie unglaublich intensiv ihr Höhepunkt gewesen war.

Brad stand auf und nahm sie auf die Arme. „Wo ist das Schlafzimmer?"

Amanda zeigte den Gang hinunter, und er trug sie zu dem Zimmer und legte sie dort auf die weiche weiße Daunendecke auf dem Bett. Ungeduldig beobachtete Amanda, wie er sein Hemd auszog und seine breiten Schultern und sein muskulöser Oberkörper sichtbar wurden. Ihr Blick verweilte auf dem hellen Haar auf seiner Brust, das sich so wunderbar weich anfühlte an ihren Brüsten.

Ja, sie würde nicht eher zufrieden sein, bis sie ihn in sich spürte. Bis er auf ihr lag und dieser harte Körper sie bedeckte.

Als er seine Stiefel auszog, bemerkte sie, dass sie noch immer ihre Schuhe trug, und setzte sich auf, um sie auszuziehen.

„Nein, lass das. Die Schuhe sind sexy", sagte Brad, während er seine Hose fallen ließ und ihr das ganze Ausmaß seiner Begierde offenbarte. Er war so schön, so heiß und hart, dass Amanda in diesem Augenblick alles getan hätte, was er verlangte. Und wenn er die Schuhe sexy fand, dann fand auch sie sie sexy.

Er kniete sich auf die Matratze, doch bevor er mehr tun konnte, umfasste Amanda ihn mit einer Hand. Seine Augen waren dunkel vor Verlangen, trotzdem legte er abwehrend die Hand auf ihre. „Nicht. Ich muss jetzt in dir sein." Ohne eine Antwort abzuwarten, drückte er Amanda auf die Matratze und ließ sich zwischen ihren Schenkeln nieder. Sie konnte seine Erektion dort spüren, wo es sie am fieberhaftesten nach ihm verlangte, während Brads und ihre Zunge sich zu einem aufregenden Spiel vereinten, das so leidenschaftlich war, dass es ihr schier den Atem raubte.

Von hemmungsloser sinnlicher Begierde durchflutet, schlang sie ihre Beine um seine Taille und bog sich ihm entgegen. Doch statt endlich in sie einzudringen, legte Brad eine Hand um seine Erektion und begann Amanda damit zu streicheln, bis die Leidenschaft sie schier um den Verstand brachte und ihr Körper zitterte.

„Schau mich an", befahl er. „Ich will dir in die Augen sehen, wenn ich dich nehme."

Amanda hob den Blick, und die Intensität des Augenblicks raubte ihr die Fähigkeit zu atmen. Als Brad dann mit einer kraftvollen Bewegung in sie eindrang, begann ihr Herz zu rasen, und sie schlang ihm die Arme um die Taille und bog sich ihm entgegen, um ihn noch tiefer in sich aufzunehmen.

„Du fühlst dich so unglaublich gut an", murmelte er rau. „So heiß und feucht. Wie fühle ich mich an, Amanda? Sag es mir." Langsam zog er sich aus ihr zurück, um gleich darauf wieder in sie einzudringen. „Wie fühle ich mich an, Amanda?"

Er wollte, dass sie antwortete, aber sie fand keine Worte, da eine völlig ungewohnte Befangenheit sie plötzlich sprachlos machte. Noch nie hatte ein Mann in einem solchen Augenblick von ihr verlangt, dass sie ihre Lust in Worte fasste. Andererseits hatte ihr auch noch kein Mann je so viel davon geschenkt wie Brad.

„Amanda."

„Ich ... gut", flüsterte sie. „Du fühlst dich ... mach dich nicht über mich lustig."

Seine Augen funkelten. „Aber nein, Amanda." Wieder drang er tief in sie ein, beugte sich vor, um sie zu küssen, und begann sich dann in einem langsamen, sinnlichen Rhythmus zu bewegen.

Die Intensität ihrer Gefühle überwältigte Amanda. Es war mit nichts zu vergleichen, was sie je erlebt hatte, und nichts anderes existierte mehr als das. Das Hier und Jetzt und Brad. Ein nicht mehr zu kontrollierender Hunger, Brad noch näher zu sein, ihn noch tiefer in sich zu spüren, ergriff Besitz von ihr. Brad schien ähnlich zu empfinden, denn seine Bewegungen wurden schneller, härter, fordernder. Und als sie es schon nicht mehr zu ertragen glaubte, führte er sie mit einem letzten, kraftvollen Stoß auf den Gipfel der Ekstase und kam genau im selben Augenblick wie sie.

Auch als sie wieder etwas ruhiger atmeten, blieben sie noch lange in inniger Umarmung liegen. Wie lange, wusste Amanda nicht, sie wusste nur, dass sie gerade den besten Sex ihres Lebens gehabt hatte. Aber das war noch nicht alles. In Brads Armen zu liegen, nackt und eingehüllt in Wärme und Geborgenheit, war ein solch himmlisches Gefühl, dass sie am liebsten nie wieder darauf verzichtet hätte.

Bevor sie diesen Gedanken jedoch einer näheren Prüfung unterziehen konnte, hob Brad den Kopf und sah sie an. „Ich muss dir eine ernste Frage stellen."

Für einen Moment war sie so verunsichert, dass ihr der Atem stockte. „Ja?"

„Hast du Hunger?"

Amanda blinzelte. „Ich …" Sie hatte Hunger, auch wenn ihr der Zeitpunkt seiner Frage etwas unpassend erschien, da sie noch immer dieses berauschende Glücksgefühl genoss. „Ja."

„Gut." Brad gab ihr einen Kuss und löste sich von ihr. „Denn da wir heute Nacht einen Rekord aufstellen werden, sollten wir unbedingt vorher noch etwas essen. Also lass uns irgendwo was bestellen."

Als er nach dem Telefonbuch auf dem Nachttisch griff, stand Amanda auf, um ihren Morgenmantel zu holen, aber Brad warf ihr sein T-Shirt zu. „Hier, zieh das an."

Wow, dachte Amanda. Brads Shirt zu tragen, sich etwas zu essen bringen zu lassen, das alles waren Dinge, die Paare taten, aber nicht Leute, die nur ein flüchtiges Abenteuer miteinander verband. Eine schon fast beängstigende Zufriedenheit erfasste sie bei dem Gedanken.

Sie nahm das Hemd, drückte ihr Gesicht hinein und stellte zufrieden fest, dass es unverwechselbar nach ihm duftete. Mit einem Lächeln schlüpfte sie hinein. Brad streckte die Hand nach ihr aus und zog sie zu sich aufs Bett. Er legte das Telefonbuch zwischen sie und fragte, was sie wollte.

Was sie wollte? Eigentlich war die Antwort darauf ganz einfach.

Sie wollte Brad.

11. KAPITEL

*B*rad saß auf dem Bett und schaute zu, wie Amanda eine Extraportion Sahne auf ihre Erdbeerwaffel gab. Er genoss ihre Gesellschaft noch erheblich mehr, als er erwartet hatte. Beim Bestellen des Essens hatten sie ihre Vorlieben und Abneigungen in Bezug auf Lebensmittel verglichen und weitere Gemeinsamkeiten entdeckt. Sie mochten beide keinen Fisch und liebten Süßigkeiten. Und beide waren sie ausgesprochen wortkarg vor dem ersten Kaffee morgens.

„Vielleicht bestelle ich mir auch noch so etwas", bemerkte Brad, der sich für etwas Proteinreicheres als Waffeln entschieden hatte.

Amanda warf einen Blick auf seinen Teller. „Ich glaube nicht, dass du das noch unterbringen könntest. Das war das größte Putensandwich, das ich je gesehen habe."

„Unterschätze nicht meinen Appetit", entgegnete er augenzwinkernd. „Vielleicht benutze ich die Sahne ja auch einfach nur für dich." Brad war erstaunt, als sie errötete. Diese Mischung aus Unschuld und Sinnlichkeit war ungeheuer sexy. So sexy, wie sie in seinem T-Shirt aussah. Er hatte es ihr aus purem Eigennutz gegeben, um auf dem Heimweg ihren angenehmen Duft um sich zu haben.

Um ihr weiteres Erröten zu ersparen, wechselte er das Thema. „Wie kommt es, dass dein Dad und deine Schwester Ärzte sind, du aber nicht?"

„Das ist ganz einfach. Ich kann kein Blut sehen. Aber da ich genauso sportbegeistert bin wie sie, begann ich als Reporterin zu arbeiten, als ich nicht mehr an Schwimmwettkämpfen teilnehmen konnte."

Brad wollte nicht einmal daran denken, was nach seiner Baseballkarriere auf ihn zukommen mochte. „Ich glaube nicht, dass das dasselbe ist." Wie könnte Zusehen auch nur annähernd so interessant sein wie selbst zu spielen?

„Zuerst ist es nicht leicht", sagte Amanda. „Aber es wird besser."

Da er das Gefühl hatte, dass sie das nur ihm zuliebe sagte, hielt er einen Themenwechsel für angeraten. „Und deine Mom? Was tut sie beruflich?"

„Sie ist Kindergärtnerin. Ich bin von einem Arzt und einer Erzieherin erzogen worden. Kannst du dir vorstellen, wie fürsorglich die sind?"

Brad schnaubte. „Dann stell dir vor, auf einer Highschool zu sein, an der deine beiden Eltern unterrichten. Ich konnte keinen Schritt tun, ohne dass sie es erfuhren."

Amanda lachte. „Das kann ich mir denken. Dein Dad war Sportlehrer und Trainer, nicht?"

„Ja. Schade, dass er nicht mehr miterlebt hat, dass ich in der Oberliga spiele." Plötzlich erinnerte er sich, mit wem er sprach. Amanda war Reporterin, und dies war kein nichtssagendes Bettgeflüster. „Das ist doch kein Interview, oder?"

Mit einem Ausdruck der Gereiztheit schob sie ihren Teller fort. „Okay. Reden ist also nicht drin. Vergiss, dass ich gefragt habe."

Brad verwünschte die Kluft, die plötzlich wieder zwischen ihnen herrschte. „Amanda", sagte er behutsam, „die Presse hat mir großen Schaden zugefügt. Mehr als einmal. Und momentan steht sehr viel auf dem Spiel für mich, das weißt du doch."

„Für mich auch, Brad. Mir Feinde zu machen ist mir dabei keine Hilfe. Du hast von Vertrauen gesprochen, als du vorhin gekommen bist. Du verlangst es von mir, bist aber anscheinend nicht bereit, es selbst zu geben."

„Was war heute mit dir und Tony?", fragte er, um ihr nicht das Gefühl zu geben, dass sie sich nicht unterhalten konnten. Und natürlich auch, um sicherzugehen, dass sie sein Vertrauen verdiente. Zu seiner Überraschung antwortete sie, ohne zu zögern.

„Ich habe ihn vor Laura gewarnt. Wenn sie etwas über ihn weiß, dann wird sie es benutzen. Die Frage ist nur noch, wann."

„Warum solltest du ihn warnen? Du bist Reporterin."

Ein frustrierter Laut entrang sich ihr. „Du überraschst mich, Brad."

„Wie meinst du das?"

„Du steckst alle Reporter in dieselbe Schublade. Das könnte ich auch mit Pitchern tun. Vielleicht sollte ich davon ausgehen, dass du genauso bist wie Casey."

„Ich und Casey?", schnaubte er empört. „Das kann doch nicht dein Ernst sein!"

„Ihr seid beide Pitcher. Seid ihr nicht alle arrogant, überheblich und unreif?"

Sie hatte ihm mächtig eins aufs Dach gegeben. Wider Willen musste er lachen, und er umarmte sie. „Ich nehme das zurück. Nicht alle Reporter sind gleich. Verzeihst du mir?"

„Na ja, ich werde Nachsicht üben, da du Schmerzen hast."

„Schmerzen? Wieso Schmerzen?"

„Weil du deine rechte Hand beim Essen nicht benutzt hast." Amanda strich mit dem Finger über seine Unterlippe. „Und du hast diese weiße Linie hier. Dein Arm tut weh, du willst es nur nicht zugeben."

Widerwillig nickte er. „Du hast recht, ich habe Schmerzen."

„Wann musst du wieder spielen?"

„Für den Rest der Woche haben wir nur Training. Wenn alles gut geht, pitche ich erst wieder am Ende der nächsten Serie. Als Nächstes sind wir in Houston, und ich denke, der Coach wird mich auf der Bank lassen, um mich für die Rangers in Dallas aufzusparen. Es ist eine lange Serie von Spielen mit einer minimalen Beanspruchung für mich, sodass mein Arm sich eigentlich erholen müsste."

Amanda schüttelte den Kopf. „Das braucht mehr Zeit. Wann wirst du einen Arzt aufsuchen?"

„In Texas, nach den Spielen."

„Du hast also noch nicht einmal einen Termin vereinbart." Amanda entzog ihm empört ihre Hand. „Wenn du mit dieser Verletzung spielst, riskierst du irreparable Gewebeschäden."

„Und wenn ich nicht spiele, riskiere ich irreparable Karriereschäden wie meinen Vertrag bei den Rays." Er zögerte. „Ich bin letztes Jahr mit meiner Mom hierhergezogen, deswegen ist es wichtig, dass ich bei diesem Team bleibe."

Amanda schwieg eine Weile, dann stand sie auf und holte ihr Telefon. „Meine Schwester ist sehr gut. Und sie ist diskret. Sie behandelt viele Sportverletzungen. Ich würde sie gern anrufen, damit ihr beide einen Termin ausmacht."

Brad war völlig verblüfft über dieses Angebot. Wo blieben die Vorhaltungen? Wo blieb der gute Ratschlag, sich freiwillig beurlauben zu lassen? Und wieso machte sie sich keine Notizen für ihre Kolumne? Er kam sich geradezu hilflos vor, da seine vorgefasste Meinung über sie ins Wanken geriet. Vielleicht war sie tatsächlich ehrlich, und er konnte ihr vertrauen.

„Na gut", stimmte er zu.

Amanda lächelte, während sie wählte. Sekunden später hörte er sie lachen und mit ihrer Schwester scherzen, bevor sie ihr die Situation erklärte. „Ja. Ich werde ihm das von Daddy ausrichten."

Schließlich bedeckte sie mit einer Hand das Telefon und gab es Brad. „Sie heißt Kelli. Und wundere dich nicht – sie ist die Wilde in unserer Familie."

Er wusste zwar nicht, was er davon halten sollte, aber er nickte und nahm das Telefon. „Hallo, hier ist Brad."

„Und hier ist Kelli. Ich werde mich ab jetzt um Sie kümmern. Mir wäre es zwar lieber, wenn Sie zu dem Arzt gingen, der Sie operiert hat, aber ich will Sie nicht bedrängen. Sie werden ja ohnehin nicht auf mich hören. Sie haben eine Heidenangst um Ihre Karriere, und das beeinflusst Ihre Entscheidungen. Das gefällt mir zwar nicht, aber ich werde kaum etwas dagegen tun können."

Brad lachte über die Unverfrorenheit dieser Frau. Hätte jemand anderes ihm so etwas gesagt, dann hätte er gleich aufgelegt. Da sie mit absolutem Selbstvertrauen sprach, verübelte er ihr ihre offenen Worte nicht.

„So, und nun beschreiben Sie mir Ihre ursprüngliche Verletzung", sagte Kelli.

„Ich weiß nicht, ob sie etwas damit zu tun hat. Vorher kribbelte meine Hand und wurde taub. Mir wurde gesagt, der Nerv müsse umgelegt werden."

„War das alles?"

„An mehr erinnere ich mich nicht."

„Hm. Die meisten Patienten hören nur, was sie hören wollen. Wie schätzen Sie das ein, ist der Schmerz heute mehr eingegrenzt, schwillt der Ellbogen an, und haben Sie Symptome wie bei einer Sehnenentzündung?"

„Genau. Was bedeutet das? Und wie schlimm ist es?"

„Das kann ich anhand eines Telefongesprächs nicht beurteilen. Wir treffen uns an dem Abend, an dem Sie in die Stadt kommen, und machen einen Untersuchungstermin aus. Sie können ganz beruhigt sein – jeder, dessen Hilfe ich in Anspruch nehmen muss, wird schweigen. Sie sind nicht der erste Sportler, den ich behandle. Bevor Sie zu einem weiteren Spiel antreten, kann ich Ihnen hoffentlich sagen, wie viel Schaden Sie sich bereits zugefügt haben. Und ich kann Ihnen auch Medikamente gegen den Schmerz und die Entzündung geben. Ich nehme an, Sie haben bereits Advil und Eis benutzt?"

„Ja."

„Und vermutlich haben Sie sich auch schon etwas ausgedacht, wie Sie sich diese Woche vor dem Training drücken können?"

Brad wusste, dass das das Beste wäre, aber es würde Fragen aufwerfen, die er nicht riskieren konnte. „Nein, aber ich werde versuchen, so oft ich kann zu kneifen."

„Es wäre besser, es ganz zu lassen und in den nächsten Flieger nach Dallas zu steigen und zu mir zu kommen. Ich weiß, dass Sie das nicht tun werden, also seien Sie bitte vorsichtig."

Sie sprachen noch ein paar Minuten und vereinbarten ein Treffen.

„Und noch etwas, Brad", sagte Kelli. „Suchen Sie sich einen guten Akupunkteur. Die können Sie zwar nicht heilen, aber immerhin den Schmerz ein wenig lindern."

„Einen Akupunkteur?" Er war sicher, sich verhört zu haben.

„Ja. Hören Sie auf Ihre neue Ärztin. Ich habe bisher noch keinen Patienten verloren und gedenke es auch in Zukunft nicht zu tun. Und nun geben Sie mir noch mal meine Schwester."

Amanda sprach noch kurz mit ihr, bevor sie das Gespräch beendeten. „Nun", sagte sie zu Brad, „dann ist ja alles abgemacht. Kelli sagt, du sollst aufhören, an ihr zu zweifeln, und dir Akupunktur geben lassen."

„Ich habe nicht …"

Amanda lachte. „Sie hat sehr ungewöhnliche Methoden, aber ihre Patienten lieben sie."

„Ich bin schon sehr gespannt auf sie."

„Eins musst du noch wissen." Amanda zögerte. „Es ist mir fast ein bisschen peinlich. Mein Dad ist ein großer Fan von dir. Wenn er erfahren würde, dass du bei meiner Schwester warst und er keine Gelegenheit hatte, dich kennenzulernen …" Amanda schüttelte den Kopf. „Sagen wir einfach, das wäre nicht gerade angenehm für sie und mich."

„Ich fühle mich geschmeichelt", erwiderte Brad aufrichtig. „Und natürlich würde ich ihn gerne sehen."

„Er wird dich um ein Autogramm bitten. Er sammelt sie." Amanda verdrehte die Augen. „Nein, er jagt ihnen richtiggehend hinterher", berichtigte sie sich lachend. „Und er würde sich nie von einem trennen."

„Das klingt, als wäre er ein ziemlicher Charakter", bemerkte Brad.

„Ja. Ich bin definitiv die Normale in der Familie." Amanda stand auf und ging ins Bad. Als sie zurückkam, brachte sie ein Fläschchen Advil mit, nahm zwei Tabletten heraus und gab sie Brad.

Nachdem er sie eingenommen hatte, zog er Amanda zu sich auf das Bett und begann sie zu streicheln. „Ich will dich", murmelte er rau.

„Das ist keine gute Idee bei deinen Schmerzen."

Brad zog sie auf sich und grinste. „Dann bleibst du besser, wo du bist."

Als Amanda am nächsten Morgen aufwachte, war der Duft von Brads Aftershave das Erste, was sie wahrnahm. Von ihm war nichts zu sehen, aber das Rauschen von Wasser verriet ihr, dass er im Badezimmer war. Sie sprang erschrocken auf, als sie sah, wie spät es bereits war.

Ohne anzuklopfen, ging sie ins Bad und schob den Duschvorhang beiseite.

Brad machte zuerst große Augen, dann erschien ein sexy Lächeln auf seinem Gesicht. „Guten Morgen."

Amanda schluckte beim Anblick seines nackten Körpers. Obwohl sie es zu vermeiden versuchte, weil sie so in Eile war, glitt ihr Blick zu seiner beginnenden Erektion hinunter. Wie schade, eine solche Einladung ignorieren zu müssen. „Lass mich unter die Dusche. Ich muss zur Arbeit und bin spät dran."

Er tauschte den Platz mit ihr und griff nach einer Flasche Duschgel. „Ich helfe dir."

„Nein, dann komme ich nie in die Redaktion", sagte sie. „Am besten lässt du mich sogar allein."

Brad lachte und setzte sich auf den Badewannenrand. „Ich bin ein braver Junge und schaue dir nur zu."

Zuschauen? Amanda ließ das Wasser über ihre Schultern rinnen und dachte, dass es nicht einmal annähernd warm genug war, um die Hitze zu erklären, die jäh in ihr aufkam. Und es war auch nicht kalt genug, um ihre Brustspitzen so zu verhärten. Nein. Es waren Brads verlangende Blicke, die diese Reaktion auslösten.

Einige Minuten später, als sie geduscht hatte, konnte sie sich kaum noch beherrschen. Am liebsten wäre sie über ihn hergefallen. Es machte die Sache auch nicht besser, dass Brad sie beim Anziehen beobachtete, nur mit einem Handtuch um die Hüften. Wie konnte sie diesen Mann je wieder in einem Handtuch sehen, ohne auf erotische Gedanken zu kommen?

Zum Glück ließ er sie wenigstens beim Föhnen ihres Haars allein. Sie legte gerade Make-up auf, als Brad wieder den Kopf zur Badezimmertür hereinsteckte. Er trug jetzt seine Jeans, aber das war auch schon alles. „Wie trinkst du deinen Kaffee? Ich habe Sahne und Milch im Kühlschrank gefunden."

Er hatte Kaffee für sie gemacht? „Milch bitte", sagte sie, erfreut über die nette Geste.

„Kommt sofort", erwiderte er augenzwinkernd.

Sekunden später brachte er ihr eine Tasse mit dampfendem Kaffee, und Amanda nippte dankbar daran. „Wunderbar. Danke, Brad."

Für einen Moment blickten sie sich in die Augen, und es war weitaus mehr als körperliches Verlangen, was die Atmosphäre zwischen ihnen aufzuheizen schien.

Brad räusperte sich. „Dann lasse ich dich jetzt weitermachen."

„Ja. Ich muss mich beeilen." Was hätte sie nicht dafür gegeben, blauzumachen und den ganzen Tag mit Brad im Bett zu bleiben. Leider war das völlig ausgeschlossen.

Zu Amandas Bestürzung stand Karens Wagen noch in der Einfahrt, als sie das Haus verließ. Verdammt. Sie musste Brad warnen, nicht eher zu gehen, als bis Karen weg war. Ihre Vermieterin und Kollegin durfte auf keinen Fall erfahren, dass er die Nacht bei ihr verbracht hatte.

Amanda wollte gerade wieder hineingehen, als sie die Morgenzeitung sah. Sie hatte inzwischen ihre Story über Casey geschrieben, und die erschien in dieser Ausgabe. Unter anderem hatte sie auch Caseys Punktestand mit dem von Brad verglichen. Was für ein Zufall, dass Brad ausgerechnet an diesem Morgen bei ihr war. Amanda hob die Zeitung auf, doch bevor sie die Tür erreichte, öffnete sie sich, und Brad, inzwischen voll bekleidet, kam heraus. „Hey", sagte er lächelnd, „ich dachte, du wärst schon weg."

Amanda zog ihn schnell ins Haus. „Karen ist noch da. Sie könnte dich sehen."

„Als interessierte es sie, wen du bei dir hast. Bist du nicht ein bisschen paranoid, Amanda?"

„Ich will kein Getratsche im Büro. Also bleib, bis Karen losgefahren ist." Amanda drückte ihm die Zeitung in die Hand. „Und damit du dich nicht langweilst, kannst du meinen heutigen Artikel lesen, in dem ich einen kleinen Vergleich zwischen dir und Casey gezogen habe."

„Was?"

Sie lachte über seinen Gesichtsausdruck. „Keine Bange. Ich war nachsichtig mit dir. Bis später also", sagte sie und lief wieder hinaus.

Auf dem Weg zu ihrem Wagen rief sie Reggie an. „Ich weiß, ich bin spät dran, aber …"

„Kein Problem, Süße", Reggie lachte. „Du bist Reporterin und arbeitest nicht nach Stechuhr. Aber ich habe interessante Neuigkeiten."

„Was denn, erzähl schon."

„Wir verreisen, Schätzchen! Kevin sagte mir heute Morgen, dass ich dich auf deiner ersten Tour begleiten werde."

„Wir verreisen! Du meinst, ich werde nicht gefeuert?"

„Nein, du wirst nicht gefeuert." Reggie klang, als wäre er es leid, sie andauernd beruhigen zu müssen. „Und ich habe auch noch andere gute Neuigkeiten. Vielleicht solltest du zur Feier des Tages ein paar Eclairs mitbringen."

„Gut. Aber dann musst du mir erklären, wo ich welche bekomme."

Amanda schrieb sich die Adresse auf und ließ den Motor an. Eine heiße Nacht und gute Neuigkeiten in der Redaktion – was konnte man sich noch mehr wünschen?

Sie hatte sich kaum in den Verkehr eingereiht, als ihr Handy klingelte. Ohne auf das Display zu sehen, nahm sie den Anruf entgegen. „Ja?"

„Du hast Becker beschuldigt, Strumpfbänder zu tragen?"

Brads tiefe Stimme löste ein wohliges Kribbeln in ihr aus. „Nein. Ich schrieb nur, es gäbe Gerüchte, dass er ein Fan des Films Bull Durham sei und ähnlich abergläubische Angewohnheiten habe wie der Pitcher in dem Film. Und natürlich habe ich auch geschrieben, dass er das abstreitet."

„Ich bin sicher, dass er das ganz anders sieht."

„Vielleicht hat er mehr Humor als du."

„Ha!" Brad wechselte das Thema. „Ich finde, du solltest mich heute Abend zu dir einladen."

Amanda war froh, dass sie vor einer Ampel halten musste, weil seine letzte Bemerkung sie ziemlich durcheinanderbrachte. Zwei heiße Nächte waren eine Sache, aber zwei aufeinanderfolgende Nächte kamen einer Beziehung schon gefährlich nahe. Auch wenn sie Brad noch so sehr begehrte, so wusste sie doch, dass sie ihn nicht haben konnte. Nicht, ohne ihre Karriere in Gefahr zu bringen.

„Wir hatten einen One-Night-Stand. Oder meinetwegen sogar zwei. Aber gleich zwei Nächte hintereinander? Das halte ich für keine gute Idee", sagte sie, obwohl ihr Magen sich vor Frustration verkrampfte.

„Hm." Pause. „Vielleicht hast du recht. Und morgen Abend?"

Statt abzulehnen, was das Richtige gewesen wäre, sagte sie: „Das ist verrückt, Brad."

„Ich habe einen Pool, in dem du schwimmen kannst."

„Das ist Bestechung", erwiderte sie lächelnd. „Und sehr unfair von dir."

„Ich habe nie behauptet, fair zu sein. Nur ehrlich."

„Das stimmt." Sein Angebot war sehr verlockend. „Also gut. Um welche Zeit?"

„Ruf mich heute Abend an, dann machen wir etwas aus. Bei der Gelegenheit kannst du mir auch gleich eine pikante kleine Gutenachtgeschichte erzählen", sagte er und legte auf.

Amandas Herz schlug bis zum Hals hinauf, als sie das Handy weglegte. Sie war drauf und dran, sich in Brad Rogers zu verlieben. Es war nicht nur sexuelles Interesse. Sie mochte ihn sehr, aber was für eine Zukunft konnten sie schon haben? Es wäre besser, ihr Treffen abzusagen. Noch klüger wäre es, sich gar nicht erst bei ihm zu melden, aber sie wusste, dass sie ihn anrufen würde. Und das Treffen würde sie auch nicht absagen. Sie konnte einfach gar nicht anders.

„Hier sind die Eclairs. Und nun erzähl mir von den anderen Neuigkeiten, die du hast", sagte Amanda zu Reggie.

Er griff nach einem Gebäckstück, aber sie zog die Schachtel weg. „Erst, wenn du geredet hast."

„Okay, okay. Kevin hat veranlasst, dass wir in dem Jet des Teams mitfliegen. Ich muss dir ja wohl nicht sagen, wie ungewöhnlich das ist. Nicht mal Jack, der Angeber, durfte bisher im Privatjet der Rays mitfliegen."

„Wirklich? Das kann ich fast nicht glauben."

„Oh doch, und das ist noch nicht alles. Kennst du die Zeitschrift ‚L. A. Woman'?"

Amanda zuckte mit den Schultern. „Sie wird wohl so ähnlich sein wie die ‚Dallas Woman', denke ich."

„Keine Ahnung. Aber ich weiß, dass ‚L. A. Woman' in dieser Stadt sehr tonangebend ist. Offenbar liest eine der Redakteurinnen deine Kolumne und ist neugierig geworden. Sie will ein Interview mit dir. Kevin war sehr zufrieden, als er es mir erzählte."

Amandas Gedanken rasten. „Wann? Und was für eine Art von Interview?"

„Das musst du Kevin fragen", sagte Reggie. „Aber ich muss deiner Freude einen kleinen Dämpfer versetzen, denn ich habe heute auch einen Anruf von Becker angenommen, um den du dich noch kümmern musst. Er ist stocksauer über die Geschichte mit den Strumpfbändern."

Amanda schürzte die Lippen. „Ich habe nie behauptet, dass er welche trägt, sondern höchstens ein Gerücht zitiert."

„Komisch, wie empfindlich manche Männer sind."

Amanda warf Reggie einen bösen Blick zu und zog die Eclairs zu sich heran. Sie brauchte eine ordentliche Dosis Zucker und mindestens zwei Tassen Kaffee, bevor sie sich mit Casey Becker auseinandersetzen konnte.

12. KAPITEL

*B*rad saß am Rand des Pools und sah Amanda zu, die ihre Bahnen zog. Neben sich hatte er zwei Gläser mit Wein stehen. Seit einer Woche begannen sie ihre gemeinsamen Abende nun schon so. Er seufzte zufrieden und genoss die abendliche Brise, die vom nahen Ozean herüberwehte.

Glücklicherweise hatte das Team eine Reihe von Heimspielen und freien Tagen gehabt, die es ihm erlaubt hatten, in Los Angeles zu bleiben. Die vergangenen beiden Wochen mit Amanda waren die besten seit langer Zeit gewesen. Anfangs hatte er sich gesagt, es ginge nur um fantastischen Sex, aber tatsächlich war es weitaus mehr als das. Er hatte sich mehr mit ihr unterhalten als mit irgendeiner Frau vorher.

Eine innere Stimme warnte ihn allerdings. Er kam Amanda zu nahe. Viel zu nahe. Das konnte er sich nicht leisten, denn er hatte vor, noch mindestens fünf Jahre auf dem Spielfeld zu bleiben, bevor er auch nur daran dachte, eine feste Beziehung einzugehen.

„Hey", sagte sie lächelnd.

Amanda kam zu ihm herübergeschwommen und legte ihm die Hände auf die Knie. Es war kaum zu glauben, wie sehr ihn eine einzige Berührung von ihr schon aus dem Gleichgewicht brachte.

Brad ließ sich zu ihr ins Wasser gleiten und zog sie an sich. „Hey, du", sagte er und küsste ihr die Wassertropfen von den Lippen. „Bist du hungrig?"

„Wie ein Pferd."

Sein Blick glitt zu den harten kleinen Brustspitzen unter ihrem hellblauen Bikinioberteil, und er schob den Stoff beiseite. Er nahm eine dieser Knospen zwischen Daumen und Zeigefinger und spielte dran, bis Amanda scharf den Atem einsog.

„Zuerst muss ich etwas essen", sagte sie und zog das Bikinioberteil wieder in die richtige Position. „Oder willst du, dass mir vor Hunger schwindlig wird?"

Brad überlegte, ob er darauf eingehen sollte oder ob er sie nicht einfach an die Wand drängen und sie auf der Stelle nehmen sollte. Dann müsste nur er sich anstrengen und sie brauchte nichts anderes zu tun, als zu genießen.

„Oh nein, ich kenne diesen Blick", protestierte sie. „Das kommt nicht infrage, Brad Rogers. Gib mir was zu essen!"

Unglaublich, wie sehr sie ihn bereits durchschaute. Brad ließ sie los, zog sich auf den Beckenrand hinauf und reichte ihr seine unverletzte

Hand, um ihr zu helfen. Als sie nebeneinandersaßen, legte er ihr eins der beiden Handtücher über die Schultern.

„Was gibt es denn heute?"

Brad grinste. „Ich kenne ein gutes Restaurant, wo sie ganz fabelhafte Pizza haben."

Amanda verdrehte die Augen. „Also Pizza."

Brad griff wieder hinter sich nach seinem kabellosen Telefon. Als ihr Abendessen bestellt war, fragte er Amanda, ob sie sich auf die Reise mit der Mannschaft freute.

„Und wie", sagte sie. „Ich bin schon sehr gespannt auf Jacks Gesicht, wenn er erfährt, dass ich im Teamjet mitfliege."

„Ihr beide seid wie Hunde, die sich um denselben Knochen streiten. Überlass ihn ihm doch und geh deinen eigenen Weg. Irgendwann macht dich dieses Wettrennen sonst noch vollkommen kaputt."

„Ich weiß. Aber der Druck, unter dem ich stehe, hat mit meinem Chef zu tun und nicht mit Jack. Er lässt mich hinter einer großen Story herjagen, damit ich sie veröffentliche, bevor Jack es tut."

Brad biss die Zähne zusammen. Das Thema, auf das sie zusteuerten, war keinem Sportler angenehm. „Falls du meinst, dass er eine Dopingstory aufzuspüren versucht, ist er nicht der einzige Reporter, der das tut. Es ist ein heißes Thema, dem alle nachjagen."

„Ja, das meinte ich. Tony wird dir gesagt haben, dass ich Fragen in diese Richtung gestellt habe."

„Ich wusste, dass Jack herumgeschnüffelt hat." Brad dachte an die Vorwürfe, die Jack gegen Tony erhoben hatte, und hoffte, dass sie unbegründet waren. „Jack hat mich auch nach einigen der Spieler gefragt, und ich habe ihm gesagt, er soll sich seine Fragen sonst wohin stecken."

„Da wäre ich gern dabei gewesen." Amanda planschte mit den Füßen im Wasser. „Dieser Teil meines Jobs macht überhaupt keinen Spaß. Zuerst wollte ich schneller sein als Jack, aber jetzt sehe ich ein, dass Jacks Ziele nicht die gleichen sein können wie meine. Es wäre unmöglich, eine solche Story über deine Mannschaft zu veröffentlichen und hinterher trotzdem noch Zugang zu euren Umkleideräumen zu bekommen."

„Das siehst du richtig."

„Warum bedrängt mein Boss mich also so mit dieser Geschichte?" Amanda runzelte die Stirn. „Es sei denn, er täte es mit voller Absicht. Vielleicht weiß er, dass er mich entlassen muss, und will sich vorher noch ein paar heiße Artikel sichern."

Brad, der ihre besorgte Miene sah, strich ihr über den Rücken. „Deine Leserschaft nimmt zu. Ich glaube nicht, dass er dich loswerden will. Wahrscheinlich ist er einfach nur so scharf auf diese Dopingstory, dass er nicht mehr objektiv sein kann. Das kommt vor. Und falls sich wirklich jemand dopt – was ich nicht glaube –, muss er das hinter verschlossenen Türen tun. Kinder brauchen Helden. Was für ein Zeichen würde das denn setzen, wenn die Fans herausfänden, dass ihr Held sich dopt?"

Amandas Blick war weich und liebevoll, als sie ihn lächelnd ansah.

„Was ist?", fragte er.

„Ich mag dich, Brad."

Er lachte. „Du magst mich? Das ist gut, wenn man bedenkt, wie du manchmal bei mir ausflippst."

„Ich muss dich nicht mögen, um mit dir zu schlafen, aber ich mag dich, wirklich. Du bist ein netter Typ. Sehr arrogant, oh ja, aber trotzdem noch ein guter Typ."

Brad küsste sie. „Ich mag dich auch, Amanda. Und trotzdem bin ich scharf auf deinen Körper."

„Das kannst du mir nach dem Essen beweisen. Erzähl mir lieber, wie deine zweite Akupuntursitzung war."

Brad bewegte den Arm. „Gut. Ich kann kaum glauben, wie sehr es hilft. Deine Schwester hat mich schon bekehrt."

Amanda nickte. „Das schafft sei bei fast allen. Mein Ex war auch Sportarzt und geradezu besessen davon, Kelli in den Schatten zu stellen. Es ist ihm aber nie gelungen."

„Das war bestimmt nicht leicht für dich", bemerkte Brad.

„Nein. Seit der Scheidung habe ich mich sehr verändert und kann kaum noch glauben, dass ich je mit ihm zusammen war. Der Mann hatte ständig das Bedürfnis, sich selbst darzustellen."

„Wie darf ich das verstehen?"

„Laut Kelli haben alle Ärzte, Piloten und Sportler enorme Egos und bilden sich ein, die Welt drehe sich nur um sie."

Brad schnaubte. „Du glaubst also, ich wäre auch einer von der Sorte?"

„Nein. Ehrlich gesagt habe ich keine Ahnung, ob ich überhaupt merken würde, wenn du so einer wärst. An meinem Ex ist mir auch lange nichts aufgefallen."

„Der Vergleich gefällt mir nicht."

Amanda grinste. „Bei dir bin ich mir nicht so sicher, aber Casey passt in die Kategorie. Und Tony auch. Beide sind großspurig und arrogant."

„Ja, aber Tony steht genau wie wir alle unter großem Druck. Manch-mal musst du dich so richtig aufplustern, damit sie dich nicht fertigma-chen können. Und manchmal machen sie dich so groß, dass du abhebst und den Kontakt zur Realität verlierst."

„Das klingt, als würdest du aus Erfahrung sprechen."

„Du weißt, was für einen Ärger ich nach dieser Kneipenprügelei hatte", sagte Brad. „Ich musste glauben, dass ich besser war als alle an-deren, um das zu überwinden."

„Was war eigentlich los in jener Nacht?"

Brad zuckte mit den Schultern. „Dieser Pitcher von der gegnerischen Mannschaft begann Mist zu reden, und ich hatte ein paar Bier intus. Das war keine gute Kombination."

„Ich verstehe trotzdem nicht, was dieser Typ gesagt haben kann, das dich so ausrasten ließ."

Brad knirschte mit den Zähnen. „Ich kannte ihn. Mein Vater war der Trainer seines älteren Bruders gewesen."

„Oh nein", flüsterte Amanda. „Er hat deinen Vater schlechtge-macht?"

„Ja", erwiderte Brad nach kurzem Schweigen. „Es war der Jahres-tag seines Todes. Ich war nervös. Meine Mom hatte vorher mit mir telefoniert, und ich hatte gemerkt, wie sehr sie litt. Der Zeitpunkt, der Alkohol … ich konnte mich einfach nicht mehr zügeln."

„Und dann verklagte er dich, weil du ihn niedergeschlagen hattest."

„Ja."

„Und diesen Teil der Geschichte hast du noch nie jemandem erzählt, nicht wahr?"

„Das hätte nur noch mehr Aufsehen erregt und meine Mom beun-ruhigt."

„Ich kann nicht glauben, dass du das für dich behalten hast."

„Becker erinnert mich an diesen verdammten Idioten. So sehr, dass ich ihm manchmal auch am liebsten eine langen würde."

Amanda lachte. „Darauf wäre ich nie gekommen."

Sie war so schön – so natürlich, so vollkommen. Brad zog sie an sich, nahm ihre Hand und legte sie auf seine Erektion. „Ich will dich, meine Süße."

„Auch darauf wäre ich nie gekommen", scherzte sie und streichelte ihn sanft.

In dem Moment klingelte das Telefon, und Brad unterdrückte einen Fluch. „Das wirst du mich bestimmt nicht ignorieren lassen, oder?"

„Keine Chance", erwiderte Amanda und gab ihm rasch einen Kuss.

Am nächsten Tag stand Amanda schon um acht Uhr in der Frühe im Terminal des privaten Flugfeldes und wartete darauf, an Bord des Jets der Rays zu gehen. Das Team hatte noch eine Besprechung, und Reggie holte ihr gerade einen Kaffee, den sie nach der langen Nacht auch dringend brauchte. Sie war nervös, und Brad so nah zu sein war da auch nicht gerade eine Hilfe. Würde sie vor den anderen verbergen können, was sie für ihn empfand? Oder würden alle erraten, dass sie sich in ihren Starpitcher verliebt hatte?

Beim Abschied am vergangenen Abend hatten sie und Brad abgesprochen, sich unterwegs voneinander fernzuhalten. Nach ihrer Rückkehr würden sie vermutlich da weitermachen, wo sie aufgehört hatten. Hoffte sie zumindest. Natürlich könnte er während dieser Reise auch auf den Gedanken kommen, dass er genug von ihr hatte und sie nicht wiedersehen wollte. Die Gefahr bestand immer.

„Es gab nur schwarzen Kaffee in dem Automaten." Reggies Stimme riss sie aus ihren Gedanken.

„Ich nehme, was ich kriegen kann", sagte Amanda gähnend.

„Wieso bist du so müde?", wollte er wissen.

„Weil ich erst um zwei Uhr morgens das Feature über Tony fertig hatte." Trotz ihrer Müdigkeit konnte sie sich ein Grinsen nicht verkneifen. „‚Der italienische Hotspot', habe ich es betitelt."

Reggie lachte. „Das ist perfekt! Mit Hotspot meinst du natürlich den perfekten Punkt auf seiner Schlagkeule?"

Amanda zog grinsend die Augenbrauen hoch. „Du wirst schon den Artikel lesen müssen, um das herauszufinden." Natürlich hatte er recht. Tony hatte während ihres Interviews mehrfach von einem Hotspot auf seinem Schlagholz gesprochen. „Wenn er sein Ego mal beiseitelässt, ist er ein ziemlich netter Kerl."

„Laura scheint ihn jedenfalls noch zu mögen", sagte Reggie.

Amanda sah sich um und entdeckte die beiden. Obwohl Laura verärgert wirkte, küsste sie Tony auf die Wange, während die Rays nun über Lautsprecher aufgefordert wurden, an Bord zu gehen.

„Fliegen ist sicherer als Autofahren", sagte Reggie, der Amandas Flugangst kannte.

„Ich weiß. Ich gehe nur mal schnell für kleine Mädchen, damit ich in der Luft nicht aufstehen muss", sagte sie und sah sich nach einem Waschraum um. Da dies ein Privatflughafen war, konnte sie nirgendwo einen entdecken. Sie wollte schon umkehren, als sie irgendwo in der Nähe Jacks Stimme hörte. Komisch, dachte sie. Was machte der denn hier?

Sie wollte ihn weder sehen noch ihn belauschen, doch als sie nun auch noch eine Frauenstimme hörte, blieb sie stehen.

„Ich habe es dir doch schon erklärt, Jack", sagte Laura. „Ich war wütend, als ich dich anrief. Ich habe keine Geheimnisse zu verraten."

„Ihm liegt doch nichts an dir, Laura", sagte Jack. „Das kann ich dir beweisen."

„Was tust du da?"

Amanda erschrak, als sie Brad hinter sich hörte. „Ich suche einen Waschraum."

„Wir müssen los. Warte bis in der Maschine."

„Ich hasse es, in Flugzeugen aufzustehen."

„Das ist nicht dein Ernst."

„Ha! Ich hasse Fliegen."

Brads Blick glitt prüfend über ihren Körper. „Du hast mir gestern Nacht gefehlt."

Wirklich? „Sag das nicht."

„Warum nicht? Es ist wahr."

„Wir hatten doch abgemacht, alles Private auf dieser Reise außen vor zu lassen. Es ist zu gefährlich. Jemand könnte etwas hören."

Kurt kam auf sie zugelaufen und winkte. „Nun macht schon, Leute!", rief er.

„Komm", sagte Amanda. Sie ärgerte sich, dass sie schon jetzt unnötiges Aufsehen erregten.

Das konnte noch heiter werden, wenn das so weiterging.

Brad schaffte es, Amanda drei Stunden und fünfundfünfzig Minuten zu ignorieren. Inzwischen waren sie im Hotel angekommen und saßen an der Bar, Amanda auf einem Hocker ganz in seiner Nähe. Das machte ihn so kribbelig, dass er sich in Gedanken daran erinnern musste, weshalb er sich von ihr fernzuhalten hatte: seine Karriere, sein Vertrag, seine Mutter, die ihn in ihrer Nähe brauchte. All dieser Dinge wegen durfte er keine Risiken eingehen und in den Schlagzeilen erscheinen.

Gerade als er sich all das wieder bewusst gemacht hatte, setzte sich Becker neben Amanda und flirtete drauflos. Das wurmte Brad derart, dass er dem Bürschchen am liebsten ins Gesicht gesagt hätte, dass er die Wette schon lange verloren hatte. Der Junge konnte von Glück sagen, dass sie nicht allein waren und er Amanda versprochen hatte, niemandem von ihnen zu erzählen.

„Als Amanda losschrie und ich merkte, dass sie auf der Toilette war, wäre ich vor Lachen fast vom Sitz gefallen", bemerkte Tony neben ihm und riss ihn aus seinen Gedanken.

„Warst du schon mal auf der Toilette, wenn ein Flieger einen Riesensatz nach unten macht?", mischte Amanda sich ärgerlich ein. „Ich dachte, ich würde mit dem Kopf durch die Decke gehen."

„Vielleicht solltet ihr sie vor dem nächsten Flug betäuben", sagte Jack, der lange nach dem Team im Hotel angekommen war und nun auch mit ihnen an der Bar saß. „Es gibt nichts Störenderes als eine schreiende Frau."

„Dann erzähl doch mal, Jack", sagte Amanda mit einem zuckersüßen Lächeln, „wann du zum letzten Mal eine Frau schreien gehört hast?"

Alle brüllten vor Lachen, aber Jack nickte nur und lächelte. „Apropos Frauen zum Schreien bringen – ich habe heute Abend ein ganz besonderes Vergnügen für euch Jungs. Eine private Party im Rotlichtviertel. Freie Drinks und heiße Frauen. Nur die Dollarscheine für die Slips müsst ihr selbst mitbringen." Jubelrufe wurden an den umliegenden Tischen laut. Als sie erstarben, sah Jack Amanda an. „Du kannst gern mitkommen."

Brad hörte, wie Becker sich erbot, ihr Gesellschaft zu leisten, und wie Amanda ablehnte. Gut. Jetzt brauchte er nur noch zu warten, bis die anderen gegangen waren.

Eine Stunde später rief er sie auf ihrem Handy an.

„Brad?", fragte sie überrascht.

„Wie ist deine Zimmernummer? An der Rezeption wollten sie sie mir nicht geben."

„Und von mir kriegst du sie auch nicht. Wir haben gesagt, keinen Sex – ich meine, keinen Kontakt auf dieser Reise."

Brad runzelte die Stirn. „Na schön. Dann bestellen wir etwas beim Zimmerservice, und ich fasse dich nicht an."

„Nein, Brad. Wieso bist du eigentlich nicht mit den anderen in der Oben-ohne-Bar?"

„Weil es nur eine Frau gibt, die ich oben ohne sehen will", sagte er mit leiser Stimme. „Bitte, Amanda. Ich sterbe hier auf meinem Zimmer."

„Du bringst mich dazu, Dinge zu tun, die ich nicht tun will, Brad."

„Das geht mir ganz genauso, Süße, glaub mir."

„Zimmer 125", flüsterte Amanda und legte auf.

13. KAPITEL

*A*ls das Team nach der Spielserie in Houston nach Dallas aufbrach, standen Amanda und Brad schon um fünf Uhr morgens vor ihrer Zimmertür und verabschiedeten sich. Er hätte eigentlich gehen müssen, um in seinem eigenen Zimmer zu sein, bevor die anderen auftauchten, aber er brachte es einfach nicht fertig, sich von ihr zu trennen.

„Hab keine Angst vor dem Flug", sagte er. „Es ist nur eine kurze Strecke."

Sie hatten vereinbart, sich nicht nebeneinanderzusetzen und auch ansonsten so zu tun, als hätten sie nicht jede Nacht miteinander verbracht. „Ich wünschte, ich könnte bei dir sitzen", sagte er und küsste sie auf den Nacken. „Lass die Jalousie herunter und denk an alles, was ich gestern Nacht mit dir gemacht habe."

„Hm", erwiderte sie lächelnd. „Das könnte sogar funktionieren."

„Du weißt doch, dass ich mich heute Abend mit deiner Schwester treffe? Danke, dass du das veranlasst hast." Brads Blick wurde weicher. „Aber jetzt sollte ich wirklich besser gehen, bevor die Jungs auftauchen."

Als er den Kopf senkte, um sie zu küssen, durchrieselte es Amanda heiß. Er löste Emotionen bei ihr aus, die sie nicht verstand, und ihre Brust wurde fast schmerzhaft eng, als ihre Lippen sich berührten. War das mehr als bloße Zuneigung, was sie empfand, obwohl sie beide aufrichtig bemüht waren, sich nicht emotional zu binden?

Sie schwiegen, als Brad den Kuss beendete, und Amanda konnte sehen, dass auch er durcheinander war. Sie konnten beide nicht in Worte fassen, was sich zwischen ihnen abspielte. Wie sie wollte auch er offensichtlich nicht akzeptieren, dass es mehr als Sex war, was sie verband.

Brad strich noch einmal mit dem Handrücken über ihre Wange, dann ging er. Amanda schlang fröstelnd die Arme um sich. Sie hatte nicht geplant, tiefere Gefühle für Brad zu entwickeln. Ursprünglich war es nur darum gegangen, etwas Spaß zu haben und sich zu amüsieren. Doch nun war er kaum ein paar Minuten weg, und sie vermisste ihn schon und sehnte sich nach seiner Nähe. Es hatte keinen Zweck, sich noch länger irgendwelchen Illusionen hinzugeben.

Sie hatte sich in Brad verliebt.

„Das war's auch schon, mein Lieber", sagte Kelli, als Brad aus dem Röntgengerät gerollt wurde. „Setz dich und versuch dich zu entspannen, denn wenn du weiter so die Zähne zusammenbeißt, wirst du außer einem Chirurgen auch noch einen Zahnarzt brauchen."

Brads Magen rumorte. „Einen Chirurgen?"

Kellis Miene war ausdruckslos. „Warum gehen wir nicht nach nebenan und sehen uns die Aufnahmen an?"

Als sie den Flur entlanggingen, kam ein großer, schlanker Mann mit grau meliertem Haar auf sie zu. „Kelli?", rief er aufgeregt und beschleunigte sein Tempo. Dabei streckte er Brad schon von Weitem eine Hand hin. „Brad Rogers!", sagte er erfreut. „Ich bin Bill Wright, Amandas und Kellis Vater und ein großer Fan von Ihnen. Ich freue mich, Sie kennenzulernen."

Brad schüttelte ihm die Hand. „Das Vergnügen ist ganz meinerseits, Sir."

„Bill genügt. Niemand nennt mich Sir."

„Wir wollten uns gerade Brads Röntgenbilder ansehen", warf Kelli ein.

„Oh, natürlich", sagte Bill. „Die würde ich auch gern sehen. Zwei Ärzte zum Preis von einem – falls das okay für Sie ist."

„Ich bin froh über jede weitere Meinung", sagte Brad.

Kurz darauf standen sie zu dritt vor einem Computerbildschirm, und nach kurzer Überlegung kamen die beiden Mediziner zu demselben Schluss über Brads Verletzung und die Behandlungsmöglichkeiten. Beide hielten eine Operation für unumgänglich, mit der ein Problem korrigiert werden musste, das nach seiner ersten Operation entstanden war.

„Kann das bis zum Ende der Saison warten?", fragte Brad.

„Bei nicht zu häufigem Einsatz und angemessener Behandlung schon", sagte Kelli. „Obwohl es mir natürlich lieber wäre, wenn du dich sofort operieren lassen würdest."

Brad atmete erleichtert auf. „Dem Himmel sei Dank!"

„Sie müssen es auf jeden Fall Ihrem Coach sagen, mein Junge", meinte Bill. „Der medizinische Betreuer Ihres Teams wird Sie ständig unterstützen müssen, sonst könnte die Schulter leicht überlastet werden."

„Falls du dich überforderst, richtest du noch mehr Unheil an", stimmte Kelli ihrem Vater indirekt zu. „Also überleg dir, was du willst, und gib mir dann Bescheid. Falls du möchtest, kann ich auch mit deinem Coach reden und ihm die Sachlage schildern."

Brad nickte nur, weil er sich noch nicht festlegen wollte.

Bill zog einen Stift aus seiner Tasche. „Könnte ich vielleicht ein Autogramm von Ihnen haben?"

Brad lachte. „Amanda hat mir schon gesagt, dass Sie eins wollen."

Sie plauderten noch ein paar Minuten über Baseball und Autos, als ob sie alte Freunde wären. Brad fand diesen kleinen Einblick in Amandas Leben ausgesprochen reizvoll und wünschte, sie wäre jetzt bei ihm. Gleichzeitig beängstigte ihn der Gedanke ein wenig, weil das, was er für sie empfand, so gar nicht zu seinen Karriereplänen passte. Als Bill ihn dann auch noch einlud, gemeinsam mit Amanda in ihrem Elternhaus vorbeizuschauen und sich seine Oldtimer anzusehen, wurde Brad klar, dass er ein paar ernste Entscheidungen in Bezug auf sich, Amanda und seine Karriere treffen musste.

Amanda stand in der Presseecke am Rand des Spielfelds und beobachtete, wie Brad zum Wurfmal hinüberging. Sie vermutete, dass er gute Nachrichten von ihrer Schwester hatte, weil sie davon ausging, dass er sonst wohl nicht spielen würde. Aber sicher konnte sie sich nicht sein. Sie waren jetzt schon eine Woche aus Dallas zurück, und Brad hatte sich noch nicht ein Mal mit ihr getroffen. Er hatte sie noch nicht einmal angerufen. Schon in Dallas hatte er sich von ihr ferngehalten, doch da hatte sie angenommen, er wollte sie beide nur nicht in Schwierigkeiten bringen. Langsam machte sie sich Sorgen.

„Bist du nervös wegen morgen?", fragte Reggie.

Er bezog sich auf ihr Fotoshooting für „L. A. Woman", deren Herausgeber inzwischen nicht nur das Interview, sondern sogar ihr Foto auf der Titelseite bringen wollten.

„Eigentlich nicht", sagte sie. „Ich habe mit der zuständigen Redakteurin telefoniert und fand sie viel sympathischer als Kevin."

Reggie grinste. Sein Blick ging aufs Spielfeld, und er fragte: „Dieser Rodriguez, der Batter heute – hast du ihn gestern Abend in der Sportschau gesehen?"

„Ja." Amanda sah Brad zu seinem ersten Wurf ausholen. „Ich hab auch sein Geschwätz gehört, er könne jeden Pitcher in der Liga schlagen. Ein arrogantes Volk, die Baseballspieler!"

Der Ball schoss am Batter vorbei. „Wow! Brad ist richtig gut in Form heute Abend", sagte Reggie.

Zehn Minuten später ließ Brad sich auswechseln. Er hatte großartig gespielt, aber Amanda konnte sehen, dass sein Arm versagte. Der Coach schickte Casey aufs Feld. Wenn der es nicht vermasselte, würden die Rays einen weiteren Sieg verbuchen können.

„Sieht so aus, als würden sie es in die Playoff-Runde schaffen", fasste Reggie in Worte, was Amanda dachte.

„Dann fliegen wir in drei Wochen wieder nach Dallas."

Den Rest des Spiels sprachen sie kaum noch. Amanda machte sich Notizen, und Reggie war damit beschäftigt zu fotografieren. Als die Rays gewannen, jubelten sie und umarmten sich.

Anschließend ging Amanda zu den Umkleideräumen und sah sich nach einem Opfer für ein Interview um. Dabei entdeckte sie Brad. Ihre Blicke trafen sich, und sekundenlang war sie wie erstarrt. Sie suchte eine Antwort auf die Frage, weshalb er sie nicht mehr beachtete und sie wie eine Fremde behandelte. Schließlich senkten sie beide den Blick.

Amanda wartete, bis mehrere Reporter Brad umringten, bevor sie zu ihm hinüberging. „Werden Sie auch nächstes Jahr bei den Rays spielen?", fragte einer ihrer Kollegen gerade.

„Im Moment kann ich Ihnen nur garantieren, dass ich weiter auf dem Wurfmal stehen werde. Wessen Farben ich tragen werde, kann ich noch nicht sagen."

„Und wann werden wir das erfahren?", warf Amanda ein.

Brad wandte sich ihr zu. „Sobald ich selbst es weiß", erwiderte er scharf. „Aber eins kann ich Ihnen jetzt schon versprechen: Ich werde mich ausschließlich auf meine Karriere konzentrieren und Spitzenreiter sein, wo immer ich auch spiele."

Amanda wusste, dass er ihr damit zu verstehen geben wollte, was er ihr unter vier Augen nicht zu sagen wagte. Sie setzte ein breites Lächeln auf und hoffte, dass es echt aussah. „Nun", sagte sie, „das sind gute Neuigkeiten für diejenigen von uns, die Sie lieber auf dem Spielfeld sehen als außerhalb davon."

Mit Genugtuung registrierte sie Brads schockierte Miene. Nun wusste auch er, was Sache war! Sie hatte ihre eigene Karriere und ihre eigenen Ziele. Sie konnte genauso Profi sein wie er. Auf keinen Fall würde sie diesem viel zu selbstbewussten, feigen Mann auch noch zeigen, was er ihr bedeutete. Beharrlich stellte sie weiter Fragen und genoss es, dass ihre Gegenwart Brad Unbehagen bereitete.

14. KAPITEL

*D*rei Wochen später, als sie zu den Entscheidungsspielen wieder in Dallas waren, wartete Amanda im Café des Hotels auf ihre Schwester. Bevor sie sich jedoch einen Tisch suchen konnte, winkte Kurt, der mit Brad und einigen anderen Spielern zusammensaß, ihr zu und bat sie an ihren Tisch. Da sie Brad nicht ewig aus dem Weg gehen konnte, beschloss sie, sich zu setzen und die Einladung als gutes Zeichen zu betrachten. Die Spieler nahmen sie in ihren inneren Kreis auf. Das war gut für ihre Karriere.

Kurz darauf kam ihre Schwester herein. In ihrem roten Kleid mit Nackenträger sah sie ausgesprochen selbstbewusst und sexy aus. Am Tisch ertönten Pfiffe, als Amanda aufstand und Kelli umarmte.

Kelli ließ ihren Blick prüfend über die Runde schweifen. „Hallo, meine Herren", sagte sie und lächelte Kurt und Brad an, während sie sich zu ihnen setzte. „Das war ein fabelhaftes Spiel gestern."

„Sie mögen Baseball?", fragte Kurt.

„Ich mag Baseballspieler."

„Kelli ist Sportärztin. Sie behandelt viele Profisportler", warf Amanda ein.

„Ich kümmere mich sehr gut um meine Spieler." Kelli betrachtete Kurt lächelnd. „Und ich kenne auch ein paar Mitglieder Ihrer Konkurrenzmannschaft ganz gut."

„Oho", sagte Kurt lachend.

„Oh ja, und ich könnte Ihnen sogar ihre Schwachpunkte nennen", fuhr Kelli fort, „aber das ist natürlich Insiderwissen. Sie werden die Rangers schon ohne meine Hilfe schlagen müssen." Dann wandte sie sich an Amanda. „Ich habe eine Überraschung für dich", sagte sie und zog eine Ausgabe der „L. A. Woman" aus ihrer Handtasche.

„Woher hast du die? Ich dachte, sie erscheint erst morgen?"

Kelli lächelte. „Ich habe meine Beziehungen spielen lassen, um sie früher zu bekommen. Du siehst fantastisch aus, und der Artikel über dich ist sehr gelungen." Kelli zwinkerte ihr zu. „Daddy will, dass du ihn für seine Sammlung signierst."

Amanda sah gerade noch Brads Lächeln, als sie aufblickte. Von Kelli wusste sie, dass ihr Vater Brad um ein Autogramm gebeten hatte. Sie hatten sich anscheinend sehr gut verstanden. Es wäre nett gewesen, das von Brad zu hören.

„Dürfen wir das vielleicht auch sehen, oder ist es nur für Frauen?", fragte Kurt.

Amanda ließ die Zeitschrift herumgehen. Sie hatte es noch niemandem erzählt, aber „L. A. Woman" hatte ihr eine Stelle angeboten, die sie abgelehnt hatte, weil sie gedacht hatte, sie würde lieber ihren derzeitigen Job behalten. Als sie nun aber das Magazin sah, war sie nicht mehr ganz so sicher, ob sie die richtige Wahl getroffen hatte.

Als Brad die Zeitschrift bekam, starrte er einen Moment lang auf das Titelbild, bevor er zu Amanda aufblickte. „Gratuliere."

Für ein paar Sekunden schauten sie sich in die Augen. „Danke", sagte Amanda reserviert. Tatsächlich warf sein Blick sie völlig aus der Bahn. Sie schaffte es irgendwie zu lächeln, das Frühstück durchzustehen und so zu tun, als wäre Brad nur irgendein Spieler. Die Fassade hielt, bis sie ihre Schwester zu deren Wagen brachte.

„Was ist los mit dir und Brad?", fragte Kelli, sobald sie allein waren.

„Nichts. Was soll denn sein?"

„Amanda, du redest mit deiner Schwester, die dich genauso gut kennt wie sich selbst. Die Befangenheit zwischen euch war mehr als offensichtlich. Ich hatte den Eindruck, dass ihr ein Paar wart, als er in meiner Praxis war. Und Dad dachte das auch."

„Das sind wir aber nicht."

Kelli strich ihr liebevoll das Haar zurück. „Was ist passiert, Schätzchen?"

„Nichts", erwiderte Amanda mit einem erstickten Lachen. „Wir hatten eine kurze, heiße – sehr heiße – Affäre. Es war ein Fehler, der mich meine Karriere hätte kosten können."

„Ach, Amanda. Dich hat's wohl wirklich schwer erwischt."

Amanda nickte. „Wie konnte ich so dumm sein. Du hast mich immer vor Sportlern gewarnt."

„Du bist nicht dumm. Wir können uns nicht aussuchen, in wen wir uns verlieben. Was empfindet Brad denn für dich?"

„Das spielt keine Rolle mehr. Ich will das jetzt alles nur noch vergessen."

Kelli öffnete den Mund, überlegte es sich aber anders und stieg wortlos in ihren Wagen. „Wenn du jemanden zum Reden brauchst, bin ich immer für dich da."

„Ich weiß." Amanda beugte sich zu ihr und umarmte sie. „Aber im Moment möchte ich nicht einmal an das alles denken, geschweige denn darüber reden."

Als Brad am nächsten Tag von seinem Akupunkturtermin zurückkam, sah er Kurt in der Hotelbar sitzen und ging zu ihm. Kaum hatte er die

Bar betreten, blieb er stehen, weil er in einer etwas abgelegenen Nische Becker und Amanda sah.

Gerade war er noch bester Laune gewesen, weil sein Agent ihm von einigen interessanten Angeboten anderer Teams berichtet hatte. Nun konnte er spüren, wie seine Stimmung auf den Nullpunkt sank. Amanda in diesen letzten Wochen ständig zu begegnen, sie zu begehren und trotzdem nicht zu berühren, war eine seiner bisher größten Leistungen gewesen. Sie jetzt in diesem vertraulichen Gespräch mit Becker anzutreffen, zerriss ihm fast das Herz. Am liebsten wäre er zu ihnen hinübergestürmt, um einzufordern, was ihm gehörte.

Das Nächste, was er hörte, war ein Fingerschnippen. Er drehte sich um und sah, wie Kurt ihn zu sich hinüberwinkte. Erst jetzt merkte er, dass er mitten im Lokal stand und wie ein kompletter Narr zu Amanda hinüberstarrte. Er räusperte sich und rief sich innerlich zur Ordnung. Amanda gehörte ihm nicht.

Verlegen setzte er sich zu Kurt.

„Sie sitzen schon über eine Stunde da", berichtete der ihm mit leiser Stimme.

„Na und? Ich habe Wichtigeres zu tun, als mich mit Becker und seiner blöden Wette zu befassen."

„Verstehe", sagte Kurt. „Und wohl auch Wichtigeres, als dich mit Amanda zu befassen, was? Wenn du nicht endlich aufhörst, den Kopf in den Sand zu stecken, ist sie weg, mein Junge."

Brads Magen schien sich zu verkrampfen. Kurt hatte recht, das wusste er. Er wusste aber auch, dass es kein Zurück mehr geben würde, wenn er jetzt wieder zu Amanda ginge. Und darüber konnte er mit Kurt nicht reden, auch wenn der sein bester Freund war.

„Mike hat Vertragsverhandlungen angekurbelt", wechselte er daher das Thema. „Nicht mit den Rays, aber er hat das Gefühl, dass auch das bald kommt."

„Warum bist du dann so schlecht gelaunt?"

„Weil ich meinen Arm noch einmal operieren lassen muss." Brad beschrieb Kurt kurz, weshalb. „Und das ist mein Dilemma. Wie kann ich einen neuen Vertrag unterschreiben, ohne das mit meinem Arm zu erwähnen? Ich meine, es wäre doch wirklich nicht korrekt, das zu verschweigen, nicht?"

Es tat ihm gut, mit jemandem darüber zu reden. Er blickte unwillkürlich zu Amandas Tisch hinüber, weil er sich daran erinnerte, wie gut es getan hatte, mit ihr über seine Probleme zu sprechen. Leider blickte in diesem Moment gerade Becker auf, der überaus zufrieden wirkte und lächelte und winkte. Verdammt, der Typ hatte alles, was er, Brad, wollte. Er hatte noch seine ganze Karriere vor sich und Amanda an seiner Seite.

Wie vor den Kopf geschlagen, lehnte Brad sich zurück. Auf einmal verstand er, was ihn schon die ganze Zeit so beschäftigt hatte. Was er wollte – nein, brauchte –, war weit mehr als nur fünf weitere Jahre auf dem Spielfeld. Und bei all dem wollte er Amanda an seiner Seite haben.

Nicht ganz sicher, was er mit dieser neuen Erkenntnis anfangen sollte, stand er auf und verabschiedete sich von Kurt. Er musste jetzt allein sein, um in Ruhe nachzudenken.

Amanda fühlte sich wie gerädert, als sie erwachte. Es dauerte einen Moment, bis ihr einfiel, dass sie sich in Chicago befand, wo die zweite Runde der Entscheidungsspiele stattfand. Verschlafen ging sie an die Zimmertür und hob die Zeitung auf, die darunter hindurchgeschoben worden war. Sie wollte gerade Kaffee bestellen, als ihr Blick auf das Titelblatt fiel, auf der ein großes Foto von Tony in den Armen einer unbekannten Frau zu sehen war.

Ach du meine Güte, dachte sie, denn ihr fiel wieder das Gespräch ein, das Jack und Laura auf dem Flughafen geführt hatten. Sie war sicher, Jack hatte Tony eine Falle gestellt! Da er fast jeden Abend mit den Spielern ausgegangen war, hatte er genug Gelegenheit dazu gehabt. Und außerdem hatte er Laura versprochen, zu beweisen, dass Tony es nicht ernst mit ihr meinte. Jacks Ehrgeiz kannte offenbar keine Grenzen.

Sie konnte nichts tun, um die Katastrophe abzuwenden, da ihre Beziehung zu Laura sehr angespannt war, seit sie ihr geraten hatte, Tony aufzugeben.

Das ist meine Schuld, dachte sie, als sie nach ihrem Handy griff, um Tony anzurufen. Ihre soeben erst erschienene Story über den Missbrauch von Steroiden im Sport, zu der Casey Becker ihr ganz allgemeine Informationen geliefert hatte, ohne sich auf Namen festzulegen, hatte Jack wahrscheinlich zu sehr unter Leistungsdruck gesetzt.

Erst nach mehrfachem Klingeln meldete sich Tony.

„Tony, hier ist Amanda. Wir müssen miteinander reden."

„Ich schlafe noch", protestierte er.

„Wirf mal einen Blick in den Unterhaltungsteil der heutigen Zeitung. Ich komme gleich zu dir."

Zwanzig Minuten später klopfte sie an Tonys Tür. Sie hatte vergeblich versucht, Laura telefonisch zu erreichen. Niemand antwortete, aber die Tür des angrenzenden Zimmers ging auf, und Brad trat auf den Gang. Er starrte sie an und blinzelte, als glaubte er, einen Geist vor sich zu haben.

Sekunden später öffnete Tony. Amanda war froh, Brad aus dem Weg gehen zu können. Sie trat ein und schloss die Tür hinter sich. Sie und Brad hatten seit Tagen schon nicht mehr miteinander gesprochen, und dies war nicht der richtige Moment, um wieder damit zu beginnen.

„Ich bin erledigt", sagte Tony, der nur mit einer Jeans bekleidet war. „Laura wird mich lynchen."

Amanda warf einen Blick auf das Bett, auf dem unter einem gut platzierten Laken eine offensichtlich völlig nackte Frau lag.

„Herrgott noch mal, Tony!", fuhr Amanda ihn an. „Wieso ist sie noch hier?"

„Sie hat keinen Wagen."

„Dann bestell ihr ein Taxi."

„Hey!", protestierte die Frau. „Was glauben Sie denn, wer Sie sind?"

„Die Einzige, die dich noch retten kann", sagte Amanda, aber nicht zu der Frau, sondern zu Tony. „Komm in fünf Minuten ins Café runter. Allein."

Bevor Amanda jedoch gehen konnte, klopfte es. „Na prima. Das fehlte uns gerade noch!"

„Wer ist da?", fragte Tony stirnrunzelnd.

„Brad. Lass mich rein, Tony."

Tony riss die Tür auf, bevor Amanda es verhindern konnte.

„Was tust du hier in Tonys Zimmer?", fauchte Brad sie an.

„Was geht dich das an?" Amanda fand es empörend, dass er die Dreistigkeit besaß zu fragen, nachdem er sie seit Tagen nicht beachtet hatte.

„Ich weiß zufällig, wie wichtig dir dein Job ist. Ist dir klar, wie das hier aussieht?"

Amanda lachte freudlos. „Tja, du hast uns gewissermaßen auf frischer Tat erwischt, Brad."

Brad fluchte. „Was zum Teufel ist hier los, Amanda?"

„Hör auf zu fluchen."

„Ich weiß nicht, was zwischen euch abgeht, und es ist mir ehrlich gesagt auch vollkommen egal!", mischte Tony sich heftig ein. „Ich habe eine verdammte Krise hier. Könnten wir also bitte zu mir zurückkommen?"

Amanda funkelte Tony an. „In einer Stunde im Café."

„Vorhin waren es noch fünf Minuten. Ich muss sofort mit dir reden."

„Ich habe es mir anders überlegt. Ich gehe zuerst duschen und versuche noch mal, Laura zu erreichen. Und in der Zwischenzeit solltest du hier vielleicht ein bisschen aufräumen." Sie deutete zum Bett.

Brad hielt Amanda am Arm fest, als sie sich zur Tür wandte. „Amanda ..."

„Lass mich los."

Das tat er, aber er wich ihr nicht von den Fersen, als sie hinausging und sich zum Aufzug wandte, weil sie nicht wollte, dass er ihr in ihr Zimmer folgte.

„Du hast mir gefehlt", sagte er, während sie ins Foyer hinunterfuhren.

Amanda wagte nicht, ihn anzusehen. „Dann hast du eine merkwürdige Art, mir das zu zeigen."

„Wir müssen miteinander reden."

„Wozu?", versetzte sie scharf. „Wir hatten nur ein kleines Abenteuer. Das Thema ist erledigt. Oder wäre es, wenn du nicht so in Tonys Zimmer hereingestürmt wärst. Wie sollen wir ihm jetzt deine Machotour erklären? Falls du es nicht gemerkt hast – du hast gerade mal wieder richtig Mist gebaut, Brad Rogers!", fauchte sie ihn an.

Er war sprachlos vor Erstaunen, als die Lifttüren sich öffneten und Amanda sofort hinausstürzte, ohne ihn weiter zu beachten. Nach ein paar Schritten war er schon wieder bei ihr und zog sie in einen kleinen Behinderten-Waschraum, bevor sie es verhindern konnte.

„Bist du verrückt?", fuhr sie ihn an, als er die Tür abschloss.

„Weißt du, wie wütend ich war, als ich dich in Tonys Zimmer gehen sah?", entgegnete er, während er sie hochhob und auf den Waschtisch setzte, mit einem Knie ihre Beine spreizte und dazwischentrat, als wäre das sein gutes Recht.

„Was fällt dir ein, Brad?" Amanda versetzte ihm einen Stoß. Sie war kein Spielzeug, das er hervorholen konnte, wann er wollte! „Es geht dich nichts an, was ich tue oder mit wem ich es tue."

„Was, wenn ich mir wünschte, es wäre so? Wenn ich dir sagen würde, dass mich alles interessiert, was dich betrifft?"

Amandas Lippen zitterten, obwohl sie sich bemühte, völlig cool und unbeteiligt zu erscheinen. „Dann würde ich sagen, du hast eine komische Art, mir das zu zeigen. Aber was spielt das schon für eine Rolle? Ich mache deine Spielchen nicht mehr mit, Brad. Ich kann es nicht."

Er beugte sich vor und schnupperte an ihr. „Ich liebe deinen Duft."

Amanda umklammerte den Rand des Waschtischs, um Brad nicht zu berühren. Sie wollte seinem Charme auf keinen Fall erneut erliegen.

„Lass das, Brad."

Sie sahen sich in die Augen. Brads Blick glühte vor Verlangen, und Amanda erschauerte, als er mit den Daumen über ihre Wangen strich.

„Du hast mir gefehlt."

Als sie nichts erwiderte, weil sie ihm nicht zu glauben wagte, bat er: „Sag, dass du mich auch vermisst hast."

„Hör auf. Du weißt so gut wie ich, dass das mit uns unmöglich ist."

„Ist es nicht."

Amanda schloss die Augen. „Doch."

„Nein", beharrte er und küsste sie, bevor sie weitere Einwände erheben konnte. Das Spiel seiner Zunge und seine sinnlichen Berührungen waren so verführerisch, dass sie ihre Beine um seine Taille legte und ihren Widerstand vergaß. Kein Mann hatte sie jemals so erregt.

Während Brad sie leidenschaftlich küsste, schob er ihren Rock hinauf und streichelte ihre nackten Beine. Als er einen Finger unter ihren String schob und sie dort liebkoste, durchzuckte Amanda eine solch unbändige Lust, dass sie instinktiv die Hand nach seiner Hose ausstreckte. Sie öffnete sie, schob sie hinunter und dirigierte seine Erektion zwischen ihre Beine. Sekunden später drang er in sie ein, so tief und heiß und hart, dass sie die Lust wie eine heiße Woge in sich aufsteigen fühlte.

Brad unterbrach den Kuss für einen Moment und sah ihr in die Augen. Die innige Verbindung zwischen ihnen, die sie nun deutlich fühlte, erschütterte Amanda bis ins Mark. Als Brad sie wieder küsste, glaubte sie vor Wonne zu zerfließen.

Ihr war nicht einmal bewusst gewesen, dass er ihr die Bluse abgestreift und ihren BH geöffnet hatte, bis sie seine warmen Hände an ihren Brüsten spürte und seine Finger an ihren harten Knospen zupften.

„Streichle deine Brüste selbst", flüsterte er und legte seine Hände um ihre Hüften, um sie festzuhalten. Dabei wurden seine Bewegungen schneller und härter.

Amanda kam seiner Aufforderung liebend gern nach. Sie war über alle Maßen erregt von der wilden, ungestümen Hitze, die sie in seinem Blick sah, und sie wünschte, er wäre nackt. Sie überlegte kurz, ihm das Hemd abzustreifen, dann vergaß sie alles. Ihr Körper erschauerte und kündigte einen Orgasmus an. „Brad, ich …", hauchte sie, doch die Worte gingen in ihrem lustvollen Aufstöhnen unter. Sie schloss die Augen und überließ sich ganz den herrlichen Empfindungen. Brad umklammerte sie fester, und sie presste sich in wilder Lust an ihn, als auch er kam.

Nach einer ganzen Weile erst hob er den Kopf von ihrer Schulter und strich unendlich zärtlich mit den Lippen über ihre. Amanda befürchtete, von ihren Gefühlen übermannt zu werden. Sie liebte diesen Mann, und das jagte ihr eine Höllenangst ein.

Brad half ihr, vom Waschtisch herunterzusteigen. Verlegen und nicht sicher, was als Nächstes kommen würde, wandte Amanda ihm den Rücken zu und zog sich hastig an.

Als sie fertig war, nahm Brad sie in die Arme. „Amanda …"

Ihr Handy klingelte, und sie war froh über die Störung, weil sie Angst hatte vor dem, was er zu sagen hatte. „Es könnte Laura sein. Ich muss den Anruf annehmen."

Es war tatsächlich Laura. „Einen Moment bitte", sagte Amanda und flüsterte Brad zu: „Ich muss hier raus."

„Wir müssen miteinander reden."

„Nicht hier. Nicht jetzt."

„Aber bald, Amanda. Ich erwarte dich im Café", erklärte er, bevor er ging.

Amanda atmete auf. „Hi, Laura. Danke, dass du zurückgerufen hast."

„Du hast die Zeitung sicher schon gesehen?" Laura klang alles andere als weinerlich. „Das wird dieser jämmerliche Schuft mir büßen. Ich werde der ganzen Welt sein Geheimnis erzählen, und dann kann er seine Karriere ein für alle Mal vergessen."

„Was für ein Geheimnis, Laura?"

„Steroide. Nur so kriegt er all diese tollen Treffer hin. Er dopt sich. Ich weiß, dass du die Story wolltest, aber dann rief Jack mich wegen des Fotos in der Zeitung an, und ich war so wütend, dass ich ihm alles erzählt habe. Ich kann es dir aber auch erzählen. Je mehr schlechte Presse für Tony, desto besser."

„Hast du Beweise, Laura?"

„Ich habe gesehen, wie er sich das Zeug gespritzt hat. Wenn sie ihn testen, kommt es raus."

„Woher weißt du, dass es Steroide waren?", wandte Amanda ein.

„Es kann nichts anderes sein", beharrte Laura. „Testet ihn."

„Du weißt es nicht mit Sicherheit und gefährdest trotzdem seine Karriere?"

„Daran hätte er denken sollen, bevor er sich so mies verhielt."

„Das ganze Team würde unter einem solchen Skandal zu leiden haben", gab Amanda zu bedenken. „Sie sind mitten in den Entscheidungsspielen. Sie brauchen Tony auf dem Feld."

„Dann wird eben auch das Team jetzt merken, was für ein Mistkerl er ist."

Mehrere Minuten später – und ohne mehr erreicht zu haben, als sich zu ärgern – legte Amanda auf. Ihr neuer Job hatte sie in eine üble Situation gebracht. Sie hasste den Gedanken, für eine Story die Zukunft eines Menschen zu zerstören. Der ewige Kampf, die Story um jeden Preis zuerst zu bringen, das war nicht ihre Art. Aber bevor sie auch nur anfangen konnte, darüber nachzudenken, hatte sie ein anderes Problem zu lösen.

15. KAPITEL

*B*rad saß mit Tony im Café und sah Amanda kommen. Ihre makellosen Wangen waren gerötet von seinen Bartstoppeln, ihre Lippen noch geschwollen von seinen Küssen, was ihn an ihr erotisches Zwischenspiel erinnerte. Bemerkenswert besitzergreifende Gefühle wurden in ihm geweckt.

Er hatte sich in sie verliebt.

Was würde sonst das Herzklopfen erklären, das er bekam, wann immer sie in seiner Nähe war? Oder dass er sich gleich ruhiger, glücklicher und vollständiger fühlte, wenn sie bei ihm war?

Was für ein denkbar schlechtes Timing, um sich zu verlieben!

„Tut mir leid, Tony, aber Jack hat Laura schon vor mir erreicht", sagte Amanda. „Ich bin mir sicher, dass er dir eine Falle gestellt hat. Ich habe am Flughafen gehört, wie er zu Laura sagte, er werde ihr beweisen, was für ein Schuft du bist. Laura sagte, er habe sie heute Morgen angerufen, um ihr von dem Foto zu erzählen, weil sie sonst nichts davon erfahren hätte."

„Dieser verdammte Mistkerl!", fauchte Tony. „Er hatte uns in den Club eingeladen, wo dieses Foto aufgenommen wurde. Ich hatte mir nichts dabei gedacht, weil er uns ja ständig irgendwohin einlädt. Aber wenn ich jetzt noch mal darüber nachdenke, ist er mir den ganzen Abend nicht von der Seite gewichen, dieser Bastard."

„Wie es dazu kam, ist jetzt nicht so wichtig", warf Brad ein. „Es ist nun mal passiert, und die Frage ist, wie schlimm ist es?"

„Zunächst mal, Tony", begann Amanda, „möchte ich klarstellen, dass ich dir nichts vorwerfe, sondern nur wiederhole, was man mir gesagt hat."

„Dann sag es schon."

Amanda schilderte ihm und Brad kurz ihr Gespräch mit Laura und schloss mit den Worten: „Sie sagt, sie hätte gesehen, wie du dir das Zeug gespritzt hast."

Tony starrte sie mit ausdrucksloser Miene an und sagte nichts.

Ein schlechtes Zeichen, dachte Brad. „Dann steht ihr Wort also gegen deins?", fragte er. „Oder ist das noch nicht alles?"

„Es ist genug, um Besorgnis auszulösen und Tonys Image zu beschmutzen", stellte Amanda fest. „Jack ist nicht dumm. Er wird nicht einfach so behaupten, dass Tony sich dopt, sondern nur die Möglichkeit, dass er es tut, durchblicken lassen."

„Was mich ruinieren wird", sagte Tony leise. „Schuldig oder unschuldig, die Leute werden mich auf jeden Fall mit anderen Augen sehen."

„Bist du schuldig?", fragte Brad.

Tony warf Amanda zögernd einen Blick zu. „Du kannst ihr vertrauen", sagte Brad. „Es bleibt alles unter uns, nicht Amanda?"

„Natürlich."

Tony blieb skeptisch, worauf Brad beschloss, sein eigenes Geheimnis preiszugeben, um ihn so vielleicht zu überzeugen. „Ich habe eine Verletzung, die ich bisher vor allen geheim gehalten habe. Amanda hat die ganze Zeit davon gewusst und keine Schlagzeile daraus gemacht. Ich muss mich noch einmal operieren lassen. Das Gute ist, dass ich bei den Entscheidungsspielen noch dabei sein kann. Nach der Verletzung und all der schlechten Presse im letzten Jahr muss ich nun auch noch um meine Vertragserneuerung bangen. Ich kann nur hoffen, dass meine Leistungen gut genug sind, um das Management davon zu überzeugen, dass es richtig ist, mich wieder unter Vertrag zu nehmen. So oder so bin ich das ewige Versteckspiel leid."

Bei den letzten Worten sah er Amanda an und hoffte, dass sie verstanden hatte, was er ihr damit sagen wollte. Es musste einen Weg geben, wie sie zusammen sein konnten, ohne ihre Karrieren zu gefährden.

Wenn sie deine Frau wäre, hätte niemand etwas einzuwenden, schoss es ihm durch den Kopf. Seine Frau. Was für eine verrückte Idee. Andererseits konnte er sich einfach keinen weiteren Tag mehr ohne Amanda vorstellen.

Tony räusperte sich und sagte: „Ich bin clean."

Amanda sah ihn prüfend an. „Warum ist sich Laura dann so sicher, dass dem nicht so ist?"

„Es bleibt unter uns, okay?" Tony wartete, bis Amanda nickte. „Ich bin jetzt clean. Aber es gab mal eine Zeit, in der ich das nicht von mir behaupten konnte."

„Verdammt, Tony! Du weißt, was ich von diesem Mistzeug halte", sagte Brad.

„Sorry, aber nicht jeder ist so selbstsicher wie du. Du musstest nicht kämpfen, um hierherzukommen. Du warst schon in der Unterliga ein Star, während ich bis zu meinem Abschlussjahr im College nicht mal von der Reservebank wegkam. Aber ich habe Schluss gemacht mit diesem Mist. Ich bin jetzt clean."

„Bist du bereit, dich einem Test zu unterziehen und zu beweisen, dass du clean bist?", fragte Amanda.

„Klar. Jederzeit", erwiderte Tony ohne Zögern.

„Gut. Dann schlage ich vor, dass wir noch heute zu deinem Coach gehen, denn Jack wird schnellstens handeln. Du lässt einen Bluttest machen, und morgen früh bringe ich die Story zusammen mit dem negativen Testergebnis. Das wird alle Zweifel ausräumen. Morgen ist zwar nicht mein Feature-Tag, aber ich bin sicher, dass mein Chef mir einen Platz dafür frei macht."

„Lass ihn doppelt so viel Platz frei machen", sagte Brad. „Dann können wir auch meine Neuigkeiten veröffentlichen."

Eine halbe Stunde nach ihrem Gespräch mit Brad und Tony fand Amanda endlich Zeit zum Duschen. Da sie irgendwo ihren Schlüssel verloren hatte, hatte sie eine Ewigkeit an der Rezeption gestanden, um auf einen Ersatz zu warten. Als sie wieder in ihr Zimmer kam, hatte sie einen Anruf von „L. A. Woman". Man bot ihr wieder eine Stelle an. Diesmal sogar mit zusätzlichen Anreizen, wie zum Beispiel der Freiheit, zu schreiben, worüber sie wollte, solange das Thema ihre Leser interessierte. Sport war okay, sollte aber nicht ihr ausschließliches Thema sein. Sie erwarteten allerdings, dass sie einen Online-Sportblog einrichtete. Man bot ihr an, völlig eigenständig von zu Hause aus zu arbeiten. Hinzu kam eine so beträchtliche Gehaltserhöhung, dass es verrückt wäre, das Angebot nicht anzunehmen.

Amanda erbat sich trotzdem ein paar Tage Bedenkzeit. Sie verstand selbst nicht ganz, warum. Jeder vernünftige Mensch hätte den neuen Job gleich angenommen. Kein nerviger Jack mehr, keine Sportlerkarrieren, die sie einer Story wegen ruinieren musste, und kein Brad mehr, dem sie ständig gegenübertreten musste. Warum zögerte sie also noch?

Sie trat in die Duschkabine und ließ das warme Wasser über ihren Kopf, ihren Nacken und ihre Schultern laufen. Vergeblich versuchte sie die Augen vor den Bildern, die sich ihr aufdrängten, zu verschließen. Erotische Bilder von Brad und ihr unter der Dusche, von seinen Händen, die sie in einen Taumel erotischer Verzückung stürzten …

„Amanda?"

Der Vorhang hinter ihr bewegte sich, und sie erschrak. „Brad?" Sie machte große Augen, als er splitternackt zu ihr unter die Dusche trat. „Wie bist du hereingekommen?"

„Du hattest deinen Schlüssel fallen lassen, was ich als Einladung auffasste, zu dir hinaufzukommen."

„Ich hatte nicht mal bemerkt, dass er runterfiel."

„Willst du, dass ich wieder gehe?"

Amanda zögerte, brachte aber nicht die Kraft auf, ihn tatsächlich fortzuschicken. „Nein", flüsterte sie. „Das will ich nicht."

Noch bevor sie den Satz beendet hatte, zog Brad sie in seine starken Arme. „Ich möchte mich für mein Benehmen entschuldigen. Verzeih mir bitte."

Amanda legte ihm die Hände auf die Brust. „Du brauchst dich nicht zu entschuldigen, Brad. Wir haben einander nichts versprochen."

„Dann ändern wir das doch", sagte er. „Ich möchte nämlich jeden Tag mit dir zusammen duschen."

„Was?" Amanda bekam fast keine Luft vor Angst, enttäuscht zu werden. „Sag so etwas nicht."

Brad nahm ihr Gesicht zwischen seine großen Hände. „Lass uns jeden Tag zusammen duschen. Ich weiß, dass dein Job die Dinge nicht gerade vereinfacht, aber irgendwie kriegen wir das schon hin. Ich brauche dich, Amanda, wie ich noch nie jemanden gebraucht habe."

Sie konnte fast nicht glauben, was sie hörte. Doch bei der Aufrichtigkeit, die sie in seinem Blick sah, wurde ihr warm ums Herz, und ein Glücksgefühl durchrieselte sie. „Ich würde dir gern glauben."

„Ich werde dir zeigen, wie sehr ich dich brauche", versprach er und küsste sie mit einer Leidenschaft, die Amanda alles andere vergessen ließ. Ein heißer Schauer durchrieselte sie, als er sie hochhob und an die Wand hinter ihr lehnte, sich ihre Beine um seine Hüften legte und mit einer kraftvollen Bewegung tief in sie eindrang. Er stützte sich mit einer Hand an der Wand ab, während er sich zu bewegen begann, aber nicht wild und leidenschaftlich wie gewöhnlich, sondern langsam und geradezu berauschend sinnlich.

Ihre Hüften bewegten sich in perfektem Einklang mit dem erotischen Spiel ihrer Zungen. Amanda konnte einfach nicht genug von Brad bekommen. Sie presste sich an ihn und rieb ihre harten kleinen Knospen an seiner Brust.

Brad reagierte auf ihre unausgesprochene Bitte, indem er mit beiden Händen ihren Po umfasste und tiefer und tiefer in sie eindrang, bis sie vor Lust schier den Verstand zu verlieren glaubte. Mit erstickter Stimme murmelte sie seinen Namen, küsste seine Schulter, seinen Nacken und klammerte sich an ihn, als seine Bewegungen immer schneller, immer härter wurden. Amanda glaubte vor Leidenschaft zu verglühen. Wie aus weiter Ferne hörte sie Brad ihren Namen stöhnen, spürte, wie er erschauerte, und wusste, dass auch er Erfüllung gefunden hatte.

Schwer atmend klammerten sie sich aneinander und verharrten so eine Weile schweigend, als hätten beide Angst, dass Worte den Zauber dieses Moments zerstören würden.

Brad legte seine Stirn an ihre. „Ich habe noch bei keiner Frau so wie bei dir empfunden, Amanda. Wir können einen Weg finden, unsere Schwierigkeiten zu überwinden. Bitte sag, dass du das auch willst."

„Ja, das will ich", stimmte sie ihm aus tiefstem Herzen zu.

Stunden später saß Amanda vor ihrem Laptop und schrieb an ihrer Story über Tony, die ihr Chef schon sehr gespannt erwartete. Brad lag quer über dem Bett, eine Eispackung auf dem Arm, und sah sich eine Sportsendung im Fernsehen an. Wie ihr Vater konnte er das stundenlang tun. Amanda lächelte. Noch immer fand sie es ein bisschen beängstigend, wie glücklich es sie machte, ihn einfach nur bei sich zu haben. Sie hatten beschlossen, nicht mit dem Team, sondern allein nach Los Angeles zurückzufliegen, um in aller Ruhe miteinander zu besprechen, wie sie die Hindernisse überwinden konnten.

Nach einer Weile kam Brad zu ihr hinüber und massierte ihre angespannten Schultermuskeln.

„Wie weit bist du?"

„Fertig", sagte sie und klickte den letzten Befehl an, um den Artikel in die Redaktion zu schicken. Dann drehte sie sich zu ihm um. „Mit Tonys Story jedenfalls. Deine erscheint erst in ein paar Tagen, da brauche ich mich nicht so abzuhetzen."

Brad zog sie hoch und nahm sie in die Arme. „Wenn ich mich verkleide, gehst du dann mit mir ins Kino?"

Amanda lächelte. Ein Kinobesuch klang gut, und eines Tages würde es vielleicht auch nicht mehr nötig sein, sich dazu zu verkleiden. „Nur wenn du mir einen großen Becher Popcorn kaufst."

„Du bekommst sogar zwei, wenn du mitgehst."

Amanda lachte. „Ich nehme dich beim Wort."

„Du warst sehr gut heute bei unserem Coach", bemerkte er mit einem Ausdruck der Bewunderung. „Du hast dir Vertrauen erworben. Glaubst du wirklich, dass die Leute dich kritisieren werden, nur weil du mit mir zusammen bist?"

Sie wusste, dass sie Fortschritte gemacht hatte, aber noch nicht genug, um die Vorurteile weiblichen Reportern gegenüber aus der Welt zu schaffen. „Natürlich werden sie das tun. Jack wird sagen, ich bekäme nur deinetwegen all die Storys."

„Mike Martin von den Sox ist mit einer Reporterin verheiratet, und niemand kritisiert ihre Beziehung."

Brad und sie waren nicht verheiratet. Da es ihr zu peinlich war, ihn darauf aufmerksam zu machen, sagte Amanda: „Unsere Situation ist anders. Außerdem hat ‚L. A. Woman' mir eine Stelle angeboten, die ich wahrscheinlich annehmen werde."

„Aber dann kannst du nicht mehr mit uns reisen."

„Nein, aber ich kann zu Hause arbeiten und über alles schreiben, was ich will. Und wir brauchen uns dann nicht mehr zu verstecken", sagte sie und erklärte Brad das Angebot etwas genauer.

Er sah sie eine Weile prüfend an. „Wir kriegen das schon irgendwie hin, egal, für welchen Job du dich entscheidest. Versprich mir, dass du dich für das entscheidest, was du wirklich willst, und nicht für das, von dem du glaubst, es wäre gut für unsere Beziehung. Du musst deinen Traum leben, Amanda. Ich habe meinen eigenen. Wir finden schon eine Lösung."

„Brad …"

„Versprich es mir. Wir werden so oder so einen Weg finden, zusammen zu sein."

Amanda wusste nicht, was sie sagen sollte. Sie war noch nie mit einem Mann zusammen gewesen, für den seine eigenen Bedürfnisse nicht an erster Stelle kamen. Dass Brad sich um ihre Karriere sorgte, bedeutete ihr mehr, als sie in Worte fassen konnte. „Danke, Brad."

„Wofür?"

„Für deine Fürsorglichkeit."

„Dafür brauchst du dich nicht zu bedanken, da ich ohnehin nicht anders kann." Er zog sie an sich und legte sein Kinn auf ihren Scheitel. „Du verstehst es noch nicht, meine Süße. Aber das wirst du schon noch, glaub mir."

16. KAPITEL

*D*ie in letzter Minute auf dem Flughafen einberufene Pressekonferenz näherte sich dem Ende. Amanda, Jack, Tony und der Coach der Mannschaft hatten sich den Fragen von etwa vierzig Reportern gestellt, die von Kameramännern begleitet wurden. Amanda hatte Jack immer wieder Paroli bieten müssen, wenn sie nach ihrem gegensätzlichen Bericht in der Morgenzeitung befragt worden war.

Tonys negative Testergebnisse in Amandas Artikel hatten Jacks Forderungen in seinem Artikel nach mehr Drogentests im Sport entschärft. Ihr Bericht war in einigen der größten Städte der Vereinigten Staaten aufgegriffen worden. Sie hatte Tonys Karriere gerettet und ihre eigene gesichert.

Das Boarding für den Flug der Rays begann in einer Viertelstunde, wurde über den Lautsprecher verkündet. Amanda war froh, dass sie und Brad später flogen, und machte sich auf die Suche nach Reggie, um sich zu verabschieden. Er stand bei Brad. Normalerweise hätte es sie beunruhigt, die beiden zusammen zu sehen, aber sie war so euphorisch nach ihrem Erfolg, dass es sie nicht kümmerte, ob die Leute von ihr und Brad erfuhren.

Bevor sie die beiden Männer erreichen konnte, verstellte ihr Jack den Weg. „Ich denke, wir können heute beide einen Sieg verbuchen."

„Denkst du?"

„Ich bekam gerade einen Anruf von Fox News. Sie wollen uns beide in der Sendung haben. Die Konkurrenten in der Auseinandersetzung um den Sieg."

„Ich bin nicht interessiert", sagte Amanda. Sie wollte keine weiteren Konkurrenzkämpfe mit Jack, sondern die ihr angebotene Stelle bei „L. A. Woman". „Du kannst den ganzen Ruhm allein einstreichen."

„Verstehe. Du willst also nur allein im Rampenlicht stehen oder gar nicht", erwiderte er achselzuckend. „Aber du wirst mich niemals schlagen. Vielleicht kannst du mithalten, aber du wirst dich niemals an die Spitze setzen."

„Das habe ich auch gar nicht vor. Du hast gewonnen, Jack."

Amanda wandte sich zum Gehen, aber Tony rief ihren Namen und kam auf sie zugeeilt, um sich zu bedanken. „Das war sehr clever, wie du mich aus der Bredouille geholt hast", sagte er.

Sie grinste. „Und für mich ist es auch nicht gerade schlecht gelaufen."

„Hey, Amanda." Casey Becker trat zu ihnen. „Stell dir vor, mein Agent hat einen Anruf von ,Sports Illustrated' erhalten!", sagte er. „Sie haben dein Feature gelesen und wollen auch etwas über mich bringen. Vielleicht schaffe ich es sogar aufs Titelblatt."

„Das freut mich für dich", sagte Amanda ehrlich. „Gratuliere."

„Ja, Mann", stimmte Tony ein und klopfte Casey auf die Schulter. „Wir waren nicht immer einer Meinung, aber du hast Talent."

„Ach ja?", versetzte Casey. „Und warum tut ihr dann immer so, als wäre Brad der einzige Pitcher des Teams?"

„Das stimmt nicht", widersprachen Amanda und Tony wie aus einem Mund.

Als Casey darauf zu einer weiteren scharfen Erwiderung ansetzte, reichte es Amanda. „Ich muss weiter", sagte sie und wandte sich zum Gehen.

„Mann, ist die Frau heiß", sagte Casey. „Ich würde sie selbst dann noch wollen, wenn ich nicht mit Rogers gewettet hätte, dass ich sie zuerst bekomme."

Amanda fuhr abrupt zu ihm herum. „Was?"

Tony griff nach ihrem Arm. „Es ist nicht, wie du denkst."

Amanda ignorierte ihn und sah Casey an. „Du hast mit Brad um mich gewettet?"

„Nein. Natürlich nicht."

Sein Gesichtsausdruck verriet jedoch, dass er log. Eine Welle der Übelkeit stieg in Amanda hoch. Brad hatte sie benutzt, um eine Wette zu gewinnen? „Oh doch, das hast du. Ich habe gehört, wie du es zu Tony sagtest", fauchte Amanda Casey an und stürmte los, um Brad zu suchen.

Ihr war, als wäre ihr ein Messer in die Brust gestoßen worden. Sie hatte sich in einen Mann verliebt, der in ihr nur einen Preis sah, den er vor seinen Freunden erringen musste. Sie war darauf hereingefallen, das war das Schlimmste. Was war sie doch für eine Idiotin!

Als sie Brad entdeckte, musste sie sich beherrschen, um nicht vor Wut in Tränen auszubrechen. Er kam in ihre Richtung, und sie machte kehrt und lief in die entgegengesetzte. Sie brauchte Luft. Sie musste raus aus diesem Flughafen und aus Brads Leben. Seine langen Beine machten eine Flucht jedoch unmöglich. Sie hatte den Ausgang noch nicht erreicht, als er ihre Hand ergriff.

Amanda fuhr zu ihm herum. „Das Spiel ist aus, Brad! Ich weiß von der Wette zwischen dir und Casey. Gratuliere. Du hast gewonnen." Eine einzelne Träne rann über ihre Wange, und sie wischte sie verärgert ab. „Und nun verschwinde!"

„Ach, Liebling." Trotz ihres Widerstands zog er sie an sich. „Ich habe dir doch schon gesagt, dass ich das nicht kann."

„Ich bin kein Groupie, mit dem du Spielchen treiben kannst. Lass mich los."

„Diese Wette mit dem Jungen war dumm, Amanda, aber sie hatte überhaupt nichts zu bedeuten."

„Bist du verrückt? Die Leute gucken schon!"

„Dann lass sie gucken, denn ich gehe nirgendwohin, bis ich gesagt habe, was ich zu sagen habe." Er zog sie noch fester an sich und legte sein Gesicht an ihre Wange. „Greif in meine rechte Tasche."

„Brad ..."

„Bitte. Tu es einfach und hör mich an. Wenn du dann immer noch willst, dass ich gehe, tue ich es und werde dich nie wieder belästigen."

Amandas Herz raste, als sie nach kurzem Zögern in Brads Tasche griff und ihre Finger sich um ein kleines, samtbezogenes Kästchen schlossen.

Sie nahm es heraus, und Brad lehnte sich zurück, um sie ansehen zu können. „Mach es auf."

Sie öffnete das Kästchen und machte große Augen, als sie einen Diamantring darin sah. „Was ... was ist das?"

„Ein Verlobungsring." Brad nahm ihn heraus. „Ich liebe dich, Amanda. Du bist die Frau, mit der ich den Rest meines Lebens verbringen will. Heirate mich. Brenn heute Abend mit mir durch, oder trag diesen Ring so lange, bis du dir genauso sicher bist wie ich. Ich werde warten."

Ihr wurde schwindlig bei seinen Worten, und vor lauter Freude kamen ihr die Tränen. Brad liebte sie! „Ich liebe dich auch, Brad."

Er nahm ihre linke Hand in seine. „Genug, um meinen Ring zu tragen?"

„Ja", wisperte sie, weil ihr die Kehle eng geworden war.

Brad steckte ihr den Ring an den Finger, und Applaus und Jubelrufe erklangen. Erst jetzt wurde ihnen bewusst, dass sie von Presseleuten umringt waren. Fotoapparate klickten, und Kameras waren auf sie gerichtet. Der pure Schalk blitzte in Brads blauen Augen auf, als er Amanda angrinste und sie dann einfach auf die Arme nahm.

Amanda schnappte nach Luft und schmiegte sich an ihn. „Was tust du, Brad?"

„Dich nach Hause bringen. Wo du hingehörst."

Amanda lachte. „Du hast eine Menge Reporter gerade sehr glücklich gemacht. Wir werden morgen in allen Zeitungen zu sehen sein."

Brad schmiegte sein Gesicht an ihre Wange. „Solange ich diese Reporterin hier glücklich mache, ist mir alles andere egal."

– ENDE –